FOLIO POLICIER

Chuck Palahniuk

À l'estomac

Traduit de l'américain
par Bernard Blanc

Denoël

Titre original :

HAUNTED

Éditeur original : Doubleday

Chuck Palahniuk est diplômé de l'université de l'Oregon. Il est l'auteur de *Fight Club*, roman culte récompensé en 1999 par la Pacific Northwest Booksellers Association et adapté au cinéma. Son deuxième roman, *Survivant*, lui aussi publié dans la collection La Noire par Gallimard, l'a confirmé comme l'un des écrivains de fiction les plus originaux du moment. Son univers bien singulier a valeur de fable moderne et son humour sauvage, parfois glacé, fait de ses romans des livres totalement imprévisibles et inoubliables. En témoignent *Monstres invisibles, Berceuse, Journal intime*, disponibles aux Éditions Gallimard, ainsi que *À l'estomac, Le Festival de la couille et autres histoires vraies* et *Peste*, publiés par les Éditions Denoël.

Il y avait du beau, du licencieux, du bizarre en quantité, tant soit peu de terrible, et du dégoûtant à foison...

EDGAR ALLAN POE,
Le Masque de la mort rouge
(traduction Charles Baudelaire)

Cobayes

C'était censé être un refuge pour écrivains.
Censé être un lieu sûr.
Une colonie d'artistes isolée où nous pourrions travailler,
dirigée par un vieux, vieux type mourant, nommé Whittier
jusqu'à ce qu'il passe l'arme à gauche.
Et nous devions produire de la poésie. De la jolie poésie.
Nous, ses talentueux étudiants,
coupés du monde ordinaire pour trois mois.

Et entre nous, nous nous appelions l'Entremetteur.
Et le Chaînon Manquant.
Ou Mère Nature. De stupides sobriquets.
Des noms trouvés par association libre.
Un peu comme quand vous étiez petits
et que vous inventiez
des termes pour les plantes et
pour les animaux de votre univers. Les pivoines,
toutes collées de nectar et grouillantes de
fourmis, devenaient « les fleurs fourmis ».

Et les colleys étaient *les Chiens Lassie*.
Mais aujourd'hui encore, de la même façon,
vous dites de quelqu'un :
« Ce type avec une seule jambe. »
Ou : « Tu sais, la fille noire… »

On se donnait du :
Comte de la Calomnie
Ou : Sœur Autodéfense
Les noms qu'on méritait, d'après nos histoires. Les noms qu'on se distribuait,
inspirés de notre vie plutôt que de notre famille :
Dame Clocharde
Agent Cafteur
Des noms inspirés de nos péchés plutôt que de nos boulots :
Saint Descente de Boyaux
Et le Duc des Vandales
Inspirés de nos fautes et de nos crimes.
Le contraire
des patronymes de super-héros.

Des noms invraisemblables pour des gens
qui existent vraiment.
Comme si tu ouvrais le ventre d'une poupée de chiffons
et que tu trouvais à l'intérieur :
De vrais intestins, de vrais poumons,
un cœur qui bat. Du sang.
Beaucoup de sang chaud et collant.
Et nous devions écrire des nouvelles. Des nouvelles marrantes.
Nous tous, trop nombreux, coupés du monde

pour tout un printemps, un été, un hiver, un
automne — toute une saison
de cette année-là.

Ça n'avait aucune importance, qui nous étions,
pour le vieux
M. Whittier.
Mais il ne nous prévint pas tout de suite.
Pour M. Whittier, nous étions des animaux
de laboratoire.
Une expérience.

Mais nous n'en savions rien.
Non, ceci n'était qu'un refuge pour écrivains,
jusqu'à ce qu'il soit trop tard pour
que nous soyons autre chose
que ses victimes.

1

Lorsque l'autobus s'arrête au coin de la rue où Camarade Maussade a accepté d'attendre, elle est là, avec des fringues achetées dans un surplus de l'armée, un gilet pare-balles — vert olive foncé — et un pantalon de camouflage trop grand pour elle, dont les revers laissent voir ses bottes d'infanterie. Une valise de chaque côté. Avec son béret noir enfoncé sur sa tête, elle aurait pu être n'importe qui.

« La règle, c'était que… », dit Saint Descente de Boyaux dans le micro qui pend au-dessus de son volant.

Et Camarade Maussade l'interrompt :

« Parfait. »

Alors, elle se penche pour détacher l'étiquette d'une de ses deux valises, qu'elle fait disparaître dans sa poche vert olive, puis ramasse l'autre et embarque. Son bagage toujours sur le trottoir, abandonné, orphelin, solitaire, Camarade Maussade s'assied dans l'autobus et dit : « Okay. » Puis : « Démarre. »

Nous avions tous laissé un petit mot, ce matin. Avant l'aube. Nous glissant sur la pointe des pieds avec nos affaires par les escaliers sombres, puis le long des rues sombres, avec les bennes à ordures pour seule compagnie. Nous n'avons pas vu le soleil se lever.

Assis à côté de Camarade Maussade, le Comte de la Calomnie griffonne quelque chose sur son petit bloc-notes, considérant alternativement sa voisine et son stylo.

Alors Camarade Maussade se penche pour lire sa prose et elle précise : « Mes yeux sont *verts*, pas *marron*, et l'*auburn* de mes cheveux est naturel. » Elle le regarde écrire *verts*, puis ajoute : « Et j'ai une petite rose rouge tatouée sur une fesse. » Elle considère le minimagnéto argenté qui sort légèrement de la poche de la chemise du Comte, et les mailles de son micro, et elle précise : « Ne dis pas *cheveux teints*. Les femmes *relèvent* ou *nuancent* leur couleur. »

M. Whittier est installé tout près, à un endroit où ses mains tremblantes et couvertes de taches de vieillesse peuvent s'accrocher à l'armature repliée de sa chaise roulante chromée. À côté de lui se trouve Mme Clark. Sa poitrine est si volumineuse qu'elle repose pratiquement sur ses cuisses.

Camarade Maussade les considère tous les deux, puis elle approche son visage de la manche de flanelle grise du Comte de la Calomnie et murmure : « Purement ornemental, je suppose. Et d'aucune valeur nutritive… »

Ce jour-là, nous manquâmes notre dernier lever de soleil.

Sœur Autodéfense nous attend au prochain coin de rue ; elle agite sa grosse montre-bracelet noire et annonce : « On avait dit quatre heures trente-cinq. »

Elle la tapote d'un doigt et fait remarquer : « Et il est quatre heures trente-neuf… »

Sœur Autodéfense porte un sac à bandoulière en similicuir, avec un rabat fermé par un bouton-pression pour protéger la Bible qu'il contient – un sac à main fait maison pour trimballer la Parole de Dieu.

On attendait le véhicule un peu partout à travers la ville. Aux coins des rues ou sur les bancs des arrêts d'autobus, jusqu'à l'arrivée de Saint Descente de Boyaux. Avec M. Whittier assis à l'avant et Mme Clark. Le Comte de la Calomnie. Camarade Maussade et Sœur Autodéfense.

Saint Descente de Boyaux tire sur le levier d'ouverture de la porte et là, sur le trottoir, se tient la petite Miss Éternueuse. Des mouchoirs dégueulasses déforment les manches de son pull. Elle soulève sa valise qui se met à crépiter comme du pop-corn dans un four à micro-ondes. À chaque marche, elle fait le bruit d'une mitrailleuse lointaine. Miss Éternueuse se tourne vers nous et dit : « Mes cachets. » Elle secoue violemment sa valise et ajoute : « Des réserves pour trois mois… »

C'est ce qui justifiait la règle des bagages autorisés. De cette façon, il y aurait de la place pour tout le monde dans le bus.

On s'était entendus sur un bagage par personne, pas plus, mais M. Whittier n'en avait précisé ni la taille ni le genre.

Lorsque Dame Clocharde embarque, elle arbore une bague avec un diamant de la taille d'un pop-corn, elle tient une laisse à la main, et cette laisse tire une valise en cuir montée sur des roulettes.

Agitant les doigts pour faire scintiller le bijou, Dame Clocharde annonce : « C'est mon dernier mari. Après la crémation, on a transformé ses cendres en un diamant de trois carats… »

À ces mots, Camarade Maussade se penche de nouveau sur le bloc-notes où le Comte de la Calomnie est en train d'écrire et elle dit : « *Lifting*, en un seul mot. »

Quelques pâtés de maisons plus loin, après deux feux tricolores et plusieurs embranchements, on retrouve Chef Cuisinier Assassin avec une valise en aluminium moulé remplie de tous ses slips blancs, ses T-shirts et ses chaussettes pliées en petits carrés façon origamis. Plus un jeu de couteaux de cuisine assortis. En dessous, sa valise en aluminium est bourrée de tas de liasses de billets de cent dollars. Du coup, elle est si lourde qu'il doit la soulever à deux mains pour la charger dans l'autobus.

Encore une rue, puis un pont, l'autre côté d'un parc, et l'autobus fait halte le long d'un trottoir où personne ne semble l'attendre. C'est là que le type que nous appelons le Chaînon Manquant surgit des buissons. Il serre dans ses bras un sac-poubelle noir déchiré d'où s'échappent des chemises écossaises en flanelle.

Examinant le Chaînon Manquant, mais s'adressant au Comte de la Calomnie à côté d'elle, Camarade Maussade déclare : « Hemingway aurait pu faire un carton avec une *barbe* pareille… »

Au pays des chimères, ils devaient penser qu'on était dingues. Tous ces gens toujours au lit, ils dormiraient encore une heure, puis ils se laveraient la figure, sous les bras et entre les jambes, avant de filer faire le même boulot que d'habitude. Et vivre la même existence, jour après jour.

Ces gens pleureraient quand ils constateraient notre disparition, mais ils pleureraient tout autant si on embarquait pour commencer une nouvelle vie, de l'autre côté d'un océan quelconque. Si on était des émigrants. Des pionniers.

Ce matin, on était des astronautes. Des explorateurs. Déjà sur le pont alors qu'ils continuaient à pioncer.

Ils verseraient quelques larmes, puis ils redeviendraient serveurs, peintres en bâtiment, informaticiens.

À l'arrêt suivant, Saint Descente de Boyaux ouvrit les portes et un chat grimpa à bord puis s'avança dans l'allée, entre les sièges. Derrière lui Directrice Reniement annonça : « Je vous présente Cora. » « L'animal s'appelait Cora Reynolds. Ce n'est pas moi qui lui ai donné ce nom », ajouta Directrice Reniement dont le blazer en tweed et la jupe étaient tout blancs des poils de la chatte.

Un de ses revers était enflé à hauteur de poitrine.

« Un étui de revolver... », dit Camarade Maussade en se penchant pour parler au magnéto de la poche de chemise du Comte de la Calomnie.

Tout ceci — les chuchotements dans l'obscurité, les notes, les secrets —, c'était notre aventure.

Si tu avais prévu de rester bloqué sur une île déserte pendant trois mois, qu'est-ce que tu aurais emporté avec toi ?

Disons que la nourriture et l'eau seraient fournies, ou du moins c'est ce que tu crois.

Disons que tu ne peux prendre qu'une valise parce que vous serez nombreux et que l'autobus qui vous emmène à cette île déserte n'est pas si grand que ça.

Alors, tu mettrais quoi, dans ta valise ?

Saint Descente de Boyaux avait opté pour des boîtes d'amuse-gueules à la couenne de porc et des petits feuilletés au fromage. Le sel aux épices colorait d'orange ses doigts et son menton. D'une main squelettique, il tenait son volant et de l'autre il déversait le contenu de chaque boîte directement dans sa bouche.

Sœur Autodéfense avait un sac à provisions plein de vêtements auquel elle avait attaché une sacoche.

Surplombant ses seins immenses qu'elle tenait comme un enfant dans ses bras, Mme Clark lui demanda si elle transportait une tête humaine.

Et Sœur Autodéfense ouvrit sa sacoche pour montrer les trois trous d'une boule de bowling noire. « Mon hobby... », souffla-t-elle.

Camarade Maussade, qui surveillait les gribouillis du Comte de la Calomnie sur son bloc-notes, considéra la chevelure noire aux nattes serrées de Sœur Autodéfense, dont pas un seul cheveu ne s'échappait de ses épingles. « Voilà des cheveux teints », soupira-t-elle.

À l'arrêt suivant, Agent Cafteur se leva, caméra vidéo à l'œil, et filma l'autobus qui se garait contre le trottoir. Il nous distribua des cartes de visite prouvant qu'il était détective privé. Sa caméra lui faisait un masque dissimulant la moitié de son visage et il nous filma en remontant l'allée jusqu'à un siège vide au fond du véhicule, aveuglant tout le monde au passage avec son projecteur intégré.

Un pâté de maisons plus loin, l'Entremetteur embarqua, chaussé de bottes salopées de crottin de cheval. Un chapeau de cow-boy en paille à la main et un sac marin par-dessus l'épaule. Il se laissa tomber sur son siège et ouvrit sa vitre pour cracher un jet de tabac brun sur le flanc d'acier brossé de l'autobus.

Voilà avec qui nous partions pour trois mois hors du monde. Agent Cafteur et sa vidéo. Sœur Autodéfense et sa boule de bowling. Dame Clocharde et sa bague en diamant. Miss Éternueuse, ses cachets et ses mouchoirs en papier. Saint Descente de Boyaux et ses amuse-gueules. Le Comte de la Calomnie, son bloc-notes et son magnéto.

Chef Cuisinier Assassin et ses couteaux.

Dans la faible lumière de l'autobus, tout le monde espionnait M. Whittier, l'organisateur de cet atelier. Notre professeur. Sous ses rares cheveux gris soigneusement peignés, on voyait briller son crâne taché. Le col boutonné de sa chemise formait une sorte de barrière blanche amidonnée autour de son cou maigre piqueté, lui aussi, de marques de vieillesse.

« Les gens que vous fuyez en catimini, disait M. Whittier, n'ont aucune envie de vous voir apprendre. Ils n'aiment pas les surprises. »

M. Whittier disait aussi : « Vous ne pouvez pas être la personne qu'ils connaissent et la personne formidable et illustre que vous souhaitez devenir. Pas en même temps. »

Et il ajoutait que ceux qui, en fait, nous aimaient vraiment nous auraient suppliés d'y aller. De réaliser nos rêves. D'exercer nos talents. Et qu'ils nous adoreraient encore plus à notre retour.

Dans trois mois.

Le petit bout d'existence que chacun d'entre nous avait mis en jeu.

Que nous avions risqué.

En ce laps de temps, nous avions parié sur notre capacité à produire un chef-d'œuvre. Une nouvelle ou un poème, un scénario ou un essai qui donnerait un sens à notre vie. Un chef-d'œuvre qui nous permettrait d'échapper à l'esclavage d'un mari, d'un parent, d'un patron. Qui nous libérerait.

Nous tous, roulant le long des rues désertes, dans l'obscurité. Miss Éternueuse pêche un mouchoir en papier humide dans la manche de son pull et se mouche. Elle renifle et dit : « En me tirant comme ça en cachette, j'ai eu tellement peur de me faire prendre. » Elle remet le mouchoir à sa place et elle ajoute : « Je me sens juste comme… Anne Frank. »

Camarade Maussade sort l'étiquette de la poche de son gilet pare-balles — le seul souvenir de sa valise abandonnée. De sa vie abandonnée. Elle la tourne et la retourne entre ses doigts sans la quitter des yeux, et dit :

« Pour moi… Anne Frank a plutôt eu une belle vie. »

Et Saint Descente de Boyaux, la bouche pleine de tortillas, nous regarde dans son rétroviseur en mâchant du sel et de la graisse et demande :

« Comment ça ? »

Directrice Reniement caresse son chat. Mme Clark caresse sa poitrine. Et M. Whittier sa chaise roulante chromée.

Sous un lampadaire, au coin de la rue suivante, nous attend la silhouette sombre d'un autre écrivain en herbe.

« Anne Frank, au moins, n'a pas été obligée de faire une tournée de promo pour son livre… », explique Camarade Maussade.

Et Saint Descente de Boyaux appuie sur les freins et tourne son volant pour se garer.

Monuments

Un poème sur Saint Descente de Boyaux

« Voilà le boulot que j'ai abandonné pour venir ici,
dit le Saint.
Et la vie à laquelle j'ai renoncé. »
Il conduisait un car d'excursions touristiques.

Saint Descente de Boyaux sur scène, les bras serrés
autour de sa poitrine si maigrichonne
que ses mains peuvent se toucher dans son dos.
Saint Descente de Boyaux se tient là, avec un simple
manteau de peau, peint sur son squelette.
Ses clavicules jaillissent de son torse,
de la taille d'une poignée d'assistance.
Ses côtes pointent sous son T-shirt blanc,
et c'est sa ceinture –
et pas ses fesses – qui retient son jean.

Sur scène, au lieu d'un projecteur, un extrait de film :
Les couleurs des maisons et des trottoirs,
des panneaux de signalisation
et des voitures stationnées
passent et s'effacent sur son visage.
Un masque d'embouteillage.

Des fourgons et des camions.

Il dit : « Ce boulot, conduire des cars de tourisme… »
Son véhicule était bourré de Japonais, d'Allemands,
de Coréens,
tous avec l'anglais pour seconde langue,
leurs manuels de conversation à la main,
acquiesçant et souriant
à tout ce qu'il racontait dans son micro
tandis qu'il tournait aux embranchements,
parcourait les rues, longeait des maisons de
stars de ciné ou des scènes de crimes sanglants,
des appartements où des stars du rock avaient fait
une overdose.
Chaque jour le même itinéraire,
le même mantra de mort,
de stars de ciné, d'accidents. Des endroits
où on avait signé des traités de paix.
Où des présidents avaient dormi.
Jusqu'à ce jour où Saint Descente de Boyaux
s'arrête devant
un ranch à palissades, juste un détour
pour voir si la Buick quatre portes de ses parents est là,
si c'est toujours ici qu'ils habitent,
et dans la cour de devant il y a un homme
qui pousse une tondeuse à gazon.
Alors, dans son micro, le guide annonce à sa cargaison
sous air conditionné :
« Voici Saint Mel. »
Et tandis que son père louche en direction
des fenêtres tintées de l'autobus,
Descente de Boyaux ajoute :
« Le saint patron de la Honte et de la Rage. »

Ensuite, chaque jour, la visite englobe « le sanctuaire
de Saint Mel et de Sainte Betty ».
Avec Betty dans le rôle de la sainte patronne de
l'Humiliation publique.
Garé devant l'appartement de sa sœur dans une tour,
Saint Descente de Boyaux indique
l'un des étages supérieurs. Là-haut, le sanctuaire
de Sainte Wendy.
« La sainte patronne de l'Avortement
thérapeutique. »

Garé devant son propre appartement,
il dit au micro : « Voici le sanctuaire de
Saint Descente de Boyaux »,
et son reflet, avec ses épaules en saillie, ses lèvres en
élastique,
et sa chemise trop grande,
paraît encore plus petit dans le rétroviseur.
« Le saint patron de la Masturbation. »
Pendant que chaque touriste, dans son autobus,
acquiesce de la tête,
tend le cou et essaie de voir
quelque chose de divin.

Tripes

Une nouvelle de Saint Descente de Boyaux

Inhale.

Inspire autant d'air que tu peux.

Cette histoire devrait durer à peu près aussi longtemps que tu seras capable de retenir ta respiration, et puis encore un peu plus. Donc, lis-la aussi vite que possible.

Un ami à moi, à treize ans, entendit parler de l'« emmanchage » — c'est quand un mec s'éclate en se plantant un gode dans le cul. Si tu stimules ta prostate assez fort, il paraît que tu peux avoir des orgasmes explosifs — et sans les mains. À cet âge-là, mon ami est un petit obsédé. Il cherche sans cesse des moyens plus efficaces pour jouir. Il sort pour acheter une carotte et de la vaseline. Afin de mener à bien une petite expérience personnelle. Et puis il se rend compte de l'air qu'il va avoir au supermarché avec sa carotte solitaire et son tube de lubrifiant avançant doucement sur le tapis roulant vers la caissière. Sous les yeux de tous les clients qui font la queue derrière lui. Qui, tous, comprennent la grande soirée qu'il se prépare.

Alors, mon pote achète du lait, des œufs et du sucre, plus une carotte, tous les ingrédients pour un gâteau à la carotte. Et de la vaseline.

Comme s'il allait rentrer chez lui et se planter un gâteau à la carotte dans le fion.

De retour à la maison, il épluche son légume. Il le graisse et se l'enfonce dans le derrière. Et alors – que dalle. Il ne se passe rien, à part que ça fait mal. Pas d'orgasme.

Et voilà que sa mère l'appelle pour le dîner. Elle lui crie de descendre et tout de suite.

Il tire sur sa carotte pour la sortir de ses boyaux et il planque ce truc gluant et dégueulasse dans son linge sale, sous son lit.

Après le repas, quand il veut la récupérer, elle n'est plus là. Pendant qu'il mangeait, maman était venue chercher ses fringues pour les laver. Elle est forcément tombée sur l'éplucheur piqué à la cuisine et sur la carotte, lubrifiée et puante.

Après ça, mon pote reste des mois avec cette épée de Damoclès suspendue au-dessus de la tête, il attend que ses parents l'interrogent sur cette histoire. Et ils ne le font pas. Jamais. Et même aujourd'hui, alors que ce gamin est devenu adulte, cette carotte invisible pendouille au-dessus de chaque réveillon de Noël, de chaque anniversaire. À toutes les chasses aux œufs, à Pâques, avec ses propres gosses, les petits-enfants de ses parents, ce légume fantôme plane sur de toute la famille.

Cette chose trop horrible pour être nommée.

Les Français ont une formule pour ça – l'esprit de l'escalier –, qui indique cet instant où tu trouves la réponse, mais trop tard. Disons que tu es à une fête et que quelqu'un t'insulte. Il faut que tu répliques. Et donc, sous la pression, alors que tout le monde te regarde, tu balances une connerie. Mais quand tu quittes la fête…

Juste quand tu t'engages dans l'escalier, tout à coup — c'est magique. Les mots parfaits que tu aurais dû dire te viennent tout seuls. La formule qui tue par excellence.

C'est ça, l'esprit de l'escalier.

L'ennui, c'est que même les Français n'ont pas d'expression pour les trucs stupides que tu as effectivement sortis sous le coup du stress. Ces machins idiots et affreux que tu penses ou que tu fais.

Certains actes sont trop ignobles pour être seulement nommés. Trop ignobles pour être seulement évoqués.

Rétrospectivement, les pédopsychiatres et les conseillers scolaires reconnaissent que parmi la dernière vague de suicides d'adolescents, la plupart de ces gosses tentaient de s'étrangler pendant qu'ils se branlaient. Leurs parents les découvrent, une serviette serrée autour du cou et attachée à la tringle du placard de leur chambre. Le gamin est mort. Il y a du sperme séché partout. Bien sûr, papa et maman nettoient tout ça. Et ils remettent un pantalon à leur rejeton. Ils s'arrangent pour que ça ait l'air… plus correct. Intentionnel, au moins. Le genre de suicide affreux, mais « normal ».

Un autre de mes potes, un gamin de l'école — son frère aîné est dans la marine US et il lui raconte que les mecs, au Moyen-Orient, ne s'astiquent pas comme nous. Il est stationné dans un quelconque pays plein de chameaux où on vend sur les marchés ce qu'on pourrait prendre pour un coupe-papier fantaisie.

C'est une tige d'argent ou de cuivre poli, très mince, à peu près de la longueur d'une main, avec une extrémité un peu plus large, ou une grosse boule de métal, ou le genre de bout sculpté qu'on trouve sur le manche des épées. Le petit gars de la marine explique que les Arabes, une fois en érection, s'enfoncent toute la longueur de cette tige métallique dans la queue, puis qu'ils se branlent avec ça et il paraît que c'est bien meilleur. Plus intense.

C'est ce grand frère qui voyage à travers le monde, et qui lui envoie des expressions françaises. Des expressions russes. Des conseils pratiques de branlette.

Et voilà qu'un jour mon pote ne se pointe pas à l'école. Et ce soir-là, il m'appelle pour me demander si je peux récupérer les devoirs pour lui pendant deux semaines. Parce qu'il est à l'hosto.

Il est obligé de partager une chambre avec des vieux opérés de l'intestin. Il raconte qu'ils regardent la même télé. Il n'a qu'un rideau pour protéger son intimité. Ses parents ne lui rendent pas visite. Au téléphone, il me dit qu'à présent ses copains ont juste envie de flinguer son grand frère, le marin.

Au téléphone, il m'explique que, la veille, il était juste un peu défoncé. Il était chez lui, dans sa chambre, affalé sur son lit. Il avait allumé une bougie et il feuilletait de vieux magazines porno, décidé à se faire reluire. Il venait d'avoir des nouvelles de son frangin dans la marine. Ce détail technique sur la façon arabe de s'astiquer le poireau. Il regarde autour de lui pour trouver quelque chose qui ferait l'affaire. Un stylo à bille ? Trop gros. Un crayon ? Trop gros aussi, et trop rêche. Et puis il voit la fine coulée de cire, le long de sa bougie. Parfait. Il la détache avec un ongle. Il la roule soigneusement entre ses mains. C'est long, c'est doux, c'est mince.

Défoncé et excité, il fait glisser cette tige de plus en plus profondément dans son urètre. Avec un bon morceau de cire qui dépasse du bout de son gland. Et il se met au boulot.

Aujourd'hui encore, il avoue que ces Arabes sont de sacrés malins. Ils ont complètement réinventé la branlette. Il est allongé sur le dos, dans son lit, et ça devient si merveilleux qu'il en oublie de surveiller la boule de cire. Encore un bon va-et-vient et il va lâcher la purée… sauf qu'il n'y a plus rien au bout de sa queue.

Elle a avalé la fine baguette. Complètement. Et si profond qu'il ne la sent carrément plus dans son canal urinaire.

Au rez-de-chaussée, sa mère l'appelle pour dîner. Elle lui demande de descendre — et tout de suite. Le gamin à la cire et celui à la carotte sont différents, mais nous vivons tous pratiquement la même vie.

Après le repas, mon pote commence à avoir mal au bide. C'est de la cire, alors il s'imagine qu'elle va peut-être fondre à l'intérieur de lui et qu'il finira par la pisser. Et puis maintenant, c'est son dos qui le fait souffrir. Ses reins. Il ne peut même plus se tenir droit.

Il me parle au téléphone depuis son lit d'hôpital et en fond sonore, on entend des cloches sonner, des gens hurler. Des jeux télévisés.

La radio révèle la vérité — il y a un truc long et fin plié en deux dans sa vessie. Ce long V à l'intérieur de lui accumule tous les sels minéraux de son urine. Il grossit et devient plus grumeleux, il se couvre de cristaux de calcium, il se déplace et déchire les parois fragiles et il empêche l'évacuation de l'urine. Ses reins sont bloqués. Et le peu de pisse qui coule de sa queue est sanguinolent.

Avec ses parents, toute sa famille, qui regardent la radio en compagnie du toubib et des infirmières, qui voient le gros V de cire d'un blanc lumineux exposé à la vue de tous, le gosse est forcé d'avouer la vérité. La façon dont les Arabes se branlent. Ce que son grand frère lui a écrit depuis son bateau.

À l'autre bout du fil, à présent, il fond en larmes.

Ils ont payé son opération de la vessie avec le capital mis de côté pour ses études. Une erreur stupide, et voilà qu'il ne sera jamais avocat.

Enfoncer des machins dans tes intérieurs. T'enfoncer à l'intérieur de machins. Une bougie dans ta queue ou ta tête dans un nœud coulant — ça sentait les emmerdes.

Ce qui m'a posé des problèmes, à moi, c'est ce que j'appelais « la Pêche aux Perles ». Ça voulait dire se branler sous l'eau, s'asseoir au fond de la piscine de mes parents, côté grand bassin. J'aspirais une énorme goulée d'air, je descendais et j'ôtais mon maillot. Je m'asseyais là pendant deux, trois, quatre minutes.

Jusqu'à l'éjaculation. J'avais une sacrée capacité pulmonaire. Quand j'avais la baraque rien qu'à moi, je faisais ça tout l'après-midi. Et quand j'avais fini de cracher mon truc, mon sperme, il flottait à la surface, de gros mollards laiteux bien gras.

Ensuite, il fallait que je plonge plusieurs fois pour le récupérer. Le ramasser et essuyer chaque poignée dans une serviette. Voilà pourquoi j'avais surnommé ça la Pêche aux Perles. Même avec le chlore, il fallait que je fasse attention à ma sœur. Ou, nom de Dieu, à ma mère !

C'était ma pire crainte en ce monde : ma jeune sœur encore vierge, pensant juste qu'elle grossit un peu, et donnant finalement naissance à un bébé retardé à deux têtes. Et les deux têtes qui me ressemblent. À moi — le père ET l'oncle.

Au bout du compte, ce n'est jamais ce qui t'inquiète qui te tombe dessus.

Le meilleur moment de la Pêche aux Perles, c'était la bonde de fond du système de filtration. Le meilleur moment, c'était quand on se foutait à poil et qu'on collait son cul dessus.

Comme diraient les Français : Qui n'aime pas se faire sucer la rondelle ?

Enfin, t'es juste un gamin qui prend son pied, et puis l'instant d'après, tu ne seras jamais avocat.

À cette minute, je m'installe au fond de la piscine, et le ciel bleu clair ondule à travers deux mètres cinquante d'eau au-dessus de ma tête. Le monde est silencieux hormis les battements de mon cœur à mes oreilles. J'ai passé mon maillot à rayures jaunes autour de mon cou pour le récupérer illico presto au cas où un ami, un voisin, n'importe qui, se pointerait pour me demander pourquoi j'ai raté l'entraînement de foot. La bonde de fond m'aspire sans interruption et j'y appuie mon petit cul blanc tout maigre pour en profiter.

À cette minute, j'ai une grosse réserve d'air et j'ai ma queue bien en main. Mes parents sont partis au boulot et ma sœur est à la danse. J'ai la maison pour moi tout seul pour des heures.

Au moment où je vais jouir, je bloque tout et je remonte pour reprendre une bonne goulée d'air frais. Puis je plonge à nouveau et je me réinstalle sur la bonde.

Et je recommence. Et je recommence.

Ça doit être pour ça que les filles adorent s'asseoir sur votre visage. Cette succion, c'est comme de couler un bronze qui ne s'arrête jamais. Avec ma queue bien dure et mon cul qui se fait bouffer, je n'ai pas besoin d'air. Mon cœur bat à mes oreilles et je reste sous l'eau jusqu'à ce que des étoiles de lumière très brillantes commencent à filer devant mes yeux. Les jambes en V, et mes creux poplités qui frottent durement contre le fond en ciment. Mes orteils deviennent bleus, et comme mes doigts, ils sont tout fripés d'être depuis si longtemps sous l'eau.

C'est alors je lâche ma purée. Les gros crachats blancs jaillissent. Les perles.

Maintenant, j'ai besoin d'air. Mais quand je veux pousser avec mes pieds contre le fond pour remonter — impossible. Je ne peux pas les ramener sous moi. Mon cul est collé à la bonde.

Les services de secours vous diront que, chaque année, cent cinquante personnes environ restent coincées de cette façon, aspirées par le circuit de filtration d'une piscine. Il avale tes cheveux longs ou tes fesses, et tu te noies. Chaque année, ça arrive à des tas de gens. Et, la plupart du temps, en Floride.

Simplement, on n'en parle pas. Même les Français ne parlent pas DE TOUT.

Je redresse un genou, je réussis à poser un pied sur le fond, et je me relève à moitié — quand je sens un coup sec contre mon trou de balle. Je place mon second pied et je pousse pour remonter. Je parviens à me détacher du béton, mais pas à regagner l'air libre.

Jouant toujours des jambes et m'aidant follement des deux bras, je suis maintenant à mi-chemin entre le fond et la surface, incapable d'avancer davantage. Dans mes oreilles, les battements de mon cœur sont plus violents et plus rapides.

Des étincelles de lumière passent et repassent devant mes yeux, je me retourne et je regarde au-dessous de moi... Mais ce que je vois n'a aucun sens. Cette corde épaisse, blanc-bleu et parcourue de veines, comme une sorte de serpent, sort de la bonde de fond et reste collée à mon derrière. Quelques-unes de ces veines saignent – un sang rouge qui, sous l'eau, paraît noir et coule lentement de petites déchirures dans la peau blême du serpent. Un sang rouge qui disparaît peu à peu en se mélangeant à l'eau. À travers la mince peau blanc-bleu du reptile, on aperçoit des morceaux d'un repas à demi digéré.

Je n'ai pas d'autre explication. Un horrible monstre marin, un serpent de mer, quelque chose qui n'a jamais vu la lumière du jour, est dissimulé au cœur même de la tuyauterie de notre piscine et attend de pouvoir me dévorer.

Et donc... Je balance un coup de pied à sa peau veinée, glissante, caoutchouteuse et pleine de nœuds, et j'ai l'impression que ça le fait sortir davantage de la bonde. À présent, il a à peu près la longueur de ma jambe, mais il s'accroche toujours à mon trou de balle. Un autre coup de pied et je gagne trois centimètres vers une bonne gorgée d'air. Je sens encore le reptile qui me bouffe le cul, mais je me rapproche de la surface.

Emmêlés à l'intérieur du serpent, tu peux voir du maïs et des cacahouètes. Tu peux voir un truc ovale orange vif. C'est le genre de remède de cheval que mon père m'oblige à avaler pour que je prenne du poids. Pour que mes talents de footballeur me valent une bourse à la fac. Des vitamines, plus du fer et des acides gras oméga-3.

C'est la vision de cette pilule de vitamine qui me sauve la vie.

Ce n'est pas un serpent. C'est mon gros intestin, mon côlon qui s'échappe de mon cul. Les toubibs appellent ça « une descente d'organe ». La bonde de fond est en train de m'aspirer les tripes.

Les secours d'urgence vous diront que dans une pompe de piscine circulent dans les trois cents litres d'eau à la minute. Soit environ deux cents kilos de pression. Le gros problème, c'est que tout est lié à l'intérieur de nous. Ton trouduc n'est que l'extrémité inférieure de ta bouche. Si je renonce, la pompe va continuer à tourner – à effilocher mes intestins – jusqu'à m'avaler la langue. Imagine-toi en train de chier une merde de deux cents kilos et tu comprendras comment elle pourrait te retourner comme une crêpe.

Ce que je peux te dire, c'est que tes tripes ne te font pas tellement mal. Rien à voir avec une blessure externe. Les trucs que tu digères, les toubibs appellent ça « matière fécale ». Au-dessus, il y a le chyme, des poches d'une fine saleté baveuse constellées de maïs, de cacahouètes et de petits pois.

C'est cette espèce de soupe de sang et de maïs, de merde et de sperme et de cacahouètes, qui flotte maintenant autour de moi. Mais même avec mes boyaux qui me jaillissent du cul, alors que je m'accroche à ce qui me reste de tripes, oui, même là, j'ai d'abord envie de remettre mon maillot de bain.

L'essentiel c'est que mes parents ne voient pas ma queue.

Je tiens un poing serré contre mon cul, tandis que de l'autre main j'attrape mon slip à rayures jaunes et je le retire d'autour de mon cou.

Mais impossible de l'enfiler.

Si tu veux palper tes intestins, va t'acheter un de ces paquets de capotes en boyaux d'agneau. Prends-en une et déroule-la. Remplis-la de beurre de cacahouète. Enduis-la de vaseline et mets-la sous l'eau. Et puis essaie de la déchirer. De la couper en deux. C'est trop solide et caoutchouteux.

Ça glisse tellement que tu n'arrives même pas à l'attraper.

Une capote en agneau, c'est tout simplement ton bon vieil intestin.

Maintenant, tu comprends ce qui m'attend.

Tu lâches une seconde, et tu te vides.

Tu nages jusqu'à la surface pour respirer, et tu te vides.

Tu ne nages pas, et tu te noies.

Tu as le choix entre mourir tout de suite ou mourir dans une minute.

En rentrant du boulot, mes parents découvriront un gros fœtus nu recroquevillé sur lui-même. Flottant dans l'eau trouble de leur piscine derrière la maison. Coincé au fond par un gros boyau entortillé et marbré de veines. L'exact contraire d'un gamin qui se pend en éjaculant. C'est leur bébé qu'ils ont ramené de l'hôpital il y a treize ans. C'est le gosse qu'ils espéraient voir décrocher une bourse grâce au foot et réussir un MBA. Qui se serait occupé d'eux quand ils seraient vieux. C'est tous leurs espoirs et tous leurs rêves. Flottant là, nu, mort. Avec, tout autour de lui, des grosses perles laiteuses de sperme gaspillé.

C'est ça — ou alors mes parents me découvriront enroulé dans une serviette sanguinolente, évanoui à mi-chemin entre la piscine et le téléphone de la cuisine, avec un morceau d'intestin déchiré, en lambeaux, pendouillant toujours de mon maillot de bain aux rayures jaunes.

Même les Français ne parleraient pas de ça.

Le fameux grand frère, dans la marine US, il nous a appris une autre belle phrase. Une phrase russe. Quand nous disons : « C'est vraiment la dernière chose dont j'ai besoin », les Russes, eux, s'exclament : « J'en ai autant envie que des dents au cul ! »

Mnye etoh nadoh kahk zoobee v zadnetze.

Ces histoires que tu entends, sur les animaux qui se rongent la patte pour s'échapper d'un piège, ben, n'importe quel coyote te dira que, putain, deux coups de dents ça vaut mieux que d'être mort.

Putain… Même si t'es russe, un jour t'es bien content d'avoir des dents au cul.

Sinon, voilà ce que tu dois faire — tu te contorsionnes. Tu coinces un coude derrière ton genou pour ramener ta jambe contre ton visage. Et puis tu te mords le fion et tu l'entames. Vu que t'es en train d'étouffer et que tu mâcherais n'importe quoi pour avoir la bouffée d'air suivante.

C'est pas le genre de truc que t'as envie de raconter à une fille à ton premier rendez-vous. Pas si tu espères un bisou avant le dodo.

Si je te disais quel goût ça a, tu ne mangerais plus jamais de calmars, mais alors plus jamais.

Difficile de dire ce qui dégoûta le plus mes parents : la façon dont je me suis mis dans la merde, ou la façon dont je m'en suis tiré. Après ma sortie de l'hôpital, maman m'a murmuré : « Tu ne savais pas ce que tu faisais, chéri. Tu étais en état de choc. » Et elle a appris à cuisiner les œufs pochés.

Tous ces gens débectés ou désolés pour moi…

J'en ai autant envie que des dents au cul.

Aujourd'hui, on n'arrête pas de me dire que j'ai l'air trop maigre. À des dîners, mes hôtes font la gueule et le prennent mal quand je ne touche pas au rôti à la cocotte qu'ils ont cuisiné. Ce genre de rôti me tue. Le jambon au four. Tout ce qui reste dans mes boyaux plus de deux heures, ça ressort tel quel. Les haricots de Lima faits maison ou les gros morceaux de thon au naturel, quand je vais chier, je les retrouve intacts au fond de la cuvette.

Quand tu as eu droit à une résection radicale des boyaux, tu ne digères plus aussi bien la viande, tu vois. La plupart des gens ont plus de deux mètres de gros intestin. Moi, je suis heureux avec mes dix-huit centimètres. Et donc, j'ai jamais eu de bourse sportive. Jamais eu de MBA. Mes deux potes, le gosse à la cire et celui à la carotte, ils ont grandi, ils ont grossi, mais moi je n'ai jamais fait deux cents grammes de plus que ce que je pesais à treize ans.

Un autre gros problème, c'est que mes parents avaient claqué un paquet de fric pour cette piscine. À la fin, mon père s'est contenté de dire au type chargé de l'entretien que c'était une histoire de chien. Notre foutu toutou était tombé dedans et s'était noyé. Son cadavre avait été aspiré par la bonde de fond. Et même quand le type a ouvert le filtre et qu'il en a retiré un tube caoutchouteux, un écheveau d'intestins détrempés, avec une vitamine orange à l'intérieur, oui, même là, mon paternel s'est contenté de dire : « Ce chien était complètement con. »

Et depuis la fenêtre de ma chambre à l'étage, j'entendis papa qui disait : « On ne pouvait pas laisser ce cabot seul une seconde… »

Et puis ma sœur n'a pas eu ses règles.

Même lorsqu'ils ont changé l'eau de la piscine, même lorsqu'ils ont vendu la maison et déménagé dans un autre État, et même après l'avortement de ma sœur, mes vieux n'ont plus jamais évoqué cette histoire.

Jamais.

C'est la carotte invisible de ma famille.

Maintenant tu peux prendre une bonne grosse bouffée d'air.

Parce que moi, j'en manque toujours.

2

Le Révérend Impie se tient debout sous le lampadaire suivant, une valise carrée à ses pieds. Comme il est encore très tôt, tout est toujours noir ou gris. Son bagage, balafré par des fermetures Éclair argentées qui partent dans tous les sens, est une espèce d'emmental sombre fait de petites poches et de fentes, de sacs et de compartiments. Le Révérend Impie et son visage — juste de la viande rouge crue autour d'un nez et de deux yeux, un steak suturé avec du fil et des cicatrices. Et des oreilles tordues et gonflées. Il s'est rasé les sourcils, et puis il s'en est dessiné d'autres, une ébauche au stylo noir de deux arcs exprimant l'étonnement qui lui monte presque jusqu'aux cheveux.

Tout en le regardant embarquer dans l'autobus, Camarade Maussade ouvre un bouton de son gilet pare-balles. Puis elle le referme et elle se penche vers le magnéto glissé dans la poche de la chemise du Comte de la Calomnie.

Près de la petite lumière rouge ENREGISTREMENT, Camarade Maussade déclare que le Révérend Impie porte un chemisier blanc. Un chemisier de femme. Avec les boutons à gauche.

Dans la faible lumière du lampadaire, ses boutons en faux diamants étincellent.

L'autobus descend la rue, prend le virage suivant. Baronne Gelures attend dans l'ombre, à l'écart du cercle de lumière d'un lampadaire.

C'est d'abord sa main droite qui se glisse par la porte ouverte de l'autobus, une main normale, avec deux doigts jaunis par la nicotine. Pas d'alliance. Elle tient une trousse à maquillage en plastique. Puis on découvre un genou, une cuisse, les rondeurs d'une poitrine. Une taille ceinturée dans un trench-coat. Et puis tout le monde détourne les yeux.

On regarde notre montre. Ou, à l'extérieur, les voitures garées et les boîtes à journaux. Les bouches d'incendie.

Baronne Gelures a apporté des tubes et des tubes de paraffine pour les lèvres, nous dit-elle. Pour quand elles sont gercées et qu'elles saignent lorsque ça caille. Sa bouche n'est qu'un trou luisant de graisse qu'elle ouvre et qu'elle ferme dans une grimace pour parler. Sa bouche, juste une cicatrice de rouge à lèvres rose occupant la moitié inférieure de son visage.

Camarade Maussade se baisse vers le Comte de la Calomnie et murmure à son magnéto :

« Oh, mon Dieu… »

Tandis que Baronne Gelures s'assied, seul Agent Cafteur l'observe, caché derrière l'objectif de sa caméra vidéo.

À l'arrêt suivant, Miss America nous attend avec sa roue d'exercice – un truc en plastique rose de la taille d'une assiette avec des poignées en caoutchouc noir dépassant des deux côtés de son moyeu. Tu attrapes les deux poignées et tu t'agenouilles par terre. Puis tu te penches en équilibre sur ta roue, et tu avances et tu recules en serrant l'estomac. Miss America a amené cet instrument, plus quelques bodys roses, une teinture blond miel pour cheveux et un test de grossesse.

Tandis qu'elle remonte l'allée — souriant à M. Whittier et sa chaise roulante, mais pas au Chaînon Manquant — Miss America place un pied exactement devant l'autre pour donner l'impression que ses hanches sont fines, sa jambe de devant cachant toujours celle de derrière.

Camarade Maussade appelle ça « le Dandinement du Mannequin ». Elle se penche au-dessus du bloc-notes du Comte de la Calomnie et annonce :

« Cette teinte blonde — c'est ça que les femmes nomment *relever la couleur.* »

Avant de partir, Miss America avait écrit au rouge à lèvres, sur le miroir de la salle de bains de la chambre du motel qu'elle partageait avec son petit ami, pour qu'il lise ça avant sa prestation télévisée du matin : « Je ne suis PAS grosse. »

Nous avions tous laissé un message d'un genre ou d'un autre derrière nous.

Directrice Reniement nous expliqua en caressant son chat qu'elle avait rédigé un mémo pour l'ensemble du personnel de son agence, où elle disait : « Trouvez vos propres objets à baiser. » Elle l'avait placé sur chaque bureau, la nuit précédente, et ils le trouveraient en arrivant, ce matin.

Même Miss Éternuement avait pondu un petit truc, alors qu'elle n'avait personne à qui le faire lire. Avec une bombe à peinture rouge elle avait tagué sur le banc d'un arrêt d'autobus : « Appelez-moi quand vous aurez trouvé un remède. »

L'Entremetteur avait plié son message et l'avait posé sur la table de la cuisine, où sa femme ne pouvait pas le rater : « Ça fait maintenant quatorze semaines que j'ai eu ce rhume de cerveau et tu ne m'as toujours pas embrassé. » Il ajoutait : « Cet été, tu trairas les vaches. »

Le petit mot de Comtesse Extralucide s'adressait à son contrôleur judiciaire. Il pouvait la joindre en composant le 1-800-VA-TE-FAIRE-FOUTRE.

La Comtesse Extralucide sortit de l'obscurité, coiffée d'un turban et enroulée dans un châle en dentelle. Flottant dans l'allée centrale, elle s'arrêta un instant à la hauteur de Camarade Maussade.

« Puisque tu te poses la question », dit-elle en agitant mollement la main, avec un bracelet de plastique autour du poignet, « c'est un détecteur GPS. Une condition de ma libération anticipée de prison... »

Un, deux, trois pas, elle dépassa Camarade Maussade et le Comte, encore bouche bée de surprise, et puis elle ajouta, sans se retourner :

« Eh oui ! »

Elle tapota son turban avec les ongles d'une main et ajouta :

« Oui, je suis vraiment capable de lire dans vos pensées... »

Après l'embranchement suivant, après un autre centre commercial et un autre motel franchisé, et un fast-food de plus, Mère Nature est là, assise sur le trottoir dans une position de lotus parfaite, ses mains passées au henné posées sur ses genoux. Autour de son cou tintinnabule un collier de clochettes en laiton.

Mère Nature embarque un carton de vêtements protégeant des bouteilles d'une huile épaisse. Des bougies. Son carton sent les aiguilles de pin. Un feu de camp de bois de pin. L'odeur d'une sauce au basilic et à la coriandre. L'odeur du bois de santal d'importation.

Une longue frange se balance le long de l'ourlet de son sari.

Camarade Maussade roule des yeux : elle s'évente avec son béret de feutre noir tout mou et murmure : « *Patchouli...* »

Notre colonie d'écrivains, notre île déserte, aurait le chauffage et l'air conditionné — c'est ce qu'on nous avait laissé entendre. Chacun aurait droit à sa chambre. On aurait beaucoup d'intimité si bien qu'on n'avait pas besoin d'embarquer un gros paquet de fringues. Enfin, c'était ce qu'on nous avait dit.

On n'avait pas de raison de penser le contraire.

L'autobus emprunté serait retrouvé, mais pas nous. Pas au cours des trois mois où nous allions disparaître du monde. Trois mois que nous passerions à écrire et à nous lire nos textes. À peaufiner nos chefs-d'œuvre.

Le Duc des Vandales fut le dernier à embarquer, au bout d'un autre pâté de maisons et d'un autre tunnel. Ses doigts étaient dégueulassés par les pastels et les fusains, ses mains tachées par des encres de sérigraphie, et ses vêtements raides d'éclaboussures de peinture. Mais pour l'instant toutes ces couleurs sont encore grises ou noires, et le Duc des Vandales nous attend assis sur une boîte à outils pleine de tubes de peinture à l'huile, de pinceaux, de couleurs pour aquarelles et de tubes d'acrylique.

Il se redresse et, avant d'embarquer, il prend le temps d'envoyer ses cheveux blonds en arrière et de les serrer dans un bandana rouge pour les coiffer en queue-de cheval. Il grimpe les marches et il reste dans l'encadrement de la porte, il nous regarde, éclairé par le projecteur de la caméra vidéo d'Agent Cafteur, et il dit : « Il était temps. »

Non, on n'était pas des idiots. Si on devait vraiment être coupés du monde, on n'allait pas accepter d'être laissés en rade. Aucun d'entre nous ne détestait assez ce monde stupide, en dessous de la moyenne, édulcoré, médiocre, pour souhaiter mourir. Non, pas nous.

Dans une situation comme celle-ci, bien sûr, on s'attendait à bénéficier d'un accès rapide aux soins d'urgence, juste au cas où l'un d'entre nous tomberait dans les escaliers ou se paierait une crise d'appendicite.

Et donc, on avait juste à réfléchir à ce qu'on allait mettre dans notre unique valise.

Dans cet atelier d'écriture, on était censés avoir de l'eau chaude et de l'eau froide. Savon. Papier cul. Tampax. Dentifrice.

Le Duc des Vandales avait mis un mot à son proprio qui disait : « Va te faire foutre avec ton bail. »

Mais le plus important, c'était encore ce qu'on avait laissé derrière nous. Le Duc des Vandales n'avait pas pris de cigarettes et il mâchait des gommes à la nicotine. Saint Descente de Boyaux n'avait pas emmené de pornographie. La Comtesse Extralucide et l'Entremetteur avaient abandonné leurs alliances.

Et M. Whittier disait : « Ce qui vous arrête dans le monde extérieur vous arrêtera ici. »

Le reste de ce désastre ne fut pas de notre faute. On n'avait aucune raison, absolument aucune, de prendre avec nous une tronçonneuse. Ni une masse, ni un bâton de dynamite. Ni un revolver. Non, sur cette île déserte, nous serions complètement, complètement en sécurité.

Juste avant l'aube, en cette nouvelle journée si merveilleuse, on ne se doutait de rien.

En tout cas, c'était ce qu'on nous avait fait croire. Peut-être qu'on était trop confiants.

Et pour toutes ces raisons, rien de ce que nous avions emporté n'aurait pu nous sauver.

Un autre embranchement, une autre portion d'autoroute, puis une bretelle de sortie et une nationale jusqu'à ce que M. Whittier ordonne : « Tourne ici. »

Empoignant l'armature chromée de sa chaise roulante, il tend un doigt de bœuf séché. La peau est ratatinée et rétrécie, l'ongle jaune couleur d'os.

Camarade Maussade lève le nez et renifle en disant : « Faudra-t-il que je vive avec cette saleté de patchouli pendant les douze prochaines semaines ? »

Miss Éternueuse tousse dans sa main.

Et Saint Descente de Boyaux engage l'autobus dans une allée étroite et sombre. Entre des immeubles si proches que lorsque l'Entremetteur crache un nouveau jet de tabac brun, le haut de sa salopette est tout éclaboussé. Des murs si resserrés que le béton écorche le coude poilu du Chaînon Manquant appuyé sur le rebord de sa fenêtre ouverte.

Et puis le véhicule s'arrête et ses portes s'ouvrent devant une autre porte, en acier celle-là, dans un mur de béton. L'allée est si étroite que l'autobus nous empêche de regarder derrière nous. Mme Clark s'extrait de son siège, descend l'escalier et déverrouille un cadenas.

Puis elle disparaît à l'intérieur, et les marches de l'autobus donnent sur une fente de pur néant. Que du noir. Une fente juste assez large pour s'y glisser. De là nous arrive la puanteur piquante de la pisse de souris. Mélangée à l'odeur de vieux livres humides à moitié bouffés par des poissons d'argent. Et à celle de la poussière.

Et, depuis les ténèbres, la voix de Mme Clark qui commande : « Dépêchez-vous d'entrer ! »

Saint Descente de Boyaux nous rejoindra une fois qu'il aura garé notre véhicule quelque part où la police le retrouvera.

Une fois qu'il se sera débarrassé des preuves matérielles. À plusieurs pâtés de maisons d'ici. Voire à des kilomètres. Quand les flics remettront la main dessus, ils ne pourront pas remonter jusqu'à cette porte d'acier s'ouvrant dans le béton sur l'obscurité. Notre nouveau foyer. Notre île déserte.

Nous sommes serrés les uns contre les autres lorsque nous passons de l'autobus à cet espace noir comme dans un four. À l'occasion de ce dernier instant à l'extérieur, Agent Cafteur dit : « Souriez ! »

Ce que M. Whittier appellerait la caméra derrière la caméra derrière la caméra.

Au tout début de notre nouvelle vie secrète, le projecteur nous frappe – il est si brillant et si rapide qu'ensuite le noir est encore plus noir. Et nous sommes là à nous accrocher les uns aux autres par la veste ou par le bras, à essayer de rester droit, aveuglés et clignant des yeux – mais confiants, tandis que la voix de Mme Clark nous guide derrière cette porte d'acier.

Ce moment vidéo : la vérité sur la vérité.

« L'odeur est très importante », déclare alors Mère Nature.

Trimbalant son carton, avec ses clochettes de laiton qui tintinnabulent, elle étreint l'obscurité et ajoute : « Ne riez pas, mais en aromathérapie, on vous conseille de ne jamais allumer une bougie au bois de santal à côté d'un encens aux baies de laurier… »

Clandestin

Un poème sur Mère Nature

« J'ai essayé d'entrer au couvent,
  avoue Mère Nature, parce que
  j'avais besoin de me cacher. »
  Elle n'avait pas pensé au contrôle antidrogue.

Mère Nature sur scène, avec ses bras où s'enroulent
  des dessins au henné. De l'extrémité de ses doigts
  jusqu'à la bretelle de sa tunique en coton chinée
  avec une teinture aux couleurs de l'arc-en-ciel.
Un collier de clochettes en laiton a donné
  à son cou un aspect verdâtre.
  Sa peau est luisante d'huile de patchouli.

« Qui sait ? dit Mère Nature. Et il n'y a pas que
  l'analyse d'urine. »
  Elle ajoute : « Elles mènent leurs tests avec des
  cheveux et des ongles. »
  Elle dit : « Ça, plus la vérification
  des antécédents. »
  La clause de moralité.
  La vérification des antécédents.

Le contrôle
de ton compte bancaire. Le code vestimentaire.

Elle se tient sur scène, pieds nus,
et au lieu d'un projecteur,
au lieu d'un sourire ou d'un froncement
de sourcils, un extrait de film sur le ciel nocturne
balaie son visage.
Une galaxie d'étoiles et de lunes.
Ses lèvres sont rouges de jus de betterave.
Ses sourcils barbouillés
de poudre de safran.
Là, un masque changeant de nébuleuses roses. De
planètes avec des anneaux et des cratères.

Mère Nature dit : « Elles m'ont demandé trop de
lettres de références. »
Plus un passage au détecteur de mensonges.
Quatre photos d'identité.
« Quatre », répète Mère Nature en dressant autant
de doigts peints au henné.
Ses bracelets en fils de cuivre
et en argent crasseux carillonnent
autour de son poignet.
Elle dit : « Personne n'a *quatre photos d'identité…* »
Pour être acceptée dans les ordres, explique-t-elle,
tu dois passer un test sur la façon dont tu t'assieds,
pire que l'examen d'entrée à la fac
et l'admission aux études de droit réunis.
Et tu dois répondre à des tas de problèmes du
genre :
« Combien d'anges peuvent-ils danser sur une tête
d'épingle ? »

Et tout ça, conclut Mère Nature, juste pour savoir
« si tu épouses le Christ sous le coup d'une déception amoureuse ».

Avec ses longs cheveux bien dégagés de son visage,
tressés et retombant dans son dos,
Mère Nature dit :
« Bien sûr, j'ai échoué.
Pas simplement le contrôle antidrogue —
j'ai tout raté. »
Pas seulement pour devenir religieuse,
mais presque toute sa vie…
Elle hausse les épaules, ses épaules couvertes
de taches de rousseur,
sous la bretelle de sa tunique en coton chinée,
« Et donc me voilà. »

Les constellations se déplacent lentement
sur son visage,
et Mère Nature dit :
« J'ai toujours eu besoin d'un endroit
où me cacher. »

Jeu de pieds

Une nouvelle de Mère Nature

Ne rigolez pas, mais en aromathérapie, on te prévient de ne jamais allumer une bougie citron cannelle en même temps qu'une bougie au clou de girofle et une autre au cèdre-muscade. Simplement, on ne t'explique pas pourquoi…

En feng shui, personne ne s'étend sur le sujet, mais en positionnant simplement un lit au mauvais endroit tu concentres assez de chi pour tuer quelqu'un. Juste avec de l'acupuncture, tu peux pratiquer un avortement à un stade avancé de grossesse. En utilisant des cristaux ou en travaillant sur l'aura tu parviens à déclencher un cancer de la peau.

Ne rigolez pas, mais des méthodes détournées permettent de transformer n'importe quel truc new age en une arme meurtrière.

Lors de la dernière semaine dans une école de massage, on t'apprend à ne jamais travailler la zone réflexe transverse du talon. À ne jamais toucher la voûte du dos du pied droit. Et encore moins la zone la plus extérieure à gauche. Mais on ne t'explique pas pourquoi. C'est la différence entre les thérapeutes qui travaillent le côté clair et ceux qui penchent du côté sombre de ces techniques.

Tu entres dans une école pour étudier la réflexologie. C'est la science des manipulations du pied humain pour soigner ou stimuler certaines parties du corps. Elle repose sur l'idée que celui-ci est divisé en dix méridiens énergétiques distincts. Ainsi, ton gros orteil est connecté directement à ta tête. Pour éliminer les pellicules, par exemple, tu tripotes le petit point qui se trouve juste derrière. Et pour guérir les maux de gorge, tu masses sa jointure médiane. Pas le genre de médications couvertes par un quelconque régime d'assurances. C'est un peu comme être toubib, mais sans le revenu. Quelqu'un qui prétend frictionner l'espace entre chaque doigt de pied pour éliminer un cancer au cerveau ne risque pas de se faire un gros paquet de pognon. Ne rigolez pas, mais même avec des années d'expérience en manipulation des pieds, tu restes pauvre et tu t'occupes de gens qui n'ont jamais considéré leurs revenus comme une priorité essentielle.

Ne rigolez pas, mais un jour, tu rencontres une fille avec laquelle tu étais dans cette école. Elle a le même âge que toi. Vous portez des perles, toutes les deux. L'une comme l'autre, vous tressez de la sauge séchée que vous brûlez pour nettoyer votre champ énergétique. Vous vous habillez de vêtements chinés, vous ne mettez pas de chaussures et vous êtes assez jeunes pour vous sentir nobles lorsque vous massez les pieds des sans-abri cradingues qui se présentent à la clinique gratuite de l'école où vous vous entraînez.

C'était il y a des années et des années.

Toi, tu es toujours pauvre. Tu commences à perdre tes cheveux. Pour cause de mauvaise alimentation ou d'un trop grand sérieux, les gens pensent que tu fronces les sourcils, même quand ce n'est pas le cas.

Un jour tu vois sortir d'un hôtel chic du centre-ville cette fille qui a étudié avec toi. Le portier lui ouvre la porte tandis qu'elle passe avec majesté devant lui en agitant ses fourrures, grimpée sur des chaussures à talons dans lesquelles aucun réflexologue ne voudrait se glisser.

Tandis que le portier lui appelle un taxi, tu t'approches et tu dis : « Lentil ? »

Elle se retourne, et oui, c'est bien elle. De vrais diamants lancent des éclairs autour de sa gorge. Ses longs cheveux, épais et brillants, ondulent en vagues rousses et brunes. Son parfum embaume la rose et le lilas. Un manteau de fourrure. Des gants au cuir souple et clair, plus beau que la peau de ton propre visage. Elle se retourne, soulève ses lunettes de soleil qu'elle bloque dans sa couronne de cheveux. Elle t'observe et demande : « Est-ce que je vous connais ? »

Tu lui réponds que vous êtes allées à l'école ensemble. Quand vous étiez jeunes — bien plus jeunes.

Le portier lui ouvre la portière de son taxi.

Et puis elle dit qu'elle se souvient de toi, bien sûr. Elle consulte sa montre dont les reflets de diamants t'aveuglent dans le soleil de l'après-midi, et elle explique qu'elle doit être à l'autre bout de la ville d'ici vingt minutes. Elle te demande si tu veux monter avec elle.

Vous vous installez toutes les deux à l'arrière de la voiture et elle tend au portier un billet de vingt dollars. Il la salue en portant un doigt à sa casquette et il lui assure que c'est toujours un grand plaisir de la voir.

Elle donne une adresse au conducteur, un quartier résidentiel chic, et le type se glisse dans la circulation.

Ne rigolez pas, mais cette femme — Lentil, votre vieille amie — fait glisser son sac à bandoulière le long de son bras couvert de fourrure, elle l'ouvre d'un coup sec, et à l'intérieur, il n'y a que de l'argent liquide. Plusieurs couches de coupures de cinquante et de cent dollars. Elle plonge sa main gantée au milieu des billets et en ressort un portable.

Et à toi, elle dit : « Je n'en ai que pour une minute. »

À ses côtés, ta jupe portefeuille en coton indien imprimé, tes tongs et ton collier en clochettes de laiton n'ont plus rien de chic ni d'ethnique. Le khôl autour de tes yeux et les dessins au henné presque effacés sur le dos de tes mains donnent l'impression que tu n'as jamais pris un bain de ta vie. En comparaison de ses boucles d'oreilles émaillées de diamants, les tiennes — celles en argent que tu préfères — font penser à des décorations d'arbre de Noël dans une boutique d'articles d'occasion pour les bonnes œuvres.

Au téléphone, elle annonce : « Je suis en route. » Elle ajoute : « Je peux prendre celui de 15 heures, mais seulement pour une demi-heure. »

Puis elle dit au revoir et coupe la communication.

Elle effleure ta main avec son gant si doux et murmure que tu as l'air en pleine forme. Elle te demande ce que tu fais ces temps-ci.

Oh, toujours les mêmes choses, lui réponds-tu. Tu manipules les pieds. Tu t'es constitué une bonne liste d'habitués.

Lentil se mordille la lèvre supérieure, te regarde et murmure : « Ah bon… Tu es encore dans la réflexologie ? »

Oui. Tu ne vois pas comment tu pourras prendre ta retraite, n'empêche que ça paie les factures.

Elle t'observe sans prononcer un mot le temps que le taxi franchisse un pâté de maisons. Puis elle te demande si tu es libre pour l'heure qui vient. Si tu veux te faire un peu d'argent, au noir, une manipulation à deux des pieds de son prochain client. Tu ne t'occuperais que d'un seul pied.

Tu lui réponds que tu n'as jamais pratiqué la réflexologie avec une partenaire.

« Une heure, dit-elle. Et on se fait deux mille dollars. »

Tu lui demandes si c'est légal.

Et Lentil : « Deux mille dollars – chacune.

– Juste pour un massage de pied ? fais-tu.

– Autre chose, ajoute-t-elle. Ne m'appelle pas Lentil. Quand on sera là-bas, mon nom, c'est Angélique. »

Ne rigolez pas, mais tout ça est vrai. Le côté sombre de la réflexologie. Bien sûr, nous en connaissions certains aspects. Nous savions qu'en travaillant la surface plantaire du gros orteil nous pouvions déclencher une constipation et la cheville au-dessus du pied, une diarrhée. Ou en massant l'intérieur du talon, il était possible de rendre quelqu'un impuissant ou de lui donner la migraine. Mais comme rien de tout ça ne te rapportera de l'argent, pourquoi t'en préoccuper ?

Le taxi s'arrête devant un bâtiment de pierres sculptées, l'ambassade d'une quelconque puissance pétrolière du Moyen-Orient. Un garde en uniforme vous ouvre la portière et Lentil descend. Toi aussi, tu descends. Dans le hall, un second garde vous passe au détecteur de métal, à la recherche de revolvers, de couteaux, n'importe quoi. Un troisième type donne un coup de fil depuis un bureau couvert d'une belle plaque de pierre blanche. Un quatrième regarde à l'intérieur du sac de Lentil, il écarte les billets et ne trouve que son portable.

Les portes d'un ascenseur s'effacent devant vous et un autre garde vous signifie d'y monter.

« Fais exactement comme moi », dit Lentil. Et elle ajoute : « C'est l'argent le plus facile que tu auras jamais gagné. »

Ne rigolez pas, mais à l'école tu as entendu certaines rumeurs. Comment un bon réflexologue peut se laisser entraîner vers le côté sombre du métier. Pour ne masser que certains centres de plaisir sur la plante des pieds. Pour offrir ce que les professionnels n'osent que chuchoter. Ce que les petits rigolos surnomment la branlette d'arpions.

L'ascenseur s'ouvre sur un long couloir qui ne conduit qu'à une double porte. Les murs sont en pierre blanche polie. Le sol, en pierre. Vous franchissez la double porte en verre opaque et pénétrez dans une pièce où un homme est assis à un bureau blanc. Lentil et lui s'embrassent sur la joue.

Le gars te regarde, mais il ne s'adresse qu'à Lentil. Il l'appelle Angélique. Derrière lui, une autre double porte donne sur une chambre à coucher. Il vous fait signe d'y entrer, mais il reste en arrière et il referme sur vous dès que vous êtes à l'intérieur. À double tour.

Dans la chambre, un homme est couché à plat ventre sur un immense lit rond avec des draps de soie blanche. Il porte un pyjama de soie bleue brillante et ses deux pieds nus dépassent du bord du lit. Angélique ôte ses gants, puis vous vous agenouillez toutes les deux sur le tapis épais et vous saisissez chacune votre pied. Vous ne voyez pas le visage du gars, juste ses cheveux noirs gominés. Et ses grandes oreilles d'où sortent des touffes de poils noirs. Le reste de sa tête est enfoncé dans la taie de soie blanche de son oreiller.

Ne rigolez pas, mais ces rumeurs sont vraies. En appuyant à l'endroit où Angélique appuyait maintenant, en travaillant la zone réflexe génitale sur le côté plantaire du talon, elle fait gémir l'homme au visage collé dans son oreiller. Vos doigts ne sont pas encore ankylosés que le gars se met à brailler, la sueur collant la soie bleue à son dos et à ses cuisses. Et quand il redevient silencieux, quand vous ne pouvez même pas dire s'il respire encore, Angélique murmure qu'il est temps d'y aller.

Dans l'autre pièce, l'homme assis derrière son bureau vous donne deux mille dollars à chacune, en liquide.

À l'extérieur, dans la rue, un garde hèle un taxi pour Angélique.

En s'installant sur le siège arrière, Angélique vous tend une carte de visite. C'est le numéro de téléphone d'une clinique de soins holistiques. En dessous, écrit à la main, tu lis : « Demander Lenny. »

Son gant de cuir souple, son parfum de rose, le son de sa voix — tout cela murmure : « Appelle-moi. »

On a des tas de raisons de se mettre à travailler les pieds de cette façon. L'idée, c'est d'assurer de meilleures conditions d'existence à votre famille. D'offrir un peu de confort et de sécurité à votre père et à votre mère. Une voiture, peut-être. Un appartement en Floride donnant sur la plage.

Le jour où tu as confié à papa-maman les clés de cet appart reste le plus beau de ta vie. Ce jour où ils ont fondu en larmes, forcés d'admettre qu'ils n'avaient jamais imaginé que leur bébé réussirait à s'en sortir en massant des pieds puants.

Ce jour que vous allez payer pour le restant de votre existence.

Ne rigolez pas, mais rien de tout ça n'est illégal. C'est une simple manipulation. Il ne se passe rien de sexuel, sinon que votre client a un orgasme tellement épuisant qu'il ne peut plus marcher pendant quarante-huit heures. Homme ou femme, c'est pareil. Vous travaillez le point qui convient sur leurs pieds et ils jouissent avec une telle violence que ça ressemble à une crise cardiaque. Avec une telle violence que ça commence à puer lorsqu'ils perdent le contrôle de leurs sphincters. Et que la plupart d'entre eux ont tout juste la force de vous regarder, de la bave perlant aux commissures des lèvres, et de vous indiquer d'un doigt tremblant de prendre le tas de billets de cent dollars qui vous attend sur la commode ou sur la table basse.

Lenny appelle de la clinique et tu prends un charter pour Londres. La clinique t'appelle et tu t'envoles pour Hong Kong. La clinique, c'est juste Lenny, un type avec un accent russe qui vit dans une suite du Park Hampton Hotel et qui te reverse la moitié de tes gains. C'est l'accent de Lenny que tu entends au téléphone, qui t'indique quel vol prendre, et dans quelle chambre d'hôtel ou sur quelle île privée t'attend ton prochain client.

Ne rigolez pas, mais l'inconvénient de l'histoire, c'est que tu n'as jamais le temps de faire du shopping. L'argent s'empile, c'est tout. Tu as un manteau de fourrure pour uniforme. Pour bien correspondre à ce nouvel univers, tu portes de sérieux bijoux d'or et de platine. Tu es toujours parfaitement coiffée. Assise dans le hall du Ritz-Carlton, tu apercevras quelques élèves avec lesquels tu étais dans cette école de réflexologie — les garçons arborent maintenant des costumes Armani et les filles des robes de cocktail de chez Chanel. Des gosses qui, jadis, étaient végétariens et se déplaçaient à vélo, maintenant tu les vois se balader en limousine. Tu les vois dîner seuls à de petites tables de la salle à manger de grands hôtels. Siroter un verre au bar dans les zones réservées des aéroports, en attendant leur prochain vol.

Les anciens rêveurs idéalistes sont devenus des branleurs de pieds professionnels.

Ces mamas hippies coiffées de dreadlocks, ces punks à barbichettes avec leurs skateboards, tu les entends, l'oreille collée à leur portable, donner des ordres de vente à leurs agents de change, planquer de l'argent dans des comptes offshore et des coffres en Suisse. Marchander sur les diamants non taillés et les pièces d'or sud-africaines.

Les types qui se faisaient appeler Trout et Pony, Lizard et Oyster, ils se prénomment Dirk aujourd'hui. Chez les filles, les Buttercup sont devenues des Dominique.

Mais avec cette foule de gens pratiquant la branlette de pieds, les prix ont fini par s'effondrer. Finalement, au lieu de milliardaires de l'informatique et de cheiks du pétrole, tu te retrouves à racoler dans le bar d'un hôtel, vêtue de ton Prada de l'année dernière, et à proposer tes services à vingt dollars le shoot. Au restaurant, tu te glisses sous la table pour manipuler les arpions de congressistes installés dans les boxes du fond. Tu jaillis de gros gâteaux d'anniversaire en carton pour t'occuper des pieds de toute une équipe de football, ou d'étudiants qui viennent de passer leur licence, simplement pour assurer les mensualités de la maison de retraite de tes parents.

C'est juste une question de temps avant que tu te choppes un quelconque champignon incurable planqué sous ta luxueuse french manucure.

Et tu fais tout ça seulement pour rembourser les intérêts de l'argent que tu as emprunté à Lenny et à sa mafia russe pour acheter des actions qui faisaient le plein. Des actions recommandées par Lenny. Ou pour te payer les bijoux et les chaussures dont tu as besoin pour bosser — à en croire Lenny.

Tu es au bar, dans le hall du Park Hampton Hotel, à essayer de convaincre un homme d'affaires bourré de venir s'offrir une branlette d'arpions pour dix dollars dans les toilettes pour messieurs. Et c'est là que tu aperçois Angélique qui traverse le hall en direction des ascenseurs. Ses cheveux sont brillants. Ses fourrures traînent sur le tapis, derrière ses talons hauts. Elle a toujours l'air super. Vos regards se croisent et, d'un mouvement de sa main gantée, elle te fait signe de la rejoindre.

Quand la porte de l'ascenseur s'ouvre, elle te dit qu'elle monte à la suite de Lenny. La clinique.

Elle te regarde, avec tes chaussures éraflées, tes ongles en mauvais état, et elle ajoute : « Viens voir la prochaine industrie en plein développement… »

L'ascenseur s'arrête au quatrième étage, l'appartement loué à Lenny, dont deux costards musclés à fines rayures gardent la porte. Ces hommes de main que vous payez avec la moitié de ce que Lenny retient de votre salaire. L'un d'eux annonce vos noms dans un micro épinglé sur son revers et la porte se déverrouille avec un bourdonnement sourd.

À l'intérieur de la suite, il n'y a que toi, Angélique et Lenny.

Ne rigolez pas, ta vie à branler des pieds est peut-être solitaire et coupée du monde — mais celle de Lenny semble encore pire. Enfermé ici dans son appart de luxe, vêtu toute la journée d'un peignoir de bain en tissu-éponge blanc, à compter son pognon, collé au téléphone. Le seul mobilier, c'est une chaise de bureau au siège sale et taché. Un matelas traîne près du mur de verre qui surplombe la ville. Sur un écran d'ordinateur des cotations boursières défilent en boucle.

Lenny s'approche de vous, son peignoir ouvert révèle son caleçon à rayures froissé et ses chaussettes blanches qui ont viré au jaune.

Lenny ouvre les bras à Angélique et s'exclame : « Mon ange, ma préférée... » Il prend son visage dans ses mains et ajoute : « Comment vas-tu ? »

Avec ses talons hauts, Angélique le dépasse d'environ une tête. Elle sourit, murmure : « Lenny... »

Et soudain, Lenny la gifle, violemment, et il dit : « T'es en train de me faire un enfant dans le dos, voilà comment tu vas. » Il lève la main, la paume ouverte, prêt à la frapper de nouveau, et il grommelle : « Tu acceptes des missions d'autres que moi, n'est-ce pas ? »

Angélique pose sa main gantée sur sa joue, dissimulant l'empreinte rouge des doigts de Lenny, et elle souffle : « Bébé, non... »

Et Lenny abaisse sa main. Il lui tourne le dos et regarde, par l'immense baie vitrée, la ville qui s'étend pratiquement de l'autre côté de son matelas.

« Bébé, dit Angélique, laisse-moi te montrer un nouveau truc. »

À ces mots, elle se tourne vers toi.

Puis elle s'approche de lui, elle pose ses mains gantées sur ses épaules, par-derrière, et elle lui souffle à l'oreille : « Laisse maman montrer à son bébé à quel point elle l'aime toujours... »

Elle le fait s'asseoir sur son matelas, puis s'allonger sur le dos. Elle ôte ses chaussettes jaunissantes.

« Viens, bébé », murmure-t-elle. Elle se débarrasse de ses gants. « Tu n'as pas oublié que je sais très très bien m'occuper de tes pieds... »

Alors, elle fait quelque chose que tu n'as jamais vu. Elle s'agenouille. Elle ouvre très grand la bouche et se met à lécher sa voûte plantaire. Et puis ses lèvres se referment autour de son talon et Lenny commence à gémir.

Ne rigolez pas, mais il y a des branlettes pires que les pires branlettes que vous pouvez imaginer. Dans une chambre du Four Seasons, on a retrouvé mort un magnat des médias sans antécédents d'hypertension, victime d'une attaque. Une rock star en parfaite santé a succombé à une défaillance rénale après un massage des pieds au Chateau Marmot.

Vous avez accès aux pieds de présidents et de sultans. De directeurs généraux et de vedettes de ciné. De rois et de reines. Et vous savez comment faire passer le meurtre de quelqu'un pour une mort naturelle.

C'est ce qu'Angélique t'explique alors que vous descendez dans l'ascenseur. Une fois que Lenny s'est mis à gémir et qu'il a pété les plombs. Une fois qu'Angélique a enfourné le pied de Lenny dans sa bouche et que notre hôte s'est relevé, assis sur le matelas, qu'il a serré ses bras autour de sa poitrine et qu'il l'a regardée, les yeux écarquillés, tandis qu'elle lui suçait le talon. Quand son cœur a cessé de battre, Angélique a remonté le drap sur sa poitrine. Puis elle a essuyé les traces de rouge sur son talon et s'est redessiné les lèvres. Elle a débranché ses téléphones et annoncé aux gardes que Lenny s'offrait une longue sieste.

Alors que vous descendez dans l'ascenseur, Angélique te dit qu'elle venait de faire sa dernière branlette de pied. Et que celle-ci lui avait rapporté un million de dollars – cash. Une agence rivale l'avait engagée pour liquider Lenny, mais à présent elle abandonnait le boulot pour de bon.

Au bar de l'hôtel, vous sirotez un cocktail pour faire passer le goût du pied de Lenny dans la bouche d'Angélique. Un dernier verre d'adieu. Puis elle te demande de regarder autour de toi. Les hommes en costard. Les femmes en fourrure. Et elle te dit que tous ces gens sont désormais des tueurs Rolfing. Des tueurs reiki. Des assassins du lavement.

Angélique ajoute qu'en thérapie des gemmes, il suffit de placer un cristal de quartz sur le cœur de quelqu'un, puis une améthyste sur son foie et une turquoise sur son front pour qu'il tombe dans un coma entraînant la mort. Il suffit à un expert du feng shui de se glisser dans la chambre à coucher de quelqu'un et de la réorganiser pour déclencher une maladie rénale.

« La moxibustion, dit-elle — le traitement des points d'acupuncture par la chaleur —, ça peut tuer quelqu'un. Tout comme le shiatsu. »

Elle termine son cocktail et détache son collier de perles de son cou.

Tous ces remèdes et toutes ces cures qui prétendent utiliser des ingrédients naturels à cent pour cent — et donc sains à cent pour cent… Angélique, ça la fait rire. Elle dit : « Le cyanure est naturel. Tout comme l'arsenic. » Elle te tend ses perles et elle ajoute : « À partir de maintenant, je redeviens "Lentil". »

C'est cette image que tu veux garder d'Angélique, et pas sa photo publiée par le journal du lendemain, quand on l'a repêchée dans le fleuve, dans un manteau de vison détrempé. On lui avait piqué ses boucles d'oreilles et sa montre en diamants pour faire croire à un crime crapuleux. On ne lui avait pas caressé les pieds jusqu'à la mort, non, on l'avait flinguée à la façon traditionnelle — une balle à pointe creuse à travers sa parfaite natte à la française. Un avertissement à tous les Dirk et tous les Dominique qui auraient envie de raccrocher.

La clinique t'appelle, pas Lenny, mais un autre type à l'accent russe, il veut t'envoyer à des clients, mais tu n'as pas confiance. Les gardes t'ont vue, avec Lentil. Là-haut, dans la suite de luxe. Ils ont certainement une autre balle à pointe creuse pour ta nuque à toi.

Tes parents t'appellent de Floride pour te dire qu'une voiture noire n'arrête pas de les suivre, et que quelqu'un leur a téléphoné pour leur demander s'ils savaient où tu es. À présent, tu passes déjà d'un bouge à l'autre et tu branles assez de pieds pour gagner le liquide dont tu as besoin pour rester vivante.

Tu réponds à tes vieux : « Soyez prudents. » Tu leur dis de ne pas se faire masser par des inconnus. Tu les joins d'une cabine publique et tu leur demandes de ne pas se mêler d'aromathérapie. D'auras. De reiki. Tu leur dis de ne pas rigoler, mais que tu vas être obligée de voyager longtemps, peut-être pour le restant de tes jours.

Tu ne peux pas leur donner d'explications. Et puis là, tu n'as plus de pièces, alors tu leur dis au revoir.

3

Au cours de la première semaine, on mangeait du bœuf Wellington tandis que Miss America s'agenouillait devant chaque bouton de porte pour tenter de crocheter la serrure avec un couteau à palette prêté par le Duc des Vandales.

On mangeait du bar tigré tandis que Miss Éternueuse ingurgitait des pilules et des capsules tirées des flacons qui crépitaient dans sa valise. Tandis qu'elle toussait dans sa main et essuyait son nez à la manche de son pull.

Aujourd'hui, on mange de la dinde Tetrazzini et Dame Clocharde joue avec sa bague. Elle fait tourner l'anneau en platine et elle parle au gros diamant qui semble reposer dans le creux de sa main.

« Packer ? dit-elle. Ceci n'a RIEN à voir avec ce à quoi je m'attendais. » Et elle ajoute : « Comment puis-je écrire quelque chose de profond si mon environnement n'est pas… idéal ? »

Bien sûr, Agent Cafteur la filme. Le Comte de la Calomnie soulève son magnéto devant lui pour ne pas perdre un seul mot.

Une quinte de toux ici. Une autre là. Ici, un ronchonnement. Là, une protestation. Partout des plaintes. Miss Éternueuse prétend que l'air est infesté de spores de moisissures toxiques.

Un crépitement ici. Une quinte de toux là. Personne ne bosse. Personne ne produit le moindre texte.

Le squelettique Saint Descente de Boyaux a toujours la tête levée et la bouche grande ouverte comme un oisillon quand il ingurgite le contenu d'un sac Mylar argenté de chili ou de la tourte aux pommes ou du hachis Parmentier. Sa pomme d'Adam monte et descend à chaque bouchée et sa langue fait glisser le mélange tiède sur ses dents.

L'Entremetteur chique son tabac et crache sur le tapis taché ; dit que cet immeuble froid, humide et ces chambres qui suintent l'obscurité n'ont rien à voir avec la colonie d'auteurs qu'il s'était imaginée : des gens qui écrivent à la main et regardent, en contrebas, une pelouse verte passée au rouleau ; des créateurs qui se nourrissent de paniers-repas, chacun dans son chalet privé. Des vergers d'abricotiers dans un blizzard de pétales blancs. De petites siestes, l'après-midi, sous les marronniers. Des parties de croquet.

Avant même de se lancer dans le premier jet de son scénario, le chef-d'œuvre de sa vie, Miss America déclara qu'elle ne pouvait pas. Ses seins lui faisaient trop mal pour qu'elle fût capable de produire une ligne. Et ses bras étaient trop fatigués. Quand elle sentit l'odeur des côtelettes de veau, elle vomit les restes des gâteaux de crabe de la veille.

Ses règles avaient presque une semaine de retard.

« C'est le syndrome de l'immeuble insalubre », lui expliqua Miss Éternueuse.

Elle mouche de profil, contre sa joue, son nez rouge à vif — déjà de travers au départ.

Passant ses doigts le long des rampes d'escalier et sur les dos sculptés des fauteuils, Dame Clocharde nous montra la poussière.

« Tu vois », dit-elle au gros diamant dans sa main. « Packer ? Packer, ceci n'est pas acceptable ! »

Au cours de notre première semaine enfermés ici, Miss Éternueuse toussait et sa respiration ressemblait aux notes lentes et profondes d'un orgue d'église.

Miss America s'acharnait sur les portes verrouillées. Elle tira les rideaux de velours vert dans le vaste salon Renaissance italienne et découvrit que les fenêtres avaient été murées. Avec la poignée de sa roue d'exercice en plastique rose, elle brisa le vitrail de l'une d'elles dans le fumoir gothique et mit au jour un mur en ciment le long duquel une série d'ampoules électriques imitaient la lumière du jour.

Miss America, dans son survêtement en Spandex rose, se planta au milieu du vestibule Louis XV, où tous les fauteuils et les canapés étaient en velours couleur bleuet et où les murs grouillaient de boucles et de volutes en plâtre doré — et là, elle demanda la clé. Avec ses cheveux, une vague océanique de blondeur se brisant en boucles et en frisettes sur sa nuque, elle dit qu'elle en avait besoin pour se tirer d'ici juste quelques jours.

« Vous êtes une écrivaine ? » fit M. Whittier.

Même posés à plat sur les bras chromés de sa chaise roulante, ses doigts tapaient un invisible télégramme. Veinée et ciselée de rides, sa main osseuse tremblait en une perpétuelle tache floue.

« Une scénariste », répondit Miss America, les poings sur ses hanches de Spandex rose.

Considérant cette femme grande et svelte, M. Whittier conclut : « Dans ce cas, pondez-nous un scénario de film sur la fatigue. »

Non, Miss America avait besoin de consulter une obstétricienne. Elle voulait une prise de sang. Il lui fallait des suppléments alimentaires de grossesse.

« Il faut que je voie quelqu'un », ajouta-t-elle.

Son petit ami.

Et M. Whittier déclara : « Voilà pourquoi Moïse conduisit les tribus d'Israël dans le désert… »

Parce que ces gens vivaient comme des esclaves depuis des générations. Ils s'étaient habitués à l'impuissance.

Pour créer une race de maîtres à partir d'une race d'esclaves, poursuivit M. Whitier, pour apprendre à un groupe de gens dominés comment prendre leur vie en main, Moïse avait été obligé d'être un vrai trou du cul.

Miss America, assise au bord d'un fauteuil en velours bleu, balançait sa tête blonde d'avant en arrière. Ses cheveux ondulaient. Flip flop. Elle comprenait. Elle comprenait.

Puis elle lâcha : « La clé ? »

Et M. Whittier répondit : « Non. »

Il tenait en équilibre sur ses genoux un sac Mylar de poulet Marsala et, autour de lui, le tapis bleu était rapiécé et tout collant d'une moisissure noirâtre. Chaque tache détrempée ressemblait à une ombre humaine avec des bras et des jambes. Des fantômes pourris.

Tout en mangeant à la cuillère son poulet Marsala, M. Whittier ajouta : « Jusqu'à ce que vous soyez capable d'ignorer votre situation et de vous en tenir simplement à votre promesse, vous serez toujours dominée.

– Et comment appelez-vous ça ? » répliqua Miss America en agitant les mains dans l'air poussiérieux.

Et M. Whittier répondit ce qu'il allait répéter un million de fois : « Je veux seulement que vous honoriez votre promesse. » Et il dit aussi : « Ce qui vous bloque ici, c'est ce qui bloque votre existence tout entière. »

L'air sera toujours trop pollué par un truc ou un autre. Ton corps trop douloureux ou trop fatigué. Ton père trop bourré. Ta femme trop frigide. Tu auras toujours une excuse quelconque pour ne pas vivre ta vie.

« Mais s'il arrivait quelque chose ? Et si nous n'avions plus rien à manger ? insista Miss America. Vous nous ouvririez cette porte, n'est-ce pas ?

– Nous ne sommes pas à court », dit M. Whittier, la bouche pleine de poulet et de câpres mâchés. « On ne manque pas de nourriture. »

Et c'était vrai, on n'en manquait pas. Pas encore.

Cette première semaine, on mangea du curry de légumes sur du riz. Du saumon teriyaki. Tout ça surgelé.

On avait des haricots verts dans des sacs Mylar qu'on ne pouvait même pas déchirer en s'y mettant avec les deux mains. Sur chacun des emballages était noté, en noir, au pochoir : « Résiste aux nuisibles. »

On avait des haricots verts et des tourtes au poulet et des épis de maïs doux, et tout résistait aux nuisibles. Dans chacun de ces sacs, y avait des trucs qui bougeaient – comme s'ils étaient pleins de brindilles, de pierres et de sable. Chacun était gonflé comme un oreiller avec de l'azote pour la conservation de son contenu. Les lasagnes à la sauce à la viande ou les raviolis au fromage.

Nuisibles ou pas, seul notre Chaînon Manquant était capable de déchirer un sac à mains nues – des mains couvertes de poils pubiens.

Pour préparer leur repas, la plupart des gens découpent ce genre de sac avec des ciseaux ou l'ouvrent avec un couteau. Puis tu fouilles à l'intérieur pour récupérer la petite infusette d'oxyde de fer – qui est là pour absorber toute trace d'oxygène. Une fois que tu l'as repêchée, tu balances sur la bouffe autant de tasses d'eau bouillante que tu veux. On avait un four à micro-ondes. Des fourchettes et des cuillères en plastique. Des assiettes en papier. Et l'eau courante.

Le temps de lire dix pages d'un roman de vampires et le dîner est servi. Et au lieu de brindilles et d'eau chaude, ton oreiller argenté est plein de pain de viande comme à la maison ou de bœuf Stroganoff.

On s'asseyait sur le tapis bleu des escaliers du vestibule, comme une cascade d'azur, dont chaque marche était si large qu'on pouvait tous s'installer sur la même sans être serrés comme des sardines. C'était le bœuf Stroganoff que le Président et les membres du Congrès auraient mangé dans un abri, loin sous la surface, en cas de guerre atomique. Le fabricant était identique.

Sur d'autres sacs argentés, était noté au pochoir : « Gâteau au chocolat noir » et « Gâteau à la banane ». Purée de pommes de terre. Macaronis au fromage. Frites congelées.

Tout ça, de la nourriture qui réconforte.

Chaque sac avait une date de péremption qui ne serait dépassée que bien après notre mort. Et même après la disparition de la plupart des bébés qui naissaient aujourd'hui.

Des génoises à la fraise avec un siècle de durée de vie.

On mangeait de l'agneau congelé à la gelée de menthe congelée tandis que Dame Clocharde découvrait au fond du fond de son cœur qu'elle avait vraiment adoré son mari décédé. Elle l'avait aimé, pleura-t-elle, la tête cachée dans ses doigts. Elle sanglotait dans son manteau de vison, et ses épaules voûtées tressautaient. Elle tenait toujours son gros diamant dans sa main, elle voulait s'en aller et enterrer les trois carats de son époux dans leur caveau de famille.

On mangeait des omelettes Denver tandis que le Duc des Vandales faisait des bulles avec ses chewing-gums à la nicotine et disait que c'était un moment horrible pour arrêter de fumer. Et Saint Descente de Boyaux perdit la sensation de sa main gauche, un trouble musculo-squelettique TMS, en se branlant sans la moindre photo de cul.

Cora Reynolds, la chatte de Directrice Reniement, dévora les restes du bar tigré tandis que Comtesse Prévoyance et le Révérend Impie s'inquiétaient parce que nous n'étions pas assez en sécurité. Nous étions tombés dans un piège. Ils croyaient que quelqu'un risquait de nous retrouver et… Ils dirent à M. Whittier qu'on aurait dû continuer à se déplacer, à se cacher et à courir pour sauver notre peau.

Révérend Impie serrait dans sa main un CD de Barbra Steisand et ses lèvres de boudin noir bougeaient alors qu'il lisait les textes des chansons dans le livret. Il dit au magnéto du Comte de la Calomnie : « J'avais simplement *supposé* qu'on avait une chaîne stéréo, ici. »

Devant le viseur de la caméra vidéo d'Agent Cafteur, Cuisinier Assassin fit disparaître une cuillerée verte dégoulinante de soufflé d'épinards dans sa bouche en annonçant : « Je suis un chef professionnel. Pas un critique gastronomique. N'empêche que je ne pourrai pas passer trois mois avec du café instantané… »

Bien sûr, tout le monde promettait d'écrire des poèmes et des histoires. De finir son chef-d'œuvre. Mais pas ici. Pas maintenant. Plus tard. À l'extérieur.

Pendant notre première semaine en ces lieux, on ne fit rien, sinon se plaindre.

« Ce n'est pas un prétexte, dit Miss America en tenant son ventre plat des deux mains. C'est un être vivant. »

Miss Éternueuse toussa. Elle renifla, les yeux exorbités et injectés de sang, et elle dit : « C'est ma vie qui est en jeu, ici. »

Et elle plongea ses doigts dans une de ses poches à la recherche d'une autre pilule.

Et, bien sûr, M. Whittier fit non de la tête.

Assis dans son fauteuil de velours bleu, dans le hall d'or et de velours, M. Whittier prit une cuillère de soupe aux palourdes dans un sac Mylar et murmura à Miss America : « Racontez-moi une histoire sur le père du bébé. Décrivez-moi votre première rencontre. »

Et la caméra vidéo d'Agent Cafteur zooma sur le visage de Miss America pour saisir sa réaction en gros plan.

Améliorations de produit

Un poème sur Miss America

« Je cherche toujours, dit Miss America, ce qu'il ne
faut PAS
aimer. »
Et elle se regarde sans cesse dans un miroir.

Miss America sur scène, ses cheveux blonds
s'enroulent
et tournoient, tourbillonnent et plongent,
pour que son visage paraisse aussi fin
que possible.
Un pied devant l'autre, dans des chaussures
à talons hauts,
pour que ses jambes ne fassent qu'une
de sorte que ses hanches semblent plus étroites.
Elle se tient de profil, elle tourne les épaules
pour regarder le public en face.
Autant de contorsions épuisantes pour que sa taille
ait l'air minuscule.

Sur scène, au lieu d'un projecteur, un extrait de film :
Son visage est voilé par des vidéos de fitness.

Ses traits, ses yeux, ses lèvres sont soulignés par des bodys et des jambières rose vif.
Sa peau de Miss America saute et danse avec une foule de femmes,
et chacune de ces femmes se regarde
dans un miroir.
Le film : une ombre d'un reflet d'une image d'une illusion.

Elle dit : « Chaque fois que je m'observe dans la glace, c'est une étude de marché
secrète. »
Elle est son propre contrôle d'audience.
Évaluant son charme hors cote sur une échelle de un à dix.
Chaque jour, elle bêta-teste une version améliorée d'elle-même-point-cinq.
Un réglage précis pour suivre les tendances du marché.

Sur sa robe, son maillot de bain moulant, son body moulant,
son collant passent des femmes pédalant sur des vélos qui ne vont nulle part
pour mille calories à l'heure.
« Pour la partie Talent de mon programme, dit-elle, je vous montrerai
comment régurgiter. »
Une ventrée de glace à la pêche,
un sac de Halloween plein de minibarres chocolatées,
six beignets recouverts de sucre,
deux doubles cheeseburgers.

Les trucs habituels.
Et parfois, du sperme.

Son visage inondé et tremblotant
d'un entraînement d'aérobic,
son ambition immédiate est
de diminuer la résistance initiale de l'acheteur.
Avec l'objectif à long terme de devenir
l'investissement à long terme de quelqu'un.
Comme un bien de consommation durable.

Foyer des artistes

Une nouvelle de Miss America

Ça n'a rien de personnel quand des bombes explosent. Ou quand un terroriste prend quelqu'un en otage dans un stade. Quand le Contrôle Réseau annonce une alerte spéciale, toutes les stations de télévision lancent leur présentateur vedette sur les infos nationales qui leur arrivent.

Si tu es collé devant ton poste, tu verras que le producteur et directeur local en cabine passe d'abord au format « double cadre ». Un écran coupé en deux, pour la plupart des gens. Puis le présentateur vedette raconte quelque chose du genre : « Avec les dernières nouvelles du naufrage du paquebot, voici Joe Blow à New York. » « C'est ce qu'on surnomme le lancement. Ou le coup de pied au cul. »

Les images du national prennent la relève et les locaux la ferment en attendant que le Contrôle Réseau signale la fin de l'alerte spéciale.

Aucun publicitaire ne pense à raconter tout ça à chaque nouveau qu'il envoie sur la route pour vendre une vidéo sur les placements, un bouquin, un éplucheur révolutionnaire.

Et donc, assis dans le foyer des artistes, dans les

coulisses de *Réveille-toi, Chattanooga !*, un jeune type aux cheveux gominés coiffés en arrière explique les choses de la vie à cette blonde.

Il lui dit qu'elle est super, mais trop blonde. Ce genre de cheveux décolorés, ça rend fous les producteurs de plateau parce qu'on ne peut pas les éclairer correctement sans qu'ils s'embrasent. Certains d'entre eux appellent ça l'éruption. La tête blonde prend simplement feu.

« Quoi que vous fassiez, dit Gominé à la fille, si vous avez des notes, ne vous risquez pas à les consulter parce que la caméra se mettra à filmer le haut de votre tête. »

Il ajoute que les producteurs de plateau détestent les invités qui amènent des notes. Qui ne font pas l'effort de planquer leur agenda. Les producteurs te diront : « Soyez votre propre produit. Ne faites pas sa promotion. »

C'est marrant, mais ces mêmes types te surnommeront « Roue Fitness » parce que c'est la formule qui est inscrite dans ta Tranche, sur leur programme. Il y a « Vidéos sur les placements » dans celle de Gominé. Et « Détachant » dans celle du vieux.

La blonde et Gominé assis sur le canapé de cuir d'occasion dans le « foyer des artistes » : devant eux, des tasses de café froid abandonnées, sur la table basse. Au-dessus d'eux, deux écrans allumés, montés dans les coins de la pièce, à la hauteur du plafond. Sur l'un, la vedette nationale pérore un instant sur le paquebot puis laisse la place à des images d'un bateau quille à l'air et des petites taches orange de gilets de sauvetage flottant tout autour. Sur l'autre, dit la blonde, il y a quelque chose d'encore plus triste.

Sur l'autre, là-haut dans le coin, tu vois le rigolo de la Tranche A, le vieux type bien peigné qui a sauté de son lit au Motel Six à 5 heures du matin pour être au studio et faire sa pub pour la brosse détachante spéciale qu'il a inventée. Pauvre andouille. On lui a patché un micro et on l'a installé sur le plateau, dans « l'espace salon » au milieu des plantes tropicales en plastoc. Il est assis sous ces projos qui chauffent tandis que le journaliste, à l'antenne, lance son baratin d'introduction.

« L'espace salon » est différent de « l'espace cuisine » et de « l'espace principal » — ici, il y a davantage de fausses plantes et de coussins.

Ce crétin pense qu'il a eu droit à un gros segment de dix minutes parce que la station joue la montre et qu'elle n'a pas programmé de publicités pour les dix minutes suivantes. La plupart des autres stations font une coupe au bout de huit ou neuf minutes. De cette façon, elles empêchent leur audience de zapper et elles ont de super taux d'écoute sur l'ensemble de leur tranche de quinze minutes.

« C'est pas beau à voir », dit Gominé à notre blonde en faisant un rapide signe de croix comme un bon catholique, « mais il vaut mieux que ce soit lui plutôt que nous. »

À peine l'invité a-t-il commencé sa démonstration de nettoyage que la Tranche A est interrompue par le naufrage du paquebot.

Assis dans ce foyer des artistes sur un canapé de cuir miteux, dans une AID à deux chiffres, Gominé dit qu'il a environ sept minutes pour apprendre tout un univers à notre Miss America.

AID signifie Aire d'influence directe. Boston, par exemple, est l'AID numéro trois du pays car ses médias touchent le troisième plus gros marché de consommateurs des États-Unis. New York est l'AID numéro un. Los Angeles le numéro deux. Dallas, le numéro sept.

À l'endroit où ils se trouvent, leur AID est tout en bas de la liste. *Aube sur Lincoln* ou *Un nouveau jour à Tulsa*. Des médias avec un marché de consommateurs quasi égal à zéro.

Voici un autre bon conseil : ne vous habillez jamais en blanc. Et ne vous pointez jamais avec aucune fringue à carreaux noir et blanc, parce que, à l'image, ça va vibrer. Et essayez toujours de perdre un peu de poids.

« Conserver celui que j'ai, répond notre blonde au Gominé, c'est un boulot à plein-temps. »

La fille à l'antenne, la présentatrice, la vedette d'ici, à Chattanooga, explique le Gominé, est une abrutie totale. Tout ce qu'on lui dira dans son casque ressortira à l'identique de sa bouche peinte au rouge à lèvres carmin. Le directeur pourra grommeler : « ... Bon Dieu, on est trop longs ! On passe à Adoptez un chien et puis on lance une pub... » C'est exactement ce qu'elle racontera en direct.

Une abrutie totale, ouais.

Notre blonde écoute son voisin et ne rit pas. Elle n'ébauche même pas un sourire.

Et alors le Gominé lui raconte qu'un jour il a vu une autre journaliste sur un direct fourni à sa chaîne, avec un incendie d'entrepôt qui rugissait derrière elle, se mettre à tripoter ses cheveux et fixer une caméra et demander, micros ouverts : « Vous pouvez répéter la question ? Mon IUD[1] est naze… »

Elle voulait dire que son IFD était niqué, explique Gominé. Indiquant du doigt la présentatrice à l'écran, il précise que toutes ces filles-là sont toujours coiffées de travers et que leurs cheveux descendent en piqué pour dissimuler une de leurs oreilles. C'est parce qu'elles ont un petit émetteur radio planqué à l'intérieur pour entendre les messages et les répliques de leur directeur. Pour le cas où l'émission durerait trop longtemps. Ou si elles avaient à gérer à l'improviste une catastrophe nucléaire majeure.

Cette blonde fait une tournée de promo avec une espèce de roue d'exercice avec laquelle, une fois allongé, tu avances et tu recules pour perdre du poids. Elle porte un body rose et des collants violets.

Ouais, elle est maigre et blonde, mais le gars lui dit que plus elle passera de temps à soigner son visage, plus elle sera parfaite à l'antenne.

« C'est pour ça que j'ai apporté ma photo *d'avant* », dit-elle.

Elle se plie en deux dans son fauteuil, jusqu'à ce que sa poitrine se colle contre ses jambes, et elle fouille un instant dans son sac de gym.

« Voilà la seule véritable preuve que je ne suis pas juste une blonde maigrichonne. »

Elle sort un document de son sac et elle le tient entre deux doigts. C'est une photo et elle dit au Gominé : « Avant de voir ça, les gens pourraient penser

1. Un IUD est un stérilet, l'IFD désigne le retour de casque. *(N.d.T.)*

que je suis née ainsi. Ils seraient incapables de deviner à quel point j'ai transformé ma vie. »

Passez à la télé avec un peu trop de graisse, lui dit-il, et vous ne ressemblerez à rien. Un masque. Une pleine lune. Un gros zéro dont personne ne se souviendra.

« Perdre tout ce lard, c'est la seule chose vraiment héroïque que j'aie jamais réussie, dit-elle. Si je le reprends, ce sera comme si je n'avais jamais vécu. »

Vous comprenez, précise le type, la télé s'empare d'un truc à trois dimensions — vous — et elle le transforme en un truc à deux dimensions. C'est pour ça qu'on a l'air gros à l'image. Plat et gros.

Tenant toujours sa photo entre deux doigts et contemplant son ancienne image, notre blonde répond : « Je ne veux pas être juste une maigrichonne de plus. »

À propos de ses cheveux qui risquent d'être trop « explosifs » à l'écran, le gars ajoute : « C'est pour ça qu'on ne voit jamais de rouquines dans les films porno. On ne peut pas les éclairer correctement, par rapport aux vrais gens. »

C'était ça que voulait être ce gars : la caméra derrière la caméra derrière la caméra donnant la vérité ultime.

Tout le monde souhaite être celui qui se tient loin devant. Qui indiquera ce qui est bien ou ce qui est mal. Ce qui est bon ou mauvais.

À notre nénette trop blonde qui va faire exploser les caméras, Gominé explique comment ces émissions locales sont formées de six segments entrecoupés de pub. La Tranche A, la Tranche B, la Tranche C, etc. Ces productions du genre *Le soleil brille sur*

Fargo ou *Aurore à Sedona*, c'est fini. Trop chères en comparaison d'un talk-show national pour remplir un programme.

Une tournée de promotion comme celle-ci, c'est le nouveau music-hall. On va de ville en ville, d'un hôtel à l'autre, on joue son rôle le temps d'une nuit dans les radios et les télés du coin. On défend ses bigoudis révolutionnaires améliorés, ou son détachant, ou sa roue d'exercice.

Tu as sept minutes pour vendre ton produit. À condition que tu ne sois pas relégué dans la Tranche F — la dernière où, dans la moitié des AID, tu as des chances d'être viré du programme parce qu'une des Tranches précédentes a dépassé le temps prévu. Un invité s'est révélé si drôle et si charmant qu'on l'a gardé après la pub. On l'a laissé chevaucher deux Tranches. Ou le national a interrompu l'émission avec des infos sur un naufrage.

Voilà pourquoi la Tranche A est si convoitée. L'émission commence, le présentateur fait son petit laïus et tu es à l'antenne.

Non, bientôt tout ce savoir-faire durement acquis par le Gominé ne vaudra plus tripette pour personne.

C'est peut-être pourquoi il lui offre une leçon gratis. « Bon sang, souffle-t-il, je devrais écrire un foutu livre là-dessus. C'est ça, le Rêve américain : transformer ta vie en quelque chose que tu peux vendre. »

Sans cesser de considérer le cliché d'elle à l'époque grosse patate, la blonde ajoute : « C'est un peu effrayant, mais cette photo de la truie que j'étais a pour moi une importance capitale. Quand je la regardais, ça me rendait triste. Mais aujourd'hui, c'est le seul truc qui me remonte le moral. » Elle tend les mains vers lui et dit : « Je consomme tellement d'huile de poisson qu'elles puent. » Elle lui agite sa photo sous le nez et insiste : « Sens mes mains ! »

Elles ont une odeur ordinaire – une odeur de peau, de savon, de vernis à ongles de couleur claire.

Tout en reniflant, il s'empare du cliché. Étalée ainsi sur le papier, en deux dimensions, elle ressemble à une vache dans un haut sans manches sur un jean taille basse. Ses cheveux d'alors sont d'une couleur châtain tout ce qu'il y a de plus normal.

Les vêtements du type sont parfaits – chemise rose clair, cravate bleu-vert pâle, veste sport bleu foncé. Le rose relève le teint de sa peau. Le bleu fait ressortir ses yeux. Tu n'as pas le temps d'ouvrir la bouche qu'il te dit que tu dois être présentable. Un invité présentable et soigné. Pointe-toi avec une chemise froissée et une cravate tachée, et c'est toi qu'ils vireront s'ils prennent du retard.

Toutes les stations de télé exigent que tu sois propre, impeccable, charmant. Que tu passes bien à l'image. Que tu aies un joli visage, parce qu'un détachant ou une roue d'exercice, ça ne parle pas. Que tu sois juste heureux, plein d'énergie.

À l'écran, la peau du cou du vieux type est dissimulée dans le col amidonné à pointes boutonnées de sa chemise bleue. Et pourtant, alors qu'il est assis là à déglutir avec nervosité, on en voit un petit bout qui dépasse, un peu comme la graisse du ventre de la fille s'échappe de son jean, sur la photo *d'avant*.

Sur ce cliché, on ne dirait pas que c'est la même nénette. Surtout parce que, là-dessus, elle sourit.

Gominé indique l'écran du foyer des artistes et il fait remarquer qu'il n'y a jamais de panoramique sur le public — aucun plan large. Cela signifie qu'il n'y a là que des vieilles peaux aux dents pourries. Le responsable du recrutement a dû passer un marché. Ils font entrer ces crétins à 7 heures du matin, ils les installent et, en échange, ils leur offrent une pub pour leur kermesse des Artistes du troisième âge. C'est de cette façon qu'ils remplissent les gradins de leurs émissions locales avec des gens qui applaudissent à la demande. Pour Halloween, ils ont des tas de jeunes qui débarquent et qui font la promo de leur collecte pour leur Maison Hantée. Vers Noël, leurs gradins sont pleins de vieux qui veulent attirer l'attention sur leurs ventes de charité. Applaudissements forcés contre une publicité gratos.

Sur l'écran, le présentateur national rend l'antenne à son collègue local qui lance une annonce de l'émission sur le maquillage du lendemain, puis passe à un plan artistique sur la pluie, à l'extérieur, quelques notes d'une fanfare, et voilà les pubs.

Le navire a coulé. Des centaines de victimes. Reportage à 11 heures.

Gominé réécrit dans sa tête son boniment de vente pour y inclure les désastres naturels. Des catastrophes impossibles à prédire. Si bien qu'il est vital de souscrire à un placement solide pour les êtres chers qui dépendent de vous. Lui et son produit ne font qu'un. Agenda dissimulé.

Lui, la caméra derrière la caméra.

Comme ce paquebot met un temps fou à sombrer, il semble bien que les cheveux décolorés de notre blonde vont la faire virer.

Avant qu'ils en aient fini avec les pubs, avant qu'ils passent une info sur le trafic avec une voix off sur des images en direct d'une autoroute quelconque, avant que la productrice ne raccompagne Produit Nettoyant jusqu'au foyer des artistes. Elle fixera son micro sur Monsieur Placements. Et elle annoncera à Roue Fitness : « Merci d'être venue, mais on est désolés. On a surbooké et on a pris du retard… »

Et elle demandera à un type de la Sécurité d'escorter notre blonde jusqu'à la sortie.

Tout ça pour conclure et se rebrancher sur les émissions du Réseau — les soap operas et les talk-shows des journalistes vedettes — à 10 heures, pile poil.

À l'écran, le vieux crétin porte la même chemise et la même cravate que Gominé. Il a des yeux bleus identiques. Et il a une bonne idée. C'est juste le timing qui merde.

« Laissez-moi vous rendre un service », dit Gominé à la blonde. Il tient toujours sa photo de l'époque où elle était grosse. « Vous suivriez un bon conseil ? »

Sûr, dit-elle. Tout ce qu'il veut. Et, tout en l'écoutant, elle soulève sa tasse de café froid avec, sur le bord, une empreinte de rouge à lèvres rose qui correspond à la forme de sa bouche.

Et voilà que cette blonde, avec ses cheveux trop explosifs, devient l'AID privée de Gominé.

Surtout, lui explique-t-il, ne mettez jamais dans votre lit aucun de ces Roméo des talk-shows diffusés pendant la journée. Il ne parle pas des journalistes, là. Non, c'est des bonimenteurs qu'il faut se méfier, ces types que vous croisez, d'une ville à l'autre, pendant qu'ils vendent leurs trucs miraculeux – brosses à poussière et méthodes infaillibles pour s'enrichir. Vous allez vous retrouver dans les foyers des artistes de tous les AID du pays. Voyageurs solitaires. Avec, chaque soir, une chambre de motel pour unique horizon.

S'il en croit ses expériences personnelles, ces aventures-là ne mènent à rien.

« Vous vous souvenez de la Fille-aux-collants-roses-qui-ne-filent-jamais ? » lui demande-t-il.

Et la blonde acquiesce d'un signe de tête.

« C'était ma maman », dit Gominé.

Elle s'est liée avec son père sur une tournée promotionnelle au cours de laquelle ils n'avaient pas cessé de se croiser dans des endroits comme celui-ci. La vérité, c'est qu'il ne l'a jamais épousée. Il l'a larguée aussi vite qu'il l'a draguée. Une fois enceinte, elle a perdu son contrat avec les Collants-Roses. Et Gominé a grandi collé à des émissions du genre *Boulder Au-Saut-Du-Lit* et *Debout, Tampa !* pour essayer de découvrir lequel de ces types souriants au débit de mitraillette était son vieux.

« Voilà pourquoi je suis dans ce business », dit-il à notre blonde.

Voilà pourquoi : les affaires doivent continuer, c'est sa règle numéro un.

La fille répond : « Votre mère était très très jolie… »

Sa mère… Il grommelle : « Sans doute qu'il y avait de l'amiante dans ces Collants-roses-qui-ne-filent-jamais. Elle a fini par choper un cancer du poumon. » Et il ajoute : « Elle était foutrement affreuse à voir quand elle est morte. »

À tout moment, maintenant, la porte du foyer des artistes risque de s'ouvrir sur la productrice de plateau qui annoncera qu'elle est désolée, mais qu'ils sont obligés d'éliminer un autre invité. Elle considérera les cheveux trop blonds de la fille. Et la veste sport bleu marine de Gominé.

La Tranche F a sauté à partir du moment où le Réseau a repris l'antenne pour le naufrage du paquebot. Idem pour la Tranche E — une esthéticienne-conseil, indique son programme — lorsque l'émission a pris du retard. Puis ils ont viré un Livre Pour Enfants de la Tranche D.

La triste vérité, c'est que même si vos cheveux sont d'un blond parfait, même si vous faites semblant d'être marrant et bourré d'énergie et que vous avez un truc intéressant à raconter, n'importe quel terroriste avec un cutter risque de se tirer avec votre segment de sept minutes. Bien sûr, ils peuvent toujours vous enregistrer et vous diffuser le lendemain, mais il y a peu de chances qu'ils le fassent. Ils ont un plateau booké pour toute la semaine, et s'ils passent votre enregistrement demain, ils seront obligés de virer quelqu'un d'autre…

Alors qu'ils sont tous les deux seuls dans le foyer des artistes pour encore une minute, Gominé demande à la blonde s'il peut lui rendre un dernier service.

« Vous voulez me laisser votre Tranche horaire ? » dit-elle.

Et elle sourit, exactement comme sur la photo. Et ses dents ne sont pas si affreuses que ça.

« Non, dit-il. Mais quand quelqu'un est charmant avec vous… Quand il vous glisse une blague à l'oreille… » À ces mots, il déchire en deux le cliché horrible de quand elle était grosse. Puis en quatre. Puis en huit. Et ainsi de suite. En lambeaux. En petits morceaux. En confettis. Puis il ajoute : « … faites au moins un effort pour sourire. Si vous voulez avoir du succès à la télé ».

Faites semblant au moins d'aimer les gens.

Et là, dans le foyer des artistes, la bouche peinte en rose de la fille s'ouvre, et s'ouvre et s'ouvre jusqu'à ce qu'elle pendigouille. Oui, ses lèvres s'ouvrent et se ferment deux fois, trois fois, comme un poisson qui cherche son oxygène et finalement, elle laisse tomber : « Espèce de trou du cul… »

C'est là que la productrice de plateau entre dans la pièce, avec le vieux crétin.

Elle annonce : « Okay, je crois qu'on va passer la vidéo sur les placements pour cette dernière Tranche… »

Le débilos regarde Gominé à la façon dont on considère un type, dans un grand magasin, qui achèterait un demi-million d'exemplaires du même produit et il murmure : « Thomas… »

La blonde reste assise là, tout simplement, sa tasse de café froid à la main.

La productrice de plateau détache le micro de la ceinture de son invité. Et elle le passe à Gominé qui dit au vieux crétin : « Bonjour, papa. »

L'autre lui serre la main et il demande : « Comment va ta maman ? »

La-fille-aux-Collants-rose-qui-ne-filent-jamais. La fille que vous avez abandonnée.

Notre Miss Blonde se lève. Elle abandonne, elle rentre chez elle, elle a échoué.

Et Dominé s'empare du micro, il vérifie le bouton pour s'assurer qu'il n'est pas trop chaud, et il répond : « Elle est morte. »

Elle est morte et enterrée, et il ne lui dira pas où. Jamais. Ou alors il mentira.

Et splash !

Ses cheveux et son visage – glacés et mouillés.

Il est inondé de café. De café froid. Sa chemise et sa cravate sont foutues. Ses cheveux lui dégoulinent sur la figure.

Notre blonde tend la main, prend le micro, et puis elle dit :

« Merci pour les conseils. » Elle ajoute : « Je pense que ceci fait de moi *la suivante*... »

Et bien pire que d'être trop blonde, bien pire que de bousiller ses vêtements et sa coiffure, notre maigrichonne est tombée vachement amoureuse de lui.

4

Depuis le vestibule aux tentures bleues, on entend quelque chose dévaler l'escalier qui mène au premier balcon. Au fur et à mesure, le bruit augmente et puis un truc rond et noir déboule avec fracas de l'étage à peine éclairé. C'est la boule de bowling de Sœur Autodéfense qui dégringole les marches et vient achever sa course, soudain silencieuse, sur le tapis bleu du vestibule. Elle passe devant Cora Reynolds, occupée à se lécher les pattes, et devant M. Whittier qui sirote un café instantané dans son fauteuil chromé, puis devant Dame Clocharde et son mari-diamant. Finalement, elle vient frapper, lourde et noire, la double porte de l'auditorium et disparaît à l'intérieur.

« Packer, dit Dame Clocharde à son bijou, quelque chose est enfermé ici avec nous. » Elle baisse la voix, et elle demande dans un murmure : « C'est *toi* ? »

Ces petites vitres carrées qu'on n'est censé briser qu'en cas d'incendie, Miss America les a déjà démolies depuis longtemps. Utilisant le petit marteau pendant au bout d'une chaîne juste à côté, elle a bousillé chacune de ces minuscules fenêtres à l'encadrement métallique peint en rouge et elle a appuyé sur le bouton qu'elles protègent. Elle l'a fait dans le vestibule. Puis dans la promenade laquée de rouge, style restaurant chinois, où trônent des bouddhas en plâtre. Puis au sous-sol, dans l'espèce de temple maya, orné de visages de guerriers sculptés aux regards méchants. Puis dans la galerie des Nuits d'Arabie, derrière les boxes du balcon du second. Puis dans la cabine de projection collée juste sous le toit.

Mais rien ne se produit. Aucune cloche ne sonne. Personne ne vient défoncer à la hache les portes d'incendie verrouillées pour tenter de la sauver. De nous sauver.

Rien ne s'est passé. Et il ne se passe toujours rien.

M. Whittier s'est installé sur un canapé de velours bleu dans le vestibule, sous les feuilles de verre d'un lustre gros comme un nuage, d'un gris étincelant.

L'Entremetteur avait déjà surnommé ces lustres : les arbres. Ils formaient des rangées qui pendaient au milieu des salons ou des interminables galeries. Il appelait vergers de verre ces éclairages alimentés par des chaînes enveloppées de velours et enracinées dans le plafond.

Chacun d'entre nous projette sa propre réalité dans ces vastes pièces.

Le Comte de la Calomnie gribouille sur son bloc-notes. Agent Cafteur filme en vidéo. Comtesse Prévoyance est coiffée de son turban. Saint Descente de Boyaux mange sans interruption.

De toute la force de son bras droit, Directrice Reniement lance une fausse souris qui atterrit à mi-chemin de la double porte de l'auditorium. De l'autre main, elle se frotte l'épaule droite, tandis que la chatte, Cora Reynolds, lui ramène sa prise, ses pattes soulevant sur le tapis un petit jet de poussière, hérissé comme la crête d'un coq.

Un bras serré sous ses seins pour les soutenir et une main caressant sa nuque, Mme Clark les observe et dit : « À la villa Diodati, ils avaient cinq chats. »

Saint Descente de Boyaux pioche avec une cuillère en plastique des morceaux de crêpe Suzette instantanée dans un sac Mylar.

Tout en polissant ses ongles avec une lime, Dame Clocharde regarde chacune des bouchées roses qui passent de l'emballage jusqu'à ses lèvres et grommelle : « Impossible que ce soit bon. »

Et il ne se passe toujours rien. Et encore moins que rien.

Enfin — jusqu'à ce que Miss America vienne se poser au milieu de nous et qu'elle se mette à crier : « Ceci est illégal ! »

M. Whittier est coupable de kidnapping. Il retient des gens contre leur gré et c'est un crime.

« Plus vite vous ferez ce que vous avez promis, répond M. Whittier, plus vite se termineront ces trois mois. »

En lançant la fausse souris, Directrice Reniement demande : « C'est quoi la villa Diodati ?

— Une maison sur le lac de Côme », répond Dame Clocharde, s'adressant à son gros diamant.

« Le lac de Genève », la reprend Mme Clark.

À la réflexion, M. Whittier estimait qu'on avait toujours raison.

« Ce n'est pas une question de bien et de mal », disait-il.

Vraiment, le mal n'existe pas. Pas dans nos esprits. Pas dans notre réalité.

Tu ne peux jamais *faire le mal.*

Tu ne peux jamais *te tromper.*

Dans ta tête, tu as toujours raison. Chaque action que tu entreprends – ce que tu dis, ce que tu fais, ou l'apparence que tu te choisis – est automatiquement bonne au moment où tu agis.

Soulevant sa tasse d'une main tremblante, M. Whittier dit : « Si tu décides : "Aujourd'hui, je vais boire du café d'une *mauvaise* façon… Dans une chaussure dégueulasse", même cela, ce sera bien, parce que c'est toi qui auras choisi. »

Car tu ne peux pas te tromper. Car tu as toujours raison.

Même quand tu dis : « Quel idiot je fais, putain, qu'est-ce que je me suis planté… », tu as raison. Tu as raison sur le fait que tu as tort. Et tu as raison même quand tu es un idiot.

« Qu'importe que ton idée soit stupide, répétait M. Whittier, tu es condamné à être dans le vrai parce que c'est la tienne. »

« Le lac de Genève ? » dit Dame Clocharde, les yeux fermés. Elle appuie ses doigts sur ses tempes, elle les masse avec le pouce et l'index et elle ajoute : « C'est dans la villa Diodati que lord Byron a violé Mary Shelley… »

Et Mme Clark réplique : « Mais non ! »

On est tous condamnés à avoir raison. Et sur tout ce qu'on peut envisager.

Dans ce monde flottant et changeant où chacun a raison et où toute idée est bonne au moment où tu la mets en pratique, M. Whittier va te dire que la seule certitude, c'est ce que tu as promis.

« Vous vous êtes engagés pour trois mois », rappelle-t-il à travers la buée de son café.

C'est alors qu'il se passe quelque chose – oh, trois fois rien.

C'est alors que tu serres les fesses et que tu mets tes doigts sur ta bouche.

D'une main, Miss America brandit un couteau et, de l'autre, elle se saisit du nœud de cravate de M. Whittier et elle tire le visage du vieillard contre le sien. Il lâche son café bouillant qui se répand sur le sol. Ses mains tremblantes s'agitent à ses côtés et déclenchent une tempête de poussière.

Saint Descente de Boyaux laisse tomber son sac de crêpes Suzette, qui se répand sur le tapis bleu centaurée, avec ses cerises collantes et sa crème fouettée reconstituée.

Et le chat se précipite sur l'aubaine.

Quand ses yeux touchent presque ceux de M. Whittier, Miss America dit :

« Dans ce cas, j'ai raison de vous flinguer ? »

Le couteau fait partie de la série que Chef Cuisinier Assassin a apportée dans sa valise en aluminium.

Et M. Whittier lui rend son regard et leurs cils se frôlent quand ils clignent des yeux.

« Mais vous serez toujours coincée ici », réussit-il à répondre.

Ses rares cheveux gris pendouillent sur sa nuque et sa voix, étranglée par son nœud de cravate, n'est plus qu'un coassement.

Miss America agite son arme dans la direction de Mme Clark et demande : « Et celle-là ? Est-ce qu'elle a une clé ? »

Et Mme Clark fait non de la tête. Elle écarquille les yeux, mais le silicone de ses lèvres étouffe sa moue de poupée. Non, la clé est dissimulée quelque part dans l'immeuble. À un endroit connu seulement de M. Whittier.

Et pourtant, même si elle le tue, elle a raison.

Si elle met le feu à ce bâtiment, dans l'espoir que les pompiers verront la fumée et viendront à son secours avant que nous mourions tous d'étouffement — là encore, elle a raison.

Si elle plante la pointe de son couteau dans le globe oculaire de M. Whittier, rendu laiteux par la cataracte, et si elle le fait sauter de son orbite pour que le chat joue avec sur le tapis — oui, elle a raison.

« En ces circonstances », dit M. Whittier dans un murmure, alors que son visage devient rouge foncé, le poing de Miss America serrant toujours son nœud de cravate, « commençons par tenir nos promesses. »

Les trois mois. L'écriture de votre chef-d'œuvre. Et c'est fini.

Lorsque Miss America le lâche, il rebondit avec un cliquetis contre le dossier de sa chaise roulante chromée. Au moment du choc, le tapis crache de la poussière et les deux roues de son fauteuil se soulèvent. M. Whittier desserre sa cravate des deux mains, puis il se penche pour ramasser sa tasse de café. Ses cheveux gris coiffés en arrière flottent autour de son crâne chauve tavelé de taches de vieillesse.

Cora Reynolds continue à manger les cerises et la crème sur le tapis sale, au pied du siège de Saint Descente de Boyaux.

« C'est loin d'être terminé ! » s'exclame Miss America.

Et elle agite la lame sous le nez de tout le monde.

Un mouvement rapide du bras, un frisson et une contraction de ses muscles – et voilà le couteau qui vient se planter dans le dos d'un fauteuil de palais de l'autre côté de la pièce. Son manche tremble encore l'espace d'un instant et sa lame bourdonne dans le velours bleu.

De derrière sa caméra vidéo, Agent Cafteur dit : « Enregistré ! »

La langue rose et râpeuse de Cora Reynolds continue à lécher-lécher-lécher le tapis taché.

Le Comte de la Calomnie griffonne quelque chose dans son bloc-notes.

« Et donc, madame Clark, cette villa Diodati ? demande Dame Clocharde.

– Ils avaient *cinq* chats, là-bas, intervient M. Whittier.

– Cinq chats et huit gros chiens, ajoute Mme Clark, trois singes, un aigle, un corbeau et un faucon. »

C'était au cours de l'été 1816 : le mauvais temps força un groupe de jeunes gens à rester enfermés dans cette maison où ils s'étaient retrouvés pour s'amuser. Certains étaient mariés et d'autres non. Des hommes et des femmes. Ils se lisaient des récits de fantôme, mais les livres à leur disposition étaient nuls. Alors, ils décidèrent de produire leurs propres histoires. Qui foutent la trouille. Juste pour se distraire.

« Comme le groupe de l'Algonquin Round Table[1] ? » demande Dame Clocharde au diamant dans le creux de sa main.

1. Club informel fondé par Dorothy Parker et deux de ses collègues écrivains de *Vanity Fair*, à l'Algonquin Hotel, New York, dans les années 20. *(N.d.T.)*

Juste quelques amis qui s'assoient autour d'une table pour essayer de se flanquer mutuellement la pétoche.

« Et qu'est-ce qu'ils ont écrit ? » veut savoir Miss Éternueuse.

Des gens de la classe moyenne, qui s'ennuyaient et cherchaient juste à tuer le temps. Des gens coincés dans un pavillon d'été humide et moisi.

« Pas grand-chose, répond M. Whittier. Juste la légende de Frankenstein.

— Et celle qui donnera naissance à Dracula... », ajoute Mme Clark.

Sœur Autodéfense apparaît au pied de l'escalier. Elle traverse le vestibule et regarde sous les tables, derrière les fauteuils.

« Elle est *là-dedans* », dit M. Whittier en indiquant l'auditorium d'un doigt tremblant.

Dame Clocharde jette un regard de côté à la double porte par laquelle Miss America et sa boule de bowling ont disparu.

« Feu mon mari et moi, nous étions des experts en ennui », annonce-t-elle.

Et on attend la suite, tandis qu'elle fait trois, quatre, cinq pas dans le vestibule et arrache le couteau du dossier du fauteuil.

Elle examine la lame, vérifie avec un doigt à quel point elle est aiguisée, et elle ajoute : « Si vous voulez, je pourrais vous raconter quel moyen les gens riches qui s'emmerdent ont trouvé pour tuer le temps... »

Groupe de réflexion

Un poème sur Dame Clocharde

« Il faut seulement trois médecins pour vous faire
disparaître »,
dit Dame Clocharde.
Pour le reste de votre vie.

Dame Clocharde est sur scène. Ses jambes sont
épilées à la cire.
Ses sourcils teints en noir de jais.
Ses dents, aussi brillantes que ses perles. Sa peau
détendue par un massage.
Sa bague en diamant étincelle comme un phare.
Son costume en lin a été dessiné aux épingles et à
la craie, puis froncé et coupé
pour n'aller qu'à une seule personne en ce monde
— elle.
Elle est assise là, immobile, un monument,
tandis qu'une équipe d'experts se démène
pour beaucoup d'argent.

Sur scène, au lieu d'un projecteur, un extrait de film :
Un voile de femmes en manteau de fourrure.
Une sensation de soie

passe sur son visage
Dans ce film, l'armure des bijoux d'or et de platine
te met en garde
avec l'éclat rouge des rubis et le jaune canari des saphirs.
Dame Clocharde dit : « Ce n'est pas marrant d'avoir
un génie pour père. »
Ou pour mère, pour mari, pour épouse.
Demande à n'importe quel riche.
Et pourtant, dit-elle, il faut seulement
trois médecins…
Grâce au groupe de discussion du sanatorium.

« Ce sont des personnes vraiment brillantes, dit-elle,
et extrêmement heureuses, car elles sont…
totalement dévouées. »
Si Thomas Edison était vivant. Mme Curie. Albert
Einstein.
Leurs maris, leurs femmes, leurs fils, leurs filles, tous
signeraient
les documents nécessaires.
En un instant.
« Pour protéger leurs sources de revenus », dit
Dame Clocharde.
Ce flot d'argent qui vient des droits
et des royalties
des brevets et des inventions.

Le voile des traitements en stations thermales et des
pédicures,
des bals de charité et des loges d'opéra caresse
le visage lisse de Dame Clocharde,
qui dit : « Mon père y compris. Pour son bien. »

« Il… passait à l'acte, ajoute-t-elle. Il fréquentait une
femme plus jeune. Il portait une perruque. »
Il ne partageait pas les revenus de sa ligne
de produits. Il négligeait son travail.
Donc — trois médecins plus tard — voilà où il en est :
Avec tous les autres inventeurs de génie. Entre
quatre murs.
Sans téléphone.
Pour le restant de sa vie.
De dessous son voile d'îles privées… de concours
hippiques… d'enchères immobilières,
Dame Clocharde déclare : « Le gland ne tombe
jamais loin. »
Elle dit aussi : « Nous sommes tous… des génies
d'un genre ou d'un autre. »
« C'est juste que certains d'entre nous le sont d'une
façon différente. »

Zoner

Une nouvelle de Dame Clocharde

Quand tu as renoncé à la télé et à la presse écrite, le plus dur, c'est le matin : la première tasse de café. C'est vrai, dès le réveil, tu as envie de te rebrancher sur les informations du reste du monde. Mais sa nouvelle règle à elle, c'est : pas de radio, pas de télé, pas de quotidiens. Le manque.

Montrez-lui un exemplaire de *Vogue* et Mme Keyes en sera toute retournée.

On lui livre le journal et elle se contente de le mettre au recyclage. Elle ne prend pas la peine de déchirer la bande qui l'entoure. Ainsi elle ne saura pas quand le gros titre annoncera : « Un tueur en série continue à traquer les sans-abri ». Ou : « Une clocharde retrouvée assassinée ».

Désormais, le matin au petit déjeuner, Mme Keyes préfère lire des catalogues. Tu commandes un simple embauchoir miracle par téléphone et ensuite, chaque semaine, jusqu'à ta mort, tu reçois des tas de catalogues. Des trucs pour ta maison. Pour ton jardin. Des gadgets pour gagner du temps. Pour économiser de la place. Des outils et des inventions révolutionnaires.

À l'endroit où se trouvait la télé, sur le comptoir de la cuisine, elle a placé un aquarium avec, dedans, le genre de lézard qui change de couleur pour s'accorder à ton décor. Un aquarium, quand tu allumes la lampe à chaleur, ne risque pas de t'annoncer qu'un autre poivrot de passage s'est fait liquider et qu'on a balancé son cadavre dans le fleuve, la quinzième victime d'un tueur en série qui ne s'attaque qu'aux sans-abri — dont on retrouve les corps poignardés ou tués par balle ou cramés avec de l'essence à briquet. Les types qui vivent dans la rue paniquent et se réfugient dans les abris, la nuit, malgré la nouvelle épidémie de tuberculose. Plus aucune place dans les wagons de marchandises qui quittent la ville. Les militants des droits sociaux prétendent que la municipalité a lancé un contrat sur les mendiants. Tu apprends tout ça en jetant un simple coup d'œil aux kiosques à journaux. Ou en grimpant dans un taxi avec la radio à fond la caisse.

Tu te retrouves avec un bac en verre à l'endroit où était la télé et tu n'as droit qu'à un lézard — une bébête si débile que chaque fois que la bonne déplace une pierre le lézard croit qu'on l'a déménagé à des kilomètres de là.

On nomme ça « cocooning » — quand ta maison devient ton seul univers.

M. et Mme Keyes — Packer et Evelyn —, ils n'étaient pas comme ça, avant. Dès qu'un dauphin mourait étouffé dans le filet d'un chalutier, ils se grouillaient d'envoyer un chèque. De donner une soirée. Ils ont organisé un banquet au bénéfice de gens mutilés par des mines antipersonnel. Un dîner dansant pour les victimes de traumas crâniens majeurs. De la fibromyalgie. De la boulimie. Un cocktail et une vente aux enchères pour lutter contre la colopathie fonctionnelle.

Chaque soirée avait son thème particulier : « Paix universelle entre tous les peuples », ou : « Espoir pour l'avenir ».

Imaginez que vous alliez au bal des Anciens tous les soirs et ce pour le restant de votre vie. Tous les soirs, un autre décor avec des fleurs coupées d'Amérique du Sud et des tas de lumières scintillantes. Une sculpture de glace et une fontaine de champagne et un orchestre en smoking blanc jouant des airs de Cole Porter. Chaque décor pour mettre en valeur des membres de familles royales arabes et des petits génies de l'Internet. Trop de gens enrichis trop vite par le capital-risque. Des gens qui ne restent sur le plancher des vaches que le temps de faire réviser leur jet privé. Ces personnes sans imagination qui se contentent de feuilleter *Town & Country* et qui disent : « Je veux ça. »

Aux fêtes de bienfaisance pour lutter contre les mauvais traitements infligés aux enfants, tout le monde se balade sur ses deux jambes et mange de la crème brûlée — avec des lèvres siliconées au même moule. Ils consultent la même montre Cartier entourée des mêmes diamants. Mêmes colliers Harry Winston autour de leurs mêmes cous longs et fins sculptés par le hatha yoga.

Tous montent ou descendent de la même berline Lexus, déclinée en plusieurs couleurs.

Personne n'est impressionné. Chaque soirée est une parfaite et totale impasse sociale.

La meilleure amie de Mme Keyes, Elizabeth Ethbridge Fulton Whelps, dite Inky, avait l'habitude de répéter que pour toute chose, il n'y a qu'un meilleur. Puis, un soir, elle a annoncé : « Quand tout le monde peut s'offrir le meilleur, à vrai dire, ça paraît un peu… commun. »

Toutes les Vieilles Familles avaient disparu. Plus les nouveaux riches barons des médias se montraient à ces fêtes, et moins les anciennes fortunes des chemins de fer et des paquebots s'y pointaient.

À en croire Inky, être absent était la nouvelle façon d'être présent.

C'est après un cocktail quelconque donné au bénéfice des victimes des armes à feu que ça s'est passé. Les Keyes sortent dans la rue. Packer et Evelyn descendent les marches du musée et il y a là l'interminable queue habituelle des Insignifiants en manteau de fourrure qui attendent les voituriers. Sur le trottoir, près du banc d'un arrêt de bus. Sur ce banc sont écroulés un poivrot et une clocharde que tout le monde essaie de ne pas voir.

Ni sentir.

Ces deux-là ne sont pas jeunes et ils sont habillés de fringues récupérées dans les poubelles. Des haillons raides de crasse où des bouts de fils pendent à toutes les coutures. La femme est chaussée de tennis trop grandes pour elle, et sans lacets. On aperçoit sa tignasse emmêlée et collée à travers les trous d'une perruque, dont les faux cheveux en plastique ressemblent à une paille de fer grisâtre.

Le poivrot porte un bonnet de laine tricoté qui lui descend sur les yeux. Il pelote sa compagne, une main fourrée dans son pantalon de polyester extensible et l'autre sous son sweat-shirt. La clocharde se trémousse dans ses fringues pourries, gémit, passe sa langue sur ses lèvres ouvertes.

Là où son sweat-shirt est soulevé, on voit son estomac. Il a l'air plat et ferme. La peau est rose.

Une érection gonfle l'entrejambe du pantalon de survêtement trop large du type. Et le sommet de sa petite tente est marqué par une tache noire et humide.

Packer et Evelyn doivent être les seuls à observer ces deux clodos en train de se tripoter. Les voituriers se précipitent entre le musée et le parking souterrain, un peu plus bas dans la rue. La foule des nouveaux riches regarde l'aiguille des secondes qui court et qui court sur leur montre en diamants.

Le poivrot prend la tête de la fille et la colle contre la silhouette qui pointe de son pantalon. Les lèvres de la clocharde se frottent lentement sur la tâche noire qui grossit à cet endroit.

Les lèvres de cette femme… Evelyn dit à Packer qu'elle les connaît.

On entend un petit bruit, une sonnerie aiguë. À ce genre de signal, tous les gens qui attendent leur voiturier plongent la main dans une poche de leur manteau de fourrure à la recherche d'un portable.

« Oh mon Dieu ! » s'exclame Mme Keyes.

Et elle dit à Packer que cette clocharde tripotée par l'alcoolo pourrait presque être Inky. Elizabeth Ethbridge Fulton Whelps.

La petite sonnerie perçante recommence et la clocharde remonte le bas d'une des jambes de son pantalon en polyester beige sans ourlet et effilé, et on aperçoit son mollet serré dans un bandage élastique sale. Alors que ses lèvres restent collées contre l'entrejambe de son compagnon, ses doigts pêchent un petit objet noir coincé dans ses couches de bandage.

Nouvelle sonnerie.

La dernière fois qu'Evelyn a entendu parler d'Inky, elle dirigeait un magazine. Peut-être *Vogue*. Elle passait la moitié de l'année en France, à décider de la hauteur des jupes pour la saison suivante. Elle était assise au premier rang dans les défilés de mode à Milan et ses commentaires étaient diffusés sur un certain nombre de chaînes d'infos câblées. Elle se campait sur des tapis rouges et annonçait qui porterait quoi aux prochains Oscars.

Cette clocharde sur le banc, à l'arrêt d'autobus, colle le petit truc noir contre sa perruque en plastique gris. Elle appuie sur un bouton et dit : « Allo ? »

Elle éloigne ses lèvres du monticule mouillé du survêtement du poivrot, et elle souffle : « Tu notes ça ? Le citron vert, c'est la nouvelle mode. »

La voix de la clocharde... Mme Keyes dit à son mari qu'elle connaît cette voix.

Elle murmure : « Inky ? »

La zonarde fait disparaître son minuscule portable dans les bandages de sa jambe.

« Ce poivrot puant, annonce Packer, c'est le président de Global Airlines. »

C'est à ce moment-là que la fille relève la tête et dit : « Muffy ? Packer ? » Alors que la main du type s'agite toujours à l'intérieur de son pantalon élastique, elle tapote le banc à côté d'elle et s'exclame : « Quelle bonne surprise ! »

Le poivrot retire ses doigts de la culotte de la fille, ils sont brillants d'humidité sous le lampadaire, et il lance : « Packer ! Viens dire bonjour ! »

Bien sûr, Packer a toujours raison.

La pauvreté, dit Inky, c'est la nouvelle richesse. L'anonymat, la nouvelle célébrité.

« Les personnes qui plongent socialement, ajoute-t-elle, sont celles qui montent qui montent, aujourd'hui. »

Les membres de la Jet Set, voilà les sans-abri d'origine, poursuit Inky. On a beau avoir une douzaine de maisons – et chacune dans une ville différente – on passe sa vie à se déplacer.

C'est tout à fait plausible, ne serait-ce que parce que Packer et Evelyn ne sont jamais à l'avant-garde de rien. Toute la saison dernière, ils se sont rendus à des concours hippiques, à des vernissages et à des ventes aux enchères en se répétant que toute la Vieille Garde mondaine devait être en cure de désintoxication ou en chirurgie esthétique.

« Que ce soit avec un chariot de supermarché ou un Gulfstream G550, c'est le même instinct, explique Inky. Être toujours en mouvement. N'être attaché à rien. »

Tu n'as plus besoin que de cash et tu sièges au comité directeur de l'Opéra, dit-elle. Tu fais une grosse donation et te voilà au bureau de la Fondation du musée.

Tu signes un chèque et tu es célèbre.

On te poignarde à mort dans un film à succès, et tout le monde parle de toi.

En d'autres termes : t'es coincée.

Inky dit : « Les inconnus sont les nouvelles célébrités. »

Le poivrot de Global Airlines a une bouteille de rouge emballée dans un sac en papier marron. Il explique que le vin est coupé à parts égales avec du bain de bouche, du sirop pour la toux et de l'eau de Cologne Old Spice. Chacun s'offre une rasade et les voilà partis tous les quatre se promener dans le parc obscur, où on ne se risquerait pas la nuit.

Ce qu'on aime dans l'alcool, c'est que chaque gorgée est une décision irrévocable. Tu fonces, tu as la situation bien en main. Et c'est pareil avec les cachets, les sédatifs et les antidouleurs, chaque fois que t'en avales un, tu fais un pas définitif sur une certaine route.

« La vie publique, c'est la nouvelle intimité », dit Inky.

Elle ajoute que si tu fouines un peu, même dans l'hôtel le plus chic – un de ces endroits aux peignoirs immaculés avec des orchidées qui tremblotent près du bidet dans une salle de bains de marbre blanc –, il y a des chances pour que tu sois espionné par une minuscule caméra. Elle ajoute que les seuls lieux qui te restent pour t'envoyer en l'air, c'est au grand jour. Le trottoir. Le métro. Les gens ne regardent que s'ils pensent qu'ils n'en ont pas le droit.

Et puis, dit-elle encore, ce mode de vie champagne-et-caviar n'est plus à la mode. Prendre un Lear Jet ici pour se retrouver à Rome six heures plus tard – ça rend l'échappée trop facile. Le monde paraît si minuscule qu'il perd tout intérêt. Parcourir ainsi la planète, c'est juste une chance de s'emmerder plus vite dans beaucoup plus d'endroits. Un petit déjeuner ennuyeux à Bali. Un repas prévisible à Paris. Un dîner fastidieux à New York, et puis tu t'endors, bourrée, pendant que tu fais une pipe de plus à L.A.

Trop d'expériences majeures, en trop peu de temps.

« Comme le Getty Museum, souffle Inky.

– On efface tout et on recommence », grommelle le poivrot de Global Airlines.

Dans le nouveau monde assommant de la haute bourgeoisie, il n'y a rien de mieux pour apprécier ton bidet que d'être obligé de pisser dans la rue pendant quelques heures, assure Inky. Arrête de te laver jusqu'à ce que tu pues, et une simple douche chaude te paraîtra aussi super qu'un voyage à Sonoma pour t'offrir un bain de boue désintoxiquante.

« Pensez à ça comme à une espèce de sorbet de pauvreté », ajoute Inky.

Un joli petit créneau de misère qui t'aide à apprécier ta vraie vie.

« Joignez-vous à nous », propose-t-elle. Des poils de sa perruque en plastique sont collés dans la tache verte et gluante de sirop pour la toux qui lui barbouille les lèvres. Vendredi soir prochain.

Paraître mal, dit-elle, c'est la nouvelle façon de paraître super.

Elle annonce que tous les gens comme il faut seront là. La Vieille Garde. Les meilleurs éléments du carnet mondain. À 22 heures. Sous les rampes du pont, côté ouest.

Ils ne peuvent pas, répond Evelyn. Mercredi soir, Packer et elle ont promis d'assister à la Valse pour en finir avec la faim en Amérique latine. Jeudi, ils ont le Banquet pour les aborigènes dans le besoin. Et vendredi, une vente aux enchères pour collecter des fonds au bénéfice des ados fugueurs et prostitués. Ces événements, avec tous les prix en acrylique poli qu'ils distribuent, vous font regretter le temps où la peur numéro un des habitants de ce pays était de prendre la parole en public.

« Faites juste un saut au Sheraton du centre-ville, dit Inky, et payez-vous une chambre. »

Evelyn doit faire une tête de six pieds de long, car Inky s'exclame aussitôt : « On se calme ! Bien sûr, *c'est pas là qu'on descend.* Pas dans *un Sheraton* ! C'est juste un endroit où on se change. » Elle ajoute : « C'est quand vous voulez, à partir de 22 heures, vendredi soir, sous les rampes du pont. »

Le principal problème de Packer et d'Evelyn a toujours été de savoir comment s'habiller. En ces circonstances, pour un homme, ça semble facile. Il n'a qu'à retourner son smoking et son pantalon. Et changer ses chaussures de pied. *Voilà*[1] – aussitôt, t'as l'air d'un impotent et d'un dingue.

« La folie, répétait Inky, c'est le nouvel équilibre mental. »

Le vendredi, après la Valse pour la faim, Packer et Evelyn quittent la salle de bal de l'hôtel et ils entendent quelqu'un qui entonne le fameux chant guerrier *Oh Amherst, Brave Amherst.* Là, dans la rue, Frances Dunlop Colgate Nelson dit Frizzi s'enfile des canettes super-size d'alcool de malt avec Schuster Frasier dit Shoe et Weaver Pullman dit Bones. Ils sont assis tous les trois au bord d'une fontaine où ils trempent leurs pieds nus, après avoir remonté les jambes de leurs pantalons sales. Frizzi porte son soutien-gorge par-dessus son pull.

1. En français dans le texte. *(N.d.T.)*

« S'habiller pourri, c'est s'habiller chic », déclare Inky.

Chez elle, Evelyn essaie une douzaine de sacs-poubelle, des sacs plastique vert et noir, assez grands pour les déchets de jardin, mais là-dedans elle a vraiment l'air grosse. Pour être plus belle, elle choisit un sac blanc étroit pour poubelles de cuisine.

C'est même plutôt élégant, douillet comme un peignoir signé Diane von Furstenberg, serré par un vieux cordon électrique fondu pour ceinture, avec une touche brillante d'orange de sécurité, plus différents fils dénudés et la prise qui pendent sur un côté.

La mode de cette saison, déclare Inky, c'est que tout le monde porte sa perruque sur l'arrière du crâne. Des chaussures dépareillées. Tu découpes un trou au centre d'une couverture sale, dit-elle, puis tu l'enfiles comme un poncho et te voilà parée pour une nuit de rigolade dans la rue.

Pour plus de sûreté, le soir où ils prennent leur chambre au Sheraton du centre-ville, Evelyn a emporté avec elle trois valises bourrées de surplus de l'armée. Des soutiens-gorge jaunis et déformés. Des pulls pelucheux. Elle a embarqué aussi un pot de masque facial à l'argile pour qu'ils puissent se salir le visage. Plus tard, ils s'échappent en cachette de l'hôtel par l'escalier d'incendie, quatorze volées de marches, jusqu'à une porte qui donne sur l'allée de derrière, et ils sont libres. Ils ne sont plus personne. Anonymes. Ils n'ont plus aucune responsabilité car ils ne dirigent plus rien.

Nul ne les regarde, ne leur demande de l'argent, n'essaie de leur vendre quoi que ce soit.

Alors qu'ils marchent en direction du pont, ils sont invisibles. À l'abri de leur pauvreté.

Packer commence à boiter légèrement vu qu'il a interverti ses chaussures. Evelyn ouvre la bouche. Puis elle crache. Oui, la fille à laquelle on a appris à éviter même de se gratter en public quand ça la démange, la voilà qui mollarde en pleine rue. Packer tangue, il se cogne contre elle et Evelyn le saisit par le bras. Il la fait pivoter sur elle-même et ils se roulent une super pelle — ils ne sont plus que deux paires de lèvres humides, et la ville, autour d'eux, disparaît.

Lors de cette première nuit dans la rue, Inky arrive avec quelque chose qui empeste dans un sac à main noir en cuir verni sillonné de craquelures. Une odeur de marée basse un jour de grosse chaleur.

« Voilà le nouveau symbole anti-statut », annonce-t-elle.

Dans son sac à main, il y a un carton de Chez Héloïse avec un morceau de daurade rose de la taille d'un poing.

« C'est vieux de quatre jours, ajoute Inky. Tu le secoues un peu et sa puanteur vaut un garde du corps pour tenir les gens à distance. »

Schlingue pour ta vie privée — la nouvelle façon de protéger ton intimité. Intimidation par l'odeur.

Inky prétend qu'on peut s'habituer à n'importe quelles émanations, aussi dégueulasses soient-elles. Et elle demande : « T'as bien réussi à t'habituer à Eternity de Calvin Klein… ? »

Toutes les deux, Inky et Evelyn, font le tour du pâté de maisons pour décompresser un moment, à l'écart de la fête. Devant elles, l'entourage d'une icône en minijupe descend d'une limousine, des gens maigres avec des écouteurs reliés à des micros, tous en grande discussion avec un interlocuteur lointain. Lorsque les deux femmes les dépassent en se dandinant, Inky trébuche et elle les frôle et elle en profite pour frotter son sac à main avec son morceau de poisson en décomposition sur leurs manches de cuir et leurs manteaux de fourrure. Les gardes du corps en costume sombre. Les assistantes personnelles en tailleurs ajustés.

Ils se serrent autour de l'icône et s'écartent en gémissant et se protégeant le nez et la bouche de leurs mains manucurées.

Inky continue son chemin. Elle dit en rigolant : « J'adore faire ça ! »

Face à ces nouveaux riches, Inky déclare que le temps est venu de modifier les règles.

« La pauvreté est la noblesse d'aujourd'hui », annonce-t-elle.

Puis, un peu plus loin devant elles, elles aperçoivent un troupeau de millionnaires de l'Internet et de cheiks du pétrole qui grillent une cigarette devant une galerie d'art, et Inky annonce : « Allons les harceler pour leur tirer quelques pièces... »

C'est leurs vacances, là — pour un temps, ils ne sont plus Packer et Muffy Keyes, le directeur général dans le textile et l'héritière de l'industrie du tabac. Leur petite retraite du week-end dans le filet de sécurité de la société.

Il se trouve que le poivrot de Global Airlines est Webster Banners dit Scout. Inky et Muffy et lui retrouvent Skinny et Frizzi. Puis Packer et Boater les rejoignent. Et ensuite Shoe et Bones. Ils sont tous bourrés et ils jouent aux charades et, à un moment, Packer se met à hurler : « Il y a quelqu'un sous ce pont qui ne vaut pas au moins quarante millions de dollars ? »

Et bien sûr tu n'entends que le bruit du trafic qui passe au-dessus.

Plus tard, ils poussent des chariots dans une quelconque zone *industrielle*. Inky et Muffy en ont pris un pour deux, Packer et Scout les suivent à quelques pas. Et Inky dit : « Vous savez, je pensais que la seule chose pire que de perdre en amour, c'était de gagner… J'étais si amoureuse de Scout, depuis l'école, mais vous savez comment les événements… nous déçoivent. »

Inky et Muffy ont enfilé des mitaines pour mieux trier les canettes. Inky dit : « Je croyais que le secret d'une fin heureuse, c'était de tirer le rideau à l'instant précis où ça devenait nécessaire. Un bref moment de bonheur, et ensuite tout va mal de nouveau. »

Ces parvenus estiment qu'ils ont la vie dure — ils craignent d'utiliser la mauvaise fourchette ou ils paniquent quand on fait passer les rince-doigts —, mais les sans-abri ont bien davantage de raisons d'inquiétude. Il y a le botulisme. Il y a les gelures. La perte d'une couronne dentaire pourrait vous dénoncer. Un reste de Chanel N° 5.

Un million de petits détails, et n'importe lequel peut vous trahir.

Ils sont devenus ce qu'Inky appelle « les Sans-Abri qui font la navette ».

Elle dit : « Maintenant ? Maintenant, j'aime Scout. Je l'aime comme si je ne l'avais jamais épousé. »

Dans des rues de ce genre, ils ont l'impression

d'être des pionniers qui commencent une nouvelle existence dans une région sauvage. Sauf que ce ne sont pas des ours et des loups qu'ils doivent s'inquiéter – Inky hausse les épaules et poursuit – mais des dealers et des fusillades aveugles depuis les bagnoles.

« C'est encore la meilleure partie de ma vie, ajoute-t-elle, mais je sais que ça ne pourra pas durer toujours… »

Son nouvel agenda se remplissait déjà à toute allure. Tous ces plongeons sociaux dans le caniveau. Faire quoi que ce soit le mardi est hors de question, car elle a prévu d'aller ramasser des chiffons avec Dinky et Cheetah. Puis Packer et Scout se retrouvent pour trier les canettes en alu. Puis tout le monde passe à la clinique gratuite pour se faire examiner les pieds par un jeune docteur aux yeux noirs et à l'accent de vampire.

Packer prétend que la canette en aluminium est la pièce d'or sud-africaine de la rue.

Debout en haut d'une rampe par laquelle les voitures quittent l'autoroute, Inky dit : « Pensez *large*. Faites comme si vous écriviez un texte d'une ligne pour vendre un scénario de film à un réseau de télévision. »

Sur un morceau de carton marron, Inky note au marqueur noir : « Mère seule. Dix enfants. Cancer du sein. »

« Vous faites ça… D'accord ? Et les gens vont juste *vous donner de l'argent…* »

Muffy écrit : « Vétéran estropié. Je meurs de faim. Besoin de rentrer chez moi. »

Et Inky dit : « Parfait. Tu viens juste de faire la promo de *Retour à Cold Mountain.* »

C'est leur petit camping urbain.

Cette cachette au vu et au su de tous. Cette cachette en plein milieu de tout le monde.

Rien n'est plus facile à ignorer qu'un sans-abri. Tu peux être Jane Fonda ou Robert Redford, mais si tu pousses un chariot de supermarché dans l'avenue, à midi, avec trois couches de vêtements sales sur le dos, en murmurant des insultes à voix basse — alors personne ne fera attention à toi.

Ils pourraient continuer comme ça pour le restant de leurs jours. Scout et Inky ont prévu de s'inscrire sur la liste pour un appartement réservé aux familles à faibles revenus. Ils veulent aller s'asseoir dans des salles d'attente et bénéficier des soins dentaires gratuits prodigués par de jeunes étudiants en médecine mignons comme tout. Ils vont demander de la méthadone à l'œil et puis se frayer un chemin jusqu'à l'héroïne. Formation professionnelle pour adultes. Hamburgers gratos.

Apprendre à conduire et à faire la lessive, puis s'élever jusqu'à la petite bourgeoisie.

La nuit, quand Packer et Evelyn s'étreignent, sous un pont quelconque, ou sur un morceau de carton posé sur une plaque d'égout chaude et fumante, ses mains à lui dans ses haillons à elle, la faisant jouir pendant que des inconnus passent devant eux — ils n'ont jamais été aussi amoureux l'un de l'autre.

Mais Inky a raison. Ça ne peut pas durer toujours. La fin arrive si vite que personne n'est sûr de ce qui s'est passé jusqu'à ce que ce soit dans le journal du lendemain.

Ils sont endormis dans l'entrée d'un entrepôt quelconque, et ils se sentent davantage chez eux qu'ils ne l'ont jamais été à Banff ou à Hong Kong. Désormais leurs couvertures ont leur odeur. Leurs vêtements – leurs corps – sont leur maison. Les simples bras de Packer enlaçant sa femme pourraient être un duplex sur Park Avenue. Une villa en Crète.

Cette nuit-là, une voiture s'arrête dans un hurlement de freins, et une de ses roues grimpe sur le trottoir. Ses pleins phares, deux cercles brillants, se fixent sur M. et Mme Keyes et les réveillent en sursaut. La portière arrière s'ouvre et on entend des cris à l'intérieur. La tête la première, bras et jambes écartés, une fille s'écrase sur le béton. Ses longs cheveux noirs dissimulent son visage, elle est nue, et elle s'éloigne à quatre pattes du véhicule aussi vite qu'elle en est capable.

Cette fille, elle rampe vers Packer et Evelyn, enterrés dans leur maison de vêtements pourris et de couvertures humides.

Derrière elle, une chaussure noire émerge de la bagnole. Suivie d'une jambe de pantalon noir. Un type avec des gants de cuir noir descend du siège arrière tandis que la fille se relève et se met à hurler. Elle hurle, *Je vous en supplie.* Elle hurle pour demander de l'aide. Elle est si proche que tu vois un, deux, trois anneaux d'or à l'une de ses oreilles. L'autre a disparu.

Cette tresse de cheveux noirs, c'est en réalité du sang qui lui dégouline dans le cou. À la place de son oreille, il n'y a plus qu'une espèce de ride de chair déchiquetée.

La fille s'élance vers les Keyes, dont seuls les yeux sont visibles au milieu de leurs couvertures.

Quand l'inconnu l'attrape par les cheveux, elle s'accroche à leurs chiffons. Le type la soulève pour la ramener à la voiture, elle donne des coups de pied dans le vide et elle pleure, elle entraîne les couvertures derrière elle et révèle les deux clodos, encore à moitié endormis, qui clignent des yeux, éblouis par les phares.

L'homme en noir les voit forcément. Le conducteur aussi.

La fille hurle : « Je vous en supplie. » Elle crie : « La plaque d'immatriculation ! »

Et elle disparaît à l'intérieur. La portière se referme brusquement sur elle, les pneus crissent, et la bagnole ne laisse derrière elle que du sang et des traces de gomme brûlée. Au milieu des gobelets de fast-food, une oreille déchirée et pâle — peut-être arrachée pendant la lutte, ou tombée de l'arrière du véhicule — traîne dans le caniveau, avec deux anneaux d'or toujours fixés à son lobe.

Pendant le petit déjeuner que le room service leur a monté dans leur suite du Sheraton — une omelette aux champignons graisseux, des muffins anglais, du café tiède et du bacon déjà froid — ils voient le journal. Dans les nouvelles locales, on dit qu'une héritière du pétrole brésilien a été kidnappée. Sa photo correspond à la fille nue aux longs cheveux noirs de la nuit précédente, mais là-dessus, elle sourit et elle lève devant elle un trophée couronné par un petit joueur de tennis en or.

D'après l'article, la police n'a aucun témoin.

Bien sûr, les Keyes pourraient envoyer un mot, mais ils n'ont vu ni les visages des ravisseurs ni la plaque d'immatriculation. Ils n'ont aperçu que la victime. Et le sang. Packer et Evelyn ne peuvent apporter aucune aide véritable aux autorités. Aller à la police ne leur aurait valu qu'une humiliation. Tu imagines déjà les gros titres : « Un couple de VIP zone pour s'amuser ». Ou : « Des millionnaires qui jouent aux clochards ».

Grands dieux, le scandale s'ils avaient parlé d'Inky et de Scout, de Skinny et de Shoe et de Bones !

Que Packer et Evelyn se ridiculisent à la face du monde, ça ne sauverait en rien cette pauvre fille. Leurs souffrances n'atténueraient pas les siennes une seconde.

La semaine suivante, la presse annonce qu'on a retrouvé le cadavre de l'héritière kidnappée.

Pourtant, Inky n'est pas inquiète. Les gens pauvres et crades qui vivent dans la rue n'ont pas à se soucier de ce genre de choses. La fille assassinée était jeune. Elle était propre sur elle, belle et millionnaire.

« N'avoir rien à perdre, déclare Inky, voilà la nouvelle richesse. »

Et Packer ajoute : « On efface tout et on recommence. »

Oh, non, Inky n'avait pas l'intention de renoncer à son bonheur pour retourner à son fric et à la célébrité. Et de plus en plus souvent, au cours de ces nuits où ils zonaient, Packer l'accompagnait. Pour la protéger, expliquait-il.

Un soir, Evelyn assiste au dîner dansant de bienfaisance contre le cancer du côlon quand son portable sonne. C'est Inky, et en fond il y a un homme qui hurle. Packer. À l'autre bout du fil, Inky a l'air essoufflée et elle murmure : « Muffy, s'il te plaît. Muffy, s'il te plaît, on est perdus et il y a quelqu'un qui nous a pris en chasse. » Elle ajoute : « On a essayé de prévenir la police, mais… »

Et la communication est coupée.

Comme si elle était entrée en courant dans un tunnel. Ou sous un pont routier.

La une du journal du lendemain annonce : « Une éditorialiste et un P-DG du textile assassinés à coups de couteau ».

Et désormais, chaque matin ou presque, il y a un gros titre à éviter : « Une clocharde massacrée ». Ou : « Le tueur en série continue à poignarder les sans-abri ».

Quelque part en ville, toutes les nuits, cette voiture noire est à la recherche de Mme Keyes, le seul témoin oculaire du crime. Quelqu'un élimine des clodos, dans la rue, qui lui ressemblent. Des femmes en haillons qui dorment sous des piles de couvertures puantes.

C'est depuis cette époque-là qu'Evelyn expérimente le manque. Elle résilie son abonnement au journal. Pour remplacer sa télé, elle achète un aquarium avec un lézard qui change de couleur pour correspondre à n'importe quelle peinture.

Aujourd'hui, Mme Keyes est l'exact contraire d'un sans-abri. Elle a trop de sa maison. Elle croule sous sa maison. Elle y est enterrée. Elle feuillette ses catalogues. Elle regarde les photos luxueuses de décorations de jardin. De diamants fabriqués à partir des cendres de vos chers disparus.

Bien sûr, ses amis lui manquent toujours. Son mari. Mais comme Inky aurait dit : « Être absent, c'est la nouvelle façon d'être présent. »

Et elle achète encore des billets pour les manifestations de bienfaisance. Les ventes aux enchères et les spectacles de danse. C'est important pour elle de savoir qu'elle fait quelque chose pour aider le monde à être un peu meilleur. La prochaine fois, elle a envie d'aller nager au milieu des baleines grises.

De dormir dans la canopée d'une forêt tropicale humide en voie de disparition.

De photographier des zèbres proches de l'extinction. De vivre écologiquement.

C'est important d'être conscient. Elle veut vraiment changer les choses.

5

Cet été-là, à la villa Diodati, nous raconte Mme Clark, il n'y avait que cinq personnes :

Le poète, lord Byron.

Percy Bysshe Shelley et la femme qu'il aimait, Mary Godwin.

La demi-sœur de Mary, Claire Claremont, enceinte de Byron.

Et le médecin de Byron, John Polidori.

On l'écoute, installés autour de la cheminée électrique du fumoir, au second balcon. Le fumoir gothique. On est assis dans des fauteuils à oreilles de cuir jaune, sur un canapé couvert de dentelle et sur une causeuse en tapisserie qu'on a récupérée quelque part — ses pieds sculptés de style gothique ont laissé les traces parallèles de leur passage sur les tapis poussiéreux et feutrés.

On est tous là, sauf Dame Clocharde qui est allée se coucher tôt. Et Miss America qui continue à crocheter les serrures.

Cette « cheminée électrique » n'est qu'une simple lumière pivotante sous un lit de morceaux de verre rouges et jaunes collés les uns aux autres. De la lumière, mais pas de chaleur. Une fois éteints tous nos arbres de cristal, les éclairs rouges et jaunes dansent sur nos visages, et leurs reflets passent sur les boiseries et sur le sol de pierres plates assorties.

Il n'y avait que ces cinq personnes, dit Mme Clark. Elles s'ennuyaient et la pluie les bloquait à l'intérieur. Shelley et compagnie. Chacun à leur tour, elles se lisaient des histoires de fantômes tirées d'une anthologie allemande, *Fantasmagoriana*.

« Mais lord Byron ne supportait pas ce livre », ajoute Mme Clark.

Byron prétendit qu'il y avait davantage d'écrivains de talent dans cette pièce où ils étaient réunis que dans ce recueil. À l'en croire, ils étaient capables de produire des nouvelles d'horreur bien meilleures que ça. C'est ce qu'ils devraient faire tous. Écrire une histoire.

C'était presque un siècle avant le *Dracula* de Bram Stocker, mais cet été-là permit au Dr John Polidori de rédiger sa fameuse nouvelle : *Le Vampire* – qui est à l'origine de la conception moderne d'un démon suceur de sang.

Au cours d'une de ces nuits pluvieuses, alors que les éclairs et le tonnerre se déchaînaient au-dessus du lac de Genève, Mary Godwin, dix-huit ans, fit un rêve qui allait devenir la légende de Frankenstein. Ces deux monstres engendrèrent un nombre incommensurable de livres et de films.

La fête qui réunit ces cinq-là devint une légende en elle-même. Tout autour du lac de Genève, les hôtels mirent des télescopes à la disposition de leurs clients aux fenêtres qui donnaient sur la fameuse villa pour leur permettre d'assister à ce que chacun considérait comme une orgie privée. Les touristes de la classe moyenne, qui s'ennuyaient au cours de leur excursion estivale, reportèrent leurs pires angoisses sur la maison de lord Byron. Une poignée d'adolescents qui essayaient d'échapper au carcan de leur culture et aux gens qui les espionnaient au télescope dans l'espoir de voir des monstres.

Ici, nous étions l'équivalent moderne des occupants de la villa Diodati.

Nous étions la version contemporaine du groupe de l'Algonquin Round Table.

Simplement des personnes qui se racontaient des histoires à haute voix.

Des personnes à la recherche d'une idée qui résonnerait jusqu'à la fin des temps. Dans des livres, des films, des pièces de théâtre, des chansons, des séries télévisées, sur des T-shirts. Une idée qui rapporterait beaucoup d'argent.

Nous avions déjà la même apparence – sauf que nous étions trois fois plus, une véritable foule – lorsque nous nous étions rencontrés en chair et en os, dans l'arrière-salle d'un café. Nous : ceux qui participaient au montage définitif. Déjà, à ce moment-là, la Comtesse Extralucide portait le turban qui était sa signature. Le Duc des Vandales, sa queue-de-cheval blonde. Et le Chaînon Manquant, son long nez qui pendait et la sombre étendue sauvage de sa barbe.

Cette façon dont les gens ont raconté leurs histoires sur la villa Diodati – ce sera la même chose, à l'avenir, sur cette arrière-salle de café. Des personnes qui n'auront jamais lu l'annonce jureront qu'elles étaient là. Qu'elles ont été assez malignes pour ne pas participer à cette retraite. Sinon, elles pourraient être mortes. Ou riches. Au fil du temps, ce café avec ses porte-revues garnis de tas de journaux à lire gratis, et son tableau d'affichage punaisé de cartes de visite proposant des lavements et des thérapies holistiques pour animaux de compagnie, oui, au fil du temps, cet endroit aurait dû avoir la taille d'un stade pour contenir tous les gens qui prétendaient avoir été présents cette nuit-là.

Cette nuit qui deviendra une légende.

Notre Entrée dans la Mythologie.

Les fumeurs de pétards, les poètes, les femmes au foyer, et nous, debout avec un petit café noir dans un gobelet en carton, tout le monde écoutait ce que Mme Clark avait à dire. Ses seins proéminents et sa moue siliconée faisaient ricaner quelques-uns d'entre nous. Quand quelqu'un demanda s'il y aurait un numéro de téléphone pour joindre les participants à cette retraite, Mme Clark répondit : « Oui. C'est le 1-800-VA-TE-FAIRE-FOUTRE. »

À ce moment-là, certains se tirèrent.

Mme Clark voulait dire : non. Aucun contact avec le monde extérieur. Ni télé, ni radio, ni téléphone, ni Internet. Juste toi et ce que tu as amené dans ton unique valise.

D'autres s'en allèrent.

Tous ces gens qui se sont enfuis, les survivants du premier round. Les petits malins qui auraient l'occasion de raconter leur propre version de l'histoire. La caméra derrière la caméra derrière la caméra, comme aurait dit M. Whittier. Qui auraient leur vérité ultime — mais seulement sur cette soirée-là.

Ces pauvres idiots ne savaient pas se vendre.

Nous avions tous lu la petite annonce, mais nous ne l'avions pas comprise de la même façon. Sur divers panneaux d'affichage, en ville, elle disait :

RETRAITE D'ÉCRIVAINS :
METTEZ VOTRE VIE DE CÔTÉ PENDANT TROIS MOIS

Disparaissez, tout simplement. Abandonnez derrière vous tout ce qui vous empêche de produire votre chef-d'œuvre. Votre travail, votre famille et votre maison, toutes ces obligations et ces distractions — mettez-les de côté pour trois mois. Vivez avec des personnes qui pensent comme vous dans un environnement vous permettant de vous immerger totalement dans votre travail. Le gîte et le couvert sont offerts aux candidats qui se qualifient. Mettez en jeu un petit moment de votre vie et tentez votre chance de vous construire un nouvel avenir comme poète, écrivain, scénariste professionnel. Avant qu'il ne soit trop tard, expérimentez l'existence dont vous rêvez. Nombre de places très limité.

Cette annonce était imprimée sur un bristol. De la taille d'une fiche cuisine. Délimitée par une ligne de pointillés, comme un coupon à découper. Avec, au-dessous, un numéro de téléphone. Celui de Mme Clark. Sur le panneau d'affichage en liège dans le hall de la bibliothèque. Dans les toilettes du supermarché. Dans les laveries automatiques. Cette annonce, soudain, elle était partout. Et la semaine suivante, elle n'était plus nulle part.

Tous les bristols avaient disparu.

Si – quand on l'avait vue – on appelait le numéro en question, on tombait sur un enregistrement de Mme Clark donnant l'adresse du café, la date et l'heure du rendez-vous.

Et déjà, ici, devant ce simulacre de feu de cheminée rouge et jaune, chacun se faisait dans sa tête une idée de l'avenir : la scène où on racontait à notre public comment on avait tenté cette petite aventure et comment un vieux dingue nous avait emprisonnés trois mois dans un ancien théâtre. Déjà, on forçait un peu le trait. On exagérait. On expliquait que l'endroit était glacé. Qu'on n'avait pas l'eau courante. Qu'on était forcés de rationner la nourriture.

Rien de tout ça n'était exact, mais ça améliorait vraiment notre histoire. Non, on déformait la vérité. On la gonflait. On allongeait la sauce. Pour l'effet.

On fabriquait notre propre orgie privée d'humains et d'animaux pour susciter les commérages du reste du monde.

Quand on la décrivait, la petite loge à laquelle on avait droit se remplissait d'araignées venimeuses. De rats affamés. Et pas seulement des poils de Cora Reynolds collés partout.

Un fantôme. On introduisit un fantôme dans le vieux théâtre pour muscler notre fiction, pour s'offrir des effets spéciaux. Oh, on hanterait cet endroit nous-mêmes, on le remplirait de nos âmes perdues.

On ferait de notre vie une terrible aventure. Une véritable histoire d'horreur qui finirait bien. Une épreuve à laquelle on avait survécu pour pouvoir la raconter.

Hormis Dame Clocharde avec son petit morceau de défunt mari à son doigt, Miss America et son fœtus, ce petit amas de cellules qui gonflait, comme un pop-corn, à l'intérieur d'elle, et Miss Éternueuse avec son allergie aux moisissures, on en voulait encore, tous autant qu'on était. Davantage de souffrances et de douleurs à décrire, plus tard, dans des talk-shows nationaux. Ces émissions de télé dont parlait Miss America. Même si nous n'avions aucune bonne idée, même si nous n'écrivions jamais notre chef-d'œuvre, ces trois mois, coincés tous ensemble, suffiraient sans doute à nourrir nos mémoires. À boucler un scénario de film. À nous offrir un avenir où nous ne serions pas obligés d'aller chaque jour au boulot. Où nous deviendrions célèbres, simplement.

À pondre une histoire qu'on pourrait vendre.

Pour l'instant, installés autour de la cheminée de verre, nous dressons la liste des détails à ne pas oublier quand on reconstituerait la scène pour une chaîne de télévision nationale. Pour qu'on puisse conseiller les décorateurs et les aider à donner de l'authenticité à notre film. Comment on a été kidnappés et retenus en otages, et comment, chaque jour, Miss Éternueuse était de plus en plus malade, tandis que le bébé grossissait dans le ventre de Miss America.

Personne ne l'avouera jamais, mais la mort de Miss Éternueuse aurait été le temps fort idéal du troisième acte. Notre moment le plus affreux.

Le dénouement parfait, ç'aurait été de voir le proprio de l'immeuble débarquer ici par hasard, à l'expiration du bail de location, juste à temps pour sauver la fragile Miss America. Et Dame Clocharde devenue folle. Quelques-uns d'entre nous sortiraient dans le soleil en boitant, en clignant des yeux et en pleurant. Les autres seraient évacués sur des civières et transportés en ambulance jusqu'à l'hôpital, toutes sirènes hurlantes. Le film pourrait faire une avance rapide et montrer notre groupe rassemblé autour du lit de Miss America en train d'accoucher. Puis nouvelle avance rapide jusqu'aux funérailles de Miss Éternueuse. Le fantôme de cette malheureuse, sacrifiée pour alimenter l'intrigue.

On aurait la caméra d'Agent Cafteur comme soutien vidéo, et les cassettes audio du Comte de la Calomnie pour les voix off.

Et puis, cerise sur le gâteau, Miss America nommerait sa fille Miss Éternueuse, ou elle lui donnerait son prénom — quel qu'il soit. Une façon de boucler la boucle. Le sens de la continuation de la vie, de son renouvellement. Pauvre Miss Éternueuse, si faible.

Dans cette histoire film-livre-T-shirt, tout le monde adorerait Miss Éternueuse... Son formidable courage... Son humour lumineux.

Soupir.

Non, à moins que l'un d'entre nous n'invente un autre Frankenstein ou un autre Dracula avec de nouveaux crocs, notre récit devra être beaucoup plus dramatique pour se vendre. Il faudra que tout soit bien bien pire avant la fin.

Laisse tomber l'idée de créer quelque chose d'original. Inutile de faire semblant d'écrire des fictions. C'est trop fatigant, vu le peu d'argent que ça rapporte.

Surtout si on le partage en dix-sept. Question royalties. Ou en seize, si on enlève Miss Éternueuse condamnée à disparaître.

Tous silencieux, mais lui ordonnant en notre for intérieur : *Tousse !*

Grouille-toi, et meurs.

Non, quand tous les autres se sont tirés de cette réunion dans l'arrière-salle du café, c'était nous, les petits malins. D'accord, ça ressemblait à une aventure de fou qui promettait beaucoup d'ennuis, mais hé ! — *ça ressemblait à une aventure de fou qui promettait aussi beaucoup d'argent.*

Tous autant que nous sommes, assis là, sans rien dire, mais commandant à Miss Éternueuse : *Tousse !*

Tous autant que nous sommes, mourant d'envie qu'elle nous aide à devenir célèbres.

Voilà pourquoi le Révérend Impie avait saboté toutes les alarmes incendie. Et ce, pratiquement dès notre arrivée. Ou, en tout cas, c'est ce qu'il raconta à l'Entremetteur. Le Révérend Impie avait appris l'électricité à l'armée et le Chaînon Manquant lui donna un coup de main en l'éclairant avec une torche. Pour faire bonne mesure, tous les deux vérifièrent aussi les lignes téléphoniques. La seule qui fonctionnait encore, le Chaînon Manquant l'arracha du mur en bandant ses muscles poilus.

Voilà pourquoi Comtesse Extralucide avait enfoncé les dents de fourchettes en plastique dans toutes les serrures des portes et les avait cassées à l'intérieur. Après ça, plus personne ne pouvait utiliser de clé. Au cas où son contrôleur judiciaire l'aurait retrouvée grâce à ce bracelet. Oh non, aucun d'entre nous ne voulait être sauvé — du moins pas pour l'instant.

On couvrait juste nos arrières. Des scènes qui ne seraient pas dans le film. Les mêmes pratiques que celles de M. Whittier. Ce vieux M. Whittier, maléfique et sadique.

Notre équipe est déjà formée contre celle de Clark et Whittier.

Miss America et Miss Éternueuse ne sont déjà plus que des morceaux d'intrigue. Nos offrandes sacrificielles. Elles sont condamnées.

Parmi les formes rouge et jaune de la cheminée électrique et les boiseries gravées du fumoir gothique, Mme Clark est enfoncée dans les coussins de son fauteuil de cuir à oreilles, et son menton s'affaisse de plus en plus au point de se poser dans son décolleté. Elle demande si Sœur Autodéfense a retrouvé sa balle de bowling.

Et Sœur Autodéfense secoue la tête. Non. Elle tapote d'un doigt sur sa montre et elle ajoute : « Le crépuscule officiel est là dans quarante-cinq… quarante-quatre minutes. »

Miss Éternueuse tousse — une longue toux ronflante et grasse — et on a du mal à ne pas l'acclamer. Elle plonge sa main dans sa poche pour prendre une pilule ou une capsule, mais elle en revient bredouille.

Sœur Autodéfense s'excuse et elle descend l'escalier jusqu'au vestibule, elle va se coucher, elle s'éloigne un peu plus à chaque marche, jusqu'à ce que le dessus de ses cheveux teints en noir ait disparu.

Notre Miss America est quelque part dans les environs, à genoux devant le bouton d'une porte, à essayer de crocheter la serrure. Ou elle tente de déclencher une alarme incendie qui, nous le savons, est hors service.

Grâce au Révérend Impie.

La lumière rouge du magnéto du Comte de la Calomnie est allumée. Agent Cafteur fait passer le viseur de sa caméra vidéo d'un œil à l'autre.

Et, soudain, du bas des escaliers monte un hurlement. Une longue plainte. La voix de Sœur Autodéfense qui nous crie de la rejoindre au plus vite. Elle a trébuché sur quelque chose.

La Dame Clocharde. Une tache supplémentaire. Elle tient un couteau dans une main. Et tout autour d'elle, son sang foncé forme une mare absorbée par le tapis bleu du vestibule.

Ses longs cheveux noirs semblent s'enrouler le long de son visage et disparaître dans le col de son manteau de fourrure. Mais sur la dernière marche, où Dame Clocharde est allongée, grandeur nature, c'est une tresse de sang. Sous sa coiffure parfaite, de ce côté-là de sa tête, son oreille a disparu. Affalée sur le sol, elle lève une main où trône, au cœur de cette huître affreuse, la perle brillante, rouge et rose, d'une boucle d'oreille dans laquelle se reflète le faux feu de cheminée. Dans sa paume, à côté de l'oreille rose, il y a le diamant de son ex-mari.

Alors que tout le monde l'observe, au pied de l'escalier, Dame Clocharde nous sourit. Sa tête roule sur un côté pour nous regarder, et elle murmure : « Je saigne… tellement… »

Au-delà de son visage et de ses mains translucides, une rivière pourpre semble se perdre dans le lointain. Ses doigts se desserrent, le couteau tombe sur le tapis, et elle souffle : « Maintenant, M. Whittier, vous devez me laisser rentrer chez moi… »

Camarade Maussade donne un coup de coude au Comte de la Calomnie et elle lui murmure : « Qu'est-ce que je t'avais dit ? Tu vois ça ? » Elle indique d'un signe de tête la tresse sanglante et ajoute : « Maintenant, tu la vois la cicatrice de son lifting, hein ? »

« Dame Clocharde est morte », annonce Sœur Autodéfense en appuyant le bout de son index sur son cou.

Et du sang coule le long de son doigt.

À ce moment-là, notre futur est fixé. Tout tracé. Cette histoire sera notre gagne-pain — on racontera à notre public comment un être humain innocent a été poussé au suicide, et on y ajoutera le récit des errances de Dame Clocharde. La tragédie qui a emporté son mari. Le kidnapping de l'héritière brésilienne du pétrole. Au diable, l'idée d'inventer des monstres. Ici, il nous suffit de regarder parmi nous. D'être attentifs.

Agent Cafteur a rembobiné son film et se repasse Dame Clocharde, sur scène, en train de nous raconter son histoire. Il la repasse, encore et encore.

Notre marionnette. Le temps fort de notre intrigue.

Le Comte de la Calomnie rembobine sa cassette et on entend en boucle le cri de Sœur Autodéfense.

Notre perroquet.

Et dans la lumière rouge et jaune du feu en verre, M. Whittier déclare : « Voilà, ça a déjà commencé…

— Monsieur Whittier ? » dit Mme Clark.

Whittier, notre traître, notre maître, notre méchant, celui que nous aimons et que nous adorons parce qu'il nous torture, le voilà qui soupire. En même temps qu'il observe le cadavre de Dame Clocharde, il pose une de ses mains frémissantes, vacillantes, sucrant les fraises, sur sa bouche et il bâille.

Face au cadavre, Directrice Reniement caresse la

chatte, dans ses bras. Ses poils orange tigré volent autour d'elle et viennent se déposer un peu partout.

La Baronne Gelures et la Comtesse Extralucide s'agenouillent à côté de la morte. Elles ne pleurent pas, mais leurs yeux sont si écarquillés qu'on voit le blanc tout autour de l'iris. Un peu l'expression qu'on aurait en considérant un ticket de loterie gagnant.

Face au cadavre, Saint Descente de Boyaux mange des spaghettis froids qu'il pioche à la cuillère dans un sac argenté. Il y a des poils de chat dans chacune de ses bouchées rougeâtres.

C'est chacun pour soi pour les trois prochains mois.

Depuis le haut des escaliers, assis dans sa chaise roulante, M. Whittier nous surveille. À côté de lui, le Comte de la Calomnie joue avec son stylo et son bloc et continue à prendre des notes.

Pointant vers lui un doigt presque flou à force de trembler, M. Whittier veut savoir : « Vous, vous êtes en train de raconter ça ? »

Sans relever les yeux de sa version de la vérité, le Comte acquiesce d'un signe de tête.

Oui.

« Dans ce cas… dites-nous une histoire, demande le vieillard. Retournons devant le feu », ajoute-t-il. Et, agitant sa main tremblante : « S'il vous plaît. »

Le Comte de la Calomnie sourit. Il passe à la page suivante, vierge, de son bloc et referme son stylo. Et puis il se redresse enfin et il dit : « Est-ce que quelqu'un se souvient de cette vieille série télé, *Danny-Next-Door ?* » Sa voix se fait plus lente et plus sourde et il commence : « Un jour… » Il répète : « Un jour, ma chienne mange une saloperie quelconque dans du papier d'alu… »

Secrets de Fabrication

Un poème sur le Comte de la Calomnie

« Ces gens qui font la queue, dit le Comte,
une semaine avant
la sortie d'un film quelconque... »
Ils sont payés pour le faire.

Le Comte de la Calomnie sur scène, il se tient là une main levée, une feuille de papier entre ses doigts, une feuille blanche qui cache son visage.
Il est vêtu d'un costume bleu et d'une cravate rouge. De chaussures couleur chamois.
Au poignet de son bras levé, une montre en or, sur laquelle est gravé : « Félicitations ».

Sur scène, au lieu d'une lumière, au lieu d'un visage, on projette la une en grosses lettres :
« Un reporter local emporte le prix Pulitzer ».

De derrière sa feuille, le Comte déclare :
« Ces gens-là passent leur vie
à faire la queue... »
D'une superproduction estivale à une autre.

Les studios de ciné transportent en autobus ces gamins pseudo-fans
de ville en ville.
D'un film de SF à une légende de super-héros.
Chaque semaine, une nouvelle agglomération, un nouveau motel,
un nouveau PG 13[1] pour faire croire
qu'ils adorent.
Ces déguisements en carton et en papier alu,
si visiblement faits à la maison,
c'est le service des Costumes qui les fabrique et les leur fournit.
Tous ces efforts pour tromper les médias locaux
et les pousser à couvrir l'événement,
et merci la publicité gratuite.
Pour lancer un buzz crédible
sur l'énorme intérêt
des gens pour ce film.
Tout ce temps, tout cet argent,
on nomme ça : « Ensemencer le public. »

Dans la poche de sa chemise, on voit clignoter
la petite lumière rouge d'un magnétophone
qui note chacune de ses paroles.
Alors que le Comte demande :
« Qui est le plus fou ? »
Le journaliste qui refuse d'inventer un sens
à la vie ?
Ou le lecteur qui le souhaite ?

1. Pour tout public, avec accord parental en dessous de treize ans. *(N.d.T.)*

Et qui est prêt à accepter que ce sens lui soit
décrit par les mots d'un étranger ?

De derrière sa feuille de papier,
le Comte de la Calomnie dit :
« Un journaliste a le droit…
… et le devoir de détruire
ces veaux d'or qu'il contribue à créer. »

Le chant du cygne

Une nouvelle du Comte de la Calomnie

Un jour, ma chienne a mangé une saloperie quelconque dans du papier d'alu et ça m'a coûté mille dollars de radiographies. Les ordures et les morceaux de verre souillent le terrain vague, derrière mon immeuble. Et là où les gens garent leurs bagnoles, des flaques d'antigel attendent d'empoisonner tous les animaux du quartier.

Même avec son crâne chauve, le vétérinaire me rappelle un de mes meilleurs amis de jeunesse. Quelqu'un avec qui j'ai grandi depuis que je suis tout petit. Un sourire que j'ai vu tous les jours de mon adolescence. La fossette de son menton et les taches de rousseur sur son nez, oui, je connais tout ça par cœur. Et cet espace entre ses deux incisives, je sais comment il s'en sert pour siffler.

Ici et maintenant, il fait une piqûre à ma chienne. Debout devant la table d'examen en acier brillant, dans un cabinet froid et carrelé de blanc, il la tient par la peau du cou et il m'explique quelque chose sur la filiaire sanguicole.

Lorsque j'ai trouvé son numéro de téléphone dans l'annuaire, les larmes m'aveuglaient parce que j'avais peur de voir mon bébé mourir. Et je suis tombé sur son nom : Kenneth Wilcox, médecin vétérinaire. Un nom qui m'a plu, d'une façon ou d'une autre. Qui a résonné en moi. Mon sauveur.

À présent, il soulève les oreilles de ma chienne, il examine l'intérieur et il grommelle un truc sur la maladie de Carré. Je lis : « Dr Ken » brodé sur la poche de poitrine de sa blouse blanche.

Même le son de sa voix me ramène à une époque très ancienne. J'ai entendu ce gars-là chanter : *Bon Anniversaire*. Je l'ai entendu hurler : *Un strike !* au base-ball.

C'est bien lui. Un vieux copain, mais, aujourd'hui, il est bien plus grand et il a des paupières sombres et gonflées qui pendouillent. Trop de peau sous le menton. Des dents un peu jaunes et des yeux bleus moins clairs que dans mes souvenirs.

Il dit : « Elle a l'air d'aller bien. »

Je réponds : « Qui ça ?

— Votre chienne. »

J'observe son crâne chauve et ses yeux bleus et je lui demande : « Où avez-vous fait vos études ? »

Une fac en Californie. Un endroit dont je n'ai jamais entendu parler.

Il était gosse au moment où je l'étais aussi et, d'une certaine façon, on a grandi ensemble. Il avait un cabot nommé Skip et il se baladait pieds nus tout l'été, il allait pêcher ou il construisait des cabanes dans les arbres. Je le regarde et je me souviens d'un après-midi glacé où il faisait un super bonhomme de neige, tandis que sa grand-mère le surveillait par la fenêtre de la cuisine. Je lui demande : « Danny ? »

Et il éclate de rire.

Cette même semaine, je propose un article sur lui à un de mes rédacs chef. Comment je l'ai retrouvé par hasard, comment je suis tombé sur Kenny Wilcox, qui, lorsqu'il était gamin, jouait le rôle de Danny dans la série télévisée *Danny-Next-Door*, il y a de ça un million d'années. Le petit Danny avec lequel on avait tous grandi, il est vétérinaire, aujourd'hui. Il vit dans un pavillon de banlieue. Il tond lui-même sa pelouse. Oh, c'est bien lui, il est chauve, la cinquantaine, il a pris un peu de poids et tout le monde l'a oublié.

Cette étoile déclinante. Il a l'air heureux, il habite une petite maison avec deux chambres. Les rides, sous ses yeux, prouvent qu'il s'est beaucoup marré dans sa vie. Il prend des médicaments contre le cholestérol. Il est le premier à l'admettre, après avoir été le centre de l'attention du pays pendant toutes ces années, il se sent un peu solitaire. Mais il est heureux.

L'important, c'est que le Dr Ken ait accepté. Sûr, il veut bien être interviewé. Un petit portrait pour la section Spectacles de l'édition de dimanche de mon quotidien.

Le rédacteur en chef auquel j'essaie de vendre l'idée se grattouille l'intérieur de l'oreille avec la pointe de son stylo et en retire un peu de cérumen. Il a l'air de s'emmerder à mort.

Il me répond finalement que nos lecteurs n'ont pas envie de lire un article sur quelqu'un qui est né avec une belle gueule et du talent, qui a touché une fortune pour s'afficher à la télé, et qui, depuis, vit heureux.

Non, les gens ne sont pas intéressés par les histoires qui finissent bien.

Ce que veulent les gens, ce sont des papiers sur Rusty Hamer, le gamin de *Make Room for Daddy* qui s'est suicidé en se tirant une balle. Ou sur Trent Lehman, l'adorable petit gosse de *Nanny and the Professor* qui s'est pendu à la clôture d'une cour de récré. Ou sur la petite Anissa Jones qui jouait Buffy Davis dans *Cher oncle Bill*, avec sa poupée nommée Mme Beasley, et qui a ingurgité la plus grosse dose de barbituriques de l'histoire du comté de Los Angeles.

Voilà ce qu'ils veulent, les gens. C'est pour la même raison qu'on assiste à des courses automobiles — pour regarder les bolides s'envoyer dans le décor. Comme disent les Allemands : *Die reinste Freude ist die Schadenfreude*[1]. On prend son pied quand les gens qu'on jalouse se plantent. C'est la forme la plus pure de la joie. Cette joie qu'on éprouve quand on voit une limousine s'engager dans un sens interdit.

Ou quand on découvre Jay Smith, le « Little Rascal » surnommé Pinky, poignardé dans le désert, aux abords de Las Vegas.

Ou quand Dana Plato, la petite fille d'*Arnold et Willy*, est arrêtée par la police. Quand elle pose à poil dans *Playboy* et avale trop de somnifères.

Les gens qui font la queue au supermarché, qui découpent des bons d'achat, qui vieillissent — voilà le genre de gros titres qui les pousse à se payer un journal.

1. « Le plaisir le plus authentique, c'est celui que tu ressens quand ton ennemi se casse la gueule. » *(N.d.T.)*

Tous ou presque, ils veulent lire des trucs sur Lani O'Grady, la jolie nénette de *Huit ça suffit !*, retrouvée morte dans une caravane, l'estomac blindé de Vicodin et de Prozac.

« Pas de pétage de plomb, pas d'article », conclut mon rédac chef.

Le Joyeux Kenny Wilcox, avec ses rides d'avoir trop rigolé, ce n'est pas vendeur.

Il ajoute : « Coince Wilcox avec des photos pédophiles sur le disque dur de son ordi. Avec des cadavres enterrés sous sa piaule. Là, t'auras une bonne histoire. Ou encore mieux, trouve-moi tout ça, et en plus, annonce-moi son décès. »

La semaine suivante, ma chienne lèche une flaque d'antigel. Je l'ai nommée Skip en souvenir du Skip de Danny, dans *Danny-Next-Door*. Mon Skip, mon bébé aux poils blancs et aux grosses taches noires, et son collier rouge, juste comme à la télé.

Le seul moyen de soigner une ingestion d'antigel chez un chien, c'est le lavage d'estomac. Puis on le bourre de charbon actif. On trouve une veine et on lui place un goutte-à-goutte d'éthanol. Un pur alcool de grain pour nettoyer les reins. Pour sauver ma chienne, mon bébé, il faut la saouler à mort. Ça signifie un autre rendez-vous chez le Dr Ken, qui me dit qu'il est OK pour une interview la semaine prochaine. Mais il me prévient que son existence actuelle n'a rien de très folichon.

Je lui réponds : faites-moi confiance. Bien écrire, c'est rassembler des faits, puis les raconter d'une façon sexy. Ne vous inquiétez pas pour l'histoire de votre vie, ça, c'est mon boulot.

Ces temps-ci, je ne cracherais pas sur une bonne commande de reportage. Je suis free-lance depuis deux ans. Depuis qu'on m'a viré de mon poste de chroniqueur culturel. C'était de l'argent facile, le genre boulot de presse merdique — trouver quelques citations ronflantes pour la promo d'un film en interviewant dix minutes une star de ciné avec des confrères des médias qui, tous, essaient de ne pas bâiller.

Premières de films. Lancements de CD. Sorties de livres. Il y avait un flux régulier d'articles, mais ose exprimer une seule opinion négative et le filon se tarit illico. Un studio de ciné menace de retirer ses pubs et — abracadabra — ton nom passe à la trappe.

Moi, on m'a lourdé parce que j'ai essayé d'avertir mes lecteurs, une fois. À propos d'un certain long métrage, je leur ai conseillé de garder leur pognon pour faire autre chose. Et depuis, je ne suis plus dans le circuit. Une idiotie de film gore pour l'été, mais avec de gros bonnets derrière, et voilà que j'en suis à ramper pour écrire des notices nécrologiques. Des légendes de photos. Tout ce qu'on voudra.

C'est une vraie escroquerie, construire un château de cartes que tu ne peux plus démolir. Tu passes toutes ces années à bâtir sur du vide, à créer une illusion. À transformer un être humain en vedette de cinéma. Ta véritable récompense, c'est à la fin du contrat. Alors, tu tires le tapis. Tu fous en l'air ton château de cartes. Tu montres le bel homme à femmes en train de s'enfiler une gerbille dans le fion. Tu révèles que la jeune fille rangée pique dans les magasins et se défonce aux analgésiques. Que la déesse bat ses gosses à coups de cintre métallique.

Mon rédacteur en chef a raison. Et Ken Wilcox aussi. Personne ne claquerait un cent pour le récit de sa vie.

Pour me préparer, pendant toute la semaine précédant notre interview, je fais des recherches sur Internet. Je télécharge des fichiers de l'ex-Union soviétique. Ils ont, là-bas, une version différente de l'enfant-roi : des écoliers russes imberbes qui taillent des pipes à des types obèses. Des singes qui prennent par-derrière des gamines tchèques pas encore réglées. Je sauvegarde tous ces fichiers sur un CD.

Une autre nuit, je fais une longue promenade dans mon quartier, avec Skip en laisse. Quand je rentre chez moi, mes poches sont pleines de plastiques de sandwiches et de petites enveloppes en papier. De l'alu plié en quatre. Du Percodan. De l'OxyContin. Du Vicodin. Des ampoules vides de crack et d'héroïne.

L'interview — j'ai déjà écrit les quatre feuillets avant même que Ken Wilcox n'ait ouvert la bouche. Avant même qu'on se soit assis dans son salon.

Cependant, pour sauver les apparences, j'y suis allé avec mon magnéto. Et un bloc, sur lequel je fais semblant de prendre des notes avec deux stylos à sec. Et j'ai apporté une bouteille de vin rouge dans lequel j'ai dissous du Vicodin et du Prozac.

Dans la petite maison de Ken, en banlieue, on s'attend à trouver une vitrine bourrée de trophées poussiéreux, de photos brillantes, de distinctions civiques. Un mémorial à son enfance. Mais il n'y a rien de cela. Tout l'argent qu'il a gagné, il l'a placé à la banque et il vit sur les intérêts. Sa piaule, c'est juste carpette marron et murs peints. Rideaux à rayures aux fenêtres. Salle de bains carrelée de rose.

Je lui verse du vin et je le laisse causer. De temps en temps, je lui demande de s'interrompre et je fais semblant de noter très précisément ce qu'il vient de raconter.

Et il a raison. Sa vie est encore plus ennuyeuse qu'un film de vacances en noir et blanc.

D'un autre côté, l'article que j'ai déjà écrit est impec. J'y traite uniquement de l'interminable dérive du petit Kenny – entre les feux de la rampe et la table d'autopsie. Comment il a perdu son innocence avec une longue liste de cadres sup pendant les tournées de promo de Danny. Comment on l'a transformé en jouet sexuel au service des sponsors. Il a pris des médicaments pour rester maigre. Pour retarder la venue de sa puberté. Pour rester debout des nuits entières, à tourner scène après scène. Personne, pas même ses amis ou sa famille, ne connaissait la profondeur de sa dépendance aux drogues ni son besoin pervers d'être l'objet de toutes les attentions. Même après que sa carrière s'est arrêtée net. Il n'était devenu vétérinaire que pour avoir accès à de bons médicaments et s'envoyer en l'air avec de petits animaux.

Plus Ken Wilcox buvait de vin, plus il insistait sur le fait que sa vie n'avait vraiment commencé qu'à l'arrêt de *Danny-Next-Door*. Avoir incarné le petit Danny Bright pendant huit saisons avait pour lui aussi peu de réalité que ses souvenirs de classe de primaire, à six ans. Juste des moments flous, sans rapport entre eux. Chaque jour, il apprenait ses répliques comme pour passer une espèce d'examen.

La jolie ferme, à Heartland, Iowa, n'était qu'un décor. Au-delà des fenêtres, derrière les rideaux en dentelle, il n'y avait que de la terre nue et des mégots de cigarette. Quand il retrouvait dans une scène l'actrice qui jouait sa grand-mère, les postillons volaient. Des crachats ascptisés — plus de gin que de salive.

Tout en sirotant son vin rouge, Ken Wilcox confesse que sa vie d'aujourd'hui est autrement plus importante. Soigner des animaux. Sauver des chiens. À chaque gorgée supplémentaire, il parle toujours plus lentement et chacun de ses mots est de plus en plus détaché du suivant. Juste avant que ses yeux ne se ferment, il me demande comment va Skip.

Ma chienne, Skip.

Et je lui réponds que tout va bien. Skip est en pleine forme.

Et Kenny Wilcox souffle : « Je… suis… heureux… de… l'apprendre… »

Maintenant, il dort, et il a toujours le sourire aux lèvres quand je glisse le canon du revolver dans sa bouche.

Heureux, ça n'a jamais fait de bien à personne.

Ce flingue n'est enregistré nulle part. Ma main est gantée, l'arme est enfoncée entre ses lèvres et son doigt est posé sur la détente. Le petit Kenny sur son canapé, à poil, avec sa queue enduite de beurre et une vidéo d'un des vieux épisodes de sa série qui passe sur sa télé. Le facteur décisif, ce sont les images pédophiles stockées sur le disque dur de son ordinateur. Il a imprimé des photos de gamins en train de se faire baiser et il les a scotchées aux murs de sa chambre.

Les sachets d'analgésiques sont planqués sous son lit. Les emballages d'héroïne et de crack dans son sucrier.

Dans moins de vingt-quatre heures, on cessera d'aimer Kenny Wilcox et on se mettra à le haïr. L'icône enfantine qu'était le petit Danny-Next-Door se transformera en monstre.

Dans ma version de cette dernière soirée, Kenneth Wilcox a agité son revolver en hurlant que personne ne l'aimait. Le monde s'était servi de lui, puis l'avait rejeté. Il a avoué qu'il buvait et qu'il se gavait de cachets tous les soirs et qu'il n'avait pas peur de mourir. Dans ma version, il était encore vivant quand je l'ai quitté.

La semaine suivante, j'ai vendu mon papier. L'ultime interview d'un enfant vedette adulé par des millions de personnes un peu partout sur la planète. Réalisée quelques heures avant qu'un de ses voisins ne retrouve son cadavre — un suicide.

Quelques jours plus tard, j'ai été nominé pour le prix Pulitzer.

Et je l'ai eu. C'est seulement deux mille dollars, mais la véritable récompense, c'est sur le long terme.

Depuis, il ne se passe pas un jour sans que je refuse du boulot. Sans que mon agent ne m'appelle pour me soumettre des propositions. Non, je ne fais plus que des choses très en vue et qui rapportent gros. Des articles annoncés en une dans des magazines importants. Des audiences à l'échelle nationale.

Depuis, ma plume est synonyme de Qualité. Ma signature signifie Vérité.

Tu jettes un œil à mon carnet d'adresses et tu n'y lis que des noms que tu trouves sur les affiches de cinéma. Des rock stars. Des auteurs de best-sellers. Tout ce que je touche se transforme en célébrité. J'ai quitté mon appartement pour une maison avec un jardin où Skip peut courir. On a un grand terrain et une piscine. Un tennis. La télé par câble. J'ai remboursé depuis belle lurette les mille dollars et plus que j'avais dû emprunter pour les radios et le charbon actif.

Bien sûr, sur certains réseaux câblés, vous pouvez encore voir Kenneth Wilcox, quand il était gamin, siffloter et jouer au base-ball, avant qu'il ne devienne un monstre couvert de postillons au gin. Le petit Danny et son chien, se baladant pieds nus à Heartland, Iowa. Son fantôme multidiffusé continue à assurer l'actualité de mon papier — par contraste. Les gens aiment connaître ma vérité sur ce gamin qui avait l'air si heureux.

Die reinste Freude ist die Schadenfreude.

Cette semaine, ma chienne a déterré un oignon et l'a dévoré.

J'appelle un véto après l'autre pour essayer de trouver celui qui la sauvera. Aujourd'hui, l'argent n'est plus un problème. Je peux payer n'importe quelle somme.

Mon chien et moi, on a la belle vie. On est si heureux. Je suis toujours au téléphone, à feuilleter l'annuaire, quand mon Skip, mon bébé, cesse de respirer.

6

« Commençons par la fin », disait M. Whittier.

Il disait aussi : « Commençons par un truc qui gâche l'intrigue. »

Le sens de la vie. Un champ théorique cohérent. La raison qui explique tout.

On se réunissait dans la galerie des Mille et Une Nuits, tous assis en tailleur sur des oreillers et des coussins de soie tachés de moisissures. Sur des fauteuils et des canapés qui puaient le linge sale quand on en chassait l'air en y posant les fesses. Là, sous le vaste dôme aux couleurs chatoyantes qui jamais ne verraient la lumière du jour ni ne se faneraient, là, au milieu des lampes de cuivre suspendues, chacune avec son ampoule rouge ou bleue, ou orange brillant à travers les motifs métalliques ajourés, M. Whittier mâchait un truc déshydraté qu'il pêchait par poignées dans un sac Mylar.

Il disait encore : « Finissons-en avec la grosse, grosse surprise, et faisons avec. »

La Terre, expliquait-il, n'est qu'une machine gigantesque. Une immense chaîne de transformation. Une usine. Voilà votre principale réponse. La grande vérité.

Pensez à une polisseuse, un de ces énormes tambours qui tournent et tournent, sept jours sur sept et vingt-quatre heures sur vingt-quatre, remplis d'eau, de pierres et de graviers. Qui meulent. Encore et encore. Qui métamorphosent ces horribles pierres en gemmes. C'est la Terre. Voilà pourquoi elle tourne. Nous sommes ces pierres. Et ce qui nous arrive — les drames, et la souffrance, et la joie, et la guerre, et la maladie, et la victoire et les mauvais traitements — eh bien, ce sont juste l'eau et le sable qui nous érodent. Qui nous meulent. Nous polissent. Nous embellissent et nous font étinceler.

Voilà ce que disait M. Whittier.

Lisse comme du verre, c'est notre M. Whittier. Affiné par la douleur. Poli et brillant.

C'est la raison pour laquelle on adore les conflits, poursuivait-il. Qu'on adore haïr. Pour faire cesser une guerre, on déclare la guerre. On doit éradiquer la pauvreté. On doit lutter contre la famine. On milite et on proteste et on défait et on détruit.

En tant qu'êtres humains, notre premier commandement c'est :

Il faut que quelque chose se passe.

M. Whittier ne savait pas à quel point il était dans le vrai.

Plus Mme Clark parlait, plus on comprenait qu'ici, ce ne serait pas une autre villa Diodati. La nénette qui avait écrit *Frankenstein* était la fille de deux écrivains, célèbres pour leurs bouquins d'analyses, comme *De la justice politique* ou *Revendication du droit des femmes*. Des tas d'intellectuels connus débarquaient sans cesse chez eux.

Sûr qu'on n'était pas des rats de bibliothèque intelligents dans un pavillon d'été.

Non, la meilleure histoire qui pourra sortir de ces murs, c'est celle qui expliquera simplement comment on a réussi à survivre. Comment notre folle de Dame Clocharde est morte dans nos bras. Mais bon, il faudra aussi que ce récit vaille la peine. Qu'il soit assez excitant. Assez effrayant et risqué. Il faudra y veiller.

M. Whittier et Mme Clark radotaient vraiment trop. On avait besoin qu'ils nous secouent. Notre texte nécessitait qu'ils nous flagellent et qu'ils nous foutent la raclée.

Pas qu'ils nous rasent à en mourir.

« Tout appel en faveur de la paix mondiale, disait M. Whittier, est un mensonge. Un joli, joli mensonge. »

Une simple excuse supplémentaire pour se battre.

Parce que nous adorons la guerre.

La guerre. La famine. La peste – tout cela fait très rapidement notre instruction.

« C'est la marque d'une âme très très jeune, répétait M. Whittier, que de tenter d'améliorer le monde. De tenter de sauver autrui de sa ration de malheurs. »

On a toujours chéri la guerre. Dès la naissance, on sait qu'on est là pour la guerre. Et on chérit la maladie. Le cancer. On chérit les tremblements de terre. Dans ce palais des Miroirs du parc d'attractions qu'on nomme planète Terre, M. Whittier ajoute qu'on aime les incendies de forêt. Les marées noires. Les tueurs en série.

On aime les terroristes. Les pirates de l'air. Les dictateurs. Les pédophiles.

Et, bon Dieu, qu'est-ce qu'on est branchés par les infos télé ! Les images de gens alignés au bord d'une longue fosse ouverte, attendant d'être fusillés par un peloton d'exécution de plus. Dans les magazines d'informations, les photos glacées des victimes, toujours plus nombreuses, déchiquetées dans les attentats suicides. Les bulletins radio sur les carambolages autoroutiers. Les coulées de boue. Les naufrages.

Avec ses mains tremblantes qui jouent au petit télégraphiste, M. Whittier dit : « On adore les crashs aériens. »

La pollution. Les pluies acides. Le réchauffement climatique. La famine.

Non, M. Whittier ne savait pas à quel point…

Le Duc des Vandales bousillait tous les sacs contenant des betteraves rouges. Tous les oreillers Mylar argentés où s'entrechoquaient des rondelles de betteraves aussi dures que des jetons de poker.

Saint Descente de Boyau faisait un trou dans les sacs contenant du porc, du poulet ou du bœuf. Car il était incapable de digérer la viande.

Tous les sacs Mylar, gonflés à l'azote, étaient classés, par aliments, dans des cartons ondulés marron. Dans ceux où « Desserts » était écrit au pochoir, s'entassaient des sacs de biscuits déshydratés qui cliquetaient comme des graines dans une calebasse sèche. Dans ceux indiqués « Amuse-gueule », des ailes de poulet qui faisaient des bruits d'os.

Par peur de grossir, Miss America recherchait tous les Mylar notés « Desserts » et les crevait avec le couteau à découper de Chef Cuisinier Assassin.

Juste pour accélérer nos souffrances. Pour faire très rapidement notre instruction.

Un seul trou minuscule et l'azote fuit. L'air et les bactéries entrent. Toutes les moisissures qui tuent Miss Éternueuse à petit feu, charriées par l'air tiède et humide, se développent dans chaque poche argentée de porc aigre-doux, de flétan pané, de salade de pâtes.

Agent Cafteur vérifia qu'il n'y avait personne aux environs, puis il se glissa dans la pièce où était stockée la nourriture et se débarrassa de toutes les crêpes Suzette.

Comtesse Extralucide vérifia à son tour qu'Agent Cafteur était parti, puis entra et sabota tous ceux qui pouvaient contenir la moindre trace de coriandre.

Chacun d'entre nous n'éliminait que la nourriture qu'il détestait.

Assis en tailleur dans la galerie des Mille et Une Nuits, entre des piliers de plâtre sculptés représentant des éléphants dressés sur leurs pattes arrière et soutenant le plafond de leurs pattes avant, M. Whittier mâchouille une nouvelle poignée de brindilles et de cailloux piochée dans un sac Mylar et dit :

« Au plus profond de nous-mêmes, en secret, on adore mettre des bâtons dans les roues de sa propre équipe. »

Jouer contre l'humanité. C'est nous contre nous-mêmes. Toi, victime de toi-même.

On aime la guerre parce que c'est le seul moyen de terminer notre boulot ici. Le seul moyen d'en finir avec nos petites personnes, ici, sur cette terre : l'immense usine de transformation. La polisseuse. À travers la souffrance, la colère, les conflits, c'est l'unique chemin. Vers où ? On ne sait pas.

« Mais on oublie tant de choses à notre naissance », murmure-t-il.

Naître, c'est comme pénétrer dans un immeuble. Tu t'enfermes dans un bâtiment, sans la moindre fenêtre pour regarder à l'extérieur. Et quand tu restes là-dedans assez longtemps, tu oublies à quoi ressemble le dehors. Au bout d'un moment, si tu n'as pas de miroir, tu ne sais même plus à quoi ressemble ton propre visage.

Il ne parut pas remarquer qu'il manquait toujours quelqu'un dans la galerie. Non, M. Whittier passait son temps à parler et à parler, pendant que l'un ou l'autre d'entre nous se glissait au rez-de-chaussée pour crever tous les sacs Mylar contenant du poivre vert.

C'est comme ça que c'est arrivé. Personne n'avait deviné que ses petits copains avaient le même plan. On voulait juste faire monter un peu les enchères. S'assurer que nos sauveteurs ne nous trouveraient pas confortablement installés au milieu de sacs argentés bourrés d'une nourriture riche, à ne souffrir que d'ennui et de rhumatismes. Chaque survivant pesant vingt-cinq kilos de plus que le jour où M. Whittier l'avait kidnappé.

Bien sûr, on voulait conserver assez de provisions pour tenir le coup jusqu'à ce qu'on soit *presque* secourus. Les deux derniers jours où l'on jeûnerait pour de bon et où l'on souffrirait vraiment de la faim – on en ferait deux semaines dans le récit de notre aventure.

Le livre. Le film. Les miniséries télévisées.

On crèverait la dalle juste assez longtemps pour avoir ce que Camarade Maussade appelait « les Pommettes Camp de la Mort ». Selon Miss America, plus ton visage est creusé, mieux tu passes à l'écran.

Ces sacs à l'épreuve des nuisibles étaient si solides que chacun de nous a supplié le Chef Cuisinier Assassin de lui prêter un ustensile de sa magnifique panoplie — couteaux « du chef », « à couperet », « à filets », et ciseaux de cuisine. Sauf le Chaînon Manquant avec ses mâchoires d'ours. Lui, il s'était contenté de se servir de ses dents.

« Tu es permanent, mais cette vie ne l'est pas, disait M. Whittier. Tu n'imaginerais jamais t'offrir un billet pour un parc d'attractions et t'y installer pour toujours. »

Non, nous ne sommes que des visiteurs de passage, et M. Whittier le sait bien. Et nous sommes nés pour souffrir sur cette terre.

« Si tu es capable d'accepter ce fait, ajoute-t-il, alors tu peux accepter tout ce qui se passe en ce monde. »

L'ironie, c'est que si tu réussis à admettre ça… tu ne souffriras plus jamais.

Au contraire, tu te précipiteras pour être torturé. Tu prendras plaisir à la douleur.

M. Whittier ne savait pas à quel point il était dans le vrai.

À un moment, ce soir-là, Chef Cuisinier Assassin pénétra dans le salon, un couteau de boucher à la main. Il considéra Whittier et déclara : « La machine à laver est en panne. Maintenant, vous êtes bien obligé de nous laisser partir… »

M. Whittier le regarda sans cesser de mâchonner sa dinde Tetrazzini déshydratée et demanda : « C'est quoi, le problème, avec cette machine ? »

Et Chef Cuisinier Assassin leva quelque chose dans son autre main, pas un couteau, mais un truc qui se balançait au bout de ses doigts, et il répondit : « Un cuisinier otage désespéré a tranché la prise… »

Oui, ladite prise se balançait au bout de ses doigts.

Désormais, impossible de faire notre lessive – un autre temps fort de l'intrigue dans le scénario qui serait notre vache à lait.

À cet instant, M. Whittier poussa un gémissement et glissa une main sous sa ceinture.

« Madame Clark ? » appela-t-il. Appuyant sa main sur son ventre, il souffla : « Maintenant, ça fait vraiment mal… »

Chef Cuisinier Assassin l'observa tout en continuant à faire tourner son morceau de fil électrique avec la prise à son extrémité et lâcha : « J'espère que c'est un cancer. »

Et au milieu des coussins arabes, la main toujours enfoncée dans son pantalon, M. Whittier se plie en deux et met sa tête entre ses genoux.

Mme Clark s'avance et murmure : « Brandon ? »

Et M. Whittier glisse sur le sol en grognant de douleur, les genoux remontés contre la poitrine.

Dans nos têtes, pour cette scène du film – réservée à une star de Hollywood qui se tordra de souffrance sur le tapis oriental rouge et bleu –, oui, dans nos têtes, tous autant que nous sommes nous notons ce : « Brandon ? »

Mme Clark s'accroupit pour récupérer le sac Mylar vide que Whittier a lâché au milieu des coussins de soie. Elle cligne nerveusement des yeux en découvrant ce qui y est écrit au pochoir et elle s'exclame : « Oh, Brandon ! »

Tous, on s'efforce d'être la caméra derrière la caméra derrière la caméra. La dernière version de l'histoire. La vérité.

Pour cette scène du film et des miniséries, on fera répéter à une célèbre actrice et reine de beauté la réplique : « Oh, mon Dieu, Brandon ! Oh, cher doux Jésus martyr ! »

Mme Clark lui montre le sac et elle dit : « Tu as ingurgité l'équivalent de dix repas à la dinde... Pourquoi ? »

Et M. Whittier gémit : « Parce que je suis toujours un garçon en pleine croissance... »

Dans notre future histoire, la reine de beauté pleure : « Tes intérieurs sont en train de se déchirer ! Tu vas exploser comme une péritonite géante ! »

Dans la version ciné, M. Whittier hurle, sa chemise est tendue à craquer sur son estomac gonflé, et il arrache ses boutons avec ses ongles. À cet instant, sa peau commence à se fendre tel un bas Nylon qui file. Un sang rouge jaillit, comme l'eau de mer soufflée par les évents d'une baleine. Une fontaine de sang qui fait crier les spectateurs.

En réalité, sa chemise a l'air juste un peu boudinée. Il desserre la ceinture de son pantalon et ouvre le premier bouton de sa braguette.

Et M. Whittier lâche une caisse.

Mme Clark lui tend un verre d'eau et dit : « Là, Brandon. Bois un peu. »

Saint Descente de Boyaux intervient : « Surtout pas ! Ses ballonnements vont empirer. »

M. Whittier tourne sur lui-même, jusqu'à ce qu'il soit étendu de tout son long, sur le ventre, sur le tapis rouge et bleu. Sa respiration est rapide et saccadée, un halètement de chien.

« C'est le diaphragme », prévient Saint Descente de Boyaux.

La nourriture déshydratée augmente peu à peu de volume dans son estomac en absorbant toute son eau et bloque la partie inférieure de son duodénum. Les dix repas de dinde Tetrazzini en train de se dilater lui compriment le diaphragme et, du coup, il a de plus en plus de mal à respirer.

Tandis qu'il explique tout cela, Saint Descente de Boyaux continue à mâchonner des poignées entières d'un quelconque truc déshydraté qu'il va pêcher dans son propre sac argenté. Il parle en mangeant.

Mais il peut se passer autre chose dans ses intérieurs : l'estomac risque de se déchirer, souillant la cavité abdominale de sang, de bile et de morceaux de dinde en expansion. Des bactéries se répandent depuis son intestin grêle. Ce qui entraîne une péritonite — une infection des membranes séreuses des parois de l'abdomen, conclut Saint Descente de Boyaux.

Dans notre version cinéma, Saint Descente de Boyaux est grand, il a le nez droit et il porte des lunettes à grosse monture. Une tignasse de cheveux épais et en bataille. Un stéthoscope pend sur sa poitrine tandis qu'il prononce les mots *duodénum* et *péritoine*. Et il n'a PAS la bouche pleine. Dans notre film, il tend une main, paume ouverte vers le haut, et il ordonne : « Scalpel ! »

Dans notre interprétation basée-sur-une-histoire-vraie, on fait bouillir de l'eau. On fait boire du cognac à M. Whittier et on lui donne à mordre une balle de revolver. On essuie le front de Saint Descente de Boyau avec une petite éponge tandis qu'une pendule égraine ses tic-tac tic-tac tic-tac assourdissants.

Les nobles victimes qui sauvent le méchant. À la façon dont on a réconforté cette pauvre Dame Clocharde.

Mais dans la réalité, on est juste debout là, à agiter la main pour chasser la puanteur de son pet. Peut-être qu'on se demande comment Whittier va jouer cet épisode, s'il va survivre ou y passer. On a vraiment besoin d'un metteur en scène. Quelqu'un qui indiquera à chacun ce que son personnage doit faire.

M. Whittier se contente de gémir en serrant ses flancs entre ses poings.

Mme Clark est simplement penchée sur lui, avec ses seins qui pendouillent, et elle demande : « Quelqu'un peut m'aider à le transporter dans sa chambre ? »

Sauf que personne ne se propose. On a besoin qu'il meure. On pourra toujours faire de Mme Clark la vraie méchante suivante.

Et puis Miss America parle en notre nom. Elle s'approche de lui et de son estomac ballonné, il est allongé sur le ventre, avec les pans de chemise sortis de son pantalon et la ceinture ouverte, et on voit l'élastique de son slip. Miss America s'approche et — ooouufff ! — elle plante la pointe de sa chaussure dans le côté de son abdomen gonflé. Et elle crie : « Maintenant, où est la foutue clé ? »

Mme Clark plie le bras et elle l'éloigne de lui d'un coup de coude. Puis elle dit : « C'est vrai, Brandon. Il faut qu'on t'emmène à l'hôpital. »

Et M. Whittier nous rend la clé à sa façon. Son estomac se déchire. Ses intérieurs se remplissent de sang, alors que les morceaux de dinde déshydratée continuent à grossir au fur et à mesure qu'ils absorbent le sang, l'eau et la bile, à grossir jusqu'à ce qu'il donne l'impression d'être en cloque. Jusqu'à ce que son nombril jaillisse brusquement de son ventre comme un petit doigt.

Tout ça sous le projecteur de la caméra vidéo d'Agent Cafteur qui enregistre la scène tragique d'aujourd'hui et efface par la même occasion la mort de Dame Clocharde la veille.

Le Comte de la Calomnie tient son magnéto à proximité et utilise la même cassette qu'hier, faisant le pari que cette horreur sera pire que la précédente.

Cet instant, c'est un temps fort de l'intrigue dont on n'aurait même pas osé rêver. Le point culminant du premier acte grâce auquel nos existences vaudront un bon paquet de cash. M. Whittier qui explose, un événement dont on témoignera pour devenir célèbres, oui, des autorités en la matière. Comme l'oreille arrachée de Dame Clocharde, cette éventration de Whittier est notre billet gagnant. Un chèque en blanc. Un pass gratuit.

Tous autant qu'on était, on s'en imprégnait. On absorbait la péripétie. On digérait l'expérience pour la transformer en fiction. En scénario de film. En quelque chose de monnayable.

On observait la façon dont son ventre-citrouille diminuait un peu et s'aplatissait légèrement quand la pression réduisait son diaphragme. Comment son visage se déformait, comment sa bouche s'ouvrait en grand et ses dents mordaient le vide pour lui permettre d'ingurgiter davantage d'air. Davantage d'air.

« Une hernie inguinale », déclara Saint Descente de Boyaux.

On répéta cette expression à voix basse pour mieux s'en souvenir.

« Sur la scène... », murmura M. Whittier, son visage collé contre le tapis poussiéreux. « Je suis prêt à réciter... »

Une hernie inguinale... inscrivait-on dans notre tête. Ce qui s'était produit jusqu'à maintenant n'aurait même pas fait une belle farce. Tous ces idiots attirés dans un immeuble et piégés à l'intérieur. Le meneur de jeu a des gaz et on s'échappe. Non, ça n'aurait tout simplement PAS fonctionné.

Mère Nature est déjà en train de penser à ôter son collier de clochettes en laiton pour lui apporter un peu d'eau en cachette.

Déjà, Directrice Reniement est décidée à faire passer Cora Reynolds devant la porte de sa chambre et à en profiter pour y glisser une cruche d'eau.

Le Chaînon Manquant s'imagine en train de pénétrer sur la pointe des pieds dans la piaule de M. Whittier toute la nuit durant pour lui verser du liquide à la louche dans la gorge jusqu'à ce que notre tyran explose. Boum !

« S'il te plaît, Tess ? dit M. Whittier. Tu veux bien m'aider à aller me coucher ? »

Et tous, on note dans notre tête : *Tess et Brandon, nos geôliers*.

« Mais avant, vite, sur la scène... Je suis gelé », murmure M. Whittier, tandis que Mère Nature l'aide à se relever.

« État de choc, probablement… », suggère Saint Descente de Boyaux.

Dans la version qu'on vendra, il sera déjà fichu. Le méchant mourra, et son alter ego féminin, en rage, continuera à nous tourmenter. Maîtresse Tess qui nous retient en captivité. Nous prive de nourriture. Nous oblige à nous vêtir de haillons. Nous tous, ses victimes innocentes.

Saint Descente de Boyaux se dresse et passe un bras autour de la taille de M. Whittier. Mère Nature lui donne un coup de main. Mme Clark leur emboîte le pas avec un verre d'eau. Le Comte de la Calomnie avec son magnéto. Agent Cafteur avec sa caméra vidéo.

« Vous pouvez me croire, dit Saint Descente de Boyaux, on peut dire que j'en connais un bout sur les entrailles humaines. »

Comme si on avait toujours besoin qu'elle meure, Miss Éternueuse crache dans son poing. Miss Éternueuse, le futur fantôme de cette prison.

Camarade Maussade essuie sa manche et proteste :

« C'est dégueulasse ! T'as grandi dans une bulle en plastique, ou quoi ? »

Et Miss Éternueuse répond : « Ouais, c'est à peu près ça. »

L'Entremetteur s'excuse auprès de nous. Il annonce qu'il est crevé et qu'il a besoin de dormir un peu. Et il se glisse en cachette au deuxième sous-sol pour saboter la chaudière.

Il ne peut pas deviner que le Duc des Vandales l'a précédé sur ce coup-là.

Le reste d'entre nous est toujours assis au milieu des oreillers et des coussins de soie tachés de moisissures, sous le dôme des Mille et Une Nuits. Le sac argenté de dinde Tetrazzini, vide, traîne sur le tapis. Les piliers sculptés en forme d'éléphant.

En pensée, chacun note la phrase : *On peut dire que j'en connais un bout sur les entrailles humaines*.

Et il ne se passe plus rien. Rien de rien.

Jusqu'à ce qu'on déplie les jambes et qu'on tapote nos fringues pour chasser la poussière. Alors, on se dirige vers l'auditorium en croisant les doigts pour que ce soit les derniers mots de M. Whittier qu'on entende jamais.

Érosion

Un poème sur M. Whittier

« On commet encore les mêmes erreurs
Qu'à l'âge des cavernes », dit M. Whittier.
Alors, peut-être qu'on est censés se battre, et se
haïr et se torturer les uns les autres…

M. Whittier fait avancer sa chaise roulante
jusqu'au bord de la scène.
Chauve, les mains piquées de taches de vieillesse.
La peau de son visage ramolli semble pendre
de ses yeux trop grands, ses yeux gris larmoyants
et embués.
Un piercing dans une narine. Les écouteurs
de son lecteur de CD entourent les rides et les plis
de son cou de bœuf séché.

Sur scène, au lieu d'un projecteur, un extrait de film
en noir et blanc :
La tête de M. Whittier est tapissée de bandes
d'actualités montrant des armées en marche.
Sa bouche et ses yeux se perdent dans les reflets
des bottes, et des baïonnettes
qui se faufilent sur ses joues.

Il dit : « Peut-être la souffrance et le malheur sont-ils
la raison d'être de la vie. »
Considérez que la terre est une chaîne
de transformation. Une usine.
Imaginez une polisseuse à cailloux :
Un tambour rotatif rempli d'eau et de sable.
Imaginez qu'on y déverse votre âme
comme un vulgaire rocher,
comme de la matière brute ou
une ressource naturelle, du pétrole,
ou du minerai.
Et tous les conflits et toutes les douleurs
ne sont que l'abrasif
qui nous polit,
qui patine nos âmes, nous raffine,
nous enseigne et nous finit, existence après
existence.
Et puis imaginez que vous ayez choisi de sauter
dedans, encore et encore,
sachant que cette souffrance est l'unique raison
de votre séjour
ici-bas.
M. Whittier, avec son trop-plein de dents serré
sur ses mâchoires étroites et
ses sourcils d'amarante desséchée,
M. Whittier, avec ses oreilles décollées
en ailes de chauve-souris,
et les armées qui sillonnent son visage, dit :
« La seule alternative c'est tout simplement
de rester éternellement stupides. »

On combat la guerre. On lutte pour la paix.
On lutte contre la famine. On adore se battre.

On se bat et on se bat et on se bat encore,
avec nos fusils, nos paroles ou notre argent.
Et la planète n'est jamais un brin meilleure qu'elle
l'était avant nous.

Il se penche en avant, ses deux mains serrées sur les
bras de son fauteuil roulant,
et les armées des actualités défilent sur son visage,
ces tatouages mouvants
de mitrailleuses, de chars et d'artillerie,
et il dit : « Peut-être qu'on vit exactement
comme on est censés vivre. »
Peut-être que notre planète-usine transforme nos
âmes…
exactement comme il faut.

En années de chien

Une nouvelle de Brandon Whittier

Ces anges, elles se voient telles qu'elles sont. Ces agents de miséricorde.

En comparaison, elles sont vachement mieux que ce que Dieu avait planifié pour elles, avec leurs riches maris et leur génétique, leur orthodontie et leur dermatologie. Ces mères qui-restent-à-la-maison pendant que leurs enfants sont à l'école. À-la-maison, mais pas des femmes au foyer. Ni des ménagères.

Éduquées, c'est sûr, mais pas trop malignes.

Elles ont de l'aide pour tous les gros travaux. Elles ont engagé des spécialistes. Elles utilisent la mauvaise poudre à récurer et leur plan de travail en granit ou en calcaire est foutu. Le mauvais engrais, et leur jardin paysager est cramé. Une peinture d'une couleur qui détonne, et tous leurs durs efforts, leur investissement, en souffrent. Avec les gosses à l'école et Dieu à son bureau, les anges ont toute la journée à tuer.

Alors, les voilà. Elles sont bénévoles.

Dans des endroits où elles ne risquent pas de déclencher de trop grosses catastrophes. Elles poussent le chariot de la bibliothèque dans une résidence pour retraités. Entre la séance de yoga et le groupe de lecture. Elles accrochent les décorations de Halloween dans une maison de vieux. Dans tous les hospices, elles sont là, ces anges de l'ennui.

Ces anges avec leurs chaussures plates fabriquées à la main en Italie. Leurs bonnes intentions et leurs diplômes en histoire de l'art et les longs après-midi à tuer avant que les enfants reviennent du foot ou de la danse après les cours. Ces anges, belles comme tout avec leurs robes bain de soleil à fleurs et leurs superbes cheveux attachés en arrière. Et souriantes. Souriantes. Chaque fois que vous les regardez en douce.

Avec un mot gentil pour chacun. Un commentaire sympa sur votre jolie collection de cartes de vœux pour un prompt rétablissement disposée sur la commode. Sur les magnifiques violettes africaines que vous cultivez dans un pot sur votre rebord de fenêtre.

M. Whittier adore ces femmes angéliques.

À M. Whittier, chauve et constellé de taches de vieillesse, dans la dernière chambre au bout du couloir, elles répètent qu'elles aiment beaucoup les posters des concerts rock où-il-fait-sombre-et-où-ça-remue punaisés au-dessus de son lit. Et le skateboard multicolore appuyé à côté de la porte.

Le vieux M. Whittier, le nain aux yeux globuleux, leur demande : « Ça gaze, les filles ? »

Et les anges rigolent.

Elles se marrent avec ce vieillard qui joue toujours à être si jeune. C'est si cool de rester comme ça en son for intérieur.

M. Whittier, gentil et un peu dingue, qui se balade sur le Net et qui lit des magazines de surf. Ses CD de hip-hop, sa casquette coiffée à l'envers. Comme un vrai lycéen.

Une version plus âgée de leurs propres gosses. Elles ne peuvent pas s'empêcher de badiner avec lui. Ni de l'aimer un peu, avec son crâne tacheté, sa casquette hip-hop et ses écouteurs d'où filtre le heavy metal qu'il écoute à plein volume.

M. Whittier, assis dans sa chaise roulante dans l'entrée, avec une main ouverte, paume en l'air, et qui lance : « Tope là ! »

Et toutes les bénévoles topent là en passant devant lui.

Oui, s'il vous plaît. C'est comme ça que les anges voudraient voir tourner les vieux de quatre-vingt-dix ans : qu'ils soient toujours dans le coup. Toujours branchés sur les nouvelles tendances. Pas fossilisés comme ils se sentent tous aujourd'hui…

À bien des égards, ce type semble plus jeune que toutes ces volontaires dans la trentaine ou la quarantaine. Ces anges qui sont pourtant deux ou trois fois moins âgées que lui.

M. Whittier avec ses ongles peints en noir. Son piercing en argent dans une narine de son gros nez de pépé. Et le fil de fer barbelé tatoué autour d'une de ses chevilles, au-dessus de sa pantoufle.

Une grosse bague à tête de mort tourne en cliquetant autour de son petit doigt raide et maigrichon.

M. Whittier cligne de ses yeux laiteux de cataracte et leur demande : « Tu veux être ma cavalière au bal du lycée… ? »

Et ces anges, elles piquent un fard. Elles gloussent à ce que raconte ce vieux type marrant et inoffensif. Elles s'assoient sur ses genoux, perchent sur ses os pointus leurs cuisses aux muscles tonifiés et entraînés en salle de gym.

Il est normal qu'un jour ou l'autre l'une d'elles finisse par avouer son enthousiasme. À l'infirmière en chef ou à une aide-soignante, elle s'extasie sur l'esprit merveilleusement jeune de M. Whittier. Sur son incroyable instinct de vie.

À ces mots, l'infirmière lui rendra son regard, les yeux dans les yeux, la bouche ouverte un moment, sans rien dire, et puis, enfin, elle lui répondra : « Bien sûr, il se conduit comme s'il était jeune… »

Et l'ange dira aussi : « On devrait tous rester aussi pleins de vie. »

Il est si bourré d'énergie. Il a tant de punch. Tant d'entrain.

M. Whittier est une telle source d'inspiration. Elles répéteront ça souvent.

Ces anges de miséricorde. Ces anges de charité.

Ces anges idiots, vraiment idiots.

Et l'infirmière, ou l'aide-soignante, répondra encore : « La plupart d'entre nous avaient… vraiment ce genre de punch. » Et en s'éloignant, elle ajoutera : « Quand nous avions son âge. »

Car il n'est pas vieux.

C'est toujours à cet instant que la vérité finit par éclater.

M. Whittier est atteint de progérie. La vérité, c'est qu'il a dix-huit ans. Que c'est un ado qui ne va pas tarder à mourir de vieillesse.

Un enfant sur huit millions développe le syndrome de Hutchinson-Gilford. Un défaut génétique de la protéine lamine A entraîne une désagrégation des cellules et les fait vieillir sept fois plus vite que la normale. Et le jeune M. Whittier, avec ses dents très serrées et ses grandes oreilles, son crâne veiné et ses yeux globuleux, a le corps d'un homme de cent vingt-six ans.

« Vous pourriez dire... », explique-t-il toujours aux anges, en chassant leur inquiétude d'un mouvement de sa main ridée, « vous pourriez dire que je vieillis en années de chien. »

Dans quelques mois, une maladie cardiaque l'emportera. Il mourra de vieillesse avant d'avoir vingt ans.

Après ça, l'ange ne se montre plus pendant un moment. La vérité, c'est que c'est trop triste. Voilà un gamin, peut-être plus jeune qu'un de ses propres enfants, qui s'éteint, solitaire, dans une maison de retraite. Il est encore plein de vie et il appelle au secours la seule personne qui se trouve là – elle – avant qu'il ne soit trop tard.

C'est une idée insupportable.

Depuis, à chaque cours de yoga, à chaque réunion des professeurs et des parents d'élèves, à chaque fois qu'elle pose les yeux sur un gosse, cet ange a envie de pleurer.

Il faut qu'elle fasse quelque chose.

Et donc elle retourne là-bas, avec un sourire un peu moins éclatant. Elle souffle : « Je comprends. »

Elle lui apporte une pizza en cachette. Un nouveau jeu vidéo. Elle lui murmure : « Dis un vœu et je tâcherai qu'il se réalise. »

Cet ange, elle le fait sortir en douce par une issue d'incendie pour passer une journée aux montagnes russes. Ou pour traîner au centre commercial. Ce jeune homme si vieux et cette jolie femme qui pourrait être sa mère. Elle le laisse la massacrer au paintball et la peinture salope ses cheveux. Et la chaise roulante. Elle plonge pour échapper à son rayon laser. Elle porte sa carcasse ratatinée à moitié nue jusqu'en haut d'un toboggan de piscine, encore et encore, au cours d'un après-midi caniculaire.

Comme il ne s'est jamais défoncé, l'ange pique un peu de dope à son fils et apprend à M. Whittier à se servir d'une pipe à eau. Ils discutent. Ils mangent des chips.

L'ange dit que son mari ne s'intéresse qu'à sa carrière. Ses enfants grandissent loin d'elle. Sa famille part en morceaux.

M. Whittier raconte que ses parents à lui ont été incapables d'affronter cette situation. Ils ont quatre autres gosses à élever. Le seul moyen pour eux de lui payer la maison de retraite, ç'avait été de l'inscrire comme pupille sous tutelle judiciaire. Après ça, ils lui ont rendu visite de moins en moins souvent.

Et à ces mots, avec une ballade à la guitare en fond sonore, M. Whittier se met à pleurer.

Ce qu'il souhaite avant tout, c'est aimer quelqu'un. Faire l'amour pour de vrai. Ne pas mourir puceau.

Et là, tandis que les larmes continuent à couler de ses yeux de défoncé, il lui murmure : « S'il te plaît… »

Et ce vieil adolescent ridé ajoute en reniflant : « S'il te plaît, arrête de me donner du *monsieur*. »

Tandis que l'ange caresse son crâne chauve aux

taches de vieillesse, il lui dit : « Mon prénom, c'est Brandon. »

Et il attend.

Et elle le dit : « Brandon. »

Et bien sûr, après ça, ils baisent.

Elle, la gentillesse et la patience incarnées. La Maman et la Putain. Ses longues jambes d'adepte du yoga qui s'ouvrent à ce lutin ridé et nu.

Elle, l'autel et le sacrifice.

Elle n'a jamais été aussi belle, en comparaison de cette peau veinée et tachée par l'âge. Elle ne s'est jamais sentie aussi puissante tandis qu'il s'extasie et tremble au-dessus d'elle.

Et bon sang, pour un puceau, il s'en est bien sorti ! Il a commencé par la position du missionnaire, puis il a soulevé une de ses jambes, pour lui écarteler la chatte. Après, il lui a levé les deux pieds en l'air en la tenant par les chevilles et il a avancé son visage haletant.

Merci mon Dieu pour le yoga.

Chauffé par le Viagra, il l'a chevauchée à quatre pattes, comme un chien, et il a même essayé de la prendre par le cul jusqu'à ce qu'elle lui dise d'arrêter. Elle était tout endolorie et elle était défoncée, et quand il s'est mis à lui plier les jambes pour la forcer à mettre ses pieds derrière sa tête, alors son faux sourire brillant d'ange a disparu.

Ensuite, il a éjaculé. Dans ses yeux. Dans ses cheveux. Il lui a demandé une cigarette qu'elle n'avait pas. Il a ramassé la pipe à eau, par terre, à côté du lit, il l'a rallumée et ne la lui a même pas passée.

L'ange se rhabille et planque la pipe à eau de son fils sous sa veste. Elle dissimule ses cheveux collants sous un foulard et s'en va.

Derrière elle, au moment où elle ouvre la porte de la chambre, M. Whittier lance : « Tu sais, personne ne m'a jamais fait de pipe, ni… »

Tandis qu'elle sort de la pièce, il rigole. Encore et encore.

Un peu plus tard, elle est au volant, et son portable sonne. C'est Whittier qui lui suggère du bondage, de meilleures drogues, des fellations. Et quand l'ange lui répond finalement : « Je ne peux pas te… »

« Brandon… lui murmure-t-il. Mon prénom, c'est Brandon. »

Elle dit : « Brandon » et elle ajoute qu'elle ne peut plus le voir.

C'est alors qu'il lui avoue qu'il lui a menti. Sur son âge.

Au téléphone, elle lui demande : « Tu n'es pas atteint de progérie ? »

Et Brandon Whittier lui annonce qu'il n'a pas dix-huit ans.

Il n'a pas dix-huit ans et son certificat de naissance le prouve. Il a treize ans. Et là, avec elle, il est victime d'un détournement de mineur.

Mais bon, si elle lui verse assez de cash, il ne préviendra pas les flics. Dix mille dollars et elle n'aura pas à supporter un horrible drame judiciaire. Les gros titres des journaux. Toute son existence de bonnes actions et d'investissements sociaux réduite à néant. Tout ça pour une baise rapide avec un petit garçon. Et pire que tout – elle, la pédophile, la délinquante sexuelle sera obligée d'aller enregistrer ses changements d'adresse au commissariat jusqu'à la fin de ses jours. Peut-être qu'elle devra divorcer et qu'on lui enlèvera ses enfants. Une relation sexuelle avec un mineur est punie au minimum de cinq ans de prison.

D'un autre côté, d'ici un an il sera mort de vieillesse. Dix mille dollars, ce n'était pas grand-chose pour acheter sa tranquillité définitive.

Dix mille dollars et peut-être juste une dernière petite pipe en souvenir du bon vieux temps…

Bien sûr, elle a payé.

Toutes autant qu'elles sont, elles ont payé. Toutes les bénévoles. Les anges.

Comme aucune d'elles n'a jamais osé revenir à la maison de retraite, elles ne se sont jamais rencontrées. Chacune croyait être la seule. En réalité, il en a piégé une douzaine ou peut-être plus.

Et l'argent ? Il l'a juste empilé. Jusqu'à ce qu'il soit trop vieux, trop fatigué et qu'il s'ennuie trop pour avoir encore envie de baiser.

« Regardez les taches sur le tapis du vestibule, dit M. Whittier. Vous voyez comme elles dessinent des bras et des jambes ? »

Et nous, exactement comme ces bénévoles féminines, nous nous sommes fait coincer par un gamin dans le corps d'un vieillard. Un gosse de treize ans mourant de vieillesse. Sa famille qui l'avait abandonné, ça, en gros, c'était vrai. Sauf que Brandon Whittier n'était pas en train de mourir dans l'ignorance et la solitude.

Et de la même façon qu'il avait piégé un ange après l'autre, cette histoire avec nous, aujourd'hui, n'était pas la première. Non, nous n'étions pas ses premiers cobayes. Et nous ne serions pas non plus les derniers, nous promit-il – jusqu'à ce qu'une de ces taches revienne le hanter.

7

La matinée commence par un hurlement de femme. Cette voix, ce cri – ils appartiennent à Sœur Autodéfense. Entre chaque vocifération, on entend un poing qui s'écrase sur un panneau de bois. Le bruit d'une porte qui résonne et qui tremble dans son encadrement. Et puis, de nouveau, le hurlement.

Sœur Autodéfense qui s'époumone : « Hé, Whittier ! »

Sœur Autodéfense qui gueule : « T'es en retard avec le foutu lever de soleil… ! »

Et ensuite le poing qui se remet à frapper.

À l'extérieur de nos chambres – les loges dans les coulisses – le couloir est plongé dans l'obscurité. Tout comme, plus loin, la scène et l'auditorium. Tout est noir comme dans un four, à part la lampe du fantôme.

On se lève, on attrape quelques fringues et on ne sait pas si on a dormi une heure ou une nuit entière.

La lampe du fantôme, c'est juste une ampoule nue en haut d'un poteau planté au milieu de la scène. Si on en croit la tradition, elle permet de repousser les spectres quand le théâtre est vide et obscur.

Avant l'électricité, explique M. Whittier, cette lampe servait de soupape de sécurité. Elle brûlait plus fort pour empêcher une explosion en cas de surtension dans la distribution du gaz.

Dans tous les cas, la lampe du fantôme était synonyme de bonne chance.

Jusqu'à ce matin.

D'abord, il y a ces hurlements qui nous réveillent. Et puis cette odeur.

C'est l'espèce de puanteur sucrée des saletés que Dame Clocharde pouvait trouver en fouillant dans une poubelle collective. L'infection qui monte de la bouche gluante de la benne d'un camion à ordures. D'un petit tas mâché et dégueulé de crotte de chien et de viande pourrie. Du jus des pommes de terre décomposées sous l'évier de la cuisine.

On retient notre respiration, on essaie de ne pas respirer cette horreur, on sort de nos chambres dans l'obscurité et on se fraie un chemin tant bien que mal dans le couloir en direction des hurlements.

Ici, le jour et la nuit sont une question de point de vue. Jusqu'à présent, on a tous été d'accord pour faire confiance à M. Whittier là-dessus. Mais sans lui, savoir si c'est le matin ou le soir, ça se discute. Vu qu'aucune lumière ne nous arrive de l'extérieur. Pas de téléphone. Pas le moindre bruit.

Sœur Autodéfense continue à tambouriner contre la porte, et elle crie : « L'aube administrative, c'était il y a huit minutes ! »

Non, un théâtre est construit pour exclure la réalité extérieure et permettre aux acteurs d'en fabriquer une autre qui leur soit propre. Les murs sont faits de deux couches de ciment fourrées de sciure de bois. Et donc ni les sirènes de police, ni les grondements du métro ne peuvent gêner la fausse mort de quelqu'un sur scène. Aucune alarme de voiture, aucun marteau-piqueur ne viendront transformer un baiser romantique en grosse rigolade.

Le coucher du soleil, c'est juste quand M. Whittier regarde sa montre et dit : « Bonne nuit. » Il monte à la cabine de projection et il abaisse les disjoncteurs pour éteindre toutes les lumières de l'entrée, des foyers, des salons, puis des galeries et des bars. L'obscurité soudaine nous réunit dans l'auditorium principal. Ce crépuscule tombe sur une pièce après l'autre, jusqu'à ce que seules les loges soient encore éclairées, en coulisses. C'est là qu'on dort. Dans chacune, il y a un lit, une petite salle de bains avec une douche et un W-C. Elles sont juste assez grandes pour une personne et une valise. Ou un panier en osier. Ou une boîte en carton.

Le matin, c'est quand nous entendons M. Whittier nous souhaiter le bonjour dans le couloir. Une nouvelle journée commence quand les lampes se rallument.

Jusqu'à aujourd'hui.

Et Sœur Autodéfense gueule :

« Z'êtes en train de violer une loi *de la nature*... »

Ici, sans fenêtres et sans la lumière du jour, le Duc des Vandales prétend qu'on pourrait être coincés dans une station spatiale de la Renaissance italienne. Se trouver loin sous l'eau, dans un ancien sous-marin maya. Ou dans ce qu'il appelle une mine de charbon ou un abri antiaérien Louis XV.

Ici, au beau milieu d'une grande ville anonyme, à quelques dizaines de centimètres de millions de gens qui marchent dans les rues, qui travaillent et qui mangent des hot-dogs, nous sommes coupés de tout.

Ici, tout ce qui ressemble à une fenêtre avec des rideaux de velours et des tapisseries, ou avec des vitraux, c'est du faux. C'est un miroir. Et la petite lumière derrière les vitraux est produite par des ampoules assez faibles pour donner l'impression d'un crépuscule perpétuel qui tombe par les hautes ouvertures cintrées du fumoir gothique.

On cherche toujours des moyens de s'échapper. On se poste devant les portes closes et on appelle à l'aide. Mais on ne cherche pas trop et on ne crie pas trop fort. Il faut d'abord que cette aventure donne un bon film. Que chacun d'entre nous devienne un personnage suffisamment crédible pour être joué par une vedette de Hollywood.

Une histoire qui nous sauvera de toutes celles de notre passé.

Dans le couloir, devant la loge de M. Whittier, Sœur Autodéfense plante de nouveau son poing dans le battant et hurle : « Hé, Whittier, tu as des tas de réponses à nous donner, ce matin ! »

Et à chaque mot on voit un petit nuage de buée sortir de la bouche de la Sœur.

Le soleil ne s'est pas levé.

Il caille et ça pue.

Plus rien à manger.

Tous ensemble, on souffle à Sœur Autodéfense : « Chut ! » On pourrait nous entendre *de l'extérieur* et venir à notre secours.

Une serrure cliquette et la loge s'ouvre sur Mme Clark dans un peignoir de bain informe en tissu-éponge. Ses yeux sont rouges et gonflés. Elle s'avance dans le couloir et repousse le battant derrière elle.

« Écoute, ma vieille, grogne Sœur Autodéfense, il faut que vous traitiez mieux vos otages, vous deux. »

Le Duc des Vandales se tient derrière la Sœur. C'est lui qui, la veille au soir, est descendu au sous-sol pour sectionner avec un couteau à pain tous les fils du système de ventilation de la chaudière.

Mme Clark se frotte les yeux avec sa main.

De derrière sa caméra, Agent Cafteur dit : « Tu te rends compte de l'heure qu'il est ? »

Dans le magnéto du Comte de la Calomnie, Camarade Maussade ajoute : « Tu sais qu'il n'y a plus d'eau chaude ? »

Camarade Maussade a suivi les tuyaux de cuivre fixés au plafond du sous-sol jusqu'à la chaudière et a fermé l'arrivée du gaz. Elle savait comment faire. Elle a détaché la poignée de la valve du gaz et s'en est débarrassée dans une canalisation d'évacuation creusée dans le sol de ciment.

« On se met en grève, annonce le squelettique Saint Descente de Boyaux. On n'écrira aucune connerie bizarre à la *Frankenstein* tant qu'on n'aura pas un peu de chaleur. »

Ce matin : Plus de chauffage. Plus d'eau chaude. Plus de bouffe.

« Écoutez, madame… », intervient le Chaînon Manquant.

Il se tient si près de Mme Clark dans le couloir étroit où donnent les loges que sa barbe vient frotter contre son front. Il la saisit d'une main par le revers de son peignoir de bain. Il se penche sur elle au point d'écraser sa volumineuse poitrine, il referme ses doigts sur son vêtement et il la soulève du sol en la tenant par ce simple morceau de flanelle.

Les pieds chaussés de pantoufles de Mme Clark se balancent dans le vide, ses mains essaient d'attraper le poignet poilu qui l'emprisonne, ses yeux lui sortent des orbites. Elle envoie la tête en arrière jusqu'à ce que ses cheveux frôlent la porte fermée et que son crâne frappe contre le battant avec un bruit sourd.

Tout en la secouant, le Chaînon Manquant grommelle :

« Vous dites à votre vieux Whittier qu'il doit nous trouver des trucs à bouffer. Et nous chauffer. Ou alors qu'il nous laisse sortir d'ici — immédiatement. »

Nous : les victimes innocentes de ce dément diabolique, de ce kidnappeur qui fait la grasse matinée.

Dans le vestibule tendu de velours bleu, on n'a rien pour notre petit déjeuner.

Tous les sacs avec un plat cuisiné à partir de foie ont été troués à dix ou quinze reprises à coups d'épingle. Tout le monde a dû venir perforer ce bulletin de vote.

Tous les oreillers Mylar argentés sont crevés. Chacun d'entre nous a eu la même idée.

Même avec la chaudière en panne et l'air ambiant déjà refroidi, la nourriture a commencé à tourner.

« Il faut l'envelopper dans quelque chose », dit Mme Clark.

L'emballer et puis évacuer le corps au dernier sous-sol, à côté de Dame Clocharde.

« Cette odeur, ajoute-t-elle, ça ne vient pas de la nourriture. »

On ne lui demande pas de détails sur la façon dont il est décédé.

C'est mieux que M. Whittier soit mort dans les coulisses. De cette façon, ça nous laisse toute latitude pour trafiquer le script — ses yeux roulent dans leurs orbites tandis qu'il regarde son ventre qui enfle de plus en plus, en pleine nuit, jusqu'au moment où il ne peut même plus voir ses pieds. Jusqu'au moment où une membrane ou un muscle quelconque se déchire à l'intérieur de lui, et où il sent le jaillissement de la nourriture tiède qui vient appuyer sur ses poumons. Sur son foie et son cœur. Ensuite, le choc le fait frissonner. Une sueur glacée transforme en un marécage sa poitrine aux poils gris. La transpiration coule sur son visage. Ses membres tremblent de froid. Les premiers signes du coma.

Personne n'accordera plus aucune confiance à Mme Clark, maintenant qu'elle est la méchante suivante.

Notre nouveau tyran diabolique aux super gros seins.

Non, il faut qu'on mette en scène cet épisode. M. Whittier va commencer à crier, en proie au délire. Il va pâlir et dissimuler son visage derrière ses doigts ouverts, hurler que le démon le poursuit. Il va appeler à l'aide.

Ensuite, il tombera dans le coma et il mourra.

Saint Descente de Boyaux, avec ses mots compliqués sur le péritoine, le duodénum, l'œsophage, nous expliquera en termes scientifiques ce qui a déconné.

Dans notre version, on s'agenouillera au pied du lit de M. Whittier et on priera pour lui. Nous tous, malheureux et innocents, crevant la dalle et prisonniers en ces lieux, on priera pourtant pour l'âme éternelle de ce démon.

Et puis l'ensemble se dissout dans un flou artistique et on passe à la pub.

Voilà la scène à succès d'un film. La scène qui nous vaudra une nomination aux Emmy Awards.

« C'est ça, le mieux avec les morts », dit la Baronne Gelures en remettant une couche de rouge à lèvres sur la précédente. « Ils n'ont aucun moyen de te corriger. »

Pourtant, pour une bonne histoire, on doit se cailler. Crever lentement de faim implique qu'on saute le petit déjeuner. Et puis il faut qu'on soit crasseux. Peut-être qu'on n'est pas aussi brillants que lord Byron et Mary Shelley, mais on peut quand même supporter quelques merdes pour la cohérence de notre récit.

M. Whittier, notre ancien monstre. Mort.

Mme Clark, notre nouveau monstre.

« Aujourd'hui, annonce l'Entremetteur, ça va être une longue, longue journée. »

Et Sœur Autodéfense lève la main, et à son poignet, sa montre crache une couleur vert radium dans le couloir obscur. Elle la secoue pour qu'elle étincelle et elle répond : « Aujourd'hui, ça va être une journée aussi longue *que ce que j'avais prévu...* » Et elle ajoute à l'intention de Mme Clark : « Et maintenant, montre-moi comment allumer ces foutues lampes. »

Le Chaînon Manquant lâche notre méchante dont les pieds chaussés de pantoufles retrouvent le sol.

Clark et la Sœur se mettent en marche dans l'obscurité, en tâtant de la main les murs humides du couloir, et elles se dirigent vers la lumière grise de la lampe du fantôme sur la scène.

M. Whittier, notre nouveau spectre.

Même l'estomac de Descente de Boyaux gargouille.

Pour diminuer la taille de leur estomac, explique Miss America, certaines femmes boivent du vinaigre. C'est dire à quel point on peut souffrir de la faim.

« Racontez-moi une histoire, lance Mère Nature. (Elle a allumé une bougie pomme-cannelle sur laquelle on voit des traces de dents.) N'importe lequel d'entre vous. Racontez-moi quelque chose qui m'empêchera à jamais d'avoir envie de manger, à jamais... »

Directrice Reniement serre sa chatte dans ses bras et réplique : « Une histoire pourra peut-être ruiner *ton* appétit, n'empêche que ma Cora est toujours affamée ! »

Et Miss America ricane : « Explique-lui que dans deux jours elle fera un excellent ragoût. »

Son bustier rose moulant en Spandex paraît déjà trop grand pour elle.

Et Saint Descente de Boyaux : « S'il vous plaît, est-ce que quelqu'un peut m'aider à oublier mon estomac ? »

Sa voix est différente — douce et sèche —, maintenant que, pour la première fois, il ne mâchonne plus de nourriture déshydratée.

La puanteur a une épaisseur de brouillard. Personne ne veut respirer cette horreur.

Et, tout en se dirigeant vers la scène, vers le cercle de lumière de la lampe du fantôme, le Duc des Vandales souffle : « Avant même d'avoir vendu une seule peinture... » Il se retourne pour vérifier qu'on l'a suivi et il ajoute : « J'étais l'exact contraire du trafiquant d'art... »

Pendant ce temps, pièce après pièce, le soleil commence à se lever.

Et dans notre tête, on s'empresse de noter cette formule : *J'étais l'exact contraire du trafiquant d'art...*

À louer
Un poème sur le Duc des Vandales

« Personne ne traite Michel-Ange de pute du
Vatican, dit le Duc des Vandales,
simplement parce qu'il a supplié le pape Jules
de lui donner du travail. »

Le Duc, sur scène, ses mâchoires mal rasées,
une vraie
brosse à récurer avec une barbe claire
de plusieurs jours,
bougent sans cesse car il mâchouille
une gomme à la nicotine.
Son sweat-shirt gris et son pantalon de toile sont
pleins de taches de peinture — rondes
comme des grains de raisin — rouges, rouge foncé,
jaunes, bleu et vert, marron, noir et blanc.
Ses cheveux lui tombent dans le dos,
un enchevêtrement de fils de cuivre,
ternis de graisse
et salis par une neige de pellicules collantes.

Sur scène, au lieu d'un projecteur, un extrait de film :
Un diaporama de portraits et d'allégories, des

êtres vivants et des paysages immobiles.
Tout cet art ancien utilise son visage, sa poitrine,
ses chaussettes dans ses sandales
comme le mur d'une galerie d'art.

Le Duc des Vandales annonce : « Personne ne traite
Mozart de pute d'entreprise
parce qu'il a travaillé pour l'archevêque de
Salzbourg. »
Après ça, il écrivit *La Flûte enchantée*,
il écrivit *Petite Musique de nuit*,
financés par l'argent que Giuseppe Bridi tirait
de sa prospère industrie de la soie pour le bien de
tous.
Pas plus qu'on ne traite Léonard de Vinci de vendu,
et d'esclave
parce qu'il a répandu de la peinture en échange
de l'or du pape Léon X et de
Laurent de Médicis.

« Non, dit le Duc, on regarde *La Cène* et
La Joconde
et on ne sait pas qui a payé les factures qui ont
permis de les créer. »
Ce qui compte, dit encore le Duc, c'est ce que
l'artiste laisse derrière lui,
son œuvre.
Et pas la façon dont il paie le loyer.

Ambition

Une nouvelle du Duc des Vandales

Un juge nommait ça : « Dommage causé avec intention de nuire ». Pour un autre, c'était une « destruction de biens publics ».

À New York, quand les gardes le coincèrent au Museum of Modern Art, le juge réduisit le chef d'accusation à « pollution » — l'insulte suprême. Après son intervention au Getty Museum à Los Angeles, le juge traita les œuvres de Terry Fletcher de « graffitis ».

Au Getty, au Frick ou à la National Gallery, Terry commit toujours le même crime. Mais personne ne réussit à s'entendre sur sa dénomination.

Aucun de ces juges ne pourra être confondu avec l'honorable Lester G. Myers du tribunal fédéral du comté de Los Angeles — un collectionneur d'art et un type profondément gentil. Le critique d'art n'est PAS Tannity Brewster, écrivain et spécialiste du monde de la culture. Et, du calme, on ne parle PAS non plus du marchand Dennis Bradshaw, célèbre pour sa Pell/Mell Gallery, où par pure coïncidence des gens se sont fait plomber dans le dos. À l'occasion.

Non, toute ressemblance entre ces personnages et quelqu'un, mort ou vivant, serait totalement accidentelle.

Ce qui se passe ici est entièrement inventé. Personne n'a d'existence réelle, à part M. Terry Fletcher.

N'oubliez pas que ceci est une fiction. Que rien de tout cela n'est réel.

L'idée de base est née en Angleterre où les étudiants des Beaux-Arts vont à la poste pour faire des provisions d'étiquettes d'adresse distribuées gratuitement. Dans chaque bureau, il y a des piles et des piles de ces étiquettes, chacune de la taille d'une main aux doigts tendus et serrés – on peut donc facilement les planquer dans sa paume. Au verso, sous un papier paraffiné détachable, la couche adhésive est capable de se coller sur n'importe quelle surface, et pour toujours.

C'était ça, leur principal intérêt. Les jeunes artistes – des inconnus, vraiment – pouvaient y peindre une miniature parfaite. Ou, après les avoir couvertes d'une première couche de blanc, y esquisser un croquis au fusain.

Et ensuite, ils s'en allaient coller leurs stickers partout. Dans les pubs. Dans les wagons de chemin de fer. Sur les sièges arrière des taxis. Et leurs œuvres restaient là bien plus longtemps que vous n'imaginez.

La poste fabrique ces stickers avec un papier de si mauvaise qualité qu'on ne peut plus s'en débarrasser. Le papier se déchire par petits bouts et se détache sur les bords, mais la colle reste. Cette colle, grumeleuse et jaune comme de la morve, attrape les poussières et les fumées jusqu'à ce qu'elle ne soit plus qu'une espèce de grosse tache noire bien pire que la petite peinture originale. Les gens ont fini par comprendre que n'importe quel dessin était encore préférable à l'horrible trace indélébile qu'il laissait quand on l'arrachait.

Et donc, on ne touche plus à ces « œuvres d'art ». Dans les ascenseurs et dans les W-C. Dans les confessionnaux des églises et dans les cabines d'essayage des grands magasins. Généralement, des endroits où quelques peintures peuvent être d'un certain secours. Les artistes sont juste contents qu'on voit leur travail. Pour toujours.

Mais bon – c'était sûr qu'un Américain reprendrait l'idée et qu'il dépasserait les bornes.

Terry Fletcher a eu la révélation alors qu'il faisait la queue pour contempler *La Joconde*. Il avait beau s'approcher, le tableau ne grossissait pas. Dans ses livres d'art, on trouvait des reproductions bien plus grandes. Attends, il était devant le portrait le plus célèbre du monde, et il était plus petit que le coussin d'un canapé !

N'importe où ailleurs, tu aurais pu facilement le glisser dans ta veste et le planquer en croisant les bras par-dessus. Il aurait été facile à voler.

La queue avance et cette peinture n'a rien d'un miracle. Il était devant le chef-d'œuvre de Leonard de Vinci, et ce truc ne valait pas la peine de rester debout une journée entière à Paris, France.

Terry Fletcher ressentit la même déception que lorsqu'il s'était retrouvé face au pétroglyphe de ce danseur jouant de la flûte, Kokopelli, après l'avoir vu reproduit sur des cravates et des bols pour chiens.

imprimé sur des tapis de bain et des sièges de toilette. Lorsque, finalement, il était allé au Nouveau-Mexique et qu'il avait découvert l'original, martelé et peint sur une falaise — sa première pensée avait été : *Qu'est-ce que c'est banal…*

Tous ces vieux chefs-d'œuvre de rien du tout avec leur réputation surfaite, et les stickers de la poste britannique — ça signifiait qu'il pouvait faire mieux. Il était capable de produire de plus belles peintures et de les introduire en douce dans les musées, encadrées, planquées dans sa veste. Rien de trop gros, mais il pouvait placer un scotch double face sur l'arrière et quand l'occasion se présenterait… il fixerait simplement sa peinture sur le mur. Juste là, pour que tout le monde la voie, entre le Rubens et le Picasso… une œuvre originale de Terry Fletcher.

À la Tate Gallery, à côté de *Tempête de Neige : Hannibal et son armée traversant les Alpes*, de Turner, on verrait la maman de Terry, souriante. En train de s'essuyer les mains dans un torchon aux bandes rouges et blanches. Au musée du Prado, près du portrait de l'Infante par Velázquez, il y aurait sa petite amie, Rudy. Ou son chien, Boner.

Bien sûr, c'était son travail, sa signature, mais c'était aussi un moyen de glorifier les gens qu'il aimait.

C'était trop triste que la majeure partie de son boulot finisse dans les W-C d'un musée. C'était le seul endroit où il n'y avait ni garde ni caméra de sécurité. Quand c'était calme, il pouvait même se glisser dans les toilettes des dames et y laisser une de ses peintures.

Les touristes ne visitaient pas toutes les salles d'un musée, mais tous faisaient un tour aux chiottes.

Le sujet d'une peinture ne semblait avoir pratiquement aucune importance. Non, ce qui faisait un chef-d'œuvre paraissait dépendre de l'endroit où il était exposé..., de la richesse de son encadrement... et des autres tableaux qui l'entouraient. Si Terry Fletcher trouvait le cadre ancien qui convenait, et qu'il accrochait son œuvre sur un mur où il y en avait déjà beaucoup d'autres, le personnel du musée – ou la police – ne l'appellerait pas avant des jours, voire des semaines.

Et puis venaient les chefs d'inculpation : « Dommage causé avec intention de nuire, destruction de biens publics, graffitis ».

Un juge qualifia son art de « pollution » et condamna Terry Fletcher à une amende et à une nuit de prison.

Dans la cellule où la police l'enferma, tous ceux qui l'avaient précédé avaient été des artistes – ils avaient couvert les murs de dessins en grattant la peinture, puis ils les avaient signés de leurs noms. Des pétroglyphes plus originaux que Kokopelli. Que *La Joconde*. Par des types qui n'étaient pas Pablo Picasso. Cette nuit-là, en regardant ces œuvres, Terry faillit renoncer.

Mais faillit seulement.

Le lendemain, un gars lui rendit visite à son studio où de grosses mouches noires tournaient autour d'un tas de fruits que Terry essayait de peindre au moment de son arrestation. C'était le critique d'art le plus important d'un célèbre groupe de presse. Un ami du juge qui l'avait condamné. Il lui explique qu'il a trouvé toute cette histoire foutrement marrante. Que c'est un sujet en or pour sa chronique du monde de l'art publiée dans plusieurs journaux. Et même avec l'odeur douceâtre des fruits en train de pourrir et avec les insectes qui bourdonnent, le gars en question lui dit qu'il aimerait bien jeter un œil sur son travail. « C'est très bon », murmure-t-il, en regardant une toile après l'autre, toutes assez petites pour être dissimulées dans un trench-coat. « Très très bon. »

Les grosses mouches continuent leur ballet, se posent sur les pommes tachetées et les bananes noirâtres, puis autour des deux hommes.

Les verres des lunettes du critique sont aussi épais que les hublots d'un bateau. Quand on lui parle, on a envie de hausser le ton, à la façon dont tu cries pour t'adresser à quelqu'un derrière une fenêtre du premier étage qui ne vient pas t'ouvrir la porte.

Mais ce n'était absolument, certainement, indéniablement PAS Tannity Brewster.

La plupart de ses meilleures peintures, lui explique Terry, sont toujours sous scellés comme pièces à conviction de ses futurs procès.

Mais le critique répond que ça n'a pas d'importance. Le lendemain, il revient avec le propriétaire d'une galerie et une collectionneuse, deux gloires dont les opinions sont régulièrement publiées dans des magazines nationaux. Tous les trois regardent son travail. Ils n'arrêtent pas de répéter le nom d'un artiste connu pour ses gravures merdiques de célébrités mortes et son énorme signature à la bombe à peinture rouge.

Je le répète, ce galeriste n'est PAS Dennis Bradshaw. Et quand elle parle, cette collectionneuse a un accent texan. Ses cheveux blond-roux sont de la même affreuse couleur pelure d'orange que ses épaules et son cou bronzés, mais ce n'est PAS Bret Hillary Beales.

C'est un personnage totalement inventé. Mais tandis qu'elle regarde les peintures de Terry, elle n'arrête pas de répéter la formule : « Valeur sûre. »

Elle a un petit tatouage sur une cheville qui dit « Sucre » dans une écriture fine comme de la dentelle, juste au-dessus de son pied chaussé d'une sandale, mais elle n'est en aucune façon, elle n'est absolument pas, oh non de non, elle n'est PAS Bret Hillary Beales.

Non, ce critique, cette collectionneuse et ce galeriste — des personnages fabriqués de toutes pièces — indiquent finalement à notre artiste : Voilà le deal. Ils ont investi des millions de dollars dans le travail de ce graveur fou, mais sa production actuelle est en train de couler le marché. Il se fait de l'argent avec la quantité, mais ça plante la valeur de ses travaux précédents. La valeur de leur investissement à eux.

Voilà le deal : si Terry Fletcher élimine le graveur, alors le critique d'art, le galeriste et la collectionneuse assureront sa célébrité. Ils en feront un bon investissement. Ses œuvres se vendront une fortune. Les dessins représentant sa mère, sa petite amie, son chien et son hamster, ils les soutiendront pour qu'ils deviennent des classiques comme *La Joconde*. Comme le Kokopelli, ce dieu hopi de la zizanie.

Dans son studio, les grosses mouches tournent toujours autour du même tas de pommes molles et de bananes flasques.

Et, pour l'encourager, ils disent à Fletcher que le graveur n'est devenu célèbre que parce qu'il a assassiné un sculpteur paresseux qui, lui-même, avait flingué un peintre arriviste qui, avant ça, avait dégommé un spécialiste des collages oublieux de ses principes.

Tous ces gens sont morts, alors que leurs œuvres sont exposées dans les musées, tel un compte en banque qui grossit chaque minute comme une boule de neige. Et ce n'est pas simplement une fortune, tandis que leurs couleurs deviennent marron à la façon d'un tournesol de Van Gogh, que leurs pigments et leur vernis se craquellent et jaunissent. Des toiles toujours plus petites que ce que les gens s'imaginaient après avoir fait la queue toute une journée pour s'en approcher.

Le marché de l'art fonctionne comme cela depuis des siècles, explique le critique. Si Terry préfère refuser cette offre, sa première vraie « commission », pas de problème. Mais il a toujours devant lui un long avenir de procès non réglés et des accusations pesant sur sa tête. Ils peuvent arranger tout ça d'un simple coup de fil. Mais ils peuvent aussi lui pourrir la vie. Même s'il n'a rien fait, Terry Fletcher risque de retourner en prison pour longtemps, très longtemps. Dans cette cellule à la peinture verte grattée.

Après ça, qui irait croire la parole d'un taulard ?

Et donc Terry Fletcher leur répond : Oui.

Ça lui a facilité la tâche de n'avoir jamais rencontré le graveur en question. Le galeriste lui a donné un revolver et un bas Nylon à enfiler sur sa tête. Le flingue est de la taille d'une main fermée, les doigts allongés. Un objet facile à dissimuler dans sa paume, pas plus grand qu'une étiquette autocollante, mais qui fait un boulot définitif. Le graveur négligent doit rester à la galerie jusqu'à la fermeture, puis rentrer chez lui à pied.

Cette nuit-là, Terry Fletcher le descend de trois balles dans le dos — pop, pop, pop. Plus facile que de coller la toile représentant son chien, Boner, au Guggenheim Museum.

Un mois plus tard, il a sa première vraie exposition dans une galerie.

Ce n'est PAS la Pell/Mell Gallery. Elle a le même carrelage en damier noir et rose et une marquise rayée avec des couleurs identiques au-dessus de l'entrée, et des tas de petits malins viennent là, pareillement, pour investir dans le domaine de l'art, mais on va dire que c'est une autre galerie. Pleine de petits malins *fictifs*.

Ensuite, la carrière de Terry s'est compliquée. On pourrait estimer qu'il a trop bien travaillé, vu que le critique d'art l'a envoyé éliminer un artiste conceptuel en Allemagne. Un performer à San Francisco. Un sculpteur cinétique à Barcelone. On s'imagine qu'Andy Warhol a passé l'arme à gauche à la suite d'une opération de la vésicule biliaire. Vous pensez que Jean-Michel Basquiat est mort d'une overdose d'héroïne ? Que Keith Harring et Robert Mapplethorpe ont succombé au sida ?

La vérité, c'est que… vous croyez ce que les gens veulent vous faire croire.

Pendant tout ce temps, le critique répète à Fletcher que s'il craque, le monde de l'art lui fera payer son premier meurtre. Ou pire encore.

Terry lui demande : « C'est quoi : “pire encore” ? »

Et l'autre ne répond pas.

Tu peux toujours faire confiance à un Américain pour qu'il dépasse les bornes.

Entre les meurtres de tous les artistes qui reniaient leurs principes et de tous ceux qui étaient devenus trop fainéants et trop négligents, Terry Fletcher n'a plus eu le temps de produire correctement son œuvre personnelle. Même les toiles de Rudy et de sa mère lui paraissaient bâclées et merdiques, comme s'il était incapable de les peaufiner davantage.

Alors, il se met à donner de plus en plus de versions différentes du Kokopelli qui danse et joue de la flûte. Alors, il agrandit des photos de *La Joconde* à la taille d'un mur, puis il les colore à la main dans des tons de décoration d'intérieur qui ont les faveurs du public à cette époque. Mais bon, si on lit sa signature en bas, les collectionneurs achètent. Les musées achètent.

Et après cette année de célébrité...

Oui, après cette année, il se trouve dans une galerie et il discute avec son propriétaire. L'homme qui lui a confié un revolver des mois auparavant. PAS Dennis Bradshaw. Dehors, la rue est sombre. Sa montre indique 23 heures. Le proprio dit qu'il doit fermer la boutique et rentrer chez lui. Terry ne sait pas ce que ce flingue est devenu.

Le gars ouvre la porte d'entrée, qui donne sur le trottoir plongé dans l'obscurité. La marquise aux rayures noir et rose. La longue marche à pied de Terry jusqu'à son appartement.

Sur les lampadaires sont collées des tas de petites peintures de gens qu'on ne connaîtra jamais. La rue est couverte de leurs œuvres non signées. C'est au cours de cette balade nocturne que ça se produira, peut-être pas ce soir, mais une autre fois. Désormais, chaque nuit sera une aventure dans un monde où tous les artistes revendiquent une chance de passer à la postérité.

8

On s'est réunis dans le foyer maya, où le plâtre alvéolé des murs rappelle la lave. Dans cette pseudo-lave sont sculptés des guerriers aux pagnes et aux coiffes de plumes. Des combattants vêtus de capes de fourrure tachetée pour ressembler à des léopards. Toute cette pièce raconte une histoire qu'elle veut te voir prendre pour argent comptant.

Les grandes plumes de queues de perroquets en plâtre explosent en arcs-en-ciel orange et rouge.

Au-dessus de nos têtes, très haut, depuis de fausses fissures et de fausses zones qui semblent s'effriter — tout cela pour faire ancien — pendent des chapelets de grosses orchidées pourpres en papier.

« M. Whittier avait raison », dit Mme Clark en regardant autour d'elle. « Nous créons vraiment les drames qui remplissent nos existences. »

Seule la poussière ternit les plumes orange et les fleurs violettes. Des fourrures léopard artificielles recouvrent les canapés en bois noirs. Ces canapés et les visages féroces des guerriers et la lave factice, tout est tissé de toiles d'araignée.

Mme Clark ajoute qu'on semble passer parfois la

première moitié de notre vie à attendre une catastrophe quelconque. Et elle regarde sa poitrine volumineuse — ce qui lui est presque impossible, vu la taille de ses lèvres siliconées. Elle dit : quand on est jeune, on a besoin de quelque chose qui nous retarde et qui nous coince suffisamment longtemps à un endroit pour nous permettre de regarder sous la surface du monde. Cette catastrophe, c'est un accident de voiture ou une guerre. Elle nous oblige à nous asseoir et à ne plus bouger. C'est peut-être aussi avoir un cancer ou tomber enceinte. L'important, c'est la façon dont ça paraît nous prendre par surprise. Ce désastre nous empêche de vivre ce qu'on avait décidé de vivre quand on était gosse — une existence toujours plus rapide.

« On se fabrique le drame et la douleur dont on a besoin, dit Mme Clark. Mais cette première catastrophe n'est ni plus ni moins qu'une vaccination, une inoculation.

« Toute ta vie, dit-elle, tu recherches ce fléau — tu fais carrément passer une audition aux catastrophes éventuelles — de façon à être soigneusement préparé quand le désastre final se produit enfin.

« Pour quand tu meurs », conclut-elle.

Ici, dans le foyer maya, les canapés et les fauteuils en bois noirs sculptés ressemblent à ces autels, au sommet des pyramides, où on arrachait le cœur des victimes humaines qui y étaient sacrifiées.

Le tapis est une espèce de calendrier lunaire, des cercles dans des cercles, à motifs noirs sur orange, et il est tout collant des sodas qui y ont été renversés. À nos pieds s'étend une tache de moisissure dont les ramifications font penser à des bras et des jambes.

Les coussins en fausse fourrure sur lesquels on est assis sentent toujours le pop-corn.

Voilà sa théorie. L'extension-Clark de la théorie de M. Whittier.

Nous avons la douleur et la haine et l'amour et la joie et la guerre en ce monde parce que nous le souhaitons. Et nous avons besoin de tous ces drames pour nous préparer au test du face-à-face avec la mort, un jour ou l'autre.

Mère Nature, assise les deux bras tendus devant elle, comme une somnambule, ouvre ses mains et considère les dessins au henné un peu effacés sur sa peau, puis se masse la base des doigts. Sentant l'épaisseur de ses os, elle demande : « Vous pensez que Dame Clocharde était prête ? Et M. Whittier ? »

Et Mme Clark hausse les épaules.

« Est-ce que ça compte ? » répond-elle.

Assise sur la pseudo-fourrure à côté de Mère Nature, Directrice Reniement a entouré son poignet gauche d'un bas Nylon, qu'elle serre de plus en plus fort de son autre main jusqu'à ce que ses doigts deviennent blancs. Si blancs que même les poils clairs de Cora paraissent foncés en comparaison de sa peau. Elle serre jusqu'à ce que ses doigts blancs perdent toute sensation, se flétrissent et se balancent, sans vie, au bout de son bras.

Sur ses genoux, Saint Descente de Boyaux masse de haut en bas son pouce droit avec son poing gauche. Il sent ses bosses et ses articulations pour s'en souvenir à jamais. En prévision du jour où il aura disparu.

On est tous là à s'observer mutuellement. En attendant un autre moment fort de l'intrigue ou un morceau de dialogue à archiver pour notre version monnayable de la vérité.

Agent Cafteur fait glisser le projecteur de sa caméra sur chacun d'entre nous. Le micro aux mailles serrées de son magnétophone pointe de la poche de chemise du Comte de la Calomnie.

Ce moment annonce la vraie horreur de ce qui suivra et s'enregistre par-dessus la mort de M. Whittier qui avait effacé la mort de Dame Clocharde qui avait effacé Miss America pointant son couteau sur la gorge de notre bourreau.

Mère Nature dit à Mme Clark : « Alors, pourquoi est-ce que tu l'aimais ?

— Je ne suis pas ici parce que je l'aimais, *lui* », répond-elle. Et elle lance à Agent Cafteur : « Arrête de pointer cette caméra sur moi. J'ai une tête affreuse en vidéo… »

Et pourtant, dans la chaleur du projecteur, Mme Clark sourit, les dents serrées, une mimique de clown avec ses lèvres gonflées comme des ballons emplis d'eau, et elle ajoute : « Je suis ici parce que j'ai vu une petite annonce… »

Ainsi, elle avait accordé sa confiance à cet homme qu'elle ne connaissait pas ? Elle l'avait suivi et elle l'avait aidé ? Même en sachant qu'il allait l'emprisonner derrière une porte verrouillée ? Ça n'avait aucun sens.

Le Révérend Impie, avec son visage suturé, ses sourcils rasés et ses ongles si longs qu'il ne peut plus fermer le poing, dit : « Mais tu as pleuré…

— Chaque apôtre, chaque disciple, réplique Mme Clark, se bat pour suivre son sauveur tout autant que pour échapper à autre chose. »

Au milieu des guerriers sculptés qui nous surveillent et des orchidées en papier, teintes et plissées pour paraître naturelles, Mme Clark nous avoue qu'elle avait une fille. Un mari.

« Cassie avait quinze ans », dit-elle.

Elle ajoute : « Son vrai nom, c'était Cassandra. »

Mme Clark explique que quelquefois, quand les policiers trouvent une tombe peu profonde ou le cadavre de quelqu'un qui a été assassiné, ils dissimulent un micro à proximité. C'est une procédure standard.

Et elle indique d'un signe de tête le Comte de la Calomnie et son petit appareil dans sa poche de chemise.

Les inspecteurs se planquent pas très loin et restent à l'écoute pendant des jours, voire des semaines. Parce que le tueur revient presque toujours sur les lieux de son crime pour parler à sa victime. Ou, en tout cas, assez souvent. On a envie de raconter à quelqu'un l'histoire de notre vie et un meurtrier ne peut évoquer son crime qu'avec une personne qui ne le punira pas. Sa proie.

Même un tueur se sent poussé à communiquer. Il a tellement besoin de transmettre le récit de son existence qu'il va venir s'asseoir à côté d'une tombe ou d'un cadavre pourrissant et monologuer des heures durant. Jusqu'à ce qu'il comprenne. Jusqu'à ce qu'il réussisse à se convaincre lui-même en décrivant sa nouvelle réalité – se convaincre qu'il a eu raison d'agir ainsi.

Voilà pourquoi la police montait la garde.

Sans cesser de sourire, Mme Clark ajoute : « Et cela explique ma présence ici. Comme vous tous, j'ai juste voulu, d'une façon ou d'une autre, transmettre ma propre histoire… »

Toujours dans le cercle de lumière tiède du projecteur d'Agent Cafteur, elle souffle : « Je t'en prie… » Elle dissimule son visage dans ses deux mains en coupe, et à travers ses doigts serrés, elle murmure : « C'est une caméra vidéo qui a foutu mon mariage en l'air… »

Regarder en arrière
Un poème sur Mme Clark

« Tu formes un nouvel employé, dit Mme Clark,
pour qu'il reprenne ton boulot insipide. »
Quand tu élèves un enfant.

Mme Clark sur scène, les bras croisés sur sa poitrine,
chaque main collée sur le coude opposé
pour tenir tendrement des seins choisis jadis par
une femme bien plus courageuse.
Avec un dos autrement plus solide.
Cette poitrine qui, aujourd'hui, lui rappelle
chaque faute grâce à laquelle elle avait espéré
être sauvée.
Sur chacune de ses paupières est tatouée une orange
qui paraissait si chic deux décennies plus tôt,
et sur ses lèvres siliconées de la taille et de la forme
d'une ventouse
on voit le dessin oublié d'une pêche givrée.
La coiffure et les vêtements de Mme Clark
se sont figés à une époque
où elle a perdu son sang-froid et a cessé de courir
le moindre risque.

Sur scène, au lieu d'un projecteur, un extrait de film :
Un court métrage d'amateur montre une petite fille coiffée d'un chapeau de fête en papier, attaché sous son menton avec un élastique, soufflant les bougies de son cinquième anniversaire.
« Avant d'être virée, dit Mme Clark,
tu formes cette jeune personne
en lui expliquant… »
Ne touche pas. Ça brûle !
Ôte tes pieds du canapé !
Et n'achète jamais *aucune fringue* avec une fermeture Éclair en nylon.
À chacun de tes conseils, tu es obligée de réfléchir à l'ensemble des choix que toi-même tu as faits
sur la chaîne des leçons successives de toute ton existence.
Et après toutes ces années, tu découvres que tu as très peu de matériel sur lequel t'appuyer
et que ta vie et ton éducation ont été limitées.
Et à quel point ton courage et ta curiosité ont été maigres.
Sans parler de tes aspirations.

Mme Clark, sur scène, soupire et ses seins
se soulèvent,
aussi gros que des soufflés
ou que deux boules de pain, puis retombent, se tassent, se reposent.
Elle dit que peut-être le meilleur avis c'est celui
que tu ne peux pas lui donner :
se préserver soi-même comme le centre du monde,

rester sa propre meilleure autorité sur tout,
son propre expert sur l'ensemble des sujets,
infaillible,
omniscient.
Et systématiquement chaque jour du mois, pour toujours :
utiliser un moyen de contraception.

Postproduction

Une nouvelle de Mme Clark

Tess et Nelson Clark, les deux premiers jours, ont vécu comme si rien ne s'était passé. Cela signifie qu'ils ont enfilé leurs habits de travail et qu'ils sont montés dans leur voiture. Et qu'ils sont partis au bureau. Ce soir-là, ils sont restés assis à la table de la cuisine, sans échanger un mot. Et ils ont mangé.

Et alors quoi ?

La société de location allait appeler pour leur demander de retourner l'équipement vidéo.

Nelson était à la maison avec Tess, ou il n'y était pas.

À partir du troisième jour, elle ne quitta plus son lit, sauf pour aller aux toilettes. Elle ne jugea pas utile de prévenir son patron qu'elle était malade. Son cœur continuait à battre, quoi qu'elle eût tenté. Ce qui ne signifie d'ailleurs pas qu'elle ait essayé quelque chose.

Ça ne valait pas la peine de se mettre à boire ou de mesurer la longueur de la bagnole pour trouver un tube assez long à brancher entre le tuyau d'échappement et la fenêtre du conducteur. Pas la peine non plus d'aller voir son docteur et de lui mentir pour qu'il lui prescrive des somnifères. Et tout ce qu'elle aurait pu faire encore, comme se trancher les veines avec un rasoir, ou ce genre de chose, avait juste l'air à ses yeux d'une tentative à la noix supplémentaire pour résoudre ces problèmes. Les projecteurs et la caméra encerclaient toujours la couche des Clark.

Se suicider semblait simplement une stratégie agressive de plus pour reconstruire son existence. En allumant les projecteurs et la caméra, elle pourrait enregistrer sa mort en direct. Un snuff movie en deux parties. Une minisérie. Un Autre Grand Projet. Se tuer, ce serait juste : Tess Clark qui pousse trop loin la conscience professionnelle. Un autre début, milieu, et fin.

Retourner bosser paraissait tout aussi dingue. Avaler un autre repas avait à peu près autant de sens que de planter des bulbes de tulipe à l'ombre d'un champignon atomique.

Tout cela est un flash-back, maintenant, mais à l'époque c'était Nelson qui s'occupait de leur compte rémunéré. Nelson qui déclara que le seul moyen, financièrement parlant, de se permettre d'avoir un bébé c'était de tourner une vidéo pour adultes.

« Un jour, dit Mme Clark, ça vous arrivera, et à cette seconde, votre vie vous paraîtra à peu près trop longue d'un siècle… »

Au cours de leur cinquième jour au pieu, ils auraient juré qu'ils existaient depuis l'éternité. Vivre dans un lit vingt-quatre heures sur vingt-quatre, c'est sans doute ce que ressent un vampire. Imaginez que vous êtes vivant depuis des milliers d'années et que vous continuez à faire la même erreur ridicule. Pendant des milliers d'années, vous n'arrêtez pas de traîner dans des bars et dans des clubs et vous croyez vous éclater vraiment. Vous croyez être le centre de toutes les attentions. Vous avez un mari que vous trouvez beau. Vous pensez que, tous les deux, vous êtes totalement du tonnerre.

Les Clark étaient sûrs que beaucoup de couples devenaient riches en tournant des films pour adultes. L'industrie du cinéma amateur n'est populaire que parce que la vidéo porno a créé la demande. Tous les couples, à part eux, se faisaient pas mal d'argent supplémentaire pendant leurs moments de loisir. Ils ne gaspillaient pas leurs ébats sexuels dans l'intimité et loin de l'appréciation des étrangers. D'abord, ils louaient une caméra et un logiciel de montage sur ordinateur. Puis ils trouvaient un distributeur. Puisqu'ils étaient passés devant le maire, tous les deux, déclara Nelson, ce ne serait même pas un péché.

Aujourd'hui, ça n'avait aucun sens de sortir du lit et d'effacer la vidéo. Ce serait comme casser un miroir parce qu'il vous montre la vérité. Comme éliminer le porteur de mauvaises nouvelles.

« Quand on ne quitte plus le lit, dit Mme Clark, on se rend compte que ce ne sont pas les pieux en bois qui tuent les vampires. »

Non, ce qui les achève, ce sont tous ces bagages émotionnels et toutes ces déceptions qu'ils sont obligés de charrier avec eux au fil des siècles.

Tu veux croire que tu deviens sans cesse de plus en plus drôle et de plus en plus malin. Que tant que tu fais un effort, tu vas vers cette Grande Victoire. C'est ce que tu as pensé, en tant que vampire, pendant peut-être les deux cents premières années.

Après ça, tout ce que tu as, ce sont les mêmes relations foireuses puissance 1 000.

Et alors quoi ?

L'ennui avec la jeunesse éternelle, c'est que tu as tendance à la procrastination. Et donc les Clark ont appris tout seuls à tourner une vidéo porno. Y compris l'obligation pour Nelson de raser ses poils pubiens pour que sa queue ait l'air plus grosse. Tess s'est fait poser les implants mammaires les plus énormes que pouvait supporter sa colonne vertébrale. Un après-midi d'anesthésie et elle s'est retrouvée avec le genre de seins qui tiennent droit tout seuls qu'on ne voit que dans le cinéma X. Elle s'est enfilé dans les lèvres assez de tubes de silicone pour s'offrir une moue de pipeuse pour le restant de sa vie. Les deux Clark se sont payé des séances de bronzage aux UV, vingt minutes, deux fois par jour. Ils se sont lu à haute voix le mode d'emploi du montage d'une vidéo à l'aide du temps précis qui s'inscrit en permanence sur la bande.

Chaque prise est codée avec l'heure, les minutes, les secondes, plus le numéro qui correspond à l'image. Autrement dit, le code 01:34:14:25 signifie une heure, trente-quatre minutes, quatorze secondes, et la vingt-cinquième image du film vidéo. Même quand vous montez un film de cul, vous êtes obligés d'inventer une fausse réalité. De laisser supposer une relation en accolant divers événements, une succession d'images qui conduira le spectateur d'un acte sexuel à l'autre. Vous êtes obligés de feindre une continuité. Votre illusion doit sembler logique.

Ils réalisèrent la majeure partie des plans oraux avant 10:22:19:02.

Puis ils firent un paquet de séquences génitales jusqu'à 25:44:15:17.

Ils filmèrent quelques séquences périanales et périvaginales jusqu'à 31:25:21:09.

Et ils finirent par la sodomie à 46:34:07:15.

Comme ces films se terminent toujours de la même façon, le plus important c'est l'histoire précédant ce moment obligatoire, c'est le voyage jusqu'à ce superorgasme. En lui-même, l'instant où vous jouissez n'est qu'une simple formalité. Une réserve de prises.

Il ne faut pas oublier non plus qu'un plan vidéo moyen dure de huit à quinze secondes. Tess et Nelson doivent donc s'envoyer en l'air par tranches de vingt secondes. Ensuite, l'un d'eux est obligé de se lever et d'appuyer sur la touche PAUSE. Puis il lui faut déplacer la caméra et le projecteur pour avoir un nouvel angle de vue. Vingt secondes supplémentaires de film. Leur mariage en était encore à la période où le sexe demeure un plaisir, mais après cette première journée de tournage, la seule chose qui motivait leurs ébats, c'était l'argent qu'ils allaient gagner. L'argent et le bébé.

« Tous les deux, ajoute Mme Clark, nous étions pleins de cette énergie qui fait que les chiens se mettent à danser sur place quand ils comprennent qu'ils vont avoir leur gamelle. »

Tess et Nelson n'ont jamais été meilleurs que dans ce film. C'est ça, le pire. Pendant presque une semaine, ils n'ont pas arrêté d'aller au lit. Même seulement reliés vingt secondes à la fois, ils ont dû baiser, au total, pendant environ quarante-huit heures. Leur peau bronzée était inondée de sueur sous la chaleur des projos.

Pour rester excités, ils installent une télé à l'extérieur du champ et ils se passent des X qu'ils suivent pendant leur propre tournage. Ces vidéos deviennent pour eux le téléprompteur où défilent les positions qu'ils peuvent imiter. Comme les Clark, tous les gens qu'on voit dans ces pornos semblent visionner quelque chose hors champ. Cette chaîne de voyeurisme, les Clark regardant quelqu'un regardant quelqu'un regardant quelqu'un, ça les rassure. La vidéo que Tess et Nelson ont choisie date d'au moins cinq ans. Les hommes ont de larges pattes, les femmes de longues boucles d'oreilles et du fard à paupière bleu brillant. On peut seulement imaginer la date du porno que ces gens-là se diffusaient, mais ça fait du bien de savoir que tous, ils appartiennent à une longue chaîne connectée en boucle à travers l'histoire.

Ces gens sur la vidéo avaient l'âge des Clark, mais à présent ils ne devaient pas être loin de la cinquantaine. Ils paraissaient jeunes avec des bras et des jambes aux muscles longs et saillants, mais ils bougeaient vite, comme si, hors champ, c'était une pendule qu'ils observaient.

Pour s'aider mutuellement à sourire, Tess et Nelson se racontaient à tour de rôle ce qu'ils feraient avec leur argent.

Ils achèteraient une maison.

Ils partiraient en voyage au Mexique.

Ils tourneraient de vrais films. Des longs métrages. Ils lanceraient leur propre compagnie de production indépendante et ne travailleraient plus jamais pour personne, mais alors plus jamais.

S'ils avaient une fille, ils la nommeraient Cassie.

Si c'était un garçon, Baxter. Au lieu d'une vidéo quelconque sur l'accouchement, un jour ils montreraient à leur enfant comment il avait été conçu. Baxter ou Cassie verrait simplement à quel point, à l'époque, ses parents étaient chauds et dans le coup. Ça paraissait une idée si progressiste.

Et après ça, ils n'auraient plus jamais besoin de baiser, mais alors plus jamais.

Plus le boulot était difficile, plus ils s'attendaient à gagner de pognon. Plus ça leur faisait mal de toucher leur peau irritée ou de s'allonger sur le dos à même le matelas froid et trempé de sueur, plus leur futur serait nécessairement brillant. Leurs visages étaient douloureux à force de sourire. Leur peau, brûlée à force de caresses. Au fur et à mesure que le marathon se poursuivait leur récompense se devait de grandir jusqu'à l'impossible.

Et finalement, aussi vite qu'un docteur t'annonce que tu es atteint d'une maladie incurable, aussi vite qu'un juge te condamne à la peine capitale, ils avaient joui.

Les Clark s'étaient fait l'un à l'autre tout ce qu'ils avaient pu imaginer. Maintenant, ils n'avaient plus qu'à monter la vidéo.

C'était censé être la partie marrante.

Le décalage entre son apparence réelle et l'image qu'on a de soi-même est capable de tuer la plupart des gens.

Et peut-être que les vampires ne meurent jamais justement parce qu'ils ne peuvent pas se voir sur des photos ni dans les miroirs.

« Aucun montage n'allait réussir à nous sauver », dit Mme Clark.

Aucune séance d'aérobic, aucune chirurgie esthétique ne les montreraient comme ils avaient imaginé qu'ils étaient avant de visionner cette bande. Ils y découvrirent deux animaux presque sans poil, oui quasi imberbes, à la peau rose foncé et aux proportions ridicules, comme des chiens bâtards, avec des jambes courtes, de longs cous et des torses épais sans taille vraiment marquée. Ils s'adressaient des sourires larges comme un piège à ours, tandis qu'ils jetaient des coups d'œil à la caméra comme pour s'assurer que quelqu'un s'intéressait encore à eux. Ils veillaient à rentrer leur estomac.

Et pire que leur laideur quotidienne, ils tenaient désormais la preuve qu'ils avaient pris de l'âge. Leurs bouches s'aspiraient mutuellement comme des ventouses, et leur peau flasque pendait autour de tous leurs orifices. Leurs corps s'emmêlaient à la façon d'une horrible vieille machine obligée de travailler à la vitesse maximale jusqu'à ce qu'elle tombe en morceaux.

La queue en érection de Nelson paraissait tordue et noirâtre comme un truc balancé à la poubelle dans l'arrière-cour d'une épicerie chinoise. Les lèvres et la poitrine démesurées de Tess, avec leurs cicatrices toujours enflammées, étaient dignes d'une attraction de fête foraine.

Et alors quoi ?

Tess Clark pleure tandis qu'ils se voient sous tous les angles et dans toutes les positions. Chaque morceau d'eux, depuis la plante des pieds jusqu'au sommet de la tête, les secrets planqués entre leurs jambes, les poils sous les bras, ils regardent tout ça, et puis la bande se termine et ils restent assis dans le noir.

Voilà ce qu'ils sont.

Après ça, même les pleurs ne suffirent pas à supporter cette révélation. Les émotions semblaient un moyen stupide et inutile pour nier ce qu'ils avaient vu tous les deux. Toute action impliquait de recommencer à zéro avec un autre rêve idiot et foutu d'avance.

Ils pouvaient se lancer dans un second film. Monter leur compagnie de production. Sauf que maintenant, quoi qu'ils fassent, ils savaient que ce n'était pas réel. Ils ne seraient jamais ce qu'ils s'étaient imaginé.

Et ils pouvaient tout essayer, et ils pouvaient gagner beaucoup d'argent, ils allaient finir par mourir, tous les deux.

En l'espace de quarante-huit heures de baise devant une caméra de location, ils avaient épuisé une vie entière de curiosité l'un pour l'autre. Ils ne dissimulaient plus aucun mystère.

ABC Rental les appela sans arrêt pour récupérer les projos et la caméra et continua à débiter leur carte de crédit jusqu'à ce que leur compte soit à sec.

Le jour où Nelson Clark sortit enfin du lit pour remballer le matériel et le ramener, ce jour-là, il ne réapparut plus.

Et la semaine suivante, Mme Clark n'eut pas ses règles.

« Ces deux seins énormes, dit-elle, ils étaient censés nous valoir une remise fiscale. »

Juste l'apparence de quelque chose de gros et de maternel. Et maintenant un bébé était en route.

Nelson Clark ne rentra jamais à la maison. Dans une ville de cette taille, chaque année des centaines de maris prennent la poudre d'escampette. Des gosses fuguent. Des femmes se tirent. Des gens disparaissent.

Et alors quoi ?

Tess Clark brûla la cassette vidéo, mais elle la revoit chaque fois qu'elle ferme les yeux. Même encore aujourd'hui, au bout de presque seize ans. Même encore aujourd'hui que sa fille est née, qu'elle a grandi et qu'elle est morte.

Ce bébé, il s'appelait : Cassandra.

9

C'est dans le salon Renaissance italienne que Mme Clark trouve Directrice Reniement affalée sur une énorme table de bois sombre, d'où le sang dégouline des quatre côtés. Un sang épais où flotte déjà une couche de poils de chat. Directrice Reniement a un bas Nylon serré autour d'un de ses poignets. Un fendoir à viande est planté dans le bois. Au-delà du bas Nylon, la main de la Directrice trône, blanchâtre, dans une mare rouge foncé.

Par terre, sous la table, Cora Reynolds croque un index humain.

Mme Clark observe l'extrémité sanglante du moignon, alors que Directrice Reniement l'entoure de plusieurs couches de soie jaune. Le sang filtre déjà à travers le tissu. Mme Clark se précipite pour l'aider à mieux protéger la blessure et demande : « Ma chère, qui t'a fait ça ? »

Directrice Reniement serre plus fort son garrot de Nylon et répond : « C'est toi. »

À cet instant, tout le monde essaie de prendre l'avantage sur tout le monde.

Nous cherchons tous, d'une façon ou d'une autre,

à étoffer notre rôle. Pour nous retrouver sous les feux des projecteurs le jour de notre libération.

Et puis, c'est un moyen de nourrir le chat.

Celui qui pourra afficher les plus grandes souffrances et le maximum de cicatrices sera le chouchou du public. Et si le monde extérieur arrivait à notre secours en cet instant précis, Directrice Reniement serait la victime la plus célèbre d'entre nous — elle exhibera les moignons de ses orteils et de ses doigts sectionnés pour attirer la sympathie. Elle passera pour le personnage principal de l'histoire. Elle aura la Tranche A de tous les talk-shows télé.

Et elle fera de nous des seconds rôles.

Pour avoir le dernier mot, le squelettique Saint Descente de Boyaux demande à emprunter le fendoir et se tranche le pouce de la main droite. Une poucectomie radicale.

Pour ne pas se faire distancer, Révérend Impie réclame à son tour le fendoir et se tranche les deux petits doigts de pied.

« Pour entrer dans la légende, s'exclame-t-il, et pour pouvoir porter des souliers à talons hauts vraiment *étroits !* »

Le papier peint vert et les tentures de soie assorties du salon Renaissance italienne sont éclaboussés d'un sang que la lumière artificielle teinte de noir. Chaque fois qu'on fait un pas, on a l'impression qu'on va y laisser nos chaussures tant le sol et le tapis sont gluants.

D'après le Chaînon Manquant, se couper un doigt permet d'oublier qu'on a la dalle. Le Chaînon Manquant porte des vêtements d'évêque, tout en brocart blanc bordé de fils d'or. Les poils noirs de sa poitrine jaillissent de son col. Sa perruque poudrée donne l'impression que sa tête carrée et sa barbe hirsute sont deux fois plus grosses qu'en réalité.

Le Duc des Vandales a une queue-de-cheval. Une chemise en daim. De longues franges pendent des coutures de son pantalon. Il mâche un chewing-gum à la nicotine. Mère Nature se déplace en boitillant dans des sandales à talons épais qui laissent voir ses propres orteils tranchés. Son collier de clochettes de laiton tintinnabule à chacun de ses pas. Elle grignote une bougie d'aromathérapie au clou de girofle et à la noix de muscade.

Pour avoir chaud, on a revêtu des blouses à la lord Byron ornées de fanfreluches. Des robes longues à la Mary Shelley avec plusieurs couches de jupons. Des capes de Dracula doublées de satin rouge. De lourdes bottes à la Frankenstein.

C'est à ce moment-là que Saint Descente de Boyaux propose que ce soit lui qui tombe amoureux.

Tout film à grand spectacle a besoin d'une intrigue secondaire sentimentale, explique-t-il, en retenant son pantalon d'une main. Pour couvrir toutes les demandes du marché, il nous faut aussi deux jeunes personnes folles l'une de l'autre — mais séparées par un méchant.

Saint Descente de Boyaux et Miss Éternueuse discutent dans le salon Renaissance italienne avec ses fauteuils brodés, ses étendards de soie verte et ses hauts miroirs, le lieu rêvé pour manigancer une histoire d'amour.

« Je pensais que je m'éprendrais de Camarade Maussade », dit Saint Descente de Boyaux.

Tout près d'eux, le fendoir est planté dans la longue table de bois : le fantôme de M. Whittier attendant sa prochaine victime.

Miss Éternueuse tord son nez en l'essuyant avec sa manche et elle essaie de savoir si Saint Descente de Boyaux a demandé à Camarade Maussade si ce sentiment était réciproque. Une fois qu'on sera secourus, pendant la part marketing-et-promotion-médias de notre histoire, un couple qui a lutté pour ne pas être brisé devra au moins faire semblant de s'aimer. Leur conduite, dans cette prison, n'a pas grande importance, mais lorsque les portes s'ouvriront il faudra qu'ils s'embrassent et qu'ils s'étreignent chaque fois que l'œil d'une caméra se posera sur eux. Le public s'attend à un mariage. Voire à quelques enfants.

En clignant de ses yeux injectés de sang, Miss Éternueuse ajoute : « Choisis une fille avec laquelle tu pourras simuler la passion pour le restant de ta vie… »

Et Saint Descente de Boyaux répond : « Que dirais-tu de la Comtesse Extralucide ? »

À la façon dont Saint Descente de Boyaux voit les choses, un faux mariage avec lui sera encore plus impressionnant que les mutilations. Toutes les femmes ici présentes devraient sauter sur l'occasion.

Et, approchant son visage du sien en souriant, Miss Éternueuse dit : « Que dirais-tu de toi et *moi ?* »

Saint Descente de Boyaux : « Et la Baronne Gelures ?

— Elle n'a pas de lèvres, réplique Miss Éternueuse. Sérieux, elle n'a *vraiment* pas de lèvres. »

Et Miss America ?

« Elle est déjà illustre sans toi vu qu'elle est en cloque », grommelle Miss Éternueuse. Et elle ajoute : « Moi, je ne suis pas enceinte *et j'ai des lèvres...* »

Directrice Reniement s'est tranchée des doigts, tout comme Sœur Autodéfense – plus quelques orteils – avec le couteau à légumes que Dame Clochardé avait emprunté au Chef Cuisinier Assassin pour se couper l'oreille. Notre plan, une fois qu'on sera délivrés, est de raconter au monde entier comment M. Whittier nous torturait en nous amputant d'un petit bout de quelque chose chaque jour où nous ne produisions aucun beau morceau de fiction. Ou alors, comment Mme Clark taillait dans la victime hurlante que M. Whittier immobilisait sur la longue table de bois sombre dans le salon Renaissance italienne.

Ladite table est déjà couverte d'entailles à la suite de coups d'entraînement, de coups trop nerveux et de coups réussis avec le fendoir du Chef Cuisinier Assassin.

« D'accord, grogne Saint Descente de Boyaux. Que dirais-tu alors de Mère Nature ? »

C'est clair, il a juste envie de se faire tripoter les pieds, une façon nouvelle, pour lui, de s'envoyer en l'air. Un branlage d'orteils. Une autre technique sans les mains après la carotte de Damoclès, la cire de bougie et la bonde de la piscine. Moins une intrigue secondaire romanesque qu'un besoin sexuel.

« C'est mieux », répond Miss Éternueuse. Et puis elle ajoute : « Tu sais ce que Mère Nature a fait avec son pif, n'est-ce pas ? »

Pauvre Miss Éternueuse, elle tousse encore et encore à cause des spores des moisissures que nous sommes obligés de respirer, mais sa souffrance n'est rien comparée à celle de Mère Nature qui a emprunté un couteau à filets pour s'ouvrir chacune de ses narines jusqu'à l'arête du nez — chaque fois qu'elle rit, ses clochettes tintent et ses croûtes sont projetées partout.

N'empêche qu'on a besoin de l'intrigue secondaire sentimentale. *N'importe quelle* histoire d'amour.

Vraiment, c'est M. Whittier qui a découpé le nez de Mère Nature.

« Mais il est décédé ! » proteste Mme Clark.

M. Whittier a fait ça avant de mourir, dit le Chaînon Manquant. Quand tout le monde se débite doigts, orteils et oreilles, pas question que quiconque sorte d'ici sans une bonne cicatrice. Un moignon à présenter en gros plan à la télé. M. Whittier a fait ça pour séparer Saint Descente de Boyaux et Mère Nature. Pour les punir d'être tombés amoureux.

Dans notre version des événements, chaque doigt et chaque orteil a été mangé par les méchants dont personne ne croira les dénégations.

L'Entremetteur a essayé de trouver quelqu'un qui accepte de lui sectionner le pénis. Parce que c'est parfait — cette torture correspond tout à fait à une vieille blague familiale.

Un simple découpage, dit-il, et tous tes problèmes sont résolus. Juste une bite qui roule dans la poussière.

« En plus, je ne m'en sers plus », ajoute l'Entremetteur en souriant.

Double clin d'œil.

Pour l'instant, personne n'a été volontaire pour abattre le couperet. Non pas parce que c'est trop dégoûtant ou trop affreux, mais parce que ça l'aurait placé en tête du concours. Impossible de faire mieux qu'une castration.

Pourtant, s'il s'en occupait lui-même — et qu'il y passe en se vidant de son sang —, les royalties ne seraient plus divisées qu'en quinze. Et même qu'en quatorze si Miss Éternueuse se dépêchait d'être asphyxiée par la poussière. Voire en treize si Miss America avait la gentillesse de mourir en couches.

Comme chacun balance au chat les bouts qu'il se débite, Cora Reynolds est en train de devenir énorme.

« Si tu te tranches la queue, dit Directrice Reniement, évite de la donner à bouffer à ma chatte. »

Elle dit : « Je n'ai pas envie de penser à ton machin chaque fois que Cora me léchera la figure… »

Ce fut en cherchant des bandages qu'on tomba sur les costumes. En coulisses, on essayait de trouver des vêtements propres à déchirer pour fabriquer des pansements et on a déniché des robes et des vestes, des souvenirs de vaudevilles et d'opérettes. Pliés et rangés avec du papier de soie et de la naphtaline, dans des coffres et des housses, il y avait là des jupes à paniers et des toges. Des kimonos et des kilts. Des bottes, des perruques et des armures.

Grâce à Mme Clark qui avait sectionné la prise de la machine à laver, toutes nos fringues empestaient la vieille sueur et la poussière. Grâce à M. Whittier qui avait saboté la chaudière, l'immeuble était chaque jour plus froid. Alors on s'est mis à enfiler ces tuniques et ces sarongs et ces gilets. Ces brocarts de velours et de satin. Ces bonnets de pèlerins à boucles d'argent. Ces gants de cuir blanc montant jusqu'au coude.

« Ces pièces... », dit Comtesse Extralucide, coiffée de son turban, qui avance en trébuchant, ses orteils sectionnés, mais pas le bracelet de localisation autour de son poignet. « Ces vêtements... Tout ce sang... J'ai l'impression de me retrouver dans un conte de Grimm très effrayant. »

On se recouvrit d'étoles de fourrure fabriquées avec de petits animaux qui se mordaient mutuellement le cul. Des visons, des furets et des belettes. Ils étaient morts, mais leurs dents, profondément plantées, ne lâchaient pas leur prise.

Ici, dans le salon Renaissance italienne, mettant un genou au sol devant Mère Nature, serrant sa main sanglante et considérant son nez fendu, Saint Descente de Boyaux déclara : « Veux-tu faire semblant de m'aimer jusqu'à la fin de tes jours ? »

Et, à ces mots, il glissa au majeur de Mère Nature, coloré au henné, le diamant de trois carats encore collé d'un sang rouge épais qu'il avait récupéré en coupant le doigt de Dame Clocharde – son lord de mari, étincelant et mort.

Et l'estomac de Saint Descente de Boyaux gargouilla.

Et elle rit et elle envoya du sang et des croûtes – partout.

À présent, même les chemises et les linges de soie sont raides de sang séché. Certains doigts de gants pendent dans le vide. On a des chaussettes roulées en boule dans les souliers et les bottes en remplacement des orteils manquants.

Les étoles de fourrure, les belettes et les furets, aussi douces que les poils de chat.

« Si on continue à gaver Cora, dit Miss America, elle nous servira de dinde pour Thanksgiving.

– Je t'interdis ce genre d'humour », lui répond Directrice Reniement, en grattouillant le gros ventre de son animal. « La petite Cora est *mon bébé…* »

Avec ses cheveux décolorés de fausse blonde, dont les racines brunes qui s'allongent permettent de mesurer le temps passé dans cette prison, Miss America regarde le chat dévorer la chair d'un autre doigt. Elle considère Directrice Reniement et dit : « Si c'est toi qui as piqué ma roue d'exercice, je veux que tu me la rendes. » Elle écarte ses mains ouvertes et ajoute : « Un truc en plastique rose à peu près de *cette taille-là*. Tu t'en souviens ? »

Ôtant les poils de chat de ses bandages poisseux de soie jaune, la Directrice Reniement dit : « Et l'enfant que tu portes ? »

Et, caressant son petit ventre, Miss America murmure : « L'Entremetteur devrait *me* donner son pénis à bouffer. Moi, c'est *pour deux* que je ne mange pas… »

Description de poste

Un poème sur Directrice Reniement

« Un officier de police, dit Directrice Reniement,
se doit de protéger un adorateur de Satan. »
Tu ne peux pas te permettre de faire
la fine bouche.

Directrice Reniement sur scène, les manches en tweed
de son blazer
disparaissent derrière son dos,
où elle garde les mains serrées,
cachées à la façon dont on se tiendrait devant un
peloton d'exécution.
Ses cheveux, poivre et sel, sont volontairement
coupés court pour paraître en bataille.

Sur scène, au lieu d'un projecteur, un extrait de film :
Une vidéo de surveillance, au grain noir et blanc,
de suspects alignés pour
leur identification par un témoin.
Des suspects bataillant avec leurs menottes,
ou le manteau rabattu
sur la tête pour dissimuler leur visage
au moment où ils entrent au tribunal.

Sur scène, Directrice Reniement, avec la bosse de
son holster d'épaule
qui gonfle au revers de son blazer.
Sa jupe en tweed est ourlée au-dessus de ses baskets
blanches aux lacets noués avec un double nœud.

Elle dit : « Un officier de police doit donner sa vie
pour pratiquement tout le monde. »
Tu meurs pour des gens qui filent des coups de
pied aux chiens.
Pour des drogués. Des communistes.
Des luthériens.
Tu meurs pour protéger et servir des fils à papa
avec des fonds en fidéicommis.
Des violeurs d'enfants. Des pornographes.
Des prostituées.
Si la balle suivante est pour toi.

Sur son visage, se bousculent des victimes
et des criminels, en noir et blanc,
Et Directrice Reniement dit : « Tu risques
d'y laisser ta peau
pour des homos bénéficiant de l'aide sociale... »
Ou pour des travelos.
Pour des gens qui te haïssent, ou d'autres
qui te considèrent comme un héros.
Tu ne vas pas faire de distinction quand ton tour
arrivera.

« Et si tu es vraiment stupide,
ajoute Directrice Reniement,
tu meurs avec l'espoir chevillé au corps. »

Grâce à toi le monde est peut-être un endroit
un tout petit peu meilleur.
Et peut-être, juste peut-être, que ta mort
sera la dernière.

Exodus

Une nouvelle de Directrice Reniement

S'il vous plaît, essayez de comprendre.

Personne ici ne justifie ce qu'a fait Cora.

Il y a deux ans, c'est sans doute la première fois que ce genre de chose arrivait. Au printemps et à l'automne, la police du comté doit participer à un cours de recyclage sur le bouche-à-bouche. La réanimation cardio-pulmonaire. On se réunit par petits groupes à l'infirmerie pour pratiquer un massage cardiaque sur le mannequin. On fait équipe à deux, le directeur de l'agence appuie sur sa poitrine et quelqu'un d'autre s'agenouille, lui pince le nez et lui souffle de l'air dans la bouche. Le mannequin est un modèle Breather Betty, juste un torse avec une tête. Ni bras ni jambes. Des lèvres bleues en caoutchouc. Des yeux moulés, grands ouverts. Des yeux verts. Et le fabricant, quel qu'il soit, lui colle de longs cils. Et il ajoute une perruque de pin-up, des cheveux rouquins si soyeux que tu ne peux pas t'empêcher de les caresser jusqu'à ce que quelqu'un te dise : « Hé, on se calme… »

Lorsqu'elle s'agenouille près du mannequin et qu'elle étend ses doigts aux ongles rouges sur sa poitrine, la responsable de l'agence, la directrice Sedlak, explique que le visage de toutes les poupées Breather Betty est moulé sur le masque mortuaire d'une Française.

« Une histoire vraie », dit-elle à son groupe.

Ce visage, là, par terre, est celui d'une fille qui s'est suicidée et qu'on a sortie de l'eau il y a plus d'un siècle. Ces mêmes lèvres bleues. Les mêmes yeux ternes. Toutes les Breather Betty ont la tête d'une jeune femme qui s'est jetée dans la Seine.

On ne saura jamais si elle s'est tuée à cause d'un échec amoureux ou de la solitude. Mais les enquêteurs ont réalisé un moulage en plâtre de son visage pour tenter de découvrir son identité, et des décennies plus tard un industriel du jouet est entré en sa possession et l'a utilisé pour la première Breather Betty.

En dépit du risque que quelqu'un, dans une école, une usine ou une caserne, puisse un jour, en se penchant au-dessus d'elle, reconnaître le cadavre d'une sœur, d'une mère, d'une fille ou d'une épouse, des millions de gens ont déjà embrassé cette réplique d'une nénette morte. Depuis des générations, des millions d'étrangers ont pressé leurs lèvres sur les siennes, sur ses lèvres de noyée. Et dans l'avenir, tout autour du monde, on continuera à essayer de sauver cette même suicidée.

Cette femme qui voulait juste mourir.

La fille qui s'est elle-même changée en objet.

Personne ne prononce cette dernière phrase. Mais personne n'a besoin de la dire.

Et donc, l'année dernière, Cora Reynolds se retrouve avec un groupe à l'infirmerie. On sort Breather Betty de la valise de plastique bleu où elle est rangée. On l'allonge sur le linoléum. On lui nettoie la bouche avec de l'eau oxygénée. C'est la procédure d'hygiène standard. Une règle supplémentaire du comté. La directrice Sedlak se penche pour poser les deux paumes de ses mains sur le torse de Betty. Sur son sternum. Quelqu'un s'agenouille à côté d'elle pour pincer le nez de Betty. Alors, la directrice appuie lourdement sur la poitrine en plastique. Et soudain, le type à genoux en train de faire du bouche-à-bouche au mannequin se met à tousser.

Il se redresse et s'assied sur ses talons, en toussant toujours. Et puis il crache. Floc, là, en plein sur le lino de l'infirmerie, il crache. Il s'essuie les lèvres avec le dos de la main et il grommelle : « Bon sang, ça pue ! »

Le reste du groupe, tout le monde, s'approche et Cora Reynolds est là et on considère le mannequin.

Toujours accroupi, le type dit : « Il y a quelque chose à l'intérieur. »

Il met sa main en coupe pour se protéger la moitié inférieure du visage. Il s'éloigne un peu de l'ouverture de caoutchouc, mais il la regarde toujours et il dit : « Continuez. Appuyez de nouveau. Appuyez fort. »

La directrice, penchée au-dessus de Betty, les paumes de ses deux mains aux ongles rouge vif posées sur sa poitrine, s'exécute en y mettant toute son énergie.

Et une bulle épaisse se met à gonfler entre les lèvres bleues caoutchoutées de Betty. Un truc liquide, genre sauce vinaigrette, blanc laiteux — et cette bulle continue à grossir. D'abord de la taille d'une perle grise et graisseuse. Puis d'une balle de ping-pong. Puis de base-ball. Finalement, elle éclate et elle asperge tout, autour d'elle, d'une espèce de soupe blanche et grasse. Et un nuage de puanteur envahit la pièce.

Jusqu'à ce jour-là, toute l'équipe pouvait utiliser l'infirmerie. S'y réfugier. Déplier le lit de camp à roulettes et s'offrir une petite sieste pendant la pause repas. Si on avait mal à la tête, ou des crampes, c'était là qu'on trouvait la trousse de premiers secours. Tous les pansements et les aspirines. On n'avait besoin de la permission de personne. Ici, il n'y a que le lit, un petit placard avec un lavabo métallique pour se laver les mains, un interrupteur sur le mur pour la lumière. La valise en plastique bleu où on range Breather Betty n'est pas verrouillée.

Ils basculent leur poupée sur le flanc, et du coin de sa bouche moelleuse coulent d'abord une goutte, une goutte, une goutte, puis un maigre filet d'une espèce de brouet crémeux. Cette saleté inonde ses joues de caoutchouc rose. Dessine une toile d'araignée grossière entre ses lèvres et ses dents de plastique. Et le reste fait une petite marre sur le linoléum.

Ce mannequin, dont on sait maintenant que c'est une Française. Une fille qui s'est noyée. Une victime d'elle-même.

Ils se tiennent tous là, autour d'elle, respirant derrière leur main ou un mouchoir. Ils clignent des yeux pour résister à l'odeur qui les fait pleurer. On voit leur pomme d'Adam monter et descendre tandis qu'ils avalent et avalent encore pour retenir dans leur estomac œufs brouillés et bacon et café et flocons d'avoine au lait écrémé et yaourt à la pêche et muffins anglais et fromage blanc.

Le type qui vient d'embrasser Betty s'empare de la bouteille d'eau oxygénée et rejette la tête en arrière. Il s'en verse une bonne rasade dans la bouche et il gonfle les joues. Il regarde le plafond, les yeux fermés, les lèvres entrouvertes et se gargarise avec le désinfectant. Puis il se plie en deux pour cracher dans le lavabo métallique.

Dans la pièce, tout le monde respire l'odeur chlorée de l'eau oxygénée sous les relents de toilettes qui montent des poumons de Breather Betty. La directrice ordonne à quelqu'un d'aller chercher un kit pour une enquête de crime sexuel. Les tampons de prélèvement, les plaques de microscope, les gants.

Cora Reynolds se trouvait avec ce groupe, si près du mannequin qu'elle traîna un peu de cette saleté gluante jusqu'à son bureau. C'est après cette histoire que les services techniques du comté ont installé un verrou sur la porte de l'infirmerie et en ont confié la clé à Cora. Depuis lors, quand tu as des crampes, si tu veux la clé tu dois inscrire ton nom sur une liste, avec la date et l'heure. Si tu as mal à la tête, tu demandes deux aspirines à Cora.

L'équipe du labo de l'État a reçu les échantillons et a étudié les plaques. Puis elle a demandé si c'était une blague.

Ouais, a-t-elle ajouté, ce liquide, c'est du sperme. Dont une partie doit remonter à six bons mois. C'est-à-dire juste après la dernière session de remise à niveau du bouche-à-bouche. Mais, holà, il y a bien mieux que ça ! La recherche ADN montre que ce sperme vient d'une douzaine d'hommes différents, peut-être quinze.

Les gars du comté, de ce côté-ci du téléphone, disent : Ouais. Une mauvaise blague. Maintenant, oubliez ça.

C'est simplement la façon dont fonctionnent les êtres humains – ils transforment les objets en personnes et les personnes en objets.

On n'a pas dit que les types du comté avaient déconné. Déconné à grande échelle.

Ce n'est pas surprenant que Cora ait ramené Breather Betty chez elle. D'une façon ou d'une autre, elle réussit à lui nettoyer les poumons. Elle lava sa perruque rouquine de pin-up. Elle acheta une robe neuve pour son torse sans bras et sans jambes. Elle lui passa un collier de fausses perles autour du cou. Cora a toujours été incapable de jeter les choses inutiles. Elle mit du rouge sur ses lèvres bleues. Du mascara sur ses longs cils. Du fard. Du parfum – beaucoup de parfum, pour couvrir les restes de l'odeur. De belles boucles d'oreilles à clip. Ça n'aurait étonné personne de savoir qu'elle passait toutes ses soirées sur le canapé, assise à côté d'elle, à regarder la télé et à lui parler.

Juste Cora et Betty. Papotant en français.

Pourtant nul ne songe à traiter Cora Reynolds de cinglée. Peut-être qu'elle a juste un petit côté bonne poire.

Selon le règlement du comté, on aurait dû enfermer le vieux mannequin dans un sac de plastique noir et le poser sur une étagère du haut, dans le local réservé aux pièces à conviction. Et l'oublier là. On parle de *Betty*, là, pas de Cora. Abandonnée.

Fermentant. Ignorée au milieu des nombreux sacs de H et de coke. Les ampoules de crack et les ballons d'héroïne. Tous les flingues et tous les couteaux en attente d'être présentés dans une salle de tribunal quelconque. Tous les sachets et tous les ballons saisis, qui rapetissent de plus en plus jusqu'à ce qu'il reste juste assez de leur contenu pour une condamnation pour crime. Tous ces objets usagés.

Mais bon, ses collègues ont violé les règles — ils ont laissé Cora ramener le mannequin chez elle.

Personne ne voulait qu'elle vieillisse dans la solitude.

Cora, pas Betty. C'était le genre de femme incapable de se contenter d'un seul animal en peluche. Une part de son boulot était d'en acheter un pour chaque gosse qui venait faire une déposition. Chaque gosse mis en taule par le tribunal. Retiré à ses parents pour manque de soins et placé dans une famille d'accueil. Au magasin de jouets, Cora prenait un petit singe en peluche dans une caisse pleine… mais il avait l'air si seul dans son chariot. Alors elle choisissait aussi une girafe pour lui tenir compagnie. Puis un éléphant. Un hippopotame. Une chouette. Finalement, il y avait davantage de peluches dans son chariot que dans la caisse. Et ceux qui restaient au fond avaient un œil en moins, une oreille déchirée, une couture décousue. De la bourre qui s'échappait. Personne ne voudrait d'eux.

Personne n'a compris à quel point le cœur de Cora s'était serré à ce moment-là. Cette longue chute depuis les plus hautes montagnes russes du monde, cette sensation la vidait complètement — elle n'était plus qu'un tube avec un trou étroit aux deux extrémités. Un objet.

Ces petits tigres poussiéreux, avec leurs fils qui pendouillaient. Les rennes tout plats, vidés de leur rembourrage. Ils envahissaient son appartement, ces pandas abîmés et ces chouettes tachées et Breather Betty. Juste une autre sorte de local pour pièces à conviction.

Les êtres humains font des choses de ce genre…

Mais pauvre, pauvre Cora. Maintenant, elle essaie de faire taire les gens. D'infecter son prochain avec des parasites. De faire obstruction à la justice. Elle vole des biens publics. Et il n'est pas question, là, de détournement de petit matériel : stylos, agrafes, carbone.

C'est Cora qui commande les fournitures du bureau. Elle collecte les fiches de pointage de tout le monde le vendredi. Elle distribue les chèques le mardi. Elle soumet toutes les notes de frais au service comptable pour les remboursements. Elle répond au téléphone : « Service des mineurs et des affaires familiales. » Elle achète un gâteau et fait circuler une carte de vœux dans le département quand c'est l'anniversaire de quelqu'un. C'est son boulot.

Personne n'a eu le moindre ennui avec Cora Reynolds avant que le garçon et la fille arrivent de Russie. Vraiment, le problème était que les seules fillettes avec des taches de rousseur et des nattes que Cora voyait avaient été sexuellement abusées.

Et tous ces petits gredins, ces fripouilles en salopette bleue avec un lance-pierres planté dans la poche arrière, Cora ne les rencontrait que parce qu'on les avait forcés à sucer des bites. Ici, les sourires édentés sont des masques. Les genoux salis par de l'herbe, un indice. Chaque bleu, un signal. Tous les clignements des yeux, les cris, les rires nerveux sont quelque chose à vérifier sur le formulaire d'admission de la victime. C'est le travail de Cora que de conserver la trace de ces documents d'interrogatoire. De conserver la trace des gamins, de chaque dossier, de toutes les enquêtes en cours. Jusqu'à ces fameux événements, Cora Reynolds était la meilleure chef de bureau qu'on avait jamais eue.

Pourtant, ce qui se passe ici n'est qu'un contrôle des dégâts. On ne peut pas dé-baiser un gosse. Une fois qu'on l'a violé, il n'y a plus moyen de faire sortir ce génie de la bouteille. Ce gamin est bousillé pour de bon.

Non, la plupart de ceux qui débarquent ici sont silencieux. Marqués pour toujours. Déjà vieux. Ils ne sourient pas.

Ils arrivent et la première étape, c'est un entretien d'évaluation avec l'aide d'une poupée *anatomiquement détaillée*. Ce n'est pas la même chose qu'une poupée *anatomiquement correcte*, mais des tas de gens confondent les deux. Cora aussi a confondu.

Votre poupée *anatomiquement détaillée* est faite de bouts de tissus cousus, comme pour les animaux en peluche. Elle a des fils de laine pour cheveux. La grosse différence entre elle et Raggedy Ann, ce sont les détails : un pénis mou et des testicules. Ou un vagin en dentelle. Et derrière, un cordon très serré en guise d'anus ridé. Deux boutons cousus sur les seins pour les mamelons. Les gamins accueillis ici peuvent utiliser ces poupées pour rejouer ce qu'ils ont vécu. Pour montrer ce que maman ou papa ou le nouveau petit ami de maman a fait.

Les gosses enfoncent leurs doigts dans les poupées. Les tirent par les cheveux. Leur serrent le cou et les secouent jusqu'à ce que leur tête rembourrée pende mollement. Ils les frappent et les lèchent et les mordent et les sucent, et c'est à Cora qu'incombe ensuite la tâche de recoudre les mamelons. De retrouver deux nouvelles billes quand ils ont tiré trop fort sur le petit scrotum de feutre.

Les poupées subissent tout ce que ces enfants ont subi.

Personne n'a de doute à ce sujet.

Les fils se desserrent sous les assauts de trop d'enfants violés qui, à leur tour, violent les poupées. Trop de petits garçons baisés sucent ce même pénis de feutre rose. Trop de petites filles plantent un doigt, deux doigts, trois doigts dans ce même vagin doublé de satin. Le frottent en haut et au fond. De minuscules hernies de bourre de coton boursouflaient les poupées. Sous leurs vêtements, elles étaient sales et constellées de taches. Elles étaient collantes et elles puaient. Le tissu était pelucheux et rugueux là où la trame était usée.

Ces deux poupées de chiffons, mâle et femelle, que le monde entier avait violées.

Et, bien sûr, Cora fit de son mieux pour les garder propres et les réparer. Et puis un jour, elle est allée sur le Net pour en trouver une autre paire. Neuve.

Quelque part, il y avait des femmes qui gagnaient leur vie en fabriquant des petits vagins en forme de poche ou des scrotums porte-monnaie. Ces poupées, elles les habillaient de robes à fleurs en toile légère et de salopettes. Mais cette fois, Cora voulait quelque chose qui durerait. Elle se balada donc sur le Net et finit par en commander deux à un fabricant dont elle n'avait jamais entendu parler. Et, cette fois, elle confondit anatomiquement *détaillée* avec anatomiquement *correcte*.

Elle demanda deux poupées, un garçon et une fille, *anatomiquement correctes*. Le meilleur prix. Solides. Faciles à nettoyer.

Un moteur de recherche la mit sur la bonne piste. Fabriquées en ex-Union soviétique. Avec des bras et des jambes souples. Anatomiquement correctes. Parce que c'était le meilleur prix et que c'était là la politique d'achat du comté, elle passa la commande.

Plus tard, personne ne lui demanda pourquoi elle avait choisi ces poupées. Quand le carton arriva, un emballage marron de la taille d'un classeur à quatre tiroirs, quand le livreur le lui apporta sur un chariot et le posa à côté de son bureau, quand il lui demanda de signer le bordereau, alors, pour la première fois, Cora pensa qu'elle s'était peut-être plantée.

Lorsqu'ils ouvrirent le colis et qu'ils découvrirent son contenu, c'était trop tard.

Cora et un policier du comté ôtèrent les agrafes en métal, puis ils fouillèrent dans les couches de film à bulles jusqu'à ce qu'ils tombent sur un pied. Un pied rose d'enfant, avec cinq orteils parfaits, qui émergeait des billes de polystyrène et des plaques de bulle-pack.

Le policier remua un des orteils. Il regarda Cora.

« C'était ça le moins cher, dit-elle. Il n'y avait pas un grand choix. »

Le pied était en caoutchouc rose, avec des ongles

durs, de couleur claire. La peau était douce, immaculée — ni grains de beauté ni veines. L'inspecteur attrapa la cheville et tira. Ils découvrirent un genou tendre et rose. Puis une cuisse de même couleur. Puis il y eut une pluie de cacahuètes de polystyrène. Des films à bulles qui crevaient. Et le flic souleva une petite fille nue. Ses cheveux blonds bouclés balayaient le sol. Ses bras pendaient de chaque côté de sa tête. Sa bouche ouverte, comme en un hoquet de surprise silencieux, révélait des dents blanches de la taille d'une perle et un palais rosâtre. Une gamine qui avait l'âge de la chasse aux œufs de Pâques, de la première communion et de la photo sur les genoux du Père Noël.

Alors que l'inspecteur la tenait toujours par la cheville, l'autre jambe s'affaissa sur le côté et se plia à la hauteur du genou. Ils virent alors son vagin rose, pas seulement anatomiquement correct, mais... parfait, avec ses grandes lèvres, plus sombres, recourbées vers l'intérieur.

Toujours dans la boîte, à observer la poupée, à les surveiller tous les trois, il y avait un petit garçon nu.

Une brochure tomba sur le sol.

Cora prit la fillette dans ses bras — elle était douce comme un oreiller — et elle attrapa un morceau de papier d'emballage pour dissimuler son petit corps.

Le flic sourit, secoua la tête, ferma les yeux un instant, puis grommela : « Bon boulot du service des achats, Cora. »

Cora serrait toujours la gamine et dissimulait son petit derrière rose dans sa main. De son autre main, elle appuyait sa tête blonde contre sa poitrine.

« C'est une erreur », dit-elle.

Les poupées étaient faites avec le même silicone que celui des implants mammaires, expliquait la brochure. Si on les mettait sous une couverture chauffante, elles conservaient leur chaleur « pour des heures de plaisir ». Sous leur « peau » se trouvait un squelette en fibre de verre avec des articulations en acier. Les cheveux étaient insérés, mèche par mèche, dans la « peau » de leur crâne. Elles n'avaient pas de poils pubiens. La poupée mâle avait un prépuce en option qu'on glissait sur le gland du pénis. Pour la fille, on pouvait commander un hymen en plastique remplaçable. Toutes les deux, précisait la brochure, avaient des gorges et des rectums « bien serrés pour une pénétration orale ou anale vigoureuse ».

Le silicone était un matériau à mémoire et il revenait à sa forme originelle quoi qu'il subît. Les mamelons pouvaient être tirés jusqu'à cinq fois leur longueur sans se déchirer : les lèvres de la vulve, le scrotum, le rectum être élargis « pour satisfaire presque tous les désirs ». Les poupées étaient capables de supporter « des années de plaisirs violents et acharnés ».

Pour les nettoyer, on utilisait simplement de l'eau et du savon.

Si on les laissait au soleil, leurs yeux et leurs lèvres risquaient de se décolorer, précisait la brochure en français, en espagnol, en anglais, en italien et en ce qui semblait bien être du chinois.

Le silicone était garanti sans odeur et sans saveur.

À l'heure du repas, Cora sortit acheter une robe, un pantalon et une chemise de petite taille. À son retour, le carton était vide. Les cacahouètes de polystyrène et les films à bulles explosaient sous ses pas. Les poupées avaient disparu.

Dans le bureau principal, elle demanda au répartiteur s'il savait quelque chose. Celui-ci répondit d'un simple haussement d'épaules. Dans la salle de repos, un inspecteur lui dit que quelqu'un en avait peut-être eu besoin pour une enquête. Lui aussi, il haussa les épaules et ajouta : « Après tout, c'est à ça qu'elles servent... »

Dans le hall d'entrée, elle interrogea un autre inspecteur. Où étaient passées les poupées ?

Elle serrait les dents. Elle fronçait tellement les sourcils que l'espace où ils se rejoignaient, entre ses deux yeux, lui faisait mal. Elle avait les oreilles rouges. Un rouge volcanique.

Elle les retrouva dans le bureau de la directrice. Assises sur le canapé. Rigolardes et nues. Avec leurs visages aux taches de rousseur. N'ayant honte de rien.

La directrice Sedlak était en train de tirer sur un des mamelons roses du garçon. Elle le tordit entre le pouce et l'index aux ongles au vernis rouge foncé. Puis, avec un doigt de son autre main, elle frotta l'entrejambe de la fillette et s'exclama : « Bon sang, ça a tellement l'air vrai ! »

Cora lui dit qu'elle est désolée. Elle se penche en avant pour arranger une mèche sur le front du garçonnet et elle ajoute qu'elle ne pouvait pas se douter d'une chose pareille. Elle place les bras de la fillette de façon à couvrir ses seins. Puis elle lui croise les jambes à la hauteur des genoux. Elle met les deux mains du garçon, paumes ouvertes vers l'extérieur, sur ses cuisses. Les deux poupées restent là, à sourire. Elles ont des yeux de verre bleus et des cheveux blonds. Des dents de porcelaine étincelantes.

« Désolée de quoi ? » s'étonne la directrice Sedlak.

D'avoir gaspillé les fonds du comté, répond Cora. D'avoir commandé des trucs d'un certain prix sans les avoir vus. Elle croyait que c'était une bonne affaire. Et maintenant, le comté allait être obligé d'utiliser les anciennes poupées en tissu pendant encore une année. Le comté était coincé et allait devoir détruire ces deux poupées.

La directrice Sedlak s'exclame : « Ne sois pas idiote. » Elle passe ses doigts dans les cheveux blonds de la fillette, et ajoute : « Je ne vois pas où est le problème. On pourra s'en servir. »

Mais ces poupées sont trop réalistes, proteste Cora.

Et la directrice répond : « C'est juste du caoutchouc.

– Du silicone », la corrige Cora.

Et la directrice dit : « Si ça peut t'aider, contente-toi de les voir comme des capotes de trente-cinq kilos chacune… »

Cet après-midi-là, une fois que Cora eut habillé les deux poupées avec les fringues qu'elle leur avait achetées, les inspecteurs passèrent à son bureau pour les voir. Pour des entretiens d'admission. Pour des enquêtes. Ils lui demandèrent de les leur réserver pour une évaluation très confidentielle à l'extérieur. De les leur confier pour la nuit, parce qu'ils en avaient besoin très tôt le lendemain. Pour le week-end. La fillette, de préférence, mais si elle n'était pas disponible, alors le garçonnet. Dès la soirée de ce premier jour, les deux poupées étaient sérieusement surbookées jusqu'à la fin du mois suivant.

Maintenant, quand quelqu'un voulait un mannequin, elle n'avait plus que les anciens, en tissu, à proposer.

La plupart du temps, le flic lui répondait qu'il préférait attendre.

Tant de nouvelles affaires, alors que personne ne lui amenait un seul dossier à classer.

Pendant pratiquement tout le mois qui suivit, Cora ne vit le garçonnet et la fillette que de brefs instants, le temps de les récupérer des mains d'un inspecteur et de les confier au suivant. Puis au suivant. Puis au suivant. Et elle ne savait jamais vraiment qui faisait quoi, mais la gamine de silicone arrivait et repartait, un jour avec un piercing aux oreilles, puis au nombril, puis avec du rouge à lèvres, puis empestant le parfum. Un jour, quand elle le récupéra, le gamin était tatoué. Une chaîne d'épines autour d'un de ses mollets. Une autre fois, il y avait de petits anneaux d'argent plantés dans ses mamelons. Puis dans son pénis. Une autre fois encore, ses cheveux blonds avaient une odeur aigre.

Une odeur de souci des marais.

Comme la marijuana qu'ils conservaient dans leur réserve pour les pièces à conviction, débordant de revolvers et de couteaux. De sacs d'herbe et de cocaïne qui pesaient toujours un peu moins que ce qu'ils auraient dû. Cette réserve où les inspecteurs s'arrêtaient systématiquement après être venus chercher une des poupées. La gamine sous un bras, le gars fouillait dans un de ces sacs. Enfouissait quelque chose dans sa poche.

Dans le bureau de la directrice, Cora montrait les reçus des dépenses dont ses collègues demandaient le remboursement. Une note d'hôtel pour cette même nuit où l'un d'eux avait ramené la poupée chez lui pour un entretien « tôt le lendemain matin ». La chambre d'hôtel était une planque, avait dit leur gars. Un autre inspecteur la nuit suivante, de nouveau avec la fillette, encore dans une chambre d'hôtel, un repas servi par le garçon d'étage. Un film porno commandé sur le câble. Une planque, d'après lui.

La directrice Sedlak s'est contentée de lui jeter un coup d'œil. Cora est là, penchée au-dessus de son bureau en bois. Elle tremble tellement que les reçus en question palpitent dans sa main.

La directrice lui jette un second coup d'œil et demande : « Où veux-tu en venir ? »

Cora lui répond que c'est évident.

Et, assise derrière son bureau, la directrice est prise de fou rire.

« Dis-toi que c'est un prêté pour un rendu..., dit-elle. Toutes ces nénettes qui lancent des slogans et protestent contre le magazine *Hustler*, qui prétendent que la pornographie transforme les femmes en objets... Eh bien, c'est quoi un gode, d'après toi ? Ou un donneur de sperme dans une clinique quelconque ? »

Certains hommes veulent simplement des photos de femmes nues. Et certaines femmes ont juste envie de la queue d'un homme. Ou de son sperme. Ou de son argent.

Les deux sexes ont le même problème avec l'intimité.

« Arrête de t'inquiéter pour de foutues poupées de caoutchouc, dit la directrice Sedlak à Cora. Si t'es jalouse, paye-toi un bon vibromasseur. »

Une fois encore, c'est ce que font les êtres humains…

Personne ne pouvait imaginer comment cette histoire allait tourner.

Ce jour-là, à l'heure du repas, Cora sortit acheter un tube de Super Glue.

Puis, au changement suivant, quand elle récupéra la fillette, elle lui mit une giclée de colle dans le vagin, avant de la confier à un nouvel inspecteur. Plus deux autres dans la bouche des deux enfants, pour sceller leur langue à leur palais. Pour condamner leurs lèvres. Puis une autre giclée pour souder leur anus. Pour les sauver.

Et voilà que le lendemain, un inspecteur voulut savoir si elle n'avait pas une lame de rasoir. Un couteau X- Acto ? Un cran d'arrêt ?

Et quand elle lui demanda : Pourquoi ? Pourquoi il avait besoin de ce genre de truc ?

Il répondit : « Pour rien. Laisse tomber. Je trouverai quelque chose dans les pièces à conviction. »

Et le jour d'après, les deux poupées étaient découpées. Toujours douces, mais couvertes de cicatrices. Tailladées. Fouillées. Sentant toujours la colle, mais aussi, de plus en plus, cette même espèce d'odeur de vase à l'intérieur de Breather Betty qui avait continué à suinter un temps sur son canapé, chez elle.

Ces taches, la chatte de Cora les respirait pendant des heures. Elle ne les léchait pas, mais les reniflait comme on sniffe la Super Glue. Ou la cocaïne de la pièce où ils conservaient leurs preuves.

Alors Cora, au cours de sa pause déjeuner, file acheter une lame de rasoir. Deux lames de rasoir. Trois lames de rasoir. Cinq.

Au changement suivant, quand on lui ramène la fillette à son bureau, Cora l'emporte dans les toilettes et l'assied au bord d'un lavabo. Avec un mouchoir, elle nettoie son rouge aux joues. Elle lave, puis elle coiffe ses cheveux blonds tout flasques. Alors que l'inspecteur est déjà là à frapper à la porte verrouillée des toilettes, Cora murmure à la poupée : « Je suis désolée. Désolée. Désolée… » Et elle lui dit aussi : « Tout ira bien. » Alors, elle place une lame de rasoir tout au fond de son doux vagin de silicone. Dans le trou rouvert avec son couteau par un des flics. Elle incline en arrière la tête de la fillette et elle installe une autre lame dans sa gorge de silicone. La troisième lame, elle la met dans son anus, lui aussi rouvert au couteau.

Et quand le garçonnet arrive à son tour, simplement jeté là, la tête en bas sur un bras du fauteuil de son bureau, Cora s'enferme aussi avec lui dans les toilettes, avec les deux lames de rasoir restantes.

Un prêté pour un rendu.

Le lendemain, un inspecteur vient voir Cora en tenant la fillette par les cheveux. Il la laisse tomber par terre. Il sort un bloc-notes et un stylo de la poche intérieure de sa chemise et il demande : « Qui l'avait hier ? »

Cora ramasse la poupée et, tout en lui caressant les cheveux, elle lui donne un nom. Au hasard. Quelqu'un de leur équipe.

Les yeux du gars se rétrécissent et, son stylo et sa feuille de papier à la main, il secoue la tête et il s'exclame : « Ze fize de fute ! » Et à ce moment-là, on voit les points de suture sur sa langue.

L'inspecteur qui ramène le garçonnet avance en marchant bizarrement.

Les cinq lames de rasoir ont disparu.

C'est après ça que Cora a probablement discuté avec quelqu'un au centre médico-social du comté.

Personne ne sait comment elle a récupéré au labo ces échantillons biologiques.

Ensuite, tous les hommes du département se tripotent les couilles à travers leur pantalon. Ils soulèvent les bras un peu comme les singes et se grattent les aisselles. Quand ils y réfléchissent, ils n'ont eu de relations sexuelles avec personne. Impossible que ce soient des morpions.

C'est à peu près à cette époque-là que la femme de l'un d'eux a débarqué à l'agence. Elle avait remarqué les traces de sang que laissent les morpions quand ils vous bouffent. Des éclaboussures de poivre rouge que tu trouves dans ta culotte, ou à l'intérieur de ton T-shirt blanc, partout où tes vêtements sont en contact avec tes poils. De petites taches de sang, de sang, de sang. Peut-être que cette nénette en a repéré dans le slip de son gentil mari ? Ou dans le sien ? Ces gens-là sont allés à l'université, ils vivent en banlieue, ils font leurs courses dans des galeries marchandes et ils n'ont pas vraiment l'expérience des morpions. Mais désormais, ces démangeaisons ont un sens, pour cette nénette.

Et maintenant, elle a vraiment les boules.

Aucune des épouses n'a le moyen de deviner qu'il s'agit de la version poupée de caoutchouc chopant des bébettes sur le siège des toilettes. Aucun doute, ce sera l'histoire que sortira le mari. Mais c'est tout ce que Cora avait pu piquer au centre médico-social du comté. Impossible de garder vivants des spirochètes sur du silicone. Tu ne peux pas non plus transmettre l'hépatite à moins d'avoir une blessure. Du sang. De la salive. Non, les poupées sont réelles, mais pas *aussi réelles* que ça.

La femme dit que si elle accepte ça, alors la semaine suivante son mec ramènera l'herpès à la maison et contaminera toute la famille. La blennorragie. Des chlamydiae. Le sida. Elle se penche sur Cora et elle hurle : « Mon mari baise qui pendant sa pause déjeuner ? »

Un sérieux coup d'œil à Cora, avec sa coiffure laquée et ses perles et ses bas remontés jusqu'aux genoux et son tailleur-pantalon, et aucune femme ne l'accusera de lui piquer son type. Cora et ses vieux mouchoirs rentrés dans la manche de son cardigan. Cora et son assiette de bonbons en ruban, sur son bureau. Les bédés de *Family Circus* punaisées sur son tableau d'affichage en liège.

Pourtant, personne ne prétend que Cora Reynolds n'est pas attirante.

Puis la femme va s'entretenir avec la directrice Sedlak et ses ongles peints en rouge vif.

Cela étonna tout le monde quand Cora fut appelée pour un petit entretien.

Personne n'aurait deviné que les jours de Cora Reynolds étaient comptés.

Sedlak invite Cora à s'asseoir de l'autre côté de sa grande table de travail en bois. Le bureau de la directrice avec sa fenêtre en hauteur. Sedlak se découpant sur le soleil, et la vision des voitures sur le parking. Elle bouge un doigt pour demander à Cora de s'approcher.

« C'est difficile de décider si toute mon équipe est dingue… ou si tu n'en fais pas un peu trop », dit-elle.

Personne ne peut savoir à quel point le cœur de Cora se serra à ce moment-là – comme si elle sautait du haut d'une falaise. Elle resta assise, là, figée. C'est ce que nous faisons : nous nous changeons en objets. Nous changeons les objets en nous-mêmes.

Ces millions de gens, à travers le monde, qui continuent à essayer de sauver Breather Betty. Peut-être qu'ils devraient plutôt s'occuper de leurs oignons. Peut-être que c'est trop tard.

« Ce sont les gosses qui abîment les poupées, dit la directrice. Ça a toujours été ainsi. Les gamins maltraités maltraitent ce qui leur tombe sous la main. Chaque victime trouve une autre victime. C'est un cycle. » Elle ajoute : « Je crois que tu devrais prendre quelques jours de repos. »

Si ça vous aide, contentez-vous de penser à Cora Reynolds comme à une capote de soixante kilos.

Personne ne raconte la fin de l'histoire. Mais personne n'y est obligé.

Personne ne lui dit de rentrer chez elle et de se préparer au pire.

Pour conserver sa place, Cora devra ramener la Breather Betty qu'elle a embarquée, ajoute Sedlak. Et renoncer aux deux poupées siliconées achetées sur le budget du comté. Rendre les clés de l'infirmerie. Immédiatement. Et faire en sorte que cette pièce et les mannequins anatomiquement corrects soient disponibles pour tous les membres de l'équipe. Premier arrivé, premier servi. Immédiatement.

Ce qu'a ressenti Cora à ce moment-là, c'est un peu comme si elle se retrouvait devant son premier feu rouge après avoir conduit un bon milliard de kilomètres, à trop grande vitesse et sans avoir bouclé sa ceinture de sécurité. Une résignation mêlée d'un soulagement fatigué. Cora, juste un tube de chair avec un trou à chaque extrémité. Une sensation affreuse, mais qui lui fournit un plan.

Le lendemain, quand elle arrive au boulot, personne ne la voit se glisser dans la salle réservée aux pièces à conviction. Là où s'entassent les couteaux qui sentent le sang et la Super Glue, là où n'importe qui peut prendre ce qu'il veut.

Ils font déjà la queue devant son bureau. Ils attendent l'inspecteur précédent qui ramènera la gamine. Ou le gosse. Qu'importe. De dos, les poupées se ressemblent.

Cora Reynolds n'est pas née de la dernière pluie. Personne ne lui marchera sur les pieds.

Un inspecteur débarque avec le garçon sous un bras et la fille sous l'autre. Il les balance tous les deux sur le bureau et la foule se précipite pour se saisir des petites jambes de silicone.

Personne ne sait qui sont les vrais dingues.

Et un revolver apparaît dans la main de Cora, une pièce à conviction, dont l'étiquette pend toujours au bout d'une ficelle. Avec le numéro de l'affaire écrit dessus. Elle l'agite en direction des deux poupées.

Elle ordonne : « Tu les ramasses et tu m'accompagnes ! »

Le petit garçon ne porte que son slip, noirci de graisse par-derrière. La culotte de satin blanc de la fillette est raide de taches. Le type qu'elle menace les récupère tous les deux par un bras, et les colle contre sa poitrine. Avec leur piercing aux mamelons, leurs tatouages et leurs morpions. Leur puanteur de fumée de drogue et ce qui dégouline de Breather Betty.

En agitant son arme, Cora lui indique de se diriger vers la porte.

Les autres la suivent et l'encerclent, mais Cora pousse son otage dans le couloir, avec les deux poupées. Ils dépassent le bureau de la directrice, ils dépassent l'infirmerie. Ils traversent le hall. Ils sortent sur le parking. Là, les inspecteurs attendent qu'elle déverrouille sa voiture.

Une fois que le garçon et la fille sont installés à l'arrière, Cora démarre sur les chapeaux de roue — en mitraillant ses collègues de gravier. Elle n'a pas encore franchi le portail qu'on entend déjà sa sirène.

Personne n'avait imaginé que Cora Reynolds était prête à ce point. Breather Betty était déjà dans la voiture, un fusil dans les bras, un foulard dans ses cheveux rouquins, des lunettes de soleil sur son visage de caoutchouc. Une cigarette plantée entre ses lèvres rouge vif. Cette jeune Française revenue d'entre les morts. Sauvée et maintenue bien droite par la ceinture de sécurité.

Cette personne transformée en objet et qui avait désormais retrouvé son identité.

Les animaux en peluche estropiés, les tigres miteux et les ours et les pingouins orphelins, ils sont tous alignés sur la lunette arrière. La chatte est avec eux, elle dort au soleil. Tous agitent la patte pour dire au revoir.

Cora entre sur l'autoroute avec un dérapage contrôlé, en roulant deux fois plus vite que la vitesse autorisée. Sa berline marron quatre portes traîne déjà derrière elle une espèce de queue de cerfs-volants de voitures de police avec leur gyrophare rouge et bleu. Des hélicoptères. Des inspecteurs en colère dans des véhicules banalisés du comté. Des équipes de télé, chacune dans une camionnette blanche avec un gros chiffre inscrit sur les flancs.

Cora n'a déjà plus aucun moyen de se faire avoir.

Elle a la fillette. Elle a le garçonnet. Elle a le revolver.

Même s'ils tombent en panne d'essence, personne ne baisera plus ses gamins.

Même si les flics de la police de l'État crèvent ses pneus. Alors elle flinguera leur corps de silicone. Elle leur éclatera le visage. Leurs mamelons et leur nez. Elle ne laissera rien derrière elle dans quoi un type pourra encore planter sa queue. Et pareil pour Breather Betty.

Et puis elle se suicidera. Pour les sauver.

Essayez de comprendre, s'il vous plaît. Personne ne prétend que la décision de Cora Reynolds était juste.

Personne ne dit même qu'elle était saine d'esprit. N'empêche que c'est elle qui a gagné.

C'est simplement ce que nous faisons — métamorphoser des objets en personnes humaines et des gens en objets. Et vice versa. Un prêté pour un rendu.

C'est ce que la police trouvera si elle se rapproche trop. Les enfants mutilés. Tous morts. Les animaux inondés de son sang. Tous morts. Tous ensemble.

Mais en attendant Cora a un réservoir plein. Elle a un sac de cocaïne récupéré dans les pièces à conviction pour rester éveillée. Des sandwiches. Quelques bouteilles d'eau et la chatte qui ronronne en dormant.

Quelques heures d'autoroute la séparent du Canada.

Mais, surtout, Cora Reynolds est avec sa famille.

10

Mère Nature se glisse dans une espèce de manteau sombre. C'est un uniforme militaire ou un costume de patineur sur glace, en laine noire, avec une double rangée de boutons de cuivre sur le devant. Une majorette en velours noir avec les croûtes rouge foncé de son nez tailladé. Elle enfile ses bras dans les longues manches, puis elle demande à Saint Descente de Boyaux : « Tu me boutonnes ? »

Elle agite ce qui lui reste de mains et elle dit : « Je n'ai pas les doigts qu'il faut. »

Ils sont tous coupés à la hauteur des jointures. Elle n'a conservé que ses deux index pour pouvoir pianoter sur ses téléphones lorsqu'elle sera illustre. Pour appuyer sur les boutons des distributeurs de billets. La célébrité la fait déjà passer de trois dimensions à quelque chose de plat.

Mère Nature, Saint Descente de Boyaux, Révérend Impie, on s'est tous habillés en noir avant de transporter M. Whittier au dernier sous-sol. Avant de jouer cette scène importante.

Ce n'est pas grave si ces funérailles ne sont qu'une répétition. Nous ne sommes que des doublures avant le véritable enterrement qui sera joué par des stars du cinéma, une fois que nous aurons été secourus. En faisant tout cela – en enveloppant M. Whittier, en le ficelant comme un vulgaire paquet, puis en le livrant au sous-sol pour une cérémonie – nous partageons la même expérience. Et ainsi nous raconterons tous la même histoire tragique aux journalistes et aux policiers.

Difficile de dire si M. Whittier empeste ou non. Miss Éternueuse et Révérend Impie charrient les sacs argentés de nourriture pourrie dont s'échappe une espèce de jus puant. Laissant derrière eux une longue piste de gouttes et de taches infectes, ils transportent les Mylar crevés jusqu'aux toilettes, ils les balancent dans les cabinets et tirent la chasse.

« Ne rien sentir », dit Miss Éternueuse en reniflant très fort, « ça aide. »

Un sac à la fois, ça marche très bien. Jusqu'à ce que Révérend Impie cherche à accélérer le processus quand les remugles deviennent vraiment insupportables. À vous faire dégueuler vos tripes. L'odeur de putréfaction colle à leurs vêtements et à leurs cheveux. Lorsqu'ils essaient de se débarrasser de deux sacs en même temps, le chiotte se bouche et déborde. Puis un autre. L'eau jaillit déjà à flots et inonde le tapis bleu du vestibule. Les Mylar, coincés quelque part dans un tuyau d'égout, absorbent l'eau, gonflent à la façon de la dinde Tetrazzini qui a tué M. Whittier et bloquent l'ensemble du système si bien que même les toilettes qui paraissent en état se mettent à refouler.

Plus aucun W-C ne fonctionne. La chaudière et le chauffe-eau sont hors service. Il nous reste des cartons de nourriture en train de pourrir. M. Whittier n'est pas notre problème principal.

Si on en croit la montre calendrier de Sœur Autodéfense et le développement des racines marron des cheveux décolorés de Miss America, on est là depuis environ deux semaines.

Au moment où il s'occupe de son dernier bouton de cuivre, Saint Descente de Boyaux se penche pour embrasser Mère Nature sur la bouche, puis lui murmure : « Est-ce que tu m'aimes ?

– J'ai plutôt intérêt, répond-elle, si on veut que l'intrigue secondaire soit crédible. »

Puis elle essuie ses lèvres du dos de la main, la bague de Dame Clocharde étincelant à son index, et elle ajoute : « Ta salive a un goût affreux… »

Saint Descente de Boyaux crache dans sa paume et lèche sa propre salive. Puis il sent sa main et demande : « Affreux comment ?

– Acétone », répond Mme Clark à personne en particulier.

Ou à tout le monde.

« C'est aigre, dit Mère Nature. Comme une bougie au citron et à la colle pour maquettes d'avion.

– C'est parce qu'il meurt de faim », dit Mme Clark en nouant un cordon en soie dorée autour du paquet M. Whittier. « Au fur et à mesure qu'on brûle sa graisse, la concentration d'acétone augmente dans le sang. »

Saint Descente de Boyaux sent de nouveau sa main, si fort que la morve gargouille jusque dans son cerveau.

Révérend Impie soulève un bras et renifle son aisselle. La sueur a noirci le taffetas humide. Dans ses pores, le souvenir de trop de Chanel N° 5.

En charriant un corps à l'étage, puis en le descendant à la cave, on gaspille notre gras si précieux.

On devrait pourtant témoigner de notre deuil, dit Sœur Autodéfense, qui serre toujours sa Bible. Une fois M. Whittier emballé et transporté au dernier sous-sol, roulé bien serré dans un rideau de velours rouge récupéré dans la promenade de la Chine impériale et attaché avec des cordons de soie dorée trouvés dans le vestibule, on devrait se rassembler autour de lui et parler sérieusement. Il faudrait chanter un hymne. Rien de trop religieux, juste ce qui passera le mieux à l'écran.

On tire à la courte-paille pour savoir qui pleurera.

Désormais, nous acceptons sans difficulté de nous laisser filmer par la caméra d'Agent Cafteur. Et nous nous arrangeons pour que le magnétophone du Comte de la Calomnie enregistre la moindre de nos paroles. Ils réutilisent sans cesse la même bande, ou carte mémoire, ou compact disc, encore et encore. On efface notre passé avec notre présent, en pariant que la minute à venir sera encore plus triste, plus horrible ou plus tragique que la précédente.

Encore et encore, quelque chose de *pire* doit nous arriver.

M. Whittier est mort depuis des jours ou des heures. Difficile de dire depuis quand Sœur Autodéfense a commencé à se charger d'allumer et d'éteindre les lumières. La nuit, on entend quelqu'un qui marche lourdement, des bruits de pas retentissants, un géant qui descend dans l'obscurité les escaliers du vestibule.

Et pourtant, quelque chose *de plus terrible* doit nous arriver.

Pour les parts de marché. Pour l'intérêt dramatique.

Quelque chose *de plus horrible* doit nous arriver.

Depuis sa loge, en coulisses, on transporte donc M. Whittier à travers la scène et on remonte l'allée centrale de l'auditorium. On passe par le vestibule de velours bleu et on descend jusqu'au foyer maya, orange et or, au premier sous-sol.

Sœur Autodéfense prétend que sa montre continue à se remettre à l'heure toute seule. C'est une preuve classique qu'un endroit est hanté. La Baronne Gelures assure qu'elle a repéré une zone glacée dans le fumoir gothique. Dans la galerie des Mille et Une Nuits, ton haleine se transforme en buée dans l'air froid, au-dessus du coussin où M. Whittier s'asseyait. Pour la Comtesse Extralucide, c'est le fantôme de Dame Clocharde qu'on entend marcher après l'extinction des feux.

Directrice Reniement, qui suit notre procession funéraire, demande : « Quelqu'un a vu Cora Reynolds ? »

Et Sœur Autodéfense gueule : « Que la personne qui m'a piqué ma boule de bowling me la rende et je promets de ne pas lui botter le cul… »

En tête de notre cortège, portant délicatement la bosse du paquet qui pourrait être la tête de M. Whittier, Mme Clark s'enquiert : « Quelqu'un sait où est Miss America ? »

Lorsque tout ceci sera fini, on ne pourra pas tourner le film ici. Parce que quand on sera délivrés, cet endroit deviendra l'un des principaux monuments de la ville. Un Trésor national. Le Musée de Nous.

Non, la société qui financera le film – quelle qu'elle soit – devra fabriquer des décors qui reproduiront l'ensemble des pièces de ce bâtiment. Le vestibule français Louis XV au velours bleu. L'auditorium égyptien au mohair noir. Le salon Renaissance italienne au vert satiné. Le fumoir gothique au cuir jaune. La galerie des Mille et Une Nuits au velours pourpre. Le foyer maya orange. La rouge promenade de la Chine impériale. Chacune a une couleur différente, mais toutes partagent les mêmes teintes dorées.

Ce ne sont pas des pièces, mais des décors de théâtre, aurait dit M. Whittier. On transporte son corps enveloppé à travers ces grandes boîtes sonores où des gens deviennent roi, empereur ou duchesse pour le prix d'un ticket de cinéma.

Derrière le bar, dans le bureau fermé à clé – un petit cabinet aux murs de pin vernis et au plafond en pente sous l'escalier de l'entrée –, les classeurs à tiroirs débordent de programmes et de factures, de listes de réservation et de cartes perforées de pointeuse. En haut de certains de ces papiers dont les bords tombent en poussière est noté : Liberty Theater. Sur d'autres : Capital Theater. Sur d'autres : Neptune Vaudeville House. Sur certains, on lit : Église de la Sainte Assemblée. Ou : Temple de la Rédemption chrétienne. Ou : Assemblée des Anges. Ou : Capital Adult Theater. Ou : Diamond Live Burlesque.

Tous ces endroits différents avec une adresse identique.

Ici – où des gens se sont agenouillés pour prier. Et agenouillés pour éjaculer.

Tant de cris de joie, d'horreur, de délivrance sont

toujours là, étouffés, à l'intérieur de ces murs de béton ! Ils continuent à résonner ici, avec nous. Ici — dans notre paradis poussiéreux.

Mais toutes ces histoires finiront avec la nôtre. Après les milliers de réalités de ces pièces et de ces films, de la religion et des strip-teaseuses, cet immeuble sera pour toujours : le Musée de Nous.

L'Entremetteur surnomme les lustres de cristal « les pêchers ». Camarade Maussade appelle le fumoir gothique la « pièce Frankenstein ».

Pour Révérend Impie, les gravures orange du foyer maya brillent comme un projecteur de runway étincelant à travers les pétales soyeux d'une tulipe cousue sur un bustier Christian Lacroix classique…

Dans la promenade de la Chine impériale, la teinture rouge du papier peint satiné n'a jamais vu la lumière du jour. Aussi rouge que le sang d'un critique gastronomique, selon Chef Cuisinier Assassin.

Dans le fumoir gothique, les bergères sont couvertes d'un cuir jaune cossu que le soleil n'a jamais décoloré. En tout cas pas depuis qu'il n'est plus sur le dos d'une vache, remarque le Chaînon Manquant.

Les murs du salon Renaissance italienne sont vert foncé, striés et épaissis avec du noir, un manteau de peinture qui se transforme en malachite si on le fixe suffisamment longtemps.

Dans l'auditorium égyptien, les murs sont en plâtre et en papier mâché, avec des moulages de pyramides. Le Sphinx. Des pharaons géants assis. Des chacals au nez effilé. Des rangées et des rangées de hiéroglyphes représentant d'énormes yeux. Au-dessus de tout cela se balancent les feuillages de faux palmiers fabriqués avec des rubans de papier noir qui ploient sous les moisissures. Et surplombant leurs faîtes poussiéreux, le ciel nocturne en plâtre sombre est piqueté d'un firmament d'ampoules. La Grande Ourse. Orion. Les constellations, juste des histoires inventées par les hommes pour comprendre cet azur. Ces étoiles, voilées derrière des nuages de toile d'araignée.

Du mohair noir recouvre les sièges, aussi rêche que la mousse desséchée sur les écorces des arbres. Les tapis sont noirs, mais au centre de chaque allée, usés jusqu'à la corde, ils ont pris une teinte grisâtre.

Dans toutes les pièces, les finitions sont faites avec une dorure aussi brillante qu'un tube au néon. Dans l'auditorium, tout ce qui est noir, les dos des sièges et les bords des tapis, est souligné par cette même couleur étincelante.

Si tu y crois assez fort, c'est de l'or véritable. Chaque pièce dépend de la puissance de ta foi.

Vêtues de soie et de velours de conte de fées, et tachées de sang séché, nos sombres silhouettes se déplacent dans l'obscurité. Avec l'infime luminosité qui règne ici, M. Whittier doit donner l'impression de flotter tout seul dans son cocon de velours rouge, ficelé par des cordons de soie dorée. M. Whittier n'est plus un personnage, il est réduit à un simple accessoire de théâtre. Notre marionnette. Une constellation sur laquelle raconter des histoires pour prétendre qu'on la comprend.

Le visage caché derrière un mouchoir en dentelle, Camarade Maussade déclare : « Je ne vois pas pourquoi on devrait pleurer. »

Elle respire à travers le tissu où traîne un vieux parfum pour essayer d'échapper à la puanteur et elle ajoute : « Mon personnage ne pleurerait pas. »

Et elle dit aussi : « Je jurerai, sur la rose tatouée sur mon cul, que ce vieillard m'a violée. »

À ces mots, la parade funéraire s'immobilise. En cet instant, Camarade Maussade est la victime des victimes. Et nous tous, nous ne sommes plus que des seconds rôles.

Mme Clark, qui marchait en tête, se retourne et demande : « Il t'a *quoi* ? »

Et de derrière sa caméra, Agent Cafteur intervient : « Moi aussi. Il m'a violé en premier. »

Et Saint Descente de Boyaux : « Eh bien, bordel... Il m'a bourré aussi. »

Comme s'il restait à ce pauvre maigrichon de Descente de Boyaux *assez* de cul pour être bourré.

Et Mme Clark grommelle : « C'est pas drôle. Pas drôle du tout.

– N'empêche, réplique l'Entremetteur, que ça n'a pas été marrant non plus quand toi, tu m'as violé. »

En secouant sa queue-de-cheval, le Duc des Vandales lance à l'Entremetteur : « Tu n'aurais pas eu *assez d'argent* pour te faire sauter. »

Et Mère Nature éclate de rire, postillonnant des croûtes et du sang tout autour d'elle.

Le diable est mort. Vive le diable !

Voici nos funérailles de Satan. En comparaison des péchés de ce démon qu'est M. Whittier, les nôtres ont l'air ridicules. L'histoire de ses crimes nous laissera lustrés et polis jusqu'à prendre la couleur immaculée des victimes.

Plus victimes que pécheurs.

Pourtant sa mort libère une place dans les bas-fonds, mais personne n'en veut.

Et donc, dans l'adaptation cinématographique, vous nous verrez chialer et pardonner à M. Whittier, tandis que Mme Clark fera claquer son fouet.

Le diable est mort. Vive le diable !

On ne pouvait pas rester longtemps sans quelqu'un à accuser.

On transporte M. Whittier jusqu'en haut de l'allée de l'auditorium, couverte d'un tapis noir, et on descend les escaliers bleus à la française. On traverse le foyer maya, tout en orange vif, où les clochettes des bras de Mère Nature tintinnabulent quand elle repousse sa perruque blanche sur son front. Un entassement de boucles grises, souvenir d'un opéra quelconque, qui pendent, mouillées par la transpiration inondant son visage. Elle demande : « Quelqu'un d'autre que moi a chaud ? »

Le Duc des Vandales suffoque, avec tout le poids de M. Whittier sur son épaule, il suffoque et il tire sur le col de sa veste de smoking.

Même leur paquet entouré de soie rouge semble humide de sueur. L'acétone qui sent la colle pour les maquettes d'avion. La famine.

Et le Révérend Impie répond : « Pas étonnant que t'aies chaud. T'as mis ta perruque à l'envers. »

Et l'Entremetteur dit : « Écoutez. »

Au-dessous de nous, le sous-sol est plongé dans le noir. L'escalier en bois est étroit. Quelque part dans cette obscurité, il y a quelque chose qui gronde et qui grogne.

Quelque chose de *mystérieux* doit nous arriver.

Quelque chose de *dangereux* doit nous arriver.

« C'est le fantôme », murmure la Baronne Gelures, dont la mâchoire aux lèvres graisseuses s'affaisse.

C'est la chaudière, où se consume un feu d'enfer.

La soufflerie propulse l'air chaud dans les canalisations. Le brûleur à gaz halète. La chaudière que M. Whittier avait sabotée.

Quelqu'un l'a remise en état.

Dans l'ombre, un chat hurle, juste une fois.

Il faut qu'il se produise quelque chose. Alors, on se remet à descendre l'escalier avec le cadavre de M. Whittier.

On est en nage. On gaspille encore plus d'énergie dans cette nouvelle chaleur impossible.

Derrière le corps, dans le noir, Mère Nature grommelle à l'intention du Révérend Impie : « Qu'est-ce que tu connais sur la façon de porter les perruques ? »

Avec les moignons de ses deux mains, sa bague en diamant jetant des éclairs, elle la remet dans le bon sens, puis elle lui lance encore : « Un gros bêta comme toi, qu'est-ce qu'il sait sur les créations de Christian Lacroix ? »

Et le Révérend Impie réplique : « Une jupe tulipe avec bustier de chez Lacroix ? » Il ajoute : « Tu serais étonnée. »

Brouhaha

Un poème sur Révérend Impie

« Jusqu'à la Genèse, chapitre onze, dit le Révérend
Impie, on n'avait pas de guerre. »
Jusqu'à ce que Dieu nous envoie nous battre les
uns contre les autres pour les siècles des siècles.

Révérend Impie sur scène, ses sourcils sont épilés
en forme de
deux arches jumelles tracées au crayon gras, avec,
sous chacune,
un arc-en-ciel de fard à paupière étincelant dans
des nuances allant du rouge au vert.
Et sur un biceps nu, saillant,
sous la bretelle spaghetti d'une robe du soir
à paillettes rouges,
un tatouage représentant une tête de mort avec,
sous l'os du menton, ces mots :
La Mort plutôt que le Déshonneur.

Sur scène, au lieu d'un projecteur, un extrait de film :
Un film de voyage montrant des églises,
des mosquées et des temples.
Des chefs religieux dans des robes

ornées de bijoux
saluant la foule de la main depuis leurs voitures blindées.
Le Révérend Impie dit encore : « Dans une plaine du pays de Sinéar, tout le monde travaillait dur ensemble. »
L'humanité entière partageait la même vision,
un rêve grand et noble qu'on essayait de réaliser
côte à côte en ces temps d'avant les armées,
les armes et les batailles.
Et puis Dieu considéra leur Tour, leur rêve commun, qui peu à peu s'élevait,
et il trouva que ça montait un peu trop près à son goût.
Et Dieu dit : « Voici qu'ils forment un seul peuple… et c'est juste le début
de ce qu'ils vont réaliser… Et maintenant rien ne les empêchera
de mettre leur projet à exécution… »
Ses mots, dans Sa Bible. Le livre de la Genèse, chapitre onze.

« Et donc notre Dieu, dit Révérend Impie — ses bras nus et ses mollets tachetés
des points noirs des poils rasés qui repoussent dans chaque pore —,
notre Dieu tout-puissant eut tellement la trouille
qu'Il dispersa les hommes sur toute la surface de la Terre,
et mit la confusion dans leur langue pour séparer
Ses enfants les uns des autres. »

Moitié travesti, moitié marine US à la retraite,
le Révérend Impie,
étincelant dans ses paillettes rouges, dit :
« Un Dieu tout-puissant si inquiet ? »
Qui oppose entre eux Ses enfants pour les affaiblir.
Il dit : « C'est là le Dieu que nous sommes censés adorer ? »

Ivre de coups

Une nouvelle du Révérend Impie

Webber regarde autour de lui avec son visage déformé. Une de ses pommettes est plus basse que l'autre. Un de ses yeux n'est plus qu'une bille laiteuse coincée dans un œdème rouge et noir sous l'arcade sourcilière. Ses lèvres sont si profondément fendues en leur milieu qu'il en a quatre et non pas deux. Et à l'intérieur de toutes ces lèvres, on ne voit plus qu'une seule dent.

Webber observe la cabine de l'avion, le cuir blanc recouvrant les parois, le bois d'érable marbré, verni jusqu'à briller comme un miroir.

Dans le verre qu'il tient à la main, les glaçons sont à peine fondus, à cause de l'air conditionné qui souffle à plein volume.

« On est où ? »

Ils volent dans un Gulfstream G550, le meilleur jet privé qu'on puisse louer, à en croire Flint. Flint qui plonge deux doigts dans une poche de son pantalon et tend quelque chose à Webber à travers l'allée. Une petite pilule blanche.

« Prends ça, dit-il, et termine ton verre. On est presque arrivés.

— Presque arrivés où ? » demande Webber en avalant la pilule avec une gorgée d'alcool.

Toujours retourné, il contemple les fauteuils club en cuir blanc qui peuvent s'incliner et pivoter. Le tapis immaculé. Les tables en bois d'érable marbré qui semblent mouillées tant elles sont cirées. Les canapés en daim blanc qui bordent la cabine. Les petits coussins assortis. Les magazines, tous aussi larges qu'une affiche de cinéma, des numéros d'*Elite Traveler*, à cinquante dollars pièce. Les supports de tasse et les robinets de la salle de bains, plaqués d'or à vingt-quatre carats. L'office avec sa machine à café et ses lampes halogènes qui se réfléchissent sur la verrerie de cristal au plomb. Le four à micro-ondes, le réfrigérateur et la machine à glaçons. Le tout volant à quinze mille mètres d'altitude à 0,88 Mach, quelque part au-dessus de la Méditerranée. Ils sirotent du whisky. Tu ne seras jamais dans un endroit plus chouette. À part un cercueil.

Webber penche son verre en arrière. Son gros nez rouge en patate hume l'air froid et on distingue l'intérieur de ses narines. Et on constate qu'elles ne vont plus nulle part, plus maintenant. Et pourtant Webber demande :

« C'est quoi cette odeur ? »

Et Flint renifle, puis il répond : « Est-ce que le *nitrate d'ammonium*, ça te dit quelque chose ? »

Le nitrate d'ammonium que leur pote Jenson leur a procuré en Floride. Leur pote de la guerre du Golfe. Notre Révérend Impie.

« C'est de l'engrais, non ? » fait Webber.

Et Flint : « Une demi-tonne. »

La main de Webber tremble si violemment qu'on entend la glace cliqueter dans son verre vide.

Cette tremblote, c'est juste un Parkinson traumatique. Une encéphalopathie traumatique te fait ça avec une nécrose partielle du tissu cervical. Des neurones sont remplacés par des tissus cicatriciels en coma dépassé. Tu mets une perruque rousse frisée et des faux cils, tu chantes en play-back sur Bette Midler au Collaris County Fair and Rodeo et tu permets au public de te foutre des pains dans la gueule, à dix dollars le coup de poing, et tu as des chances de te faire pas mal de pognon.

À d'autres endroits, tu devras porter une perruque blonde frisée, glisser ton cul dans une robe à paillettes moulante et enfiler des chaussures avec les talons les plus hauts que tu pourras trouver. Chanter en play-back *Evergreen* de Barbra Streisand. Et il vaudra mieux pour toi qu'un copain t'attende pour t'évacuer fissa aux urgences. Avale deux Vicodin en prévision. Avant de te coller ces faux ongles roses à la Barbra S. Parce que, ensuite, tu pourras encore saisir une bouteille de bière, mais rien de plus petit. Si tu prends des analgésiques à l'avance, tu auras le temps de chanter les faces A et B de *Color Me Barbra* avant qu'un joli coup te mette K.-O.

Quand tu es devenu collecteur de fonds, ta première idée a été : « Cinq dollars pour frapper un chanteur en play-back. » Et ça a marché, surtout dans les villes universitaires. Les collèges agricoles. Dans certains bleds, personne ne rentrait chez soi sans un peu de ce Clown Blanc collé sur ses phalanges. Du Clown Blanc et du sang.

Le problème, c'est que l'attrait de la nouveauté passe vite. Que la location d'un Gulfstream coûte la peau des fesses. Rien que le carburant pour rejoindre l'Europe, ça frise les trente mille dollars. Bon, ça va encore pour ce que tu veux faire, mais évite quand même de te présenter chez l'affréteur et de lui expliquer que tu n'as besoin de son avion que pour un aller simple — inutile d'agiter le chiffon rouge.

Non, Webber enfilait ce body noir et les gens salivaient déjà à l'idée de le cogner. Il se peignait le visage en blanc, il entrait dans sa boîte invisible, il se lançait dans son play-back, et le cash coulait à flots. Surtout dans les facs, mais on faisait aussi de bonnes affaires dans les foires des comtés et celles des États. Même si les types prenaient ça pour une sorte de Minstrel Show[1], ils payaient pour le mettre K.-O. Pour le faire saigner.

Dans les relais routiers, lorsque le numéro du chanteur en play-back eut fait long feu, ils essayèrent : « Cinquante dollars pour cogner une pépée ». Flint avait trouvé une nénette qui était d'accord. Mais après avoir pris son premier coup de poing dans la tronche, elle dit : « Pas question que… »

Assise par terre au milieu des coques de cacahuètes, la main sur le nez, elle ajoute : « Laisse-moi entrer à l'école de pilotage. Laisse-moi prendre les commandes de l'appareil, plutôt que ça. Je suis toujours d'accord pour aider. »

À ce moment-là, on a encore à peu près la moitié

1. Spectacle de music-hall où des acteurs blancs se déguisent en Noirs. *(N.d.T.)*

des clients du bar qui font la queue avec leur fric. Des pères divorcés, des petits amis largués, des types avec des problèmes d'apprentissage de la propreté, qui veulent te filer leur meilleur marron.

Flint lui répond : « Je vais arranger ça. »

Et il aide sa gonzesse à se relever. Il la prend par le coude et l'entraîne vers les toilettes pour femmes. Avant d'y entrer avec elle, il se retourne, il lève une main, les doigts écartés, et il dit aux gens : « Donnez-moi cinq minutes. »

On venait juste de quitter l'armée, comme ça, et on ne connaissait pas d'autre moyen de gagner ce genre de pognon. Légalement. À la façon dont Flint voyait la chose, il n'y a toujours pas de loi qui interdit aux gens de payer pour t'en mettre un.

C'est alors que Flint ressort des toilettes pour femmes, coiffé de la perruque du samedi soir de la fille, avec toute sa réserve de maquillage collée sur son large visage rasé de frais. Il a attaché sur son estomac les pans de sa chemise déboutonnée, et s'est fabriqué de faux nichons avec des serviettes en papier. Sa bouche peinturlurée avec tous les tubes de rouge à lèvres de sa nénette, il lance : « Allons-y… »

Les types qui font la queue répondent que payer cinquante dollars pour frapper un homme, c'est une arnaque.

Alors Flint dit : « On peut descendre à dix dollars… »

Les autres renâclent toujours et ils cherchent autour d'eux un meilleur moyen de claquer leurs économies.

À ce moment-là, Webber s'approche du juke-box. Il met une pièce de vingt-cinq cents dans la fente. Il appuie sur deux boutons et… c'est magique. La musique commence et, le temps d'une respiration, on n'entend que les clients du bar qui laissent échapper un long gémissement.

C'est la chanson plaintive de la fin de ce film, *Titanic*. Cette nénette canadienne.

Et Flint, avec sa perruque blonde et sa grosse bouche de clown, grimpe sur une chaise, puis sur une table, et il se met à chanter en même temps que le disque. Tous les yeux sont fixés sur lui et il donne tout ce qu'il a tandis qu'il fait glisser ses mains, de haut en bas le long de son jean. Il ferme les yeux et on ne voit plus que son fard à paupières bleu scintillant. La tache rouge de cette bouche qui s'ouvre et qui se ferme.

Juste dans les temps, Webber lève le bras pour offrir sa main à Flint. Flint s'en saisit, à la façon d'une femme, sans cesser de chanter en play-back. À présent, on voit ses ongles peints en rouge bonbon. Et Webber lui murmure : « J'ai mis dans l'appareil cinq dollars en pièces de cinq cents. »

Il aide Flint à descendre et à se placer devant le premier gars qui fait la queue, et il conclut : « Cette chanson, c'est la seule qu'ils entendront pour le restant de la nuit. »

Ce soir-là, avec les cinq dollars de Webber, ils en gagnèrent presque six cents. Il ne resta pas un seul poing dans ce bar qui ne soit pas tatoué du bleu et du rouge et de l'eye-liner vert du maquillage de Flint. Certains types l'avaient frappé jusqu'à avoir trop mal à la main, puis ils avaient refait la queue pour se servir de l'autre.

Merde, cette chanson gémissante de *Titanic* faillit tuer Flint. Ça, et les énormes bagues de ces mecs.

Suite à quoi, on institua une règle : bagues interdites. En plus de ça, on vérifiait si le client ne planquait pas dans sa paume un rouleau de pièces ou un plomb de pêche pour augmenter la puissance de son coup de poing.

Les femmes sont les plus vicieuses. Certaines ne sont satisfaites que lorsqu'elles te voient cracher tes dents.

Les gonzesses, plus elles sont bourrées, plus elles adorent, adorent, adorent bastonner un travelo. Sachant que c'est un mec. Et surtout s'il est plus mignon et mieux habillé qu'elles. Elles ont le droit de gifler, mais pas de griffer.

Très vite, de nouveaux marchés se sont ouverts. Webber et Flint ont commencé à sauter des repas. À boire de la bière sans alcool. Dans chaque nouvelle ville, tu les surprenais en train de se regarder de profil dans un miroir, d'observer leur estomac, épaules en arrière et fesses bombées.

Dans chaque nouvelle ville, tu aurais juré qu'ils avaient une foutue valise de plus. Pleine de fringues élégantes et de robes de soirée. Puis des housses, pour que leurs vêtements soient moins froissés. Des sacs pour les chaussures et des boîtes à chapeau. Une grosse trousse à maquillage supplémentaire.

Finalement, leur garde-robe eut des conséquences sur leurs résultats financiers. Mais à la moindre remarque là-dessus, Flint répondait : « Faut investir pour réussir. »

Sans parler de ce qu'ils claquaient pour la musique. Qu'ils te touchent ou qu'ils te ratent, la plupart des gens, découvrirent-ils, avaient envie de t'en coller une si tu mettais les albums suivants :

Color Me Barbra
Stoney End
The Way We Were
Thighs and Whispers
Broken Blossoms

Ou *Beaches.* Oui, vraiment, tout spécialement *Beaches.*

Tu peux enfermer le Mahatma Gandhi dans un couvent, lui couper les couilles, le shooter au Demerol, et il te mettra encore son poing dans la gueule si tu passes cette chanson *Wing Beneath Your Wings.* Du moins, c'était l'expérience de Webber.

L'armée ne les avait préparés à rien de tout ça. Mais quand tu reviens à la vie civile, tu ne vois aucune offre d'emploi comme expert en munitions, spécialiste de désignation d'objectif, chef de mission. Rentrés à la maison, ils n'ont pas trouvé beaucoup de boulot. Rien qui payait autant que ce que Flint ramassait grâce à ses jambes dans la fente d'une robe du soir en satin vert, à ses pieds moulés dans des bas Nylon et à ses orteils sortant de ses sandales dorées. Flint faisait des pauses, entre les chansons et les coups, pour rajouter du fond de teint sur ses bleus. Le filtre de sa cigarette était maculé de rouge à lèvres. De rouge à lèvres et de sang.

Les foires de comté marchaient bien, mais les courses de motos arrivaient tout de suite après. Les rodéos n'étaient pas mal non plus. Et les salons de plaisance. Ou les parkings à l'extérieur de ces énormes conventions des armes anciennes. Oh non, ils n'avaient jamais besoin de chercher longtemps une foule prête à cracher ses dollars.

Un soir, en rentrant en voiture à leur motel, alors que presque tout le maquillage de Webber et de Flint barbouillait le goudron à l'extérieur de la Western States Guns and Ammo Expo, Webber, sur le siège du passager, fait pivoter le rétroviseur, y observe son visage sous toutes les coutures et annonce : « Je ne pourrai plus faire ça très longtemps. »

Webber n'est pas mal. De toute façon, ce n'est pas l'essentiel. La chanson compte davantage. La perruque et le rouge à lèvres.

« J'ai jamais été ce qu'on pourrait appeler *mignon*, dit-il, mais au moins je me suis toujours arrangé pour être… *pas mal.* »

Tout en conduisant, Flint regarde ses mains sur le volant et son vernis qui s'écaille. En rongeant un ongle tordu avec ses dents cassées, il minaude : « Je pensais prendre un nom de scène. » Il considère toujours ses doigts et ajoute : « Que dirais-tu de *Pepper Bacon ?* »

À l'époque, la nénette de Flint était dans son école de pilotage.

C'était tout aussi bien. Les choses partaient à la dérive.

Par exemple, juste avant qu'ils soient prêts à commencer, sur le parking du Mountain States Gem and Mineral Show, Webber regarde Flint et rigole : « Tes foutus nichons sont trop énormes ! »

Flint porte une robe longue dos nu avec des bretelles attachées derrière son cou pour retenir le devant, et c'est vrai que ses nénés paraissent vraiment maousses, mais Flint lui répond que c'est sa nouvelle robe qui donne cette impression.

Et Webber réplique : « Non, c'est pas ça. Tes lolos n'ont pas arrêté de gonfler depuis les quatre derniers États.

– Tout ça, c'est juste parce qu'ils sont plus beaux que les tiens. »

Et du coin de ses lèvres peintes, Webber laisse tomber très calmement : « Ancien sergent-chef Flint Stedman, tu deviens une grosse vache négligée... »

Et puis voilà les paillettes et les perruques qui volent dans tous les coins. Cette nuit-là, ils n'ont pas ramassé un cent. Personne n'a envie de cogner sur des tronches dans un tel état, déjà égratignées et sanguinolentes. Les yeux injectés de sang et le mascara salopé par les larmes.

Quand on regarde la chose avec du recul, ce crêpage de chignons a vraiment failli foutre leur mission en l'air.

La raison pour laquelle ce pays est incapable de gagner une guerre, c'est qu'on passe notre temps à se battre entre nous au lieu de s'attaquer à l'ennemi. Pareil avec le Congrès qui ne laisse pas les militaires faire leur boulot. On ne réglera jamais rien de cette façon. Webber et Flint, ce ne sont pas de mauvais bougres, ils sont juste représentatifs de ce qu'on essaie de dépasser. Leur mission est de régler la question du terrorisme. La régler une fois pour toutes. Et pour ça, il faut de l'argent. Il en faut pour inscrire la nana de Flint à l'école de pilotage. Pour trouver un jet. Pour se procurer les médicaments qui mettront le pilote de la compagnie de location sur la touche. Oui, tout ça demande un bon paquet de liquide.

À vrai dire, les seins de Flint devenaient un peu effrayants.

Ici, en vol, allongés sur du cuir blanc à seize mille mètres d'altitude, ils filent plein sud, le long de la mer Rouge, vers Djedda, où ils vireront à gauche.

Les autres types qui se trouvent en ce moment dans le ciel en même temps qu'eux, qui tous se dirigent vers leur cible assignée, tu peux te demander comment eux se sont procuré leur pognon. Par quelles douleurs et quelles tortures ils ont dû passer aussi.

On voit toujours les points où Webber s'est fait percer les oreilles. On voit comment ses lourds pendentifs les ont déformées et allongées.

Quand on considère les choses avec du recul, la plupart des conflits de l'Histoire ont concerné la religion.

C'est juste l'assaut qui mettra fin à toutes les guerres. Ou, au moins, à la plupart.

Flint retrouva le contrôle de ses nichons et ils tournèrent dans les villes universitaires. Partout où des gens buvaient de la bière et s'ennuyaient. À l'époque, Flint n'y voit déjà plus d'un œil à cause d'un décollement de rétine. Webber a perdu soixante pour cent d'audition tellement son cerveau a été secoué dans sa caboche. Lésions traumatiques cervicales, comme on leur a dit aux urgences. Tous les deux, ils ont la tremblote et ils ont besoin des deux mains pour tenir une brosse à mascara. Ils sont trop raides pour remonter tout seuls la fermeture Éclair de leur robe dans le dos. Ils chancellent un peu, même avec des chaussures à talons moyens. Et pourtant, ils continuent.

Quand le moment viendra, quand les chasseurs des Émirats arabes unis se lanceront à leur poursuite, Flint sera peut-être trop aveugle pour piloter, mais il sera quand même dans le cockpit fort de toute son expérience acquise dans l'armée de l'air.

Ici, dans la cabine de cuir blanc de leur Gulfstream G550, Flint a ôté ses bottes, et les ongles de ses pieds sont toujours peints en rose téton. On sent encore un soupçon de Chanel N° 5 mêlé à son odeur corporelle.

À l'un de leurs derniers spectacles, à Missoula, Montana, une fille sort de la foule pour les traiter d'abominables fanatiques. Leur crier qu'ils encouragent les violences criminelles motivées par la haine entre les hommes et les femmes dans une société par ailleurs pluraliste et pacifique…

Webber est là, coupé au beau milieu de *Buttons and Bows*, la version épatante de Doris Day et pas celle, tocarde, de Dinah Shore, il porte une robe fourreau de satin bleu sans bretelles, avec tous les poils de sa poitrine, tous les poils de ses bras et de ses épaules ondulant d'un poignet à l'autre comme un luxueux boa de plumes noires, et il demande à cette fille : « Bon, tu veux t'offrir un taquet ou pas ? »

Flint est devant les gens qui font la queue et ramasse leur pognon. Il dit : « Mets ton meilleur gnon. » Et il ajoute : « Moitié prix pour les gonzesses. »

Mais la fille se contente de les regarder, elle tape du pied – elle a des tennis. Ses lèvres sont serrées et tordues sur un côté de son visage.

Finalement, elle dit : « Tu peux chanter en playback cet air de *Titanic* ? »

Et Flint ramasse ses dix dollars et la prend dans ses bras.

« Pour toi, lui murmure-t-il, on peut chanter cette chanson jusqu'au matin… »

C'est cette nuit-là qu'ils ont fini de rassembler les cinquante mille dollars dont ils avaient besoin pour la mission.

Maintenant, là, à l'extérieur, on aperçoit les côtes déchiquetées, marron et dorées, de l'Arabie Saoudite. Les hublots d'un Gulfstream sont deux ou trois fois plus larges que ceux d'un avion de ligne. À voir ainsi le soleil et l'océan, depuis cette altitude, et tout le reste fondu, on a presque envie de vivre. De laisser tomber et de rentrer chez soi, et tant pis si l'avenir se présente plutôt mal.

Un Gulfstream emporte assez de carburant pour parcourir douze mille cinq cents kilomètres même avec quatre-vingt-cinq pour cent de vent contraire. Leur cible n'était qu'à douze mille quatre cents kilomètres, ce qui leur laissait juste assez de carburant pour faire exploser leurs bagages, plus les sacs et les sacs que Jenson avait embarqués en Floride, où ils avaient été *obligés* d'atterrir parce que leur pilote commençait à se sentir mal. Un peu avant, ils lui avaient offert une tasse de café. Trois Vicodin pilés dans un petit noir donnaient le vertige et la nausée à la plupart des gens et les foutaient groggy. Et donc ils s'étaient posés. Ils avaient évacué leur pilote. Chargé les sacs. M. Jenson trimballant le nitrate d'ammonium. Et puis voilà la nénette de Flint, Sheila, tout juste sortie de son école de pilotage, prête à décoller.

Par la porte ouverte du cockpit, tu vois Sheila ôter son casque et le reposer sur son cou. Par-dessus son épaule, elle annonce : « Je viens juste de l'entendre à la radio. Quelqu'un a écrasé un avion bourré d'engrais sur le Vatican…

– Qui aurait imaginé ça ? » dit Webber.

Regardant par son hublot, à l'aise dans son fauteuil de cuir inclinable, Flint dit : « On a de la compagnie. »

De ce côté-ci de leur jet, on voyait deux chasseurs. Flint leur adressa un petit salut de la main. De profil, les deux pilotes ne répondirent pas.

Webber considère les glaçons en train de fondre dans son verre vide et demande : « Où on va ? »

Du cockpit, Sheila annonce : « Ils sont là depuis qu'on a viré sur l'aile vers l'intérieur des terres, à Djedda. »

Elle replace son casque sur ses oreilles.

Flint se penche au-dessus de l'allée pour resservir du scotch à Webber et il répond : « La Mecque, ça te dit quelque chose, mon vieux pote ? Le périmètre sacré ? » Il ajoute : « Et la Kaaba ? »

Sheila, une main effleurant un de ses écouteurs, reprend : « Ils ont eu le Tabernacle mormon… Le quartier général de la National Baptist Convention… Le Mur des lamentations et le dôme du Rocher… Le Beverly Hills Hotel…

– Naan, dit Flint. Le désarmement, ça ne marche pas. Les Nations unies non plus. Pourtant, peut-être que ça, ça fonctionnera. »

Leur ami Jenson – notre Révérend Impie – sera le seul survivant.

« Y a quoi au Beverly Hills Hotel ? » souffle Webber.

Flint vide son verre et répond :

« Le dalaï-lama… »

Cette fille de Missoula, Montana. Webber a noté son nom et son numéro de téléphone ce soir-là. Quand le moment fut venu pour eux tous de rédiger leur testament, Webber lui a légué tout ce qu'il possédait en ce monde, entre autres la Mustang garée sous le passage couvert de ses parents, sa caisse à outils et quatorze sacs à main Coach, avec les chaussures et les fringues assorties.

Ce soir-là, après avoir payé cinquante dollars pour lui botter le cul, la fille regarde Webber, son œil blanc aveugle, tuméfié, presque fermé, ses lèvres fendues. Il n'a que trois ans de plus qu'elle, mais il a l'air aussi vieux que sa grand-mère et elle veut savoir : « Bon, pourquoi fais-tu ça ? »

Et Webber ôte sa perruque, dont il détache tous les faux cheveux blonds collés autour de sa bouche et de son nez par le sang séché. Puis il répond : « Chacun souhaite faire du monde un endroit meilleur. »

À côté d'eux, sirotant sa bière sans alcool, Flint regarde Webber. Il secoue la tête et il grommelle : « Espèce de connard… » Et il demande : « C'est pas ma perruque, ça ? »

11

Toutes nos journées n'étaient pas forcément remplies de terreur.

L'Entremetteur nomma ce boulot : « La cueillette des pêches blanches. »

Tu tires deux canapés à volutes et tu les installes face à face sous « l'arbre ». Sur cette île-canapé, tu construis une « échelle » en empilant de petites tables aux sculptures dorées. Chacune avec son lourd dessus de marbre gris veiné de rose. Par-dessus, tu places des chaises de palais, fragiles comme des coquilles d'œuf, de façon à grimper de plus en plus haut. Jusqu'à ce que tu surplombes les nids grisâtres des perruques poussiéreuses de tout le monde et leurs visages si penchés en arrière que leurs bouches donnent l'impression d'être suspendues à leurs cous. Tu es si haut que tu domines leurs salières et que tu vois l'escalier de leur cage thoracique disparaître dans leur robe ou leur col de chemise.

Nos mains sont emmitouflées de bandages sanglants. Nos gants pendouillent par manque de doigts à l'intérieur. Nos chaussures sont bourrées de chaussettes roulées en boule pour remplacer les orteils manquants.

On s'est intitulés : Comité du peuple pour l'économie de la lumière.

L'Entremetteur détache une « pêche » après l'avoir entourée d'un morceau de velours pour ne pas se brûler et il la passe au squelettique Saint Descente de Boyaux. Qui la tend à Chef Cuisinier Assassin dont le gros estomac joue au hamac avec la ceinture de son pantalon.

Agent Cafteur, sa caméra vidéo collée à son visage, enregistre le relais de cette pêche de main en main.

Les plus anciennes, celles qui se sont éteintes, tu y vois ton reflet. L'Entremetteur dit qu'un filament de tungstène s'enflamme quand l'électricité le traverse. Pour éviter ça, chaque pêche est remplie d'un quelconque gaz inerte. La plupart du temps, de l'argon. Ce gaz que tu ne peux pas respirer empêche le filament de tungstène de cramer. Les plus vieilles sont remplies de rien. De vide.

L'Entremetteur, avec ses taches de rousseur sur les joues, et encore plus sur les bras — ses manches sont relevées jusqu'au coude —, dit encore : « Le point de fusion du tungstène se situe à trois mille trois cents degrés. »

La chaleur normale d'une pêche est suffisante pour faire fondre une poêle à frire. Pour faire bouillir des pièces d'un cent en cuivre. Deux mille deux cents degrés.

Au lieu de s'enflammer, le tungstène s'évapore, atome par atome. Certains atomes rebondissent sur ceux de l'argon et reviennent se fixer sur le filament sous forme de petits cristaux aussi parfaits que des pierres précieuses. D'autres atomes de tungstène se cristallisent, eux, sur le refroidissant à l'intérieur de la pêche de verre.

Les atomes « se condensent », explique l'Entremetteur. Ils recouvrent la face intérieure du verre d'une fine pellicule de métal et transforment l'extérieur en un miroir.

Les lampes s'opacifient et deviennent de petits miroirs arrondis qui nous font paraître grassouillets. Même le squelettique Saint Descente de Boyaux avec son pantalon et ses manches de chemise qui s'entortillent et volettent autour des espèces de tiges osseuses qui lui font office de bras et de jambes.

Non, toutes nos journées n'étaient pas pleines de meurtres et de tortures. Certaines étaient simplement ça :

Camarade Maussade tient une pêche et déplace son visage pour le voir se refléter sous différents angles dans le verre bombé. Du bout des doigts de sa main libre, elle tire sa peau flasque jusqu'à son oreille et le creux sombre sous la pommette correspondante disparaît.

« Ça va être affreux », dit-elle.

Ses doigts relâchent leur prise et cette moitié de son visage retrouve ses affaissements et ses rides aux formes imprécises.

« J'ai vu des photos de ces gens derrière les barbelés dans les camps de la mort, dit-elle. Ces *squelettes vivants*. Et à chaque fois j'ai pensé : "Ils peuvent porter les fringues *qu'ils veulent*." »

Le Comte de la Calomnie tend le bras dans sa direction pour collecter ses paroles avec son magnétophone argenté de la taille d'une main.

Camarade Maussade passe la pêche à la Baronne Gelures…

Qui dit : « Tu as raison. C'est vraiment horrible. »

Puis Camarade Maussade se penche en direction du micro et lâche : « Si t'es en train d'enregistrer ça, t'es qu'un trou du cul. »

La Baronne Gelures, avec ses dents déchaussées qui s'entrechoquent dans ses gencives, chacune usée au point de laisser voir ses racines marron, confie la pêche au Duc des Vandales.

La queue-de-cheval du Duc est défaite et ses cheveux lui tombent sur le visage. Il mastique lentement le même morceau de chewing-gum à la nicotine qu'il semble mâcher depuis toujours. Ses tifs empestent les cigarettes au clou de girofle.

Le Duc transmet la pêche à Miss America, dont la longueur des racines noires de ses cheveux blonds décolorés indique depuis combien de temps nous sommes piégés ici. Notre pauvre Miss America en cloque.

Au-dessus de nous, l'arbre clignote et s'éteint une seconde. À cet instant, nous n'existons plus. Rien n'existe. La seconde suivante, l'électricité revient. Nous sommes de retour.

« Le fantôme… », dit Agent Cafteur, d'une voix étouffée par sa caméra vidéo.

« Le fantôme », répète le Comte de la Calomnie dans le magnéto planqué dans sa main.

Ici, on accuse notre fantôme de la totalité des surtensions électriques, des courants d'air froids et des bruits bizarres.

Pour Agent Cafteur, le fantôme est un détective privé assassiné.

Pour le Comte de la Calomnie, c'est un enfant acteur *has been.*

Les « branches » de laiton de l'arbre. Arrondies, tombantes et tordues, comme des grappes de raisin trempées dans un or terne. De chacune dégoulinent des « feuilles » de verre et de cristal. Le léger tintement quand tu entres la main à l'intérieur. L'odeur de brûlé de la poussière sur chaque pêche mûre, brillant toujours d'une lumière blanche. Trop chaude pour être manipulée sans une poignée d'étoffe, un morceau de robe en velours ou de gilet de brocart, pour protéger ta peau. Les autres pêches, les « pourries », s'éteignent et refroidissent, deviennent opaques sous la poussière et les toiles d'araignée. Toutes les feuilles en verre et en cristal sont blanches et argentées et grises en même temps. Lorsqu'elles tournent, leurs bords scintillent un instant, un éclair d'arc-en-ciel, et puis, de nouveau, elles perdent leur couleur.

Les branches, tordues et ternies jusqu'au marron foncé. Posée en équilibre sur chacune, une ligne de merdes de souris, noirâtres et sèches.

Balançant son corps d'avant en arrière, retenant sa respiration, l'Entremetteur plonge le bras à l'intérieur de l'arbre et cueille les pêches. Il les envoie, encore brûlantes, au Chaînon Manquant qui les réceptionne entre deux oreillers de soie. Notre héros sportif, le Chaînon Manquant. Monsieur l'Élève Boursier, avec ses sourcils d'une seule pièce, épais comme du poil pubien. Monsieur Demi le Champion, avec sa fossette au menton grosse comme un camion.

Après ce bref plongeon, la pêche s'est assez refroidie pour qu'on puisse la toucher. Mère Nature la récupère dans les oreillers et la range dans une boîte de vieilles perruques que Miss Éternueuse tient dans ses deux bras devant sa poitrine.

Les dessins rouges au henné s'étalent sur le dos des mains de Mère Nature et courent le long de ses derniers doigts. Chaque fois qu'elle tourne ou qu'elle hoche la tête, son collier de clochettes en laiton tintinnabule autour de son cou. Ses cheveux sentent le bois de santal, le patchouli et la menthe.

Miss Éternueuse tousse. Cette pauvre Miss Éternueuse passe son temps à tousser. Son nez est rouge et légèrement tordu vers sa joue, à force d'être essuyé avec sa manche de chemise. Elle a les yeux exorbités, baignés de larmes, et parcourus de petites veines rouges. Miss Éternueuse tousse et tousse encore, la langue sortie, pliée en deux, les mains sur les genoux.

De temps en temps, l'Entremetteur serre fermement les pieds des chaises et les bords de marbre veiné des tables dorées pour stabiliser son échelle.

De temps en temps, la Comtesse Extralucide se dresse sur la pointe des pieds et tient des deux mains, très haut au-dessus de sa tête, le manche d'un balai aux poils raides et poussiéreux avec lequel elle fait pivoter l'arbre pour lui permettre d'attraper davantage de pêches mûres. Celles qui sont toujours assez chaudes pour faire fondre une pièce de cuivre. Quand elle est comme ça sur la pointe des pieds, avec les bras en l'air, on voit le bracelet de contrôle autour de sa cheville, le dispositif de localisation

GPS imposé par les dispositions de sa liberté conditionnelle.

Pour la Comtesse Extralucide, le fantôme est un vieil antiquaire qui a eu la gorge tranchée par un rasoir.

À chaque pêche « cueillie » par l'Entremetteur, l'arbre s'assombrit un peu plus.

Pour Saint Descente de Boyaux, le fantôme est un bébé à deux têtes, avorté, dont les deux visages ressemblent au sien, avec la même maigreur.

Pour la Baronne Gelures, le fantôme porte un tablier blanc autour de la taille et il insulte Dieu.

Parfois, Sœur Autodéfense tapote le cadran de sa montre noire et dit :

« Trois heures, dix-sept minutes et trente secondes avant l'extinction des feux... »

Pour Sœur Autodéfense, le fantôme est un héros dont un côté de la tête est enfoncé.

Pour Miss Éternueuse, le fantôme, c'est sa grand-mère.

Debout dans les hauteurs, l'Entremetteur dit qu'on peut considérer le plafond comme une frontière inconnue où personne n'a jamais posé le pied. De la même façon que, quand on est petit, on s'assoit à l'envers sur le canapé, les jambes dressées contre les coussins noirs du dossier et le dos sur le siège, pour que notre tête pende dans le vide sur le devant — alors, le vieux salon familial devient un endroit étrange et inconnu. À l'envers, on peut marcher sur ce plancher peint tout plat et considérer le nouveau plafond, rembourré avec un tapis et encombré des stalactites des meubles qui y pendaient.

Pour la même raison, ajoute le Duc des Vandales, un artiste mettra sa toile tête en bas, ou étudiera son reflet dans un miroir – pour la voir avec l'œil d'un étranger. Comme quelque chose qu'il ne connaît pas. Une œuvre nouvelle et originale. La réalité de quelqu'un d'autre.

C'est comme ça aussi, intervient Saint Descente de Boyaux, qu'un obsédé retourne ses photos de cul pour qu'elles aient l'air différentes et l'excitent un peu plus longtemps.

De la même façon, chaque pêcher aux feuilles de verre est enraciné dans le plancher par un tronc tressé – une grosse chaîne recouverte d'une couche de velours rouge faisant office d'écorce. Quand tous les fruits du « verger » sont ramassés, nous passons à la pièce suivante.

Nous stockons dans une boîte à chapeau les pêches récoltées.

Non, tous les jours de notre emprisonnement ici ne sont pas faits de kidnapping et d'humiliation.

Le Comte de la Calomnie sort un bloc-notes de la poche de sa chemise. Il y gribouille quelque chose et annonce : « Soixante-deux ampoules toujours bonnes. Plus vingt-deux en réserve. »

Notre dernière ligne de défense. Notre ultime recours contre l'idée de mourir seuls, ici, dans l'obscurité, quand toutes les lampes seront grillées. Un monde sans soleil, où les survivants glacés se déplacent en tâtonnant dans le noir absolu. Le papier peint humide rendu glissant par les moisissures.

Personne n'a envie de ça.

Quand les pêches mûres que vous avez laissées derrière vous deviennent noires et qu'elles pourrissent, vous reconstruisez votre échafaudage de meubles. Vous y regrimpez. De nouveau, vous enfilez votre tête dans cette canopée de feuilles de verre et de cristal, dans cette forêt aux branches de laiton terni. La poussière, les crottes de souris et les toiles d'araignée. Et vous remplacez les pêches noires par quelques autres toujours mûres qui brillent encore de tous leurs feux.

La pêche morte dans la main de l'Entremetteur ne représente pas ce que nous sommes. Mais plutôt ce que nous étions. Le verre noir nous reflète tous, nous ne sommes gros que sur sa partie incurvée. La couche d'atomes de tungstène précipitée à l'intérieur, le contraire d'une perle, l'argent à l'arrière d'un miroir. Du verre soufflé, de la minceur d'une bulle de savon.

Voici Mme Clark, avec ses nouvelles rides dissimulées derrière un voile de l'épaisseur d'un grillage à mailles fines. Même si elle est amaigrie par la privation de nourriture, ses lèvres sont toujours gonflées de silicone, comme figées au beau milieu d'une pipe. Ses seins sont gonflés, mais remplis de quelque chose qu'on n'a pas envie de sucer. Sa perruque poudrée pend sur un côté de sa tête. Les tendons dessinent une toile sur son cou filandreux.

Voici le Chaînon Manquant les joues recouvertes d'une sombre forêt de broussailles disparaissant dans les profonds canyons qui courent sous ses yeux.

Il faut que quelque chose arrive.

Quelque chose de terrible.

Et — boum !

Une pêche a échappé aux doigts de l'Entremetteur et s'est écrasée sur le sol. Un nid d'aiguilles de verre. Un bordel d'éclats blancs. Les reflets de nos corps bien en chair, maintenant disparus.

Le Comte de la Calomnie griffonne quelques mots sur son bloc-notes et annonce : « Vingt et une ampoules toujours bonnes en réserve… »

Sœur Autodéfense tapote sa montre et dit : « Trois heures et dix minutes avant l'extinction des feux… »

C'est alors que Mme Clark demande : « Raconte-moi une histoire. »

À travers son voile, elle lève la tête vers l'Entremetteur dans son arbre de cristal étincelant et ses lèvres de silicone laissent échapper : « Raconte-moi quelque chose pour me faire oublier à quel point j'ai faim. Un récit que tu n'as jamais dit à personne. »

Tandis que sa main protégée dans un bout de velours collant taché de sang séché fait tourner une pêche, l'Entremetteur répond : « Il y a une blague. » Perché sur son échelle de meubles, il répond : « Il y a une blague que mes oncles ne sortaient que quand ils étaient bourrés… »

Le Comte de la Calomnie tend son magnétophone dans sa direction.

Et Agent Cafteur, sa caméra vidéo.

Le Conseiller

Un poème sur l'Entremetteur

« Si tu aimes quelque chose, dit l'Entremetteur, libère-le. »
Simplement, ne sois pas étonné s'il te revient avec un herpès…

L'Entremetteur, sur scène, se déplace le dos voûté, avec les mains profondément enfoncées
dans les poches de sa salopette.
Ses bottes salopées de crottin de cheval séché.
Sa chemise, en tissu écossais. Avec des fermoirs en perle à la place des boutons

Sur scène, au lieu d'un projecteur, un extrait de film : des vidéos de mariage où les époux échangent leurs bagues et un baiser avant de se précipiter sous un blizzard de riz blanc.
Tout cela défile sur son visage, la lèvre inférieure de l'Entremetteur s'avance pour enfourner un morceau de tabac à chiquer.

L'Entremetteur dit : « La fille que j'aimais, elle pensait qu'elle pouvait trouver mieux. »

Cette fille, elle voulait un homme plus grand, très bronzé, avec des cheveux longs
et une queue plus grosse.
Qui saurait jouer de la guitare.
Alors, elle a dit « non » quand il s'est agenouillé pour la première fois devant elle pour lui faire sa demande.

Et donc, l'Entremetteur a loué les services d'un certain Steed, un prostitué masculin qui annonçait : des cheveux longs et un sexe de la grosseur d'une boîte de chili.
Et qui pouvait apprendre quelques gammes à la guitare.

Et Steed fit semblant de la rencontrer par hasard, à l'église.
Puis, de nouveau, à la bibliothèque.
L'Entremetteur lui versa deux cents dollars par rendez-vous, et prit des notes
tandis que l'homme lui disait à quel point
la fille aimait qu'il joue avec ses mamelons
par-derrière. Et que c'était bien mieux de la faire jouir deux ou trois fois.

Steed lui envoya des roses. Il lui chanta des chansons. Steed la baisa
sur le siège arrière des voitures
et dans des baignoires,
où il lui jura un amour et une dévotion éternels.
Puis il ne lui téléphona plus pendant une semaine.
Deux semaines. Un mois.
Jusqu'au jour où il fit semblant de la rencontrer par hasard,
à l'église.

Là, Steed lui annonça que c'était fini entre eux –
parce qu'elle était trop dévergondée.
Quasiment une pute.

« Je jure, dit l'Entremetteur, qu'il l'a traitée de pute.
Ce gars avait un culot… »
Dieu le bénisse.

Tout ça, c'était le plan secret de l'Entremetteur
pour que sa petite amie ait le cœur brisé
prématurément et en accéléré.
Puis pour la récupérer
sous le coup de la déception amoureuse.
À sa dernière rencontre avec Steed, il lui paya
cinquante dollars supplémentaires pour
une pipe.
Steed était à genoux là, devant lui, au travail entre
ses jambes.
Ainsi, quand sa future femme aurait ses orgasmes
multiples
très bien documentés,
l'homme auquel elle penserait ne serait pas
un complet étranger
pour son mari,
l'Entremetteur.

Rituel

Une nouvelle de l'Entremetteur

Il y a une blague que les oncles ne font que quand ils sont saouls.

La moitié de cette blague, c'est le bruit qu'ils produisent. Le son de quelqu'un qui se gratte la gorge avant de cracher. Un long raclement râpeux. Après chaque événement familial, quand on n'a plus rien à faire sinon picoler, les oncles prennent leurs chaises et vont s'installer sous les arbres. À un endroit où on ne les voit pas, dans l'obscurité.

Pendant que les tantes font la vaisselle, et que les cousins s'amusent, les oncles se planquent dans le verger, sifflent leurs bouteilles, et se balancent sur leurs chaises. Dans le noir, on entend soudain l'un d'eux produire le bruit en question : *Euuu-aaarrk.* Même sans le voir, tu devines que sa main a fendu l'air devant lui en arc de cercle. *Euuu-aaarrk*, et les autres oncles se marrent comme des baleines.

Les tantes sourient et hochent la tête : ah, les hommes. Elles ne connaissent pas cette blague, mais elles savent que tout ce qui peut faire s'esclaffer ainsi leurs gars est forcément stupide.

Les cousins non plus ne la connaissent pas, mais

ils imitent le bruit. *Euuu-aaarrk*. Leur main fend l'air en arc de cercle devant eux et ils s'écroulent de rire. Pendant toute leur enfance, tous les gamins ont fait ça. Dites : *Euuu-aaarrk*. Hurlez *Euuu-aaarrk*. La formule magique familiale pour se faire poiler les uns les autres.

Les oncles se penchaient pour l'apprendre aux gosses. Et même les tout-petits, qui tenaient à peine sur leurs deux jambes, l'imitaient. *Euuu-aaarrk*. Et les oncles leur montraient comment lancer la main pour fendre l'air, toujours de gauche à droite, juste devant soi.

Les cousins se pendaient au bras d'un de leurs oncles et donnaient des coups de pied dans le vide, et ils demandaient ce que signifiait ce son. Et le mouvement de la main ?

C'était un vieux, vieux récit que n'importe lequel des oncles aurait pu leur raconter. Ce son venait de l'époque où, bien plus jeunes, ils étaient dans l'armée. Pendant la guerre. Les cousins escaladaient les poches de leur manteau, un pied planté dans l'une, une main accrochée à celle du dessus. À la façon dont on grimpait aux arbres.

Et ils les suppliaient : Dis-nous. Dis-nous l'histoire.

Mais l'oncle se contentait de leur promettre : plus tard. Quand ils seraient grands. Et puis il t'attrapait par les aisselles et te chargeait sur son épaule. Et il te transportait comme ça, il faisait la course à travers la maison pour savoir qui serait le premier à embrasser les tantes et dévorer une autre part de tarte. Toi, tu avais du pop-corn et tu écoutais la radio.

C'était le mot de passe de la famille. Un secret que la plupart d'entre nous ne comprenaient pas. Un rituel qui nous rassemblait. Tous les cousins savaient ça, et ça les faisait rigoler. Quelque chose que nous seuls partagions.

Les oncles disaient que ce son, c'était la preuve que nos pires angoisses pouvaient juste s'effacer comme ça, par enchantement. Aussi affreux que quelque chose puisse paraître, il y avait une chance que ça ne soit plus là le lendemain. Si une vache mourait, et que le reste du troupeau avait l'air mal-en-point aussi, ballonné et proche d'y passer, si on n'avait aucun moyen d'intervenir, les oncles faisaient le bruit. *Euuu-aaarrk*. Si les pêches n'avaient pas encore été cueillies et qu'on annonçait le gel pour cette nuit-là, les oncles faisaient le bruit. *Euuu-aaarrk*. Ça signifiait que cette terreur que vous étiez incapable de contrôler pouvait très bien s'arrêter toute seule.

Chaque fois que la famille se rassemblait, c'était leur façon de se dire bonjour : *Euuu-aaarrk*. Ça faisait loucher les tantes, tous ces cousins qui émettaient ce son ridicule. *Euuu-aaarrk*. Tous ces cousins qui fendaient l'air de la main devant eux. *Euuu-aaarrk*. Et les oncles qui se marraient si fort qu'ils étaient pliés en deux, avec leurs mains collées aux genoux. *Euuu-aaarrk*.

Il arrivait qu'une tante par alliance demande : « Qu'est-ce que ça veut dire ? C'est quoi l'histoire qui se cache là-derrière ? » Mais les oncles secouaient juste la tête. Et celui d'entre eux qui l'avait épousée la prenait par la taille, posait un baiser sur sa joue, et lui disait : « Chérie, tu n'as pas besoin d'être au courant. »

Et puis, l'été de mes dix-huit ans, un oncle m'a raconté l'histoire entre quatre yeux. Et ce jour-là, il ne rigolait pas.

On m'avait appelé sous les drapeaux, et personne ne savait si je reviendrais jamais.

On n'était pas en guerre, mais le choléra sévissait dans l'armée. Il y avait toujours des maladies et des accidents. On préparait le sac que j'emporterais, juste mon oncle et moi, et il l'a fait : *Euuu-aaarrk*. Souviens-toi simplement, a-t-il ajouté, peu importe si le futur semble sombre, tous tes ennuis peuvent disparaître demain matin.

En remplissant ce sac, je lui demandai : Qu'est-ce qu'il veut dire, ce bruit ?

C'est un souvenir de la dernière guerre mondiale, me répondit-il. Quand tous tes oncles étaient dans le même régiment. On les a capturés et envoyés dans un camp de travail. Là, un officier de l'armée ennemie les obligeait à bosser sous la menace de son arme. Chaque jour, ils s'attendaient à ce que ce type les tue et ils ne pouvaient rien faire. Toutes les semaines, des trains arrivaient, chargés de prisonniers des pays occupés : des soldats et des Tziganes. La plupart descendaient des wagons et faisaient deux cents pas avant de mourir. Les oncles transportaient leurs cadavres. L'officier qu'ils haïssaient commandait le peloton d'exécution.

L'oncle m'expliqua que, tous les jours, ils étaient chargés de dégager les corps des fusillés — le sang encore tiède coulait des trous faits dans leurs vêtements par les balles — tandis que le peloton d'exécution attendait le groupe suivant de captifs à dégommer. Et à chaque fois que les oncles s'avançaient dans la ligne de mire des fusils, ils pensaient que l'officier allait ordonner d'ouvrir le feu sur eux.

Et puis, dit l'oncle, un jour : *Euuu-aaarrk*.

C'est arrivé, comme un coup du Sort.

L'officier, quand il voyait une Tzigane qui lui plaisait, il lui ordonnait de sortir de la ligne. Une fois que cette fournée était morte, tandis que les oncles dégageaient les cadavres, il l'obligeait à se déshabiller. Il était là, dans son uniforme grouillant de galons dorés qui brillaient au soleil, entouré de soldats en armes, et il forçait la femme nue sur le sol à ouvrir sa fermeture Éclair. Puis la bouche.

Les oncles avaient vu cette scène trop souvent pour en garder le compte. Les lèvres de la Tzigane disparaissaient dans la braguette de l'officier. Les yeux fermés, elle suçait et suçait, et elle ne le voyait pas tirer son couteau de l'arrière de sa ceinture.

Au moment de l'orgasme, il attrapait la femme par les cheveux. D'une main, il tenait sa tête en arrière, et de l'autre, il lui tranchait la gorge.

C'était toujours le même son : *Euuu-aaarrk*. Tandis qu'il finissait d'éjaculer, il repoussait le corps de la fille avant que le sang ne jaillisse de ses jugulaires.

Ce son, il signifiait toujours la fin. Le Destin. Un son auquel, ensuite, les oncles n'avaient jamais été capables d'échapper. Qu'ils n'avaient pas pu oublier.

Et puis, un jour, l'officier prit une Tzigane et la força à s'agenouiller, nue, sur le sol. Le peloton d'exécution regardait, les oncles plantés dans l'entassement des cadavres regardaient, et le type obligea la fille à ouvrir sa fermeture Éclair. Puis la bouche.

Les oncles avaient assisté à ça tant de fois qu'ils pouvaient regarder cette horreur sans la voir.

L'officier attrapa dans son poing les cheveux longs de la Tzigane. La lame du couteau brilla et il y eut le bruit. Ce bruit-là. L'actuel code secret de la famille qui déclenchait la grosse rigolade. Sa façon de se saluer. La fille tomba en arrière et le sang jaillit de dessous son menton. Elle toussa une fois et quelque chose atterrit dans la terre à côté de l'endroit où elle mourut.

Tout le monde voulut savoir ce que c'était, les membres du peloton d'exécution et les oncles, et là, sur le sol, il y avait la moitié d'une queue. *Euuuaaarrk*, et l'officier avait coupé son propre sexe enfoncé dans la gorge de la femme. De sa braguette jaillissait toujours sa semence, et du sang. Il tendit la main vers sa bite salopée de terre. Ses genoux cédèrent sous lui.

Et puis les oncles tirèrent son cadavre pour l'enterrer. Le responsable suivant du camp, il n'était pas si mal. Et la guerre se termina et les oncles rentrèrent chez eux. Sans ce qui s'était passé, leurs familles n'auraient peut-être pas existé. Si cet officier avait vécu, je ne serais peut-être pas né.

Ce son, leur code familial secret, mon oncle me l'expliqua, ce jour-là : oui, des choses terribles arrivent, mais parfois aussi, ces choses terribles te sauvent.

Par la fenêtre, on voit les autres cousins courir au milieu des pêchers, à l'arrière de la maison. Les tantes écossent des petits pois sur la véranda. Les oncles, debout, les bras croisés sur la poitrine, s'engueulent sur la meilleure façon de peindre une clôture.

Tu peux être envoyé à la guerre, me dit-il. Ou tu peux choper le choléra et mourir. Ou, et il fend l'air avec sa main devant lui, de gauche à droite, en dessous de sa boucle de ceinture : *Euuu-aaarrk*.

12

C'est Sœur Autodéfense qui trouve le corps. Elle descend du vestibule du premier balcon après avoir coupé les lumières dans la cabine de projection quand elle trébuche sur la roue d'exercice rose de Miss America, serrée entre deux mains d'un blanc cadavérique.

Là, sur le petit écran de contrôle de la caméra vidéo, le Duc des Vandales est étendu sur le ventre au beau milieu du tapis bleu, au pied des marches, avec les pans de sa chemise en daim frangée qui dépassent et ses cheveux blonds étalés en éventail. Il n'a pas lâché la roue en plastique. Un des côtés de son visage est écrasé et ses cheveux sont tout collés de sang séché.

Un de moins avec qui on divisera nos droits d'auteur.

Sœur Autodéfense a emprunté la caméra vidéo. Quand il se déplaçait dans l'obscurité, M. Whittier se servait d'une torche, dont les piles sont désormais aussi mortes que lui et Dame Clocharde réunis. Sœur Autodéfense utilise donc le projecteur de la caméra aux batteries rechargeables pour monter et descendre les escaliers avant l'aube et après la tombée de la nuit jusqu'à la cabine où elle s'occupe des lumières.

« Hémorragie sous-arachnoïdienne », annonce Sœur Autodéfense, dont les paroles sont enregistrées tandis qu'elle filme le cadavre en panoramique. « Avec avulsion partielle de l'hémisphère cérébelleux gauche… »

Elle ajoute que c'est la séquelle la plus courante d'un traumatisme crânien massif. Elle zoome pour un gros plan de la fracture multiple et du saignement des couches externes du cerveau.

« Quand on appuie sur la boîte crânienne à un endroit, dit-elle, son contenu gonfle autour de ce point et la crève en un cercle grossier. »

Alors que la caméra balaie les bords coupants des os et le sang séché, Sœur Autodéfense poursuit : « L'arcure extérieure est considérable… »

Elle lève l'appareil pour nous filmer, nous tous qui arrivons d'un pas chancelant dans le vestibule, en bâillant, éblouis par la lumière du projecteur.

Mme Clark se penche sur le Duc vêtu de daim, étalé par terre, et sur son chewing-gum à la nicotine, plus toutes ses dents éparpillées un peu plus loin sur le sol du vestibule. Ses lèvres siliconées laissent échapper un petit glapissement.

« Le salopard ! » s'exclame Miss America.

Elle enjambe le cadavre et s'agenouille près de lui pour ouvrir de force ses doigts morts et raides serrés autour des poignées en caoutchouc noir de sa roue d'exercice.

« Il essayait de perdre du poids plus vite que nous, ajoute-t-elle. Cette merde minable faisait de l'aérobic pour paraître… *encore plus mal-en-point* ! »

Tandis que Miss America se bagarre contre les doigts fermés et leur donne des coups de pied pour les ouvrir, Mme Clark dit : « Rigidité cadavérique. »

Au moment où Miss America fait tourner le Duc des Vandales sur le flanc et secoue sa roue pour la libérer, il retombe sur le dos. Son visage est sombre, comme très bronzé, mais de couleur violette, excepté le bout de son nez — celui-ci est d'un blanc bleuté, tout comme l'extrémité de son menton et son front.

« Lividité cadavérique », dit encore Mme Clark.

Le sang s'est concentré dans les zones inférieures du corps. Sauf là où le visage était appuyé sur le tapis : là, le poids du mort a détruit les capillaires et donc le sang n'a pas pu s'y rassembler.

De derrière sa caméra vidéo, Sœur Autodéfense lance : « C'est sûr que t'as l'air d'en connaître un max sur les cadavres... »

Et Mme Clark riposte : « Et *toi*, qu'est-ce que tu voulais dire par *avulsion partielle de l'hémisphère cérébelleux gauche* ? »

La caméra poursuit son panoramique sur le Duc des Vandales, effaçant par la même occasion la mort de M. Whittier sur la bande.

Sœur Autodéfense réplique : « Ça signifie que la cervelle fuit. »

La roue rose échappe enfin aux mains du Duc et ses doigts semblent se détendre. C'est juste la fin de la rigidité cadavérique, dit Mme Clark, et le début de la décomposition.

À présent, Agent Cafteur est arrivé, et ça nous fait tout bizarre d'apercevoir ses deux yeux en même temps. Le Révérend Impie surplombe la dépouille. Mère Nature et son odeur de patchouli. L'Entremetteur, qui chique et chique sans arrêt son tabac, la joue gonflée de salive, se penche pour mieux voir.

Il répète : « Décomposition ? »

Et Mme Clark acquiesce d'un signe de tête, avec une moue de ses lèvres siliconées. Après le décès, explique-t-elle, les filaments d'actine et de myosine dans les muscles se distendent par manque de production d'adénosine triphosphate… Tu ne peux pas comprendre.

« Dommage, intervient Chef Cuisinier Assassin, s'il avait été plus frais, on se serait payé un super petit déjeuner.

– Tu plaisantes ? répond Mère Nature.

– Non. En fait, non », réplique le Chef.

L'Entremetteur, les yeux exorbités, s'accroupit à côté du cadavre et fouille dans la poche arrière de son pantalon.

Frottant ses mains peintes au henné et bâillant, Mère Nature demande : « Comment peux-tu être *si réveillé* ? »

L'Entremetteur ouvre la bouche en grand, indique d'un doigt la saleté marron qu'elle contient et répond : « Le tabac. »

Il sort le portefeuille du mort, récupère les billets, le remet à sa place et dit : « Embrasse-moi et tu seras ragaillardie aussi. »

Mère Nature secoue la tête : « Non merci.

– Fillette, ricane l'Entremetteur en crachant un jet noirâtre sur le tapis bleu, va falloir que tu sois un peu plus sexy ou sinon aucune star de Hollywood n'acceptera de jouer ton personnage… »

Et Saint Descente de Boyaux entraîne Mère Nature à l'écart.

Sœur Autodéfense éteint la caméra vidéo et la rend à Agent Cafteur.

Mme Clark dit – à personne en particulier, ou à tout le monde : « Qui soupçonnez-vous ? »

Et Agent Cafteur répond : « Toi. »

Mme Clark. Elle s'est levée pendant la nuit. Elle a trouvé le Duc des Vandales tout seul en train d'exercer ses abdos. Elle lui a écrasé le crâne. Fin de l'histoire officielle.

« Tu t'es demandé, dit Mme Clark, ce que tu feras une fois que tu auras vendu ton *ancienne vie* ? »

L'Entremetteur passe sa langue sur ses lèvres pour lécher le jus de sa chique, puis : « Qu'est-ce que tu veux dire, là ? »

Il cale ses pouces derrière les bretelles de sa salopette.

« Quand tu auras vendu *cette* histoire, précise Mme Clark, est-ce que tu te lanceras juste en quête d'un nouveau méchant ? Tu vas continuer, pendant le reste de ton existence, à chercher des gens à qui tout mettre sur le dos ? »

Agent Cafteur sourit et réplique : « On se calme. Il n'y a aucune raison d'accuser l'un d'entre *nous* de cette mort. Il y a des *victimes* », ajoute-t-il en pointant un doigt vers sa propre poitrine, « et il y a des *bourreaux.* » Là, il tourne son doigt vers elle. « Ne fabrique pas un flou artistique où une audience de masse risque de se perdre. »

Et Mme Clark dit : « Je n'ai pas tué ce jeune homme. »

Et l'Agent Cafteur hausse les épaules. La caméra levée, il ajoute : « Si tu veux bénéficier de la sympathie du public, il va falloir que tu fasses campagne. » Son projecteur l'inonde d'une lumière brillante et il poursuit : « Raconte-nous quelque chose. Offre-nous un bon flash-back pour que les gens, chez eux, se sentent un tout petit peu désolés pour toi... »

La Boîte à Cauchemars

Une nouvelle de Mme Clark

La nuit qui a précédé sa disparition, Cassandra s'est coupé les cils.

Simple comme bonjour – Cassandra Clark prend la petite paire de ciseaux chromés dans son sac à main, de minuscules ciseaux à ongles, elle se penche vers le grand miroir qui trône au-dessus du lavabo de la salle de bains et s'y observe. Les yeux mi-clos, et la bouche ouverte comme quand elle se met du mascara, elle s'appuie d'une main sur le rebord et, l'un après l'autre, ses longs cils noirs tombent dans la vasque et disparaissent en tournoyant par la bonde. Et pas un instant Cassandra n'a regardé le reflet de sa mère derrière elle dans la glace.

Cette nuit-là, Mme Clark l'entend sortir de son lit alors qu'il fait encore noir. À cette heure où aucune voiture ne passe dans la rue, Cassandra gagne le salon, nue, sans allumer la moindre lumière. Les ressorts du vieux canapé grincent. Un bruit de briquet. Puis un soupir. Une odeur de tabac.

Quand le soleil se lève, Cassandra est toujours là, assise sur le canapé, à poil, avec les rideaux ouverts et les bagnoles qui défilent de nouveau devant la maison. Elle est recroquevillée dans l'air glacé. Dans une main, une cigarette consumée jusqu'au filtre. Il y a des cendres sur le coussin, à côté d'elle. Elle ne dort pas, elle regarde la télé éteinte. Peut-être qu'elle observe son propre reflet, sa nudité, sur l'écran noir. Ses cheveux sont tout emmêlés. Une de ses joues est barbouillée de son rouge à lèvres vieux de deux jours. Son fard à paupières souligne ses rides autour de ses yeux. Maintenant que ses cils ont disparu, on dirait qu'elle est aveugle car on ne la voit plus cligner des yeux.

Sa mère lui murmure : « Tu as encore rêvé de ça ? »

Mme Clark lui demande si elle veut du pain grillé. Mme Clark allume le radiateur mural et va chercher le peignoir de sa fille accroché derrière la porte de la salle de bains.

Cassandra est recroquevillée sur elle-même dans la lumière froide du petit matin, les genoux serrés, et ses bras collés contre ses seins. Il y a des cendres de cigarette sur ses cuisses. Et dans ses poils pubiens. Les tendons de ses pieds sont agités de tics nerveux. Posés à plat, côte à côte, sur le plancher en bois poli, ses pieds sont la seule partie d'elle-même qui ne s'est pas changée en statue.

Mme Clark dit : « Tu t'es souvenue de quelque chose ? » Sa mère dit : « Tu avais ta nouvelle robe noire… La mini. »

Mme Clark pose le peignoir sur le dos de sa fille et le remonte bien autour de son cou.

Mme Clark ajoute : « C'est arrivé dans cette galerie d'art. En face de la boutique d'antiquités. »

Cassandra ne quitte pas des yeux son reflet sombre dans l'écran éteint de la télé. Elle ne cille pas et le peignoir glisse et ses seins sont à nouveau exposés au froid.

Et une fois de plus sa mère lui demande ce qu'elle a vu.

« Je ne sais pas, répond Cassandra. J'en ai aucune idée. »

« Laisse-moi aller chercher mes notes, propose Mme Clark. Je crois que je suis arrivée à comprendre ce truc-là. »

Quand elle revient de sa chambre avec un épais dossier marron, ouvert de façon à pouvoir le feuilleter facilement, et qu'elle regarde dans le salon, Cassandra a disparu.

À ce moment-là, Mme Clark était en train de dire : « La façon dont fonctionne la Boîte à Cauchemars, c'est… »

Mais Cassandra n'est ni dans la cuisine ni dans la salle de bains. Cassandra n'est pas au sous-sol. Leur maison n'a pas d'autres pièces. Elle n'est ni dans l'escalier ni dans la cour de derrière. Son peignoir de bain est abandonné sur le canapé. Son sac à main, ses chaussures, son manteau, tout est là. Sa valise est toujours sur son lit, à moitié pleine. Seule Cassandra a disparu.

Au début, Cassandra a prétendu qu'elle n'avait pas de problèmes. Selon les notes, c'était un vernissage dans une galerie.

Là, dans le dossier de Mme Clark, on lit : « Minuterie Interne Aléatoire… »

On lit : « L'homme s'est pendu… »

Ça a commencé le soir où toutes les galeries ont inauguré leurs nouvelles expositions, et il y avait foule au centre-ville, tout le monde arrivant directement du bureau ou de l'école. Des gens main dans la main. Des couples d'âge moyen dans des vêtements sombres où la poussière du siège d'un taxi passerait inaperçue. Avec des bijoux en or qu'ils ne pouvaient pas porter dans le métro. Des dents blanches, comme s'ils ne s'en servaient que pour sourire.

Ils s'observaient les uns les autres pendant qu'ils contemplaient les œuvres d'art, avant de s'observer au dîner.

On trouve tous ces détails dans les notes de Mme Clark.

Cassandra portait sa nouvelle robe noire. La mini.

Ce soir-là, elle demanda une flûte de vin blanc, juste pour avoir quelque chose à la main. Elle n'osait pas lever son verre. Par sécurité, comme sa robe n'avait pas de bretelles, elle gardait les bras serrés le long de son corps. Cela faisait travailler un certain muscle de son abdomen qu'elle avait découvert lorsqu'elle jouait au basket au lycée et ce muscle lui remontait tellement les seins que son décolleté semblait commencer au niveau de sa gorge.

Cette robe était noire et cousue de paillettes et de perles assorties qui formaient une croûte ténébreuse et rugueuse sur sa poitrine rose et bien en chair. Une solide coquille noire.

Ses deux mains, à la façon dont ses doigts aux ongles peints s'enchevêtraient, paraissaient menottées autour du pied de son verre. Ses cheveux, frisés et attachés très haut, étaient si lourds et si épais. Des mèches et des boucles défaites pendaient, mais elle n'avait pas le courage de décoller ses bras pour les arranger. Ses épaules nues, ses cheveux qui se défaisaient. Ses talons hauts serraient les muscles de ses jambes, mettaient ses fesses en valeur et les arrondissaient en dessous d'une longue fermeture Éclair.

Son rouge à lèvres parfait. Pas de traces sur le bord du verre qu'elle n'osait pas lever. Ses longs cils qui faisaient paraître ses yeux immenses. Ses yeux verts, la seule partie d'elle-même qui bouge dans la pièce pleine de monde.

Souriante au beau milieu d'une galerie d'art, c'était la seule fille dont vous vous seriez souvenu. Cassandra Clark, juste quinze ans.

Et moins d'une semaine plus tard, en fait seulement trois nuits, elle disparaît.

Assise à l'endroit encore tiède et sali de cendres de cigarettes où Cassandra s'était installée sur le canapé, Mme Clark consulte son dossier.

Le propriétaire de la galerie leur parlait – à Cassandra et elle et à ses autres invités rassemblés autour d'elles.

Rand, indiquent ses notes. Le proprio se nommait Rand.

Il leur montrait une boîte posée sur trois longues jambes. Un trépied. Elle était noire, de la taille d'un vieil appareil photo, le type d'appareil derrière lequel l'opérateur se tenait plié en deux sous un tissu noir protégeant la plaque de verre enduite d'une couche de produits chimiques. Le genre de matériel datant de la guerre de Sécession qui vous tirait le portrait dans un éclair de poudre de magnésium. Un gros nuage de fumée grise qui vous piquait le nez.

Quand on entrait dans cette galerie, c'était à ça qu'il ressemblait, cet objet sur trois pattes.

Il était peint en noir.

« C'est laqué », précisa le propriétaire.

Un noir laqué, ciré et constellé d'empreintes de doigt grises.

Rand regardait en souriant le devant rigide et sans bretelles de la robe de Cassandra. Il arborait une fine moustache, épilée et aussi bien taillée que des sourcils. Il avait une petite barbe démoniaque qui lui faisait un menton en pointe. Il portait un complet bleu de banquier et une boucle d'oreille trop grosse et trop faussement brillante pour ne pas être un vrai diamant. Tous les joints de la boîte étaient surchargés de moulures, d'arêtes et de cannelures sophistiquées qui lui donnaient l'apparence massive d'un coffre de banque. Tous les joints étaient dissimulés sous des tas de décorations et une épaisse couche de peinture.

« On dirait un petit cercueil », murmura quelqu'un dans le public, un type à catogan qui mâchait un chewing-gum.

Des poignées en cuivre sont fixées de chaque côté de la boîte. Il faut les saisir en même temps, explique le propriétaire de la galerie. Pour compléter un circuit. Si vous voulez qu'elle fonctionne bien, vous la tenez par les deux poignées. Vous appuyez votre œil sur le petit orifice de laiton sur le devant. L'œil gauche. Et vous regardez dedans.

L'une après l'autre, une centaine de personnes ont dû examiner l'intérieur de l'objet, cette nuit-là, mais rien ne s'est produit. On attrapait les poignées, mais on ne voyait que son propre œil qui se réfléchissait dans l'obscurité derrière la lentille de verre. Et on n'entendait qu'un léger bruit. Un réveil qui faisait tic-tac. Lent comme le ploc... ploc... ploc... d'un robinet qui fuit. Un infime tic-tac qui venait du cœur de cette chose peinte en noir et maculée.

Cette boîte collante, avec sa couche de crasse.

Le proprio leva un doigt. Il tapota avec ses phalanges un côté de l'objet et dit : « C'est une sorte de Minuterie Interne Aléatoire. »

Elle pouvait fonctionner pendant un mois, sans cesser de faire tic-tac. Ou bien pendant une heure. Mais c'était à l'instant où elle s'arrêtait qu'il fallait y coller son œil.

« Avec ça », ajouta Rand, le propriétaire.

Et il effleure un petit bouton-poussoir de laiton, de la taille d'une sonnette.

Vous tenez les deux poignées et vous attendez. Quand le tic-tac cesse, vous regardez à l'intérieur et vous appuyez sur le bouton.

En se dressant sur la pointe des pieds, on pouvait lire sur une étroite plaque de cuivre, vissée à son sommet : « La Boîte à Cauchemars » et un nom : « Roland Whittier ».

Ses poignées étaient devenues verdâtres à force d'être serrées par les gens, dans l'attente. Et leur haleine avait terni le laiton qui encerclait le judas. Et la zone peinte, tout autour, était comme cirée par les frottements des peaux qui étaient venues s'y plaquer.

Quand tu tenais les poignées, tu le sentais là-dedans. Le tic-tac. La minuterie. Incessant et régulier comme des battements de cœur.

À l'instant où il s'interrompt, explique Rand, tu appuies sur le bouton-pression et ça déclenche un rayon lumineux à l'intérieur.

Une simple impulsion de lumière.

Rand ne savait pas ce qu'on voyait à ce moment-là. La boîte venait de la boutique d'antiquités d'en face, de l'autre côté de la rue, qui était fermée, désormais. Elle y était restée neuf ans, et le tic-tac n'avait jamais cessé. L'antiquaire avait toujours raconté à ses clients qu'elle devait être cassée. Ou peut-être qu'il plaisantait.

Pendant neuf ans, elle avait fait tic-tac sur une étagère, disparaissant sous la poussière. Et puis, un jour, le petit-fils du proprio la trouva, et elle était silencieuse. Âgé de dix-neuf ans, il faisait des études de droit pour devenir avocat. Les filles entraient tous les jours pour manger des yeux ce jeune homme à la poitrine imberbe. Un compte en banque et sa propre voiture. Un brave gosse dont les talents de footballeur lui avaient valu une bourse. L'été, il travaillait dans le magasin de son grand-père, comme homme à tout faire. Quand il tomba sur la boîte, elle était silencieuse – elle était prête et elle attendait. Il saisit les poignées. Il pressa le bouton et regarda à l'intérieur.

Lorsque l'antiquaire le retrouva, il avait encore de la poussière collée autour de l'orbite gauche. Il clignait des yeux. Son regard était perdu dans le vide, et il était simplement affalé sur le tas de saletés et de mégots de cigarettes qu'il avait balayé. Il ne retourna jamais à la fac. Sa bagnole resta garée le long du trottoir jusqu'à ce que la fourrière municipale l'embarque.

Depuis lors, il s'assied dans la rue, devant le magasin. Il a vingt ans, et il s'installe sur le trottoir tous les jours, qu'il fasse beau ou pas. Quand tu lui poses une question, il se contente de rigoler. Ce gosse qui devrait être avocat aujourd'hui, tu peux lui rendre visite à l'hôtel miteux où il s'est réfugié. Logement social. Il touche une aide de l'État pour dépression. Médicaments inutiles.

Rand, le propriétaire de la galerie, dit : « Il a pété les plombs, tout simplement. »

Tu vas rendre visite à ce gamin, il traîne sur son lit toute la journée, avec des cafards qui entrent et qui sortent de ses fringues, des jambes de son pantalon et de son col de chemise. Chacun des ongles de ses mains et de ses pieds est long et jaune comme un crayon.

Tu lui demandes n'importe quoi : Comment il va ? Est-ce qu'il mange ? Qu'est-ce qu'il a vu ? Et il se marre. Les cafards se baladent sur lui, ils font des bosses sous sa chemise. Les mouches tournent autour de sa tête.

Plus tard, l'antiquaire arrive à son magasin, et son fatras poussiéreux lui semble différent. Ça pourrait être un endroit où il n'est jamais entré. De nouveau, la Boîte à Cauchemars a cessé de faire tic-tac. Ce compte à rebours toujours discret. Et elle est là et elle attend qu'il vienne regarder en elle.

Ce matin-là, il n'ouvre pas sa boutique. Des clients passent et appuient leur main en coupe contre sa vitrine pour observer l'intérieur. Pour essayer de voir quelque chose au milieu des ombres. Pour comprendre pourquoi c'est fermé.

Pour la même raison, l'antiquaire a pu vouloir jeter un coup d'œil dans la boîte. Juste par curiosité. Pour savoir ce qui est arrivé. Ce qui s'est emparé de l'esprit d'un gamin, vingt ans aujourd'hui, qui avait un bel avenir devant lui.

Il passe la matinée à surveiller cette boîte redevenue silencieuse.

Au lieu d'y coller son œil, il nettoie la cuvette des toilettes, au fond du magasin. Il grimpe sur une échelle et il ramasse les cadavres de mouches sur les lustres. Il astique les cuivres. Il huile les boiseries. Il sue jusqu'à ce que sa chemise blanche amidonnée soit toute froissée. Il fait tout ce qu'il déteste faire.

Les gens du quartier, ses vieux clients, passent à la boutique et trouvent porte close. Peut-être qu'ils tapent. Et puis ils repartent.

La boîte attend de lui montrer à quoi elle sert.

Il faut quelqu'un qui l'aime pour regarder à l'intérieur.

Toute sa vie durant, cet antiquaire a travaillé dur. Il trouve de belles pièces à des prix honnêtes. Il les ramène ici et les expose. Il les remet en état. Il a passé la majeure partie de son existence dans ce magasin et aujourd'hui il assiste à des successions où il rachète les mêmes lampes et les mêmes tables qu'il revend pour la deuxième ou la troisième fois. Il récupère des produits chez des clients morts et les replace chez des vivants. Sa boutique se contente d'avaler et de recracher le même stock.

Cette marée toujours identique de fauteuils, de tables, de poupées de porcelaine. De lits, de petits meubles, de bibelots.

Qui viennent et qui repartent.

Pendant toute la matinée, ses yeux se posent sans cesse sur la Boîte à Cauchemars.

Il met sa comptabilité à jour. Toute la journée, il pianote sur les dix touches de sa machine à calculer et il arrête ses comptes. Il additionne et il compare de longues colonnes de chiffres. Il voit sur le papier le même stock qui est arrivé et reparti, les mêmes buffets, les mêmes portemanteaux. Il fait du café. Et il en refait. Jusqu'à ce qu'il soit à court. Il nettoie tout dans sa boutique jusqu'à ce qu'il voie son reflet partout, dans le bois lustré et le verre immaculé. L'odeur de l'huile de citron et de l'huile d'amande.

La Boîte à Cauchemars attend.

Il enfile une chemise propre. Il se recoiffe.

Il appelle sa femme et il lui révèle que, depuis des années, il planque de l'argent liquide dans une boîte métallique sous la roue de secours, dans le coffre de leur voiture. Il lui avoue que quarante ans plus tôt, à la naissance de leur fille, il a eu une aventure avec une jeune femme qui venait le retrouver au magasin à l'heure du déjeuner. Il lui dit qu'il est désolé. Il lui dit aussi de dîner sans lui. Il lui dit qu'il l'aime.

Près du téléphone, la boîte attend, silencieuse.

La police le retrouve le lendemain. Ses comptes sont à jour. Son magasin est briqué comme un sou neuf. L'antiquaire a attaché une rallonge électrique orange au portemanteau sur le mur de sa salle de bains. Dans la pièce carrelée, qui sera facile à nettoyer, il a passé l'autre extrémité de sa rallonge autour de son cou et il s'est juste… laissé aller. Il s'est affalé contre le mur. Il est étranglé, mort, presque assis sur le carrelage.

Sur le comptoir d'exposition, à l'avant du magasin, la boîte a recommencé à faire tic-tac.

On trouve toute cette histoire dans l'épais dossier de Tess Clark.

C'est ensuite que l'objet est arrivé ici, dans la galerie d'art. À cette époque, c'était devenu une espèce de légende, explique Rand à la petite foule qui l'entoure.

La Boîte à Cauchemars.

De l'autre côté de la rue, la boutique d'antiquités n'est plus qu'une vaste salle peinte et vide derrière sa vitrine.

Et cette nuit-là, alors que Rand leur montrait l'objet et que Cassandra serrait ses bras autour de son torse pour retenir sa robe, oui, à ce moment-là, quelqu'un s'est exclamé : « Ça s'est arrêté ! »

Le tic-tac.

Il avait cessé.

La foule attendit, à l'écoute du silence, aux aguets du moindre son.

Et Rand dit à Cassandra : « Vous êtes mon invitée. »

« Juste comme ça ? » fit la gamine en tendant à Mme Clark sa flûte de vin blanc.

De sa main libre, elle attrapa alors une des poignées de laiton. Puis elle confia à Rand sa petite pochette décorée de perles qui contenait son rouge à lèvres et un peu d'argent liquide — en cas d'urgence.

« Je fais ça comme il faut ? » demanda-t-elle en s'emparant de la seconde poignée.

« Maintenant », dit Rand.

Mme Clark est là, la maman, se sentant un peu impuissante, avec un verre de vin dans chaque main, et elle regarde. Prête à les renverser ou à les briser.

Rand pose une main sur l'arrière du cou de Cassandra, à l'endroit où la peau est nue, juste au-dessus de sa colonne vertébrale, là où flotte une seule boucle de cheveux. En haut de la longue fermeture Éclair qui descend jusqu'à ses fesses. Et il appuie pour l'obliger à baisser la tête, à remonter légèrement le menton et à entrouvrir les lèvres. Tenant son cou d'une main et sa pochette de l'autre, il lui ordonne : « Regarde à l'intérieur ! »

La boîte est silencieuse. Comme une bombe peut l'être une seconde avant de détoner. Une seconde avant d'exploser.

Cassandra approche le côté gauche de son visage, elle lève un sourcil et ses cils soulignés d'un épais mascara tremblent. Son œil vert, humide et doux, un mélange de solide et de liquide, elle le colle contre la minuscule lentille donnant sur l'obscurité.

La foule l'entoure. La foule attend. Rand tient toujours Cassandra par le cou.

Un doigt à l'ongle verni se pose sur le bouton. Son visage appuyé contre le bois noir, Cassandra murmure : « Dites-moi quand. »

Pour voir à l'intérieur, pour que votre visage se plaque bien contre la boîte, vous devez tourner légèrement la tête vers la droite. Vous vous courbez un peu et vous penchez en avant. Lever les deux mains, parce que cette position vous déstabilise. Le poids de votre corps doit presser contre l'objet, passer par vos mains, trouver son équilibre grâce à votre joue.

Cassandra est appuyée contre les coins et les angles noirs sophistiqués de cette vieille boîte. On dirait qu'elle l'embrasse. Les frisettes de ses cheveux qui frémissent. Le balancement scintillant de ses boucles d'oreilles.

Son doigt appuie sur le bouton.

Et le tic-tac reprend à l'intérieur, faible et lointain.

Ce qui s'est passé, Cassandra a été la seule à le voir.

La minuterie aléatoire repart pour une autre semaine, une autre année. Une autre heure.

Son visage reste là, pressé contre le judas, et puis ses épaules s'affaissent.

Elle est là, debout, les bras ballants, le dos rond et flasque.

Elle cligne des yeux plusieurs fois, très vite, puis elle fait un pas en arrière et elle secoue la tête. Elle n'observe personne, elle fixe le sol, les pieds des gens, en gardant les lèvres serrées. Le devant de sa robe pend et bâille sur ses seins sans soutien-gorge. Elle tend le bras et s'appuie sur la boîte pour s'éloigner d'elle.

Elle se débarrasse de ses chaussures à talons hauts et reste pieds nus sur le sol de la galerie et les muscles de ses jambes s'évanouissent. Les deux globes de ses fesses dures comme de la pierre se ramollissent.

Ses cheveux en bataille dissimulent son visage.

Si tu es assez grand, tu peux apercevoir ses mamelons.

Rand dit : « Alors ? »

Il s'éclaircit la gorge, il expire dans un long borborygme de crachat et de morve, et il demande : « Qu'est-ce que tu as vu ? »

Cassandra ne regarde personne. Ses cils toujours pointés vers le sol, elle lève la main et ôte ses boucles d'oreilles.

Rand lui tend sa petite pochette décorée de perles, mais elle ne la prend pas. Au lieu de quoi, elle lui abandonne ses bijoux.

« Qu'est-ce qui s'est passé ? » dit Mme Clark.

Et Cassandra répond : « On peut rentrer à la maison, maintenant ? »

Tout le monde écoute le tic-tac de la boîte.

Et voilà que deux jours plus tard, Cassandra se coupe les cils. Elle balance une valise ouverte au pied de son lit et elle commence à y entasser des choses — des chaussures et des chaussettes et des sous-vêtements — et puis elle les ressort. Elle fait son bagage et elle le défait. Après sa disparition, la valise est toujours là. À moitié pleine — ou à moitié vide.

Maintenant, Mme Clark n'a plus que sa paperasse. Une chemise épaisse bourrée de notes sur son hypothèse du mode de fonctionnement de la Boîte à Cauchemars. D'une façon ou d'une autre, elle doit t'hypnotiser. Implanter en toi une image ou une idée. Un flash subliminal. Oui, elle injecte si profondément un message dans ton cerveau que tu ne peux plus l'extraire. Que tu ne peux plus l'éliminer. C'est comme ça que la boîte t'infecte. À cause d'elle, tout ce que tu sais devient faux et inutile.

Là-dedans, il y a un fait que tu es incapable de désapprendre. Il y a de nouvelles idées dont tu ne te débarrasseras plus jamais.

Elles sont allées à ce vernissage trois jours plus tôt, et maintenant Cassandra a disparu.

Finalement, Mme Clark retourne au centre-ville. Elle se rend directement à la galerie d'art. Avec son gros dossier marron calé sous le bras.

La porte n'est pas verrouillée et les lampes sont éteintes. Dans la lumière grisâtre qui entre par les fenêtres, Rand est là, assis par terre, sur une fine couche de cheveux coupés. Sa petite barbe diabolique a disparu. Il n'a plus sa grosse boucle d'oreille en diamant.

« Vous avez regardé dans la boîte, n'est-ce pas ? » dit Mme Clark.

Le propriétaire de la galerie est juste vautré là, les jambes ouvertes, sur le ciment froid, à contempler ses mains.

Mme Clark s'assied en tailleur à côté de lui et demande : « Lisez mes notes. Dites-moi si je suis dans le vrai. »

Le fonctionnement de la Boîte à Cauchemars, dit-elle, s'explique par le fait que la légère déviation de sa face avant t'oblige à placer ton œil gauche sur le judas avec sa petite lentille fish-eye en verre, fixée dans une rondelle en laiton. Exactement comme ceux des portes d'entrée. Et en raison de cette orientation du devant de la boîte, tu ne peux regarder à l'intérieur qu'avec l'œil gauche.

« Et du coup, poursuit Mme Clark, c'est l'hémisphère droit de ton cerveau qui travaille. »

Quoi que tu découvres là-dedans, c'est le côté intuitif, émotionnel et instinctif — la partie droite de ton cerveau — qui le perçoit.

En outre, cette opération ne concerne qu'une seule personne à la fois. Ce que tu subis, tu le subis tout seul. Ce qui se produit à l'intérieur de la Boîte à Cauchemars, c'est uniquement pour toi. Tu ne peux partager cette expérience avec personne. Ici, il n'y a aucune place pour autrui.

Et puis la lentille fish-eye déforme ce que tu vois. Elle dénature ta vision.

Et puis, ajoute Mme Clark, l'intitulé gravé sur la plaque de cuivre : « La Boîte à Cauchemars » te prévient que tu vas être terrorisé. Ce nom crée une attente à laquelle tu réponds.

Mme Clark est assise là, dans l'espoir qu'il lui donne raison.

Elle reste là, à observer Rand qui se contente de cligner des yeux.

La boîte trône à côté d'eux, sur son trépied, et fait tic-tac.

Rand est parfaitement immobile, à part sa cage thoracique, quand il respire.

Sur son bureau, dans le fond de sa galerie, il y a toujours les boucles d'oreilles de Cassandra et sa petite pochette décorée de perles.

« Non », répond Rand.

Il sourit et il dit : « Ce n'est pas ça. »

Le tic-tac du compte à rebours est bruyant dans le silence glacé.

La seule chose qui reste à faire c'est téléphoner à l'hôpital pour leur demander s'ils n'ont pas récupéré une fille avec des yeux verts sans cils. Téléphoner si souvent, dit Mme Clark, qu'ils finissent par ne plus t'écouter. Ils te mettent en attente. Ils t'obligent à renoncer.

Elle cesse de considérer son épaisse pile de notes, elle lève les yeux et elle demande : « Racontez-moi. »

De l'autre côté de la rue, la boutique d'antiquités est toujours vide.

« Ce n'est pas ce qui se passe, dit Rand, sans cesser de regarder ses mains. L'important, c'est ce qu'on ressent. »

Un week-end, il se rendit à un pique-nique organisé par l'entreprise où il travaillait. Un boulot qu'il détestait. Et pour plaisanter, dans son panier en osier, au lieu de nourriture, il apporta des colombes dressées. Pour tout le monde, c'était un panier de pique-nique comme un autre, encore du vin et de la salade aux pâtes. Rand posa une nappe dessus pour qu'il reste sombre et frais et que ses oiseaux soient silencieux.

Il leur donna en cachette des miettes de pain français. Par les trous, il leur glissa des morceaux de polenta.

Pendant toute la matinée, ses collègues sirotèrent du vin ou de l'eau pétillante et discutèrent des objectifs de leur boîte. D'ordres de mission. De création d'un esprit d'équipe.

Au moment où il sembla qu'ils avaient tous gaspillé un superbe samedi matin, au moment où les conversations s'épuisèrent, alors Rand ouvrit son panier.

Des gens. Ces gens qui travaillaient ensemble chaque jour. Qui pensaient se connaître. Et soudain, ce chaos blanc. Cette tempête qui se déchaînait. Certains hurlèrent. D'autres tombèrent en arrière dans l'herbe. Ils cachèrent leur visage dans leurs mains. Ils renversèrent la nourriture et le vin. Ils tachèrent leurs beaux vêtements.

Et puis, finalement, ils comprirent qu'ils ne risquaient rien. Que ce n'était pas dangereux. Oh, c'était même la chose la plus adorable qu'ils n'aient jamais vue. Ils s'allongèrent sur le gazon, trop stupéfaits pour rire. Pendant un long moment qui leur parut une éternité, ils oublièrent tout ce qui était important et ils observèrent le nuage d'ailes blanches qui montait en volutes dans le ciel bleu.

Ils le regardèrent se déployer en spirale. Une spirale qui s'ouvrit. Les oiseaux, bien dressés, qui rejoignaient ce qu'ils savaient être leur vrai foyer.

« C'est ça qu'il y a à l'intérieur de la Boîte à Cauchemars », dit Rand.

Quelque chose qui va au-delà de la vie-après-la-mort. Ce qu'il y a dans cette boîte, c'est la preuve que ce que nous appelons la vie n'est pas la vie. Notre monde est un rêve. Infiniment faux. Un cauchemar.

Juste un coup d'œil, dit Rand, et ton existence — ta fierté, tes combats et tes inquiétudes — perd tout son sens.

Le petit-fils grouillant de cafards, l'antiquaire, Cassandra qui se rase les cils et disparaît nue comme un ver.

Tous tes problèmes et tes histoires d'amour.

Des illusions.

« Ce que tu vois dans cette boîte, poursuit Rand, c'est un aperçu de la véritable réalité. »

Pour ces deux personnes, assises là, ensemble, sur le sol de ciment de la galerie, avec le soleil et les bruits de la rue qui entrent par les fenêtres, l'endroit semble différent. Ça pourrait être ailleurs, quelque part où elles ne sont jamais allées. C'est à cet instant précis que le tic-tac de la boîte s'arrête.

Et Mme Clark a trop peur de regarder à l'intérieur.

13

On n'a plus rien à manger. Plus d'eau chaude. Bientôt, on risque de se retrouver coincés là dans l'obscurité, à deviner nos déplacements d'une pièce à la suivante comme on déchiffre du braille, en sentant, une main après l'autre, chaque tache molle et moisie sur le papier peint. Ou à ramper sur des tapis gluants, avec les coudes et les genoux tout croûteux de merdes séchées de souris. À progresser, avec les bras et les jambes, dans chaque salissure un peu ferme.

On n'a plus de chauffage, maintenant que la chaudière est de nouveau en panne — comme il convient.

De temps en temps, on entend Saint Descente de Boyaux qui appelle à l'aide — mais ses cris sont aussi étouffés qu'un ultime écho sur un mur lointain.

Il s'est intitulé lui-même Comité du peuple pour attirer l'attention. Toute la journée il longe les murs donnant sur l'extérieur, il cogne en hurlant sur les portes incendie métalliques verrouillées. Mais il se contente de frapper avec la main ouverte. Et il gueule avec discrétion. Juste assez pour prétendre qu'il a essayé. Qu'on a essayé. Qu'on tire le meilleur de la situation en se montrant forts et courageux.

On constituait des comités. On restait de marbre.

On souffrait toujours, même si, une nuit, le fantôme a joué au serpent dans les tuyaux d'évacuation pour remettre les toilettes en état. Avec des pinces, le fantôme a rebranché le gaz au chauffe-eau alors que Camarade Maussade s'était débarrassée de la poignée de la valve. Il a raccordé aussi la prise de la machine à laver et il a même lancé une lessive.

Pour le Révérend Impie, notre fantôme, c'est le dalaï-lama. Pour la Comtesse Extralucide, c'est Marilyn Monroe. Ou la chaise roulante vide de M. Whittier, dont le chrome brille dans son ancienne chambre.

Pendant le cycle de rinçage, le fantôme a pensé à ajouter une dose d'assouplissant.

Entre la cueillette des ampoules, les appels à l'aide et la résistance aux bonnes actions du fantôme, il ne nous reste pratiquement plus de temps de libre. Ne serait-ce que veiller à ce que la chaudière reste en panne est un boulot à temps plein.

Le pire c'est qu'on ne pourra rien mettre de tout cela dans le scénario définitif. Non, il faut qu'on ait l'air de souffrir. Qu'on soit affamés et mutilés. On devrait être en train de supplier qu'on vienne à notre secours. Et Mme Clark devrait être là à nous mener d'une main de fer.

Tout cela ne marche pas suffisamment mal. On a même moins faim que ce qu'on voudrait. C'est décevant.

« On a besoin d'un monstre », déclare Sœur Autodéfense, les coudes plantés sur la boule de bowling qui repose sur ses cuisses.

À ces mots, elle enfonce la pointe d'un couteau sous un ongle et elle glisse la lame d'un côté à l'autre pour le faire sauter, puis elle recommence l'opération avec l'ongle suivant, en ajoutant : « La base d'une histoire d'horreur, c'est que l'endroit soit hostile. »

Elle vire chacun de ses ongles d'une chiquenaude, secoue la tête et dit : « C'est pas tellement douloureux quand tu penses à la masse d'argent que les cicatrices te rapporteront. »

C'est tout ce qu'on peut faire, à part sortir de force Mme Clark de sa loge pour l'obliger, sous la menace d'un couteau, à nous maltraiter et à nous torturer.

Sœur Autodéfense s'est intitulée elle-même Comité du peuple pour trouver un ennemi correct.

Directrice Reniement se déplace en boitant, les deux pieds protégés dans des tissus de soie. Elle s'est tranchée tous les orteils. Sa main gauche est réduite à rien, un simple morceau de chair et d'os, juste la paume, le pouce – les autres doigts ont disparu –, et elle est entourée de plusieurs couches de tissu. À son autre main, il ne reste que le pouce et l'index, entre lesquels elle tient un de ses doigts coupés dont l'ongle est encore peint de vernis rouge foncé.

Avec ça, elle se traîne de pièce en pièce, de la galerie des Mille et Une Nuit au salon Renaissance italienne en appelant : « Viens, minou, minou, minou. » En murmurant : « Cora ? Viens voir maman, Cora, mon bébé. Le repas est prêt… »

De temps à autre, Saint Descente de Boyaux crie dans un murmure : « Au secours ! Quelqu'un, s'il vous plaît, au secours ! »

Puis on l'entend qui tapote doucement les portes d'incendie.

Super discrètement pour le cas où il y aurait quelqu'un de l'autre côté.

Directrice Reniement s'est intitulée elle-même Comité du peuple pour nourrir le chat.

Miss Éternueuse et le Chaînon Manquant ont monté le Comité pour virer dans les toilettes le reste de la bouffe foutue. Chaque fois qu'ils éliminent un sac, ils ajoutent un coussin ou une chaussure, histoire de s'assurer que les chiottes se boucheront de nouveau.

Agent Cafteur frappe à la porte de la loge de Mme Clark en criant : « Écoute-moi ! »

En criant : « Ça ne peut pas être toi, la victime, ici. On a voté pour que tu sois la nouvelle méchante. »

Agent Cafteur s'est intitulé lui-même Comité du peuple pour nous trouver un autre démon.

Les « pêches » que l'Entremetteur « cueille » et qu'il tend à la Baronne Gelures… Les « pêches » qu'elle stocke avec tant de soin dans des boîtes rembourrées avec de vieilles perruques… Chaque soir, le Comte de la Calomnie les emporte au dernier sous-sol et les écrase sur le sol de béton. Il expliquera au monde entier comment Mme Clark les aura détruites volontairement.

Les pièces semblent déjà plus vastes. Plus sombres. Les couleurs et les murs disparaissent dans l'obscurité. Agent Cafteur filme les ampoules cassées et les ongles que Sœur Autodéfense a jetés sur le sol. Des demi-lunes claires qui se ressemblent.

Désormais, en dépit du fantôme, notre existence est devenue presque assez détestable.

Pour Sœur Autodéfense, le fantôme est un héros. Elle dit que nous haïssons les héros.

« La civilisation fonctionne toujours mieux, dit-elle en enfonçant la pointe de son couteau sous un autre de ses ongles, quand on a un croque-mitaine. »

Voir Dire

Un poème sur Sœur Autodéfense

« Un homme est condamné à un million de dollars
d'amende, dit Sœur Autodéfense,
parce qu'il a une sale gueule. »
Le premier jour où elle fait partie d'un jury.

Sœur Autodéfense, sur scène, un livre à la main
pour protéger le
devant de son chemisier.
Son chemisier à froufrous jaunes bordé de
dentelle blanche.
Le livre, reliure de cuir noir et titre poinçonné
à la feuille d'or,
sur la couverture :
La Sainte Bible.
Sur son visage, des lunettes aux montures noires.
Son seul bijou, un bracelet dont les breloques
se balancent et tremblotent.
Ses cheveux sont teints du même noir foncé que le
cirage de ses chaussures. Que sa Bible.

Sur scène, au lieu d'un projecteur, un fragment de film :

Les reflets des deux verres de ses lunettes vous éblouissent
de chaises électriques et de potences.
Des extraits de mauvaises bandes d'actualités
montrant des prisonniers
condamnés à la chambre à gaz
ou au peloton d'exécution.
Là où ses yeux devraient se trouver,
pas d'yeux.

Pour sa première journée dans le jury,
l'affaire suivante,
c'est un homme qui a trébuché
sur un trottoir et qui a porté plainte
contre le propriétaire de la voiture de luxe
sur laquelle il est venu s'écraser.
Réclamer cinquante mille dollars
sous prétexte qu'on est un empoté aussi stupide.
« Tous ces gens qui n'ont aucun sens
de la coordination physique »,
dit Sœur Autodéfense.
Ils sont très doués pour *accuser les autres*.

Un autre type demandait cent mille dollars à quelqu'un
qui avait laissé son tuyau d'arrosage traîner
dans son jardin. Il s'y était pris les pieds
et s'était cassé la cheville
en essayant d'échapper aux flics
qui le poursuivaient dans le cadre d'une autre affaire,
de viol cette fois

Ce violeur estropié exigeait une fortune pour ses souffrances.

Ici, sur la scène, avec ses breloques argentées qui illuminent la dentelle de son poignet,
sa Bible coincée entre les derniers doigts de ses deux mains,
et ses derniers ongles vernis du même jaune
que ses froufrous,
Sœur Autodéfense précise qu'elle paie ses impôts dans les temps.
Elle ne traverse jamais hors des clous.
Recycle ses plastiques. Prend l'autobus pour aller bosser.

« À ce moment-là », explique Sœur Autodéfense,
lors de ce premier jour où elle a fait partie
d'un jury, « j'ai dit au juge… »
Une espèce de version baroque de :
« C'est quoi ce bordel ? »
Et c'est *elle* que le juge a regardée avec mépris…

Crépuscule civil

Une nouvelle de Sœur Autodéfense

C'était l'été où les gens ont cessé de se plaindre du prix de l'essence. L'été où ils ont arrêté de râler contre les programmes de télévision.

Le 24 juin, le soleil se couchait à 20 h 35. Le « crépuscule civil » se terminait à 21 h 07. Une femme remontait Lewis Street. À la hauteur du pâté de maisons entre la 19e et la 20e Avenue, elle entendit un martèlement. Un son qu'aurait pu produire une sonnette de battage – comme le bruit de pas d'un géant, qu'elle sentait à travers la semelle de ses chaussures plates sur le trottoir en béton. Ça revenait toutes les quelques secondes, de plus en plus puissant à chaque coup, de plus en plus proche. Le trottoir était désert et la femme se recula jusqu'au mur de brique d'un hôtel d'appartements. De l'autre côté de la rue, un Asiatique se tenait sur le seuil vitré brillamment illuminé de sa boutique de traiteur et il s'essuyait les mains dans une serviette blanche. Quelque part dans l'obscurité entre deux lampadaires, du verre se brisa. Les pas lourds reprirent et une alarme de voiture se mit à hurler. Le bruit se rapprocha, quelque chose d'invisible contre la nuit. Une boîte à journaux se renversa et finit sa course sur la chaussée. Et puis le vacarme recommença, dit la femme, et les vitres d'une cabine téléphonique volèrent en éclats à trois voitures de l'endroit où elle se tenait.

D'après un entrefilet du quotidien du lendemain, elle se nommait Theresa Wheeler. Trente ans. Employée dans un cabinet d'avocats.

À ce moment-là, l'Asiatique s'était réfugié dans sa boutique. Il retourna sa pancarte pour annoncer : Fermé. Sa serviette blanche toujours à la main, il se précipita dans le fond de la salle, puis les lumières s'éteignirent.

La rue, maintenant, était plongée dans le noir. L'alarme antivol hurlait toujours. Et le martèlement revint, si violent et si proche que le reflet de Wheeler oscilla dans la vitrine sombre du traiteur, dont le verre épais s'était mis à trembler. Une boîte aux lettres, boulonnée au trottoir, gronda comme un canon puis oscilla, vibrante et toute cabossée. Un poteau en bois qui portait les lignes électriques et téléphoniques vacilla et les câbles s'entrechoquèrent en crachant des étincelles, tels des feux d'artifice, un soir d'été.

À un pâté de maisons de l'endroit où se trouvait Theresa Wheeler, vers le bas de la rue, le Plexiglas d'un Abribus, avec sa photo rétroéclairée d'une star du ciné en sous-vêtements, explosa.

Wheeler resta plaquée contre le mur, ses doigts s'accrochant comme du lierre aux joints de mortier entre les briques. Elle appuya si fort sa tête en arrière que lorsqu'elle se rendit au commissariat de police pour raconter son histoire, la surface rugueuse des briques lui avait arraché une partie des cheveux.

Et ensuite, dit-elle, plus rien.

Plus rien ne se produisit. La rue obscure resta déserte.

Tout en disant cela, Sœur Autodéfense enfonce un couteau sous un de ses ongles et fait levier pour le détacher.

Le crépuscule civil, explique-t-elle, correspond à une position du soleil à moins de six degrés sous l'horizon. Ces six degrés égalent à peu près une demi-heure. C'est différent, ajoute Sœur Autodéfense, du crépuscule nautique, qui dure jusqu'à ce que le soleil descende à douze degrés sous l'horizon. Quant au crépuscule astronomique, il s'étend jusqu'au moment où le soleil dépasse les dix-huit degrés sous l'horizon.

La Sœur dit que quelque chose que personne n'a jamais vu, au bas de la rue en pente où se trouvait Theresa Wheeler, a enfoncé le toit d'une voiture arrêtée à un feu rouge près de la 16e Avenue. Le même rien insaisissable a arraché l'enseigne au néon du Tropics Loundge, écrasant le tube et pliant l'acier en deux à la hauteur d'une fenêtre du second étage.

Et cependant, il n'y avait rien à décrire. Effet sans cause. Une émeute invisible a ravagé Lewis Street, depuis la 20e Avenue jusqu'au front de mer.

Le 29 juin, dit Sœur Autodéfense, le soleil s'est couché à 20 h 36.

Le crépuscule civil s'est terminé à 21 h 08.

À en croire un gars qui s'occupait du guichet de l'Olympia Adult Theater, un truc était passé en trombe devant la vitre de sa cabine. Un truc qu'il n'avait pas pu voir. C'était plutôt comme un déplacement d'air, un bus fantôme ou une respiration gigantesque, mais si près que le tas de billets de banque, devant lui, s'est envolé. Juste un son aigu. Du coin de l'œil, le gars s'est rendu compte que les lumières du café-restaurant, de l'autre côté de la rue, palpitaient et clignotaient comme si quelque chose avait masqué le monde entier l'espace d'un instant.

Dans la foulée, le vendeur de tickets a décrit le même martèlement que Theresa Wheeler. Un chien aboyait quelque part dans la nuit. C'était un bruit de pas, dit-il à la police. Le bruit de quelque chose qui faisait des pas géants. Un seul pied immense qu'il ne vit jamais était passé devant lui à portée de souffle.

Le 1er juillet, les gens se plaignaient de la pénurie d'eau. Ils râlaient à cause des coupes dans le budget municipal et de tous ces flics licenciés. Il y avait de plus en plus de rôdeurs. De tags et d'attaques à main armée.

Le 2 juillet, plus personne ne protestait.

Le 1er juillet, le soleil se coucha à 20 h 34 et le crépuscule civil se termina à 21 h 03.

Le lendemain, une femme qui sortait son chien découvrit le corps de Lorenzo Curdy avec tout un côté du visage enfoncé.

« Il était mort, dit Sœur Autodéfense. Hémorragie subarachnoïde », précise-t-elle.

Juste avant d'être frappé, le gars a dû sentir quelque chose, peut-être un souffle d'air, quelque chose en tout cas, car il s'est protégé avec ses mains. Quand on l'a retrouvé, celles-ci étaient écrasées et enfoncées si profondément dans son visage que ses doigts étaient plantés dans son cerveau aplati comme une crêpe.

Dans la rue, c'est au moment où tu passes entre deux lampadaires, là, dans cette zone obscure, que tu le perçois. Ce bruit de pas. Certaines personnes ont parlé d'un son très sourd. Tu peux aussi l'entendre une seconde fois, plus près, ou, pire, tu seras peut-être la victime suivante. Les gens l'entendent arriver, une fois, deux fois, plus près, et ils sont comme paralysés. Ou alors ils forcent leurs pieds à avancer, le gauche, le droit, le gauche, trois ou quatre pas jusqu'à l'embrasure de porte la plus proche. Ou ils s'accroupissent et se recroquevillent, terrorisés, derrière les véhicules garés le long du trottoir. Au choc suivant, ça s'est rapproché, il y a un grand fracas et une alarme de voiture se met à mugir. Il descend la rue, il vient, il est plus puissant et il prend de la vitesse.

Dans une totale obscurité, Sœur Autodéfense dit que ça va frapper — boum — tel un éclair de lumière noire.

Le 13 juillet — le soleil se couche à 20 h 33 et le crépuscule civil finit à 21 h 03 —, une certaine Angela Davis vient juste de quitter son boulot dans un pressing sur Center Street quand le rien la heurte et lui brise la colonne vertébrale avec une telle violence que le choc la décolle de ses chaussures.

Le 17 juillet, quand le crépuscule civil se termine à 21 h 01, un type nommé Glenn Jacobs descend d'un autobus et remonte Porter Street en direction de la 25e Avenue. Quelque chose que personne ne voit le cogne si fort que sa cage thoracique est enfoncée.

Que sa poitrine est écrasée comme un vulgaire panier en osier.

Le 25 juillet, la fin du crépuscule civil est à 20 h 55. Mary Leah Stanek est la dernière à faire du jogging sur Union Street. Elle s'arrête pour rattacher le lacet de sa tennis et pour vérifier son pouls avec sa montre. Elle ôte sa casquette de base-ball, puis elle la remet à l'envers et fait disparaître ses longs cheveux châtains à l'intérieur.

Elle recommence à courir vers l'ouest sur Pacific Street – et puis elle est morte. Son visage a été arraché de sa tête et des muscles qui le supportent.

« Avulsion », dit Sœur Autodéfense.

Sur ce qui a tué Mary Leah Stanek, les empreintes ont été essuyées. Mais du sang coagulé et des cheveux y sont collés. On a finalement retrouvé l'arme du crime coincée sous une voiture en stationnement, plus bas, sur la 2e Avenue.

Une boule de bowling, a indiqué la police.

Ces boules, maculées et noires de graisse, vous pouvez en acheter dans n'importe quelle boutique d'articles d'occasion pour un demi-dollar. Vous n'avez que l'embarras du choix, ils en ont des caisses entières. Quelqu'un qui s'en procurerait sur une certaine période de temps, disons une boule par an dans chaque brocante de la ville, pourrait en accumuler des centaines. Et c'est facile aussi de se tirer d'un bowling avec une boule de quatre kilos sous sa veste. Ou une de six kilos planquée dans une poussette de bébé, une arme à peine dissimulée.

La police a donné une conférence de presse dans un parking. Quelqu'un a lancé violemment une de ces boules sur le sol de béton. Elle a rebondi. Elle a produit le son d'une sonnette de battage dans le lointain. Elle a rebondi très haut, au-dessus de la tête du gars qui l'a lancée. Elle n'a pas laissé de marque sur le sol et les flics ont expliqué que s'il y avait eu une pente à cet endroit, elle aurait continué à descendre en rebondissant, toujours plus haut, toujours plus vite, à pas de géant. Ils en ont balancé une autre d'une fenêtre du second étage de leur quartier général et ses rebonds ont été encore plus puissants. Des équipes de télé ont enregistré la chose et, ce soir-là, toutes les chaînes ont diffusé ces images.

Le conseil municipal vota une loi qui obligeait à peindre en rose vif toutes les boules de bowling. Ou en jaune, en orange, ou en vert fluo, une couleur que tu pourras voir foncer vers toi tard, la nuit, dans une rue obscure. Qui te donnera quelques secondes pour l'esquiver avant – vlam ! – qu'elle ne t'écrase la tête.

Les pères de la cité votèrent une loi qui faisait un crime de la possession de boules de bowling noires.

Selon la police il s'agissait d'un tueur *aux mobiles non spécifiques*. Comme Herbert Mullin qui assassina dix personnes pour empêcher les tremblements de terre dans le sud de la Californie. Ou Norman Bernard qui descendit des hobos parce qu'il estimait que cela aiderait l'économie. Le FBI, lui, parlait de tueurs *avec des raisons personnelles*.

Sœur Autodéfense dit : « Les flics pensaient que le meurtrier était leur ennemi. »

Les gens, eux, prétendaient que la boule de bowling était une opération clandestine de la police. Que c'était une diversion. Un faux monstre. Un moyen radical d'obliger tout le monde à rester calme.

Le 31 juillet, le soleil se trouva à six degrés sous l'horizon à 20 h 49. Ce soir-là, Darryl Earl, un SDF, dormait sur Western Avenue. Il avait posé, ouvert sur son visage, un exemplaire en poche du roman de Robert Heinlein *En terre étrangère*, lorsque quelque chose lui broya la poitrine, entraînant un collapsus pulmonaire et une rupture du muscle cardiaque.

Selon un témoin, le tueur avait jailli des eaux de la baie et avait escaladé la digue. Un autre indiqua que le monstre, dégoulinant de vase, était sorti des égouts. Ces mêmes personnes prétendirent que les résultats des expertises médico-légales correspondaient à une violente claque du membre antérieur d'un lézard géant qui se déplaçait sur ses pattes arrière. L'écrasement de la cage thoracique était la preuve absolue que la victime avait été piétinée par un dinosaure survivant.

Quelque chose est passé à toute vitesse, indiquèrent certains témoins, quelque chose très bas sur le sol, trop rapide pour être un animal. Pour d'autres, c'était un maniaque pris de folie furieuse qui se baladait en ville avec une masse de vingt-cinq kilos. Un témoin déclara que nous étions châtiés par le Dieu de l'Ancien Testament. Écrasés par un être avec une énorme patte. Aussi noir que la nuit. Silencieux et invisible.

Chacun aperçut un truc différent.

« Ce qui compte, dit Sœur Autodéfense, c'est que les gens ont besoin d'un monstre auquel ils sont capables de croire. »

Un ennemi véritable et horrible. Un démon vis-à-vis duquel ils peuvent se définir. Sinon, c'est juste nous contre nous.

Tout en enfonçant la pointe de son couteau sous l'ongle suivant, elle ajoute : « Ce qui compte, c'est que le taux de criminalité ait diminué. »

En des moments comme celui-ci, chaque homme est un suspect et chaque femme une victime potentielle.

Le public a été tout aussi motivé pendant les meurtres de Whitechapel, dit-elle. Pendant l'épisode de Jack l'Éventreur. Au cours de ces cent jours, le taux d'assassinats a chuté de quatre-vingt-quatorze pour cent – juste à cause de cinq prostituées. La gorge ouverte. Un rein à moitié dévoré. Des boyaux plantés à travers la chambre sur des crochets à tableaux. Les organes sexuels et un fœtus embarqués comme souvenirs. Au cours de ces cent jours, les cambriolages ont baissé de quatre-vingt-cinq pour cent. Les agressions de soixante-dix pour cent.

Sœur Autodéfense explique que personne ne voulait être la prochaine victime de l'Éventreur. Les gens verrouillaient leurs fenêtres. Surtout, ils ne voulaient pas être accusés d'être le tueur. Le soir, plus personne n'osait mettre le nez dehors.

Durant la série des meurtres d'enfants d'Atlanta, quand trente gosses furent étranglés, attachés aux arbres, poignardés, battus à mort, flingués par arme à feu, la majeure partie de la ville vécut une période de tranquillité et de sécurité comme elle n'en avait jamais connu.

À l'époque des Torso Murders de Cleveland. De l'Étrangleur de Boston. De l'Éventreur de Chicago. Du Matraqueur de Tulsa. Du Tailladeur de Los Angeles…

À chaque fois, au moment de ces tueries, le taux

de criminalité diminua dans chacune de ces villes. À part une poignée de victimes mises en avant par les médias, avec leurs bras tranchés et leurs têtes coupées dispersées un peu partout, à part ces sacrifices spectaculaires, ces cités bénéficièrent alors de la période la plus sûre de leur histoire.

Pendant les homicides de l'Homme à la Hache de La Nouvelle-Orléans, le tueur écrivit au journal local, le *Times-Picayune*. La nuit du 19 mars, il s'engagea à n'assassiner personne dans une maison où il entendrait du jazz. Ce soir-là, La Nouvelle-Orléans baigna dans un délire de musique et personne, en effet, ne fut massacré.

« Dans une cité où la police a un budget limité, dit Sœur Autodéfense, un tueur en série médiatique est un moyen efficace de modification du comportement. »

Avec l'ombre de cet horrible croque-mitaine, parcourant les rues du centre, plus personne ne râlait contre le taux de chômage. Contre le manque d'eau. Les embouteillages.

Lorsque l'ange de la mort passe d'une maison à l'autre, les gens restent groupés. Ils cessent de se plaindre et de mal se conduire.

À ce moment du récit de Sœur Autodéfense, la Directrice Reniement se pointe et appelle Cora Reynolds en sanglotant.

C'est une chose, dit la Sœur, quelqu'un qui est tué, quelqu'un avec une cage thoracique enfoncée essayant de respirer une dernière fois avant de mourir, qui s'étouffe et qui gémit, les lèvres déformées, qui cherche une dernière bouffée d'air. Tu peux t'agenouiller à côté de lui dans la rue obscure sans aucun témoin, dit-elle. Tu vois ses yeux devenir vitreux. Mais tuer un animal, bon, c'est une autre affaire. Les animaux, dit-elle, les chats ou les chiens, ce sont eux qui font notre humanité. Ils en sont le témoignage. Les autres êtres humains, ils nous font juste nous sentir inutiles. Avec un chat ou un chien, un oiseau ou un lézard, on est Dieu.

Toute la journée, dit la Sœur, nos plus grands ennemis ce sont les autres. Coincés avec nous dans les embouteillages. Devant nous, dans la queue au supermarché. Ce sont les caissières qui nous haïssent de leur donner tant de travail. Non, les gens ne veulent pas que ce tueur soit un être humain. Mais ils sont d'accord pour qu'il fasse des victimes.

Dans l'ancienne Rome, dit Sœur Autodéfense, au Colisée, l'éditorialiste organisait les jeux sanglants afin que le peuple reste pacifique et uni. C'est de là que vient le terme éditorialiste pour la presse. Aujourd'hui, c'est lui qui décide du menu des meurtres, des viols, des incendies volontaires et des agressions qu'il met en une de notre journal.

Bien sûr, il y eut un héros. Par hasard, le 2 août — coucher du soleil à 20 h 34 —, une certaine Maria Alvarez, vingt-sept ans, quittait l'hôtel où elle travaillait comme comptable. Elle s'arrêta sur le trottoir pour allumer une cigarette quand on la tira en arrière. À cet instant précis, le monstre passa à toute allure. Un homme venait de sauver la vie de Maria Alvarez. Toute la ville le célébra à la télévision, mais en leur for intérieur, les gens le haïssaient.

Ce héros, ce Messie, ils n'en voulaient pas. Ce crétin total avait épargné une vie, mais pas la leur. Les gens, eux, souhaitaient un sacrifice tous les quelques jours, une victime à balancer dans le volcan. Leur offrande régulière au destin.

Voilà comment ça a fini. Un soir, le monstre se paya un chien. Un petit cabot tout en poils à l'extrémité d'une laisse, attaché à un parcmètre sur Porter Street, aboyant alors que le martèlement approchait. Plus il approchait, plus le cabot gueulait.

Une vitrine se fendille – une toile d'araignée de verre. Une bouche d'incendie cliquette, sa fonte se craquelle et crache un rideau d'écume. Un rebord de fenêtre explose en une pluie de gravillons et de ciment. Un parcmètre se balance, avec, à l'intérieur, ses pièces qui s'entrechoquent. Un panneau d'acier « Défense de stationner » se plie, tordu sur son pied métallique qui continue un instant de trembler à la suite d'un impact invisible.

Un martèlement supplémentaire et les aboiements cessent.

Après cette nuit-là, le monstre semblait avoir disparu. Une semaine s'écoula, et les rues étaient toujours vides après la tombée du jour.

Un mois s'écoula, et les éditorialistes n'eurent plus de nouvelles horribles à mettre à la une de leurs journaux. Une guerre quelque part ailleurs. Une nouvelle forme de cancer.

Le 10 septembre, le soleil se coucha à 20 h 02. Curtis Hammond sortait d'une séance de thérapie de groupe à laquelle il assistait chaque semaine au 257 West Mill Street. Il desserrait sa cravate quand cela se produisit. Il venait juste d'ouvrir le bouton de son col et, à cet instant, il se retourna pour regarder le haut de la rue. Il sourit à cet air chaud qui baignait son visage, il ferma les yeux, et l'aspira par le nez. Un mois plus tôt, tout le monde en ville avait entendu parler de lui en une des quotidiens. Au journal télévisé. Il avait empêché le monstre de tuer une comptable. Il avait empêché Dieu de la châtier.

Ce héros dont on ne voulait pas.

Le 10 septembre, le crépuscule civil se terminait à 20 h 34 et, un instant plus tard, Curtis Hammond tourna la tête quand il entendit un bruit. Sa cravate desserrée, il essaya d'y voir quelque chose dans l'obscurité. Souriant de toutes ses dents qui brillaient, il dit : « Hello ? »

14

On trouve Camarade Maussade effondrée sur le tapis devant un canapé, dans le foyer du second balcon. Son visage blanc-bleu entouré par l'espèce de coussin que forment ses perruques grises dégueulasses. Des perruques empilées les unes sur les autres et fixées ensemble par des épingles. Elle ne bouge pas. Ses mains sont des os entourés des tendons à l'intérieur de ses gants de velours noir qui lui servent de chair. Sa peau forme une sorte de toile d'araignée sur les muscles de son cou émacié. Ses joues et ses yeux fermés sont creux et enfoncés.

Elle est morte.

Ses pupilles ont la taille d'un trou d'épingle quand le Comte de la Calomnie soulève ses paupières avec un pouce. On vérifie la rigidité cadavérique sur ses bras, les mouchetures et les dépôts sanguins de sa peau, mais sa viande est encore fraîche.

À présent, nos royalties ne seront plus divisées qu'en quatorze.

Du pouce, le Comte de la Calomnie lui referme les yeux.

Et même en treize, si Miss Éternueuse continue à

tousser comme ça. Et en douze si l'Entremetteur trouve le courage de se trancher la bite.

Désormais, Camarade Maussade est membre permanent du club des figurants. Une tragédie que nous, les survivants, nous avons le devoir de raconter. Maintenant qu'elle y est passée, nous témoignerons de son courage et de sa gentillesse formidables. Juste un accessoire de notre histoire.

« Si elle est morte… ça fait de la nourriture », dit Miss America.

Elle est postée en haut des escaliers du vestibule, accrochée d'une main à la rambarde dorée. De son autre main, elle se tient le ventre.

« Vous savez bien qu'elle nous aurait bouffés », ajoute-t-elle. Elle serre la rambarde posée sur des chérubins dodus et promet : « Elle aurait été d'accord qu'on fasse la même chose avec elle. »

Le Comte de la Calomnie intervient : « Vous n'avez qu'à la mettre sur le ventre, si ça peut vous faciliter les choses. Comme ça, vous ne verrez plus son visage. »

Et donc, on la retourne et Chef Cuisinier Assassin s'agenouille à côté d'elle et remonte ses couches de jupes et de jupons, de mousseline et de crinoline, bien au-dessus de sa taille et il révèle sa culotte de coton jaune qui pendouille autour de ses fesses pâles et plates. Il demande : « Vous êtes sûrs qu'elle est vraiment clamsée ? »

Miss America se penche sur elle et glisse deux doigts le long du cou en toile d'araignée de Camarade Maussade à l'intérieur de son col de dentelle qui remonte haut, et elle presse sa peau blanc-bleu. Chef Cuisinier Assassin la suit du regard, toujours agenouillé, son couteau à désosser à la main, avec une lame d'acier de dix centimètres de longueur. De son autre main, il retient la masse de dentelles grises et blanches et de mousseline jaune, la pile de jupes et de jupons. Il jette un œil sur la lame de son couteau et murmure :

« Vous pensez qu'on devrait la stériliser ?

– C'est pas une opération de l'appendicite », réplique Miss America, ses deux doigts toujours collés contre le cou de la morte. « Si ça t'inquiète vraiment, on fera juste cuire la viande plus longtemps… »

En un sens, la Donner Party[1] a eu de la chance, dit le Comte de la Calomnie sans cesser de griffonner sur son bloc-notes. Tout comme l'équipe de rugby sud-américaine dont l'avion s'est écrasé dans les Andes en 1972. Ces gens ont été plus vernis que nous. Le mauvais temps était de leur côté. La réfrigération. Quand l'un d'eux passait l'arme à gauche, les autres avaient toute latitude de discuter les points les plus subtils de la conduite humaine acceptable. Ils n'avaient qu'à enterrer les cadavres dans la neige, jusqu'au moment où ils étaient trop affamés pour se préoccuper d'éthique.

Ici, même au sous-sol, et même au dernier sous-sol, avec les corps de Dame Clocharde, de M. Whittier et du Duc des Vandales emballés dans du velours, il ne fait pas assez froid. Si on ne mange pas tout de suite Camarade Maussade, avant que ses bactéries ne se lancent dans leur propre festin, elle sera fou-

1. L'un des épisodes les plus sombres de l'histoire de la colonisation de la Californie. Cette communauté de pionniers isolés dans une vallée de la sierra Nevada a fini par s'entre-dévorer au cours de l'hiver 1846. *(N.d.T.)*

tue. Elle gonflera et pourrira. Elle deviendra si toxique qu'on pourra la faire tourner et tourner encore dans le micro-ondes autant qu'on voudra, on n'en tirera aucune calorie acceptable.

Non, si on ne s'y met pas illico – si on ne la découpe pas, ici et maintenant, sur ce tapis doré et fleuri, à côté des canapés et des lampes en cristal en forme de bougeoirs du vestibule du second balcon –, un autre d'entre nous sera mort demain. Ou après-demain. Chef Cuisinier Assassin, avec son couteau à désosser, déchirera ses sous-vêtements pour révéler son derrière blanc-bleu, plat et flétri, et les baguettes de ses cuisses. Ses creux poplités devenus gris.

L'un d'entre nous, juste de la viande prête à se décomposer.

Sur une de ses fesses aplaties, le tissu de sa culotte flotte et révèle un tatouage, une rose en pleine floraison. Exactement ce qu'elle nous avait dit.

Ces rugbymen, perdus dans les Andes – c'est parce qu'il a lu leur livre que notre Chef Cuisinier Assassin sait qu'il faut d'abord découper le cul.

Miss America ôte ses deux doigts du cou glacé de la morte et se redresse. Elle leur souffle dessus, un souffle tiède, puis se frotte les mains, rapidement, et les fourre dans les pans de sa jupe.

« C'est terminé, pour Maussade », assure-t-elle.

Derrière elle, la Baronne Gelures se dirige vers l'escalier qui descend au vestibule. Avec ses jupes bruissantes et traînant par terre, elle dit en s'éloignant : « Je vais chercher une assiette ou un plat qui pourra nous servir. La façon dont on présente la nourriture est *si importante* », ajoute-t-elle.

Et la voilà partie.

« Bon, demande Chef Cuisinier Assassin, est-ce que quelqu'un pourrait tenir toutes ces merdes à ma place ? »

Et il écarte du coude l'entassement de vêtements et de tissus raides qui retombent sans cesse à l'endroit où il veut travailler.

Le Comte de la Calomnie enjambe le cadavre et se place à califourchon à la hauteur de sa taille, tourné vers ses pieds. Les jambes de Camarade Maussade disparaissent dans des chaussettes blanches retroussées jusqu'au milieu de ses mollets filiformes aux veines apparentes. Elle porte des chaussures rouges à talons hauts. Des deux mains, le Comte de la Calomnie rassemble toutes ses jupes et s'accroupit en les ramenant en arrière. Avec un soupir, il pose son derrière sur les omoplates de Camarade Maussade, ses genoux pointés vers le plafond et ses bras perdus dans ses robes et ses dentelles. Le micro à petites mailles dépasse de la poche de sa chemise. La lumière rouge ENREGISTREMENT clignote.

Alors, d'une main, les doigts ouverts, Chef Cuisinier Assassin agrippe la peau d'une des fesses de la morte. De l'autre, il abaisse son couteau. Il trace une ligne tout le long du globe blanc-bleu de Camarade Maussade et celle-ci s'élargit au fur et à mesure que sa lame progresse. Il la maintient parallèle à la raie de son cul. La ligne paraît noire contre la pâleur de sa peau, puis rouge foncé et, finalement, elle se met à couler, rouge vermillon, sur ses vêtements. Vermillon, le couteau à désosser. Du vermillon d'où monte de la vapeur. Vermillon, les mains du Chef Cuisinier

Assassin – qui grommelle : « Est-ce qu'un mort est censé *saigner* autant ? »

Personne ne répond.

Une, deux, trois, quatre fois, quelque part ailleurs, Saint Descente de Boyaux murmure : « Au secours ! »

Le coude du Chef Cuisinier Assassin monte et descend et sa petite lame entre et sort de ce gâchis rougeâtre, à la façon d'une scie. Sa ligne droite du début a disparu dans cette espèce de ragoût de chair. La vapeur qui s'en échappe a l'odeur sanguinolente d'un Tampax, de ce relent de toilettes pour femmes dans l'air froid. Il arrête de scier et une de ses mains soulève un morceau de quelque chose de rouge, que ses yeux refusent de regarder. Ses yeux restent fixés sur le gâchis, vermillon, au cœur de ces congères de jupons. Cette grosse fleur fumante, ici, sur le tapis du foyer du second balcon. Le Chef Cuisinier Assassin agite le morceau de chair à l'extrémité de son bras. Il n'a pas le courage de contempler cette chose qui dégouline d'un sang rouge foncé. Et il dit : « Attrapez ça. Quelqu'un… »

Mais personne ne tend la main.

Il y a sa rose tatouée, là, au cœur de ce bout de viande.

Chef Cuisinier Assassin ne le regarde toujours pas et répète en hurlant : « Attrapez ça ! »

Un bruissement de satin de conte de fées et de robe de brocart, et la Baronne Gelures est de retour parmi nous. Elle s'exclame : « Oh, mon Dieu… »

Une assiette en papier se balance sous le morceau rouge dégoulinant que le Chef Cuisinier Assassin finit par lâcher. Sur l'assiette, c'est de la viande. Un petit steak. Ou une côtelette. Ou cette pièce toute en longueur nommée filet sur l'étal des bouchers.

Le coude de Chef Assassin Cuisinier recommence son manège, et le mouvement de scie redémarre. Son autre main lève les morceaux sanguinolents les uns après les autres depuis le centre rouge fumant de cette grande fleur blanche. Maintenant, il y a une pile épaisse sur l'assiette en papier qui menace de se plier en deux sous son poids. Du jus rouge déborde d'un côté. La Baronne Gelures s'empresse d'aller en chercher une autre. Que le Chef Cuisinier Assassin remplit aussi.

Le Comte de la Calomnie, toujours assis sur le dos du cadavre, change de position pour éloigner son visage de ce gâchis bouillonnant. Rien à voir avec l'absence d'odeur de la viande froide et hygiénique des supermarchés. Ici, ça pue les animaux à moitié écrasés par une voiture, qui laissent derrière eux une trace de merde et de sang tandis qu'ils rampent avec leurs jambes arrière brisées sur une nationale, en plein été… Ici, ça sent l'odeur sale d'un bébé qui vient de naître.

Puis le cadavre – Camarade Maussade – laisse échapper un petit gémissement.

L'espèce de grognement de quelqu'un qui rêve pendant son sommeil.

Surpris, Chef Cuisinier Assassin s'écroule en arrière, avec ses deux mains dégoulinantes. Son couteau est toujours planté dans le cœur écarlate de la fleur – jusqu'à ce que les jupes et les jupons, précipitamment abandonnés par le Comte de la Calomnie, retombent en voltigeant et dissimulent cette horreur. La Baronne Gelures lâche la première assiette en papier où la viande est entassée. La fleur se referme. Le Comte de la Calomnie saute sur ses pieds et s'écarte de la morte. Quant à nous, nous nous tenons un peu à l'écart.

On observe. On écoute.

Il faut que quelque chose se passe.

Il faut que quelque chose se passe.

Et puis une, deux, trois, quatre fois, quelque part ailleurs, Saint Descente de Boyaux murmure : « Au secours ! »

Sa voix de stentor, douce et régulière.

Et à un autre endroit, on entend Directrice Reniement qui appelle : « Viens… Minou, minou, minou… » Ses mots sont entrecoupés de silence et puis de sanglots. Elle dit : « Viens… voir maman… Mon bébé… »

Les mains de Chef Cuisinier Assassin sont souillées d'une espèce de colle rouge, il plie les doigts, il ne touche plus rien, il se contente de regarder le corps et il grommelle : « Tu m'avais dit que… »

Miss America est accroupie, penchée en avant, et ses bottes de cuir crissent. De nouveau, elle glisse deux doigts dans le col de dentelle et les appuie sur le cou blanc-bleu. Elle promet : « Maussade est morte. »

Hochant la tête en direction du Comte de la Calomnie, elle ajoute : « Tu as dû faire sortir un reste d'air de ses poumons. »

Et puis elle hoche la tête de nouveau en regardant la viande tombée de l'assiette en carton, couverte de poussière et de peluches du tapis du foyer, et elle dit : « Ramassez ça… »

Le Comte de la Calomnie rembobine sa cassette

et on entend la voix de Camarade Maussade qui gémit encore et encore. Notre perroquet. La mort de Camarade Maussade enregistrée sur la mort du Duc des Vandales, enregistrée sur la mort de M. Whittier, enregistrée sur la mort de Dame Clocharde.

Camarade Maussade a probablement succombé à une crise cardiaque. Pour Mme Clark, cela vient d'un déficit de thiamine – plus communément appelée vitamine B. Ou alors, d'un manque de potassium dans son sang qui entraîne une faiblesse musculaire puis, là aussi, une crise cardiaque. C'est comme ça que la chanteuse Karen Carpenter est morte en 1983, après des années d'anorexie. On l'a retrouvée étendue par terre, exactement comme ici. Mme Clark ne doute pas qu'il s'agit d'une crise cardiaque.

Elle explique que personne ne meurt réellement de faim. On succombe à une pneumonie à cause de la malnutrition. À un blocage des reins en raison d'une insuffisance de potassium. À des chocs, car l'ostéoporose fragilise les os. On succombe à une attaque par manque de sel.

Cette façon de disparaître, dit Mme Clark, c'est ce qui va nous arriver à tous. À moins que nous ne trouvions à manger.

Enfin, notre démon nous gouverne.

Nous sommes si fiers d'elle.

« C'est aussi facile que de découper des filets de poulet ! » s'exclame Chef Cuisinier Assassin, en remettant le dernier morceau de viande sur l'assiette en papier qui dégouline toujours. « Jésus-Christ tout-puissant, j'aime vraiment ces couteaux… »

Plan B

Un poème sur Chef Cuisinier Assassin

« Pour que tout le monde connaisse ton nom,
dit Chef Cuisinier Assassin,
tu n'as besoin que d'un fusil. »
Il a appris cela très tôt, en regardant les infos. En lisant le journal.

Chef Cuisinier Assassin se tient sur la scène, vêtu de
ces pantalons à carreaux noir et blanc
que seuls portent les cuistots professionnels.
Le tissu flotte, mais il couvre toujours ses fesses.
Ses mains, ses doigts, sont un patchwork
de croûtes et de cicatrices.
De vieilles brûlures brillantes.
Avec ses manches de chemise remontées,
on voit que tous les poils de ses avant-bras sont roussis.
Ses bras et ses jambes sont couverts de tant de
peau flottante aux genoux et aux coudes
qu'ils donnent l'impression d'être pliés.

Sur scène, au lieu d'un projecteur, un extrait de film tremblote :

Deux mains en gros plan, aux ongles immaculés et aux paumes parfaites
telle une paire de gants rose,
découpent des filets de poulet.
Son visage, un écran rond, perdu sous une couche de graisse,
sa bouche perdue sous une petite moustache
genre pinceau à pâtisserie,
Chef Cuisinier Assassin dit :
« C'est mon plan de secours. »

Le Chef dit : « Si mon groupe de rock garage ne signe jamais un contrat pour un disque… »
si son livre ne trouve jamais d'éditeur…
si son scénario n'a jamais le feu vert
d'un producteur…
si aucune chaîne de télé n'achète le pilote
de sa série…
Le Chef, son visage se tortille et tressaute
avec ces mains parfaites :
découpant et désossant,
aplatissant et assaisonnant,
panant, faisant frire, et garnissant,
jusqu'à ce que ce morceau de chair morte soit
trop joli pour être mangé.

Un fusil. Une lunette de visée. Une bonne cible
et un cortège de véhicules.
C'est ce qu'il a appris étant gosse, en regardant les infos à la télévision, chaque soir.
« Comme ça, on ne m'oubliera pas », dit le Chef.
Comme ça, sa vie ne sera pas gâchée.
Il dit : « C'est mon plan B. »

Placement de produit

Une nouvelle de Chef Cuisinier Assassin

À l'intention de M. Kenneth MacArthur
Directeur de Corporate Communications
Kutting-Blok Knife Products, Inc.

Cher monsieur MacArthur,

Juste pour information, vous fabriquez un super couteau. Un excellent couteau.

Le travail professionnel en cuisine est déjà assez dur sans qu'on soit, en plus, forcés de tolérer des instruments de mauvaise qualité. Vous devez produire des pommes *allumettes*[1] irréprochables, c'est-à-dire plus fines qu'un crayon. Vos parfaits *cheveux* d'ange, de la taille d'un fil, deux fois l'épaisseur d'une chips. Vous gagnez votre vie à ciseler des carottes en *brunoise* quand vos casseroles pour le sauté attendent déjà avec le beurre frit, quand les gens hurlent pour avoir ces pommes *mignonnettes* — alors vous apprenez sans tarder la différence entre un couteau de seconde zone et un Kutting-Blok.

1. En français dans le texte, comme tous les termes en italique de ce chapitre. *(N.d.T.)*

Je pourrais vous en raconter, des histoires.

Votre matériel m'a souvent sauvé la mise. Faites des chiffonnades d'endives pendant huit heures d'affilée et vous aurez une idée de ce à quoi ressemble mon existence.

Et pourtant, c'est toujours pareil — vous pouvez *tourner* de petites carottes toute une journée, et les transformer en de merveilleux ballons de foot orange, et voilà que celle que vous ratez atterrira forcément sur l'assiette d'un cuistot nul, un rien du tout avec un diplôme de premier cycle en industrie hôtelière d'un centre universitaire quelconque — juste un bout de papier — qui se prend désormais pour un critique gastronomique. Un connard qui sait à peine comment mâcher et avaler et qui va raconter dans le journal de la semaine suivante comment le chef de *Chez Restaurant* est nul pour *tourner* les carottes.

Une salope — qu'aucun traiteur ne voudrait engager pour détailler des champignons — ose écrire que mes panais en *bâtonnets* sont trop épais.

Ces vendus ! C'est toujours plus facile de pinailler que de préparer un vrai repas.

Chaque fois qu'un client commande un gratin *à la dauphinoise* ou un carpaccio, sachez, s'il vous plaît, que quelqu'un dans notre cuisine fait une petite prière de remerciements à vos couteaux Kutting-Blok. Leur équilibre parfait. Leur manche riveté.

Évidemment, tout le monde aimerait être payé davantage et travailler moins. Mais retourner sa veste, jouer au critique gastronomique, se prétendre un monsieur-je-sais-tout et décocher des coups bas à d'honnêtes gens qui tentent de gagner leur vie en épluchant une langue de veau… en dégraissant des rognons… en ôtant la membrane d'un foie… pendant que les critiques gastronomiques, installés dans leur joli bureau bien propre, rédigent leurs plaintes de leurs jolis doigts bien propres — non, ça n'est tout simplement pas acceptable.

Bien sûr, c'est juste leur opinion. Sauf qu'elle est là, exposée à côté de vraies informations — des famines, des tueurs en série et des tremblements de terre — et imprimée en caractères d'un corps identique. Et là, quelqu'un proteste parce que ses pâtes n'étaient pas assez *al dente*. Comme s'il avait parole divine.

Une garantie négative. Le contraire d'une publicité.

À mes yeux, ceux qui sont capables font. Et ceux qui ne le sont pas se plaignent.

Ce n'est pas du journalisme. Ce n'est pas de l'objectivité. Ils n'écrivent pas un reportage, ils émettent un jugement.

Ces critiques, ils ne réussiraient pas à cuisiner un repas correct même si leur vie en dépendait.

J'avais ces idées-là à l'esprit quand j'ai lancé mon projet.

Aussi professionnel sois-tu, travailler en cuisine, c'est mourir à petit feu à la suite de millions de coupures de couteau.

À la suite de dizaines de milliers de légères brûlures. D'ébouillantements.

Debout toute la nuit sur un sol de béton, déambulant sur des parquets humides ou graisseux. Syndrome du canal carpien — des lésions nerveuses à force de *tourner*, d'émincer, de jouer de la cuillère. De déveiner un océan de crevettes sous de l'eau glacée. Douleurs aux genoux et varices. Blessures aux poignets et aux épaules à cause des mouvements répétitifs. Une carrière de parfaits *calamares rellenos* est un martyre. Une existence passée à cuisiner *l'ossobuco alla milanese* idéal, c'est une longue et lente mort par torture.

N'empêche, vous avez beau être blindé, si vous êtes dénoncé par un journaliste ou un blogueur, ça ne vous aide pas.

Ces critiques en ligne, on en trouve à la pelle. Il suffit d'avoir une grande gueule et un ordinateur.

C'est ce que toutes mes cibles ont en commun. C'est une bénédiction que les flics ne partagent pas davantage leurs informations. Ils auraient pu noter un journaliste free lance à Seattle, un étudiant-critique à Miami, un touriste du Middlewest postant ses opinions sur un site Web de voyage... Il y a une logique qui relie mes seize cibles à ce jour. Oui, et il y a aussi des années de motivation.

Je ne vois guère de différence entre désosser un lapin et un blogueur désagréable qui raconte sur le Net que ta *costatine al finocchio* manque de marsala.

Et un grand merci aux Kutting-Blok ! Vos couteaux forgés pour *tourner* permettent de pratiquer ces deux tâches à la perfection, sans qu'on ait à se plaindre de cette fatigue de la main et du poignet que t'inflige un épluchoir estampé, de moindre coût.

De la même façon, nettoyer un flanchet de bœuf et dépecer une espèce de fouine qui a posté un article sur le Net expliquant que trop de foie gras a bousillé ton bœuf Wellington — ces deux boulots se font vite et sans effort grâce à la lame flexible de votre couteau à filet de vingt-quatre centimètres.

Faciles à aiguiser et faciles à nettoyer. Vos instruments sont une bénédiction.

Ce sont les cibles qui se révèlent toujours si décevantes. Même quand tu n'attends pas grand-chose de ta rencontre en chair et en os avec ces gens-là.

Tout ce qu'il faut, c'est lâcher quelques éloges pour obtenir un rendez-vous. Laisser entendre que vous êtes le partenaire sexuel dont ils pourraient avoir envie. Mieux encore : faire croire que vous êtes le rédacteur en chef d'un magazine national qui souhaite diffuser leur voix dans le monde entier. Les glorifier. Leur offrir la célébrité qu'ils croient mériter. En faire des vedettes. Toutes ces conneries sur la reconnaissance, tu leur en sers ne serait-ce que la moitié d'une louche et ils seront d'accord pour te rencontrer dans n'importe quelle allée obscure.

Et quand tu découvres ces gens, leurs yeux sont toujours si petits, comme une bille noire plantée dans le nombril d'un obèse. En partie grâce aux couteaux Kutting-Blok, ils ont une meilleure allure ensuite – une fois nettoyés, parés et découpés. De la viande, prête pour quelques intéressants usages.

Après avoir éviscéré une bonne centaine de pintades, ce n'est pas très compliqué d'ouvrir le ventre d'un plumitif free lance qui a écrit dans un quelconque guide de loisirs régional que tes chaussons à la feta et aux endives sont trop durs. Non, le couteau français Kutting-Blok de trente centimètres permet de faire ça aussi facilement que de vider une truite, un saumon ou n'importe quel poisson rond.

C'est bizarre, les détails que tu vas remarquer. Un coup d'œil à la cheville blanche et fine d'une femme – et voilà tu imagines la fillette qu'elle a été à l'école, avant qu'elle essaie de gagner sa vie dans la restauration. Ou alors, tu te dis que les chaussures marron d'un autre critique sont aussi brillantes que la croûte au caramel d'une crème brûlée.

C'est la même attention aux détails que vous apportez à chacun de vos couteaux.

C'est le même soin et la même application que je mettais à mes créations culinaires.

Pourtant, même si je suis d'une extrême prudence, la police finira par me capturer, ce n'est qu'une question de temps. Quand je pense à ça, ma seule crainte, c'est que les couteaux Kutting-Blok soient finalement associés, dans l'esprit du grand public, à une série d'actions mal comprises.

Trop de personnes risquent de prendre ma préférence pour vos instruments comme une espèce de placement de produit.

Comme Jack l'Éventreur tournant une publicité télévisée.

Ou Ted Bundy vantant la corde Telle & Telle Marque.

Ou Lee Harvey Oswald faisant la promo du fusil Telle & Telle Marque.

Un placement de produit négatif, j'en conviens. Qui risque même, peut-être, de nuire à votre part de marché et à vos ventes nettes. Et tout spécialement pendant la période de Noël qui approche.

C'est une procédure standard dans tous les grands journaux : quand leurs responsables apprennent une grave catastrophe aérienne — une collision en vol, un détournement, un crash sur la piste — ils savent que ce jour-là, ils doivent retirer toutes leurs publicités pour les compagnies aériennes. Parce que dans les minutes qui suivront la triste nouvelle, celles-ci appelleront pour annuler leurs annonces, même s'il leur faut payer plein pot pour un espace non utilisé. Qui sera rempli au dernier moment avec une promo gratuite pour l'American Cancer Society ou une quelconque association de lutte contre la myopathie. Parce que aucune compagnie aérienne ne voudra prendre le risque d'être associée à la super mauvaise nouvelle du jour. Aux centaines de morts. Être liée à ça dans l'esprit du public.

Tout le monde se souvient des conséquences des « Meurtres Tylenol » sur les ventes de ce médicament. Après sept morts, le seul fait d'avoir cité ce produit dans la presse, en 1982, a coûté cent vingt-cinq millions de dollars à Johnson & Johnson.

Ce genre de placement de produit négatif, c'est le contraire d'une publicité. Exactement ce que font ces critiques avec leurs comptes rendus sournois qui ne servent qu'à prouver à quel point ils sont devenus malins et acerbes.

Les détails sur chacune de mes cibles – y compris le couteau que j'ai choisi –, tout ça est encore si frais dans ma mémoire ! La police obtiendra sans mal que je me confesse, que je révèle au public la large variété des excellents instruments de votre gamme que j'ai utilisés, et dans quelle intention.

Après ça, les gens parleront des « Meurtres au couteau Kutting-Blok » ou des « Meurtres en série Kutting-Blok ». Votre société est tellement plus célèbre qu'un inconnu dans mon genre… On vous trouve déjà dans tant de cuisines. Quelle terrible honte que de voir des générations de qualité et de dur labeur foutues en l'air à cause de mon projet !

S'il vous plaît, gardez à l'esprit que les critiques gastronomiques n'achètent guère de couteaux. Touchons du bois, mais dans la présente affaire l'industrie pourrait bien être de mon côté. Moi, un héros populaire. On ne sait jamais.

Tout investissement de votre part, aussi maigre soit-il, nous sera bénéfique à tous les deux.

Plus vous me fournirez de ressources pour échapper à mon arrestation, et plus cette malheureuse histoire aura de chances de rester inconnue de vos acheteurs lambda. Un don minimum de cinq millions de dollars me permettra d'émigrer et de vivre, anonyme, dans un autre pays, loin, très loin de votre zone de marché. Cet argent garantira à votre société une progression régulière dans l'avenir, un brillant avenir. Moi, il m'aidera à me recycler dans un nouveau domaine, une nouvelle carrière.

Ou pour un minimum d'un million de dollars, je peux me tourner vers les couteaux Sta-Sharp — *et si je suis arrêté, je jurerai que je n'ai utilisé que leur matériel de qualité inférieure pour mon projet...*

Un million de dollars. Le prix de ma loyauté. Qu'en dites-vous ?

Pour le versement, publiez s'il vous plaît une grande annonce, ce dimanche, dans votre quotidien local. Quand je la verrai, je vous contacterai pour vous dire que j'accepte votre aide. D'ici là, je dois continuer ma tâche. En d'autres termes, vous pouvez vous attendre à une autre victime.

Je vous remercie de bien vouloir prendre ma requête en considération. J'espère avoir bientôt de vos nouvelles.

En ce monde où si peu de personnes consacrent leur vie à la fabrication d'un produit de qualité supérieure, je vous applaudis.

Restant, comme toujours, votre plus fervent admirateur,

Richard Talbott.

15

Derrière le bar de l'entrée, le four à micro-ondes sonne, une fois, deux fois, trois fois, et, à l'intérieur, la lumière s'éteint. Chef Cuisinier Assassin ouvre la porte d'un coup sec et en sort une assiette en papier recouverte d'une feuille d'essuie-tout. Quand il l'ôte, un petit nuage de vapeur s'échappe dans l'air glacé. Là, sur l'assiette, quelques longs filets de viande ratatinés continuent à grésiller et à fumer dans une mare de graisse fondue.

Chef Cuisinier Assassin la pose sur le comptoir de marbre du bar et demande : « Qui en veut ? »

Debout dans tous les coins du vestibule, réfugiés dans l'ombre des alcôves et des niches, dans le vestiaire et le stand du placeur, Mme Clark et Miss America, la Comtesse Extralucide et le Comte de la Calomnie — nous mâchons. De la graisse brille sur nos mentons et au bout de nos doigts. Chacun de nous tient à la main une assiette en papier détrempée. Et mastique.

« Dépêchez-vous, avant que ça refroidisse, dit Chef Cuisinier Assassin. J'ai mis des épices cajuns. Pour masquer les émanations de fleurs. »

C'est le parfum de Camarade Maussade ou de ses sels de bain, ou peut-être de son mouchoir en dentelle – un truc douceâtre à la senteur de rose. Pour Chef Cuisinier Assassin, les deux tiers du sens du goût passent par l'odeur.

Miss America se précipite et tend son assiette. Chef Cuisinier Assassin enfourne un morceau de viande marron dans sa bouche et puis l'en ressort aussitôt avec ses doigts. « Ça brûle toujours », grommelle-t-il, et il souffle dessus.

De l'autre main, il laisse tomber de petites lamelles de viande sur l'assiette de Miss America.

Une fois son assiette remplie, Miss America disparaît derrière le comptoir du vestiaire et se tient là, cachée. Derrière elle, le mur et les rangées de portemanteaux en bois, tous vides, chacun avec sa petite étiquette de cuivre numérotée.

L'air du vestibule est envahi d'odeurs de cuisine, de senteurs de bacon, de hamburger, de graisse brûlée et de graillons.

Et on est tous là, à jouer des maxillaires.

Personne ne dit : « Est-ce qu'on va en rechercher ? »

Personne ne dit : « Il faut emballer ce qui reste et le garder au sous-sol avant que cette viande ne devienne une menace sanitaire… »

Non, on est tous là à se lécher les doigts.

En cet instant, chacun, dans sa tête, est en train d'écrire et de réécrire cette histoire. Chacun imagine comment M. Whittier a débité Camarade Maussade. Et comment le fantôme de celle-ci s'est vengé.

Personne ne la voit descendre l'escalier. Personne ne l'entend traverser le tapis du foyer du second balcon. Et personne ne la remarque jusqu'à ce qu'elle demande : « Vous avez trouvé à manger ? »

Camarade Maussade.

Sous sa montagne de couches de robes de bal de marraine de conte de fées. Sous ses empilements de châles et de perruques. Elle se tient là, debout au pied du grand escalier du vestibule, ses mains blanc-bleu enfoncées dans les replis de ses robes. Ses yeux la conduisent dans la pièce, ses yeux et son nez la font s'avancer.

« Qu'est-ce que vous faites cuire ? » ajoute-t-elle. « Donnez-m'en un peu... »

Aucun d'entre nous ne prononce un mot.

On a la bouche pleine. On se bagarre avec des filaments de chair coincés entre les dents.

Camarade Maussade aperçoit l'assiette en papier avec les bouts de viande ratatinés qui fument encore sur le comptoir du bar.

Aucun d'entre nous ne pense à l'arrêter.

Camarade Maussade traverse en tanguant le vestibule bleu et s'écroule sur le sol de marbre rose, avec ses robes qui traînent dans son dos. Elle attrape d'une main le rebord du comptoir du bar et se relève. Une fois debout, son visage et ses perruques se jettent sur l'assiette de viande.

Derrière elle, sur le tapis bleu de l'escalier, ses empreintes sanglantes.

Le fantôme d'ici, qui va et qui vient.

Tout ce qu'on peut voir ce sont ses imposantes boucles grises qui s'agitent au-dessus du comptoir de marbre. Au dos de sa robe grandit une énorme fleur rouge. Puis ses perruques se relèvent, et Camarade Maussade tourne sur elle-même et s'éloigne de l'assiette désormais vide. Elle serre toujours un petit morceau de viande entre ses doigts blanc-bleu, elle passe sa langue sur ses lèvres et elle s'exclame : « Mon Dieu, c'est si coriace. Et si amer ! »

Quelqu'un doit dire quelque chose. Pour être… gentil.

Alors Saint Descente de Boyaux murmure : « Généralement, je ne mange pas de viande, mais *ça*, c'était… tout à fait délicieux. »

Et il nous regarde.

Chef Cuisinier Assassin l'arrête d'un geste agacé de sa main graisseuse et dit, les yeux fermés : « Je vous préviens… Ne critiquez *pas* ma cuisine… »

On acquiesce d'un signe de tête, tous. Excellent. On a vidé nos assiettes, tous. Nous continuons tous à mastiquer et à avaler. Nous nous passons la langue sur les dents à la recherche d'ultimes restes de graisse…

Camarade Maussade se dirige vers les canapés tapissés qui trônent au milieu de l'entrée, exactement en son centre, sous le scintillement glacé du plus gros lustre de cristal. Elle soulève un oreiller de velours bleu, avec des glands dorés qui pendent à chaque coin, et elle le place à la tête d'un des canapés. Elle se débarrasse de ses chaussures. Ses chaussettes blanches sont tachées de rouge. Au moment où elle va s'allonger et poser sa tête sur l'oreiller, elle grimace de douleur. Son visage se renfrogne, se ferme une minute, puis se détend. Elle passe une main derrière elle et elle tâte sous les couches humides de ses robes et de ses jupons. Elle se penche en avant comme pour se relever, et elle découvre les empreintes sanglantes qu'elle a laissées sur le tapis bleu, depuis l'escalier jusqu'au bar, puis au canapé.

Tout le monde regarde le sang qui dégouline de ses chaussures.

Continuant à mastiquer, ses mâchoires tournant encore et encore, comme une vache qui rumine, Camarade Maussade nous observe.

Elle essaie de comprendre ce qui se passe.

Lorsque sa main réapparaît de dessous ses robes, elle tient le couteau à désosser de Chef Cuisinier Assassin. La lame vernie de sang coagulé.

Chef Cuisinier Assassin sort de derrière le comptoir du bar. Agitant ses doigts graisseux dans sa direction, il dit : « Je récupère ce truc. Il m'appartient. »

Et Camarade Maussade cesse de mâcher. Et elle avale.

« Je... », commence-t-elle.

Elle considère le couteau et le bout de viande qu'elle tient toujours.

Sur celui-ci est tatouée une rose qu'elle n'a jamais vue. Sinon peut-être dans un miroir. Sauf que, maintenant, elle est légèrement plus foncée.

Le visage du Comte de la Calomnie disparaît derrière son assiette en papier qu'il entreprend de lécher avec soin.

Camarade Maussade dit : « Je me suis juste évanouie... » Elle ajoute : « Je suis tombée dans les pommes... et vous en avez profité pour me bouffer le cul ? »

Elle regarde l'assiette en papier graisseuse et vide sur le comptoir du bar et elle dit : « Et vous m'avez laissé manger mes fesses ? »

Mère Nature étouffe un rot derrière sa main ouverte et dit : « Pardon ! »

Chef Cuisinier Assassin tend le bras pour reprendre le couteau : l'ongle de son pouce est souligné d'un cercle rouge. Il lève les yeux et il voit des milliers et des milliers de versions minuscules de Camarade Maussade qui brillent dans le lustre en cristal poussiéreux. Avec, à la main, des milliers et des milliers de roses cuites aux épices cajuns.

Comtesse Extralucide se détourne, mais elle continue d'observer sa propre version de cette réalité miniature, de la taille d'un écran de télé — Camarade Maussade qui se réfléchit dans le miroir accroché au mur du fond derrière le bar.

Chacun de nous a sa vision personnelle de Camarade Maussade. Chacun de nous a son point de vue sur ce qui est en train de se passer. Chacun de nous est sûr de détenir la vérité.

Sœur Autodéfense consulte sa montre et dit : « Mange. Plus qu'une heure avant l'extinction des feux. »

Toutes ces images miniatures de Camarade Maussade déglutissent avec difficulté. Leurs joues blanc-bleu sont gonflées. Leurs gorges serrées répriment un haut-le-cœur en goûtant la saveur amère de leur propre chair.

Chacun de nous transforme la réalité en fiction. La digère pour en faire un livre. Ce qui se passe sous nos yeux est déjà un scénario de long métrage.

La Mythologie de Nous.

Et puis, à ce moment précis, la Camarade Maussade grande taille, assise sur le canapé tapissé, glisse sur le sol. Ses yeux, toujours un peu ouverts, fixent le lustre. Un tas de velours et de brocart affalé sur le revêtement de marbre rose. Maintenant, elle est en train de mourir pour de bon. Le couteau à désosser dans une main. Un morceau marron de ses fesses grillées dans l'autre.

Le canapé inondé de rouge à l'endroit où elle était assise. La forme de son crâne est toujours inscrite en creux dans le coussin de velours bleu. Camarade Maussade ne sera pas la caméra derrière la caméra derrière la caméra. La vérité à son sujet est entre nos mains. Coincée entre nos dents.

D'une voix proche du murmure, Camarade Maussade souffle : « Je crois que… je méritais… »

Et après un bref retour arrière, sur la bande du magnéto du Comte de la Calomnie, sa voix répète : «… méritais ça… méritais ça… »

Anticipation

Un poème sur Camarade Maussade

« J'ai perdu ma virginité par l'oreille »,
dit Camarade Maussade.
Elle était si jeune qu'elle croyait encore au Père Noël.

Camarade Maussade sur scène, les poings sur les hanches,
les bras pliés
de sorte que ses protège-coudes en cuir
dépassent de chaque côté.
Ses bottes lacées à bout d'acier, plantées
bien écartées sur le sol.
Ses jambes enveloppées dans un pantalon
de l'armée,
noué aux chevilles.
Elle se penche si loin en avant que son menton
dessine une ombre sur le devant de son blouson
gris-vert acheté dans un surplus militaire.

Sur scène, au lieu d'un projecteur, un extrait de film :
Des images de banderoles protestataires
et de piquets de grève,

des bouches en forme de mégaphone,
qui hurlent, grandes ouvertes.
À pleines dents et pas de lèvres.
Si immenses que les yeux, au-dessus, se ferment sous l'effort.

« Une fois que le juge a accordé la garde partagée,
dit Camarade Maussade,
ma mère m'a expliqué… »
Au milieu de la nuit,
alors que tu dors profondément, la tête sur l'oreiller,
si ton père se glisse sans bruit dans ta chambre :
préviens-moi.
Sa maman lui a dit : « Si ton père ouvre les boutons de ton pyjama et te caresse… »
Préviens-moi.
S'il sort un gros serpent bien gras de la fermeture Éclair de son pantalon — cette massue brûlante,
collante, qui sent mauvais —
et qu'il essaie de le faire entrer de force dans ta bouche…
Préviens-moi.

« Au lieu de tout ça, dit Camarade Maussade, mon père m'a emmenée au zoo. »
Il l'a emmenée voir un ballet. Il l'a emmenée jouer au foot.
Et il lui a fait un bisou pour lui souhaiter bonne nuit.

Les grèves, les occupations, tout en couleur, ainsi
les formes de désobéissance civile défilent
toujours,

défilent encore et encore
sur son visage,
et Camarade Maussade dit :
« Mais, pour le restant de ma vie, j'ai toujours été
sur le qui-vive. »

Exprimer l'amertume

Une nouvelle de Camarade Maussade

Dès l'instant où il s'est assis, on a essayé de lui expliquer…

On n'accepte pas les hommes. Ici, c'est un refuge réservé aux femmes. Le but de notre groupe est de nous aider à développer et à défendre notre sens de la vie privée. De nous permettre de parler librement sans être questionnées ni jugées. Nous sommes obligées d'exclure les mecs parce qu'ils nous inhibent. L'énergie mâle nous intimide et nous humilie. Pour les hommes, nous sommes soit une vierge, soit une traînée. Une maman ou une putain.

Quand on lui a demandé de se tirer, bien sûr il a joué au con.

Il nous a dit de l'appeler Miranda.

On respecte son choix. Les efforts et le désir qu'il a mis en œuvre pour avoir l'apparence physique d'une femme. Mais ce lieu, lui explique-t-on avec sensibilité et gentillesse, ce lieu n'est ouvert qu'aux femmes qui sont *nées* femmes.

Il est né Miranda Joyce Williams. Il nous l'annonce en ouvrant d'un coup sec son petit sac à main rose en peau de lézard. Il en sort un permis de conduire. D'un ongle long, peint en rose, il fait glisser son permis à travers la table et il tapote la lettre « F » inscrite dans la case réservée au sexe.

On lui répond que l'État peut bien reconnaître sa nouvelle appartenance, mais que nous, nous décidons de ne pas le faire. Dans leur enfance, beaucoup de nos membres ont souffert de traumatismes à cause des hommes. Elles craignent d'être réduites à leur corps. D'être utilisées comme des objets. Ce sont des problèmes qu'il ne pourra jamais comprendre, étant né mâle.

Il rétorque : Je suis née femme.

Alors, l'une d'entre nous, dans le groupe, lui demande : « Dans ce cas, tu peux nous montrer ton certificat de naissance ? »

Et Miranda répond : Non, évidemment.

Une autre veut savoir : « Tu as tes règles ? »

Et Miranda dit : Pas en ce moment.

Il joue avec un foulard arc-en-ciel autour de son cou, il le fait tourner, il tire dessus.

Une vraie caricature de femme nerveuse. Il tripote son châle scintillant drapé sur ses épaules, il le laisse retomber dans son dos et pendre sur ses coudes. Il passe ses doigts dans ses longues franges. Il descend un peu le châle d'un côté, puis de l'autre. Il croise les jambes, un genou sur l'autre. Puis il change de genou. Il remonte sa veste de fourrure et la plie sur ses cuisses. Il la retourne et la caresse de ses doigts serrés aux ongles roses brillant comme des pierres précieuses.

Ses lèvres, ses chaussures, son sac, ses ongles et le bracelet de sa montre, tout est aussi rose que le trou du cul d'une rouquine.

L'une d'entre nous, dans le groupe, se lève l'air furieux et dit : « C'est quoi, ces conneries, là ? »

Elle fait disparaître son tricot et sa bouteille d'eau minérale dans son sac fourre-tout et elle ajoute : « J'ai attendu cette réunion toute la semaine. Et maintenant, c'est foutu ! »

Mais Miranda reste juste assis là, ses yeux planqués sous ses cils longs et épais. Ses yeux flottant dans des piscines bleu-vert d'eye-liner. Miranda se rajoute une couche de rouge à lèvres. Une couche de fard sur les joues. De mascara sur son mascara. Son minichemisier semble escalader sa poitrine. On dirait que la soie rose est suspendue à ses tétons. Ses seins sont à peu près de la taille de son visage et jouent aux montgolfières sur sa cage thoracique bronzée. Son ventre ferme est un ventre de mec.

Ce type est l'incarnation du fantasme de la femme-objet, le genre de femme que seul un homme aurait envie de devenir.

Miranda dit que pour un groupe de discussion, elle s'attendait à un peu plus de dialogue.

On se contente de l'observer.

Ce mec débile. Ce Miranda. Tous les délires masculins réalisés sous la forme d'un Frankenstein de stéréotypes : la rondeur absolue de ses gros nichons. Les longues cuisses aux muscles durs. La bouche, une moue parfaite, graissée de rouge à lèvres. La jupe de cuir rose trop courte et trop serrée pour être autre chose qu'un appel au sexe. Il parle avec la voix voilée d'une petite fille ou d'une vedette de ciné. Une puissante inspiration qui se termine par un son de rien du tout. Le genre de voix chuchotante que *Cosmopolitan* apprend aux nénettes à utiliser —

pour que les hommes à qui elles s'adressent se penchent encore un peu plus vers elles.

Nous sommes juste assises là. Personne ne dit rien, personne ne partage quoi que ce soit. Impossible d'être honnête quand on sait qu'il y a un pénis sous la table. Même avec les posters de Frida Kahlo et de Georgia O'Keeffe accrochés aux murs… même avec les bougies pomme-cannelle… et le chat tacheté de la librairie.

« D'accord, dit Miranda, alors c'est moi qui commence. »

Miranda – ses cheveux décolorés sont coiffés comme dans un salon de beauté, raidis par les giclées de spray et retenus par des barrettes.

Miranda dit : il y a ce type, au boulot, dont elle tombe raide dingue amoureuse. Lui, il est insensible. C'est juste un gars complètement craquant, un jeune chef des ventes adjoint, aux cheveux gominés, qui se balade au volant d'une Porsche. Il est marié, mais Miranda sait que ce garçon a un véritable côté animal. Ce jour-là, après le boulot, raconte Miranda, il s'approche et lui met la main…

Nous sommes là, nous toutes, et nous nous contentons de le regarder.

… Oui le gars lui met la main sur le bras et lui propose d'aller prendre un verre.

Les bras de Miranda sont fins et bronzés, avec des muscles qui ne tremblent pas. Doux comme du plastique. Il glousse. Miranda glousse. Et roule des yeux vers le plafond.

Miranda raconte comment le chef des ventes adjoint l'emmène en voiture jusqu'à ce petit bar très sombre, le genre d'endroit où on ne sera pas repérés par…

C'est si typiquement masculin, tous ces *moi, moi et mes histoires*, toute la soirée.

On vient ici pour échapper aux hommes. Aux maris qui ne ramassent pas les chaussettes sales. Aux maris qui nous bastonnent, puis qui nous trompent. Aux pères déçus qu'on ne soit pas des garçons. Aux beaux-pères qui nous violent. Aux frères qui nous brutalisent. Aux patrons. Aux prêtres. Aux agents de la circulation. Aux toubibs.

La plupart du temps, on ne permet pas les interruptions, mais quelqu'un dans le groupe dit : « Miranda ? »

Et Miranda cesse de papoter.

On lui explique que le développement personnel commence par la plainte. Ce que tant de gens appellent les « séances de jérémiades ». Dans la Chine communiste, pendant les années qui ont suivi la révolution maoïste, un des fondements de l'élaboration d'une nouvelle culture consistait à laisser le peuple se plaindre du passé. Au début, plus les gens se plaignaient, plus ledit passé semblait horrible. Mais en se lâchant ainsi, ils commençaient aussi à l'abolir. En râlant et en râlant et en râlant, ils finissaient même par épuiser l'intensité émotionnelle de leurs propres histoires. Ils s'ennuyaient de plus en plus. Et c'était seulement alors qu'ils pouvaient accepter un nouveau scénario pour leur existence. Et qu'ils pouvaient avancer.

Voilà pourquoi on vient ici tous les mercredis soir, dans l'arrière-salle sans fenêtre de cette librairie, et qu'on s'assoit sur des chaises pliantes en métal autour d'une grande table carrée.

La révolution a appelé ça « Exprimer l'Amertune ».

Miranda hausse les épaules. Miranda lève les sourcils, secoue la tête et répond qu'il n'a aucune histoire d'horreur à raconter.

Miranda soupire, sourit et cligne des yeux.

Et quelqu'un dans le groupe dit : « Alors, on ne veut pas de toi ici. »

Ces hommes qui créent des robots féminins parfaits pour leur propre plaisir, on les rencontre tous les jours. Aucune des plus belles créatures que vous voyez en public n'est réelle. C'est juste l'œuvre de machos perpétuant leur stéréotype féminin pervers. Juste la plus vieille histoire du monde. Il y a un pénis sur chacune des pages de *Cosmopolitan* si vous savez où regarder.

Miranda nous dit qu'il ne nous trouve pas très accueillantes.

Et l'une d'entre nous lui réplique : « Tu n'es pas une femme. »

On est dans un lieu sûr réservé aux femmes à l'arrière de la Wymyn's Book Cooperative. On ne veut certainement pas voir notre espace pollué par une énergie yang phallique et oppressive.

Tu comprends, être une femme, c'est spécial. Être une femme, c'est sacré. Ça n'a aucun rapport avec un club quelconque auquel tu pourrais t'inscrire. Tu ne peux pas simplement te payer un shoot d'œstrogènes et te pointer ici.

Miranda dit : Vous avez juste besoin d'une petite séance de maquillage. De vous faire belles.

Bon sang, les hommes, ils n'y comprennent rien ! Être une femme, c'est autre chose que de se pomponner et de porter des talons hauts. Ce genre de mimétisme sexuel, ce copier-coller identitaire, voilà la pire des insultes. Un type croit que tout ce qu'il a à faire pour devenir une femme c'est de mettre du rouge à lèvres et de se couper la queue.

Une fille se lève. Puis une autre, et toutes les deux, elles contournent la table.

Miranda demande : « Qu'est-ce que vous faites ? »

Et une troisième fille, debout, répond : « Une très très grosse séance de maquillage. »

Les ongles roses de Miranda disparaissent dans son sac à main et en ressortent une bombe aérosol au piment rouge. Il annonce qu'il n'hésitera pas à s'en servir.

Et il se colle un sifflet antiviol argenté entre ses lèvres peintes en rose.

Une autre d'entre nous se lève et vient se placer tout près de ce mec. Miranda serre si fort sa bombe que les articulations de ses doigts ont blanchi. Et puis quelqu'un dit : « Voyons voir tes nichons… »

Dans notre groupe, il n'y a pas de chef. Le règlement du développement personnel n'autorise pas la discussion. Personne n'a le droit de contester l'expérience d'un autre membre. Chacune attend son tour pour parler.

Miranda lâche le sifflet antiviol argenté planté entre ses lèvres. Ses lèvres de Parisienne gonflées au collagène. La moue d'un mannequin de mode murmurant : « À jeudi. »

Miranda dit que c'est une blague, sans doute.

C'est typique – les hommes veulent tous les avantages d'être une femme, mais aucun des inconvénients.

Une autre, parmi nous, répond : « Non, vraiment. Montre-nous… »

Il n'y a que des nanas, ici. C'est pas comme si on n'avait jamais vu de nichons. L'une d'entre nous, tout proche de notre visiteur, avance la main vers le bouton supérieur du chemisier de Miranda, dont les seins tendent la soie rose. Le chemisier est ajusté de manière à laisser voir son ventre plat et doux. Ses pans retombent au-dessus de la ceinture qui retient sa jupe. Une ceinture rose en peau de lézard pas plus large qu'un collier de chien.

D'une main, Miranda repousse la femme. Et alors, quand plus personne ne bouge, il laisse échapper un léger soupir. Et, finalement, il défait lui-même le premier bouton. Et puis ses ongles roses s'attaquent à celui d'en dessous. Puis au suivant. Il nous fixe droit dans les yeux, l'une après l'autre, jusqu'à ce que son chemisier soit grand ouvert. Nous découvrons son soutien-gorge en satin rose, brodé de motifs floraux et bordé de dentelle. Sa peau est rose aérographe, sa peau est claire pin-up, sans les grains de beauté, les poils ou les petites taches rouges qu'on voit sur de la vraie peau. Autour de son cou, son collier de perles pend sur son décolleté fendu comme une raie des fesses.

Son soutif est du genre qui s'ouvre sur le devant et Miranda attend un instant, il nous regarde les unes après les autres, les doigts posés sur la dernière agrafe.

Et quelqu'un dans notre groupe lui lance : « Quelle quantité d'œstrogènes a-t-il fallu que tu t'enfiles pour avoir d'aussi gros nénés ? »

Une fille siffle. Les autres échangent des murmures. Ses nichons sont trop parfaits. Taille identique et écartement nickel. Ils ont l'air artificiels.

Ses ongles roses bougent et le soutien-gorge s'ouvre. Il s'ouvre, mais les deux globes, fermes et ronds, restent bien droits, leurs mamelons pointés vers le plafond.

L'exacte paire de seins qu'un homme aurait choisie.

L'une d'entre nous avance la main et pince la chair. Du pouce, elle appuie sur le mamelon et elle dit : « Il faut que vous sentiez ça – mon Dieu, c'est dégueulasse ! »

Elle serre le globe parfait, puis le lâche. Elle le serre de nouveau et murmure : « C'est comme… je ne sais pas… de la pâte à pain ? »

Miranda essaie de lui échapper, se réfugie contre le dossier de sa chaise.

Mais les doigts de notre copine sont solidement agrippés à l'un de ses seins et elle commande : « Arrête de bouger. »

Une autre lance : « Ça ne me dérangerait pas d'avoir d'aussi beaux nichons. »

Ils sont forcément siliconés. Une autre main s'approche du chemisier ouvert et s'empare du second néné, elle le fait rouler et elle le remonte contre le collier de perles pour qu'on puisse voir la cicatrice, en dessous.

Miranda est assis là, les coudes en avant, tenant les deux moitiés de son soutien-gorge rose pour qu'il reste ouvert pendant qu'on zieute. Puis il commence à le refermer, pour ranger ses choses à l'intérieur.

L'une d'entre nous, qui serre un de ses nichons, ordonne : « Pas tout de suite. »

Son permis de conduire est toujours posé sur la table, devant nous, avec le gros « F » imprimé sous « Sexe ».

Une autre dit : « Les faux nichons ne prouvent rien. »

Et une autre : « Ceux de mon mari sont plus gros que ça. »

Des mains, derrière Miranda, ôtent son châle de ses épaules et tirent son chemisier rose en arrière jusqu'à ce qu'il glisse sur ses bras. Miranda a un teint éblouissant, une peau aussi claire que les perles de ses boucles d'oreilles.

Ses mamelons sont roses comme son sac en peau de lézard. Il ne se débat pas.

L'une d'entre nous balance son chemisier dans un coin de la pièce.

Et une autre demande : « Fais voir ta chatte. »

Et Miranda répond : « Non. »

C'est évident. Ce pauvre connard, triste et stupide, il se sert de nous. À la façon du masochiste qui provoque un sadique. À la façon du criminel qui veut se faire attraper. Miranda est en train de nous supplier de faire ce que nous faisons. C'est la raison pour laquelle il s'est pointé ici. La raison pour laquelle il s'est fringué de cette façon. Il sait que cette jupe vraiment mini, que ces nénés gros comme des melons vont rendre folle une vraie femme. Et dans ce cas, « non » signifie « oui ». « Non » signifie :

« Oui, s'il vous plaît », il signifie : « Filez-moi une claque. »

Et Miranda ajoute : « Vous commettez une énorme erreur. »

Et tout le monde éclate de rire.

On lui répond que le développement personnel aide à assumer ses organes sexuels. Au cours de séances précédentes, nous sommes venues avec un miroir au-dessus duquel nous nous sommes accroupies. Nous avons partagé un spéculum et avons étudié la différence entre le col de l'utérus d'une vierge et celui d'une mère. Nous avons reçu des conférencières de la Coopérative de santé féminine qui nous ont montré comment se servir de la méthode Karman pour éviter les Tampax. Oui, tout ça, ici même sur cette table en bois. Ensemble, nous sommes allées acheter des gadgets érotiques et nous avons étudié le point G.

Une petite bousculade, et Miranda se retrouve sur la table. Et même à quatre pattes, ses seins restent ronds et fermes. Ses seins ne s'allongent pas. Ils ne pendent pas. Une fermeture Éclair de dix-huit centimètres, et sa jupe glisse sur ses petites fesses. Il porte des collants : preuve supplémentaire qu'il n'est pas une vraie femme.

Dans le groupe, on échange des regards. Avoir un homme, ici, qui obéit aux ordres. Certaines d'entre nous ont été battues. Certaines ont été violées. Et toutes ont été reluquées, et déshabillées par les yeux des mecs, et pelotées.

Et maintenant, c'est notre tour et nous ne savons pas par où commencer.

Quelqu'un fait rouler son collant et dégage son derrière. Une autre ordonne : « Cambre les reins. »

Personne n'est surpris de l'apparence du sexe de Miranda. La peau toute dentelée. Son bouton fait penser au travail d'un styliste qui se serait démené pour avoir droit aux pages de *Playboy* ou de *Hustler*. Et pourtant, la chair ne paraît pas assez souple et la couleur est trop pâle, ni rose ni marron clair. Tissu cicatriciel. Poils pubiens, taillés et épilés à la cire, réduits à une fine ligne. Parfumée. Une chatte n'est pas censée être comme ça. Plus on l'étudie, plus on est d'accord pour dire qu'elle n'est pas réelle.

L'une d'entre nous y enfonce sa clé de voiture. Même pas un doigt. Une autre farfouille dans ses replis et lâche : « J'espère que ce truc nul ne t'a pas coûté une fortune… »

Une autre annonce qu'elle veut voir la profondeur de ce sexe.

On ne connaît pas ce mec — toujours est-il que Miranda fond en larmes. Prisonnier de son petit drame — tout son mascara et son fard se mélangent à son fond de teint et dégoulinent sur ses joues jusqu'aux commissures de ses lèvres. Il est presque nu, avec son collant déformé descendu sur les chevilles, ses pieds toujours chaussés d'élégantes sandales dorées à talons hauts. Il n'a plus son chemisier et son soutien-gorge rose en dentelle, ouvert, pend le long de ses épaules. Ses seins ronds et fermes tremblent à chacun de ses sanglots. Il est toujours à quatre pattes sur notre table de conférence. Sa veste de fourrure traîne sur le sol, poussée dans un coin d'un coup de pied. Ses cheveux blonds sont décoiffés.

Sa petite histoire d'horreur à lui.

Quelqu'un dit à Miranda de la fermer. De la fermer et de se retourner.

Deux filles l'attrapent par les chevilles et lui tordent les jambes jusqu'à ce qu'il laisse échapper un petit cri et nous obéisse.

Maintenant il est sur le dos, les pieds toujours très écartés, chacune de ses sandales dorées maintenue par plusieurs mains.

Ceci n'est pas une femme. Seul quelqu'un débarqué de la planète Mars aurait pu créer ce genre de chose — une nénette sortant tout droit de *Cosmopolitan*. Son clitoris doit être une réduction de son pénis. Quelqu'un explique comment sa voûte vaginale artificielle n'est que le résultat de sa queue retournée, enfoncée et rallongée d'un morceau d'intestin grêle pour plus de profondeur. Et pour l'utérus, on utilise la peau récupérée sur le scrotum préalablement vidé.

« L'économie protège du besoin », dit l'une d'entre nous.

Une autre sort une petite lampe électrique de son sac fourre-tout et annonce : « Faut que je voie ça ! »

Une troisième marmonne : « Tout ce bazar. Ça prouve qu'il n'a jamais eu de plancher pelvien. »

Avec du recul, elles auraient dû juste rentrer chez elles. Oh, tout cela est si politiquement éclairé — jusqu'à ce que quelqu'un soit blessé.

Et pourtant, elles se réunissent ici chaque semaine et elles discutent de telle ou telle qui n'a pas eu le boulot qu'elle espérait. Qui est coincée à un certain niveau professionnel à cause des discriminations sexuelles. Qui sent sa poitrine dénudée par le regard des pompistes et des ouvriers du bâtiment. Elles se contentent de parler.

Mais voici enfin leur chance de se venger.

Ceci est un exercice de construction d'un esprit d'équipe.

Elles demandent : C'est qui ce gars-là ? Un espion ?

À travail égal, une femme gagne soixante cents quand un homme empoche un dollar. Et donc ce mec-là s'est fait tout ce fric en plus, et voilà comment il le claque ! Maquillage et nénés en plastoc. N'importe quelle *vraie* femme aurait des vergetures. Des cheveux gris. Des cuisses cellulitiques.

Elles demandent : Qu'est-ce qu'il espère découvrir ici ?

L'une d'entre nous fouille son sexe avec ses doigts. Une autre tient la lampe et l'enfonce.

Elles demandent : est-ce qu'il s'attendait à un groupe de gouines camionneuses, haïssant les hommes, qui se retrouvent chaque semaine pour une bonne séance de broutage de cresson ?

La petite ampoule halogène de la lampe doit être chaude car, à présent, Miranda pousse des cris aigus. Il gigote si fort qu'elles sont obligées de s'y mettre à plusieurs pour le forcer à rester allongé. À garder ses jambes écartées afin qu'elles puissent jeter un œil à l'intérieur.

Quelqu'un veut savoir : À quoi ça ressemble ?

Et le reste d'entre nous attend son tour pour regarder.

Miranda est coincé sur la table comme un rien du tout, et nous sommes penchées sur lui. Son collier se casse et ses perles roulent dans tous les coins. Ses barrettes se détachent de ses cheveux. Ses seins tressautent, ses deux monticules de gélatine.

L'une d'entre nous pince un de ses mamelons, le tord, et ordonne : « Allez, remue tes nénés, sexy mama ! »

Une autre d'entre nous dit : « On veut juste voir où tu as planqué tes couilles, salope ! »

Intéressant oxymoron.

C'est une fascinante relation de pouvoir sociopolitique que d'être habillée devant un homme nu allongé de force, avec juste des talons hauts et des bijoux.

Les deux femmes cessent d'explorer son entrejambe. L'une d'entre nous dit : « Attendez ! »

Celle qui a la petite lampe de poche dit : « Tenez-la bien. »

Elle se penche et elle l'enfonce encore plus profondément en demandant à notre visiteur : « C'est ça que tu voulais, hein ? »

Miranda, étendu sur la table de tout son long, sanglote et essaie de serrer les genoux. De se tourner sur un côté et de se rouler en boule.

Miranda sanglote et murmure : Non. Murmure : Je vous en prie, arrêtez. Murmure : Ça fait mal.

Oh, ça fait mal. Hou hou ! Vous me faites mal.

La femme à la lampe, c'est elle qui reste le plus longtemps à l'examiner, en plissant les yeux et en fronçant des sourcils, en faisant tourner sa lampe dans ses intérieurs.

Puis elle se redresse et annonce : « Les piles sont mortes. »

Et elle est là, à dominer de toute sa hauteur Miranda — qui a gardé les jambes écartées.

Elle considère la table barbouillée de maquillage et de larmes, les perles dispersées sur le sol, et elle nous dit : « Laissez tomber. »

Et elle reste de marbre tandis qu'elle regarde le corps de Miranda sous toutes ses coutures.

Puis elle soupire et lui ordonne de se relever. De se relever et de se rhabiller. De se rhabiller et de se tirer. De se tirer et de ne plus jamais remettre les pieds ici.

L'une d'entre nous dit que la lampe s'est peut-être juste éteinte et demande à vérifier.

Mais la femme la fait disparaître dans son sac et répond : « Non. »

L'une d'entre nous lui demande : « T'as vu quoi ?

– On a vu ce qu'on a voulu voir, répond-elle. Et c'est valable pour nous toutes. »

Et la femme à la lampe ajoute : « Qu'est-ce qui s'est passé, ici, exactement ? Comment avons-nous pu nous conduire comme ça ? »

À la minute où il s'est assis, on a essayé de lui expliquer. On n'accepte pas les hommes. Ici, c'est un refuge réservé aux femmes. Le but de notre groupe est de…

16

Pour certains d'entre nous, les nuits sont trop longues. Pour d'autres, ce sont les journées qui le sont. Les lumières s'allument lorsque Sœur Autodéfense fait se lever le soleil, mais aujourd'hui à cette heure-là, c'est une odeur qui nous tire du lit. Comme un rêve olfactif qui nous pousserait à sortir de nos loges et à nous précipiter dans le couloir. Nous tous, avançant comme des zombies – menés par le bout du nez.

Directrice Reniement manque de tomber et se rattrape de justesse au mur, en face de sa porte. Elle s'y appuie pour rester debout et elle murmure : « Cora ? Petit, petit… »

Révérend Impie bataille avec la fermeture Éclair de son pantalon de matador qui, la veille, lui allait comme un gant.

« Le fantôme doit s'amuser à rétrécir nos fringues », dit-il.

Le collier de clochettes de laiton est tellement serré autour du cou de Mère Nature que chaque fois qu'elle déglutit on l'entend tintinnabuler.

« Bon sang, s'exclame-t-elle, je n'aurais pas dû bouffer ce rab de Camarade Maussade ! »

Chaînon Manquant apparaît à la porte d'à côté, sa tête tellement penchée en arrière que les poils de son nez sont la partie la plus visible de sa personne. Tout en reniflant, il dépasse Directrice Reniement et Révérend Impie. Avec ses narines dilatées qui forment deux gros trous poilus, il fonce vers la scène et l'auditorium qui se trouve au-delà.

Directrice Reniement murmure : « Cora… » et elle s'écroule tout doucement.

Mme Clark franchit sa porte et dit : « Il faut emballer Camarade Maussade aujourd'hui. Elle doit rejoindre M. Whittier. »

Depuis le sol, Directrice Reniement murmure : « Cora… »

« Qu'il aille se faire foutre, ce chat ! grommelle Miss America. »

Vêtue d'un long manteau de mandarin chinois, aux dragons brodés, elle se tient à sa porte, ses mains arachnéennes accrochées au chambranle. Autour de la tache noire de sa bouche, sa peau est d'une absolue pâleur. Elle se frotte le visage et elle dit : « Cette migraine me tue. »

D'un geste brusque, Miss America fait glisser son manteau d'une de ses épaules et en extrait un bras blanc tout maigre. Elle le lève au-dessus de sa tête, une touffe de poils noirs sous l'aisselle et la main qui pend. Elle ajoute : « Touchez mes ganglions lymphatiques. Ils sont tout gonflés. »

Le long de son bras nu courent de longues griffures rouges. Des griffures de chat, très proches les unes des autres. Des kilomètres de traînées sanglantes.

Le Chaînon Manquant la dévisage et dit : « Tu as une mine affreuse. » Il dit : « Et la langue noire. »

Et Miss America baisse le bras et se retient au chambranle sans conviction. Elle passe sa langue noire chargée sur ses lèvres qui prennent la même couleur et elle répond : « J'étais tellement affamée. La nuit dernière, j'ai mangé tous mes rouges à lèvres. »

Elle enjambe Directrice Reniement et elle ajoute : « C'est quoi, cette odeur ? »

Ça sent le petit déjeuner – les toasts et les œufs frits dans la graisse. Ça sent la matière grasse grillée. Une hallucination partagée, née de la famine. Ça sent les escargots et les queues de homard. Les muffins anglais bien baveux.

Le Comte de la Calomnie suit le Chaînon Manquant qui suit Mme Clark qui suit Sœur Autodéfense. Tout le monde file à la poursuite du fumet à travers la scène, puis le long de l'allée centrale, puis vers l'entrée.

Miss Éternueuse se mouche. Puis elle renifle et elle dit : « C'est du beurre. »

Un parfum de beurre fondu.

Le fantôme, dans chaque pièce.

C'est le spectre graisseux de Camarade Maussade, qu'on sentira chaque fois qu'on utilisera le four à micro-ondes. On respirera son esprit. Sa douce puanteur de beurre nous hantera jusqu'à la fin.

Le seul autre effluve vient de l'haleine de Mère Nature qui a mangé une bougie d'aromathérapie aux baies de laurier.

On s'immobilise au milieu de l'aile centrale.

Sourde, lointaine, on entend la grêle tomber. Ou une rafale de mitrailleuse. Ou un roulement de tambour.

Un blizzard de claquements et de détonations qui se répètent. Ce crépitement étouffé et saccadé vient de l'entrée.

Nous, plantés au centre de l'auditorium égyptien en plâtre noir avec, au-dessus de nos têtes, les étoiles poussiéreuses et couvertes de toiles d'araignée dont la luminosité s'éteint peu à peu, nous nous retenons fermement au dossier aux liserés dorés des sièges pour ne pas tomber. Et nous restons là, aux aguets.

Et la fusillade, l'averse de grêle, s'interrompt.

Quelque chose d'excitant doit se produire.

Quelque chose d'incroyable doit se produire.

Dans le vestibule de velours bleu, le four à micro-ondes sonne une fois, deux fois, trois fois.

Le fantôme de Camarade Maussade.

Tirant toujours sur son collier, Mère Nature s'affale sur le mohair noir et rugueux d'un fauteuil.

Saint Descente de Boyaux regarde le Révérend Impie, qui regarde l'Entremetteur, qui regarde le Comte de la Calomnie qui prend des notes et qui acquiesce d'un signe de tête : Oui. Et ils remontent l'aile centrale, nous tous en remorque. Suivis par le projecteur de la caméra vidéo d'Agent Cafteur.

On franchit les portes de l'auditorium. Le vestibule de velours français est vide. Les ombres se planquent derrière chaque fauteuil de palais, derrière chaque canapé. La lumière des quelques ampoules que nous avons conservées n'est même pas suffisante pour éclairer le mur le plus éloigné. Les portes des toilettes sont coincées en position ouverte et le sol carrelé brille de l'eau qui déborde des W-C. Ici et là, des boules désagrégées de papier cul flottent sur cette mer.

Couvrant l'odeur des chiottes, de la dinde Tetrazzini pourrie, des fesses grillées de Camarade Maussade, plane toujours celle… du beurre.

À travers sa vitre enfumée, on voit quelque chose de blanc qui emplit presque entièrement le four à micro-ondes.

Chaînon Manquant se met à gueuler. Notre homme-animal poilu. Il hurle, il prend appui des deux mains sur le comptoir du bar et il saute pardessus. Une fois de l'autre côté, il débloque violemment la porte du four et s'empare de ce qu'il y a à l'intérieur.

Il hurle à nouveau et lâche tout.

À ce moment-là, la Baronne Gelures a escaladé à son tour le comptoir de marbre.

À ce moment-là, la Comtesse Extralucide s'est précipitée pour voir ce qui se passe.

Mère Nature s'exclame : « C'est du pop-corn ! »

Ses clochettes tintinnabulent chaque fois qu'elle ouvre la bouche.

Un autre cri monte de derrière le comptoir, et le truc blanc s'envole. Des mains le suivent, le frappent comme un ballon de volley, comme un ballon de papier blanc, pour que personne ne s'en saisisse. Et dans la lumière du projecteur, c'est une lune claire et fumante qui tourne sur elle-même.

Miss Éternueuse rigole et tousse à la fois. Comtesse Extralucide pleure derrière ses lunettes de soleil. Tous, on tend les mains pour attraper le ballon.

On saute pour essayer de saisir son odeur chaude, graisseuse et tournoyante.

L'Entremetteur hurle : « On ne peut pas ! » Il agite les bras et il hurle : « On ne peut rien manger ! »

Le ballon de papier, qui passe de main en main, tourbillonne et rebondit jusqu'au plafond.

Et Comtesse Extralucide crie à son tour : « L'Entremetteur a raison ! On pourrait être secourus aujourd'hui ! »

Un saut de l'homme-animal — et le Chaînon Manquant se saisit du sac des deux mains.

Il le passe à la Comtesse qui le passe à l'Entremetteur, qui se précipite vers les toilettes.

Le reste d'entre nous — le Saint, et Miss America, et la Sœur et la Baronne — nous nous lançons à sa poursuite en hurlant et en pleurant. Derrière nous, Agent Cafteur arrive avec sa caméra et dit : « S'il vous plaît, ne nous battons pas. S'il vous plaît, ne vous battez pas. Je vous en supplie… »

Le Comte de la Calomnie est déjà en train de rembobiner son magnéto pour réécouter les roulements de tambour du pop-corn dans le four à micro-ondes. Puis le petit ding ! qui indique qu'il est cuit.

Seuls Chef Cuisinier Assassin et Mme Clark restent derrière le comptoir du bar.

Pour Mère Nature, notre fantôme, c'est son amie Lentil. Pour Miss Éternueuse, c'est sa prof d'anglais morte d'une tumeur au cerveau. Exactement comme on a bousillé nos provisions, le fantôme pourrait bien être le résultat de l'intervention combinée de deux ou trois personnes. De n'importe lequel d'entre nous.

Quelqu'un tire la chasse dans les chiottes. Puis une seconde fois. Un chœur de gémissements résonne sur le carrelage des toilettes, derrière la porte ouverte. Un nouveau flux de liquide vient lécher le bord du tapis bleu du vestibule.

De l'eau, parsemée ici et là de papier cul désagrégé. De papier cul et de pop-corn. Un autre cadeau de notre fantôme.

Fixant toujours le four à micro-ondes, Mme Clark murmure : « Je n'arrive pas à croire qu'on l'a tuée… »

Reniflant toujours l'odeur de beurre qui flotte dans l'air, Agent Cafteur dit : « Ç'aurait pu être pire. »

Dans l'eau qui s'échappe des toilettes et qui clapote contre le tapis bleu, on aperçoit de la fourrure. La fourrure d'une chatte tigrée. Un petit collier de cuir noir. Quelques os de la finesse d'un crayon.

Directrice Reniement a trouvé la force de nous rejoindre. Elle arrive juste à temps pour apercevoir le crâne aux minuscules dents, nettoyées par quelqu'un puis recrachées par les W-C. Sur le collier, une plaque indique : « Mademoiselle Cora ».

Détournant les yeux pour ne pas voir l'expression de Directrice Reniement, et préférant observer son reflet dans le miroir, sur le mur du fond du bar, Mme Clark dit : « Comment ? Qu'est-ce qui pourrait être pire que de tuer quelqu'un ? »

Vacances américaines

Un poème sur Agent Cafteur

« Les Américains se défoncent, dit Agent Cafteur,
 parce qu'ils ne savent pas vraiment
 prendre le temps de vivre. »
 Au lieu de quoi, ils avalent du Percodan,
 du Vicodin, de l'OxyContin.

Agent Cafteur, sur scène, tient sa caméra vidéo d'une
 main comme un masque
 pour dissimuler la moitié de son visage.
 Pour le reste, il est vêtu d'un costume marron
 de prêt-à-porter.
 Avec des chaussures assorties.
 Et une veste jaune moutarde.
 Ses cheveux raides, châtains, sont coiffés
 en arrière.
 Un nœud papillon jaune sur une chemise blanche
 au col boutonné.
La blancheur de sa chemise scintille,
 décorée d'acteurs de cinéma.

Au lieu d'un projecteur, Agent Cafteur sert d'écran à
 des images d'archives :

un plan large sur le public d'un théâtre.
Des rangées et des rangées de gens,
qui, tous, frappent dans leurs mains dans le plus grand silence.

Sur scène, se tient Agent Cafteur, la jambe gauche en avant,
mais s'appuyant davantage sur la droite.
À la place d'un de ses yeux, ce point de lumière rouge
ENREGISTREMENT
de sa caméra vidéo, espionnant.
À la place d'une de ses oreilles, le microphone intégré. Pour n'entendre personne, sauf lui.

Agent Cafteur dit : « Les Américains sont les meilleurs travailleurs du monde. »
Et les meilleurs pour les études et la compétition.
Mais ils flippent, quand vient le temps
de se reposer.
Là, il n'y a ni profit ni trophée.
Aux Jeux olympiques, aucune médaille pour
l'Athlète le plus décontracté.
Aucune publicité pour le Produit
le plus paresseux du monde.

Avec son œil-caméra calé sur autofocus, il dit :
« Nous sommes super
pour gagner et pour perdre. »
Et pour travailler sans relâche,
mais pas pour admettre.
Pas pour hausser les épaules et faire preuve
de tolérance.

« Au lieu de quoi, se dit-il à lui-même, on a la marijuana et la télévision. La bière et le Valium. »
Et l'assurance-maladie
Pour prendre des forces quand on en a besoin.

Impotent

Une nouvelle d'Agent Cafteur

À cette minute, Sarah Broome regarde son meilleur rouleau à pâtisserie en bois. Elle le fait tourner, elle teste son poids. Sa frappe puissante au creux de sa main. Elle se déplace devant les boîtes de conserve et les bouteilles rangées sur l'étagère au-dessus de sa machine à laver, secoue le récipient d'eau de Javel pour savoir combien il reste de liquide à l'intérieur.

Si elle pouvait entendre, si elle était simplement capable d'écouter, je lui dirais que c'est OK pour me tuer. Je lui dirais même comment faire.

Ma voiture de location est un peu plus bas sur la route, peut-être à une chanson de distance si vous écoutez la radio. Peut-être à deux cents pas, si vous comptez les pas lorsque vous avez la trouille. Elle pourrait redescendre à pied jusque-là et la ramener jusqu'à chez elle. Une Buick rouge foncé que le passage des voitures sur le gravier a désormais recouverte de poussière. Elle pourrait la garer tout à côté de cette cabane à outils, ou de cet abri de jardin, ou de n'importe quel truc où elle m'a emprisonné.

Au cas où elle serait là, à l'extérieur, assez près

pour m'entendre, je lui crie : « Sarah ? Sarah Broome ? » Je lui crie : « Tu n'as rien à te reprocher. »

Enfermé là-dedans, je pourrais la préparer. L'aider à répéter ses déplacements. Lui dire comment agir. Ensuite, il lui faudra se procurer un tournevis et récupérer les attaches du tuyau d'aluminium en accordéon à l'arrière du sèche-linge. Puis, elle pourra s'en servir pour brancher une de ses extrémités sur le pot d'échappement de ma voiture. Ces trucs-là s'allongent bien plus que ce qu'on imagine. Mon réservoir est presque plein. Peut-être qu'elle a une perceuse pour faire quelques trous dans une des parois en bois de la cabane à outils, ou dans la porte. Et comme c'est une femme, elle sera capable de trouver des endroits où ils ne se verront pas.

C'est important que sa maison ait l'air jolie. Qu'on se rende compte que c'est tout ce qu'elle possède.

« Sa vie était la mienne, dis-je. Je sais ce qu'elle pense. »

Elle peut découper des morceaux de ruban adhésif pour fixer ce tuyau sur la cabane.

Pour que je meure plus vite, elle n'a qu'à étendre une bâche en plastique au-dessus de cette cahute et la fixer sur tous les côtés avec une corde. Transformer l'endroit en une espèce de petit fumoir étanche. Au bout de cinq heures, elle se retrouvera avec cent kilos de saucisses sèches.

La plupart des gens n'ont jamais tué un poulet et encore moins un être humain. Ils n'ont aucune idée de la difficulté de la chose.

Je promets de me contenter de respirer profondément.

Le rapport de la compagnie d'assurance indique qu'elle se nomme Sarah. Sarah Broome, quarante-neuf ans. Elle travaillait depuis dix-sept ans dans une boulangerie industrielle et elle avait l'habitude de placer un sac de farine en équilibre sur son épaule — le poids d'un gamin de dix ans —, puis de tirer sur la ficelle pour ouvrir le devant du sac afin de verser peu à peu la farine dans un pétrin. À l'en croire, lors de son dernier jour de boulot, le sol était encore humide du lavage de la nuit précédente. Et l'éclairage n'était pas très bon non plus. Le poids du sac l'a fait basculer en arrière et sa tête est venue frapper contre le rebord en acier laminé d'une table — avec, pour conséquence, une perte de mémoire, des migraines et une fatigue générale qui l'empêchent de travailler à nouveau.

Les scanographies n'ont rien montré. Les IRM non plus. Les rayons X, que dalle. Mais Sarah Broome n'a jamais pu retourner au boulot.

Sarah Broome, trois mariages. Pas d'enfants. Elle touche une maigre aide sociale. Et les dividendes mensuels d'une petite société. Elle prend vingt-cinq milligrammes d'OxyContin pour traiter la douleur chronique qui irradie, depuis son crâne, le long de sa colonne vertébrale et de ses bras. Certains mois, elle réclame aussi du Vicodin et du Percodan.

À peine trois mois après son départ négocié, elle a déménagé ici, au milieu de nulle part, sans aucun voisin aux environs.

À cette minute, je suis assis là, dans sa cabane, et mon pied droit paraît tourné dans l'autre sens. Le genou doit être cassé, et les nerfs et les tendons à moitié entortillés. Au-dessous du genou, le reste de ma jambe est insensible. Il fait trop sombre pour que j'y voie quoi que ce soit, mais autour de moi ça sent la bouse. Ces plastiques qui glissent sous mes doigts, ce sont sans doute des sacs de fumier de vache pour son nouveau jardin. Une pelle, une binette et un râteau sont appuyés contre les murs.

Pauvre Sarah Broome, en cet instant, elle examine ses outils électriques. L'idée de me découper à la scie circulaire la rend malade. Au lieu de copeaux, la lame tournante cracherait une espèce de queue de coq faite de sang, de chair et d'os... À condition, bien sûr, qu'elle trouve une rallonge assez longue. Elle lit les étiquettes des bidons de peinture, de pastilles antilimaces, de produits nettoyants, à la recherche du dessin à la tête de mort et aux os croisés. Du visage verdâtre et renfrogné de M. Yuck. Elle appelle le Centre antipoisons local et elle demande quelle quantité d'essence à barbecue doit boire un homme pour mourir. Et quand son interlocuteur cherche à savoir pourquoi elle pose cette question, Sarah s'empresse de raccrocher.

Voilà comment je sais ça... Dix ans plus tôt, je transportais des fûts de bière entre un distributeur et une flopée de bars et de tavernes de rien du tout. C'étaient des établissements trop petits pour avoir une zone de livraison, si bien qu'il fallait stationner en double file. Ou alors tu te garais sur « la voie du suicide », entre deux couloirs de trafic rapide où les véhicules te dépassaient dans toutes les directions. Bon, je roulais des fûts. J'empilais des caisses de bière en bouteille sur un chariot et j'attendais qu'il y ait un trou dans la circulation pour traverser. J'étais toujours en retard, jusqu'au jour où, par pur accident, un fût s'est détaché de son casier et m'a écrasé comme une crêpe sur le trottoir.

Après ça, j'ai trouvé un endroit presque aussi super qu'ici. Un camping-car Winnebago rouillé qui n'irait plus nulle part, installé près de chiottes à la turque, sur un vaste terrain le long d'une route de graviers qui file à travers les bois. Pour aller en ville, il me restait une vieille Ford Pinto avec une boîte manuelle.

Une pension de handicapé à cent pour cent, et tout le temps du monde devant moi.

Pour le restant de mes jours, j'avais simplement à m'assurer que ma bagnole continue à rouler. J'étais défoncé avec tant de Vicodin que le simple fait de marcher au soleil était aussi bon qu'un massage. Et même qu'un massage plus une branlette.

Se contenter de regarder les oiseaux à la mangeoire. Les oiseaux-mouches. Distribuer des cacahouètes, défoncé, et se marrer de voir les écureuils se bagarrer avec les tamias jaunes, c'est déjà une existence assez chouette. Le rêve américain d'une vie sans la sonnerie du réveil. Sans l'obligation de pointer ou de porter une foutue coiffe. Un rêve où on n'a pas besoin de demander à un connard quelconque la permission d'aller couler un bronze.

Non, jusqu'à cet après-midi, Sarah Broome n'avait rien d'autre à faire que de bouquiner des livres de poche empruntés à la bibliothèque. De contempler les oiseaux-mouches. D'avaler ses petites pilules blanches. Des vacances utopiques censées ne jamais finir.

L'emmerdant c'est que, invalide ou pas, tu dois te conduire comme si tu l'étais. Tu dois boiter ou tenir ta tête raide pour montrer que tu es incapable de la tourner. Et même avec tous les analgésiques qui se baladent dans tes veines, c'est le genre de comédie qui finit par te faire te sentir mal. Parce que si tu simules n'importe quel symptôme assez longtemps, tu te mets à le ressentir pour de bon. Tu boites un moment et puis ton genou commence à être douloureux. Tu restes planté là à ne rien faire et tu deviens un gros bossu bien gras.

Le rêve américain des loisirs, c'est vite ennuyeux. Pourtant, on te paie pour être invalide. Assis devant ta télé. Allongé dans ton hamac. Zieutant ces foutus animaux. Et si tu ne travailles pas, tu ne dors pas. Nuit et jour, tu es à moitié éveillé et tu t'emmerdes.

Les programmes de la télévision en journée... On devine qui les regarde en fonction du type de publicité qui passe : des cliniques qui proposent des cures de désintoxication aux alcooliques. Des cabinets d'avocats qui cherchent à récupérer des procédures pour blessures. Ou des écoles qui offrent des cours de formation professionnelle par correspondance pour devenir comptable. Détective privé. Serrurier.

Tu regardes la télé dans la journée et c'est ça, ton nouveau profil démographique. T'es un alcoolo. Ou un handicapé. Ou un idiot. Au bout de deux semaines, être un paresseux, c'est nul à chier.

Tu n'as pas assez d'argent pour voyager, mais ça ne coûte rien de pelleter de la terre. De bricoler ta bagnole. De cultiver des légumes.

Un soir, une fois la nuit tombée, un nuage de moustiques et de chrysops s'agglutine autour de l'ampoule de ma véranda. Dans ma Winnebago, avec ma tasse de thé chaud et quelques Vicodin dans le sang, je lève un instant les yeux de mon livre pour contempler les insectes de l'autre côté des fenêtres. Et j'entends ce bruit.

La voix d'un homme qui crie quelque part dans l'obscurité des bois de derrière.

Quelqu'un qui appelle à l'aide. Au secours ! S'il vous plaît ! Il a glissé et il s'est blessé au dos. Il me dit qu'il est tombé d'un arbre.

Au beau milieu de la nuit, il est là, vêtu d'un costume marron et d'une veste jaune moutarde, avec de grosses chaussures de cuir brun à petits trous, et il m'explique qu'il est ornithologue amateur. Une paire de jumelles pend autour de son cou. C'est ce que tu apprends dans tes cours par correspondance : si tu te fais prendre par le suspect, raconte que tu observais les oiseaux. Je lui propose de porter sa mallette. Puis je l'attrape par le bras et on se met à avancer lentement, très lentement, sur trois pattes, vers le porche éclairé de mon camping-car.

On est presque arrivés quand le type aperçoit mes vieux W-C extérieurs et me demande si on peut s'arrêter une minute. Il a vraiment besoin d'aller chier. Je l'aide à entrer dans la cabane.

Dès que la porte se referme et que j'entends sa boucle de ceinture heurter le plancher en bois, j'ouvre sa mallette. Là-dedans, il y a des tas de papiers. Et une caméra vidéo. Le côté de l'appareil s'ouvre. Il y a une cassette à l'intérieur. Quand je soulève la caméra et que je la referme, la cassette se met en marche toute seule et le petit écran de contrôle s'allume.

Sur l'écran, je vois un homme minuscule qui ôte la roue arrière d'une vieille Pinto cabossée.

Cet homme, c'est moi en train d'intervertir mes pneus. C'est moi en train de dévisser les boulons et de démonter et de remonter mes roues.

Rien d'autre. Pas d'oiseaux. Après un peu de neige, l'écran montre une autre toute petite version de moi-même, torse nu, transportant une bouteille de propane jusqu'à l'avant du Winnebago, où je remplace celle qui est vide.

Si Sarah est comme moi, en cet instant, elle sort un couteau à pain d'un des tiroirs de sa cuisine. Qu'elle me donne quelques Vicodin dans un verre d'eau, et peut-être qu'elle pourra me mettre K.-O. À cet instant, elle regarde de très près, presque à en loucher, le bord dentelé du couteau pour vérifier qu'il est bien affûté. C'est si facile de découper un poulet, ça ne devrait pas être plus compliqué de trancher la gorge de quelqu'un. Elle pourrait me mettre une vieille serviette sur la tronche et faire semblant de croire que je ne suis qu'une miche de pain. De croire qu'elle tranche juste du pain, ou une tourte à la viande — et ce jusqu'à ce qu'elle sectionne une veine, et alors mon cœur continuera à évacuer le sang vers l'extérieur, la grande montée du sang, une giclée après l'autre.

À cet instant, elle remet le couteau dans le tiroir.

Elle pourrait avoir conservé un couteau électrique, un cadeau de mariage, pendant la moitié de son existence, et ne s'en être jamais servie. Il est toujours rangé dans sa belle boîte fantaisie, avec le mode d'emploi succinct qui explique comment découper une dinde… trancher un jambon… Un gigot d'agneau.

Mais rien sur la façon de démembrer un détective privé.

Réfléchissez à ça : peut-être que je voulais être pris ?

Moi, le vilain salopard, espionnant cette pauvre Sarah Broome et sa famille de chats.

Réfléchissez à ça : peut-être qu'*elle* voulait être prise. On a tous besoin d'un docteur pour nous arracher à notre parfaite matrice. On se fout en rogne et on gémit, mais on apprécie que Dieu nous chasse de notre paradis à coups de pied au cul. On aime nos épreuves. On adore nos ennemis.

Pour le cas où Sarah Broome serait à proximité, je hurle : « S'il te plaît, ne te prends pas la tête avec cette histoire... »

Comme il n'y a pas de verrou extérieur pour fermer mes chiottes, je les ai entourées de trois tours de corde, en serrant un max, et j'ai fait un triple nœud de vache. Mon détective grognait pour lâcher sa merde dans le trou sur lequel il était accroupi. Il était trop occupé à écraser les moustiques et les chrysops arrivés en masse de l'obscurité pour m'entendre faire ces nœuds et embarquer sa mallette dans mon camping-car pour y jeter un petit coup d'œil.

J'y trouve une sortie d'imprimante avec un tableau où on lit, sur chaque ligne, un nom, à côté d'un handicap, à côté d'une adresse. Là, des types avec un syndrome du canal carpien. Des types avec des dommages non spécifiés des parties charnues du bas du dos. Des douleurs chroniques aux cervicales. Ici sont listés aussi les fournisseurs des pensions d'invalidité et les compagnies d'assurance. Et les analgésiques prescrits pour chaque cas.

Et, sur ce tableau, me voilà : Eugene Denton.

Dans la mallette, un gros paquet de cartes de visite professionnelles entourées d'un élastique, qui, toutes, indiquent : Lewis Lee Orleans, Enquêteur Privé. Plus un numéro de téléphone.

Je compose le numéro et un portable se met à sonner dans la mallette.

À l'extérieur, Lewis Lee Orleans braille pour que je vienne l'aider à ouvrir la porte des chiottes.

Si ça pouvait aider Sarah Broome à mieux accepter l'idée de m'éliminer, je lui dirais comment ce détective hurlait. Sanglotant, le visage dans les mains, il m'explique qu'il a une femme et trois enfants à la maison. Encore petits. Sauf qu'il ne porte pas d'alliance et qu'il n'y a aucune photo de famille dans son portefeuille.

Les gens prétendent qu'ils sentent quand on les espionne. Qu'être observés leur fait la même impression que des fourmis montant le long de la jambe sous le pantalon. Pas moi. Cet après-midi-là, j'ai interverti mes pneus. Vérifié l'usure de mes plaquettes de freins. Vidangé l'huile, passant de la 10-10 pour l'hiver à la 10-40 pour l'été. Là, sur le petit écran de contrôle, me voilà avec un gros bidon d'huile, que je tire de dessous le camping-car, puis que je trimbale sous le bras. Totalement invalide, moi, le malheureux livreur, qui ai juré au tribunal que je ne pouvais même plus lever mon bras assez haut pour me brosser les dents. Moi, l'infirme estropié qui méritait d'être mis au vert pour le restant de sa vie naturelle. Sauf que là, torse nu sur ce film, la sueur de mes aisselles faisant une grande tache marron foncé sur le bidon d'huile, je passerais sans mal pour un Hercule de cirque.

Vivre à l'extérieur dans une région au climat sain, ne pas manger beaucoup, s'offrir de longues nuits de sommeil — ce petit homme musclé et bronzé, ce pourrait être moi à dix-neuf ans.

C'était la meilleure vie que j'avais jamais connue, et ce salopard coincé dans mes chiottes allait la foutre en l'air ?

La plupart des grosses affaires d'invalidité sont toujours en appel. Les types des compagnies d'assurance des salariés ont besoin d'avoir des années devant eux pour suivre leurs clients à la trace. Juste pour cinq minutes d'une bonne vidéo avec leur gars en train de charger un motoculteur à l'arrière de son pick-up. Ils la montrent au tribunal. Hop, affaire classée. Refus du handicap. La minute précédente, le plaignant est installé dans une nouvelle vie, avec une certaine quantité de pognon chaque mois, une couverture médicale, plus tous les Vicodin et les Percocet, et tous les OxyContin dont il a besoin pour rester cool jusqu'à la fin de ses jours. Et les avocats de la partie adverse diffusent cette bande au tribunal — le fameux motoculteur à l'arrière de son pick-up — et voilà que la minute suivante, il n'a plus rien.

Il a quarante-cinq ou cinquante ans, et on l'accuse de fraude à l'assurance. Aucune chance d'avoir autre chose que le salaire minimum pour le restant de sa vie. Finies, les prestations sociales. Terminé, le temps libre, jusqu'à ce qu'il ait soixante et quelques années et qu'il ait de nouveau le droit de se reposer.

En cet instant précis, pour Sarah Broome, même la perspective de se retrouver en prison pour meurtre paraît meilleure que de régler ses impôts fonciers en retard, de perdre sa voiture et de se retrouver dans la rue à pousser un chariot.

Quand j'étais à la place de Sarah, je n'avais sous la main qu'une caisse de quatre bombes insecticides. Il y avait un nid de guêpes sous le Winnebago où je vivais. Le mode d'emploi disait de bien secouer, puis de briser l'extrémité du petit embout sur le dessus. Alors, la bombe cracherait sa fumée empoisonnée jusqu'à ce qu'elle soit vide.

L'étiquette disait que ça tuait tout.

Pauvre détective. J'ai grimpé sur une échelle et j'ai lâché ces quatre bombes dans le conduit d'aération de mes chiottes. Ensuite, j'ai placé ma main sur le tuyau pour bloquer toute fuite. Moi, sur ce toit, déguisé en foutu Adolf Hitler, gazant mon détective et l'écoutant tousser et supplier d'avoir un peu d'air. Le simple fait de l'entendre vomir sur le plancher en bois me fit presque gerber moi-même. Les odeurs de soufre de l'insecticide et du dégueulis. Ces bombes qui sifflèrent jusqu'à ce qu'une fumée blanche commence à sortir de chaque fissure et de chaque trou de clou de ma cabane. Une fumée qui sentait l'essence s'échappant des quatre côtés de mes chiottes, tandis que le détective se fracassait contre les murs, puis contre la porte, pour essayer de se tirer de là. Encore et encore, jusqu'à ce que ses épaules ne soient plus que chair meurtrie sous son beau costume marron. Jusqu'à ce qu'il soit épuisé.

Assis là, avec ma jambe qui me fait mal à partir de la taille, attendant que Sarah Broome trouve la solution de son problème, j'ai envie de lui raconter tant de choses. Lui dire que l'insecticide nous a juste rendus malades, le détective et moi. Lui dire ce qu'on ressent quand on écrase une clé en croix sur la tempe de quelqu'un. Comment les douze premiers coups, c'est juste n'importe quoi. Chaque fois que tu abats ta clé en la tenant des deux mains, tu arraches simplement des cheveux et de la chair sanglante, mais tu n'enfonces pas vraiment beaucoup d'os. J'ai envie de lui expliquer comment ta clé, avec tout ce sang, te glisse entre les doigts au point que tu es obligé de trouver un autre outil sec pour finir le travail.

Si je n'étais pas handicapé avant de tuer ce M. Lewis Lee Orleans, oh, ensuite je le suis devenu ! Assassiner quelqu'un, c'est un foutu boulot. Difficile et dégueulasse, alors qu'il braillait comme un dératé et que ce qu'il gueulait n'avait pas plus de sens qu'un pet de vache dans un abattoir.

Voilà ce que je pense — même si je n'avais pas flingué ce M. Détective Fouineur, cette longue nuit glacée s'en serait chargée. Les insectes et le choc à la suite de sa jambe cassée auraient réglé le problème. Un mort, c'est un mort, et de cette façon, aucun de nous deux n'aurait eu à souffrir. Ou pas beaucoup.

Même si je ne me suis jamais fait coincer pour ça, tuer ce type a gâché mon plaisir d'être handicapé. Maintenant je savais que des gens nous épiaient, maintenant j'avais vu la sortie d'imprimante — et je savais qu'un nouveau fouille-merde viendrait m'espionner un jour ou l'autre.

Et donc, si tu ne peux pas être plus fort qu'eux, rejoins-les.

À la télé, j'ai revu cette pub sur les cours par correspondance et j'ai téléphoné. Ils t'apprennent comment surveiller un suspect. Comment fouiller dans une poubelle pour récolter des preuves. Et en six semaines, j'avais un document prouvant que j'étais un détective privé. Après ça, on m'a donné mon tableau Excell de bons à rien à espionner. Pour faire mes propres *traqûmentaires* dénonciateurs, comme je disais.

Si t'es assez malin, tu coinces tes copains handicapés. Dans la plupart des cas, tu n'as même pas besoin de te pointer au tribunal. Tu n'as qu'à fournir ta note de frais pour le motel, la voiture de location, les repas au restau, et tu reçois ton chèque par courrier. Plus ta commission.

Ce qui nous ramène à l'histoire actuelle. J'avais suivi Sarah Browne pour rien pendant cinq jours. Quand tu tournes un *traqûmentaire*, tu as l'impression d'être marié à ton sujet. Tu es à la poste quand elle récupère son courrier. À la bibliothèque quand elle emprunte un nouveau livre. À l'épicerie. Même si elle reste assise dans sa caravane toute la journée, les rideaux tirés, à regarder la télévision, je me gare un peu plus loin sur la route de graviers, et je me planque dans la bagnole, allongé sur les sièges avant, la tête posée sur un oreiller collé contre la portière côté passager. De cette façon je peux garder un œil sur l'extérieur. Même si rien ne va se passer.

Oh, oui, c'est un mariage.

J'attends tout l'après-midi sur la colline derrière sa caravane, accroupi, planqué dans les buissons, à me bagarrer avec les moustiques. À l'observer dans le viseur de ma caméra vidéo, en attendant l'occasion d'appuyer sur le bouton ENREGISTREMENT. Il aurait suffi que Sarah se baisse pour soulever une bouteille de propane. Juste un film de cinq petites minutes où on la verrait décharger de gros sacs de nourriture pour chats de sa vieille voiture cinq portes, et ma mission aurait été accomplie. Je n'aurais plus eu qu'à rendre mon véhicule de location et à sauter dans le prochain avion pour rentrer chez moi.

Bien sûr, je suis enfermé là dans sa cabane à outils parce que j'ai trébuché et que je suis tombé. Elle est arrivée et elle m'a trouvé, après le coucher du soleil, une fois que les piqûres de moustique étaient devenues pires que tout ce qu'elle pourrait me faire — coups de fusil ou de couteau. J'ai été obligé d'appeler au secours et elle a passé son bras autour de ma taille pour m'aider à marcher jusqu'ici. Puis elle m'a laissé là. Pour qu'on se repose une minute, selon elle.

Personne ne prétend que je suis original. Je suis ornithologue, lui ai-je expliqué. Cette zone est célèbre pour le pluvier chevelu à crête rouge. Et c'est la période de l'année où les faisans à cou bleu viennent dans le coin pour s'accoupler.

Elle a ramassé ma caméra vidéo. Elle s'amuse avec le petit écran de lecture et elle dit : « Oh, s'il vous plaît… Montrez-moi ça… »

La caméra bourdonne, émet un clic, et la lumière rouge MARCHE se met à clignoter — brillante.

Sarah regarde l'écran en souriant, défoncée.

Je lui réponds : Non ! Je tends la main pour récupérer mon appareil, mais avec trop d'empressement. Je lui réponds : Non ! Mais trop fort.

Et Sarah Broome se recule de quelques pas et elle plie les bras pour m'empêcher de récupérer mon appareil. La lumière de l'écran minuscule tremblote doucement sur son visage comme la flamme d'une bougie. Elle sourit et continue à suivre l'enregistrement.

Et finalement son visage se relâche, son sourire se fane, ses joues s'affaissent.

C'est une séquence où on la voit transporter des sacs de fumier de bovin, des sacs de plastique blanc pleins de bouse de vache. Sur chacun on lit en lettres noires : « Poids net : vingt-cinq kilos. »

Les yeux toujours fixés sur l'écran, elle se renfrogne. Ses sourcils. Ses lèvres. Ce film de cinq minutes mettra fin à sa vie actuelle. Mon court *traqûmentaire* va la rendre à son esclavage ouvrier.

Il se pourrait que son dos soit guéri. Il se pourrait qu'elle ait truqué tout ça. Mais ce qui est clair, c'est qu'elle n'est pas invalide. Avec les bras qu'elle a, elle serait capable de lutter contre des alligators pour gagner sa vie.

Sarah Broome, je veux juste te dire que je comprends. En cet instant, alors que tu lis l'étiquette d'une boîte de mort-aux-rats, je tiens à ce que tu saches — cette première semaine où j'ai été totalement invalide, complètement impotent et infirme, a été, et de loin, la meilleure de ma vie d'adulte.

C'est le rêve de chaque agriculteur. De tous les chefs de train et de toutes les serveuses qui n'ont jamais eu droit qu'à une semaine de vacances pour aller camper. Et puis, un jour de veine, un convoi de marchandises négocie une courbe trop rapidement et déraille, ou la fille marche sur un milk-shake renversé — et tous ces gens finissent par se retrouver au bout d'une quelconque route de graviers qui n'a même pas de nom.

Heureux handicapés.

Ce n'est peut-être pas la Belle Vie, mais c'est certainement la Vie Assez Belle.

La machine à laver et le sèche-linge installés sur une terrasse, près de la caravane. Tout est couvert d'une peinture métallique bourgeonnante et boursouflée par la rouille.

Si elle voulait bien m'écouter, je dirais à Sarah Broome où trouver ma carotide. À quel endroit abattre sa masse sur ma tête.

Non, Sarah Broome me demande juste d'attendre un moment. Elle ferme les portes de sa cabane à outils et elle me laisse à l'intérieur. J'entends un cadenas claquer.

En cet instant, elle est en train d'aiguiser un couteau. En cet instant, elle cherche dans sa garde-robe, ses pantalons et ses chemisiers, ses jeans et ses sweaters, quelles fringues elle n'aura plus jamais envie de mettre.

J'attends qu'elle revienne et je lui crie de ne pas s'inquiéter. Je lui crie que ce qu'elle va faire est OK. Que c'est la seule et la plus parfaite issue dans cette situation.

Debout derrière le comptoir du bar de l'entrée, Agent Cafteur dit : « Il se trouve que cette Sarah Broome était plus maligne que moi. »

Au lieu de le tuer, elle a laissé la caméra vidéo sur ENREGISTREMENT. Puis elle a récupéré le récit de son passé. Et le meurtre de Lewis Lee Orleans. Puis elle a mis la cassette en lieu sûr et elle l'a transporté à l'hôpital.

« Et je prends ça pour une histoire qui finit bien… », conclut Agent Cafteur.

17

M. Whittier répétait qu'on épuise certaines histoires en les racontant. Mais que certaines *vous* épuisent.

Miss America serre son ventre des deux mains. Accroupie sur le coussin jaune d'un fauteuil à oreilles dans le fumoir gothique, elle se balance d'avant en arrière, un châle autour des épaules. Impossible de dire si elle a un gros bide ou simplement trop de vêtements. Elle se balance, ses bras et ses jambes marqués par des croûtes rouges et gonflées de griffures de chat. Elle demande : « Vous avez entendu parler du CMV, le cytomégalovirus ? Il est mortel pour les femmes enceintes et il se transmet par les chats je crois.

– Tu as raison de te sentir mal au sujet de Cora Reynolds », répond le Chaînon Manquant.

Soutenant son ventre et se balançant, Miss America réplique : « C'était elle ou moi… »

On est réunis dans la Chambre de Frankenstein devant la cheminée où clignotent les plaques de verre jaune et rouge et on se surveille les uns les autres. On prend mentalement des notes sur tous nos gestes et toutes nos répliques. On enregistre chaque instant, chaque événement, chaque émotion par-dessus ceux d'avant.

Installé dans un fauteuil à oreilles de cuir jaune, le Chaînon Manquant se tourne vers la Comtesse Prévoyance, assise à côté de lui, et lui demande : « Alors ? Et toi, tu as tué qui pour te retrouver ici ? »

On fait semblant de ne pas comprendre ce qu'il veut dire.

On s'efforce d'être la caméra et non le sujet.

« Ne dirait-on pas que tous, ici, nous essayons de cacher quelque chose ? » insiste le Chaînon Manquant. Avec son long nez, sa barbe, ses sourcils touffus d'une seule pièce formant une espèce d'auvent au-dessus de ses yeux, il ajoute : « Sinon, pourquoi aurait-on franchi cette porte avec Whittier — un gars que personne ne connaissait vraiment ? »

Sur le papier peint jaune satiné, entre les hautes fenêtres en ogive, diffusant la lumière d'ampoules de quinze watts en guise de crépuscule éternel, sur le papier peint jaune satiné, Saint Descente de Boyaux a dessiné des dièses, côte à côte, pour garder le compte du temps que nous avons passé ici.

Il tient un pastel entre le pouce et l'index — les seuls doigts qui lui restent — et il met une marque chaque jour où Sœur Autodéfense allume les lumières.

Sur le sol de pierres ajustées, Agent Cafteur fait avancer d'avant en arrière la roue d'exercice rose pour perdre davantage de poids.

La chaudière est en panne — une fois encore. Le chauffe-eau aussi. Les toilettes sont bouchées par le pop-corn et les restes de la chatte morte. La machine à laver et le sèche-linge sont hérissés de fils coupés et arrachés.

On pisse dans des bols qu'on vide dans un évier. Ou on remonte nos jupes et on se soulage dans un coin sombre d'une immense pièce magnifique.

Nous, avec nos perruques et nos velours de conte de fées, passant des heures à tuer le temps dans ces chambres glacées qui résonnent, dans la puanteur de l'urine et de la transpiration — c'est exactement l'étrange existence de cour que vivaient les aristocrates, il y a quelques siècles. Tous ces châteaux et ces palais qui ont l'air si propres et si élégants dans les versions cinématographiques actuelles étaient en réalité glacés et puants, à l'époque.

Selon Chef Assassin, les cuisines des châteaux français étaient si éloignées des salles à manger royales que tous les plats étaient froids au moment où ils étaient servis. Voilà pourquoi les Français inventèrent leurs millions de sauces épaisses — elles faisaient office de couvertures pour que la nourriture soit encore chaude en arrivant sur les tables.

Nous avons retrouvé l'ensemble des éléments de la chasse au trésor : la boule de bowling, la roue d'exercice, la chatte morte.

« On ne mesure pas notre humanité à la façon dont nous traitons nos semblables », dit le Chaînon Manquant en ôtant les poils de Cora Reynolds collés sur les manches de sa veste. « Mais à la façon dont nous traitons les animaux. »

Il considère Sœur Autodéfense — qui regarde sa montre.

Dans un monde où les droits de l'homme sont plus développés qu'à n'importe quelle autre période de l'Histoire… Dans un monde où le niveau de vie général a atteint des sommets… Dans une culture où chacun est tenu pour responsable de son existence, poursuit le Chaînon Manquant, les animaux deviennent rapidement les dernières véritables victimes. Les esclaves et les proies uniques.

« Les animaux, poursuit le Chaînon Manquant, sont l'aune de la définition de notre espèce. »

Sans eux, il n'y aurait pas d'humanité.

Dans un monde où on ne trouverait que des êtres humains, ces derniers ne signifieraient rien…

« C'est peut-être la raison pour laquelle ces gens coincés dans la villa Diodati, pendant toutes ces journées de pluie, ne se sont pas massacrés les uns les autres », ajoute le Chaînon Manquant.

Parce qu'ils avaient avec eux des tas de chiens, de chats, de chevaux et de singes qui les ont obligés à se conduire comme des êtres humains.

Il considère Miss America, avec ses yeux rouges et son visage fiévreux inondé de sueur, et il explique comment les gens qui protestent aujourd'hui à la porte des cliniques – qui agitent des pancartes montrant des bébés souriants, qui insultent les mères désireuses d'avorter et qui leur crachent dessus –, il explique comment ces gens, dans le monde à venir, misérable et surpeuplé, « s'insurgeront au contraire contre les rares femmes égoïstes qui choisiront de donner naissance à un gosse… ».

Dans ce futur proche, on ne verra plus d'animaux sauvages qu'au zoo et dans les films anciens. Et tous les autres ne seront plus qu'un goût pendant les repas – poulet, bœuf, porc, agneau ou poisson.

Miss America serre son ventre et proteste : « Mais j'avais besoin de manger !

– Sans les animaux, réplique le Chaînon Manquant, il y aura des hommes et des femmes, mais pas d'humanité. »

Considérant sa bague de fiançailles, le gros diamant de Dame Clocharde qui jette des éclats à son doigt squelettique, Mère Nature murmure : « Ce que tu racontes sur les protestations contre les bébés… C'est terrible, tu parles comme Camarade Maussade. »

Notre quatrième fantôme qui hante ces lieux.

« Tu as raison, dit Saint Descente de Boyaux, en faisant les yeux doux à Mère Nature. Les bébés, c'est… merveilleux. »

Mère Nature et le Saint – toujours notre intrigue secondaire romantique.

Alors, le Chaînon Manquant lève les mains et secoue les manches de sa veste pour les faire descendre sur ses avant-bras. Puis il appuie un index sur chacune de ses tempes et annonce : « J'entre donc en contact avec elle… »

En conversation silencieuse avec Camarade Maussade et avec M. Whittier, le Chaînon Manquant dit qu'il est nécessaire que les humains acceptent le côté sauvagerie animale de leur nature. Qu'ils trouvent un moyen de venir à bout du réflexe : « se battre ou s'enfuir ». Ce talent appris au cours de milliers de générations. Si on ignore notre besoin de blesser et d'être blessés, si on le refuse et qu'on laisse les frustrations s'accumuler, alors on a les guerres. Les tueurs en série. Les fusillades dans les écoles.

« Tu prétends que les guerres existent parce qu'on

a un faible seuil de tolérance à l'ennui ? » dit Saint Descente de Boyaux.

Et le Chaînon Manquant répond : « Je prétends qu'elles existent parce qu'on ne veut pas admettre ce faible seuil de tolérance. »

Agent Cafteur filme en vidéo le Comte de la Calomnie qui enregistre en audio le Chaînon Manquant. Tous, nous sommes à l'affût d'attitudes physiques révélatrices que nous pourrons transmettre un jour à nos futurs acteurs. Des détails qui donneront plus de véracité à notre version de la réalité.

Miss America fait disparaître sa main sous sa couche de jupes et fixe le tapis d'un regard vide. Tandis que ses doigts s'agitent sous ses vêtements, sa respiration — les mouvements de sa poitrine — s'arrête.

Et quand sa main réapparaît, ses doigts brillent, mouillés d'un liquide clair. Ce n'est pas du sang. Elle les porte à son nez et les sent. Elle fronce les sourcils. Sa peau se resserre et creuse de profondes rides entre ses yeux bleus.

La pauvre Directrice Reniement a cessé de pleurer, oh, il y a une éternité. Depuis, elle reste assise à observer Miss America. Elle la suit de pièce en pièce.

Elle attend.

« Tu as une infection bactérienne, dit le Chaînon Manquant, en observant les griffures sur les bras de Miss America. *Bartonella bacterium*, une attaque des ganglions lymphatiques. »

Et il s'interrompt suffisamment longtemps pour nous permettre de prendre des notes. Et il épelle, une lettre après l'autre, « B-A-R-T… » tandis que le Comte de la Calomnie griffonne.

Puis il ajoute, en reniflant l'air : « Et si je ne me trompe pas, tu viens juste de perdre les eaux… »

Miss Éternueuse tousse dans sa main, puis, dans le silence revenu, les grattements des stylos sur le papier sont un roulement de tonnerre.

Directricc Reniement observe la main de Miss America qui remonte jusqu'à son nez.

Chacun d'entre nous, la caméra derrière la caméra derrière la caméra.

Nettoyant les poils de chat sur les manches de sa veste, les yeux baissés, le Chaînon Manquant explique : « Le nom ordinaire de ton affection, c'est : maladie des griffes du chat.

– J'ai la migraine », dit Miss America en essuyant ses doigts mouillés sur son châle.

Soulevant ses jupes, elle bascule en avant pour se lever de son fauteuil. Elle arrange son châle autour de son cou marqué de griffures. Puis elle se dirige vers l'escalier et annonce : « Je retourne dans ma chambre. »

Il y a une tache sombre sur le siège de cuir de son fauteuil. Et humide. C'est de l'eau, pas du sang.

Miss America s'efface, de plus en plus petite au fur et à mesure qu'elle descend dans l'escalier.

Seule Directrice Reniement fait un mouvement.

Dès que Miss America est hors de vue, elle se lance à ses trousses.

Nous autres, on la regarde faire et on prend des notes. La façon dont ses mains s'agrippent à son uniforme – une longue jupe à la Clara Barton, avec une croix rouge sur la poitrine et une coiffe plissée d'infirmière plantée au sommet de sa perruque. Ses doigts serrent si fort ses vêtements qu'ils paraissent tout bleus. Son menton tellement collé à sa poitrine qu'elle est obligée de lever les yeux pour y voir d'en dessous la corniche de son front. Ses lèvres si serrées que les muscles de ses mâchoires sont gonflés. Aussi discrète que le bruit de nos stylos qui courent sur nos feuilles, Directrice Reniement file derrière Miss America.

Nous autres, on attend le hurlement.

Il doit se passer quelque chose d'horrible.

Il doit se passer quelque chose de macabre.

La Mythologie de Nous – une de moins avec laquelle partager les royalties.

Agent Cafteur s'écroule sur le sol et reste allongé sur le flanc, haletant, inondé de sueur. Son caftan révèle un pantalon bouffant qui tourbillonne et sa perruque, bien enfoncée sur sa tête, lui tient chaud. Au Chaînon Manquant, il demande : « Évaluons ta propre théorie – qui as-tu tué pour te retrouver ici ? »

Évolution

Un poème sur le Chaînon Manquant

« Que vas-tu faire aujourd'hui ? » demande
le Chaînon Manquant.
« Comment justifieras-tu tes actes ? »
Cette montagne d'animaux et d'ancêtres morts sur
laquelle tu te tiens debout.

Le Chaînon Manquant sur scène. Ses yeux nous
obligent à baisser les nôtres, des yeux jaunes,
profondément enfoncés sous son front
proéminent.
Ses yeux et son nez qui se serrent dans la clairière,
ce petit espace libre entre ses cheveux touffus
et la forêt de sa barbe.
Ses mains pendent à la hauteur de ses genoux,
avec, sur leurs jointures, des poils noirs frisés.

Sur scène, au lieu d'un projecteur, un extrait de film :
Une séquence en seize millimètres d'un monstre
couvert d'une fourrure rousse,
aussi grand qu'une cavalière sur le dos
d'un cheval, la tête en pointe,
essayant d'échapper à la caméra.

Un jour de soleil, le long d'une rivière, avec des pins en toile de fond.
Ce monstre de documentaire, en surimpression sur le Chaînon Manquant,
avec ses seins couverts d'une fourrure rousse,
qui se balancent,
ce monstre se retourne pour regarder
derrière elle.

Sur scène, le Chaînon Manquant dit :
« Chaque goulée d'air que tu avales,
tu la dois à quelque chose qui est mort. »
Quelque chose ou quelqu'un a vécu
puis s'est éteint pour que tu puisses bénéficier
de cette vie.
Cette montagne de cadavres t'a propulsé
à la lumière du jour.
Le Chaînon Manquant ajoute : « Est-ce que l'effort et l'énergie et l'élan de leurs existences… »
Comment vas-tu réagir ?
Comment profiteras-tu du cadeau qu'ils t'ont fait ?
Les chaussures de cuir et les poulets frits
et les soldats morts ne sont une tragédie
que si tu gaspilles le cadeau qu'ils te font,
quand tu restes collé devant ta télé.
Ou coincé dans un embouteillage.
Ou bloqué dans un aéroport quelconque.

« Comment montreras-tu toutes les créatures de l'Histoire ? » demande le Chaînon Manquant.
Comment montreras-tu que leur naissance,
leur travail et leur mort ont valu le coup ?

Thèse

Une nouvelle du Chaînon Manquant

Finalement, ce n'était pas un véritable rendez-vous.

Sûr, c'était de la bière dans une taverne avec une fille plutôt jolie. Une partie de billard. De la musique sur le juke-box. Deux hamburgers avec des œufs au plat et des frites. Un rencard au restau.

C'était trop tôt après le décès de Lisa, mais c'était réconfortant. Ça libérait.

Cette nouvelle nénette, elle ne détourne jamais les yeux. Elle ne regarde pas le foot à la télé au-dessus du bar. Elle rate tous ses tirs au billard, parce qu'elle n'est même pas capable de voir sa boule. On dirait que ses yeux écrivent sous la dictée. Prennent des notes en sténo. Font des photos.

Elle demande : « Tu as entendu parler de cette petite fille qui est morte ? Elle était de la Réserve, non ? »

Elle demande : « Tu la connaissais ? »

Les murs du bar en cèdre non dégrossi sont noircis par des années de fumée de cigarette. Sur le plancher, une couche de sciure épaisse est là pour absorber les crachats de chique. Des guirlandes de

Noël sont suspendues au plafond noir. Rouges, bleues et jaunes. Vertes et orange. Certaines clignotent. C'est le genre de bar où tout le monde s'en tamponne que tu amènes ton cabot ou que tu te pointes avec ton pétard à la ceinture.

Mais bon, malgré les apparences, c'est moins un rendez-vous qu'un interrogatoire.

Même quand cette fille expose un fait, il vient sous la forme d'une question :

« Savais-tu, dit-elle, que saint André et saint Barthélemy ont tenté de convertir un géant à tête de chien ? » Sans même essayer d'aligner son tir suivant, elle ajoute : « L'Église catholique primitive le décrit comme un être de trois mètres quatre-vingts avec un visage de chien, une crinière de lion et des dents de la taille des défenses d'un sanglier. »

Bien sûr, elle rate son coup, mais elle ne s'arrête pas de parler. Cette nana, c'est juste : et patati et patata.

« Tu as déjà entendu l'expression italienne *lupa manera* ? » dit-elle.

Penchée au-dessus de la table de billard, elle bousille un autre coup facile, deux balles en ligne pour une blouse en coin.

Et pendant tout ce temps, elle dit : « Tu connais la famille française des Gandillon ? En 1584, tous ses membres sont morts sur le bûcher… »

Cette fille, Mandy Quelquechose, elle traîne sur le campus depuis ces deux derniers mois, peut-être depuis les vacances de Noël. Minijupes et bottes aux talons fins comme un stylo. Pas le genre de fringues qu'une nana pourrait acheter par ici. Au début, elle a surtout passé son temps au département d'anthropologie. Dans le cours d'introduction « Peuples du monde », elle assurait quelques heures d'enseignement comme étudiante de second cycle, et c'est là qu'elle a vraiment pris l'habitude de tout surveiller. Puis elle s'est intéressée au département d'anglais et s'est informée sur la classe préparatoire aux études de droit. Elle est là chaque jour. Et chaque jour, elle nous salue. Mais elle passe son temps à nous espionner. Ses yeux prennent des photos, accumulent les notes mentales.

Identité : Mandy Quelquechose, Agent secret.

On échange des super regards pendant tout le premier trimestre, et finalement ce week-end, elle me dit : « Tu veux qu'on mange un morceau ensemble ? »

C'est elle qui régale. Pourtant, même avec les hamburgers, les éclairages de Noël et la bière, ceci n'est pas un rendez-vous.

Maintenant, tout en effleurant la balle 6, elle reconnaît : « Je suis meilleure en anthropologie qu'au billard. »

Et en remettant de la craie sur sa queue, elle ajoute : « Tu connais le mot *varulf* ? Tu sais quelque chose sur un type nommé Gil Trudeau ? C'était le guide du général de La Fayette pendant la guerre d'Indépendance américaine. »

Tout en frottant ce petit cube de craie bleue à l'extrémité de sa queue, Mandy Quelquechose s'enquiert : « Est-ce que tu as déjà entendu le mot français *loup-garou* ? »

Et ses yeux qui ne cessent de te regarder. De te mesurer. De guetter une réponse. Une réaction.

C'est son côté anthropologue qui cherche à rencontrer l'autre, à aller vers lui. Elle arrive de New York, tout ce chemin pour voir des types de la réserve Chewlah. Ouais, c'est raciste, dit-elle.

« Mais c'est du *bon* racisme. Je pense simplement que ces mecs de Chewlah sont des chauds la... pins. »

Par-dessus les hamburgers, Mandy Quelquechose se penche, les deux coudes sur la table, une main soutenant son menton, l'autre caressant un dessin invisible sur le dessus de table graisseux. Pour elle, tous les hommes de la tribu Chewlah se ressemblent.

« Ils ont tous une grosse queue et des couilles pour visage... »

Ce qu'elle veut signifier par là, c'est que les mâles Chewlah ont un menton carré trop proéminent. Avec une fossette si profonde qu'on dirait deux testicules. Et ils ont toujours besoin d'être rasés, même quand ils sont déjà rasés.

Cette ombre de barbe perpétuelle, Mandy Quelquechose l'appelle « l'Ombre de Cinq Minutes ».

Les sourcils des types de la réserve Chewlah forment au-dessus de leur nez un seul long buisson de chaume noir, épais comme des poils pubiens, qui court presque jusqu'à leurs oreilles.

Et, entre cette touffe de boucles noires et les sacs piquants de leur menton qui pendouille, il y a le nez Chewlah. Un long tube gonflé qui retombe au milieu de leur visage. Un nez si épais et si mou que son extrémité graisseuse cache leurs lèvres. Le nez Chewlah est si énorme qu'il recouvre en partie leur mentonroupettes.

« Ces sourcils dissimulent leurs yeux, dit Mandy. Et ce nez cache leur bouche. »

Quand tu rencontres un gars de la tribu Chewlah, tu ne vois d'abord que les poils pubiens, une queue semi-dure qui pend et les deux couilles qui se balancent juste un peu en retrait.

« Comme Nicolas Cage, mais encore plus…, dit-elle. Comme une bite et des couilles. »

Elle mordille une frite et ajoute : « C'est comme ça qu'on sait qu'un type a une bonne gueule. »

Elle a salé ses frites et elle en a mis partout sur la table. Elle paie avec une carte American Express d'une couleur que le barman n'a jamais vue. Titanium ou uranium.

C'est sa thèse qui l'a amenée ici. Il n'y a qu'à Manhattan qu'un sujet de ce genre peut te venir à l'esprit, au milieu de tous ces étudiants qui gloussent, et il n'y a que là-bas que tu peux persévérer aussi longtemps avant que tes profs t'envoient faire enfin un peu de recherches de terrain.

Dans sa spécialité, la cryptozoologie — c'est-à-dire l'étude des animaux disparus ou légendaires, comme Bigfoot, le monstre du loch Ness, les vampires, le puma du Surrey, l'Homme-Mite, le Diable du Jersey. Des bêtes qui existent peut-être, ou peut-être pas. C'est son directeur de thèse qui lui a suggéré de venir ici, pour visiter la réserve Chewlah, étudier cette culture et déblayer un peu le terrain. Pour avancer sur son boulot.

Ses yeux montent et descendent, quêtent une réaction, une confirmation quelconque.

« Bon Dieu, dit-elle, en sortant légèrement la langue et en simulant un haut-le-cœur, je passe, là, pour quelqu'un qui rêve d'être la prochaine Margaret Mead ? »

À l'origine, elle prévoyait de *vivre* sur la réserve Chewlah. Elle avait l'intention d'y louer une piaule ou un truc. Papa et maman sont médecins tous les deux et ils veulent qu'elle réalise ses rêves et pas qu'elle suive le même chemin qu'eux, quoi que ça leur en coûte financièrement. Même quand elle parle d'elle, Mandy Quelquechose pose des questions. De ses parents, elle dit : « Pourquoi n'ont-ils pas changé de métier ? C'est triste, non ? »

Chacune de ses phrases se termine avec ce sempiternel point d'interrogation.

Ses yeux, bleus ou gris, puis argentés, sont toujours aux aguets. Ses dents arrachent une bouchée de son hamburger, alors qu'il doit être froid, à présent. C'est un peu comme manger un cadavre.

Elle dit : « Cette fillette qui est morte… »

Puis : « Qu'est-ce qui s'est passé, d'après toi ? »

Sa thèse traite de l'apparition d'une même mystérieuse créature géante partout à travers le monde. Ces monstres qu'on appelle Seeahtiks dans les Cascade Mountains, non loin de Seattle. Qu'on appelle Almas, en Europe. Yétis, en Asie. En Californie, ce sont les Oh-Mah-Ah. Au Canada, les Sasquatch. En Écosse, les Fear Liath More, les fameux hommes gris qui hantent le mont Ben Macdhui. Au Tibet, les Metoh-kangmi ou Abominables Hommes des Neiges.

Des noms différents pour les mêmes géants poilus qui se baladent dans les forêts et les montagnes de toute la planète. Parfois aperçus par les randonneurs ou les bûcherons, parfois photographiés, mais jamais capturés.

« Un phénomène interculturel », comme dit Mandy Quelquechose. Qui ajoute : « J'ai horreur du terme générique : Bigfoot. »

Toutes ces légendes ont été élaborées dans l'isolement – et pourtant toutes décrivent les mêmes monstres imposants et poilus. Ils puent. Ils sont farouches, mais ils n'hésitent pas à attaquer quand on les provoque. Dans un cas, en 1924, dans le Pacific Northwest, des mineurs ont fait feu sur ce qu'ils ont pris pour un gorille. Cette nuit-là, leur cabane du mont Saint Helens a été bombardée à coups de pierre par un groupe de ces géants velus. En 1967, un mineur de l'Oregon a surpris l'un d'eux en train de soulever des rochers d'une tonne sur le sol glacé pour dévorer les écureuils qui hibernaient au-dessous.

La meilleure preuve de la non-existence de ces bêtes c'est qu'aucune d'elles n'a jamais été capturée. Ni retrouvée morte. Avec tous les chasseurs qui se baladent ces temps-ci dans la nature, sur leur moto, il serait pourtant normal que l'un d'entre eux ait descendu un Bigfoot.

Le barman passe à notre table pour savoir si on veut une autre tournée. Et Mandy Quelquechose s'interrompt, comme si elle était en train de révéler un secret d'État. Elle lui demande l'addition.

Quand il s'éloigne, elle dit : « Tu connais le terme gallois *gerulfos* ? »

Elle dit : « Tu permets ? »

Elle se penche sur le côté, ses deux mains disparaissent un instant dans son sac posé sur le siège voisin puis en ressortent avec un carnet entouré d'un élastique.

« Mes notes... », explique-t-elle, en ôtant l'élastique et en le faisant rouler autour d'un de ses poignets pour ne pas le perdre. « Tu as entendu parler de cette course que les anciens Grecs appelaient *cynocephali* ? »

Elle lit dans son carnet ouvert devant elle : « Et qu'est-ce que tu sais sur le *vurvolak* ? L'*aswang* ? Le *cadejo* ? »

C'est là la seconde moitié de son obsession.

« Tous ces noms... », murmure-t-elle en plantant un doigt sur une page de son carnet. « Partout autour du monde des gens croient à ces noms qui remontent à des milliers d'années. »

Chaque langue de cette planète a un terme pour le loup-garou. Chaque culture en a peur.

En Haïti, dit-elle, les femmes enceintes ont tellement la trouille qu'un loup-garou dévore leur futur bébé qu'elles boivent du café amer mélangé à de l'essence. Et elles se baignent dans une infusion d'ail, de noix de muscade, de clous de girofle et de café. Tout ça pour colorer le sang de leur enfant et le rendre moins appétissant pour les loups-garous locaux.

C'est là que la thèse de Mandy Quelquechose intervient.

Elle prétend que les Bigfoot et les loups-garous sont un même et unique phénomène. Les scientifiques n'ont jamais trouvé de cadavre de Bigfoot parce que ces êtres changent de forme. Pour elle, ces monstres sont des humains qui se métamorphosent seulement quelques heures ou quelques jours chaque année. À ce moment-là, leurs poils se mettent à pousser. Ils deviennent *berserk*, comme disent les Danois. Ils gonflent, ils se font immenses, ils ont besoin d'espace pour vagabonder. Dans les forêts ou dans les montagnes.

« C'est un peu comme leur cycle menstruel à eux », dit-elle.

Elle ajoute : « Même les mâles connaissent ça. Les éléphants, par exemple, passent environ tous les six mois par ce cycle obligé. Ils se mettent à puer la testostérone. Leurs oreilles et leurs parties génitales changent de forme et ils deviennent susceptibles comme tout. »

Les saumons, quand ils remontent les rivières pour frayer, se modifient à un tel point — leurs mâchoires, leur couleur — qu'on a du mal à dire qu'il s'agit de la même espèce. Regarde aussi les sauterelles qui se métamorphosent en criquets. Dans ces conditions particulières, leur corps tout entier change de dimension et de forme.

« Selon ma théorie, poursuit-elle, ce gène Bigfoot est apparenté soit à l'hypertrichose, soit au *Gigantopithecus*, un humanoïde qu'on croit éteint depuis un demi-million d'années. »

Voilà le genre de discours et patati et patata de Mlle Quelquechose.

Mais je connais des types qui ont été obligés de se fader des conneries bien pires dans l'espoir d'une bonne bourre.

Ce premier gros mot qu'elle a lâché, hypertrichose, c'est une espèce de maladie héréditaire — votre pilosité se développe depuis le moindre pore et vous finissez par être engagé dans un cirque. Son second gros mot, *Gigantopithecus*, est un ancêtre des humains, de trois mètres soixante-dix de haut, découvert en 1934 par un certain toubib nommé Koenigwald alors qu'il cherchait juste une grosse dent fossile.

Tapotant d'un doigt la page de son bloc-notes, Mandy Quelquechose dit : « Te rends-tu compte que les empreintes photographiées dans l'Everest en 1951 par Eric Shipton — elle tapote de plus belle — sont exactement identiques à celles retrouvées sur le Ben Macdhui en Écosse — nouveau mouvement des doigts — et à celles repérées par Bob Gimlin dans le nord de la Californie en 1967 ? »

D'après elle, tous les monstres poilus qui se déplacent lourdement partout dans le monde sont apparentés.

Sa théorie, c'est que des groupes isolés de gens, aux quatre coins de la planète, possèdent un gène qui les transforme en fonction de leur cycle de reproduction. Ces groupes préfèrent rester perdus dans des étendues sauvages parce que personne n'a envie de se métamorphoser en une moitié d'animal poilu et immense, en plein cœur de, disons, Chicago. Ou de Disneyland.

« Ou, ajoute-t-elle, sur cet avion de British Airways à mi-chemin entre Seattle et Londres. »

Elle fait référence à un vol du mois dernier. L'appareil s'est écrasé quelque part au pôle Nord. Dans sa dernière communication le pilote a dit que quelque chose était en train de défoncer la porte du cockpit. Une porte en acier renforcé, à l'épreuve des balles et des explosions. Sur l'enregistrement audio de la boîte noire, parmi les derniers sons, on entend des cris, des grondements et la voix du pilote qui hurle : « Qu'est-ce que c'est ? Qu'est-ce qui se passe ? Qui êtes-vous ? »

La Federal Aviation Administration assure que, dans cet Airbus, personne n'a pu introduire ni arme à feu, ni couteau, ni bombe.

Le Homeland Security Office indique que le crash a été très vraisemblablement causé par un terroriste agissant seul, défoncé avec une énorme quantité d'une drogue de synthèse. Une drogue qui lui a donné — à lui ou à elle — une force surhumaine.

Parmi les victimes, ajoute Mandy Quelquechose, il y avait justement une gamine de treize ans, de la réserve Chewlah.

« Cette fillette se rendait... » Elle tourne les pages de ses notes... «... en Écosse. »

Selon son hypothèse, la tribu Chewlah l'envoyait outre-mer avant les bouleversements de la puberté. Pour qu'elle puisse rencontrer et peut-être épouser quelqu'un de la communauté Ben Macdhui. Là, d'après la tradition, des géants à la fourrure grise parcourent les pentes de la montagne au-dessus de mille deux cents mètres d'altitude.

Cette Mandy Quelquechose, elle déborde de théories. La New York Public Library, dit-elle, a l'une des plus importantes collections du monde de livres sur l'occultisme parce qu'à une certaine époque, c'était une bande de sorcières qui gérait cette bibliothèque.

Cette Mandy Quelquechose, elle explique que les amish ont recensé chacune de leurs communautés sur la planète. Qu'ils tiennent un inventaire de tous les membres de leur Église. Si bien que lorsqu'ils voyagent ou qu'ils émigrent, ils peuvent toujours rencontrer des gens comme eux, et vivre et avoir des relations sexuelles parmi les leurs.

« Ce n'est pas extraordinaire d'imaginer que ce peuple Bigfoot constitue le même genre de liste », dit-elle.

C'est parce que la métamorphose est toujours temporaire que les chercheurs n'ont jamais retrouvé le cadavre d'un Bigfoot. Et voilà pourquoi le concept de loup-garou est présent dans toutes les cultures de l'histoire humaine.

Les seules images qu'on possède, tournées par un certain Roger Patterson en 1967, montrent une créature velue, qui marche sur ses deux jambes. Une femelle, avec une tête pointue, des seins et des fesses énormes. Son visage, ses seins, son cul : tout son corps est couvert d'une longue fourrure marron roux.

Ces quelques minutes de film, que certains considèrent comme une supercherie et d'autres comme une preuve incontestable, c'est sans doute juste la tante Tilly de quelqu'un à un moment crucial de son cycle. Elle se balade en mangeant des baies et des insectes et elle essaie simplement de se tenir à l'écart du monde jusqu'à ce qu'elle retrouve sa forme originelle.

« Cette pauvre femme... », murmure Mandy. « Imagine des millions de personnes visionnant un film de toi, nu, quand c'est pas ton jour ? »

Sans doute que les autres membres de sa famille, chaque fois que ce petit film passe à la télé, l'appellent dans le salon et se foutent de sa gueule.

« Ce qui ressemble à un monstre pour le reste du monde, dit encore Mandy, c'est juste un film d'amateur pour la tribu Chewlah. »

Elle attend une seconde — peut-être pour une réaction. Pour un éclat de rire ou un soupir. Un simple tic nerveux.

À propos de la fillette sur ce vol, Mandy Quelque-chose dit encore : Pense à ce qu'elle a dû ressentir. Elle finit son petit plateau-repas, mais elle a toujours faim. Elle est soudain plus affamée qu'elle ne l'a jamais été. Elle demande à l'hôtesse des amuse-gueules, des restes, n'importe quoi. Puis elle comprend ce qui est en train de se passer. Jusque-là, elle avait seulement entendu des histoires sur la façon dont son père et sa mère devaient se réfugier dans les bois quelques jours durant, à dévorer des daims, des moufettes, des saumons, tout ce qu'ils pouvaient capturer. Ils devenaient sauvages quelques nuits durant, et puis ils rentraient à la maison épuisés et sa maman était peut-être en cloque. Imagine cette gamine qui se lève et va se planquer dans les toilettes de l'avion — mais c'est occupé. Elle attend là, dans l'allée centrale, devant la porte, de plus en plus affamée. Lorsque le battant s'ouvre enfin, l'homme qui était à l'intérieur lui murmure : « Désolé. » Mais c'est trop tard. Ce qu'il trouve en face de lui n'a plus rien d'humain. C'est juste une chose qui a faim. Cette chose le repousse à l'intérieur et s'enferme avec lui dans les petites toilettes en plastique. Avant que le gars puisse hurler, ce qui, un moment avant, était une fillette de treize ans plante ses dents dans sa trachée-artère et la déchire.

Elle mange et elle mange encore. Elle arrache les vêtements du type comme elle aurait pelé une orange, pour dévorer encore davantage de la chair juteuse qu'ils dissimulent.

Tandis que les passagers de la cabine principale glissent doucement dans le sommeil, cette fillette mange et mange encore. Elle se gave et elle grandit. Et peut-être qu'alors une hôtesse de l'air aperçoit le sang épais qui coule sous la porte fermée à clé. Peut-être qu'elle frappe en demandant si tout va bien. Ou peut-être que la gamine Chewlah continue à bouffer et qu'elle a toujours la dalle.

Ce qui sort de ces toilettes, trempé de sang, est loin d'avoir fini son repas. Ce qui jaillit dans la cabine principale obscure, arrachant au passage des poignées de visages et d'épaules, descend l'allée à la façon dont on se promène le long d'un buffet, en croquant et en goûtant ceci et cela. Cet avion bondé a dû passer à ses yeux jaunes affamés pour une grosse boîte de chocolat en forme de cœur.

Tu grignotes des têtes humaines dans ce buffet volant à la scandinave où tu peux t'offrir tout ce que tu veux.

Dans son dernier message radio, avant que la porte du cockpit ne soit enfoncée, le commandant de bord hurlait : « SOS ! SOS ! Quelque chose est en train de dévorer mon hôtesse de l'air ! »

Mandy s'interrompt. Ses yeux sont ronds comme des soucoupes. Elle presse une main contre sa poitrine qui se soulève tandis qu'elle essaie de retrouver sa respiration après tant de baratin. Son haleine sent la bière.

Plusieurs types entrent dans le bar, tous habillés de la même couleur — orange vif. Leurs sweat-shirts. Leurs vestes. Leurs manteaux. Tout est orange. Une équipe sportive — non, des ouvriers de la voirie.

« Tu imagines ça ? » dit-elle.

Que se passera-t-il si elle réussit à prouver que tout cela est vrai ? Et si quelqu'un les transformait en une arme de destruction massive ? Le gouvernement ordonnera-t-il à tous les porteurs de ce gène secret de prendre des médicaments pour s'en débarrasser ? Les Nations unies décideront-elles de les mettre en quarantaine ? Dans des camps de concentration ? Ou est-ce qu'on les équipera avec un émetteur radio, à la façon dont les gardes forestiers le font avec les ours dangereux pour les suivre à la trace ?

« C'est juste une question de temps avant qu'on voie débarquer le FBI pour interroger les gens de la Réserve, tu ne crois pas ? » dit-elle.

Au cours de sa première semaine à la fac, elle s'est rendue là-bas en voiture et elle a essayé de parler avec ses habitants. Son idée était de louer une piaule et d'observer leur vie quotidienne. De s'imprégner des détails de la culture Chewlah, de savoir comment ils gagnaient leur vie. De collecter les récits oraux de leurs légendes et de leur histoire. Elle est allée là-bas avec un magnétophone et cinq cents heures de cassettes audio. Mais personne n'a voulu s'asseoir avec elle pour tailler le bout de gras. Il n'y avait ni maison, ni appartement, ni chambre disponible. Elle était là depuis moins d'une heure quand le shérif de la municipalité lui avait expliqué que le couvre-feu l'obligeait à quitter la Réserve au crépuscule. Et il avait ajouté que comme la route était longue, il valait mieux qu'elle s'en aille immédiatement.

Ils l'ont virée.

« Ce que je veux dire, explique Mandy Quelque-chose, c'est que j'aurais pu empêcher tout ça. »

La folie de nourriture de la fillette. Le crash de l'avion. Le FBI qui ne va pas tarder à débarquer ici. Et puis les camps de concentration. Le nettoyage ethnique.

Depuis ce jour-là, elle traîne au centre universitaire pour tenter de sortir avec un Chewlah. Elle interroge et elle attend. Oh, pas des réponses. Non, elle attend juste qu'on l'applaudisse. Qu'on reconnaisse qu'elle a raison.

Ce mot qu'elle a prononcé un peu plus tôt, *varulf*, c'est « loup-garou » en suédois. Cet homme, Gil Trudeau, le guide du général de La Fayette, fut le premier loup-garou mentionné dans l'histoire américaine.

« Dis-moi que j'ai raison, me fait-elle, et j'essaierai de t'aider. »

Si le FBI se pointe ici, assure-t-elle, cette histoire ne sera jamais connue. Tous les porteurs de ce gène suspect disparaîtront simplement dans les geôles du gouvernement. Dans l'intérêt du public. Ou alors, il y aura un accident quelconque qui permettra de régler la question. Pas un génocide, oh non, pas officiellement. Mais si le gouvernement s'est acharné sur certaines tribus, en leur distribuant des couvertures contaminées par la petite vérole ou en les déplaçant dans des réserves éloignées de tout, il a de bonnes raisons pour ça. D'accord, toutes les tribus n'étaient pas porteuses du gène Bigfoot, mais il y a un siècle comment aurait-on été capable d'identifier celles qui étaient à risque ?

« Dis-moi que j'ai raison, répète Mandy Quelquechose, et je peux te faire passer à *Today*. »

Et peut-être même dans la Tranche A.

Elle révélera l'histoire. Suscitera la sympathie du public. Réussira, pourquoi pas, à impliquer Amnesty International. Ce sera peut-être le prochain grand combat pour les droits civils. Mais à l'échelle mondiale. Elle a déjà identifié les autres communautés, les tribus, les groupes, partout sur la planète, qui portent vraisemblablement ce gène monstrueux théorique.

Son haleine sent la bière et elle prononce le mot « monstrueux » si fort que les types en orange se tournent vers nous.

Elle a rencontré des gars dans le monde entier avec lesquels elle aurait pu flirter. Et même si ce rendez-vous est un fiasco, elle finira bien par trouver quelqu'un qui lui dira ce qu'elle veut entendre.

Que les loups-garous et les Bigfoot existent. Et que son invité est l'un et l'autre.

Des types ont dû supporter des trucs plus merdiques pour se taper une gonzesse.

Même des Chewlah avec leur grosse queue au milieu du visage.

Même moi. Mais je lui réponds : « Cette gamine de treize ans, elle s'appelait Lisa. C'était ma petite sœur. »

« Les rapports bucco-génitaux ne sont *pas* à exclure », dit Mandy Quelquechose…

N'importe quel mec serait idiot de ne pas la ramener chez lui sur la Réserve. Peut-être la présenter à ses parents. À toute sa *p… de famille*.

Je me lève et je lui dis : « Tu peux voir la Réserve — cette nuit — mais il faut vraiment que je passe un coup de fil avant. »

18

Dans la loge de Miss America – béton gris et tuyaux dénudés –, Mme Clark est agenouillée à côté du lit à une place. Elle explique qu'avoir un enfant n'est pas toujours le rêve qu'on imagine.

Nous autres, nous sommes dans le couloir, et nous les espionnons. Nous avons trop peur de rater un événement clé en direct et de l'apprendre de la bouche de quelqu'un d'autre.

Miss America, pelotonnée sur son lit, couchée sur le flanc, le visage tourné vers le mur de béton froid, n'a aucune réplique dans cette scène.

Et, à son chevet, avec ses énormes seins desséchés reposant sur le bord du matelas, Mme Clark demande : « Tu te souviens de ma fille, Cassandra ? »

La gamine qui a regardé dans la Boîte à Cauchemars.

La gamine qui s'est coupé les cils, puis qui s'est enfuie.

« C'est lorsqu'elle a disparu que je suis tombée pour la première fois sur la petite annonce de M. Whittier », dit-elle.

Glissé dans un livre, dans la chambre que Cassandra avait désertée, se trouvait un bout de papier sur lequel elle avait noté : *Retraite d'écrivains. Mettez votre vie de côté pendant trois mois.*

« Je *sais* que M. Whittier a déjà fait ça avant. »

Et que Cassandra était ici — prisonnière de cet endroit — la fois précédente.

Les gosses..., dit-elle. Quand ils sont petits, ils croient tout ce que vous leur racontez à propos du monde. En tant que mère, vous êtes l'almanach de cette planète, et l'encyclopédie et le dictionnaire et la Bible, tout ça à la fois. Mais quand ils atteignent un certain âge, comme par magie, tout s'inverse. Après ce moment-là, vous êtes soit une menteuse, soit une dingue, soit une méchante.

Alors que nous gribouillons ces paroles, impossible de ne pas entendre le bruit des pointes de nos stylos qui courent sur le papier. Nous tous, nous écrivons : *... soit une menteuse, soit une dingue...*

Et du magnétophone du Comte de la Calomnie nous parvient : ... *soit une méchante.*

Tout ce que sait vraiment Mme Clark, c'est qu'on a récupéré Cassandra après trois mois d'absence. C'est la police qui l'a retrouvée.

Agenouillée au chevet de Miss America, Mme Clark avoue : « J'ai accepté d'aider Whittier parce que je voulais savoir ce qui était arrivé à mon enfant... Je voulais le savoir. Et Cassandra, elle, elle ne me l'aurait jamais dit... »

Enfant sur une affiche

Une nouvelle de Mme Clark

Trois mois après sa disparition, Cassandra est revenue à pied. Un banlieusard qui arrivait en ville au petit matin aperçut une fillette qui boitait, presque nue, sur le bas-côté de gravier le long de la nationale. Elle semblait porter un pagne noir, des chaussures et des gants assortis. Une espèce de bavoir ou de fichu noir attaché autour du cou cachait sa poitrine. Le temps que le conducteur se gare et appelle la police, le jour était suffisamment levé pour qu'il découvre que la gamine, en réalité, était à poil.

Ses chaussures et ses gants, son pagne et son bavoir étaient juste du sang séché, une couche épaisse et noire, autour duquel des mouches grouillaient et bourdonnaient. Les mouches se promenaient sur elle, si nombreuses qu'elles la recouvraient d'une sorte de fourrure sombre.

La tête de l'adolescente était écorchée et pleine de croûtes. Des touffes de cheveux effilochés pendaient derrière ses oreilles et tout autour de son crâne rasé.

Elle boitait parce que les deux petits doigts de son pied droit avaient été amputés.

Le bavoir, cette flaque de sang coagulé sur sa poitrine, cette fourrure de mouches, fut nettoyé à l'alcool aux urgences de l'hôpital et, en dessous, les médecins découvrirent un jeu de morpions tatoué dans la chair de ses seins.

C'était le joueur X qui avait gagné.

Quand ils désinfectèrent ses mains, ils s'aperçurent que les auriculaires manquaient. Les extrémités de ses autres doigts, dont les ongles avaient été arrachés, étaient toutes gonflées et violacées.

Sous le sang séché, la peau était bleuâtre. Le visage de la gosse se résumait aux formes osseuses de son menton, de ses pommettes et de l'arête de son nez. À ses tempes et au-dessus de ses maxillaires inférieurs la peau flasque formait de sombres crevasses.

À l'intérieur des murs-rideaux de la salle des urgences, Mme Clark se penche au-dessus des barreaux chromés du lit de sa fille et lui murmure : « Mon bébé, oh mon bébé chéri… Qui t'a fait ça ? »

Cassandra laisse échapper un petit rire, elle regarde les aiguilles plantées dans ses bras, les tubes de plastique clair qui entrent dans ses veines, puis elle répond : « Les médecins. »

Non, insiste Mme Clark, je veux dire : qui t'a sectionné les doigts ?

Et Cassandra considère sa mère et répond : « Parce que tu penses que j'aurais laissé *quelqu'un d'autre* s'en occuper ? » Elle cesse de rigoler et ajoute : « C'est *moi* qui me suis fait ça. »

Et depuis cet instant, Cassandra n'a plus jamais ri.

Les légistes de la police, dit Mme Clark, trouvèrent des indices. Des éclats de bois, fins comme des aiguilles, plantés dans les muqueuses de son vagin. Et de son anus. Ils récupérèrent de minuscules morceaux de verre dans les plaies de sa poitrine et de ses bras. Mme Clark expliqua alors à sa fille que son silence n'était pas une option.

Ils avaient besoin de connaître les moindres détails dont elle se souvenait.

Parce que, d'après la police, la ou les personnes qui avaient fait une chose pareille allaient kidnapper quelqu'un d'autre. À moins que Cassandra puisse affronter sa peur et les aider, on ne retrouverait jamais ses agresseurs.

Baignée par le soleil qui entrait par une fenêtre, Cassandra était appuyée sur ses oreillers et regardait les oiseaux planer dans le ciel bleu.

D'épais bandages blancs entouraient ses doigts et matelassaient sa poitrine. Sa main-crayon se déplaçait pour esquisser les oiseaux sur un bloc à dessin placé sur ses genoux.

« Cassandra, chérie ? murmure Mme Clark. Il faut que tu racontes tout à la police. »

Si cela pouvait l'aider, un hypnotiseur viendrait à l'hôpital. Les assistantes sociales apporteraient des poupées *anatomiquement détaillées* pour ses entretiens.

Mais Cassandra continue à observer les oiseaux. À les dessiner.

Et Mme Clark murmure : « Cassandra ? » et elle pose sa main sur celle de sa fille, bandée de blanc.

Cassandra regarde sa mère et répond : « Ça n'arrivera plus. » Elle s'intéresse de nouveau aux oiseaux, puis elle ajoute : « Du moins plus à moi. »

Elle dit : « J'ai été victime de moi-même. »

À l'extérieur, sur le parking, les équipes de télé sont en train d'installer leurs antennes satellites. Chaque fourgon positionne sa parabole de diffusion sur son toit. Prêt pour le lancement par le studio. Le présentateur vedette tient un micro et insère son retour de casque IFD dans son oreille.

Pendant trois mois, dans la ville où elles habitaient, on avait agrafé des affichettes sur les poteaux téléphoniques. Sur chacune, une photo de Cassandra Clark dans son uniforme de chef des majorettes, souriante, agitant ses cheveux blonds. Pendant trois mois, les policiers avaient questionné les adolescents de son collège. Les enquêteurs avaient rencontré les employés de la station d'autobus, de la gare, de l'aéroport. Les stations de radio et de télévision locales avaient diffusé des annonces qui donnaient son poids (cinquante-cinq kilos) et sa taille (un mètre soixante-cinq). Des yeux verts et des cheveux qui lui descendaient jusqu'aux épaules.

Des chiens de recherche avaient reniflé sa jupe de majorette et étaient parvenus à suivre une piste jusqu'à un arrêt d'autobus.

Des policiers de l'État, dans leurs hors-bord, avaient dragué tous les étangs, les lacs et les rivières sur un rayon d'une journée de voiture.

Des médiums avaient téléphoné pour annoncer que la fillette était saine et sauve. Elle s'était enfuie avec un homme et s'était mariée. Pour d'autres, elle était morte et enterrée. Ou elle avait été victime d'une filière de traite des Blanches et on lui avait fait quitter le pays pour l'enfermer dans le harem d'un quelconque magnat du pétrole. Ou elle avait changé de sexe et elle rentrerait bientôt à la maison sous les traits d'un garçon. Ou elle était retenue prisonnière dans un château, ou un palais d'un genre ou d'un autre, avec un groupe d'inconnus qui se mutilaient eux-mêmes. Le médium qui annonçait cela nota deux mots sur une feuille de papier qu'il envoya à Mme Clark. À l'intérieur de la feuille pliée, on lisait d'une écriture tremblante au crayon : Retraite pour écrivains.

Après trois mois, tous les rubans jaunes que les gens avaient attachés à leur antenne d'autoradio étaient devenus presque blancs. Des drapeaux de la reddition.

Personne n'accorda beaucoup d'attention aux médiums. Ils étaient si nombreux.

Chaque fois que la police tombait sur une « Jane X », brûlée ou pourrissante ou abîmée au point de ne pas pouvoir être identifiée, Mme Clark retenait son souffle jusqu'à ce que les dossiers dentaires ou les tests ADN prouvent que ce n'était pas Cassandra.

Dès le troisième mois, Cassandra souriait et secouait ses cheveux blonds sur les packs de lait. À ce moment-là, les veillées de prières aux chandelles avaient cessé. Seule la récompense déposée à la banque locale retenait encore l'attention du public.

Et puis — miracle ! — elle boitait, nue, le long de la nationale.

Sur son lit d'hôpital, ses ecchymoses coloraient sa peau en violet. Sa tête était rasée. L'anneau de plastique autour de son poignet disait : C. Clark.

Le médecin légiste du comté lui fit un frottis à la recherche de cellules de pénis — elles sont de forme allongée, expliqua-t-il, contrairement à celles du vagin, qui sont rondes. Ils lui en firent un autre à la recherche de sperme. Les inspecteurs passèrent un aspirateur sur son crâne, ses mains et ses pieds pour essayer de récupérer des cellules de peau étrangères. Ils identifièrent des fibres de velours bleu, de soie rouge, de mohair noir. Ils effectuèrent un frottis buccal et cultivèrent l'ADN dans des boîtes de Pétri.

Des conseillers de la police lui rendirent visite, s'assirent à son chevet et lui dirent qu'il était essentiel qu'elle extériorise toute sa souffrance. Qu'elle exprime son amertume.

Les équipes de radio et de télé, les journalistes de la presse écrite, tout le monde campait sur le parking de l'hôpital. Les cameramen tournaient leurs reportages avec, en arrière-plan, la fenêtre de sa chambre. Certains s'éloignaient de quelques pas pour filmer des équipes qui filmaient des équipes qui filmaient des équipes qui filmaient sa fenêtre… Pour montrer quel cirque c'était devenu, comme si c'était l'ultime vérité.

Quand l'infirmière lui apporta des somnifères, Cassandra refusa d'un signe de tête. Elle n'eut qu'à fermer les yeux pour s'endormir immédiatement.

Quand Cassandra ne voulut pas parler, les policiers s'en prirent à Mme Clark et évoquèrent le coût total de leur enquête pour les contribuables. Les inspecteurs secouèrent la tête et lui dirent qu'ils se sentaient trahis, ils avaient bossé dur et s'étaient beaucoup impliqués pour sauver une fillette qui s'en foutait comme d'une guigne de la douleur et des difficultés qu'elle causait à sa famille, à sa communauté et à son gouvernement. Tout le monde avait pleuré et prié pour elle. Tout le monde haïssait le monstre qui l'avait torturée et souhaitait le voir capturé et présenté devant un tribunal. Après toutes leurs recherches et tous leurs efforts, ils méritaient vraiment de réussir. Ils méritaient de la voir venir à la barre, de la voir pleurer en décrivant comment ce dingue lui avait arraché les ongles. Gravé la poitrine. Enfoncé un pieu en bois dans l'anus alors qu'elle mourait de faim.

Mais Cassandra Clark se contentait d'observer les inspecteurs alignés à son chevet. Tous leurs regards, toute leur haine et leur rage concentrés sur elle parce qu'elle n'avait aucune envie de leur offrir une autre cible à poursuivre. Un vrai démon. Le diable dont ils avaient tant besoin.

Le procureur menaça d'inculper Cassandra d'obstruction à la justice.

Sa mère, Mme Clark, se trouvait au milieu de tous ces visages furieux.

Et Cassandra sourit et leur répondit : « Vous ne comprenez pas que vous êtes accro au conflit ? » Et Cassandra dit : « Ceci est une fin heureuse, pour moi. » Elle se retourne vers la fenêtre, vers les oiseaux qui filent dans le ciel et elle ajoute : « Je me sens en pleine forme. »

Elle était encore à l'hôpital quand elle demanda un poisson rouge dans un bocal. Après ça, appuyée sur ses oreillers, elle passa son temps à l'observer en train de tourner et tourner encore et à le dessiner. De la même façon que sa mère suivait tous les programmes de la télé, chaque nuit.

La dernière fois où Mme Clark est venue la voir, Cassandra n'a quitté le poisson des yeux que le temps de dire à sa maman : « Je ne suis plus comme toi. Je n'ai pas besoin de me vanter de ma douleur... »

Et après ça, Tess Clark ne lui a plus jamais rendu visite.

19

Dans sa loge, Miss America hurle.

Couchée sur son lit, ses jupes remontées et ses bas roulés sur les chevilles, Miss America hurle : « Ne laissez pas cette sorcière me prendre mon bébé… »

Agenouillée à son chevet, essuyant le front en sueur de Miss America, la Comtesse Extralucide dit : « Ce n'est pas un bébé. Pas encore. »

Et Miss America recommence à pleurer, mais sans rien ajouter.

Dans le couloir, devant la porte de la loge, ça sent le sang et la merde. C'est la première fois que l'un d'entre nous va à la selle depuis des jours, peut-être des semaines.

C'est Cora Reynolds. Une chatte réduite à une odeur. À un morceau de crotte.

« Elle est là, elle attend… », murmure Miss America, en haletant et en se mordant le poing.

La douleur l'oblige à remonter les genoux contre sa poitrine. Elle est couchée sur le côté à cause des crampes, roulée en boule dans un désordre de draps et de couvertures.

« Elle attend mon bébé… », souffle Miss America.

Son oreiller, trempé de larmes, a pris une couleur gris foncé.

« Ce n'est pas un bébé », répète la Comtesse Extralucide.

Elle essore son chiffon et se penche de nouveau sur elle pour lui tapoter le front. Elle dit : « Laisse-moi te raconter une histoire. »

En passant un peu d'eau sur le visage de Miss America, elle demande : « Tu savais que Marilyn Monroe avait fait deux fausses couches ? »

Et Miss America se tait un moment, pour l'écouter.

Dans nos propres loges, nous sommes aux aguets, la pointe du stylo prête à courir sur le papier. Nos oreilles et nos magnétos collés aux conduits du chauffage.

Depuis le couloir, dans son uniforme d'infirmière de la Croix-Rouge, Directrice Reniement crie : « Est-ce qu'on ne devrait pas commencer à faire bouillir l'eau ? »

Et agenouillée à côté du lit, la Comtesse Extralucide répond : « S'il te plaît. »

Puis Directrice Reniement passe la tête par la porte, avec sa coiffe blanche d'infirmière, et dit : « Chef Cuisinier Assassin voudrait savoir… dans combien de temps doit-il préparer les carottes ? »

Miss America pleure de plus belle.

Et la Comtesse Extralucide hurle : « Si c'est une blague, elle n'est *pas* drôle… »

La carotte invisible, le récit de Saint Descente de Boyaux.

Et du couloir, Chef Cuisinier Assassin crie : « Du calme ! Bien sûr que c'est une blague. On n'a ni carottes ni pommes de terre… »

Courte vue

Un poème sur la Comtesse Extralucide

« Un détecteur électronique », dit la Comtesse
Extralucide en secouant son bracelet
en plastique.
Une des conditions de sa récente libération
sur parole.

La Comtesse Extralucide sur scène est enveloppée
dans les mailles d'un châle de dentelle noire.
Sa tête est entourée d'un turban de velours bleu.
À chaque doigt, une bague avec une pierre
de couleur différente.
Son turban, sur le devant duquel est accrochée
une pierre noire polie,
onyx, jais ou sardonyx,
une pierre qui absorbe tout. Qui ne reflète rien.

Sur scène, au lieu d'un projecteur, un extrait de film :
Les ombres de stars du cinéma disparues, le résidu
d'électrons renvoyés par elles
il y a cent ans.
Ces électrons passés à travers un film de cellulose,

pour changer la nature chimique de l'oxyde
d'argent et recréer des courses de chars,
Robin des Bois, Greta Garbo.
« Radar, dit la Comtesse. GPS. radiographie… »
Il y a deux siècles, à cause de cela on t'aurait
brûlée pour sorcellerie.
Un siècle plus tard, on en aurait au moins rigolé.
On t'aurait traitée de folle ou de menteuse.
Et aujourd'hui encore, si tu prédis le futur ou que tu
lis le passé à partir d'indicateurs
que tout le monde ne peut pas identifier…
c'est la prison ou l'asile qui te servira finalement
de domicile.
Le monde punira toujours les rares personnes
possédant des talents spéciaux
dont le plus grand nombre ne reconnaît pas
la réalité.

Un psychologue, à l'audience de sa libération
sur parole, a évoqué une
« psychose aiguë provoquée par le stress ».
Un « épisode isolé et atypique ».
Un crime passionnel.
Qui ne se reproduira plus jamais, jamais, jamais.
Touchons du bois !
À ce moment-là, elle avait déjà passé en taule
quatre des vingt ans de sa condamnation.
Son mari s'était tiré avec les gosses.

Dans deux siècles, quand tout ce qu'elle voit,
lit et sait,
quand tout cela sera compris.

À ce moment-là, la Comtesse ne sera plus rien qu'un numéro de prisonnière.
Un dossier.
Les cendres d'une sorcière.

Something Got to Give

Une nouvelle de Comtesse Extralucide

Claire Upton téléphone depuis les toilettes, au fond d'un magasin d'antiquités. De derrière la porte verrouillée, sa voix résonne sur les murs et le sol. Elle demande à son mari : « Est-ce que c'est difficile d'ouvrir une caméra de vidéosurveillance ? De récupérer une cassette vidéo de sécurité ? » et elle fond en larmes.

C'est la troisième ou quatrième fois de la semaine que Claire vient dans cette boutique. C'est un de ces endroits où vous devez confier votre sac au caissier pour entrer. Et aussi votre manteau, s'il a de grandes poches profondes. Et votre parapluie, parce que certains pourraient glisser dans ses plis de menus objets, peignes, bijoux, bibelots. « On n'aime pas que vous nous voliez ! » est écrit au feutre noir sur un petit carton gris trônant près du vieux caissier.

En ôtant son manteau, Claire déclare : « Je ne suis pas une voleuse. »

Le vieillard l'examine de la tête aux pieds. Il fait claquer sa langue et répond : « Pourquoi seriez-vous une exception ? »

Il donne à Claire la moitié d'une carte à jouer

pour chaque objet qu'elle lui abandonne. Pour son sac, l'as de cœur. Pour son manteau, le neuf de trèfle. Pour son parapluie, le trois de pique.

Il examine les mains de Claire et d'éventuels renflements suspects sur ses poches de poitrine et son pantalon. Derrière le comptoir principal du magasin sont suspendus de petits panneaux qui vous demandent de ne rien voler. Des caméras surveillent l'ensemble des allées et des recoins et transmettent les images sur un écran, posé sur d'autres écrans, une rangée de petits moniteurs de contrôle que le caissier peut vérifier d'un seul coup d'œil.

Ce gars-là était capable de voir chacun de ses mouvements, en noir et blanc. Il savait à chaque instant où Claire se trouvait et tout ce qu'elle touchait.

C'était une de ces coopératives où un certain nombre de petits vendeurs d'antiquités se regroupaient sous une même enseigne. Le vieil homme était la seule personne qui y travaillait ce jour-là et Claire était son unique cliente. Le magasin était aussi vaste qu'un supermarché, mais divisé en de nombreux stands. Il y avait des réveils partout, qui faisaient une espèce de fond sonore, un vacarme de tic-tac, tic-tac. Partout, des trophées de laiton terni, orange foncé. Des chaussures au cuir craquelé et gondolé. Des plats à bonbons en cristal taillé. Des livres tout duveteux de moisissures grises. Des rocking-chairs et des paniers de pique-nique en osier. Des chapeaux de paille tressée.

Une affichette en carton, scotchée sur le bord d'une étagère, annonce : « Joli à regarder, merveilleux à toucher, mais si vous le cassez, considérez que c'est VENDU ! »

Une autre affichette dit : « Regardez-le. Essayez-le. Brisez-le. Achetez-le ! »

Une troisième : « Vous le cassez ici... VOUS LE RAMENEZ CHEZ VOUS ! »

Même avec les caméras de sécurité qui l'observent, Claire considère un magasin d'antiquités comme un zoo de caresses mentales. Un musée où effleurer chaque pièce du doigt.

Selon elle, un miroir conserve tout ce qu'il a réfléchi. Par couches. Tout ce qui s'est reflété dans une décoration de Noël ou dans un plateau d'argent, elle prétend être capable de le voir encore. Tout ce qui brille est un album de photos ou un film amateur de ce qui s'est passé autour de lui. Dans un magasin d'antiquités, Claire peut caresser des objets tout l'après-midi et les lire à la façon dont les gens lisent des livres. Observer le passé dont ils renvoient les images.

« C'est une science, explique la Comtesse Extralucide. Ça s'appelle la *psychométrie.* »

Claire te dira de ne pas toucher un couteau à découper avec une poignée d'argent car elle peut encore y voir, sur la lame, le reflet de la victime d'un meurtre en train de hurler. Le sang sur le gant du policier au moment où il la retire de la poitrine du cadavre. Claire est capable de voir l'obscurité de la pièce où sont conservées les preuves. Puis un tribunal aux murs en boiserie. Un juge en robe noire. Un long nettoyage dans de l'eau tiède savonneuse. Puis les enchères de la police. Tout cela est toujours renvoyé par ladite lame. Et le reflet suivant, c'est maintenant, tu te trouves dans une boutique d'antiquités et tu es prêt à acheter ce couteau pour le ramener chez toi. Tu estimes simplement qu'il est beau. Tu ne connais pas son passé.

« Tout ce qui est beau n'est encore en vente que parce que personne n'en veut », te dira Claire.

Et si personne ne veut d'un vieil objet bien astiqué, c'est qu'il y a une terrible raison pour cela.

Avec toutes les caméras vidéo contre le vol à l'étalage qui l'observent, Claire pourrait vous en raconter un paquet sur la surveillance.

Quand elle revient pour récupérer son manteau, elle tend au vieillard ses trois moitiés de carte à jouer. L'as de cœur. Le neuf de trèfle. Le trois de pique.

De derrière sa caisse, l'homme lui dit : « Vous pensiez acheter quelque chose ? »

Il lui tend son sac au-dessus du comptoir, en indiquant de la tête la rangée des télévisions. Preuve qu'il l'a observée pendant qu'elle touchait à tout.

C'est à ce moment-là qu'elle le voit, derrière lui, dans une vitrine en verre réservée aux curiosités, au milieu des salières et des poivriers et des dés à coudre en porcelaine, entouré de bijoux fantaisie – un bocal rempli d'un liquide blanc trouble dans lequel un tout petit poing, bordé de quatre doigts parfaits, effleure le verre.

Claire indique la vitrine d'un signe et demande : « Qu'est-ce que c'est ? »

L'autre se retourne pour regarder. Il s'empare d'un trousseau de clés accroché derrière le comptoir et il ouvre la vitrine. Il avance la main pour l'attraper, derrière les bijoux et les dés, et il répond : « D'après vous ? »

Claire n'en a aucune idée. Tout ce qu'elle sait, c'est que cela dégage une incroyable énergie.

Quand le caissier déplace l'objet, le liquide sale clapote à l'intérieur. Le dessus est en plastique blanc, visé, puis scellé avec un ruban adhésif aux rayures rouges et blanches. L'homme appuie son coude sur le comptoir, devant Claire, et tient le bocal à la hau teur de son visage. D'un mouvement du poignet, il le fait tourner jusqu'à ce qu'elle aperçoive un œil noir fixant l'extérieur. Un œil et le profil d'un nez minuscule.

Un instant plus tard, l'œil a disparu, avalé par le liquide opaque.

« Devinez... », dit le vieillard. Il ajoute : « Vous ne devinerez jamais. »

Il soulève le bocal pour lui montrer le fond de verre, sur lequel est collée une petite paire de fesses grises.

« Vous donnez votre langue au chat ? » dit le type.

Il pose l'objet sur le comptoir. Sur le couvercle en plastique blanc, il y a une étiquette qui s'écaille, avec, imprimé à l'encre noire : « Cedars-Sinai Hospital ». Au-dessous, le reste écrit à la main à l'encre rouge est en partie effacé. Quelques mots. Peut-être une date. Trop sale pour être encore lisible.

Claire secoue la tête.

Reflétés sur un côté du bocal, elle voit des yeux noirs, des décennies plus tôt : une pièce aux carreaux verts. Une femme, sous un drap bleu, les jambes fixées dans des étriers, les pieds nus attachés de chaque côté. Au-dessus d'un masque à oxygène, Claire aperçoit ses cheveux blonds très clairs, qui ont poussé et sont déjà un peu châtains à la racine.

« C'est du vrai de vrai, dit le vieux. On a testé l'ADN par rapport à un certain cheveu. Les marqueurs ont correspondu. »

On peut toujours acheter ses tifs sur le Net, ajoute-t-il. Des mèches blond décoloré.

« À vous en croire, vous les féministes facho, ce n'est pas un bébé, juste des tissus, grommelle le vieux. Ça pourrait être son appendice. »

Continuant à lire les souvenirs du verre, les couches d'images qui s'y sont inscrites, Claire voit : une lampe sur une table de nuit. Un téléphone. Des flacons de pilules délivrées sur ordonnance.

« Un cheveu de qui ? » demande Claire.

Et le vieillard répond : « De Marilyn Monroe. » Il ajoute : « Si vous êtes intéressée, c'est pas de la camelote. »

C'est une relique cinématographique, poursuit-il. Une relique sacrée. Le Saint-Graal des souvenirs du septième art. Encore mieux que les escarpins rouge rubis du Magicien d'Oz ou le traîneau baptisé Rosebud. C'est le bébé que Marilyn a perdu pendant qu'elle tournait *Certains l'aiment chaud*, quand Billy Wilder l'a obligée à courir en talons hauts, prise après prise, sur le quai de la gare.

Il hausse les épaules.

« J'ai eu ça d'un gars… Qui m'a raconté la véritable façon dont elle est morte. »

Et Claire Upton reste là, comme hypnotisée, à regarder le film des anciens reflets sur le flanc incurvé du bocal.

Voilà un souvenir, une relique, comme la main d'un saint, momifiée et adorée dans une vitrine en cristal de roche d'une cathédrale italienne. Ou une mèche de cheveux. Ou alors, il s'agit d'un autre être humain, mort. L'enfant qui aurait pu sauver la vie de Marilyn Monroe.

« Tout se monnaye, sur Internet », ajoute le vieil homme.

D'après le type qui lui a vendu l'objet, Monroe a été assassinée. L'été 1962, on l'avait virée de la production de *Something's Got to Give*. George Cukor disait du mal d'elle, et les cadres du studio supportaient mal la façon dont elle leur avait échappé pour aller chanter à la fête d'anniversaire de Kennedy. Elle venait juste d'avoir trente-six ans. Les Kennedy la repoussaient. Elle vieillissait sans rien ni personne. Sa carrière était derrière elle, et désormais c'était Liz Taylor qui retenait toute l'attention du public.

« Alors, elle a essayé de se montrer maligne », explique le caissier.

Monroe a le magazine *Life* de son côté, qu'elle a convaincu de faire un gros article de fond sur elle. Elle persuade Dean Martin de quitter le plateau de *Something's Got to Give* quand on décide de la remplacer par Lee Remick. Et elle organise une petite réunion. Chez elle, à Brentwood, avec très peu de gens, juste la pointe de l'iceberg des studios qui ont fait des films avec elle.

« Maligne comme elle est, poursuit-il, vous pensez bien qu'elle a un revolver. Une arme pour se défendre. »

Avec toutes ces huiles autour de sa table mexicaine, Marilyn boit du champagne et annonce qu'elle a décidé de mettre fin à ses jours. S'ils ne la reprennent pas sur son dernier film et ne lui signent pas un nouveau contrat d'un million de dollars, elle fera une overdose. C'est aussi simple que ça.

« Les gens des studios, dit-il, on ne leur fout pas les jetons aussi facilement. »

Ces requins ont déjà mis en boîte le meilleur d'elle-même. Elle est en train de prendre de l'âge, tout simplement, et son image commence à lasser le public. Si elle se tuait, chacun de ses films, qu'ils gardent dans leurs coffres, deviendrait une mine d'or. Alors, ils lui répondent : vas-y, ma fille, te gêne pas.

« Le type qui m'a vendu ce bocal, explique le caissier, il tient ça de la bouche même d'une des grosses légumes qui assistaient à cette réunion. »

Monroe se saoulant au champagne. Les dragons des studios le cul sur leurs chaises. Elle a leur bénédiction. Ça a dû lui briser le cœur.

C'est là, poursuit le vieillard, qu'elle joue à la maligne avec eux.

Elle annonce qu'elle change ses exigences. D'accord, elle a eu de formidables intéressements aux bénéfices, mais, en revanche, elle ne retire pas grand-chose des rediffusions de ses anciens films. Ces longs métrages, dans leurs coffres, ils finiront par les vendre à la télévision. Et ils continueront à les placer, surtout si elle se suicide. Elle le sait. Et eux aussi.

Une fois morte, elle sera sexy pour l'éternité. Les gens aimeront à jamais cette image d'elle, propriété de leurs compagnies. Ces vieux films sont un véritable fonds de commerce, à moins que…

Le vieillard dit : « C'est là qu'interviennent ses dernières volontés. »

Elle crée la Fondation Marilyn-Monroe. À laquelle tous les revenus de ses droits de succession seront versés. Et cette fondation devra redistribuer jusqu'au dernier cent aux causes qu'elle indiquera. Le Ku Klux Klan. Le Parti nazi américain. L'Association nord-américaine de l'amour entre garçons.

« Peut-être que certaines d'entre elles n'existaient pas encore à l'époque, mais vous avez pigé l'idée générale. »

Quand le public américain apprendra que quelques cents, voire une pièce de cinq, de chaque billet d'entrée pour un de ses films vont aux nazis... Plus de recettes. Plus de sponsors à la télé. Ces films ne vaudront plus un clou. Aucune photo nue d'elle ne se vendra encore. Marilyn Monroe deviendra la Mme Hitler de l'Amérique.

Le caissier raconte : « Elle explique aux responsables des studios qu'elle a fabriqué son image. Et qu'elle peut foutrement bien la casser. »

Claire lève les yeux du bocal posé entre eux sur le comptoir et dit : « Combien ? »

Le caissier consulte sa montre. Il lui répond qu'il ne l'aurait jamais vendu, mais qu'il vieillit. Il voudrait prendre sa retraite et ne plus rester ici toute la journée le cul sur sa chaise à se faire escroquer.

« Combien ? » répète Claire.

Ses mains gantées sortent son portefeuille de son sac ouvert sur le comptoir.

Et le type lui répond : « Vingt mille dollars. »

Il est 17 h 30 et le magasin ferme à 18 heures.

« Hydrate de chloral, ajoute le caissier. Des somnifères, c'est comme ça que le gars l'a tuée. Cette nuit d'août, il l'a trouvée abrutie par les médicaments, et il lui a juste vidé une fiole dans la gorge. Bien sûr, à l'autopsie, le foie a montré qu'elle avait ingurgité une boisson droguée, mais tout le monde a dit qu'elle l'avait achetée au Mexique. Même son docteur qui lui prescrivait ses pilules a parlé du Mexique. Même lui, il a conclu à un suicide. »

Vingt mille dollars.

Et Claire lui répond : « Laissez-moi réfléchir. »

Tout en continuant à regarder l'eau trouble dans le bocal, elle s'éloigne du comptoir et ajoute : « J'ai besoin de… »

Le vieillard claque des doigts pour récupérer son sac, son manteau et son parapluie. Si elle retourne traîner dans le magasin, il les garde.

Sans même ramasser ses moitiés de cartes, Claire lui tend ses affaires par-dessus le comptoir.

Claire Upton observe un trophée astiqué et elle voit le jeune homme qui s'y reflète, souriant, de la sueur perlant sur son front, une raquette de tennis ou un club de golf à la main. Elle le voit qui grossit, qui se marie, qui fait des enfants. Après ça, le trophée ne lui montre plus rien, sinon l'intérieur marron d'une boîte en carton. Puis il revient à la lumière, à la main d'un autre jeune homme. Le fils du précédent.

Ce bocal, en revanche, c'est comme une bombe qui risque d'exploser d'un moment à l'autre. Une arme du crime qui essaie de se confesser. Il suffit de l'effleurer du doigt pour ressentir une secousse. Une décharge électrique. Une sorte d'avertissement.

Tandis qu'elle se déplace dans le magasin, le vieillard l'observe par l'intermédiaire de ses écrans vidéo.

Dans les verres noirs de vieilles lunettes de soleil, elle voit un homme qui jette une femme par terre et la bourre de coups de pied pour l'obliger à écarter les jambes.

Dans un ancien tube de rouge à lèvres doré, elle voit un visage écrasé dans un bas Nylon, deux mains serrant le cou de quelqu'un dans un lit, puis les mêmes mains récupérant l'argent liquide, le portefeuille et les clés sur la commode, à côté du tube. Le témoin.

Claire Upton et le vieux caissier sont seuls dans le magasin mal éclairé au milieu des carreaux de dentellière jaunis. Des serviettes brodées. Des maniques au point de croix. Des brosses en argent terni. Des têtes de cerf aux larges bois.

Dans la lame d'acier d'un rasoir à main à la poignée en chrome, ronde et lourde — Claire voit le reflet de son propre futur.

Ici, au milieu des bols à raser et des blaireaux en poil de cheval. Des grands vitraux d'église. Des sacs à main de soirée décorés de perles.

Seule dans ce magasin avec l'enfant que Marilyn Monroe a perdu. Seule dans ce musée où s'entassent des choses dont personne ne veut. Tous ces objets poussiéreux qui reflètent des scènes affreuses.

Claire raconte cette histoire maintenant, enfermée dans les toilettes, elle dit qu'elle a pris le rasoir et qu'elle a continué à marcher, dans toutes les allées, sans cesser de regarder la lame pour voir si elle montrait toujours la même scène.

Racontant cette histoire maintenant, assise dans les toilettes, au fond du magasin, Claire dit que ce n'est pas facile d'être un médium doué.

La vérité, c'est que Claire est aussi une épouse pas facile. Pendant un repas au restaurant, elle peut être en train de t'écouter, et brusquement son corps tout entier se met à frissonner. Elle se cache les yeux d'une main, et elle éloigne la tête, elle se détourne de toi. Toujours en tremblant, elle te regarde furtivement entre ses doigts entrouverts. Un instant plus tard, elle soupire et met son poing contre sa bouche, mordille ses articulations et t'observe sans un mot.

Quand tu lui demandes ce qui ne va pas…

Elle te répond : « Tu n'as pas besoin de savoir. C'est trop affreux. »

Mais quand tu insistes…

Alors, elle te dit : « Promets-moi simplement. Promets-moi que tu ne t'approcheras pas d'une voiture au cours des trois prochaines années… »

La vérité, c'est que même Claire sait qu'elle peut se tromper. Pour se tester, elle ramasse un étui à cigarettes en argent brillant. Et là, son futur se reflète : elle est dans ce magasin, le rasoir à la main.

À l'heure de la fermeture, elle regagne la caisse juste à temps pour voir le vieillard qui retourne son panneau : « Fermé ». Qui descend le rideau protégeant la vitre de la porte. La vitrine de la boutique est encombrée de coquetiers. De peignoirs de bain et de descentes de lit en chenille. De flacons de parfum en forme de beautés du Sud en jupe à cerceaux. De papillons morts sous des cadres en verre. De cages à oiseaux rouillées. De lampes de chemin de fer avec des rabats en verre rouge ou vert. D'éventails de soie pliants. Depuis la rue, personne ne peut apercevoir l'intérieur.

Le vieil homme demande : « Vous vous êtes décidée ? »

Le bocal est retourné dans sa vitrine verrouillée, près de sa caisse. Dans le liquide trouble, on n'aperçoit qu'un œil noir et le pavillon d'une minuscule oreille.

Enregistré sur le flanc arrondi du bocal et déformé, Claire a vu autre chose, tandis que le type lui racontait l'histoire du meurtre de Marilyn : un homme inclinant un flacon entre deux lèvres entrouvertes. Un visage se balançant de droite à gauche sur un oreiller. L'homme qui essuie les lèvres avec la manche de sa chemise. Qui observe la table de chevet. Le téléphone, la lampe et le bocal.

Dans la vision de Claire, le visage du meurtrier se rapproche. Il tend les deux mains, immenses, et le bocal est plongé dans les ténèbres quand il s'en empare.

Ce visage, c'est celui du caissier, sans ses rides. Avec des cheveux châtains bien fournis.

Le bocal est posé là, derrière le comptoir, et pulse d'énergie. Il rougeoie de puissance. Une relique sacrée essayant de lui faire comprendre quelque chose d'important. Une capsule temporelle d'histoires et d'événements, inutile, enfermée dans une vitrine de verre. Plus fascinante que les meilleures séries télévisées. Plus véridique que le plus long des documentaires. Une source historique de première main. Un vrai protagoniste. Le fœtus flottant là, attendant que Claire le sauve. L'écoute.

Demandant justice. Réclamant vengeance.

Toujours filmée par les caméras de sécurité, Claire soulève le rasoir. Elle dit : « Je veux acheter ça, mais je ne vois pas où est le prix… »

Et le vieux se penche par-dessus le comptoir pour regarder de plus près.

La rue est déserte. Et les écrans du système de surveillance montrent que le magasin, chaque allée, chaque recoin, est vide.

Sur l'un d'eux, on voit soudain le vieillard partir en arrière et briser dans sa chute le verre de la vitrine, puis glisser sur le sol dans un horrible mélange d'éclats de verre et de sang. Le bocal tangue, tombe par terre et se brise.

Maintenant, Claire appelle son mari depuis les toilettes et lui dit : « C'était une poupée. Une poupée de bébé en plastique. »

Son sac, son manteau et son parapluie sont éclaboussés d'un sang épais.

Au téléphone, elle dit : « Tu sais ce que ça signifie ? »

Et de nouveau, elle lui demande de lui expliquer le meilleur moyen de détruire une caméra vidéo.

20

La Baronne Gelures se penche vers elle, un bol plein d'un liquide fumant entre ses mains, et dit : « Ni carottes. Ni pommes de terre. Maintenant, avale ça. »

Roulée en boule sur son lit, dans le projecteur de la caméra, Miss America répond : « Non. »

Elle regarde notre petit groupe serré dans le couloir devant sa porte, y compris Directrice Reniement, puis elle se détourne et fait face au mur de béton et ajoute : « Je sais ce qu'il y a là-dedans… »

La Baronne Gelures réplique : « Tu saignes toujours. »

Passant la tête par la porte, Directrice Reniement dit : « Tu as besoin de manger quelque chose assez vite, ou tu vas mourir.

— Alors, laissez-moi mourir », souffle Miss America, le visage enfoncé dans son oreiller.

Nous tous, dans le couloir, nous écoutons. Nous enregistrons. Nous sommes témoins.

La caméra derrière la caméra derrière la caméra.

La Baronne Gelures se penche encore davantage avec la soupe. Dans la vapeur s'en échappant, ses lèvres mutilées se reflètent sur la graisse chaude scintillante qui flotte à la surface. La Baronne proteste : « Mais on ne veut pas que tu meures ! »

Sans cesser de contempler le mur, Miss America pleurniche : « Depuis quand ? Tous autant que vous êtes, ça vous fera une personne en moins avec qui partager vos royalties.

— On ne veut pas que tu meures, intervient le Révérend Impie depuis le seuil, parce qu'on n'a pas de congélo. »

Miss America se retourne et considère le bol de soupe chaude. Elle nous observe, nous tous rassemblés dans le couloir et à moitié penchés dans sa loge. Nos mâchoires attendent. Nos langues bavent d'envie.

« De congélo ? » répète Miss America.

Et le Révérend Impie ferme le poing, se tape le front comme on tape à la porte et lance : « Hello ? On a besoin que tu restes vivante jusqu'à ce qu'on soit de nouveau vraiment affamés. »

Son bébé aura été le hors-d'œuvre. Miss America sera le plat principal. Le dessert est laissé à l'imagination de chacun.

À la main du Comte de la Calomnie, le magnéto est prêt à enregistrer son hurlement par-dessus le précédent. La caméra d'Agent Cafteur est réglée pour remplacer tout ce qu'il a déjà filmé, dans l'attente du prochain grand rebondissement.

Au lieu de quoi, Miss America demande : « C'est de cette façon que ça va continuer ? »

Sa voix est aiguë et elle tremble, un vrai chant d'oiseau. Est-ce que ça va être seulement un événement horrible après l'autre après l'autre après l'autre — jusqu'à ce qu'on soit tous morts ?

« Non », dit la Directrice Reniement. Ôtant des poils de chat de sa manche, elle dit : « Pas tous. Juste certains d'entre nous. »

Et Miss America précise qu'elle ne parle pas seulement d'ici, de ce Musée de Nous. Elle parle de la vie en général. Est ce que le monde entier n'est qu'un rassemblement de gens mangeant d'autres gens ? De gens qui s'attaquent et se détruisent mutuellement ?

Et Directrice Reniement répond : « J'avais compris ce que tu voulais dire. »

Le Comte de la Calomnie griffonne cette réplique sur son bloc-notes. Nous autres, nous acquiesçons d'un signe de tête.

La Mythologie de Nous.

Le bol de soupe à la main, observant son reflet dans la graisse qui surnage à la surface, la Baronne Gelures explique : « Je travaillais dans un restaurant dans les montagnes… »

Elle plonge une cuillère dans le liquide fumant et l'approche de la bouche de Miss America.

« Mange, dit la Baronne, et je te raconterai comment j'ai perdu mes lèvres… »

Absolution

Un poème sur la Baronne Gelures

« Même si Dieu ne nous pardonne pas,
dit la Baronne Gelures,
nous pouvons toujours Lui pardonner. »
Nous devrions nous montrer nous-mêmes plus grands que Dieu.

La Baronne sur scène, elle explique à la plupart des gens : « maladie des gencives »
lorsqu'ils regardent un peu trop longtemps ce qui reste de son visage.
Ses lèvres ne sont que le bord déchiqueté
de sa bouche, lubrifiées de rouge à lèvres rouge.
Ses dents :
le fantôme jaunâtre de chaque tasse de café,
et de chaque cigarette en son âge mûr.

Sur scène, au lieu d'un projecteur, un extrait de film :
La couleur changeante et automnale des rafales de neige.
Aucune de ces minuscules ombres bleues
n'est de la même taille ni de la même forme.
Le reste de sa personne est protégé dans du duvet

d'oie, matelassé et isolé,
ses cheveux remontés sous un chapeau tricoté,
mais elle n'a plus jamais
assez chaud.

Debout au centre de la scène, la Baronne Gelures dit :
« Nous devrions pardonner à Dieu... »
De nous faire trop petits. Trop gras. Trop pauvres.
Nous devrions pardonner à Dieu notre calvitie.
Notre mucoviscidose. Notre leucémie myéloïde.
Nous devrions pardonner à Dieu Son indifférence,
le fait qu'Il nous laisse en plan :
Nous, le projet Foire de la Science oublié de Dieu,
qu'Il a relégué aux moisissures.
Nous, les poissons rouges de Dieu,
ignorés jusqu'à ce que nous soyons obligés de manger notre propre merde à même notre cul.

Ses mains protégées dans des moufles,
la Baronne montre son visage
et dit : « Les gens... »
Les gens supposent que jadis elle était d'une très grande beauté.
Parce que aujourd'hui elle a l'air si... laide.
Les gens ont besoin d'un certain sens de la justice.
Une tentative de compromis.
Ils pensent que le cancer est sa faute, quelque chose qu'elle méritait.
Un désastre qu'elle a elle-même déclenché.

Alors, elle leur dit : « Du fil dentaire. Pour l'amour de Dieu, utilisez du fil dentaire
chaque soir, avant d'aller vous coucher. »

Et chaque nuit, la Baronne pardonne aux autres.
Elle se pardonne à elle-même.
Et elle pardonne à Dieu pour ces désastres qui semblent juste
se produire comme ça, pour rien.

Ragoût

Une nouvelle de la Baronne Gelures

« Quand arrivaient les nuits de février, disait Mlle Leroy, chaque conducteur ivre était une bénédiction. »

Les couples s'essayant à une seconde lune de miel pour rafistoler leur mariage. Ceux qui craignaient de s'endormir au volant. Ceux qui s'arrêtaient pour boire un coup. Autant de personnes que Mlle Leroy pouvait peut-être convaincre de prendre une chambre. C'était la moitié de son boulot, parler. Pour que le client commande un autre verre, et puis encore un autre, jusqu'à ce qu'il soit obligé de rester.

Parfois, c'est sûr, t'es coincé. D'autres fois, disait Mlle Leroy, tu t'assieds juste pour ce qui se révèle être le restant de ta vie.

Les chambres, ici, au Lodge – la plupart des gens s'attendaient à mieux. Le cadre en fer du lit n'est pas stable, et les barres et le panneau de pied sont usés aux endroits où ils s'emboîtent. Les écrous et les boulons ont du jeu. À l'étage, tous les matelas sont pleins de bosses de la taille d'une colline basse et les oreillers sont plats. Les draps sont propres, mais l'eau du puits raidit tout. Tu laves n'importe quoi avec, et le tissu en sort rugueux comme du papier de verre, avec des restes de minéraux et une odeur de soufre.

L'insulte suprême, c'est que tu es obligé de partager les toilettes au bout du couloir. Des tas de voyageurs n'emportent pas de peignoir, et cela signifie qu'il faut s'habiller juste pour aller pisser. Le matin, au réveil, tu prends un bain dans une flotte qui pue, saturée de soufre, dans une baignoire en fonte, d'un blanc glacé, à pieds de griffon.

Elle est heureuse quand elle réussit à convaincre son troupeau d'étrangers de février d'aller visiter la falaise. D'abord, elle coupe la musique. Une heure avant de commencer à parler, elle diminue le volume, un cran toutes les dix minutes, jusqu'à ce que Glen Campbell la ferme. Quand le trafic cesse sur la nationale, elle baisse le chauffage. Elle tire sur la ficelle qui permet de couper les pubs de bière au néon, en vitrine. S'il y a un feu dans la cheminée, Mlle Leroy le laisse s'éteindre.

Pendant tout ce temps, elle les prépare, elle leur demande quels plans ils ont. En février, sur la White River, il y a moins que rien à faire. Des balades en raquettes, peut-être. Du ski de fond, si tu as ton matériel. Mlle Leroy laisse l'un ou l'autre de ses interlocuteurs évoquer l'idée. Et cette suggestion rassemble tout le monde.

Et dans le cas contraire, c'est elle, alors, qui met sur le tapis cette histoire de ragoût.

Son chemin de croix. Elle conduit son public à travers la carte routière de sa propre histoire. D'abord elle fanfaronne, elle raconte comment elle était dans sa jeunesse, vingt ans à la fin de l'année universitaire, les vacances d'été, balade en camping-car le long de la White River, désespérément à la recherche d'un boulot – à l'époque, le job estival de rêve c'était de tenir le bar ici, au Lodge.

Difficile d'imaginer Mlle Leroy maigre. Les dents blanches, avant que ses gencives commencent à remonter. Avant leur apparence actuelle, avec leur racine marron bien visible – à la façon dont les carottes se poussent les unes les autres quand on sème les graines trop serrées. Difficile de l'imaginer votant démocrate. Et même aimer autrui. La Mlle Leroy d'avant, sans cette ombre noire de moustache au-dessus de la lèvre supérieure. Dur de se figurer des étudiants faisant la queue pendant une heure pour la baiser.

Ça la fait paraître sincère de dire ce genre de choses drôles et tristes à la fois à propos d'elle-même.

Ça vous force à l'écouter.

Si vous me serriez dans vos bras maintenant, dit Mlle Leroy, vous ne sentiriez que l'armature pointue de mon soutien-gorge.

Le ragoût, dit-elle, c'est : vous rassemblez une bande de gamins, et vous remontez la White River côté faille. Vous embarquez vos provisions de bière et de whisky et vous trouvez un trou d'eau avec une source chaude. La plupart d'entre eux font entre soixante-cinq et quatre-vingt-dix degrés toute l'année. À cette altitude, l'eau bout à quatre-vingt-douze degrés. Même en hiver, au fond d'une profonde fosse glacée où plongent les congères, ces piscines sont encore assez brûlantes pour vous ébouillanter vivant.

Non, dans leur coin, le danger ce ne sont pas les ours. Ici, on ne croise ni loup, ni coyote, ni lynx. Vers l'aval, oui, juste à un clic de votre compteur kilométrique, ou juste le temps d'une chanson sur votre autoradio, les motels sont obligés de fermer leurs poubelles avec des chaînes. Là-bas, la neige regorge de traces de griffes. La nuit est bruyante de meutes hurlant à la lune. Mais ici, la neige est vierge. Même la période de la pleine lune est calme.

En amont, depuis le Lodge, la seule chose dont vous avez à vous soucier est de mourir ébouillanté. Certains gosses de la ville, qui ont laissé tomber la fac, restent deux ans dans la région. Ils vous indiquent quelles piscines sont sûres, et où les trouver. Et celles où ne surtout pas marcher — celles-là sont simplement recouvertes d'une fine croûte de tuf de calcium ou de calcaire qui a l'apparence d'un substrat rocheux, mais à travers laquelle vous passeriez, pour finir en friture dans une cheminée thermale invisible.

Les histoires effrayantes circulent, elles aussi. Un siècle plus tôt, une certaine Mme Lester Bannock, une touriste venue de Crystal Falls, Pennsylvania, s'arrêta pour essuyer la buée sur ses lunettes de soleil. La brise tourna et lui souffla de la vapeur brûlante dans les yeux. Un pas de trop, et elle sortit du sentier. Un second, et elle perdit l'équilibre et se retrouva assise dans l'eau bouillante. En tentant de se relever, elle retomba dedans, et cette fois la tête la première. Des étrangers sortirent la malheureuse qui hurlait.

Le shérif qui la transporta en ville aussi vite que possible réquisitionna toute l'huile d'olive disponible dans la cuisine du Lodge. Inondée d'huile et entourée de draps propres, elle mourut à l'hôpital, sans cesser de hurler, trois jours plus tard.

Plus récemment, il y a trois étés de cela, un gamin de Pinson City, Wyoming, gara son pick-up et fit descendre son berger allemand. Le chien atterrit au beau milieu d'une de ces piscines. Il surnagea un instant et mourut en glapissant. Des gens assistèrent à la scène en se rongeant les poings. Ils tentèrent en vain de retenir le jeune gars – celui-ci plongea pour essayer de sauver son cabot.

Il ne refit surface qu'une seule fois, les yeux bouillis, blancs et écarquillés, roulant dans leurs orbites. Aveugles. On n'eut pas le temps de l'empoigner avant qu'il ne disparaisse de nouveau.

Tout au long de cette année-là, on le repêcha par petits bouts avec des filets, à la façon dont on récupère les feuilles et les insectes morts à la surface d'une piscine. Ou dont on écume la graisse d'un ragoût.

À ce moment-là, au bar du Lodge, Mlle Leroy s'interrompait un moment pour laisser à ses auditeurs le temps de se représenter cette scène dans leur tête. Des morceaux de ce gars flottant dans l'eau chaude pendant tout l'été, comme des beignets qui prenaient une jolie couleur marron clair en grésillant.

Mlle Leroy fumait tranquillement sa cigarette.

Puis, comme si elle s'en souvenait juste à l'instant, elle s'exclamait : « Olson Read ! » Et elle éclatait de rire. Comme si elle ne pensait pas à ça à chaque minute, à chaque heure de chaque jour de son existence, Mlle Leroy disait : « Dommage que vous n'ayez pas rencontré Olson Read. »

Le grand, le gros, le vertueux, le pur Olson Read.

Olson était le chef cuistot du Lodge, gras, le teint pâle, avec des lèvres trop épaisses, gonflées de sang, qui se tortillaient, rouges comme des sushis, sur la peau de son visage d'une blancheur de riz collant. Olson adorait regarder ces piscines. Et cette façon qu'il avait de s'agenouiller sur le bord pour observer des heures leur écume jaunâtre, brûlante comme de l'acide !

Un pas de travers. Un bref glissement du mauvais côté d'une congère et l'eau bouillante vous faisait ce qu'Olson faisait dans ses casseroles.

Saumon poché. Poulet en sauce et boulettes de pâtes. Œufs durs.

Dans la cuisine du Lodge, Olson avait l'habitude de chanter des hymnes si fort qu'on les entendait jusque dans la salle à manger. Olson, immense dans son tablier blanc à larges pans noué serré sur sa taille épaisse, s'asseyait au bar et lisait sa Bible dans une quasi-obscurité. Le tapis rouge foncé sentait la bière et la fumée. S'il rejoignait votre table dans la pièce réservée au personnel, Olson inclinait la tête sur sa poitrine et disait une bénédiction incohérente au-dessus de son sandwich à la saucisse.

Son mot préféré était : « fraternité ».

Une nuit, Olson entra dans l'office et tomba sur Mlle Leroy en train d'embrasser un chasseur de l'hôtel, un étudiant quelconque en sciences humaines qui avait abandonné ses études à la New York University. Olson Read leur expliqua que le baiser était le premier pas du démon vers la fornication. Avec ses lèvres caoutchouteuses vermillon, Olson disait à tout le monde qu'il se réservait pour le mariage, mais la vérité c'était qu'il n'avait pas le courage de sauter le pas.

La White River était le jardin d'Éden pour Olson, la preuve que son Dieu faisait du beau travail.

Olson contemplait les sources chaudes, les geysers et la boue fumante – la vision préférée de l'Enfer de tout chrétien qui se respecte. L'idée que chaque paradis devait avoir son serpent. Il observait la vapeur d'eau et les jaillissements brûlants de la même façon qu'il jetait un œil par le passe-plat et surveillait les serveuses dans la salle à manger.

Son jour de congé, il se promenait dans la forêt avec sa Bible, à travers les nuages et les brouillards de soufre. Il chantait *Amazing Grace* ou *Nearer My God to Thee*, mais seulement le cinquième ou le sixième couplet, les parties si étranges et si peu connues qu'on aurait pu penser qu'il les avait écrites lui-même. Olson descendait du chemin de planche, s'avançait sur le tuf, la fine couche de calcium qui se forme exactement comme la glace sur l'eau, et il s'agenouillait tout au bord d'une piscine qui crachait et qui puait. Là, il priait à haute voix pour Mlle Leroy et son étudiant. Il priait pour son Seigneur, notre Dieu tout-puissant, le Créateur des Cieux et de la Terre. Il priait pour l'âme immortelle de tous les aides-serveurs qu'il nommait chacun par leur nom. À haute voix, il faisait l'inventaire des péchés de toutes les femmes de chambre du Lodge. Les paroles d'Olson s'élevaient avec la vapeur, et il priait pour Nola qui remontait trop haut l'ourlet de sa jupe et pratiquait la fellation avec n'importe quel client de l'hôtel acceptant de lâcher un billet de vingt dollars. Alors que les touristes, en famille, restaient en arrière, en sécurité, Olson implorait miséricorde pour les serveurs, Evan et Leo, qui se livraient violemment, chaque nuit, à d'obscènes actes de sodomie dans le dortoir des hommes. Olson pleurait et hurlait pour Dewey et Buddy qui sniffaient de la colle dans un sac à papier marron tout en faisant la plonge.

Ici, aux portes de son Enfer, Olson criait ses opinions aux arbres et au ciel. Olson s'échappait après le dîner pour aller faire son rapport à Dieu et il hurlait nos péchés à des étoiles si étincelantes qu'elles semblaient pleurer dans la nuit. Il suppliait Dieu de nous accorder Son pardon.

Non, personne n'aimait beaucoup Olson Read. Personne, quel que soit son âge, n'apprécie les cafteurs.

Ils avaient tous entendu les récits sur cette femme emballée dans un drap et de l'huile d'olive. Sur le gamin changé en soupe avec son chien. Olson les avaient écoutés avec la plus grande attention, les yeux aussi brillants que du sucre candi. C'était la preuve de tout ce qu'il chérissait. La vérité de cela. La démonstration que vous ne pouvez pas dissimuler à Dieu ce que vous avez fait. Vous ne pouvez pas réparer. Nous serons réveillés et vivants en Enfer, mais nous aurons si mal que nous souhaiterons mourir. Nous souffrirons de toute éternité, dans un endroit que personne au monde ne voudra nous échanger.

À ce moment-là, bien sûr, Mlle Leroy se tait. Elle allume une autre cigarette. Elle vous sert une autre bière.

Certaines histoires, explique-t-elle, plus vous les racontez et plus vite vous les épuisez. L'effet dramatique s'évapore et, chaque fois que vous les répétez, elles paraissent plus idiotes et plus plates. D'autres, au contraire, vous épuisent. Plus vous les dites et plus elles prennent de force. Elles vous rappellent seulement à quel point vous avez été stupides. Combien vous l'êtes. Et le serez toujours.

Dévoiler certaines histoires, ajoute Mlle Leroy, c'est se suicider.

Et c'est alors qu'elle fait de son mieux pour rendre la sienne ennuyeuse, précisant qu'une eau à soixante-dix degrés cause une brûlure au troisième degré en une seconde.

L'élément thermique caractéristique, le long de la faille de White River, c'est une cheminée qui ouvre sur une piscine couverte d'une croûte de ce minéral cristallisé. La température moyenne est de quatre-vingt-seize degrés.

Vous restez une seconde dans cette eau si chaude, et quand vous retirez vos chaussettes, les pieds viennent avec. La peau cuite de vos mains se colle à tous ce que vous touchez et vous la laissez derrière vous, aussi parfaite qu'une paire de gants de cuir.

Votre corps essaie de se protéger en amenant du liquide physiologique dans la zone brûlée pour dissiper la chaleur. Vous suez et vous vous déshydratez encore plus vite qu'avec la pire des diarrhées. Vous perdez tant d'eau que votre pression sanguine s'effondre. Vous êtes en état de choc. Vos organes vitaux cessent de fonctionner, les uns après les autres, très rapidement.

On peut être brûlé au premier, second, troisième ou quatrième degré. Les brûlures peuvent être superficielles, partielles ou totales. Dans les superficielles, la peau devient rouge, mais il n'y a pas de cloques. Pensez à un coup de soleil et à la desquamation des tissus nécrotiques qu'il entraîne — la peau morte qui pèle. Dans les brûlures totales, au troisième degré, vous retrouvez cet aspect de cuir blanc et sec des jointures de vos doigts qui touchent le gril par inadvertance au moment où vous sortez un gâteau du four. Dans celles au quatrième degré, vous êtes cuit jusqu'à la couche basale du derme.

Pour déterminer l'étendue des dommages, le médecin utilise la « règle des neuf ». La tête compte pour neuf pour cent de la surface totale de la peau du corps. Chaque bras compte aussi pour neuf pour cent. Chaque jambe, dix-huit pour cent. L'ensemble du torse et du dos, trente-six pour cent. Ajoutez un pour cent pour le cou et vous avez vos cent pour cent.

Avaler ne serait-ce qu'une gorgée d'une eau à cette température entraîne un œdème massif du larynx et la mort par asphyxie. La gorge gonfle tellement qu'elle se ferme et qu'on étouffe.

C'est de la poésie d'entendre Mlle Leroy faire traîner ainsi son histoire en longueur. Squelettisation. Parage. Hypokaliémie. Des mots compliqués qui permettent à tous les gens présents dans le bar de se réfugier dans des abstractions rassurantes, loin, très loin. C'est une petite coupure sympathique dans son récit, avant qu'ils soient obligés d'affronter le pire.

On peut passer toute sa vie à bâtir un mur de faits entre soi-même et la réalité.

Au cours d'une nuit de février comme celle-ci, il y a très longtemps, Mlle Leroy et Olson, le cuisinier, s'étaient retrouvés seuls au Lodge. La veille, il était tombé quatre-vingt-dix centimètres de neige, et les chasse-neige n'étaient pas encore arrivés jusqu'à l'hôtel.

Comme toutes les nuits, Olson Read prend sa Bible dans sa main boudinée et sort marcher dans la poudreuse. À l'époque, il fallait faire attention aux coyotes. Aux pumas et aux lynx. Chantant *Amazing Grace* sur un bon kilomètre, sans jamais répéter un seul couplet, Olson s'éloigne d'un pas lourd, tout en blanc sur le blanc du paysage.

Les deux voies de la Highway 17 sont englouties sous la neige. L'enseigne verte au néon indiquant The Lodge est attachée au sommet d'un poteau d'acier fixé dans le béton et entouré d'une jardinière basse en brique. Le monde extérieur, comme toutes les nuits, est noir et bleu sous la lune, et la forêt n'est qu'une ombre géante de sapins qui s'allongent.

La Mlle Leroy jeune et mince de l'époque ne pensa plus à Olson Read. Elle ne prit conscience qu'il était parti depuis longtemps que lorsqu'elle entendit les loups qui commençaient à hurler. Elle était en train d'examiner le reflet de ses dents sur la lame d'un couteau à beurre pour vérifier qu'elles étaient bien droites et bien blanches. Elle avait l'habitude d'entendre Olson gueuler toutes les nuits. Sa voix criant son nom à elle, suivi d'un péché, réel ou imaginaire, lui arrivait des bois. Elle fume des cigarettes ! s'égosillait Olson. Elle danse le slow ! Olson en appelait à Dieu pour qu'elle soit sauvée.

Aujourd'hui, quand elle raconte cette histoire, il faut lui tirer les vers du nez si on veut connaître la suite. L'idée qu'elle est coincée ici. Son âme errant dans les limbes. Personne ne vient au Lodge avec l'intention d'y rester jusqu'à la fin de ses jours. Bon sang, s'exclame Mlle Leroy, on vit parfois des choses bien pires que la mort !

Il y a des choses pires qu'un accident de voiture, des choses qui vous laissent en rade. Pires que le fait de casser un essieu. Quand vous êtes jeune. Et que vous vous retrouvez à tenir un bar, au milieu de nulle part, jusqu'à la fin de vos jours.

Il y a de cela des années, plus de la moitié de son existence, Mlle Leroy entend les loups hurler. Les coyotes japper. Et Olson gueuler. Pas son nom à elle. Pas son nom associé à un péché. Non, simplement gueuler. Elle va jusqu'à la porte de la salle à manger. Elle sort sur le seuil, se penche, et tourne la tête pour écouter.

Elle sent l'odeur d'Olson avant de le voir. L'odeur du petit déjeuner, du bacon frit, dans l'air froid. Du bacon ou des tranches épaisses de porc en conserve qui croustillent dans leur propre graisse.

À ce moment de son récit, le chauffage électrique contre le mur se rallume automatiquement. Maintenant que la salle s'est refroidie autant que le thermostat le permet. Mlle Leroy connaît cet instant, elle le sent qui lui hérisse les poils au-dessus de sa lèvre supérieure. Elle sait exactement à quelle seconde s'interrompre. Elle sait quand observer un petit silence, et puis – *vraoum* – le gémissement de l'air tiède qui jaillit du radiateur. Le ventilateur laisse échapper une plainte sourde, d'abord lointaine, puis plus forte et plus proche. Mlle Leroy a veillé à ce que le bar soit sombre. Le chauffage revient à la vie, en se lamentant faiblement, et tout le monde lève les yeux. Sur la vitre, ses auditeurs ne voient que leur propre reflet. Leurs visages qu'ils ne reconnaissent pas. Des masques pâles, mangés de noires cavités, qui les observent. Leurs bouches grandes ouvertes sont des cavernes obscures. Leurs yeux, deux trous sombres très rapprochés qui fixent la nuit derrière eux.

Leurs voitures, garées juste devant, leur paraissent éloignées d'une centaine de kilomètres glacés. Le parking lui-même paraît inaccessible dans ce genre d'obscurité.

Quand elle retrouva Olson Read, sa tête, son visage et son cou, les derniers dix pour cent du bonhomme, étaient encore parfaits. Et même beaux, en comparaison du reste de son corps bouilli qui pelait déjà.

Il hurlait toujours. Comme si les étoiles en avaient quelque chose à foutre. Ce qui restait d'Olson, ce qui avait réussi à se traîner jusqu'ici de ce côté de la White River, avançait en chancelant sur ses genoux tremblants, titubait et se décomposait.

Certains morceaux d'Olson avaient déjà disparu. Ses jambes, au-dessous des genoux, avaient cuit et étaient devenues insensibles sur la glace brisée. Sectionnées et arrachées, d'abord la peau et puis les os, avec le sang tellement cuit à l'intérieur — si bien qu'il ne laissait rien derrière lui, sinon une traînée de sa propre graisse. Il était encore si chaud qu'il faisait fondre la neige.

Le gamin de Pinson City, Wyoming, le gamin qui avait sauté dans la piscine bouillante pour essayer de sauver son chien. Des témoins ont raconté que lorsqu'on a essayé de le sortir de l'eau, ses bras se sont détachés, morceau par morceau, mais qu'il était toujours vivant. Son cuir chevelu se décollait des os blanchâtres de son crâne, mais il était toujours conscient.

L'eau qui bouillonnait crachait les couleurs arc-en-ciel chaudes et scintillantes de la graisse du gamin qui flottait à la surface.

En cuisant, son cabot a donné un parfait manteau de fourrure en forme de chien, dont les os déjà blanchis s'étaient déposés au centre géothermique du monde. Et les derniers mots de l'adolescent avaient été : « J'ai merdé. J'peux pas arranger ça. Hein ? »

C'est sous cette forme que Mlle Leroy retrouva Olson Read cette nuit-là. Mais en pire.

La neige derrière lui, la poudreuse tout autour de lui, était inondée de filets de bave.

Il hurlait et Mlle Leroy vit, déployé dans son dos, un essaim d'yeux jaunes. La neige, piétinée par les pattes des coyotes, s'était transformée en glace. Piétinée par les pattes des loups à quatre doigts. Flottant autour de lui, les têtes allongées des chiens sauvages. Ils haletaient, soufflaient des nuages de buée blanche et retroussaient les babines. Leurs dents aux courtes racines se mélangeaient, s'entrechoquaient et tiraient sur les vestiges du pantalon blanc d'Olson, dont les jambes en lambeaux fumaient encore de tout ce qui, à l'intérieur, avait été ébouillanté vivant.

La seconde suivante, les yeux jaunes disparaissent et tout ce qui reste d'Olson est là. La neige éparpillée par les pattes arrière des prédateurs scintille toujours dans l'air environnant.

Elle et lui, dans l'odeur tiède du bacon. Olson vibre de chaleur, une grosse pomme de terre en robe des champs qui s'enfonce de plus en plus profondément dans la neige à côté d'elle. À présent, sa peau est couverte d'une croûte, ridée et rugueuse comme celle d'un poulet frit, mais elle flotte, détachée des muscles, qui tournent, archicuits, autour des os encore chauds.

Ses mains s'accrochent à celles de Mlle Leroy, mais quand celle-ci essaie de se dégager, leur peau se déchire. Ses mains cuites restent collées à elle, à la façon dont tes lèvres adhéraient au mât du drapeau dans la cour de récré, par temps froid, à cause du gel. Quand elle essaie de se dégager, les doigts d'Olson se délitent jusqu'à l'os, desséchés et sans une seule goutte de sang, et il recommence à hurler et il s'agrippe à elle encore plus fort.

Il était trop lourd pour être déplacé. Enfoncé ici dans la neige.

Et elle est coincée là, avec la porte de la salle à manger à seulement vingt pas, encore ouverte sur les tables déjà mises pour le prochain service. Elle voit les bûches qui brûlent dans la cheminée de pierre de la taille d'une montagne. Elle les voit, mais elle est trop loin pour en sentir la chaleur. Elle nage en agitant les pieds, elle se débat, elle tente de tirer Olson, mais la neige est trop épaisse.

Alors elle s'immobilise, dans l'espoir qu'il ne va pas tarder à mourir — et à la lâcher. Elle supplie Dieu de le tuer avant qu'elle ne meure de froid. Les loups, avec leurs yeux jaunes, surveillent la scène depuis la ligne noire de l'orée de la forêt. Parmi les sapins qui déchirent le ciel nocturne. Au-dessus d'eux, les étoiles pleurent.

Cette nuit-là, Olson Read lui a raconté une histoire. Sa propre histoire de fantôme.

Quand on meurt, on a toujours des récits sur les lèvres. Qu'on ne révélera qu'à des étrangers, dans un endroit privé, dans la cellule capitonnée de minuit. Ces récits importants, on les ressasse pendant des années, mais on ne les dit jamais à personne. Ces récits sont des fantômes, ils ramènent des gens du monde des morts. Juste l'espace d'un instant. Pour une visite. Chacune de ces histoires est un fantôme. Celle-ci appartient à Olson.

Mlle Leroy fait fondre de la neige dans sa bouche, puis elle la fait couler entre les épaisses lèvres rouges d'Olson. Son visage, c'est la seule partie de lui qu'elle peut toucher sans y rester collée. Elle est agenouillée là, à côté de lui. Le premier pas du démon vers la fornication.

Ce baiser, Olson est resté vivant pour l'avoir.

Pendant pratiquement tout le restant de sa vie, Mlle Leroy n'a avoué à personne ce qu'il lui a crié cette nuit-là. Garder ça pour elle fut un tel fardeau. Aujourd'hui, elle le raconte à tout le monde, et ce n'est pas mieux.

Cette pauvre chose bouillie, sur la White River, a hurlé : « Pourquoi as-tu fait ça ? »

Il a hurlé : « Qu'est-ce que j'ai fait ? »

« Les loups gris, dit Mlle Leroy en éclatant de rire. On n'a pas ce problème. Pas par chez nous. On ne l'a plus. »

Olson a succombé à une myoglobinurie. Dans les brûlures au dernier degré, les muscles relâchent la myoglobine dans le sang et ce flot de protéines submerge les reins. Ceux-ci s'arrêtent de fonctionner et le corps est envahi de fluides et de toxines sanguines. Défaillance rénale. Myoglobinurie. Quand Mlle Leroy prononce ces mots, elle pourrait être une magicienne faisant un de ses tours préférés. Ce pourrait être un sortilège. Une incantation.

Cette façon de mourir prend une nuit entière.

Le lendemain matin, le chasse-neige arrive. Le conducteur les trouve : Olson Read est décédé et Mlle Leroy endormie. À force de faire fondre de la neige dans sa bouche toute la nuit, ses gencives sont toutes blanches. Gelées. Les mains mortes de Read sont toujours serrées autour des siennes, protégeant ses doigts, une tiédeur de moufles. Pendant des semaines, la chair gelée a pelé autour des racines marron de ses dents, jusqu'à ce que celles-ci ressemblent à ce qu'elles sont aujourd'hui. Jusqu'à ce que ses lèvres aient disparu.

Tissu nécrotique qui se desquame. Une autre formule magique.

Il n'y a rien, là-bas, dans les bois, dit Mlle Leroy à ses interlocuteurs. Rien de maléfique. C'est juste quelque chose de triste et de solitaire. C'est Olson Read qui ne sait toujours pas ce qu'il a fait de mal. Qui ne sait pas où il en est. Quelque chose de si terrible et de si solitaire que même les loups et les coyotes ont abandonné cette portion de la White River.

C'est comme cela que fonctionne une histoire d'horreur. Elle fait écho à des peurs plus anciennes. Elle recrée une terreur oubliée. Quelque chose qu'on pensait avoir dépassé en grandissant. Mais qui peut encore nous faire pleurer de trouille. Quelque chose qu'on espérait voir guéri.

Chaque nuit, ils sont là. Ces vagabonds qui ne peuvent pas être sauvés, mais qui ne meurent pas. On les entend dans l'obscurité, qui se lamentent, en amont, de ce côté-ci de la faille de White River.

Certaines nuits de février, on respire encore l'odeur de la graisse chaude. Du bacon croustillant. Olson Read ne sent plus ses jambes, mais on le tire toujours. Il hurle. Ses doigts sont plantés comme des griffes dans la neige, mais il est entraîné dans l'obscurité par cette multitude de petites dents serrées.

21

Selon Mme Clark, une personne normale brûle soixante-cinq calories par heure au cours de son sommeil et soixante-dix-sept quand elle est réveillée. Deux cents rien qu'en marchant lentement. Pour rester juste en vie, tu as besoin d'ingurgiter mille six cent cinquante calories par jour.

Ton corps ne peut stocker qu'environ mille deux cents calories de glucides — dans ton foie, pour la plupart. Tu consommes donc tes réserves en moins d'une journée. Ensuite, tu brûles ta graisse. Puis tes muscles.

C'est à ce moment-là que ton sang charrie de l'acétone. Tes concentrations de séro-acétone montent en flèche et tu commences à avoir mauvaise haleine. Ta sueur se met à puer la colle pour maquettes d'avion.

Ton foie, ta rate et tes reins se contractent et s'atrophient. Comme il ne sert plus, ton intestin grêle enfle et se remplit de mucus. Des ulcères se forment sur les parois de ton côlon.

Quand tu ne t'alimentes plus, ton foie convertit la chair de tes muscles en glucose pour garder ton cerveau vivant. Les douleurs de la faim disparaissent. Tu te sens simplement fatigué. Tu es de plus en plus désorienté. Tu cesses de faire attention au monde qui t'entoure. Tu arrêtes de te laver.

Quand tu as brûlé de soixante-dix à quatre-vingt-dix pour cent de ta graisse et vingt pour cent de tes muscles, tu meurs.

Pour la plupart des gens, cela prend soixante et un jours.

« Ma fille, Cassandra, dit Mme Clark, ne m'a jamais raconté ce qui lui était arrivé. »

La plupart de nos connaissances sur les effets de la privation totale de nourriture, précise Mme Clark, nous viennent des prisonniers de l'IRA en grève de la faim, en Irlande du Nord.

Parfois, ta peau tourne au bleu pâle. Parfois, au marron foncé. Un tiers des affamés gonflent, mais seulement ceux qui ont la peau claire.

Sur le mur du fumoir gothique, Saint Descente de Boyaux a compté l'équivalent d'une quarantaine de jours avec des dièses. Plus cinquante traits de crayon.

Notre histoire, la véridique épopée de notre lutte courageuse pour survivre face à une torture cruelle, vraiment cruelle. On n'aura plus qu'à diviser nos royalties en treize. Maintenant que Miss America est morte, vidée de son sang.

On a cessé d'endommager la chaudière, réparée pour la énième fois par le fantôme. Pourtant, on ne lave plus nos affaires. Certains jours, entre le moment où les lumières s'allument et celui où elles s'éteignent, on reste couchés dans nos loges, en coulisses. Et on se récite notre histoire à nous-mêmes.

Si on en avait la force, on emprunterait un couteau à Chef Cuisinier Assassin et on se raserait le crâne. Une humiliation de plus infligée par M. Whittier. Un moyen supplémentaire pour rendre nos photos *d'après* plus terribles que celles *d'avant*, qui sont maintenant agrafées sur des poteaux téléphoniques ou imprimées sur des cartons de lait.

Le Révérend Impie casse le pied d'une chaise et se l'enfonce dans l'anus en tournant, pour que les médecins légistes puissent y retrouver des échardes. Une bonne idée, fournie par la fille de Mme Clark, Cassandra.

Dans l'obscurité, on entend des bruits de pas. Des portes qui s'ouvrent en grinçant. Les pas du fantôme. M. Whittier. Dame Clocharde. Camarade Maussade et Miss America.

Depuis ce que le spectre a fait au Duc des Vandales, on ferme tous nos portes à clé au moment de l'extinction des feux. Personne ne sort plus de sa loge, sauf par groupe de deux ou trois, chaque témoin accompagné d'un autre témoin, pour rester en vie. Tout le monde se déplace avec un des couteaux du Chef Cuisinier Assassin.

Après son retour à la maison, dit Mme Clark, sa fille n'a jamais repris beaucoup de poids. Ses ongles ont repoussé, mais elle n'y a plus mis de vernis. Ses cheveux ont repoussé, mais elle s'est contentée de les laver et de les peigner. Elle ne s'est plus jamais fait de frisettes, de coiffures spéciales ni de teintures. Bien sûr, les dents qu'elle avait perdues n'ont pas repoussé, elles.

Elle mettait des fringues de taille n'importe-quoi. Pas de hanches. Pas de poitrine. Juste des genoux et des épaules et des pommettes de camp de la mort. Cassandra aurait pu tout porter, mais chaque jour elle n'optait que pour les mêmes deux ou trois robes longues. Ni bijoux ni maquillage. Elle était tellement flottante qu'il aurait suffi d'une tranche avariée de viande en conserve pour la tuer. Une simple poignée de somnifères mélangée à ses flocons d'avoine. Si elle avait mangé.

Bien sûr, Mme Clark l'amena chez le dentiste. Lui paya une bonne prothèse dentaire. Lui proposa des implants pour remplacer les dents manquantes. Les seins atrophiés. Et fit des recherches sur l'anorexie mentale.

Mme Clark mentait, elle lui disait que ça lui allait bien d'être mince. Cassandra ne sortait jamais assez longtemps pour avoir la peau autrement que bleu pâle.

Non, Cassandra se rendait simplement à l'école, où personne ne lui adressait la parole. En revanche, tout le monde parlait d'elle, et à chaque trimestre, l'histoire de ses tortures devenait de plus en plus horrible. Même les professeurs laissaient libre cours à leur terrible imagination. Dans leur quartier, tous les gens arrêtaient Mme Clark et lui tapotaient la main et lui disaient à quel point ils étaient désolés pour elle. Comme si Cassandra avait été retrouvée morte.

Tous ceux qui avaient fait du porte-à-porte et avaient participé aux recherches avec les chiens policiers cessèrent de la harceler pour avoir des détails. Ils en avaient marre d'entendre Mme Clark leur répéter : « Je ne sais pas. Je ne sais pas. *Je ne sais pas…* »

Cette première année où elle retourna à l'école, Cassandra eut de meilleures notes. Elle ne chercha pas à entrer chez les majorettes. Elle ne joua ni au basket ni au foot. Elle ne faisait rien, sinon lire et revenir à la maison. Elle observait les oiseaux dans le ciel. Elle regardait nager son poisson rouge.

Et pourtant, Cassandra ne portait pas sa prothèse dentaire, même quand Mme Clark la suppliait de le faire et qu'elle la menaçait, sinon, de se mutiler. Mme Clark pouvait se brûler le bras avec des cigarettes, sa fille restait assise là, à la regarder. À respirer l'odeur de la chair cramée.

Cassandra se contentait de l'écouter. Tandis que Mme Clark l'implorait et gueulait, lui demandait de bien vouloir faire un effort — *s'il te plaît* — pour s'arranger un peu. Pour être populaire. Pour s'entretenir avec un psychologue. Pour se replonger dans le bain de la vie. La totale. Cassandra se contentait de l'écouter.

« Mon seul enfant, dit Mme Clark. Et elle était aussi chaleureuse qu'une plante en pot. »

Un robot qui avait obtenu de super notes au cours de sa dernière année de lycée, mais qui n'alla pas au bal de fin d'études. Qui ne fréquentait pas les garçons. Qui n'avait même pas de copines. Une Boîte à Cauchemars qui faisait tic-tac sur une étagère quelconque.

« Elle restait assise, chaque jour, comme les gens à l'église », dit Mme Clark.

Silencieuse. Le dos raide. Les yeux brillants. Mais elle ne chantait pas, et elle ne donnait jamais aucun détail sur ce qui se passait dans sa tête. Elle se contentait de regarder et d'écouter. Rien à voir avec la fille que sa mère connaissait. Comme si elle était devenue quelqu'un d'autre. Une statue qui vous observait de derrière un autel. Une statue sculptée dans une cathédrale un millénaire plus tôt. En Europe. Une statue qui savait être sortie des mains de Léonard de Vinci. C'était l'image que Cassandra donnait aux gens.

Et à présent, Mme Clark avoue : « Ça me rendait folle. »

À l'époque, c'était comme si elle vivait avec un robot. Ou une bombe. Certains jours, Mme Clark s'attendait à ce qu'un membre d'une secte, ou un dingue, téléphone à Cassandra. Et il y avait des nuits où elle dormait avec un couteau sous son oreiller et la porte de sa chambre fermée à clé.

On ne savait pas ce que cette adolescente silencieuse allait devenir. Elle avait vécu quelque chose que personne n'était capable d'imaginer. Elle avait supporté tant de tortures et d'horreurs qu'elle n'éprouvait pas la nécessité d'en parler. Elle n'aurait plus jamais besoin de drame, ni de joie, ni de douleur, jamais.

Vous pouviez entrer dans une pièce, allumer la télé, piocher dans un sac de pop-corn et à ce moment-là seulement vous rendre compte qu'elle était assise à côté de vous sur le canapé.

Vraiment, elle était ce genre de nénette zarbi. Cassandra était comme ça.

Au cours d'un repas, en tête à tête dans la cuisine, Mme Clark demande à Cassandra si elle se souvient de la Boîte à Cauchemars. Est-ce que cette soirée à la galerie d'art avait quelque chose à voir avec sa disparition ?

Et Cassandra répond : « Ça m'a donné envie de devenir écrivain. »

Après ça, Mme Clark a été incapable de retrouver le sommeil. Elle souhaitait voir sa fille se tirer. À la fac. À l'armée. Dans un couvent. N'importe où. Simplement, qu'elle se tire.

Et, un jour, Mme Clark a appelé les flics pour leur dire qu'elle avait disparu.

Bien sûr, Mme Clark avait fouillé la maison avant. Elle savait que Cassandra était capable de se fondre dans le papier peint ou dans le tissu du canapé. Mais là, elle était vraiment partie.

Avec les rubans jaunes décolorés encore attachés à toutes les voitures, ces drapeaux de la reddition, Cassandra Clark avait de nouveau disparu.

Cassandra

Une autre nouvelle de Mme Clark

Il existe une astuce pour faire un boulot que tu détestes… Pour Mme Clark, il suffit d'en trouver un autre que tu détestes encore plus.

Une fois que tu as dégotté une tâche plus haïssable, les petites corvées sont du gâteau. Voilà une raison supplémentaire d'avoir un diable sous la main. Grâce à lui, tous les autres démons sont plus… supportables. Pour Mme Clark, c'est un prolongement supplémentaire des théories de M. Whittier.

On aime les drames. On aime les conflits. On a besoin d'un diable, ou alors on s'en fabrique un.

Rien de tout cela n'est mal. C'est simplement ainsi que les êtres humains fonctionnent. Les poissons doivent nager, les oiseaux voler.

Quand sa fille a fugué une seconde fois, Mme Clark a plongé un tampon de coton dans un bidon d'huile minérale et a étanchéifié le mastic de tous les carreaux de la salle de bains. Ça lui a pris pratiquement un week-end entier.

Elle a passé un chiffon à poussière sur chacune des lamelles de ses stores.

À ce moment-là, le coup de fil qu'elle attendait lui permettait de supporter toutes ces occupations fastidieuses. Les flics qui allaient la recontacter pour lui dire qu'ils avaient retrouvé les restes de sa gamine. Ou pire, qu'ils avaient récupéré Cassandra vivante.

Cette fille-robot capable de rester assise une journée entière à peindre les geais bleus qui se pelotonnaient de l'autre côté de la vitre. Ou à regarder ce foutu poisson rouge qui tournait et tournait encore dans son bocal.

Cette... étrangère à laquelle il manquait des doigts aux pieds et aux mains.

Ce que Mme Clark ne savait pas, c'était que la police avait retrouvé Cassandra. Un louveteau était revenu d'une balade en forêt et il n'avait pas dit un mot. Il était resté silencieux, avec son secret bien gardé — la découverte qu'il avait faite. Il avait remonté un petit ruisseau dans un canyon, escaladé des éboulis entre lesquels l'eau creusait des bassins, à la recherche de trous assez grands pour attraper des truites. La mousse poussait par plaques tout autour des rochers et les branches des arbres s'entremêlaient au-dessus. Dans une de ces zones ombragées, Cassandra Clark était allongée sur le flanc, les mains repliées sous sa joue pâle et fine, comme si elle dormait. Cassandra, nue sur un lit de cette épaisse mousse tendre, entre les rameaux d'un buisson d'aubépine qui formaient un rideau autour d'elle.

Le louveteau finit par raconter son secret à un adulte, qui prévint le shérif. Avant la nuit, plusieurs policiers suivirent le ruisseau jusque là-haut. Et quand ils rentrèrent chez eux, ils ne parlèrent à personne de ce qu'ils avaient vu pendant leur journée de travail.

Personne non plus n'appelle sa mère. Chez elle, Mme Clark tient le coup en retournant ses matelas. Elle fait les vitres du premier étage. Elle ôte la poussière des plinthes. N'importe quel sale boulot vaut mieux que cette attente. Elle nettoie la cheminée. Elle reste toujours à portée du téléphone pour s'en emparer à la première sonnerie.

Pour cette seconde disparition, personne n'attacha de rubans jaunes nulle part. Personne ne fit de porte-à-porte à la recherche de Cassandra. On n'alluma aucune bougie de prière. Aucun médium ne contacta la mère.

Aucune équipe de télé ne passa, tandis que Mme Clark récurait et récurait encore.

Cassandra resta une nuit de plus dans ce canyon, de l'autre côté du ruisseau, à mi-pente, loin des pistes de débardage ouvertes par les services forestiers. On ne trouva aucune empreinte sur le sentier, et les pieds nus de la gamine étaient propres, comme si on l'avait portée.

Il était trop tard pour mesurer le taux de potassium dans ses humeurs aqueuses. On pouvait lui plier les bras, elle était donc morte depuis plus de deux jours. Le stade de la rigidité cadavérique était passé.

Cette première équipe d'inspecteurs dissimula un micro dans les branches des aubépines. De la même façon qu'on en planque un à côté de la tombe de la victime d'un meurtre, tout de suite après les funérailles. Parce que le tueur devait revenir. Parce que le tueur devait parler, raconter son histoire avant qu'elle fût épuisée.

Certaines histoires, ce sont elles qui ont raison de vous.

Au seul public qu'un assassin peut se risquer d'avoir — sa proie.

Cassandra sur son lit de mousse. Le micro pendant au-dessus d'elle était relié à un magnétophone et à un émetteur qui transmettait tout à un adjoint du shérif caché dans les rochers de l'autre côté du cours d'eau. Assez loin pour pouvoir écraser les moustiques sans être repéré. Les écouteurs sur les oreilles. Assis par terre, au milieu des fourmis. À l'affût.

Dans son casque, les oiseaux chantent. Le vent souffle.

Vous seriez étonné d'apprendre le nombre d'assassins qui reviennent dire adieu au cadavre. Ils ont partagé quelque chose, le tueur et la victime, et le premier vient s'asseoir à côté de la tombe de la seconde pour discuter du bon vieux temps.

Tout le monde a besoin d'un public.

Dans les écouteurs de l'adjoint du shérif, les grosses mouches bourdonnent — déjà, elles déposent leurs œufs autour des yeux humides de Cassandra et entre ses lèvres entrouvertes. Dans son nez et son anus.

Chez elle, Mme Clark a décollé le réfrigérateur du mur de la cuisine pour pouvoir passer l'aspirateur sur les tuyaux du compresseur, à l'arrière de l'appareil.

Le sang de Cassandra, sur son lit de mousse, s'est concentré sur la partie inférieure de son corps, et les endroits visibles – ses seins, ses mains et son visage – sont comme peints en blanc. Ses yeux ouverts sont sirupeux, pompés par les insectes. Ses cheveux blonds. Ses cheveux qui s'étendent de dessous sa tête, jaunes et épais, mais ternes, comme les mèches coupées sur le sol d'un salon de coiffure.

Ses cellules s'entre-dévorent, histoire de continuer à travailler un peu. Ayant désespérément besoin de nourriture, les enzymes qu'elles contiennent se mettent à manger leurs parois et, dès lors, les protéines solubles s'en échappent. L'épiderme pâle de Cassandra commence à se décoller et à pendre autour de ses muscles. Plissée et ridée, la peau de ses mains donne l'impression de faire des poches comme des gants de coton.

Sa peau est marquée d'innombrables bosses qui pourraient passer pour de minuscules cicatrices de coupures – sauf que ces bosses tremblent et paissent entre l'épiderme et le muscle. Chacune d'elles est une larve de grosse mouche qui creuse un tunnel tout en se nourrissant de la fine couche de graisse sous-cutanée. Toute la surface de la morte, de ses bras et de ses jambes, n'est qu'une constellation de protubérances en mouvement.

Dans le casque de l'adjoint du shérif, le bourdonnement des mouches a cédé la place aux crépitements des asticots qui avancent bouchée après bouchée.

Chez elle, à portée de son téléphone silencieux, Mme Clark trie les décorations de Noël, dans la poussière étouffante du grenier. Elle en jette certaines, remballe les autres. Elle étiquette chaque boîte.

Les bactéries se développent dans les poumons de Cassandra : dans ses intestins, sa bouche et son nez, les bactéries se divisent et se divisent et se divisent sans aucun globule blanc, désormais, pour leur barrer la route. Elles absorbent la graisse sous-cutanée et les protéines solubles qui coulent des cellules endommagées. Il y en a tellement qu'elles ballonnent son estomac pâle, jusqu'à ce que ses épaules soient repoussées en arrière. Ses jambes sont grandes ouvertes. Son ventre a gonflé, comme si elle était enceinte, à cause du gaz qu'il contient, l'univers des bactéries qui se nourrissent et se reproduisent.

Sa langue enfle, force l'écartement de ses mâchoires, et pend entre ses lèvres de la taille d'un pneu de bicyclette. Le tunnel des bactéries creuse son palais et s'ouvre dans sa voûte crânienne, où le cerveau, tendre et comestible, attend.

À la maison, Mme Clark emporte son téléphone avec elle d'une pièce à l'autre, tandis qu'elle frotte les murs et nettoie les appliques de plafond, constellées de cadavres de mouches.

Encore une journée, et le cerveau de Cassandra s'échappera en bouillonnant, rouge et marron, de ses oreilles et de son nez. Sa masse tendre se liquéfiera et jaillira en gargouillant de ses orbites où les yeux ont fondu.

Le micro enregistrera tout cela. Pensez au bruit assourdi du pop-corn qui éclate dans un four à micro-ondes. Imaginez, quand vous vous glissez dans un bain moussant, les petites explosions régulières de toutes ces bulles. Ou le battement de la pluie qui tape sur un patio en béton. Le tambourinage de la grêle sur le toit d'une voiture. C'est le vacarme que produisent les asticots, désormais de la taille d'un grain de riz. Puis le micro transmet le son d'une déchirure et d'un crissement aigu quand la peau du ventre de Cassandra se fend.

Alors arrivent les scarabées carnivores. Les souris et les pies. Les oiseaux chantent dans la forêt et chacun de leurs trilles brille comme des lumières multicolores. Un pivert écoute, la tête penchée, pour repérer les insectes à l'intérieur d'un arbre. Son bec frappe contre le bois pour creuser un trou.

La peau de Cassandra s'affaisse autour de son squelette, tandis que ses intestins se vident. Ses fluides s'infiltrent dans le sol et ne laissent derrière eux qu'une ombre de peau, qu'une structure osseuse baignant dans la flaque de ses propres sanies.

Dans les écouteurs de l'adjoint du shérif, des souris dévorent les scarabées. Des serpents avalent des souris qui couinent. Comme si chacun de ces animaux était le dernier de la chaîne alimentaire.

Chez elle, Mme Clark passe en revue le contenu des tiroirs du bureau de sa fille. Les lettres rédigées sur du papier rose. Les vieilles cartes d'anniversaire. Et, écrits au crayon de la main de Cassandra sur une feuille arrachée à un carnet, avec les déchirures irrégulières sur un côté, quelques mots : *Retraite d'écrivains : Mettez votre vie de côté pendant trois mois…*

Et Mme Clark jette le poisson rouge de sa fille dans les chiottes, encore vivant, et elle tire la chasse. Puis elle enfile son manteau d'hiver.

Cette nuit-là, dans les écouteurs de l'adjoint du shérif, une voix de femme dit : « C'est là où tu es allée ? Cette *Retraite d'écrivains*, c'est là où on t'a torturée ? »

C'est la voix de Mme Clark, qui dit : « Je suis désolée, mais tu aurais dû rester portée disparue. Quand tu es revenue, tu n'étais plus la même. » Qui dit : « Je t'aimais davantage quand tu n'étais plus là… »

Cette nuit, nous racontant son histoire, dans le vestibule de velours bleu, Mme Clark dit : « J'ai fait ça avec des somnifères. » Assise dans l'escalier aux larges marches recouvertes d'un tapis bleu, elle ajoute : « Quand j'ai aperçu le micro qui pendait, je me suis enfuie en courant. »

Cette nuit-là, dans le canyon, elle a entendu l'adjoint du shérif qui se précipitait à travers les buissons pour l'arrêter.

Elle n'est jamais revenue dans cette maison à la propreté parfaite, où elle avait terminé toutes les corvées qu'elle détestait.

Elle n'avait plus rien au monde à part son manteau et son sac à main. Elle appela le numéro de téléphone recopié par Cassandra. Puis elle rencontra M. Whittier et nous tous.

Ses yeux passent de nos mains et nos pieds bandés à nos cheveux effilochés et à nos joues creuses, et elle dit : « Je n'ai jamais été son… quoi que ce soit. Je n'ai jamais aimé Whittier. »

Elle dit : « Je voulais juste savoir ce qui était arrivé à mon enfant. »

À la vérité, c'est M. Whittier qui a tué la fille à laquelle elle avait donné naissance.

Elle dit : « Je voulais juste savoir *pourquoi.* »

22

L'Entremetteur est seul dans le salon Renaissance italienne. La plupart du temps, lorsque les lumières sont allumées, il reste là, devant la longue table de bois noir, la braguette ouverte et le fendoir à la main. Dans ses yeux, on lit : couper ou ne pas couper.

Euuu-aaarrk, le bruit de son rituel familial.

La preuve qu'un jour la cause de votre pire angoisse pourrait simplement disparaître. Qu'importe si une chose vous semble vraiment terrible – demain elle ne sera peut-être plus là.

L'Entremetteur a cessé de nous demander de bien vouloir abattre le fendoir. Pourquoi devrions-nous l'aider à focaliser sur lui toute la lumière des futurs projecteurs ? Non, s'il veut être aussi affreusement mutilé – il n'a qu'à s'en charger lui-même.

Les pieds de la table sont constitués de boules de tailles différentes, posées en équilibre les unes sur les autres. Celles qui sont en contact avec le sol ou le plateau sont grosses comme des pommes et celles du milieu comme des pastèques. Les quatre pieds sont de la même couleur noir graisseux. Longue et étroite à la façon d'un cercueil, la table semble fabriquée dans de la cire noire. Et elle est si sale qu'elle ne reflète rien.

Et donc, comme d'habitude, l'Entremetteur est là, son fendoir prêt. Le menton appuyé sur sa poitrine. Ses yeux considèrent sa queue qui dépasse légèrement de sa braguette ouverte, tel un chat surveillant un trou de souris.

Le vieux papier peint vert satiné du salon Renaissance italienne n'a pas changé depuis que l'autobus blanc nous a déposés devant la porte de cet immeuble. Depuis toujours. Il paraît humide. Glissant.

Un trait de peinture dorée souligne les dossiers sculptés des chaises, les moulures des plinthes et les fixations des bougies électriques.

Enfouies dans de fausses cavités creusées à même les murs, dressées au centre de niches tapissées de satin vert, des sculptures de nus, bardées de tant de muscles et de pectoraux que les silhouettes paraissent obèses. Ces personnages, plus grands que la normale, se tiennent sur des piédestaux de plâtre d'un vert foncé rappelant la malachite. Certains sont armés de lances et de boucliers. D'autres bombent leurs derrières blancs, avec les pieds serrés et le bas du dos arqué. Sur leurs muscles et leurs fesses, le plâtre est maculé de traces de doigts ou d'entailles blanches creusées à coups d'ongle, mais uniquement sur les parties que les gens ont pu atteindre, soit à peu près jusqu'à la taille.

Montant, par l'escalier, de la promenade de la Chine impériale, nous passons du vert au rouge.

Aujourd'hui, la bite de l'Entremetteur pointe hors de sa braguette.

Haletant, toussant, se tenant la poitrine d'une main, le Révérend Impie souffle : « Ils arrivent, les gens… ! On les entend dans la ruelle, à l'extérieur. »

De derrière sa caméra, Agent Cafteur ajoute : « Si tu veux te la couper, il faut le faire maintenant. »

Et, le fendoir à la main, l'Entremetteur répond : « Comment ? »

Pauvre Entremetteur ! En comparaison du reste de sa personne, avec ses yeux globuleux, son long nez et ses joues creuses, sa queue paraît aussi grosse qu'une statue. C'est le dernier d'entre nous dont le corps soit encore intact. Il est si crasseux que sa chemise est complètement collée à son torse. Sa peau étirée semble crevassée et déchirée. Ses vaisseaux sanguins s'accrochent comme du lierre autour de ses mains osseuses. D'autres rampent sur son front. Des tendons tressautent sur son cou.

« Il y a du monde là-dehors », dit le Chaînon Manquant, sa bouche dissimulée par l'extrémité hypertrophiée de son nez et calée quelque part au-dessus de son menton en couilles, tout poilu.

Il dit : « Ils sont en train de forer le verrou. On va bientôt être célèbres. »

Enfin, nous tous – sauf l'Entremetteur, l'homme qui n'a aucune cicatrice à montrer, aucune preuve qu'il ait eu à supporter autre chose que le manque de nourriture.

Le bois de la table, autour de son gland grisâtre, est couvert des traces enchevêtrées de nos coups d'essai. Notre sang a transformé en pulpe le bois martyrisé, une pulpe réduite en éclats et en échardes, puis jetée par terre.

Nos oreilles, nos orteils et nos doigts ont nourri la chatte. Cora Reynolds a nourri Miss America. Miss America et son fœtus nous ont nourris. Cette chaîne alimentaire est achevée.

Chacun d'entre nous lutte pour être le dernier de cette chaîne.

La caméra derrière la caméra derrière la caméra.

Le Comte de la Calomnie lève une main, agite les trois doigts sanglants qui lui restent encore — mais dont les ongles sont arrachés — et dit : « Grouille-toi et passe-moi le fendoir. J'ai toujours le temps de souffrir encore un peu plus. »

Chef Cuisinier Assassin se laisse tomber sur une chaise de palais et ôte ses chaussures. Il attrape chacune de ses chaussettes par le bout et il la tire, tire, tire jusqu'à ce qu'elle se déchire. Puis il annonce : « Moi d'abord ! Il me reste beaucoup trop d'orteils. »

Le pauvre Entremetteur, debout, ses hanches collées contre le bord de la table, sa queue toute molle, répond : « Ne me bousculez pas. » Son front est couvert de sueur. Il murmure : « Les gars, vous avez eu le temps de souffrir. Maintenant, c'est mon tour.

— Alors vas-y tout de suite ! » réplique Chef Cuisinier Assassin. Il claque des doigts qui lui restent et ajoute : « Ou rends-moi mon instrument. C'est *mon* fendoir. »

Il se tient là, la main tendue.

Le Comte de la Calomnie s'avance vers la table, en tenant devant lui son magnétophone dont le petit micro est prêt à effacer le passé en enregistrant, par-dessus, le son clair du fendoir qui s'abat. Le Comte de la Calomnie s'exclame : « Sois un homme ! »

Il dit : « C'est ta dernière chance. Sois un homme, branle cette queue et coupe ! »

Le Chaînon Manquant, avec sa chemise ouverte sur la masse noire poilue qui couvre sa poitrine squelettique, dit : « Quand cette porte va s'ouvrir, il sera trop tard pour tout le monde. Alors, grouille. »

Et l'Entremetteur regarde son propre reflet dans la grosse lame du fendoir. Il tend l'instrument au Révérend Impie et il demande : « Tu m'aides ? »

Le Révérend s'en saisit. Tenant sa poignée des deux mains, il tranche l'air devant lui.

L'Entremetteur pousse un profond soupir, prend une longue inspiration, et presse encore plus ses hanches contre la table.

« Ne me préviens pas, dit-il. Contente-toi de le faire. »

Et le Révérend lui répond : « Souviens-toi. C'est simplement pour te rendre service. »

L'Entremetteur ferme les yeux. Il pose ses deux mains sur son crâne, les doigts entrelacés.

Et… alors… : *Euuu-aaarrk.* Le fendoir se plante dans le bois noir de la table. Celle-ci tressaute et craque et quelque chose s'envole et retombe à l'autre bout. Une chose floue et rose, propulsée par un geyser vermillon. Alors que sa braguette continue à cracher un sang rouge fumant et humide, l'Entremetteur tend la main vers cette chose. Pour la récupérer. Soudain, ses genoux cèdent sous lui.

Il se retient des deux mains au bord de la table, mais ses doigts glissent. Son menton heurte le plateau et ses dents s'entrechoquent violemment. Et puis l'Entremetteur et son pénis sont tous les deux par terre.

Tous les deux, ils ne sont plus que de la viande grise.

Notre pauvre Entremetteur – à présent, juste un accessoire qu'on ajoutera à notre récit. Notre nouvelle marionnette. Désormais, son histoire familiale des camps de la mort et des pipes nazies nous appartient.

Le Chaînon Manquant plonge sous la table. Quand il se relève, il tient dans la paume de sa main la queue grise tranchée – principalement de la peau fripée à force de changer de taille et de forme à chaque érection, et une chair rose tout ce qu'il y a de plus normal du côté coupé…

« C'est à moi », dit le Chaînon.

Il la renifle, une fois, deux fois, le nez penché, ses narines grandes ouvertes frôlant presque la viande. Il hausse les épaules et grommelle : « Tout ce qu'on cuit dans ce micro-ondes a le goût du pop-corn… »

Même le Chaînon a conscience que manger le pénis amputé d'un macchabée lui vaudra une énorme couverture média en prime time dans tous les talk-shows du soir de toutes les télés de la planète. Simplement pour décrire quel goût ça avait. Ensuite, il fera de la publicité pour le Ketchup et les sauces barbecue. Puis il écrira son livre de cuisine. Puis il animera des émissions radio provocatrices. Et des jeux télévisés, pour le restant de ses jours.

Une victime, quelqu'un dont la disparition des doigts et des orteils prouve qu'il a souffert – le monde sera toujours d'accord pour qu'elle fasse preuve de mauvais goût.

Et voilà que Miss Éternueuse lève les bras en guise de panneau stop et dit : « Tu ne peux pas ! »

Toutes les statues nues, notre public, nous observent depuis leurs niches vert satiné.

« Alors, regarde-moi bien... », répond le Chaînon Manquant en rejetant la tête en arrière, en ouvrant la bouche en grand vers le plafond vert.

Il place sa main au-dessus de son visage, il lâche le morceau de chair sur sa langue et il l'avale d'un coup, sans mâcher.

Il déglutit de nouveau et soudain les yeux lui sortent de la tête. Il déglutit de nouveau et son visage poilu devient écarlate et se met à enfler. Ses paupières se ferment et commencent à trembler sous son long sourcil unique. Il porte ses mains à son cou et des larmes coulent sur ses joues brûlantes. Le Chaînon Manquant se tient la gorge, il ne respire plus, il fait un pas dans la pièce en tanguant à la Frankenstein, puis un autre, et encore un autre.

Il ouvre la bouche en grand, paniqué, le visage en feu. Ses lèvres et ses dents de loup-garou forment des mots muets. Il tombe à genoux sur le tapis vert souillé de sang, il serre les poings et se frappe l'estomac. Et tout cela – le cri, les coups, la supplication – dans un silence complet.

Rien à enregistrer pour le Comte de la Calomnie, depuis les derniers mots du Chaînon – « Alors, regarde-moi bien... »

À genoux, le Chaînon s'incline sur un côté. Puis il s'écroule, et il reste là sans rien dire, les yeux fermés, les poings toujours appuyés sur son ventre.

Le Chef Cuisinier Assassin regarde le Comte de la Calomnie, qui regarde Miss Éternueuse – qui renifle et qui dit : « Les gens qui arrivent à notre secours, peut-être qu'ils pourront le sauver... »

Et le Révérend Impie secoue la tête.

Au rez-de-chaussée, en cet instant, personne n'essaie de forcer la porte donnant sur la ruelle. Aucune équipe de sauvetage. Personne ne vient nous sortir d'ici. On a menti parce qu'on en avait marre de voir l'Entremetteur monopoliser le fendoir.

Deux de moins avec qui partager l'argent. Nous ne sommes plus que onze.

La Baronne Gelures, soulevant le bas de sa jupe des deux mains, monte l'escalier d'un pas lourd. Ses lèvres roses aux cicatrices dentelées sourient — jusqu'à ce qu'elle découvre l'Entremetteur sur le sol, ses vêtements inondés d'un sang noir. Et à côté de lui, le Chaînon Manquant, ses yeux clos plissés par la rigueur post mortem, figés au milieu de son visage grisâtre et poilu.

La Baronne ouvre cette espèce de pli graisseux qui pendouille et qui lui sert de bouche, et demande : « Quel salopard parmi vous a tué l'Entremetteur ? »

On lui répond : personne. C'est lui tout seul. Après tout ce temps, il s'est finalement tranché la queue.

Et le pauvre Chaînon s'est étouffé en essayant d'avaler le bout de pénis coupé.

Le Chaînon Manquant — dernier maillon de cette chaîne alimentaire. Enfin, le dernier si on ne compte pas les microbes et les bactéries qui ont bouffé la fille de Mme Clark.

On imagine déjà ce que ça donnera à la radio. On se demande déjà si on peut dire « pénis » à la télévision. Cette seule scène sera plus forte que tout ce que racontent la plupart des livres de témoignage, et on vient d'y assister, là, en direct ! La vraie vie servant de répétition générale à une vedette de Hollywood qui s'étouffe avec un morceau de la queue d'une autre vedette de Hollwood.

Toi, mourant la gorge obstruée par un pénis, c'est le genre de scène qui te vaudra un Oscar.

Il n'y a que nous, et peut-être la Baronne, qui avons assisté à ça.

Dans notre version, on prétendra que c'est Mme Clark qui a tranché le sexe de l'Entremetteur, puis qui a obligé le Chaînon à l'avaler d'un seul coup. La vérité est tellement simple quand tout le monde est d'accord sur le coupable.

« C'est pas pour être rabat-joie, annonce la Baronne Gelures, mais on va avoir besoin d'un nouveau méchant. »

Le démon est mort – il nous en faut un autre.

La baronne s'avance avec nonchalance jusqu'à la table et s'empare à deux mains du fendoir planté au milieu des multiples entailles du bois noir. Elle nous prévient que Mme Clark vient d'être assassinée.

« Qui que ce soit, dit la Baronne, le coupable ne doit plus avoir très faim, en ce moment. »

Le meurtrier a dévoré la quasi-totalité de sa jambe gauche. Elle est dans sa loge, tuée d'un coup de couteau dans l'estomac. Mme Clark. Ou du moins ce qu'il en reste.

Le Chef Cuisinier Assassin agite son poing en direction du Comte de la Calomnie et hurle : « Espèce de connard stupide et avide ! »

Et le Comte répond : « Attends. » Il dit : « Écoute ça… »

On se tait, et on entend son estomac.

L'estomac du Comte se rebelle et gargouille en souvenir de son dernier repas, le fantôme du fœtus bouilli de Miss America. Impossible que ce soit lui le tueur.

Et pourtant, Mme Clark — ce démon qui nous fouette et nous écrase les pouces — est morte. On n'a plus que des morceaux d'elle, à présent.

Notre prochain boulot sera d'élire notre nouveau démon.

Une fois qu'on aura mangé.

Après le dîner, Miss Éternueuse se mouche. Elle renifle et elle tousse et elle dit qu'elle a vraiment, vraiment besoin de nous raconter une histoire…

L'interprète

Un poème sur Miss Éternueuse

« Ma grand-mère gagnait de l'argent, explique Miss
Éternueuse, en disant :
"Je t'aime."
De toutes les façons possibles. Pour des gens
qui n'y arrivaient pas. »

Miss Éternueuse sur scène, les manches de son pull
vomissent les mouchoirs sales qu'elle y stocke.
Ces mouchoirs sont jaunâtres et tachés de morve.
Son nez coule, brillant d'humeurs et de sang, et
ses yeux striés de veines rouges ruissellent.

Sur scène, au lieu d'un projecteur, un extrait de film :
Une fiction médicale où on voit
des médecins et une équipe hospitalière
en blouse blanche, soulevant des éprouvettes,
à la recherche d'un traitement.

Entre un mouchage de nez et une quinte de toux,
Miss Éternueuse explique :
« Jusqu'à sa mort, ma grand-mère a gagné

de l'argent en souhaitant joyeux anniversaire
aux gens. »
En disant : « Mes sincères condoléances. »
En disant : « Félicitations. » Et : « Nous sommes si
fiers de vous ! »
Et : « Joyeux Noël. »
De toutes les façons possibles, sa grand-mère disait :
« Joyeux anniversaire »
« Bonne fête Papa »
et « Bonne fête Maman »
pour le compte d'une société de cartes de vœux.

Entre le moment où elle se mouche et celui où elle
remet son mouchoir dans sa manche,
Miss Éternueuse ajoute :
« Le boulot de ma grand-mère était d'interpréter
ce que les autres ne pouvaient pas exprimer
car ils n'avaient pas de mots pour le dire. »
Mais chaque « Joyeux anniversaire »,
chaque carte, elle l'écrivait vraiment
en pensant à Miss Éternueuse.
Le cœur de cible idéal du public de sa mamie.
Et le présentoir est son compte en banque,
son fonds en fidéicommis des meilleurs vœux
à venir, réservé à sa petite-fille.
Si bien qu'après sa mort, sa Miss Éternueuse pourra
trouver le « Je t'aime » qui conviendra
ou le « Joyeuse Saint-Valentin », au moment voulu,
à l'avenir.
Longtemps, très longtemps après la mort de sa
grand-mère.

« Et pourtant, avoue Miss Éternueuse, il y a une
carte, une carte pour une occasion particulière
qu'elle n'a jamais remplie. »
Il devrait en exister une qui dise : Je suis désolée.
S'il te plaît, grand-mère.
S'il te plaît, pardonne-moi,
Je n'avais pas l'intention de te tuer.

Les esprits du mal

Une nouvelle de Miss Éternueuse

L'interphone revient à la vie. D'abord des craquements de parasites, puis une voix de femme, puissante, qui lance : « Bonnes nouvelles, ma vieille ! » Dans le petit micro au maillage serré, c'est Shirlee, la garde de nuit, qui annonce : « Il y a de grandes chances pour que tu puisses quand même te faire sauter dans cette vie… »

Shirlee lui explique que, cette semaine, ils viennent juste d'admettre un autre porteur du virus Keegan Type 1. Ce nouveau résident est asymptomatique et, encore mieux, il a une énorme queue.

Shirlee est ce qu'on peut trouver de mieux en matière d'ersatz de meilleure amie dans un endroit pareil.

Vous vous souvenez de ce gamin qui était obligé de vivre dans une bulle de plastique parce qu'il souffrait d'une immunodéficience totale ? Eh bien, ce lieu, c'est exactement le contraire. Les gens qui sont enfermés ici, sur Columbia Island, les résidents permanents, se trimballent avec des saloperies qui tueraient le monde entier. Virus. Bactéries. Parasites.

Moi inclue.

Les types du gouvernement, les huiles de la marine, ont surnommé cette institution l'Orphelinat. Si j'en crois Shirlee. Ils l'ont appelé comme ça parce que si vous êtes ici, votre famille est forcément morte. Et il y a des chances que vos profs le soient aussi. Et tous vos vieux amis. Tous les gens que vous connaissiez ont passé l'arme à gauche et c'est vous qui les avez tués.

Vous savez bien que le gouvernement est un peu dans la merde, tous autant que vous êtes. C'est sûr, il pourrait vous flinguer — pour protéger la population —, mais vous êtes innocents. Alors le gouvernement prétend qu'il est capable de trouver un traitement. Il garde les malades enfermés ici et leur fait une prise de sang chaque semaine pour des analyses. Il leur donne des draps propres et leur fournit des repas équilibrés trois fois par jour.

Il stérilise à l'ozone et aux radiations chaque goutte de leur urine. L'air qu'ils exhalent est filtré et nettoyé aux ultraviolets avant d'être relâché dans le monde extérieur. Les résidents de Columbia Island n'attrapent jamais de rhumes de cerveau. Ils ne fréquentent personne qui risquerait de leur refiler la grippe. En dehors du fait que chacun d'eux est porteur de sa propre peste capable de déclencher une pandémie mondiale, ce sont les seules personnes en si bonne santé que vous n'auriez aucune envie de rencontrer. Jamais.

Et c'est le boulot de la marine des États-Unis de s'assurer que ce sera bien le cas.

La majeure partie de ce que je sais, je le tiens de Shirlee, ma garde de nuit. Shirlee dit qu'on n'a pas trop à se plaindre d'être enfermés ici. Elle dit que les gens, à l'extérieur, sont obligés de travailler toute la journée et que, pourtant, ils n'ont encore pas la moitié de ce qu'ils désirent.

Ces temps-ci, Shirlee me conseille de demander des bigoudis chauffants. De me faire belle. Pour mon nouveau futur jeune marié. Ce type qui vient d'arriver, le porteur du virus Keegan Type 1.

En ces lieux, tu n'as qu'à t'installer devant ton ordinateur et taper la liste de ce que tu veux. Et si le budget le permet, tu l'as. Le plus gros ennui, c'est quand tu finis par te retrouver avec trop de choses. Livres. CD. DVD. On peut t'en fournir à la pelle, mais une fois que tu as touché un truc, il est toxique. Le problème le plus compliqué, c'est comment, ensuite, le réduire en cendres stériles.

Pour contourner les difficultés bureaucratiques, Shirlee te fait demander des choses qui l'intéressent, elle. Shirlee adore les merdes d'Elvis Presley. Les merdes de Buddy Holly. Je mets ces trucs sur ma liste et Shirlee les récupère quand ils arrivent. Pas de pagaille. Pas d'histoires. Et aucune dangereuse accumulation de saletés infectées dans ma chambre.

Les types de la marine prétendent qu'ils ne peuvent pas dépenser un cent pour les livres de poésie. Si un type d'un organisme indépendant de surveillance du budget tombait sur un *Feuilles d'herbe* de Whitman dans les documents officiels, ce serait très compliqué. Et donc Shirlee les achète avec son argent. Et je la rembourse avec des CD d'Elvis que je réclame mais qui ne m'intéressent pas. Souvent, la nuit, Shirlee me raconte les nouvelles du moment, du genre : qui balance des bombes sur quel pays, ou : qui est le nouveau jeune chanteur que toutes les filles se sauteraient volontiers.

Sauf que moi, j'ai envie de savoir les trucs que Shirley ne peut pas dire. Les trucs que j'ai commencé à oublier — du genre : quelle sensation fait la pluie sur ta peau ? Ou d'autres que je n'ai jamais sus — du genre : comment on embrasse avec la langue ?

Nous communiquons par l'intermédiaire d'un interphone. Cela signifie appuyer sur un bouton quand tu parles, puis le lâcher pour entendre ton interlocutrice. Encore aujourd'hui, quand j'essaie d'imaginer le visage de Shirlee, tout ce que je vois, c'est le petit haut-parleur au maillage serré, sur le mur, à côté de mon lit.

Shirlee me demande sans cesse comment je suis arrivée ici.

Et je lui réponds : c'est une brillante idée de mon père, typique. Shirlee est toujours après moi pour que je me rase les jambes. Que je réclame un équipement UV pour bronzer. Que je fasse un millier de kilomètres sur mon vélo d'appartement qui ne me mèneront nulle part.

La voix de Shirlee, dans le haut-parleur, me dit : « Tu ne la perds qu'une fois. »

J'ai vingt-deux ans et je suis toujours vierge. Et jusqu'à aujourd'hui, il paraissait pratiquement certain que j'allais le rester jusqu'à la fin.

Pourtant, je ne suis pas trop en retard, question marche du monde. Les résidents regardent la télévision. Ils surfent sur Internet. Bien sûr, tu n'as pas le droit d'envoyer de message. Tu peux jouer aux espions dans les forums de discussion, lire tout ce qui s'y écrit, mais pas apporter ta contribution. Tu as tous les mails sur un Bulletin Board System[1], mais tu n'es pas autorisé à y répondre. Non, pour le gouvernement tu dois rester un secret de Sécurité nationale.

Et la voix de Shirlee, dans le haut-parleur au maillage serré, demande : « Comment ton paternel s'est débrouillé pour que tu te retrouves ici ? »

J'étais en terminale au lycée quand les gens ont commencé à mourir autour de moi. De la même façon que mes parents, dix ans auparavant.

Un jour, ma prof d'anglais, Mlle Frasure, montre un devoir que je lui ai rendu et elle dit à la classe entière qu'il est très bon, et le lendemain elle fait son cours avec des lunettes noires. Elle explique que la lumière lui fait mal aux yeux. Elle mâche ces aspirines aromatisées à l'orange que l'infirmière scolaire donne aux filles qui ont leurs règles. Au lieu de nous faire une leçon, elle éteint tout et elle nous passe un film, *Comment préparer le gibier*. Un truc même pas en couleurs. Mais c'était le seul qui restait sur l'étagère dans la salle audiovisuelle.

Ça a été la dernière fois qu'on a vu Mlle Frasure.

Le lendemain, la moitié des élèves que je connaissais demandèrent à l'infirmière son aspirine à goût d'orange. À la place du cours d'anglais, on nous a envoyés à la bibliothèque pour une heure d'étude. La moitié de la classe prétendait voir trop trouble pour être capable de lire. À l'abri d'un rayonnage, j'ai laissé un garçon nommé Raymon m'embrasser sur la bouche. Et tant qu'il a répété que j'étais belle,

1. Système d'échange d'informations limité à un petit groupe et géré par un ordinateur en réseau. *(N.d.T.)*

je lui ai permis de glisser une main sous mon chemisier.

Le lendemain, Raymon n'est pas venu au lycée.

Le troisième jour, ma grand-mère s'est rendue aux urgences. Elle explique qu'elle a si mal à la tête que le bord de tout ce qu'elle voit lui semble noir. Elle croit qu'elle est en train de devenir aveugle. Je sèche les cours et je m'installe dans la salle d'attente de l'hôpital. Assise sur une chaise en plastique au milieu de bébés qui pleurent et de vieillards, je suis en train de feuilleter un numéro du *National Geographic* dont les pages au papier glacé sont froissées, quand un homme entre avec un chariot. Il porte une tenue de protection blanche et un masque chirurgical de gaze.

Le type a les cheveux rasés. À travers son masque, il ordonne à tout le monde de sortir. On doit évacuer cette partie de l'hôpital, explique-t-il. Au moment où je vais lui demander si ma grand-mère est OK, il attrape mon bras fluet. Il porte des gants de latex. Tandis que les vieux et les mères avec leurs bébés filent en vitesse dans le couloir en contournant son chariot, il me retient et veut savoir si je suis bien Lisa Noonan, dix-sept ans, habitant actuellement au 3438 West Crestwood Drive.

Sur son chariot, il prend un paquet scellé dans un film plastique qu'il déchire. À l'intérieur, une combinaison étanche bleue, en plastique et en Nylon, avec des fermetures à glissière en haut et en bas, sur le devant et sur le derrière.

Je l'interroge de nouveau sur ma grand-mère.

Le type secoue la combinaison pour bien l'ouvrir et me dit de la mettre. Ensuite on ira voir mémé aux soins intensifs. Ce vêtement, m'assure-t-il, c'est pour sa protection à elle, et il le tient par les épaules pour que je puisse l'enfiler. Ce genre de combinaison étanche est constitué de trois couches de plastique, chacune hermétiquement close par des fermetures à glissière. Elle a des gants et des pieds intégrés et un capuchon pointu avec une visière en plastique transparent. La fermeture à glissière la plus extérieure se remonte dans le dos et se verrouille, si bien que quand t'es là-dedans, t'es coincé.

Lorsque j'enlève mes tennis, l'homme les ramasse de ses mains gantées de latex et les emballe dans un sac plastique.

Au lycée, la rumeur disait que Mlle Frasure avait passé un scanner qui avait révélé une tumeur au cerveau. La tumeur était de la taille d'un citron, remplie d'un fluide quelconque jaune pisseux, et elle continuait à grossir, d'après ce qu'on racontait.

Juste avant que je referme la capuche, le type me donne une petite pilule bleue et me dit de la laisser fondre sous ma langue.

La pilule a un goût sucré. C'est si doux que ma bouche se remplit d'un bon paquet de salive que je suis obligée d'avaler.

Puis il me fait m'allonger sur le chariot, la tête sur le petit oreiller de papier blanc. Et ensuite, on rejoint ma mémé, promis, juré.

Je lui demande si ça va aller pour elle. Elle m'élève depuis que j'ai huit ans. C'est ma grand-mère maternelle et elle a traversé tout le pays pour me récupérer quand mes parents sont morts tous les deux.

L'homme pousse le chariot où je suis couchée le long du corridor de l'hôpital. Par les portes ouvertes, je me rends compte que tous les lits sont vides, avec les draps repoussés. On voit encore les creux laissés dans les matelas par les malades. La télévision est toujours allumée dans certaines chambres, diffusant de la musique ou des conversations. Près de certains lits, sur les plateaux-repas, la soupe à la tomate fume encore.

Le type va si vite que les dalles de plafond commencent à se brouiller. Si vite que je suis obligée de fermer les yeux pour ne pas avoir mal au cœur.

Dans l'annonce diffusée par l'hôpital, une voix ne cesse de répéter : «… Code Orange, aile est, premier étage… Code Orange, aile est, premier étage… »

Pendant ce temps, j'avale ma salive à laquelle cette pilule donne une consistance sucrée et collante.

Cette petite pilule bleue, d'après Shirlee, tu en suces deux et c'est l'overdose fatale.

Quand je me suis réveillée, je me trouvais dans cette chambre avec vue sur le Puget Sound, avec cette télé grand écran et cette salle de bains immaculée au carrelage beige. L'interphone, sur le mur, à côté du lit. Certains de mes vêtements et de mes CD récupérés chez moi, emballés dans des boîtes scellées sous un film plastique. Une caméra devait me surveiller car dès que je me suis assise dans mon lit, l'interphone a lancé : « Bonjour ! »

Ma grand-mère était morte. Raymon était mort. Melle Frasure, ma prof d'anglais — morte. C'était il y a quatre noëls tout ça, mais ça pourrait aussi bien être une rediffusion télé en noir et blanc que j'ai vue un siècle plus tôt.

À l'Orphelinat, tu perds la notion du temps. Si j'en crois ma feuille de température, j'ai vingt-deux ans. J'ai l'âge de boire de la bière, et je n'ai jamais embrassé qu'un garçon mort.

Un, deux, trois jours et ma vie était terminée. Je n'ai même pas eu mon diplôme.

Si tu développes une charge virale suffisante pour transmettre le Keegan Type 1, n'espère pas trouver un avocat pour te défendre. Ni une assistante sociale. Ni un médiateur. Tu finis sur Columbia Island, et tout ce que tu peux souhaiter, c'est une chambre d'hôtel décente, du genre établissement franchisé, Ramada Inn ou Sheraton – mais jusqu'à la fin de ton existence. Même piaule. Même vue. Même salle de bains. Nourriture par room service. Films par télé câblée. Dessus-de-lit crème. Deux oreillers. Un fauteuil assorti à dossier inclinable.

Certains des pensionnaires de l'Orphelinat n'ont fait qu'un seul truc qu'il ne fallait pas. Ils se sont assis à côté de la mauvaise personne, dans un avion. Ou ils sont restés un long moment dans un ascenseur avec quelqu'un à qui ils n'ont même pas parlé – et puis ils ne sont pas morts. Il y a des tas de raisons de se retrouver emprisonné ici pour toujours. Sur cette petite île, au milieu du Puget Sound, État de Washington, au cœur du Columbia Island Naval Hospital.

La plupart sont arrivés ici à l'âge de dix-sept ou dix-huit ans. Le médecin-chef, le Dr Schumacher, dit que nous avons été exposés à quelque chose quand nous étions enfants, à un virus quelconque ou un parasite qui a mis des années à se développer dans notre organisme. Et puis le jour où cette saleté atteint la bonne charge virale ou le niveau de sérum sanguin nécessaire, les gens commencent à mourir autour de nous.

Les Centres de surveillance épidémiologique repèrent alors un nombre inhabituel de décès à tel ou tel endroit du pays et leurs équipes arrivent, t'enferment dans une combinaison étanche et te ramènent ici.

D'après Shirlee, chaque résident de Columbia Island est porteur d'une saloperie différente. Une souche unique de virus tueur. Une bactérie ou un parasite mortels. C'est pourquoi chacun d'eux est isolé des autres, ici. Pour éviter que les pensionnaires ne s'éliminent mutuellement.

Et pourtant, dit Shirley, on a les fesses bien au chaud pendant l'hiver. On a l'air conditionné, l'été. Et on fait la cuisine pour nous, du poisson, des légumes, des glaces, des club sandwiches, tout ce qui ne grèvera pas le budget de la marine.

Et quand viennent les journées les plus caniculaires du mois d'août, Shirlee dit qu'elle est heureuse de bosser ici rien que pour la clim.

Shirlee surnomme les résidents des « vaches humaines ». Dans chacune de leurs chambres, deux longs bras de caoutchouc sortent du mur sous un miroir. Ces bras sont à l'épreuve des balles. Tous les deux jours, une lumière s'allume sous le miroir pour indiquer qu'un(e) technicien(ne) de labo est assis(e) de l'autre côté et qu'à l'aide de ces bras de caoutchouc il/elle va vous faire une prise de sang, puis placer son échantillon dans un petit sas de stérilisation avant de le récupérer en toute sécurité.

Quand la lumière s'allume, quand le miroir se transforme en vitre, alors tu vois la caméra qui est toujours là. Qui t'espionne sans relâche. Qui t'enregistre sans relâche.

C'est aussi le boulot de Shirlee de faire sortir les vaches humaines pour faire un peu d'exercice.

Tous les deux ou trois jours, les vaches enfilent une combinaison. À l'intérieur, ça sent la poudre de latex. Cueille une fleur ou allonge-toi dans l'herbe, et tu n'as que cette odeur de latex. Dans ton capuchon scellé, tu n'entends rien, sinon ta propre respiration. Pendant ce temps, les autres jouent au Frisbee et ils savent combien il reste de minutes avant que Shirlee leur demande de regagner les chambres. Tous les résidents voient les tireurs d'élite qui les surveillent, pour le cas où l'un d'eux entrerait dans l'eau et tenterait de s'échapper. Dans ce genre de combinaison étanche dotée de son système de respiration autonome, tu peux très bien franchir le fond boueux du Puget Sound jusqu'au centre-ville de Seattle. Avec les ombres bleu-noir des quilles des navires qui passent très haut au-dessus de ta tête.

Je dis ça pour le cas où vous vous demanderiez comment je me suis tirée de là…

« Après cette longue marche sous-marine, dit Miss Éternueuse, mes sinus n'ont plus jamais fonctionné comme avant. » À ces mots, elle se tord le nez en l'essuyant avec sa manche.

Sur Columbia Island, tous les résidents batifolant sur la pelouse devant l'hôpital et jouant au Frisbee dans leurs combinaisons bleues flottantes auraient pu être une bande d'animaux en peluche. Tous bleus, des pieds à la tête. Suant à l'intérieur de leurs couches de latex, de Nylon caoutchouté et de plastique. Ils courent et ils attrapent le Frisbee, sans cesser d'être suivis par le viseur du fusil d'un marin. Ce n'est vraiment pas génial comme expérience, et pourtant tu as envie de pleurer quand l'heure est venue de rentrer et de te retrouver tout seul dans ta chambre.

Parmi les autres résidents, une fille a les yeux verts. Un type a les yeux marron. Avec ces combinaisons, on ne voit que les yeux de ses compagnons. Shirlee dit que le gars avec les yeux marron, c'est le porteur du Keegan Type 1.

Le nouveau avec la grosse queue. Shirlee a repéré son instrument par le miroir qui se transforme en vitre.

Shirlee dit qu'à son prochain entretien avec le Dr Schumacher, elle proposera le lancement d'un programme de reproduction. Pour voir si nous pouvons donner naissance à une génération de bébés immunisés au Keegan Type 1. Bien sûr, il y a une autre possibilité – effrayante –, c'est que ce gars-là et moi on soit porteurs de souches différentes du virus et qu'on se tue mutuellement.

Ou qu'on ait un enfant sain… et qu'il succombe à nos germes.

« On se calme, murmure Shirlee. On oublie les bébés. On oublie la mort. »

Et elle ajoute que le plus important, c'est que je me fasse déflorer.

Ce type et moi, enfermés ensemble dans une chambre. Vierges tous les deux. Avec la caméra vidéo, derrière le miroir, qui nous épie. L'équipe médicale espère que nous allons lui permettre de produire un remède que le gouvernement pourra breveter. Ces petits malins des compagnies pharmaceutiques. Mais bon, trouver un remède, ça ne serait pas si mal que ça.

Et un peu de sexe, pas si mal non plus.

Shirlee dit que l'Orphelinat organise parfois un bal pour les résidents, mais la simple idée de ces amples combinaisons bleues qui se serrent les unes les autres et qui gigotent au rythme d'une pop music quelconque sur une piste de danse… non, personne n'a envie de penser à un truc pareil.

La plupart du temps, quand je dois rencontrer le Dr Schumacher, je ne lui raconte que dalle. D'après moi, je n'ai qu'un nombre limité de souvenirs – et je n'ai aucune envie de les épuiser. Les meilleurs, c'est quand j'ai sauvé le monde de méchants aliens ou quand j'ai échappé en hydroglisseur à des espions russes super sexy – sauf que ce ne sont pas de *vrais* souvenirs. Ils viennent du cinéma. J'ai oublié que la nénette qui faisait ça était une star de Hollywood.

Sur le mur de ma chambre, un panneau encadré annonce : Besogneux = Heureux.

D'après Shirlee, il y a le même dans toutes les chambres. Et toutes sont équipées aussi d'ampoules à spectre complet qui imitent la lumière solaire naturelle, permettent à notre peau de synthétiser de la vitamine D et nous gardent de bonne humeur. D'après Shirlee, le terme officiel désignant les chambres, c'est : *Suite*. La mienne, par exemple, est la « Suite de la résidente 6-B ». Car sur tous mes tableaux et dans tous mes dossiers, officiellement, je suis la résidente 6-B.

Shirlee dit que les données collectées sur les patients enfermés ici font l'objet d'une exploitation parallèle : « Elles aideront les humains des colonies spatiales isolées et indépendantes à vivre mieux. »

Oui, certains jours, Shirlee a des tas d'informations utiles.

« Essaie de te voir, dit Shirlee, comme une astronaute habitant au Ramada Inn sur une planète à seulement dix kilomètres au sud-ouest de Seattle. »

Shirlee, cette voix nocturne dans l'interphone, me pose des questions sur mon père, elle veut savoir comment il a pu être à l'origine de mon arrivée ici. Et puis elle lâche le bouton de son côté du mur et elle attend ma réponse.

Mon vieux, il n'était pas assez calé pour entrer en fac, mais il savait comment se faire du blé, ça oui. Il connaissait des gars qui attendaient que vous soyez partis en vacances une petite semaine pour débarquer chez vous avec une équipe et abattre votre noyer vieux de deux siècles. Ils taillaient ses branches et le débitaient, là, dans votre jardin de devant. À vos voisins, ils racontaient que vous les aviez engagés pour faire le boulot. Et quand vous rentriez, votre arbre était coupé et en train de sécher dans une usine à une douzaine d'États du vôtre. Il finirait sans doute par être transformé en meuble.

Mon papa, c'était le genre de petit malin qui foutait une trouille bleue aux universitaires.

Mon papa, il avait ses cartes. Ses « cartes au trésor », comme il les appelait.

Elles dataient des années 30, au moment de la Grande Dépression, quand la Works Project Administration employait des types pour se balader partout dans le pays et rassembler des informations sur les cimetières abandonnés. À cette époque, beaucoup de ceux-ci tombaient en ruine ou dans l'oubli, enfouis sous le goudron des routes. Ces cimetières des anciens pionniers étaient tout ce qui restait de villes disparues un siècle auparavant. Des villes-champignons aujourd'hui réduites en poussière. Ou réduites en cendres par des incendies de forêt. Des mines d'or épuisées. Des embranchements ferroviaires fermés. La seule trace de tout cela, c'étaient un carré de mauvaises herbes et quelques pierres tombales renversées. Les « cartes au trésor » de mon père venaient de la WPA et indiquaient où trouver ces endroits, combien de tombes ils contenaient et à quoi ressemblaient les pierres tombales.

Pendant les vacances d'été, mon père et moi on suivait ces cartes dans le Wyoming ou le Montana, dans le désert ou les collines, là où des villes entières s'étaient volatilisées. Des bleds comme New Keegan, Montana, où il n'y avait plus rien, hormis quelques tombes. C'était le genre de trucs que les brocanteurs payaient un bon prix en ville. À Seattle ou Denver. À San Francisco ou Los Angeles. Un chargement d'anges sculptés dans le granit. Ou de chiens endormis. Ou de petits agneaux de marbre blanc. Les gens voulaient des trucs vieux et incrustés de mousse pour les placer dans leurs nouveaux jardins et donner un petit côté ancien à leur maison. Pour faire croire qu'ils avaient toujours eu des tonnes de pognon.

À New Keegan, il n'y avait plus rien d'écrit sur les tombes.

« De la crème à raser, me dit mon paternel. De la crème à raser ou de la craie. Salopards de rats de cimetières ! »

Il m'expliqua que les gens qui s'amusaient à étudier les tombes et à lire les inscriptions presque effacées par le temps et les pluies acides y étendaient de la crème à raser. Puis ils éliminaient le surplus en le raclant avec la tranche d'un bout de carton pour ne garder que le blanc dans les parties gravées. De cette façon, les textes et les dates étaient plus faciles à lire et à photographier. Le problème, c'est que la crème à raser contient de l'acide stéarique. Et les résidus que ces obsédés laissaient derrière eux finissaient par ronger la pierre. D'autres « accros aux tombes » frottaient de la craie de couleur sur toute la surface pour que l'épitaphe gravée, à peine visible, ressorte en plus sombre. Hélas, cette poussière de craie, du plâtre de Paris ou du gypse, pénétrait dans les fissures et les craquelures. Et dès qu'il pleuvait… la poussière de gypse absorbait l'eau, doublait de volume et faisait lentement exploser la surface de la tombe. Les Égyptiens utilisaient déjà cette technique pour briser les blocs qui leur servaient à construire les pyramides.

Tous ces trucs sur l'acide stéarique et le gypse et les pyramides égyptiennes prouvent que mon papa n'était pas un idiot.

Il me disait que ces types soi-disant bien intentionnés ne faisaient rien d'autre que de détruire ce qu'ils prétendaient aimer.

Pourtant, elle a été sympa, cette dernière journée avec mon père, sur cette colline où s'élevait jadis New Keegan, Montana. Un chaud soleil cuisait la végétation desséchée. Et il y avait ces lézards marron dont la queue se détachait et se tordait dans tous les sens lorsqu'on tentait de les capturer.

Si on avait pu lire ces pierres tombales, on aurait découvert que la quasi-totalité des habitants de la ville étaient morts en l'espace d'un mois. C'était le premier foyer de ce que les toubibs allaient nommer virus Keegan Type 1, responsable de tumeurs cérébrales à évolution fulgurante.

Mon père vendit ce chargement d'anges et d'agneaux à une brocante de Denver. En rentrant à la maison, il mâchait déjà des aspirines et la camionnette faisait des embardées sur la route. Ma mère et lui moururent à l'hôpital avant l'arrivée de ma grand-mère.

Ensuite, la vie s'écoula tranquillement avec mémé pendant dix ans. Jusqu'à Mlle Frasure et sa tumeur au cerveau de la taille d'un citron. Jusqu'à ce que ma charge virale se soit suffisamment développée pour que je devienne infectieuse.

Aujourd'hui, le gouvernement ne peut ni me tuer ni me soigner. Il est simplement capable de contrôler les dégâts.

Ce nouveau résident, avec sa grosse queue, il va ressentir la même chose que moi à mon arrivée ici : sa famille est morte. Peut-être la moitié de son lycée, s'il était populaire. Assis seul dans sa chambre, un jour après l'autre, il sera à la fois terrorisé et plein d'espoir à cause du traitement que lui a promis la marine.

Je peux lui montrer comment ça marche. Le calmer. L'aider à s'habituer à la vie à l'Orphelinat.

Lors de cette dernière belle journée de mon existence au Montana, mon père a roulé jusqu'à Denver, Colorado, où il connaissait une boutique qui vendait ce genre de vieilleries pour les jardins. Un daim en fonte, des vasques à oiseaux en béton incrusté de mousse. La plupart de ces trucs étaient volés. Le propriétaire l'a payé en liquide et l'a aidé à décharger les anges.

Il avait un fils, qui est sorti dans l'allée pour nous regarder travailler.

Je parle avec Shirlee par l'intermédiaire de l'interphone. J'appuie sur le bouton et je lui demande si ce nouveau résident… n'aurait pas par hasard des cheveux roux frisés et des yeux marron ?

Est-ce qu'il n'aurait pas par hasard à peu près mon âge ? Est-ce qu'il ne serait pas de Denver ? Et ses parents décédés, est-ce qu'ils tenaient une brocante dans cette ville ?

23

La « lampe du fantôme » est notre dernier feu de camp. Notre dernière chance. L'ampoule nue, posée sur un support en hauteur, au milieu de la scène. La soupape de sécurité qui empêchait les explosions dans les vieux théâtres éclairés au gaz, la lampe qui reste toujours allumée dans ceux d'aujourd'hui pour interdire à un spectre éventuel de se sentir chez lui en ces lieux.

Nous nous sommes installés en rond autour de la lumière, le cercle des derniers vivants, assis sur la scène, à un endroit d'où nous ne voyons que les lisérés dorés des fauteuils de l'auditorium, la rampe en laiton qui ondule comme un serpent sur le devant des balcons, les nuages de toiles d'araignée qui planent dans le ciel nocturne où l'électricité est coupée.

Plus loin, au-delà des pièces obscures, dans le salon Renaissance italienne, l'Entremetteur et le Chaînon Manquant sont morts. Au dernier sous-sol, M. Whittier et Camarade Maussade et Dame Clocharde et le Duc des Vandales sont en train de pourrir. Les restes de Miss America et de Mme Clark sont dans leurs loges, en coulisses. Leurs cellules s'autodévorent et leurs protéines solubles se fondent. Les bactéries s'affolent dans leurs poumons et leurs boyaux qui gonflent de plus en plus.

Ce qui ne laisse que onze d'entre nous, assis dans notre cercle de lumière.

Notre monde d'humains — un monde sans humanité.

Agent Cafteur s'était baladé un peu partout sur la pointe des pieds et il avait brisé des ampoules. Comtesse Extralucide et Directrice Reniement avaient fait de même de leur côté.

Chacun d'entre nous était certain d'être le seul à se charger de cette tâche. Chacun d'entre nous souhaitait que notre univers soit un petit peu plus sombre. Sans savoir que nous avions tous le même plan. Victimes de notre faible seuil de tolérance à l'ennui. Victimes de nous-mêmes. Peut-être que nous étions si affamés que nous avons succombé à une crise de délire — toujours est-il qu'il ne nous reste plus aucun autre éclairage que celui-ci.

Cette unique ampoule. La lampe du fantôme.

Ici, nous avons un vestige de lumière, mais pas de chauffage, si bien que nous sommes emmitouflés dans des cabans, des fourrures et des peignoirs de bain. Nous baissons la tête sous le poids des empilements de perruques et de chapeaux extra-larges.

Tous, nous sommes prêts.

Quand cette porte sur la ruelle s'ouvrira, nous serons célèbres. Quand nous entendrons la serrure tourner, puis les gonds grincer, puis le clic-clic et le clic-clic de quelqu'un qui essaie en vain d'allumer les lumières — alors nous serons prêts à vendre notre histoire. Nos pommettes de camps de la mort présenteront leur meilleur profil aux zooms.

Nous raconterons comment M. Whittier et Mme Clark nous ont menti pour nous attirer ici. Comment ils nous ont piégés et retenus en otages. Nous ont forcés à écrire des romans, des poèmes, des scénarios de film. Et quand nous avons refusé, ils nous ont torturés. Ils nous ont affamés.

Assis en tailleur dans notre cercle de lumière, sur le plancher en bois de la scène, nous pouvons à peine bouger sous les couches de velours et de tweed matelassé qui nous réchauffent un peu. Nous répéter mutuellement notre histoire consomme nos dernières forces – comment Mme Clark a sorti le bébé mort du ventre de Miss America et l'a fait cuire devant sa mère agonisante. Comment M. Whittier s'est battu avec l'Entremetteur et a réussi à le jeter par terre et à lui trancher le sexe. Puis comment il a poignardé Mme Clark et a dévoré une de ses cuisses au point que son ventre a explosé. Nous tous, nous prononçons le mot *péritonite*. À voix basse, nous pratiquons l'expression *hernie inguinale*. Nous disons *pommes allumettes*.

Voilà comment nos deux méchants sont morts, nous laissant ici à crever de faim.

Le crayon de Saint Descente de Boyaux a fait un bon paquet de marques sur le mur. Ces dièses, son seul chef-d'œuvre. Le propriétaire de ce théâtre, ou le type de l'agence de location, ou n'importe qui – quelqu'un devrait venir vérifier ce qui se passe ici. Ou peut-être qu'un employé de la compagnie d'électricité finira par se pointer pour couper le compteur pour cause de factures impayées ?

Dans le silence, le moindre bruit d'interrupteur retentira comme un coup de canon.

Un claquement, et nous nous retournons. Le choc du métal sur du métal nous fait tous regarder dans la même direction. Vers les ailes de la salle et, au-delà, la porte de la ruelle.

Un grincement et l'obscurité s'illumine.

Avec cette lumière si brillante, tout ce que nous pouvons voir après être restés si longtemps dans la nuit, c'est du blanc et du noir. Les simples contours des choses nous éblouissent et nous forcent à cligner des yeux.

C'est une lumière plus violente que n'importe quelle ampoule, une lumière qui nous oblige à fermer les yeux.

Mais elle ne vient pas de la porte de la ruelle. Non, cette clarté du jour qui fait exploser la scène est un gros rayon de soleil arrivant de quelque part au-dessus de nous. Si brillante qu'elle nous fait loucher et que nous sommes forcés de protéger nos yeux de nos mains. Un nouveau jour si ensoleillé que nos ombres s'allongent, immenses. Nos ombres voûtées et recroquevillées contre les taches d'humidité marron qui constellent l'écran de cinéma, derrière nous.

Sur l'écran, on voit que nos perruques sont de travers. Sur l'écran, nos corps paraissent d'une telle maigreur arachnéenne que Camarade Maussade aurait dit que nous pouvions porter *n'importe quoi*.

C'est l'appareil de projection qui tourne sans film à l'intérieur, c'est sa lampe qui nous inonde de clarté — un énorme projecteur. Aussi lumineux qu'un phare. Un soleil qui brille sur le mur du fond du théâtre.

Aucun d'entre nous n'a assez d'énergie pour se lever. Nous baissons seulement la tête et regardons ailleurs.

Le projecteur est si étincelant que la lampe du fantôme semble grillée, aussi faible qu'une bougie d'anniversaire, un jour d'été.

« C'est encore notre fantôme », murmure la Baronne Gelures.

Le bébé à deux têtes de Saint Descente de Boyaux.

Le vendeur d'antiquités de la Comtesse Extralucide.

Le détective privé gazé et défoncé à coups de marteau d'Agent Cafteur.

Miss Éternueuse étouffe un bâillement et dit : « Une bonne scène pour notre histoire. »

Comme le pop-corn. Et les réparations de la chaudière. Et nos vêtements lavés et pliés. Tout ce qui est paranormal — chaque miracle — n'est qu'un effet spécial supplémentaire.

Saint Descente de Boyaux se tourne vers Mère Nature et dit : « Maintenant que nous sommes une intrigue secondaire sentimentale… si tu me faisais cette branlette de pieds ? »

Agent Cafteur dit : « Quand on sera dehors, je vais me défoncer pendant un mois entier… »

Le Révérend Impie grommelle : « Je brûlerai toutes les églises que je trouverai sur ma route. »

Chacun de nous, juste un tas de tissus, de fourrures et de faux cheveux.

Directrice Reniement annonce : « J'achèterai à Cora Reynolds une pierre tombale… »

Et sur les murs, au-delà de la lumière aveuglante, de cet endroit qu'il est douloureux de regarder, l'écho renvoie « tombale… tombale… ».

Tous, nous essayons d'avoir le dernier mot. Le Comte de la Calomnie rembobine sa cassette et rediffuse « tombale… tombale… ». Et l'écho enregistré fait écho. L'écho d'un écho d'un écho.

Jusqu'à ce qu'une voix venue de très loin, de derrière ce soleil, annonce : « Vous jouez devant un parterre vide. »

C'est une voix d'au-delà de la tombe. Elle nous évoque l'épisode où Camarade Maussade s'est relevée d'entre les morts, avant de descendre en titubant l'escalier de l'entrée pour venir réclamer un morceau de sa propre fesse tatouée. En contre-jour, personne ne voit notre fantôme franchir l'allée centrale de l'auditorium. Personne ne l'entend s'avancer vers la scène sur le tapis noir. Personne ne peut dire ce qui approche dans la lumière éblouissante jusqu'à ce que la voix répète : « Vous jouez devant un parterre vide. »

C'est M. Whittier, cet adolescent centenaire et tremblant. Notre punk du skate moribond. Notre petit démon à taches de vieillesse.

Il marche. Un cadavre chaussé de tennis. Un casque stéréo passé autour de son cou flétri.

« Vous vous écoutez parler », dit-il.

Il secoue la tête, ses rares cheveux s'agitent et il ajoute : « Vous êtes si occupés à vous raconter vos histoires ! Toujours en train de transformer le passé pour fabriquer le récit qui vous donnera raison. »

Ce que Sœur Autodéfense aurait nommé notre *culture du reproche*.

« Ça ne change jamais », dit-il. Le groupe précédent qu'il a enfermé ici a terminé de la même façon que nous. Les gens tombent tellement amoureux de leur souffrance qu'ils ne parviennent pas à l'abandonner. Même chose avec les histoires qu'ils racontent. Ils se piègent eux-mêmes.

Certaines, à force de les répéter, vous les épuisez. D'autres... et Whittier fait un geste dans notre direction — nous qui n'avons plus que la peau sur les os.

« Raconter une histoire, c'est notre façon de digérer ce qui nous arrive, poursuit-il. Notre façon de digérer nos vies. Notre expérience. »

Les déclarations de M. Whittier. Ce gamin mourant de vieillesse.

Pour un fantôme, il a plutôt bonne mine. Ses derniers cheveux bien peignés sur son crâne tacheté. Son nœud papillon parfait sous son menton. Ses ongles propres, des demi-lunes blanches qui tremblotent. Très mûr pour son âge.

« Vous digérez et vous absorbez votre existence en la transformant en littérature, dit-il, de la même façon que ce théâtre semble digérer ses occupants. »

D'une main, il indique une tache sur le tapis, cette tache noirâtre, épaisse et moisie, aux ramifications tels des bras et des jambes.

D'autres événements — ceux que vous ne pouvez pas assimiler — vous empoisonnent. Ces pires périodes de votre vie, ces moments dont vous êtes incapables de parler, ils vous font pourrir par l'intérieur. Jusqu'à ce que vous ne soyez plus que l'ombre humide de Cassandra sur le sol. Noyés dans votre propre boue de protéines solubles.

Mais les histoires que vous digérez, que vous avez la force de raconter – celles-là vous permettent de contrôler votre passé. De lui donner forme, de le travailler. De le maîtriser. Et de l'utiliser pour votre bien.

Elles sont aussi essentielles que la nourriture.

Vous pouvez vous en servir pour faire rire les gens, ou pleurer, ou vomir. Ou pour les effrayer. Pour qu'ils ressentent ce que vous ressentez vous-mêmes. Pour les aider à se libérer de ce moment-là, dans leur intérêt et dans le vôtre. Jusqu'à ce qu'il disparaisse. Qu'il soit consommé. Digéré. Absorbé.

C'est comme ça qu'on peut bouffer toute la merde qui nous arrive.

Voilà ce que répétait M. Whittier.

En le regardant, Comtesse Extralucide crache : « Satan ! »

Sa voix siffle comme un serpent.

Sœur Autodéfense serre sa Bible contre elle et lâche : « Démon ! »

Mais M. Whittier se contente de soupirer et il répond : « À quel point nous aimons avoir des ennemis malfaisants…

– Voilà pour toi ! » dit Chef Cuisinier Assassin, en lançant un couteau à légumes qui vole à travers la scène et vient se planter devant les tennis noires de M. Whittier. Et il ajoute : « Mets tes empreintes là-dessus, le vieux ! Quand ils forceront cette porte, tu seras l'homme le plus haï des États-Unis.

– Je corrige, dit M. Whittier. Le *délinquant mineur* le plus haï des États-Unis, mon pote…

– Tu devras reconnaître ce couteau », intervient Agent Cafteur.

La caméra est posée à côté de lui, désormais si lourde qu'il n'a plus la force de la soulever.

Le bracelet de contrôle de Comtesse Extralucide a disparu. Sa main est devenue si maigre, si osseuse qu'il a glissé. Elle dit : « Tu m'as poignardée avec ce couteau.

– Et tu as fendu mon nez avec », ajoute Mère Nature en penchant la tête en arrière pour montrer ses cicatrices croûteuses.

Le diamant qu'elle a volé à Dame Clocharde est si lâche autour de son doigt qu'elle est obligée de serrer le poing pour ne pas le perdre.

Et les yeux de M. Whittier passent de son nez découpé aux mains entourées de bandages sanglants du Comte de la Calomnie et aux tissus cicatriciels qui ont remplacé l'oreille du Révérend Impie. Il tape dans ses mains, une fois, avec force, à la hauteur de sa poitrine et il annonce : « Eh bien, la bonne nouvelle, c'est… que vos trois mois sont terminés. » Il plonge ses doigts dans une poche de son pantalon, en ressort une clé et ajoute : « Vous êtes libres. »

Mais la serrure est toujours bloquée avec un gros morceau de fourchette en plastique. Elle ne fonctionne plus.

« La nuit dernière, dit M. Whittier en agitant la clé devant lui, votre gentil fantôme a réparé cette serrure. Je vous promets, elle marche très bien. »

Nous sommes toujours assis en cercle, et certains d'entre nous sont collés aux planches par leur sang coagulé. Nos vêtements, le tissu de nos toges, de nos soutanes et de nos jodhpurs nous retiennent à la scène.

M. Whittier se penche légèrement, il tend la main à Miss Éternueuse et il murmure : « Et les Ténèbres et la Ruine et la mort rouge établirent sur toutes choses leur empire illimité. »

Il agite les doigts pour qu'elle les saisisse et il dit : « On y va, maintenant ? »

Mais Miss Éternueuse ne prend pas sa main. Elle répond : « On t'a vu mourir… »

Et M. Whittier réplique : « Vous avez vu des tas de gens mourir. »

La dinde Tetrazzini congelée lui a fait éclater la panse. Il est mort en hurlant. Nous avons emballé son cadavre dans du velours rouge et nous l'avons descendu au dernier sous-sol.

« Pas exactement », ajoute M. Whittier.

Avec l'aide de Mme Clark, il a simulé son décès pour pouvoir assister à la suite des événements. Il s'est contenté de regarder — la caméra ultime —, même quand Mme Clark s'est poignardée par solidarité et qu'elle a réussi son coup au-delà de toute espérance. Même quand Directrice Reniement a trouvé son cadavre et lui a dévoré la moitié d'une jambe.

M. Whittier s'est contenté d'observer.

Directrice Reniement relève la tête. Elle a un renvoi et elle dit : « Je confirme. »

M. Whittier se penche de nouveau pour offrir sa main constellée de taches de vieillesse à Miss Éternueuse. Il dit : « Je peux te donner tout l'amour que tu veux. Si tu réussis à oublier notre différence d'âge. »

Elle a vingt-deux ans. Et lui, il en aura quatorze le mois prochain.

Le Comte de la Calomnie intervient : « Pas question que ce soit toi qui nous sauves. On reste là jusqu'à ce qu'on nous retrouve. »

On fait toujours ça, répond M. Whittier. Voilà pourquoi les enfants de nos enfants de nos enfants de nos enfants continueront à connaître la guerre et la famine et la maladie. Parce qu'on adore notre souffrance. On adore notre drame. Mais on ne l'admettra jamais. Jamais.

Miss Éternueuse saisit sa main.

Et Mère Nature dit : « Ne sois pas stupide. »

Depuis sa pile de haillons et de perruques, elle dit : « Il sait que tu es infectée avec ce… virus cervical. »

Et elle éclate de rire, ses clochettes de laiton tintinnabulent, et elle répand des croûtes partout, et elle poursuit : « Comment peux-tu croire qu'il est réellement amoureux de toi ? »

Les yeux de Miss Éternueuse passent de Mère Nature à Saint Descente de Boyaux et à la main de M. Whittier. « Tu n'as pas le choix, lui dit M. Whittier. Si tu as besoin d'être aimée. »

Et Saint Descente de Boyaux dit : « Il ne t'aime pas. »

Le Saint, avec son visage où l'on ne voit plus que des dents et des yeux, ajoute : « Notre Whittier veut seulement détruire le reste du monde. »

Tendant toujours la main à Miss Éternueuse, M. Whittier agite la clé et demande : « On y va ? »

Si nous pouvons pardonner ce qu'on nous a fait…

Si nous pouvons pardonner ce que nous avons fait aux autres…

Si nous sommes capables d'abandonner toutes nos histoires derrière nous. Nous tous, méchants ou victimes.

Alors seulement nous pourrons peut-être sauver le monde.

Mais, assis là, nous attendons d'être secourus tant que nous sommes toujours des victimes. Des victimes qui espèrent être retrouvées pendant qu'elles souffrent.

M. Whittier agite la tête, fait claquer sa langue et dit : « Ça serait si terrible que ça ? Être les deux derniers êtres humains de ce monde ? »

Sa main glisse autour des doigts sans force de Miss Éternueuse, sa main les enveloppe, elle les serre, et il ajoute : « Pourquoi le monde ne finirait-il pas de la même façon qu'il a commencé ? »

Et il aide Miss Éternueuse à se lever.

Preuve
Un autre poème sur M. Whittier

« Comment vivrais-tu ? » demande M. Whittier.
  Si tu ne pouvais pas mourir.

M. Whittier sur scène. Il se tient bien droit
  sur ses deux pieds, pas voûté,
  et sans trembler.
Son casque stéréo, autour de son cou,
  laisse échapper les violents boum-boum-boum
  de la house music.
Chaussé de tennis, lacets défaits, un pied
  battant la mesure.

Sur scène, au lieu d'un extrait de film, un projecteur,
  et aucun extrait d'une vieille histoire
  pour le dissimuler.
Un projecteur qui brille si fort qu'il efface ses rides.
  Qu'il emporte ses taches de vieillesse.

Et nous qui le regardions, nous étions les enfants de
  Dieu qu'il avait retenus en otages,
  pour Lui permettre de Se montrer.
  Pour forcer la main de Dieu.

Et si nous souffrions assez, si nous mourions...
Si Whittier pouvait
simplement nous torturer,
nous affamer,
peut-être pourrions-nous le haïr
même après cette vie.
Le haïr si fort que nous reviendrions pour nous venger.

Si nous succombions à tant de souffrances,
en maudissant le vieux M. Whittier,
alors il nous supplierait de réapparaître.
Pour le hanter.
Pour lui prouver qu'il y a une vie après la mort.
Nos fantômes, notre haine, venus prouver
la Mort de la Mort.

Notre rôle, lorsque finalement il nous a expliqué :
Nous n'étions ici que pour souffrir et souffrir,
et souffrir et souffrir,
et souffrir et mourir.
Pour donner naissance à un seul fantôme –
et rapidement.
Pour réconforter le vieux, vieux M. Whittier
subclaquant – avant qu'il y passe.
Voilà quel était son véritable plan.

Il se penche au-dessus de nous et il dit : « Si la mort
signifiait seulement quitter
la scène assez longtemps
pour changer de costume et puis revenir
sous la forme d'un nouveau personnage...

Est-ce que vous ralentiriez le processus ?
Ou l'accéléreriez ?
Si chaque existence n'est qu'une partie de basket
ou un jeu avec un début et une fin,
dont les joueurs recommencent infiniment d'autres
parties, d'autres mises en scène…
devant cette réalité, comment vivriez-vous ? »

Agitant la clé entre deux doigts, M. Whittier dit :
« Vous pouvez rester là. »
Mais quand vous serez morts, revenez
juste pour un instant.
Pour me dire. Pour me sauver. Avec une preuve
de votre vie éternelle.
Pour nous sauver, tous,
je vous en supplie, dites-le à quelqu'un.
Pour faire régner la paix sur la Terre.
Laissons-nous tous…
hanter.

Obsolète

Une nouvelle de M. Whittier

Pour leurs dernières vacances en famille, le père d'Ève les a tous installés dans la voiture et leur a dit de se mettre à l'aise. Le voyage allait durer deux heures, ou un peu plus.

Ils avaient des casse-croûte, du pop-corn au fromage, des sodas et des pommes chips goût barbecue. Son frère Larry et elle s'assirent à l'arrière avec leur boston terrier, Risky. À l'avant, leur père lança le moteur. Il mit la ventilation à fond et ouvrit toutes les vitres électriques. Assise à côté de lui, la future ex-belle-mère d'Ève, Tracee, dit : « Hé, les enfants, écoutez ça… »

Tracee agita un fascicule du gouvernement intitulé *C'est formidable d'émigrer.* Elle l'ouvrit en cassant sa tranche et commença à lire à haute voix : « Votre sang utilise l'hémoglobine pour transporter les molécules d'oxygène depuis vos poumons jusqu'aux cellules de votre cœur et de votre cerveau. »

Environ six mois plus tôt, tout le monde avait trouvé dans son courrier la même brochure offerte par le ministère de la Santé. Tracee ôta ses sandales et posa ses pieds nus sur le tableau de bord. Elle poursuivit sa lecture : « En réalité, l'hémoglobine *préfère* s'associer au monoxyde de carbone. » Cette façon de parler, comme si sa langue était trop grosse pour sa bouche, était censée lui donner une élocution de jeune fille. Tracee lut : « Au fur et à mesure que vous respirez les gaz d'échappement, votre hémoglobine se combine davantage avec le monoxyde de carbone et se transforme en ce qu'on appelle *carboxyhémoglobine.* »

Larry donnait du pop-corn au fromage à Risky et renversait partout de la poudre orange sur le siège, entre Ève et lui.

Leur père alluma la radio et demanda : « Qui veut écouter de la musique ? » Il regarda Larry dans le rétroviseur et grommela : « Vous allez le rendre malade, ce chien.

— Super ! » répliqua Larry, et il lui refila un autre morceau de pop-corn orange vif. « Le dernier truc que je verrai, c'est le côté intérieur de la porte du garage, et le dernier truc que j'entendrai, c'est une connerie des Carpenters ! »

Sauf qu'il n'y a plus rien à écouter. La radio est silencieuse depuis une semaine.

Pauvre Larry, pauvre rocker gothique, avec son maquillage noir étalé partout sur son visage poudré de blanc, ses ongles au vernis noir, et ses longs cheveux raides teints en noir — comparé aux vrais gens avec leurs yeux bouffés par les oiseaux, aux vrais morts avec leurs lèvres pelées sur leurs dents soudain immenses, oui, comparé aux vrais morts, Larry passerait juste pour un clown triste…

Pauvre Larry, il est resté enfermé des jours et des jours dans sa chambre après l'ultime couverture de

Newsweek et son slogan en majuscules énormes : « C'EST BRANCHÉ D'ÊTRE MORT ! »

Toutes ces années où Larry et son groupe se sont fringués en velours noir, comme des zombies ou des vampires, et ont traîné dans des linceuls et se sont baladés dans des cimetières des nuits entières avec des rosaires et des capes — tant d'efforts foutus en l'air ! Aujourd'hui, même les mères de famille bourgeoises émigrent. Même les vieilles grenouilles de bénitier émigrent. Les avocats en costard émigrent.

L'article annoncé en couverture de l'ultime numéro du *Time* titrait : « LA MORT C'EST LA NOUVELLE VIE. »

Et maintenant, notre pauvre Larry est coincé entre Ève et son paternel et Tracee — toute la famille qui part en voyage dans une Dodge quatre portes stationnée dans le garage d'une maison de banlieue style ranch à deux niveaux. Toute la famille qui respire du monoxyde de carbone en grignotant du pop-corn au fromage avec le chien.

Tracee lisait toujours : « Quand il y a moins d'hémoglobine pour transporter de l'oxygène, vos cellules commencent à s'étouffer et à mourir. »

Les rares télévisions qui émettaient encore diffusaient en boucle la vidéo transmise par la mission spatiale pour Vénus.

C'était ce programme spatial stupide qui était à l'origine de tout ça. La mission humaine d'exploration de la planète Vénus. L'équipage avait envoyé sa vidéo de la surface de la planète — et celle-ci ressemblait au jardin d'Éden ! Après ça, l'accident n'est pas venu d'une déchirure dans les panneaux isolants, ni d'une rupture des joints toriques, ni d'une erreur de pilotage. Non. À vrai dire, ce n'était *pas* un accident. L'équipage a simplement décidé de ne pas ouvrir ses parachutes d'atterrissage. Descendant à la vitesse d'un météore, la coque extérieure de leur vaisseau s'est enflammée. Brouillage des ondes et — The End.

Tout comme la Seconde Guerre mondiale nous a légué le stylo à bille, le programme spatial nous a apporté la preuve que l'âme humaine est immortelle. Ce qu'on appelle la Terre n'est qu'une espèce d'usine de traitement par laquelle tous les humains se doivent de passer. Une étape obligatoire d'un processus de raffinage. À la façon des tours de craquage qui transforment le pétrole brut en essence ou en kérosène. Dès que les âmes humaines ont été raffinées sur Terre, elles se réincarnent sur Vénus.

Dans l'énorme usine de perfectionnement de l'âme humaine, la Terre est une espèce de tambour — du même genre que les machines à polir les pierres. Toutes les âmes y passent pour gommer entre elles leurs angles tranchants. Nous tous, nous sommes là pour être élimés par les douleurs et les conflits de toutes sortes. Pour être lustrés. Il n'y a rien de *mal* là-dedans. Ce n'est pas de la souffrance, mais de *l'érosion.* C'est simplement un autre pas, important, élémentaire, dans le processus de raffinage.

Bien sûr, cette histoire paraissait dingue, mais il y avait cette vidéo retransmise par la mission spatiale habitée qui s'était volontairement écrasée sur la planète Vénus.

À la télé, on ne diffusait plus que ça. Alors que le véhicule prévu pour se poser prenait des orbites de plus en plus basses au cœur des couches nuageuses qui recouvraient Vénus, les astronautes envoyèrent ce film sur les gens et les animaux qui y vivaient en bonne intelligence. Les visages affichaient de si grands sourires qu'ils semblaient briller. Sur ces images, tout le monde était jeune. Vénus était un jardin d'Éden. Dans ces paysages de forêts et d'océan, de prairies en fleurs et de montagnes imposantes, c'était toujours le printemps — comme l'expliqua le gouvernement.

Après quoi, les astronautes refusèrent de déployer leurs parachutes. Ils plongèrent tout droit, vlan, dans les fleurs et les lacs d'eau douce de Vénus. Et tout ce qui resta de l'aventure, ce furent ces quelques minutes de film, floues et granuleuses, qu'ils nous avaient envoyées. Des gens qui ressemblaient à des mannequins de mode, vêtus de tuniques scintillantes, dans un futur de science-fiction. Des hommes et des femmes aux jambes effilées et aux cheveux longs, qui dégustaient des grappes de raisin, allongés sur les marches de temples de marbre.

C'était un paradis, où même le sexe et l'alcool avaient reçu la bénédiction de Dieu.

C'était un monde où les dix commandements étaient : Fête. Fête. Fête.

« Commençant par des maux de tête et des nausées, lit Tracee dans la brochure du ministère de la Santé, les symptômes incluent une augmentation de votre pouls, tandis que votre cœur essaie de transporter de l'oxygène jusqu'à votre cerveau qui est en train de mourir. »

Le frère d'Ève, Larry, ne s'est jamais fait à cette idée de vie éternelle.

Larry avait monté un groupe gothique – Wholesale Death Factory. Et il fricotait avec cette traînée de groupie nommée Jessika. Tous les deux, ils avaient l'habitude de se tatouer mutuellement avec une aiguille à coudre trempée dans l'encre noire. Ils étaient tellement à l'avant-garde, Larry et Jessika, à la marge de la marge ! Et puis la mort était devenue le courant dominant. Sauf qu'on ne parlait plus de suicide. À présent, on disait : « Émigration ». Les morts, les corps pourrissants n'étaient plus des cadavres, plus maintenant. Désormais, leurs entassements puants et gonflés autour des grands immeubles, ou leurs piles empoisonnées sur les bancs des arrêts d'autobus, on les dénommait : « Bagages. »

Des bagages abandonnés.

On avait toujours considéré la veille du Nouvel An comme une espèce de ligne de démarcation tracée dans le sable. Comme un nouveau départ qui ne se produisait jamais vraiment. Aujourd'hui, on voyait l'émigration de la même façon, mais seulement si *tout le monde* était impliqué.

On avait la preuve de la réalité de la vie après la vie. Selon les estimations des pouvoirs publics, pas moins d'un million sept cent soixante mille âmes humaines s'étaient déjà libérées et faisaient une fête perpétuelle sur Vénus. Quant au reste de l'humanité, il allait devoir en passer encore par une longue série d'incarnations et de souffrances avant d'être assez affiné pour émigrer.

Il tournerait encore et encore dans la Grande Polisseuse.

C'est alors que le gouvernement a eu son idée de génie :

Si la totalité de l'humanité mourait en même temps, alors il n'y aurait plus de matrices — et donc plus aucun vecteur pour le retour des âmes sur Terre.

Oui, si l'humanité s'éteignait d'un coup, nous émigrerions tous sur Vénus. Évolués ou pas.

Mais… si un seul couple toujours capable d'enfanter restait derrière nous, la naissance d'un gosse rappellerait une âme. Et il suffisait d'une simple poignée de gens pour que tout le processus soit enclenché de nouveau.

Jusqu'à ces deux derniers jours, on pouvait suivre à la télévision comment le Mouvement pour l'émigration gérait la question des récalcitrants. On y voyait les populations arriérées qui ne s'étaient pas enrôlées dans le Mouvement, on y voyait comment les Escadrons d'assistance à l'émigration, tout de blanc vêtus et armés de rutilantes mitraillettes immaculées, les forçaient à partir. Des villages entiers disparaissaient en hurlant sous un tapis de bombes pour être réimplantés à l'étape suivante de notre processus de raffinage. Personne n'allait permettre à un groupe de ploucs agitant leur Bible de retenir le reste d'entre nous sur cette saleté de vieille Terre, la planète moins-que-branchée, plus maintenant que nous pouvions foncer tous ensemble vers la prochaine grande phase de notre évolution spirituelle.

Et donc tous ces ploucs furent empoisonnés. Les sauvages d'Afrique furent éliminés au gaz neurotoxique et les hordes chinoises à coups de bombe nucléaire.

On leur avait imposé le fluor et l'alphabétisation, on pouvait tout aussi bien leur imposer l'émigration.

Si un seul couple de ces péquenots restait derrière nous, tu risquais de te retrouver dans la peau de leur gosse ignorant et crasseux. Si une seule bande de bouffeurs de riz, dans une quelconque tribu merdique du tiers-monde, n'émigrait pas, ton âme précieuse pouvait être rappelée sur cette Terre pour revivre — et passer son temps à chasser les mouches et à ingurgiter de la bouillie pourrie salopée par des crottes de rat, sous leur foutu soleil asiatique.

Et oui, bien sûr, c'était un pari. Envoyer tout le monde sur Vénus, au même moment. Mais maintenant que la mort était morte, l'humanité n'avait vraiment rien à perdre.

C'était précisément le gros titre de une de l'ultime numéro du *New York Times* : « LA MORT EST MORTE ».

USA Today, lui, écrivait : « LA MORT DE LA MORT ».

La mort avait été démystifiée. Comme le Père Noël. Ou la petite souris.

Et désormais la vie était la seule option… Mais à présent, elle ressemblait à un piège sans fin… éternel… perpétuel.

Et donc Larry et sa pute gothique, Jessika, avaient fait des plans pour s'enfuir. Se planquer. Maintenant que les foules s'étaient mises à adorer la mort, Larry et Jessika avaient décidé de se révolter en restant vivants sur cette Terre. Ils auraient une portée d'enfants. Ils foutraient en l'air l'évolution spirituelle de l'humanité tout entière.

Et voilà que les parents de Jessika avaient corsé le lait des céréales de son petit déjeuner avec de l'antifourmis. The End.

Après ça, Larry faisait une virée au centre-ville tous les jours pour récupérer des analgésiques dans les pharmacies abandonnées. Se défoncer au Vicodin et briser des vitrines, expliquait-il, c'était pour lui une édification suffisante. Toute la journée, il piquait des bagnoles et il les balançait dans des magasins de porcelaine. Il rentrait à la maison défoncé et couvert du talc blanc de tous ces airbags qui s'étaient déclenchés au cours des collisions.

Larry disait qu'il voulait s'assurer que ce monde-là était complètement épuisé avant de passer dans le suivant.

Et sa petite sœur, Ève, lui rétorquait : « Grandis un peu ! » Et elle ajoutait que Jessika n'était pas la dernière salope gothique de l'univers.

Et Larry la regardait, défoncé, clignant des yeux au ralenti. « Oui, Ève. Jessy était très... »

Pauvre Larry.

Voilà pourquoi, quand leur père leur a dit de s'entasser dans la voiture, Larry a obéi en haussant les épaules. Il s'est installé sur le siège arrière, avec Risky, leur boston terrier. Il n'a pas pris la peine de boucler sa ceinture de sécurité. Ils n'allaient nulle part. Nulle part physiquement.

On avait là l'équivalent spirituel new age de la fameuse idée qui règle tout — depuis le système métrique jusqu'à l'euro, en passant par la vaccination contre la polio... Le christianisme... La réflexologie... L'espéranto...

Et cela n'aurait pas pu se produire à un meilleur moment de l'Histoire. Pollution, surpopulation, pandémies, guerres, corruption politique, perversions sexuelles, meurtres, toxicomanies... Peut-être que la situation n'était pas pire que dans le passé, sauf qu'à présent la télévision la montait en épingle. Un rappel constant. Une culture de la plainte. Du : C'est vache ! C'est vache ! C'est vache ! La plupart des gens ne l'auraient jamais admis, mais ils râlaient depuis leur naissance. Dès l'instant où leur tête s'était retrouvée sous cette lumière brillante de la salle d'accouchement, rien n'avait fonctionné comme il fallait. Plus rien n'avait été aussi agréable, plus rien ne leur avait paru si parfait.

Les efforts nécessaires pour garder ton stupide corps en vie, trouver de la nourriture, la cuisiner, laver la vaisselle, avoir chaud et se récurer et dormir, marcher, faire fonctionner ses boyaux, s'occuper de ses implants capillaires — tout ça devenait vraiment trop épuisant.

Dans la voiture, avec les conduits d'aération qui lui soufflent les gaz d'échappement en pleine figure, Tracee lit : « Alors que votre cœur bat de plus en plus vite, vos yeux se ferment. Vous perdez conscience et c'est terminé… »

Tracee et le père d'Ève se sont rencontrés à la salle de gym et ils se sont mis à faire du culturisme en couple. Ils ont remporté un concours, ils sont montés ensemble sur le podium et finalement ils se sont mariés pour célébrer ça. La seule raison pour laquelle notre famille n'a pas émigré des mois plus tôt, c'est qu'ils étaient toujours au mieux de leur forme dans leur discipline. Ils ne s'étaient jamais sentis si bons et si forts. Ça leur a brisé le cœur de découvrir qu'avoir un corps — et même un corps aux muscles gonflés et parfaits, avec seulement deux pour cent de graisse — c'était comme se promener sur le dos d'une mule pendant que le reste de l'humanité filait à toute allure bien installée dans un Lear Jet. Le genre signaux de fumée *versus* téléphones portables.

Presque chaque jour, Tracee pédalait sur son vélo d'appartement, seule dans la grande salle d'aérobic du gymnase, sur un fond de musique disco, et elle criait des encouragements à ses élèves qui n'étaient plus là. Dans la section d'haltérophilie, le père d'Ève soulevait des poids, mais il se limitait aux machines ou aux disques légers car il n'avait plus personne pour l'admirer. Pire, il n'y avait plus personne pour rivaliser avec papa et Tracee. Plus personne avec qui prendre la pose. Plus personne à vaincre.

Le père d'Ève aimait bien raconter cette blague : Combien faut-il de culturistes pour changer une ampoule ? Quatre. Un pour faire le boulot et trois autres pour le regarder et s'exclamer : « Vraiment, mec, qu'est-ce que t'as l'air *massif* ! »

Son père et Tracee, eux, avaient besoin de centaines de gens pour les applaudir et les observer pendant qu'ils prenaient la pose et jouaient des muscles sur la scène. Et pourtant, on ne pouvait pas le nier, le corps humain pouvait être aussi parfait que possible à coups de vitamines, de collagène et de silicone – il était désormais obsolète.

Le plus marrant, c'est que l'autre formule préférée du père d'Ève était : « Si tout le monde sautait d'un pont, tu le ferais aussi ? »

C'était le seul moment de l'Histoire où nous pouvions entreprendre cette émigration de masse, insistaient les experts. Il nous avait fallu le programme spatial pour nous apporter la preuve de la vie après la vie ; les médias pour annoncer la nouvelle au monde entier ; et nos armes de destruction massive pour nous assurer que tout le monde accepterait ce plan.

Si d'autres générations viennent après nous, elles ne sauront pas ce que nous savons. Elles n'auront pas les outils que nous possédons pour réaliser cette opération. Elles se contenteront de continuer à vivre leur horrible existence misérable, à bouffer des merdes de rat, ignorant que nous avons tous la possibilité de vivre sur Vénus dans le plaisir.

Bien sûr, beaucoup firent pression pour qu'on atomise les récalcitrants – mais balancer une bombe sur chaque petite île du Pacifique Sud où végétaient des tribus vida tous nos silos de missiles. Et les nuages radioactifs ne se déplacèrent pas comme nous l'espérions. L'Australie connut deux mois d'hiver nucléaire. La pluie tomba et une immense quantité de poissons moururent, mais les conditions météo et les marées nous débarrassèrent d'une façon dégueulasse de nos saloperies empoisonnées. Gaspillage de matériel pour l'émigration, vu que l'Australie était déjà d'accord à cent pour cent dans les premiers six mois.

Tous nos gaz neurotoxiques et nos virus mortels, toutes nos bombes nucléaires et conventionnelles – tout s'est avéré décevant. Nous étions loin d'éradiquer l'humanité. Des gens se terraient dans des cavernes. D'autres vagabondaient sur des chameaux dans la vastitude des déserts. Et n'importe lequel de ces crétins arriérés pouvait déconner. Un spermatozoïde rencontre un ovule et ton âme est aspirée en arrière pour vivre de nouveau une existence ennuyeuse de plus – manger, dormir, se choper des coups de soleil. Sur Terre : Planète Blessure. Planète Conflit. Planète Douleur.

Pour les Escadrons d'assistance à l'émigration, avec leurs mitraillettes blanches immaculées, les cibles de Priorité-A étaient les femmes récalcitrantes entre quatorze et trente-cinq ans. Toutes les autres femmes étaient des cibles de Priorité-B. Tous les mâles rebelles étaient de Priorité-C. Si les balles venaient à manquer, une équipe en combinaison blanche pouvait très bien laisser vivants, dans un village, les hommes et les femmes âgées qui vieilliraient et finiraient par émigrer naturellement.

Tracee s'inquiétait d'être une cible de Priorité-A et d'être éliminée à coups de mitraillette quand elle se rendait à sa salle de gym ou qu'elle en revenait. Mais la majorité des Escadrons travaillaient à la campagne ou dans les montagnes, les endroits où se planquaient les gens arriérés capables de faire des bébés.

Ces gens totalement stupides qui pouvaient faire échouer notre évolution spirituelle. Ce n'était tout simplement pas juste.

Tous les autres, des millions d'âmes, festoyaient déjà. Sur la vidéo de Vénus, on apercevait des *people* qui en avaient assez bavé sur cette terre et n'étaient pas obligés d'y retourner pour revivre d'autres existences. Grace Kelly et Jim Morrison. Jackie Kennedy et John Lennon. Kurt Cobain. Ceux-là, Ève les reconnaissait. Ils étaient tous à la bamboula, là-haut, l'air jeunes et heureux, pour toujours.

Et parmi eux se promenaient des animaux qui avaient disparu de la surface de la Terre : pigeons voyageurs, ornithorynques, dodos géants.

Aux infos télévisées, on applaudissait les grandes vedettes qui émigraient. Si ces gens-là, des stars du cinéma et du rock avec tout leur argent, leur talent et leur gloire, pouvaient s'en aller pour le plus grand bien de l'humanité alors qu'ils avaient toutes les raisons de rester sur cette Terre, oui, si ceux-là s'en allaient, alors tout le monde en était capable.

Dans l'ultime numéro du magazine *People*, l'article de fond annoncé en couverture s'intitulait : « LA CROISIÈRE DES CÉLÉBRITÉS VERS NULLE PART. » Des milliers de gens parmi les plus beaux et les mieux habillés, des couturiers, des top models, des magnats de l'informatique et des athlètes professionnels embarquaient sur le *Queen Mary II*. Le paquebot appareillait tandis qu'ils buvaient et dansaient, et il filait vers le nord à travers l'océan Atlantique à la recherche d'un iceberg à percuter à toute vitesse.

On affrétait des avions de ligne qui fonçaient s'écraser contre les sommets des montagnes.

Des cars de tourisme qui plongeaient de falaises surplombant l'océan.

Ici, aux États-Unis, la plupart des gens firent un saut chez Wal-Mart ou Rite Aid pour se procurer les kits « Pour s'en aller ». La première génération de ces kits, c'étaient des barbituriques présentés dans un sac plastique de la taille de votre tête avec un cordon de serrage pour le cou. La seconde génération, une pilule de cyanure à croquer, parfum cerise. Mais tant de gens émigraient immédiatement, ici, dans l'allée centrale du magasin – et sans payer leurs kits – que la direction de Wal-Mart finit par placer le produit derrière le comptoir du service clientèle, à côté des cigarettes. On ne vous le donnait que lorsque vous l'aviez réglé. Et toutes les deux minutes, une annonce demandait aux clients « d'avoir la gentillesse de ne pas émigrer dans le centre commercial… Merci ».

Au tout début, certains défendirent « la Méthode française ». Leur idée était de se contenter de stériliser tout le monde. D'abord par chirurgie – mais cela prit trop de temps. Puis en irradiant les organes génitaux. Mais, à ce moment-là, tous les médecins avaient déjà émigré. Les toubibs sont toujours les premiers à abandonner le navire. Les toubibs, c'est vrai, oui, la mort est leur ennemie, mais sans elle ils se sentent perdus. Ça leur a brisé le cœur. Et donc, une fois les médecins envolés, ce sont les concierges qui se chargèrent de passer les gens sous les rayons. Certains furent brûlés. Puis le réseau électrique tomba en panne. The End.

À ce moment-là, tous les gens cool et à la mode avaient déjà émigré avec une pilule de cyanure dans leur coupe de champagne au cours de très branchées « fêtes du Bon Voyage ». D'autres s'étaient pris par la main et avaient sauté dans le vide depuis les terrasses d'appartements de luxe du dernier étage d'un gratte-ciel. Tous ceux qui étaient un peu fatigués de ce monde, ces vedettes du ciné, ces super athlètes et ces musiciens rock. Les top models et les magnats de l'informatique. Tous, ils s'en allèrent dès la première semaine.

Chaque jour, en rentrant du boulot, le père d'Ève tenait le compte de qui ne venait plus au bureau. Et de qui, dans le voisinage, avait émigré. Ça, c'était facile à voir. La pelouse n'était pas tondue. Le courrier et les journaux s'entassaient devant la porte. Les rideaux restaient fermés, les lumières ne s'allumaient plus, et quand on passait devant ces endroits-là, on sentait une odeur douce-amère, comme si des fruits ou de la viande pourrissaient à l'intérieur. Et l'air bourdonnait de grosses mouches.

C'était le cas de la maison d'à côté de chez eux, celle des Frinks. Et aussi de celle d'en face.

Pendant les premières semaines, c'était plutôt marrant : Larry filait au centre-ville et il martyrisait sa guitare électrique seul sur la scène de l'auditorium du Civic Theater. Et Ève pouvait considérer le centre commercial comme sa penderie privée. L'école était terminée et elle ne reprendrait jamais. Jamais.

Il était évident que leur paternel en avait déjà soupé de Tracee. Il n'avait jamais été bon pour gérer la phase qui suivait les débuts romantiques. En temps normal, c'était à ce moment-là qu'il commençait à tromper sa partenaire. Qu'il se trouvait une nouvelle gonzesse au bureau. Au lieu de quoi, aujourd'hui, il regardait le film sur Vénus à la télé, il le suivait attentivement, et son nez touchait presque l'écran quand il apercevait les superbes top models couchées les unes sur les autres, à poil, ou formant une espèce de longue guirlande de pâquerettes. Elles léchaient le vin rouge versé sur leur corps. Elles s'envoyaient en l'air sans crainte de se retrouver en cloque, de choper une maladie honteuse ou d'être damnées par Dieu.

Tracee dressait une liste de célébrités dont elle voulait devenir la meilleure amie quand la famille débarquerait là-bas. En haut de sa liste, elle avait noté : Mère Teresa.

À présent, même les mamans toujours inquiètes pour leurs gosses les rassemblaient, leur hurlaient de se dépêcher de boire leur lait empoisonné et de se remuer le cul pour rejoindre la prochaine étape de l'évolution spirituelle. À présent, la vie et la mort étaient des phases qu'il fallait franchir le plus rapidement possible — à la façon dont les profs s'empressent de faire passer leurs élèves dans la classe supérieure, jusqu'à la remise des diplômes, et qu'importe s'ils ont appris à lire ou pas. La grande foire d'empoigne de l'instruction.

Dans la voiture, d'une voix profonde et rauque à cause du gaz d'échappement qu'elle respire, Tracee lit : « Alors que les cellules de vos valves cardiaques commencent à mourir, les deux ventricules du cœur travaillent plus doucement et pompent de moins en moins de sang dans votre corps… »

Après une quinte de toux, elle poursuit : « Quand le sang n'arrive plus, votre cerveau cesse de fonctionner. D'ici quelques minutes, vous émigrerez. »

Et Tracee referme la brochure. The End.

Le père d'Ève souffle : « Au revoir, planète Terre ! »

C'est à ce moment-là que leur boston terrier, Risky, dégueule partout sur le siège arrière le popcorn au fromage dont il s'est gavé.

L'odeur du vomi et le bruit qu'il fait en le réingurgitant sont encore pires que le dioxyde de carbone.

Avec son maquillage noir tout salopé autour de ses yeux qui clignent comme au ralenti, Larry regarde sa sœur et dit : « Ève, fous ton clebs dehors pour qu'il finisse de dégueuler. »

Au cas où ils auraient déjà émigré quand elle reviendra, son père explique à Ève qu'il y a un kit

« Pour s'en aller » sur le comptoir de la cuisine. Il lui demande de ne pas être trop longue. Ils l'attendront à la Grande Fête.

La future ex-belle-mère d'Ève ajoute : « Ne laisse pas la porte ouverte pour que le gaz ne s'échappe pas. » Puis : « Je veux émigrer et pas simplement avoir le cerveau endommagé.

— Trop tard », répond Ève, en faisant descendre son chien de la voiture, dans le garage.

Et puis elle sort avec lui dans le jardin de derrière, où le soleil continue à briller. Où les oiseaux construisent leurs nids, trop idiots pour savoir que cette planète est démodée. Où les abeilles bourdonnent à l'intérieur des roses ouvertes sans deviner que leur réalité est obsolète.

Dans la cuisine, sur le plan de travail près de l'évier, il y a un kit « Pour s'en aller », des pilules de cyanure dans une plaquette en plastique. C'est un nouveau parfum, citron. Un pack familial. Une petite bande dessinée est imprimée sur le dos cartonné : un estomac vide, un réveil qui compte trois minutes, et puis l'âme qui se réveille dans un monde de plaisir et de confort. La planète suivante. Évoluée.

Ève appuie pour sortir une pilule jaune vif avec, dessiné dessus, le *happy face* souriant, en rouge. Aucune importance si le fabricant a utilisé une teinture rouge connue pour être toxique. Ève récupère les huit pilules, file dans la salle de bains, les balance dans les toilettes et tire la chasse.

La voiture est toujours dans le garage, avec son moteur qui tourne doucement. Ève monte sur une chaise en plastique et, à travers une fenêtre, elle voit leurs têtes affaissées à l'intérieur du véhicule. Son père. Sa future ex-belle-mère. Son frère.

Risky a collé sa truffe contre le bas de la porte du garage et il renifle les gaz d'échappement qui fuient. Ève lui crie : « Non ! » Elle l'appelle pour qu'il s'éloigne de la maison et revienne au soleil. Là, dans le silence environnant, à part les oiseaux et le bourdonnement des abeilles, leur jardin redevient déjà sauvage. Le gazon aurait besoin d'une bonne tonte. Sans le vacarme des tondeuses et des avions et des motos, le chant des oiseaux paraît aussi bruyant que, jadis, le trafic automobile.

Ève s'allonge dans l'herbe, soulève le bas de sa chemise et laisse le soleil lui réchauffer l'estomac. Elle ferme les yeux et caresse son nombril du bout des doigts, en tournant.

Risky aboie, une fois, deux fois.

Et une voix lance : « Salut ! »

Un visage apparaît au-dessus de la barrière qui sépare sa propriété de celle d'à côté. Des cheveux blonds et des boutons d'acné rosâtres. Un certain Adam, qui était dans la même classe qu'elle. Avant que toutes les écoles ferment. Adam agrippe le haut de la barrière en bois et se soulève jusqu'à y poser les coudes. Puis, son menton appuyé sur ses deux mains, il lui demande : « T'es au courant pour la petite amie de ton frère ? »

Ève ferme les yeux et répond : « Ça peut sembler bizarre, mais la mort me manque vraiment… »

Adam passe une jambe au-dessus de la barrière. Il ajoute : « Tes parents ont déjà émigré ? »

Dans le garage, le moteur de la voiture tousse et un de ses cylindres a des ratés… Un ventricule qui travaille plus doucement. De l'autre côté de la vitre,

Ève voit flotter des nuages de fumée grise. Le moteur toussote et il finit par s'éteindre.

Plus rien ne bouge à l'intérieur du véhicule. À présent, la famille d'Ève est réduite à ses bagages abandonnés derrière elle.

Et, allongée au soleil, sentant sa peau qui se tend et qui rougit, Ève murmure : « Pauvre Larry. »

Sans cesser de faire tourner ses doigts autour de son nombril.

Risky s'approche et regarde Adam qui saute par-dessus la barrière. L'ado se penche pour le caresser. Il le grattouille sous le menton et dit : « Tu leur as annoncé qu'on attendait un enfant ? »

Ève ne répond rien. Elle n'ouvre pas les yeux.

Adam ajoute : « Si la race humaine redémarre à cause de nous, tes parents auront *tellement les boules*... »

Le soleil est presque au zénith, au-dessus d'eux. Le bruit du vent qui souffle dans le quartier désert rappelle les bagnoles de l'ancien temps.

Les possessions matérielles sont obsolètes. L'argent n'a plus aucune utilité. Le statut social est vain.

L'été va durer encore trois mois et un univers entier de bouffe en boîte les attend tous les deux.

À condition que les Escadrons d'assistance à l'émigration ne passent pas Ève à la mitraillette pour son refus d'obéissance. Car elle est une cible de Priorité-A, voilà ce qu'elle est. The End.

Finalement, elle ouvre les yeux et regarde le petit point blanc sur l'horizon bleu.

L'Étoile du matin. Vénus.

« Si j'ai ce bébé, murmure-t-elle, j'espère que ce sera... Tracee. »

24

M. Whittier entraîne Miss Éternueuse vers la porte. Vers le monde, à l'extérieur. Tous les deux, main dans la main.

Maintenant, voici notre univers sans démon, notre villa Diodati sans plus aucun monstre à accuser.

M. Whittier a suffisamment entrouvert la porte donnant sur la ruelle pour laisser entrer un rayon de vrai soleil. Cette fente lumineuse – le contraire de l'enfer obscur où nous avons plongé à notre arrivée.

Miss Éternueuse a remplacé Cassandra Clark – c'est la future mariée de M. Whittier. Celle qu'il a décidé de sauver.

L'ampoule du projecteur a cramé. Ou elle est restée allumée et elle a chauffé tellement longtemps – avec quelque chose de *dramatique* qui ne cessait de se produire, quelque chose d'*horrible* qui ne cessait de se produire, quelque chose *d'excitant* qui ne cessait de se produire – que le disjoncteur a sauté.

La Baronne Gelures sommeille dans son entassement de haillons et de dentelles, et le pli graisseux rosâtre qui lui sert de bouche tremble dans son sommeil. Le Comte de la Calomnie parle en dormant, lui aussi, et il revoit dans ses songes tout ce que nous avons vécu.

Tous, nous paraissons endormis, ou inconscients, ou plongés dans un rêve éveillé, tous nous murmurons que rien de tout cela n'est de notre faute. Nous étions les proies. Tout ce qui s'est passé ici, nous l'avons souffert dans notre chair.

Seuls Saint Descente de Boyaux et Mère Nature échangent quelques phrases à voix basse. Le Saint n'arrête pas de jeter des coups d'œil de biais sur la porte entrouverte et le soleil qui coule à l'intérieur. Sur M. Whittier et Miss Éternueuse, leurs sombres squelettes qui se détachent sur l'éblouissante lumière du jour et qui s'y fondent.

Tandis que nous nous dissolvons dans nos costumes de théâtre, sur le tapis, sur le plancher.

Mère Nature ne cesse de murmurer des phrases entrecoupées : « Arrêtez-les… Arrêtez-les… »

Ça ferait un dénouement heureux plutôt sympa…, dit Saint Descente de Boyaux. Ces deux amants adolescents qui s'avancent dans la clarté d'une nouvelle journée étincelante. Ils trouveraient du secours et nous sauveraient. Tous les deux, ils pourraient être à la fois des victimes et des héros.

Mais Mère Nature répond dans un souffle : « C'est trop tôt. »

Ils doivent attendre encore un peu. Comme ils sont plus jeunes, ils peuvent se permettre de patienter jusqu'à ce que les autres soient morts.

Mère Nature et Saint Descente de Boyaux pourraient survivre au vieux Whittier et à Miss Éternueuse, la grande malade.

Quand tu regardes les derniers survivants de notre groupe, tu es prêt à parier qu'Agent Cafteur et Chef Cuisinier Assassin ne passeront pas la journée. Quant à la Comtesse Extralucide – sa poitrine de brocart a cessé de se soulever et ses lèvres sont devenues bleues. Et même les sourcils épilés du Révérend Impie n'essaient plus de repousser.

Non, plus Mère Nature et Saint Descente de Boyaux attendront, et plus ils récupéreront de royalties.

Avec ses clochettes de laiton qui tintinnabulent à chacun de ses mouvements et les plantes rampantes dessinées au henné sur ses mains, Mère Nature ôte une des chaussures du Saint et se met à masser les centres de plaisir de sa voûte plantaire. Elle se cramponne à lui et il commence à rouler des yeux sous ses caresses.

Non, Mère Nature et Saint Descente de Boyaux peuvent tout avoir. Tout l'argent, dit-elle, sans cesser de tripoter son compagnon, toujours assis par terre. Toute la gloire. Toute la compassion.

Les yeux du Saint se retournent, aveugles, aussi blancs que des œufs durs. Il bat des cils et soudain il libère son pied et il grogne : « *Mnye etoh nadoh kahk zoobee v zadnetze.* »

Quand le Saint se relève tant bien que mal en disant qu'il doit s'en aller, les jambes de son pantalon et ses pans de chemise se tendent et puis se déchirent là où le sang séché les collait au plancher.

Pas encore..., répond Mère Nature. Entre ses dents serrées, sa voix n'est plus qu'un sifflement.

Saint Descente de Boyaux fait un pas en avant et trébuche. Ses jambes se dérobent sous lui et il tombe à quatre pattes. Mais il progresse toujours vers le battant entrouvert et murmure : « Comment les arrêter ? »

Mère Nature tend la main et referme ses doigts autour d'une de ses chevilles. Elle dit : « Attends ! »

Le béton est tiède là où le soleil dessine un chemin qui les conduit vers la porte. Ils rampent tous les deux et ils sont forcés de fermer les yeux, aveuglés par la lumière, et ils se laissent guider comme en braille par la chaleur du sol, jusqu'à ce qu'ils réussissent à se saisir de l'encadrement avec les quelques doigts restants. Ils repèrent la lumière du soleil grâce aux sensations sur leurs lèvres et leurs paupières.

Les oiseaux filent dans le ciel bleu, au-dessus de la ruelle étroite. Des oiseaux et de vrais nuages – pas des nuages de toiles d'araignée. Un ciel bleu qui n'est ni du velours ni de la peinture.

Quand sa tête dépasse de la porte, Saint Descente de Boyaux souffle : « Je sais où nous en sommes. » En louchant, il dit : « Ils sont toujours là. » Il tend une main et crie : « Miss Éternueuse, attends… »

Les doigts de Mère Nature serrent sa chemise et la taille de son pantalon, mais il continue à ramper, à nager, à crier : « S'il vous plaît, arrêtez ! »

La moitié de son corps a franchi le seuil et il s'aide de ses mains pour progresser au milieu des débris de verre et des ordures qui encombrent la ruelle, toutes ces saletés merveilleusement chauffées par le soleil de l'après-midi. Et Saint Descente de Boyaux hurle : « Stop ! »

Alors que deux silhouettes titubent vers l'entrée de la ruelle – la fille pas très loin, et le vieillard déjà presque à un pâté de maisons de distance, le bras levé, tandis qu'un taxi s'arrête le long du trottoir.

Et le Saint hurle de nouveau : « Miss Éternueuse ! » Il hurle : « Attends ! »

Et Miss Éternueuse se retourne pour le regarder.

Et... alors... et... *Euuu-aaarrk !*

Le couteau qui était par terre sur la scène, le couteau à légumes que le Chef Cuisinier Assassin avait lancé sur M. Whittier – Mère Nature l'a récupéré.

Ce couteau, maintenant planté dans la poitrine de Miss Éternueuse, tremble à chacun de ses battements de cœur, mais de moins en moins violemment, tandis que Mère Nature et Saint Descente de Boyaux la tirent à l'intérieur.

La tirent dans l'obscurité.

Le couteau tremble de moins en moins tandis qu'ils se relèvent et referment avec difficulté la porte qui grince sur ses gonds. Le morceau de ciel bleu se rétrécit, encore et encore, jusqu'à ce que les oiseaux et les nuages aient disparu.

Dans la ruelle, la voix de M. Whittier s'est rapprochée. Il leur crie d'arrêter.

Le couteau tremble un peu moins quand Mère Nature grommelle : « Je te l'avais dit : pas maintenant. »

Et puis le couteau ne bouge plus.

La petite femme qui toussait, qui reniflait, qui éternuait, dont on attendait la disparition depuis le premier jour de notre arrivée ici – elle était morte, enfin.

Nous venions moins de sauver le monde que notre public. Grâce à nous, les gens seraient toujours vivants pour pouvoir nous regarder à la télé. Pour lire nos livres. Pour voir le film.

Notre clientèle de base.

Alors que Saint Descente de Boyaux appuie sur la porte pour la tenir fermée, la serrure s'ouvre de l'extérieur. La poignée vibre. Mais le Saint la referme. Et immédiatement la serrure s'ouvre de nouveau.

Et le Saint la referme encore en gueulant : « Non ! »

Et elle s'ouvre, avec une clé, depuis l'extérieur.

Revenue dans l'obscurité, revenue dans le froid, Mère Nature dégage le couteau sanguinolent de la poitrine de Miss Éternueuse. Elle en plante l'extrémité dans le trou de la serrure et le casse net.

La serrure est foutue. Le couteau est foutu. Pauvre Miss Éternueuse avec ses yeux rouges et son nez qui coule, réduite à un simple accessoire de notre histoire. Un être humain transformé en objet. Comme si vous creviez le ventre d'une poupée de chiffons affublée d'un drôle de nom et que vous trouviez à l'intérieur : de vrais intestins, de vrais poumons, un cœur qui bat, du sang. Une grande quantité de sang tiède et collant.

Nous aurons davantage de royalties sur le récit de ce que nous avons subi.

Pour le moment, nous sommes toujours là.

Dans notre faible cercle de lumière, autour de la lampe du fantôme.

La voix de M. Whittier. On l'entend gémir de l'autre côté de la porte d'acier. M. Whittier frappe le battant à coups de poing. Il veut rentrer. Il n'a aucune envie de mourir tout seul.

Et maintenant, nous attendons, en nous racontant encore et encore notre récit, dans le Musée de Nous. Notre répétition générale permanente.

Comment M. Whittier nous a emprisonnés ici. Comment il nous a affamés et torturés. Comment il nous a assassinés.

Nous récitons tout cela : la Mythologie de Nous.

Et un jour prochain, bientôt, quelqu'un forcera cette porte et nous sauvera. Le monde nous écoutera. Et dès lors, en ce magnifique jour ensoleillé, le monde entier nous aimera.

DU MÊME AUTEUR

Aux Éditions Gallimard

Dans la collection La Noire

JOURNAL INTIME, 2005, Folio Policier n° 565.

BERCEUSE, 2004, Folio Policier n° 412.

MONSTRES INVISIBLES, 2003, Folio Policier n° 457.

SURVIVANT, 2001, Folio Policier n° 327.

FIGHT CLUB, 1999, Folio Science-Fiction n° 95.

Aux Éditions Denoël

PESTE, 2008, Folio Science-Fiction n° 342.

À L'ESTOMAC, 2006, Folio Policier n° 502.

LE FESTIVAL DE LA COUILLE ET AUTRES HISTOIRES VRAIES, 2005, Folio n° 4978.

CHOKE, 2002, Folio Policier n° 370.

COLLECTION FOLIO POLICIER

Dernières parutions

219. Michael Dibdin — *Derniers feux*
220. Norman Spinrad — *En direct*
221. Charles Williams — *Avec un élastique*
222. James Crumley — *Le canard siffleur mexicain*
223. Henry Farrell — *Une belle fille comme moi*
224. David Goodis — *Tirez sur le pianiste !*
225. William Irish — *La sirène du Mississippi*
226. William Irish — *La mariée était en noir*
227. José Giovanni — *Le trou*
228. Jerome Charyn — *Kermesse à Manhattan*
229. A.D.G. — *Les trois Badours*
230. Paul Clément — *Je tue à la campagne*
231. Pierre Magnan — *Le parme convient à Laviolette*
232. Max Allan Collins — *La course au sac*
233. Jerry Oster — *Affaires privées*
234. Jean-Bernard Pouy — *Nous avons brûlé une sainte*
235. Georges Simenon — *La veuve Couderc*
236. Peter Loughran — *Londres Express*
237. Ian Fleming — *Les diamants sont éternels*
238. Ian Fleming — *Moonraker*
239. Wilfrid Simon — *La passagère clandestine*
240. Edmond Naughton — *Oh ! collègue*
241. Chris Offutt — *Kentucky Straight*
242. Ed McBain — *Coup de chaleur*
243. Raymond Chandler — *Le jade du mandarin*
244. David Goodis — *Les pieds dans les nuages*
245. Chester Himes — *Couché dans le pain*
246. Élisabeth Stromme — *Gangraine*
247. Georges Simenon — *Chemin sans issue*
248. Paul Borelli — *L'ombre du chat*
249. Larry Brown — *Sale boulot*
250. Michel Crespy — *Chasseurs de têtes*
251. Dashiell Hammett — *Papier tue-mouches*

252. Max Allan Collins — *Mirage de sang*
253. Thierry Chevillard — *The Bad Leitmotiv*
254. Stéphanie Benson — *Le loup dans la lune bleue*
255. Jérome Charyn — *Zyeux-bleus*
256. Jim Thompson — *Le lien conjugal*
257. Jean-Patrick Manchette — *Ô dingos, ô châteaux !*
258. Jim Thompson — *Le démon dans ma peau*
259. Robert Sabbag — *Cocaïne blues*
260. Ian Rankin — *Causes mortelles*
261. Ed McBain — *Nid de poulets*
262. Chantal Pelletier — *Le chant du bouc*
263. Gérard Delteil — *La confiance règne*
264. François Barcelo — *Cadavres*
265. David Goodis — *Cauchemar*
266. John D. MacDonald — *Strip-tilt*
267. Patrick Raynal — *Fenêtre sur femmes*
268. Jim Thompson — *Des cliques et des cloaques*
269. Lawrence Block — *Huit millions de façons de mourir*
270. Joseph Bialot — *Babel-ville*
271. Charles Williams — *Celle qu'on montre du doigt*
272. Charles Williams — *Mieux vaut courir*
273. Ed McBain — *Branle-bas au 87*
274. Don Tracy — *Neiges d'antan*
275. Michel Embareck — *Dans la seringue*
276. Ian Rankin — *Ainsi saigne-t-il*
277. Bill Pronzini — *Le crime de John Faith*
278. Marc Behm — *La Vierge de Glace*
279. James Eastwood — *La femme à abattre*
280. Georg Klein — *Libidissi*
281. William Irish — *J'ai vu rouge*
282. David Goodis — *Vendredi 13*
283. Chester Himes — *Il pleut des coups durs*
284. Guillaume Nicloux — *Zoocity*
285. Lakhdar Belaïd — *Sérail killers*
286. Caryl Férey — *Haka*
287. Thierry Jonquet — *Le manoir des immortelles*
288. Georges Simenon — *Oncle Charles s'est enfermé*
289. Georges Simenon — *45° à l'ombre*
290. James M. Cain — *Assurance sur la mort*
291. Nicholas Blincoe — *Acid Queen*
292. Robin Cook — *Comment vivent les morts*

293.	Ian Rankin	*L'ombre du tueur*
294.	François Joly	*Be-bop à Lola*
295.	Patrick Raynal	*Arrêt d'urgence*
296.	Craig Smith	*Dame qui pique*
297.	Bernhard Schlink	*Un hiver à Mannheim*
298.	Francisco González Ledesma	*Le dossier Barcelone*
299.	Didier Daeninckx	*12, rue Meckert*
300.	Dashiell Hammett	*Le grand braquage*
301.	Dan Simmons	*Vengeance*
302.	Michel Steiner	*Mainmorte*
303.	Charles Williams	*Une femme là-dessous*
304.	Marvin Albert	*Un démon au paradis*
305.	Fredric Brown	*La belle et la bête*
306.	Charles Williams	*Calme blanc*
307.	Thierry Crifo	*La ballade de Kouski*
308.	José Giovanni	*Le deuxième souffle*
309.	Jean Amila	*La lune d'Omaha*
310.	Kem Nunn	*Surf City*
311.	Matti Y. Joensuu	*Harjunpää et l'homme-oiseau*
312.	Charles Williams	*Fantasia chez les ploucs*
313.	Larry Beinhart	*Reality show*
315.	Michel Steiner	*Petites morts dans un hôpital psychiatrique de campagne*
316.	P.J. Wolfson	*À nos amours*
317.	Charles Williams	*L'ange du foyer*
318.	Pierre Rey	*L'ombre du paradis*
320.	Carlene Thompson	*Ne ferme pas les yeux*
321.	Georges Simenon	*Les suicidés*
322.	Alexandre Dumal	*En deux temps, trois mouvements*
323.	Henry Porter	*Une vie d'espion*
324.	Dan Simmons	*L'épée de Darwin*
325.	Colin Thibert	*Noël au balcon*
326.	Russel Greenan	*La reine d'Amérique*
327.	Chuck Palahniuk	*Survivant*
328.	Jean-Bernard Pouy	*Les roubignoles du destin*
329.	Otto Friedrich	*Le concasseur*
330.	François Muratet	*Le Pied-Rouge*
331.	Ridley Pearson	*Meurtres à grande vitesse*
332.	Gunnar Staalesen	*Le loup dans la bergerie*
333.	James Crumley	*La contrée finale*

334.	Matti Y. Joensuu	*Harjunpää et les lois de l'amour*
335.	Sophie Loubière	*Dernier parking avant la plage*
336.	Alessandro Perissinotto	*La chanson de Colombano*
337.	Christian Roux	*Braquages*
338.	Gunnar Staalesen	*Pour le meilleur et pour le pire*
339.	Georges Simenon	*Le fils Cardinaud*
340.	Tonino Benacquista	*Quatre romans noirs*
341.	Richard Matheson	*Les seins de glace*
342.	Daniel Berkowicz	*La dernière peut-être*
343.	Georges Simenon	*Le blanc à lunettes*
344.	Graham Hurley	*Disparu en mer*
345.	Bernard Mathieu	*Zé*
346.	Ian Rankin	*Le jardin des pendus*
347.	John Farris	*Furie*
348.	Carlene Thompson	*Depuis que tu es partie*
349.	Luna Satie	*À la recherche de Rita Kemper*
350.	Kem Nunn	*La reine de Pomona*
351.	Chester Himes	*Dare-dare*
352.	Joe R. Lansdale	*L'arbre à bouteilles*
353.	Peppe Ferrandino	*Le respect*
354.	Davis Grubb	*La nuit du chasseur*
355.	Georges Simenon	*Les Pitard*
356.	Donald Goines	*L'accro*
357.	Colin Bateman	*La bicyclette de la violence*
358.	Staffan Westerlund	*L'institut de recherches*
359.	Matilde Asensi	*Iacobus*
360.	Henry Porter	*Nom de code : Axiom Day*
361.	Colin Thibert	*Royal Cambouis*
362.	Gunnar Staalesen	*La Belle dormit cent ans*
363.	Don Winslow	*À contre-courant du Grand Toboggan*
364.	Joe R. Lansdale	*Bad Chili*
365.	Christopher Moore	*Un blues de coyote*
366.	Jo Nesbø	*L'homme chauve-souris*
367.	Jean-Bernard Pouy	*H4Blues*
368.	Arkadi et Gueorgui Vaïner	*L'Évangile du bourreau*
369.	Staffan Westerlund	*Chant pour Jenny*
370.	Chuck Palahniuk	*Choke*
371.	Dan Simmons	*Revanche*
372.	Charles Williams	*La mare aux diams*

373. Don Winslow — *Au plus bas des Hautes Solitudes*
374. Lalie Walker — *Pour toutes les fois*
375. Didier Daeninckx — *La route du Rom*
376. Yasmina Khadra — *La part du mort*
377. Boston Teran — *Satan dans le désert*
378. Giorgio Todde — *L'état des âmes*
379. Patrick Pécherot — *Tiurai*
380. Henri Joseph — *Le paradis des dinosaures*
381. Jean-Bernard Pouy — *La chasse au tatou dans la pampa argentine*
382. Jean-Patrick Manchette — *La Princesse du sang*
383. Dashiell Hammett — *L'introuvable*
384. Georges Simenon — *Touriste de bananes*
385. Georges Simenon — *Les noces de Poitiers*
386. Carlene Thompson — *Présumée coupable*
387. John Farris — *Terreur*
388. Manchette-Bastid — *Laissez bronzer les cadavres !*
389. Graham Hurley — *Coups sur coups*
390. Thierry Jonquet — *Comedia*
391. George P. Pelecanos — *Le chien qui vendait des chaussures*
392. Ian Rankin — *La mort dans l'âme*
393. Ken Bruen — *R&B – Le gros coup*
394. Philip McLaren — *Tueur d'aborigènes*
395. Eddie Little — *Encore un jour au paradis*
396. Jean Amila — *Jusqu'à plus soif*
397. Georges Simenon — *L'évadé*
398. Georges Simenon — *Les sept minutes*
399. Leif Davidsen — *La femme de Bratislava*
400. Batya Gour — *Meurtre sur la route de Bethléem*
401. Lamaison-Sophocle — *Œdipe roi*
402. Chantal Pelletier — *Éros et Thalasso*
403. Didier Daeninckx — *Je tue il...*
404. Thierry Jonquet — *Du passé faisons table rase*
405. Patrick Pécherot — *Les brouillards de la Butte*
406. Romain Slocombe — *Un été japonais*
407. Joe R. Lansdale — *Les marécages*
408. William Lashner — *Vice de forme*
409. Gunnar Staalesen — *La femme dans le frigo*
410. Franz-Olivier Giesbert — *L'abatteur*
411. James Crumley — *Le dernier baiser*

412.	Chuck Palahniuk	*Berceuse*
413.	Christine Adamo	*Requiem pour un poisson*
414.	James Crumley	*Fausse piste*
415.	Cesare Battisti	*Les habits d'ombre*
416.	Cesare Battisti	*Buena onda*
417.	Ken Bruen	*Delirium tremens*
418.	Jo Nesbø	*Les cafards*
419.	Batya Gour	*Meurtre au Kibboutz*
420.	Jean-Claude Izzo	*La trilogie Fabio Montale*
421.	Douglas Kennedy	*Cul-de-sac*
422.	Franco Mimmi	*Notre agent en Judée*
423.	Caryl Férey	*Plutôt crever*
424.	Carlene Thompson	*Si elle devait mourir*
425.	Laurent Martin	*L'ivresse des dieux*
426.	Georges Simenon	*Quartier nègre*
427.	Jean Vautrin	*À bulletins rouges*
428.	René Fregni	*Lettre à mes tueurs*
429.	Lalie Walker	*Portées disparues*
430.	John Farris	*Pouvoir*
431.	Graham Hurley	*Les anges brisés de Somerstown*
432.	Christopher Moore	*Le lézard lubrique de Melancholy Cove*
433.	Dan Simmons	*Une balle dans la tête*
434.	Franz Bartelt	*Le jardin du Bossu*
435.	Reiner Sowa	*L'ombre de la Napola*
436.	Giorgio Todde	*La peur et la chair*
437.	Boston Teran	*Discovery Bay*
438.	Bernhard Schlink	*Le nœud gordien*
439.	Joseph Bialot	*Route story*
440.	Martina Cole	*Sans visage*
441.	Thomas Sanchez	*American Zazou*
442.	Georges Simenon	*Les clients d'Avrenos*
443.	Georges Simenon	*La maison des sept jeunes filles*
444.	J.-P. Manchette & B.-J. Sussman	*L'homme au boulet rouge*
445.	Gerald Petievich	*La sentinelle*
446.	Didier Daeninckx	*Nazis dans le métro*
447.	Batya Gour	*Le meurtre du samedi matin*
448.	Gunnar Staalesen	*La nuit, tous les loups sont gris*
449.	Matilde Asensi	*Le salon d'ambre*
450.	Jo Nesbø	*Rouge-gorge*

451. Olen Steinhauer	*Cher camarade*
452. Pete Dexter	*Deadwood*
454. Keith Ablow	*Psychopathe*
455. Batya Gour	*Meurtre à l'université*
456. Adrian McKinty	*À l'automne, je serai peut-être mort*
457. Chuck Palahniuk	*Monstres invisibles*
458. Bernard Mathieu	*Otelo*
459. James Crumley	*Folie douce*
460. Henry Porter	*Empire State*
461. James Hadley Chase	*Pas d'orchidées pour Miss Blandish*
462. James Hadley Chase	*La chair de l'orchidée*
463. James Hadley Chase	*Eva*
464. Arkadi et Gueorgui Vaïner	*38, rue Petrovka*
465. Ken Bruen	*Toxic Blues*
466. Larry Beinhart	*Le bibliothécaire*
467. Caryl Férey	*La jambe gauche de Joe Strummer*
468. Jim Thompson	*Deuil dans le coton*
469. Jim Thompson	*Monsieur Zéro*
470. Jim Thompson	*Éliminatoires*
471. Jim Thompson	*Un chouette petit lot*
472. Lalie Walker	*N'oublie pas*
473. Joe R. Lansdale	*Juillet de sang*
474. Batya Gour	*Meurtre au Philharmonique*
475. Carlene Thompson	*Les secrets sont éternels*
476. Harry Crews	*Le Roi du K.O.*
477. Georges Simenon	*Malempin*
478. Georges Simenon	*Les rescapés du Télémaque*
479. Thomas Sanchez	*King Bongo*
480. Jo Nesbø	*Rue Sans-Souci*
481. Ken Bruen	*R&B – Le Mutant apprivoisé*
482. Christopher Moore	*L'agneau*
483. Carlene Thompson	*Papa est mort, Tourterelle*
484. Leif Davidsen	*La Danois serbe*
485. Graham Hurley	*La nuit du naufrage*
486. John Burdett	*Typhon sur Hong Kong*
487. Mark Henshaw / John Clanchy	*Si Dieu dort*
488. William Lashner	*Dette de sang*

489.	Patrick Pécherot	*Belleville-Barcelone*
490.	James Hadley Chase	*Méfiez-vous, fillettes !*
491.	James Hadley Chase	*Miss Shumway jette un sort*
492.	Joachim Sebastiano Valdez	*Celui qui sait lire le sang*
493.	Joe R. Lansdale	*Un froid d'enfer*
494.	Carlene Thompson	*Tu es si jolie ce soir*
495.	Alessandro Perissinotto	*Train 8017*
496.	James Hadley Chase	*Il fait ce qu'il peut*
497.	Thierry Bourcy	*La cote 512*
498.	Boston Teran	*Trois femmes*
499.	Keith Ablow	*Suicidaire*
500.	Caryl Férey	*Utu*
501.	Thierry Maugenest	*La poudre des rois*
502.	Chuck Palahniuk	*À l'estomac*
503.	Olen Steinhauer	*Niet camarade*
504.	Christine Adamo	*Noir austral*
505.	Arkadi et Gueorgui Vaïner	*La corde et la pierre*
506.	Marcus Malte	*Carnage, constellation*
507.	Joe R. Lansdale	*Sur la ligne noire*
508.	Matilde Asensi	*Le dernier Caton*
509.	Gunnar Staalesen	*Anges déchus*
510.	Yasmina Khadra	*Le quatuor algérien*
511.	Hervé Claude	*Riches, cruels et fardés*
512.	Lalie Walker	*La stratégie du fou*
513.	Leif Davidsen	*L'ennemi dans le miroir*
514.	James Hadley Chase	*Pochette surprise*
515.	Ned Crabb	*La bouffe est chouette à Fatchakulla*
516.	Larry Brown	*L'usine à lapins*
517.	James Hadley Chase	*Une manche et la belle*
518.	Graham Hurley	*Les quais de la blanche*
519.	Marcus Malte	*La part des chiens*
520.	Abasse Ndione	*Ramata*
521.	Chantal Pelletier	*More is less*
522.	Carlene Thompson	*Le crime des roses*
523.	Ken Bruen	*Le martyre des Magdalènes*
524.	Raymond Chandler	*The long good-bye*
525.	James Hadley Chase	*Vipère au sein*
526.	James Hadley Chase	*Alerte aux croque-morts*

527.	Jo Nesbø	*L'étoile du diable*
528.	Thierry Bourcy	*L'arme secrète de Louis Renault*
529.	Béatrice Joyaud	*Plaisir en bouche*
530.	William Lashner	*Rage de dents*
531.	Patrick Pécherot	*Boulevard des Branques*
532.	Larry Brown	*Fay*
533.	Thomas H. Cook	*Les rues de feu*
534.	Carlene Thompson	*Six de Cœur*
535.	Carlene Thompson	*Noir comme le souvenir*
536.	Olen Steinhauer	*36, boulevard Yalta*
537.	Raymond Chandler	*Un tueur sous la pluie*
538.	Charlie Williams	*Les allongés*
539.	DOA	*Citoyens clandestins*
540.	Thierry Bourcy	*Le château d'Amberville*
541.	Jonathan Trigell	*Jeux d'enfants*
542.	Bernhard Schlink	*La fin de Selb*
543.	Jean-Bernard Pouy	*La clef des mensonges*
544.	A. D. G.	*Kangouroad Movie*
545.	Chris Petit	*Le Tueur aux Psaumes*
546.	Keith Ablow	*L'Architecte*
547.	Antoine Chainas	*Versus*
548.	Joe R. Lansdale	*Le mambo des deux ours*
549.	Bernard Mathieu	*Carmelita*
550.	Joe Gores	*Hammett*
551.	Marcus Malte	*Le doigt d'Horace*
552.	Jo Nesbø	*Le sauveur*
553.	Patrick Pécherot	*Soleil noir*
554.	Carlene Thompson	*Perdues de vue*
555.	Harry Crews	*Le Chanteur de Gospel*
556.	Georges Simenon	*La maison du juge*
557.	Georges Simenon	*Cécile est morte*
558.	Georges Simenon	*Le clan des Ostendais*
559.	Georges Simenon	*Monsieur La Souris*
560.	Joe R. Lansdale	*Tape-cul*
561.	William Lashner	*L'homme marqué*
562.	Adrian McKinty	*Le Fils de la Mort*
563.	Ken Bruen	*Le Dramaturge*
564.	Marcus Malte	*Le lac des singes*
565.	Chuck Palahniuk	*Journal intime*
566.	Leif Davidsen	*La photo de Lime*
567.	James Sallis	*Bois mort*

Composition Nord Compo
Impression Novoprint
le 10 mars 2010
Dépôt légal : mars 2010
1er dépôt légal dans la collection : avril 2008

ISBN 978-2-07-035564-8./Imprimé en Espagne.

174215